Der Preis dieses Bandes versteht sich einschließlich der gesetzlichen Mehrwertsteuer.

Umwelthinweis:
Dieses Buch wurde auf chlor- und säurefreiem Papier gedruckt.

Unter glutroter Sonne

MIRA®

MIRA® TASCHENBUCH
Band 20024
1. Auflage: August 2011

MIRA® TASCHENBÜCHER
erscheinen in der Cora Verlag GmbH & Co. KG,
Valentinskamp 24, 20350 Hamburg
Geschäftsführer: Thomas Beckmann

Konzeption/Reihengestaltung: fredebold&partner gmbh, Köln
Umschlaggestaltung: pecher und soiron, Köln
Redaktion: Bettina Steinhage
Titelabbildung: Thinkstock / Getty Images, München
Autorenfoto: © by Harlequin Enterprises S.A., Schweiz / Chris Standford
Satz: Buch-Werkstatt GmbH, Bad Aibling
Druck und Bindearbeiten: CPI – Ebner & Spiegel, Ulm
Printed in Germany
Dieses Buch wurde auf FSC®-zertifiziertem Papier gedruckt.
ISBN 978-3-89941-882-8

www.mira-taschenbuch.de

Diana Palmer

Calhoun

Roman

MIRA®

1. KAPITEL

Abby schaffte es irgendwie, in ihr Nachtgewand aus silbrig glänzendem Satin zu schlüpfen. Doch als sie die Ränder am Halsausschnitt zusammenzuknüpfen versuchte, schienen ihr die Finger den Dienst versagen zu wollen, und so blieb das Oberteil über ihren vollen, festen Brüsten offen. Als sie dann am Spiegel vorüberging, betrachtete sie fasziniert ihr offenherziges, verwegenes Ebenbild, das ihr mit den verführerischen Rundungen ihres halb entblößten Busens und dem langen, in wirren Strähnen um ihr Gesicht herabfallendes Haar eine ungewohnte Aura von reifer Weiblichkeit verlieh. Da kicherte sie in ihrer Beschwipstheit über ihre ausschweifende Fantasie und ließ sich auf die blassrosa Tagesdecke ihres Himmelbetts sinken.

Das ganze Schlafzimmer war in rosa und weißen Tönen gehalten, aufgelockert durch blaue Zwischenakzente, und sie liebte es. Die Ballengers hatten sie die Wahl der Farben ganz nach ihrem Geschmack selbst treffen lassen; es waren sehr weibliche Farben, auch wenn sie selbst, Abigail Clark, nicht so ganz ihrem Ideal selbstbewusster Weiblichkeit entsprach. Ruhelos rutschte sie auf der Bettkante umher, und der Spitzenbesatz ihres Nachthemds ließ nun eine ihrer Brüste gänzlich frei. Die Augen fielen ihr zu. Was macht es schon, dachte sie noch, bevor der Schlaf sie übermannte, es kann mich ja doch niemand sehen.

Niemand außer Cal …

Calhoun Ballenger und sein älterer Bruder Justin hatten Abby zu sich genommen, als sie gerade fünfzehn geworden war, vor fast sechs Jahren. Sie wären ihre Stiefbrüder geworden, hätte es da nicht jenen tragischen Autounfall gegeben, bei dem der Vater der beiden Brüder und Abbys Mutter zwei Tage vor ihrer geplanten Hochzeit getötet worden waren. Andere Familienangehörige gab es nicht, und so hatte der damals sechsundzwanzigjährige Cal vorgeschlagen, dass er und Justin die Verantwortung für das todunglückliche junge Mädchen übernehmen. Und so geschah es auch, natürlich mit dem Segen des Gesetzes. Abby war seitdem von Rechts wegen Cals Mündel. Das Problem bestand nun, wenige Monate vor Abbys einundzwanzigstem Geburtstag, darin, dass Cal nicht wahrhaben wollte, dass sie inzwischen zu einer Frau herangereift war.

Um die Sache noch schlimmer zu machen, setzte Cal alles daran, sie vor der „bösen" Welt zu schützen. Während der vergangenen vier Monate hatte er zudem eifersüchtig über alle männlichen Bekanntschaften gewacht, sodass es ihr fast unmöglich geworden war, wie andere junge Frauen ihres Alters Verabredungen zum Essen und Tanzen zu treffen. Die Art, wie er den Wachhund spielte, grenzte fast ans Lächerliche. Sein Bruder Justin lächelte nur selten, aber die Umstände, die Cal veranstaltete, brachten ihn nahe daran.

Abby fand das weniger amüsant. Sie war bis über beide Ohren in Cal verliebt, doch der große blonde Mann behandelte sie immer noch wie ein Kind. Trotz ihrer häufigen Versuche, Cal zu zeigen, dass sie eine Frau und kein kleines Mädchen mehr war, schien sie damit seinen Panzer nicht durchdringen zu können. So hatte sie erst gestern versucht, als Beweis ihres Erwachsenseins im Grand Theater von Jacobsville eine Show mit Männer-Striptease zu besuchen. Unter dem Vorwand, sich eine Kunstausstellung ansehen zu wollen, war sie Justin auf der Ranch entwischt, während Cal geschäftlich unterwegs war. Viele solcher Gelegenheiten, sich in einer Kleinstadt im südlichen Texas, im Dreieck zwischen San Antonio, Houston und Victoria gelegen, auf demonstrative Weise reif und emanzipiert zu zeigen, gab es ja nicht gerade, und wenn Cal Wind davon bekam, was wohl unausweichlich geschehen würde, dann musste er wohl anerkennen, dass sie nicht der naive Teenager war, für den er sie noch immer hielt.

Die Sache hatte nur einen Haken gehabt: Cal erwischte sie, gerade als sie ihre Eintrittskarte lösen wollte, nahm sie, obwohl sie sich heftig sträubte, einfach auf seine starken Arme und packte sie in den wartenden Wagen, mit dem er, anscheinend von bösen Ahnungen getrieben, auf dem Heimweg vorbeigekommen war.

Eine nachfolgende hitzige Diskussion hatte zu keinem greifbaren Ergebnis geführt, außer dass Abby wieder einmal damit drohte, von der Ranch wegzuziehen und sich zusammen mit ihrer um einige Jahre älteren und erfahrenen Freundin Misty eine gemeinsame sturmfreie Bude in der Stadt zu nehmen. Da diese Auseinandersetzung nach der Rückkehr auf die Ranch stattfand, wurde nicht nur Justin aus seiner Feierabendruhe aufgeschreckt. Auch die übrigen Haushaltsmitglieder in Gestalt von Maria und Lopez, dem älteren mexikanischen Ehepaar, deren Familie seit zwei Generationen in Küche und Garten beschäftigt war, wurden durch das Geschrei auf den Plan gerufen.

Und am heutigen Abend nun hatte sich Abby erneut in Schwierigkeiten gebracht, und wieder war es Cal gewesen, der sie in letzter Minute gerettet und auf die Ranch zurückgeschafft hatte.

Am Tag, im Büro der Rinderfarm, wo sie als Sekretärin für die Ballenger-Brüder tätig war, hatte sie sich bereits wieder maßlos über Cals Gehabe geärgert, als er meinte, sie vor der Zudringlichkeit eines Kunden bewahren zu müssen, der sie, auf zugegebenerweise recht anzügliche Weise, zum Essen einladen wollte. Als ob sie nicht selber imstande wäre, sich eines so durchsichtigen Antrags zu erwehren! So hatte sie denn aus lauter Trotz nach Feierabend Misty angerufen, ihr ihre Absicht mitgeteilt, gegen Cal und seine strenge Aufsicht zu rebellieren, und ihr vorgeschlagen, zu diesem Zweck dem neu eröffneten Tanzpalast in Jacobsville einen Besuch abzustatten. Misty hatte fröhlich eingewilligt.

Justin hatte nichts einzuwenden gehabt. Solange sie nichts „anstellte", sollte Abby nur gehen, wohin sie wollte. Cal war nicht zu Hause, er hatte selbst eine Verabredung, vermutlich mit irgendeiner schönen Blondine.

Es war Freitagabend, und der Tanzpalast war gerammelt voll. Im Western-Stil gekleidete Männer tanzten mit Frauen in Jeans und Stiefeln zur Musik einer Country-Band. Abby nippte an einem Glas Gin Tonic, zu dem Misty sie überredet hatte, obwohl Abby nicht daran gewöhnt war, Alkohol zu trinken.

Später tauchte Tyler Jacobs auf, der Pferdezüchter, der zusammen mit seiner Schwester Shelby eine schwere Hypothek zu tragen hatte. Der Vater war im vergangenen Sommer gestorben und hatte nichts als Schulden hinterlassen. Nun liefen die jungen Jacobs-Geschwister Gefahr, alles, was in Generationen aufgebaut worden war, unwiederbringlich zu verlieren.

Tyler blieb einige Minuten, wunderte sich über Abbys Anwesenheit, erkundigte sich nach Cal und warnte sie vor weiterem Alkoholgenuss. Zwar konnte Misty ihn beschwichtigen, doch kaum war Tyler wieder zur Tür hinaus, als sich bei Abby durch ihre Sprache und ihre Worte: „Ich hasse alle Männer, und besonders hasse ich Cal!", die ersten Anzeichen eines beschwipsten Zustands zeigten. Da eilte Misty hinter Tyler her, um ihn zurückzuholen. Vielleicht war seine

Hilfe nötig, um Abby ins Auto zu verfrachten.

Während ihrer kurzen Abwesenheit machte sich ein betrunkener Cowboy vom Nachbartisch an Abby heran. Als sie ihm daraufhin ihren Drink über die Hose schüttete, wurde der Mann bösartig, und Abby wurde es echt mulmig zumute. Wer sollte ihr inmitten dieser Menge helfen? Am liebsten hätte sie losgeheult.

Doch da hatte der Spuk auch schon ein Ende. Plötzlich sprang Cal dazwischen, verteilte ein paar Ohrfeigen und schleppte Abby hinaus. Als er nach Hause gekommen war, hatte Justin ihm mitgeteilt, wo er Abby finden könne.

Nun packte er Abby in seinen Jaguar, nachdem er Misty und Tyler, die draußen warteten, noch einige unfreundliche Bemerkungen mit auf den Weg gegeben hatte, und kutschierte die seiner Obhut anvertraute junge Frau zur Ranch hinaus. Bis sie dort ankamen, war sein Zorn verflogen und hatte seiner Sorge Platz gemacht, was Abby nur zu ihren Eskapaden trieb. Und Abby hatte ihm entgegengehalten, dass er sie daran hindere, allein mit ihrem Problem fertig zu werden. Doch dies war nur die halbe Wahrheit, und Cal, der eine Nase für so etwas hatte, wusste das.

Cal musste sich auch eingestehen, dass er stärkere Gefühle für Abby hegte, als es einem Vormund gegenüber seinem Mündel zustand.

Doch davon hatte Abby natürlich keine Ahnung. Von Alkohol und Müdigkeit übermannt, hatte sie sich in ihr Schlafzimmer zurückgezogen.

Cal öffnete leise die Tür zu Abbys Schlafzimmer; ein Ausdruck der Sorge lag in seinen dunklen Augen. Da sah er etwas, das ihm schier den Atem verschlug.

Abby bekam kaum etwas davon mit, öffnete nicht einmal die Augen, als er den Raum betrat. Das war ihm nur recht, denn hätte er jetzt sprechen sollen, so wäre ihm wohl kaum ein klares Wort über die Lippen gekommen. Er hatte sich Abby bisher nie so recht als voll erblühte Frau vorgestellt, doch ihr Anblick, lediglich in diesen seidigen Hauch einer silbrigen Robe gehüllt, eine ihrer exquisiten Brüste vollständig bloßgelegt, der schlanke Körper in vorteilhafter Weise von hauchdünnem Stoff umhüllt – dieser Anblick jagte ihm das Blut wie heiße Lava durch die Adern.

Wie erstarrt blieb Cal unter der Tür stehen und sah sich zum ersten Mal der Tatsache gegenüber, dass Abby kein Kind mehr war. Und schlagartig wurde ihm dabei auch klar, wieso er in letzter Zeit so außer sich geraten war, sie so brüsk behandelte und in solch übertriebener Weise den Beschützer gespielt hatte.

Er begehrte sie!

Ohne nachzudenken, zog er die Tür hinter sich zu und trat näher an Abbys Bett heran. Welch verführerischer Anblick! Er musste die Zähne zusammenbeißen, während er auf ihre sinnliche Nacktheit hinabsah, der sie sich ja nicht einmal bewusst war.

Cal fragte sich, ob eine ihrer Männerbekanntschaften sie jemals in diesem Zustand gesehen hatte, und bei diesem Gedanken stieg eine mörderische Wut in ihm auf. Ein anderer Mann, der sie so sah, sie berührte, seinen Mund auf diese sanfte Schwellung setzte und nach jener Knospe suchte, die er mit dem warmen Druck seiner geöffneten Lippen zum Erblühen bringen konnte …

Er erschauerte. Nein, so nicht! „Abby", sagte er mit einer Stimme, die rau vor Anspannung klang.

Abby regte sich, doch nur, um sich ein wenig zur anderen Seite zu drehen, mit der Folge, dass jetzt auch die andere Hälfte des Spitzenbesatzes nach unten fiel. Cal begannen beim Anblick ihrer rosigen Brüste mit den feinen malvenfarbigen Knospen wahrhaft die Knie zu zittern.

Dann entsprang seinen Lippen ein saftiger, wenn auch nur leise geknurrter Fluch, er zwang sich dazu, sich über die Schlafende zu beugen, den Stoff über ihren Brüsten zusammenzuziehen und die Bänder zu verknoten. Seine Hände zitterten. Glücklicherweise war Abby nicht in der Verfassung, Zeugin seiner Schwäche, seiner Verletzlichkeit zu werden!

Sie stöhnte leicht, als seine harten Knöchel ihre Haut streiften, und bog im Schlaf den Rücken durch. Durch halb geöffnete Lippen stieß Cal den Atem aus. Ihre Haut war wie Samt und Seide, warm und sinnlich. Er knirschte mit den Zähnen, hob Abby hoch und stützte sie auf einem Knie ab, während er mit der freien Hand die Bettdecke zurückschlug.

Abby blinzelte und öffnete träge die Augen. Ein schwaches Lächeln überzog ihr Gesicht, als sie Cals grimmige Miene zu ergründen suchte. „Ich schlafe“, flüsterte sie und schmiegte sich an ihn. Ihr süßer Duft, der weiche Körper in seinen Armen, brachten ihn vollkommen durcheinander.

„Tatsächlich?“ Cals Stimme klang tiefer, heiserer, als er es wollte. Er legte sie auf das Bettlaken und hielt ihren Kopf in seiner Hand, bis er ein Kissen daruntergezogen hatte. Sein Mund befand sich nur wenige Zentimeter über ihrem.

Abby hatte ihm die Arme um den Hals gelegt. Sanft löste er sie, und mit einem Gefühl der Erleichterung zog er ihr die Bettdecke bis zum Hals.

„Mich hat noch nie jemand zugedeckt“, murmelte sie im Halbschlaf.

„Eine Gute-Nacht-Geschichte gibt's nicht“, erwiderte er in dem Versuch, die sinnliche Atmosphäre durch einen Scherz zu zerstören. Doch seine Stimme war wie eine Liebkosung. „Du bist noch zu jung für die paar, die ich kenne.“

„Das wird's wohl sein. Für alles bin ich zu jung. Viel zu jung.“ Sie seufzte tief und schloss die Augen. „Oh Cal, ich wünschte, ich wäre blond ...“

„Was soll denn das schon wieder heißen?“ Doch sie war bereits eingeschlafen. Nachdenklich sah er mit seinen dunklen Augen auf ihr leicht gerötetes Gesicht hinab. Nach einer Weile wandte er sich um, knipste das Licht aus und ging hinaus. Justin trat aus dem Wohnzimmer, als Cal die Treppe herunterkam.

„Hast du Abby nach Hause gebracht?“, fragte er seinen Bruder.

„Ja, sie schläft. Blau wie ein Veilchen“, setzte er mit einem nur mäßig amüsierten Lächeln hinzu. Seinen Stetson-Hut, Jackett und Weste hatte er bereits abgelegt.

Justin zog die Stirn in Falten. „Was ist geschehen? Deine Lippe ist aufgeplatzt.“

„Eine kleine Rempelei im örtlichen Tanzschuppen“, erwiderte Cal wegwerfend und nahm die Brandyflasche zur Hand, aus der er sich einen halben Schwenker voll eingoss. „Willst du auch einen?“

Justin schüttelte den Kopf und steckte sich stattdessen eine Zigarette an, ohne sich durch Cals missbilligenden Blick beeindrucken zu lassen.

„Was war denn der Anlass dafür?“

Cal nippte an seinem Brandy. „Abby. Misty Davies hatte sie in eine Tanzbar geschleppt."

„Gestern eine Strip-Revue, heute eine Bar." Justin konzentrierte den Blick auf seine Zigarette. „Irgendwas frisst unserem Mädel an der Seele."

„Ich weiß. Kann mir aber keinen Reim darauf machen. Auch gefällt mir die Rolle nicht, die Misty dabei spielt, aber damit kann ich Abby nicht kommen."

Justin legte den Kopf schief, während er an seiner Zigarette zog. „Ich könnte mir vorstellen, dass sie Abby benutzt, um sich an dir zu rächen."

„Na, das wäre doch wohl die Höhe!" Scherzhaft hob er das Glas, bevor er den Inhalt hinunterschüttete. „Sie hat sich mit aller Macht an mich rangeschmissen und einen Korb von mir gekriegt. Wäre ja auch noch schöner gewesen, ausgerechnet Abbys beste Freundin zu verführen."

„Misty hätte es wissen sollen. Ist Abby soweit in Ordnung?"

„Ich denke doch", sagte Cal und verschwieg, dass er selbst sie zu Bett gebracht hatte und sie der Grund war, dass er jetzt trank, was selten vorkam. „Irgend so ein besoffener Kerl hat sie angemacht."

Justin reckte sich jäh auf. „Und?"

„Ich habe ihm die Leviten gelesen."

„Gut gemacht. Offensichtlich braucht sie einen Wachhund."

„Dazu kann ich nur Amen sagen. Sollen wir's ausknobeln?"

„Warum soll ich mich da noch einmischen? Du machst deine Sache doch recht gut", sagte Justin mit der Andeutung eines Lächelns, das ihm jedoch verging, als er den bekümmerten Blick in den Augen seines jüngeren Bruders bemerkte. „Du hast doch wohl nicht vergessen, dass Abby in drei Monaten einundzwanzig wird? Ich glaube, sie ist schon auf der Suche nach einer gemeinsamen Wohnung mit Misty."

Cals Miene verdüsterte sich. „Misty wird sie verderben. Ich will nicht, dass sie von einigen ihrer liebestollen Freunde als Hors d'œvre vernascht wird."

Justin zog die Augenbrauen in die Höhe. Das klang so gar nicht nach Cal, und überhaupt schien Cal nicht mehr er selbst zu sein. „Abby ist unser Mündel", erinnerte er seinen Bruder. „Sie ist nicht unser Eigentum. Wir haben nicht das Recht, über ihr Leben zu entscheiden."

Cal blitzte ihn an. „Was erwartest du von mir? Soll ich sie vielleicht von jedem betrunkenen Cowboy, der des Weges kommt, auflesen und vernaschen lassen?"

Er machte auf dem Absatz kehrt und verließ den Raum. Justin verzog seine schmalen Lippen und grinste in sich hinein.

2. KAPITEL

Abby erwachte am nächsten Morgen mit Kopfschmerzen und dem Gefühl drohenden Unheils. Sie setzte sich im Bett auf und griff sich an den Kopf. Es war sieben Uhr, und um halb neun musste sie mit der Arbeit beginnen. Das Frühstück stand bestimmt schon auf dem Tisch. Der Gedanke an Frühstück bereitete ihr Übelkeit.

Auf wackligen Beinen stelzte sie ins Badezimmer, wusch sich das Gesicht und putzte sich die Zähne. Danach fühlte sie sich schon viel besser. Als sie sich daranmachte, ihr Nachthemd abzustreifen, stellte sie fest, dass es am Hals zugebunden war. Seltsam. Sie war sicher, dass sie es offen gelassen hatte. Nun ja, dann musste sie es irgendwann vor Sonnenaufgang zugemacht haben und unter die Decke gekrochen sein.

Es war Samstag, doch auch heute gab es eine Menge zu tun. Das Vieh wollte wie an allen Tagen versorgt werden, und auch jede Menge Papierkram war zu erledigen. Abby hatte sich an die lange Arbeitswoche gewöhnt, es war ihr zur Routine geworden, samstags nicht freizuhaben. Manchmal konnte sie sich bereits mittags davonmachen, wenn sie etwas vorhatte, doch in den letzten Monaten war das kaum vorgekommen. Es dürstete sie danach, in Cals Nähe zu sein, und der verbrachte die meisten Wochenenden in seinem Betrieb.

Abby schlüpfte in ein blassgraues Kostüm, eine blaue Seidenbluse und zierliche Pumps. Sie steckte ihr Haar hoch und legte nur wenig Make-up auf. Nun, sie war zwar keine überwältigende Schönheit, das war sicher, aber ihre Würde wollte sie sich wenigstens bewahren. Wenn sie schon untergehen sollte, dann mit fliegenden Fahnen. Cal würde bestimmt mal wieder toben, und sie wollte verhindern, dass er sah, wie blass sie war.

Als sie herunterkam, saßen beide Ballenger-Brüder bei Tisch. Als sie zwischen ihnen Platz nahm, sah Cal sie mit einem seltsam brütenden Gesichtsausdruck an.

„Wird ja auch Zeit“, sagte er kurz angebunden. „Du siehst aus wie Braunbier mit Spucke. Geschieht dir ganz recht. Lass dich ja nicht noch einmal mit dieser Misty Davies in so einem unsäglichen Tanzschuppen erwischen!“

„Bitte, Cal, lass mich erst mal was zu mir nehmen", sagte Abby leise. „Mir brummt der Schädel."

„Kein Wunder", schmetterte Cal zurück.

„Hör auf, an meinem Frühstückstisch zu stänkern", forderte Justin ihn mit fester Stimme auf.

„Ich höre auf, wenn du aufhörst", gab Cal in nicht weniger festem Ton zurück.

„Ach, was soll's", stöhnte Justin und biss in eines von Marias knusprigen Biskuits.

Normalerweise hätte Abby dieses Zwischenspiel amüsiert, doch jetzt war ihr nicht nach Lachen zumute. Sie nippte an schwarzem Kaffee und knabberte lustlos an einer lediglich mit Butter bestrichenen Scheibe Toast. Nach etwas Nahrhafterem stand ihr nicht der Sinn.

„Du solltest ein paar Aspirin schlucken, bevor du zur Arbeit gehst, Abby", sagte Justin sanft.

Sie brachte ein Lächeln zu Stande. „Das werde ich. Schätze, Gin bekommt mir nicht recht."

„Alkohol ist ungesund", lautete Cals kurz gefasster Kommentar.

Justin hob die Brauen. „Und wieso hast du dann gestern Abend meine Brandyflasche geleert?"

Cal warf die Serviette auf den Tisch. „Ich fahre jetzt ins Büro."

„Du könntest Abby mitnehmen", schlug Justin mit einem seltsam berechnenden Ausdruck vor.

„Ich fahre nicht direkt zur Farm", sagte Cal. Er wollte jetzt nicht mit Abby allein sein, nicht nach dem, was er in der vergangenen Nacht gesehen hatte. Er konnte sie kaum ansehen, ohne dass ihm wieder das Bild lebhaft vor Augen stand, wie sie da auf dem Bett gelegen hatte …

„Ich habe noch nicht zu Ende gefrühstückt", warf Abby schnell ein. Es verletzte sie, dass Cal offenbar nichts an ihrer Begleitung lag. „Außerdem", wandte sie sich mit einem schwachen Lächeln an Justin, „kann ich selber fahren. So viel habe ich nun auch wieder nicht getrunken."

„Na klar", höhnte Cal mit blitzenden Augen. „Darum sind dir ja auch, kaum dass du auf deinem Bett lagst, die Sinne geschwunden."

Abby hielt den Atem an. Justin goss Sahne in seine zweite Tasse Kaffee und schenkte seine ganze Aufmerksamkeit dem kleinen Kännchen in seiner Hand. Und das war auch gut so, denn dadurch entging ihm, wie Abby mit dem schlagartig erhellten Wissen um das, was Cal in der Nacht zuvor erblickt hatte, zu ihm aufsah und ihre Befürchtungen in seinen plötzlich versteinerten Zügen bestätigt fand.

Abby fühlte, wie sie bis zu den Haarwurzeln errötete, und in ihrem Schreck warf sie fast ihre Tasse um. Also war sie auf dem Bett eingeschlafen, Cal hatte sie mit mehr oder weniger entblößtem Oberkörper vorgefunden, hatte ihre Brüste …

„Lass das Frühstück stehen. Auf geht's", sagte Cal unvermittelt und legte seine schlanke Hand auf die Lehne ihres Stuhles. „Ich liefere dich bei der Farm ab, bevor ich meiner Wege gehe. Du kannst so nicht fahren."

Jetzt war auch Justin aufmerksam geworden, sein Blick, in dem offenkundige Neugier lag, schweifte von Abbys hochrotem Gesicht zu Cals gespannter Miene.

Dieser Blick war es, der Abby zu der Überzeugung brachte, dass Cal in diesem Falle das kleinere Übel war. Sie konnte Justin nicht erzählen, was geschehen war, doch wenn sie jetzt kein Fersengeld gab, dann hätte er es ihr innerhalb von zwei Minuten aus der Nase gezogen. Auch Cal musste das klar geworden sein.

Er nahm Abbys Arm und zerrte sie fast von ihrem Stuhl, schob sie mit einem kurzen, an seinen Bruder gerichteten „Bis dann" vor sich her aus dem Zimmer.

„Mach mal ein bisschen langsam", klagte sie, als er draußen zwei Stufen auf einmal nahm. „Meine Beine sind nicht lang genug, um mit dir Schritt zu halten, und außerdem platzt mir gleich der Kopf."

„Lass ihn nur platzen", knurrte Cal, ohne sie anzusehen. „Vielleicht vergeht dir dann die Lust auf solche Abenteuer."

Abbys Blicke bohrten Löcher in Cals breiten Rücken, während sie ihm schweigend zu seinem Jaguar folgte und dann auf dem Beifahrersitz Platz nahm.

Cal ließ den Motor an und rangierte rückwärts, doch dann schlug er nicht die Straße zur Farm ein, sondern bog in einen Feldweg ab, der zwischen den eingezäunten Weiden hindurchführte. Auf einer Anhöhe stellte er den Motor ab.

Zuerst sagte er gar nichts. Er ließ seine sehnigen Hände auf dem Lenkrad ruhen und betrachtete sie schweigend, während Abby den

Atem und ihre Nerven so weit zu beruhigen suchte, dass sie mit Cal sprechen konnte.

„Wie kannst du es wagen, ohne anzuklopfen in mein Zimmer zu kommen?“, flüsterte sie schließlich, und ihre Stimme klang heiser.

„Ich habe geklopft. Du hast es nur nicht gehört.“

Abby biss sich auf die Unterlippe und richtete den Blick auf die Weide, die jetzt im Februar gelblich-braun und trostlos wirkte.

„Abby, mach um Himmels willen kein Drama daraus“, sagte Cal leise. „Hätte ich dich lieber so liegen lassen sollen, wie du warst? Was wäre denn, wenn Justin gekommen wäre, um dich zu wecken? Oder Lopez?“

Abby schluckte. „Nun, ich schätze, sie hätten was zu sehen gekriegt“, sagte sie mit unsicherer Stimme. Nach einer Weile drehte sie sich mit brennend roten Wangen zu Cal herum und fragte in kläglichem Ton: „Cal … ich war doch nicht völlig entblößt, oder?“

Er sah ihr in die Augen und brachte es dann nicht mehr so recht fertig, seinen Blick von ihr abzuwenden. Sie war so bezaubernd!

Unwillkürlich streckte er die Hand nach ihr aus und berührte sie leicht unter dem Ohr. Seine Finger waren zart und erregend.

„Nein“, brachte er heraus und sah die Erleichterung in ihren Augen, als er ihr diese Lüge mit der aufrichtigsten Miene, zu der er fähig war, darbot. „Ich habe dich nur zugeschnürt und unter die Bettdecke gesteckt.“

Abby atmete erleichtert aus. „Ich danke dir.“

Cals Finger ruhten jetzt auf ihrer Wange. „Abby, hast du je einen Mann deine Brüste sehen lassen?“, fragte er plötzlich.

Auf eine solche Intimität war sie nicht vorbereitet. Sie senkte den Blick und versuchte ihres Atems Herr zu werden.

„Ist schon gut, Spatz“, schalt er sie sanft, „ich kann es mir denken.“

„Du darfst nicht so reden“, flüsterte Abby.

„Warum denn nicht?“ Cal hob ihr Kinn, sodass ihr erschrockener Blick dem seinen begegnete. „Du bist doch diejenige, die erwachsen werden will, nicht wahr? Wenn du willst, dass ich dich als Erwachsene behandle, Abby, dann musst du auch solche Gespräche in Kauf nehmen.“

Abby rutschte nervös auf ihrem Sitz umher. Sie fühlte sich so linkisch, dass es ans Lächerliche grenzte. Sie fürchtete seinem Blick zu begegnen, der erbarmungslos ihr Gesicht durchforschte, und knetete ihre Tasche zwischen den Händen.

„Bitte nicht“, flehte sie und schloss die Augen.

„Hast du ehrlich Angst vor mir?“, fragte er. Seine Stimme klang jetzt tiefer, seidiger.

Mit dem Zeigefinger berührte er ihren Mund, und Abby schrak regelrecht zusammen. Sie riss die Augen weit auf, in denen all ihre verborgenen Wünsche und Ängste klar und verletzlich zu Tage traten. Und da war es mit seiner Selbstbeherrschung vorbei. Sie dürstete ebenso nach ihm, wie es ihn danach verlangte, sie in die Arme zu schließen. War dies der Grund ihrer Unruhe der letzten Zeit, weil sie sich zu ihm hingezogen fühlte und dies zu verbergen suchte? Er musste es wissen.

Abby brachte keine Antwort heraus, ihr war, als versuche er ihr in die Seele zu schauen. „Ich habe keine Angst vor dir. Können wir nicht weiterfahren?“

„Was soll denn das Theater?“, flüsterte er und beugte sich zu ihr hinüber. Sein Mund war nur Zentimeter von ihrem entfernt. „Willst du es verdrängen? Willst du so tun, als sehntest du dich nicht nach meinen Lippen?“

Abbys Herz begann zu rasen. Wenn er mit dieser Tour nicht aufhörte, war sie rettungslos verloren. Vielleicht spielte er ja nur mit ihr Katz und Maus, und wenn er es nicht ernst mit ihr meinte, so würde sie das umbringen. Sie berührte seine Schulter, drückte versuchsweise die harten Muskeln unter dem weichen Anzugstoff. Ihre Finger zitterten, als sich ihr Blick mit seinem traf, und ihr Mund bebte vor Erregung.

Cal sah ihr fest in die Augen. Einen solchen Blick hatte Abby nie zuvor erlebt. Eine Intensität und eine solche Aufrichtigkeit lag darin, dass sich alles in ihr anspannte und ihr Herz raste. Sehr erwachsen, sehr aufschlussreich. Er wandte den Blick nicht von ihr ab, und mit seinen schlanken Fingern strich er an der Seite ihres Halses auf und ab, was sie gleichzeitig erregte und kitzelte. Sein harter Mund näherte sich ihren Lippen, er war so nah, dass sie seinen warmen Atem auf ihren geöffneten Lippen spürte, ja, ihn einatmete.

„Oh Cal …“, flüsterte sie erregt, und ihre Stimme brach, heiser vor Sehnsucht.

Abby hörte, wie er die Luft einsog, und spürte seine Hand unter ihrem langen Haar, eine kräftige warme Hand, mit der er ihren Nacken umfasste, um sie an sich zu ziehen.

„Das musste eines Tages so kommen, Kleines“, flüsterte Cal und war drauf und dran, dem Verlangen nachzugeben, das sich fieberartig in seinem Körper ausgebreitet hatte. „Ich will es so sehr, wie du es willst ...“

Er kam noch näher, doch gerade als sich sein Mund auf ihren senken wollte und bevor er noch ihre feuchten, halb geöffneten Lippen berühren konnte, brachte sie das Geräusch eines nahenden Fahrzeugs blitzartig auseinander.

Cal musste sich erst besinnen, wo er war. Er blickte in den Rückspiegel und erkannte einen der Ranchlastwagen, doch es dauerte eine Zeit lang, bis er ihn richtig registrierte. Das Atmen fiel ihm schwer, und er fühlte sich angespannt wie ein gestrafftes Seil.

Er sah zu Abby hinüber. Sie hatte sich in ihre Ecke zurückgezogen, und als er bemerkte, dass sie zitterte, wurde ihm schockartig bewusst, was er soeben hatte tun wollen. Verdammt, jetzt hatte sie ihn an die Angel gekriegt, ohne auch nur das Geringste dazu getan zu haben. Dies machte ihn wütend und ironischerweise ebenso die Tatsache, dass sie ihm so leicht nachgegeben hatte. Noch mehr erzürnte ihn, dass er kurz davor gestanden hatte, sie zu küssen. Er suchte keine Komplikationen, verdammt noch mal, und Abby war die größte Komplikation, die er sich vorstellen konnte. War sie so verwundbar, weil sie ihn begehrte, oder lediglich weil sie entdeckt hatte, dass sie eine Frau war und ein wenig experimentieren wollte?

„Fahren wir lieber zur Arbeit“, sagte Cal gepresst und startete den Jaguar. Er fuhr den Weg hinunter und winkte den Männern hinter sich zu. Er bog in den nächsten Weg ab, und kurz darauf gelangten sie bei der Farm an.

„Geh schon mal rein. Ich muss noch nach Jacobsville rüber und ein paar Minuten mit unseren Anwälten sprechen“, sagte er so kühl er konnte. Dies war zwar eine glatte Lüge, doch er brauchte ein wenig Zeit, um sich wieder zu fangen. Er war erregt wie ein junger Bursche nach seinem ersten Rendezvous, und langsam verging ihm wirklich sein Sinn für Humor. Auch wollte er Justin und seinen entlarvenden Fragen aus dem Weg gehen.

„In Ordnung“, erwiderte Abby mit versagender Stimme.

Cal sah sie prüfend an. Wenn sie so ins Büro ging, würde ihr die ganze Geschichte von jedem an den Augen abzulesen sein. „Nichts ist geschehen“, sagte er knapp. „Und nichts wird geschehen“, setzte er in kaltem Ton hinzu, „wenn du nicht aufhörst, mich wie ein liebeskrankes Mondkalb anzuglotzen!“

Ein Schluchzer entrang sich Abbys Kehle. Mit großen Augen suchte sie verletzt seinen Blick und senkte dann schnell die Lider. Sie öffnete den Wagenschlag, stieg aus und schloss ihn leise wieder. Dann richtete sie sich auf und schritt auf den Büroeingang zu, ohne sich noch einmal umzudrehen.

Beinahe wäre Cal ihr gefolgt. Er hatte nicht vorgehabt, Abby – ausgerechnet Abby! – solche Worte zu sagen, aber er war selbst nicht ganz bei Sinnen und fürchtete sich davor, was geschehen konnte, wenn sie ihn weiterhin auf diese Weise ansah. Er durfte sich doch nicht in sie verlieben.

Sie war ja noch ein Kind! Und obendrein sein Mündel. Doch während er sich dies noch sagte, stieg vor ihm wieder das Bild auf, das ihm keine Ruhe mehr ließ: Abby mit entblößten Brüsten auf ihrem Bett. Er stöhnte, legte den Gang ein und schoss mit quietschenden Reifen die Straße hinab.

Abby hatte später keine Ahnung, wie sie den Tag hinter sich gebracht hatte. Es war ihr unmöglich, so zu tun, als sei nichts geschehen, doch da Justin wusste, dass sie einen Kater hatte, verzichtete er darauf, sie wegen ihrer blassen Gesichtsfarbe und ihres ungewöhnlich stillen Verhaltens ins Kreuzverhör zu nehmen. Und Cal tauchte auch nicht wieder auf, das war ein Segen. Abby glaubte, ihm nach dem, was er zu ihr gesagt hatte, nicht mehr in die Augen blicken zu können.

„Du brauchst ein bisschen Ablenkung“, bemerkte Justin später am Tag, als der Büroschluss nicht mehr fern war. „Wie wär’s mit einem Steak in Houston? Ich bin mit einem Kunden und seiner Ehefrau verabredet, mit denen ich über einen neuen Auftrag sprechen soll, und ich möchte nur sehr ungern allein hinfahren.“

Er lächelte, und seine sanfte Zuneigung ließ Abby warm ums Herz werden. Justin war eben doch nicht der kalte Typ, für den die meisten Leute ihn hielten. Er war lediglich ein trauriger, einsamer

Mann, der schon längst hätte heiraten und eine Schar Kinder um sich haben sollen.

„Das würde mir sehr gefallen", entgegnete Abby aufrichtig, zumal sie auf diese Weise Cal aus dem Weg gehen konnte. Freilich war es Wochenende, und an den Samstagabenden war er sowieso meistens nicht zu Hause, doch viel besser war es, wenn sie sich seinetwegen gar nicht erst den Kopf zerbrechen musste.

„Gut", sagte Justin und stand auf, „wir machen uns gegen sechs auf den Weg."

Abby hatte ein taubenblaues Kleid an, dazu schwarze Accessoires und, weil es kalt geworden war, ihren blauen Blazermantel.

„Sehr hübsch", stellte Justin lächelnd fest. Er selbst trug einen dunklen Anzug und machte einen eleganten und gediegenen Eindruck – wie immer bei den seltenen Gelegenheiten, wenn er sich in Schale warf.

„Das Kompliment kann ich nur zurückgeben", erwiderte Abby. Sie drückte ihre Handtasche an sich und blickte ruhelos die Eingangshalle hinab.

„Er kommt nicht nach Hause", beruhigte Justin sie, der ihren besorgten Blick aufgefangen hatte. „Ich nehme an, ihr beide seid mal wieder aneinander geraten?"

Abby seufzte. „So schlimm wie noch nie", gestand sie, ohne weiter ins Einzelne gehen zu wollen. Sie sah zu Justin auf. „Cal benimmt sich in letzter Zeit so, als hasste er mich."

Justin versuchte in ihren Augen zu lesen. „Und du weißt nicht, warum", brummte er. „Warte nur ab, Abby. Rom wurde auch nicht an einem Tag erbaut."

Abby blinzelte. „Ich verstehe nicht, was du meinst."

Er lachte leise und nahm ihren Arm. „Macht nichts. Komm, lass uns gehen."

Houston ist eine große ausgedehnte Stadt in einer flachen Landschaft, doch es hat eine ganz persönliche Note. Abby fühlte sich hier wohl. Nachts erstrahlt es in einem Glanz wie zu Weihnachten, fand sie – überall glitzernde Lichter und Fröhlichkeit.

Justin führte sie in ein kleines, intimes Restaurant und machte sie dort mit dem Ehepaar Jones – Clare und Henry – bekannt. Sie besaßen eine kleine Ranch in Montana, auf der sie Kälber aufzogen. Das ältere Paar besaß viel Sinn für Humor, und Abby waren die beiden gleich sympathisch. Sie unterhielt sich mit Clare über Mode, während Justin und Henry ihre Geschäfte besprachen. Für Abby war es ein anregender Abend, bis sie einmal aufsah und auf der gemütlichen kleinen Tanzfläche ein bekanntes Gesicht entdeckte.

Cal! Abbys Augen weiteten sich. Sie folgte ihm mit den Blicken, bis er eine freie Stelle erreicht hatte. Dann sah sie die hinreißende Blondine, die seine Tanzpartnerin war. Er hielt die Frau, die mindestens ebenso alt war wie er, mit beiden Händen an der Taille umfasst, und sie schmiegte sich an ihn, als tanzten sie so seit Jahren miteinander. Wie Verliebte lächelten sie sich an.

Abby wurde ganz schlecht. Sie fühlte sich elend. Schlimmer hätte Cal sie nicht treffen können, selbst wenn er dieses Attentat jahrelang vorbereitet hätte. Und so kurze Zeit nach der beleidigenden Bemerkung, die doch erst wenige Stunden zurücklag, war dies der Todesstoß für sie. Genau auf diese Art von Frauen fährt Cal ab, so ging es Abby durch den Kopf. Glatt, schön, erfahren. Hier war nun eine seiner geheimnisvollen Gespielinnen, eine jener Frauen, die er niemals mit nach Hause brachte.

„Was gibt's denn, Abby?", fragte Justin plötzlich. Doch bevor sie antworten konnte, folgte er ihrem Blick zur Tanzfläche, und gleich darauf glühte etwas Furcht erregendes, Gefährliches in seinen dunklen Augen auf.

„Ist das nicht Cal?", rief Henry fröhlich. „So ein Zufall. Holen wir ihn doch gleich mal rüber, Justin, und sehen wir, was er von unserem Angebot hält." Bevor ihn jemand daran hindern konnte, war er bereits aufgestanden und steuerte auf die Tanzfläche zu.

„Mrs Jones, sollen wir uns die Nase pudern?", fragte Abby mit einem schwachen, aber überzeugenden Lächeln.

„Aber ja doch, meine Liebe. Sie entschuldigen uns, Justin?", fragte die weißhaarige Dame höflich und verließ, Abby in ihrem Kielwasser, den Tisch.

Im letzten Augenblick ergriff Justin Abby am Oberarm und zog sie zurück. „Dreh jetzt nicht durch", sagte er ruhig. „Ich werde dich, sobald ich kann, hier rausschaffen. Willst du noch was trinken?"

Abby sah auf, durch sein unerwartetes Verständnis fast zu Tränen gerührt. „Könnte ich eine Piña colada mit nur wenig Rum haben?", fragte sie.

„Ich werd's bestellen. Und nun halt die Ohren steif."

Abby sah ihn liebevoll an. „Danke, großer Bruder", sagte sie in sanftem Ton.

Er grinste. „Jederzeit zu Diensten. Nun aber los."

Als sie ihre Augen von Justin abwandte, begegnete sie Cals dunklem Blick. Sie nickte ihm zu und ging ohne offensichtliche Eile davon.

Als Abby zehn Minuten später mit Mrs Jones zurückkehrte, war Cal im Begriff, sich vom Tisch zu erheben. Die Blondine hing nach wie vor an seinem Arm. Er blickte zu Abby auf, sein Gesichtsausdruck war undurchdringlich, doch lag etwas darin, das Abby verstörte; sie würde es sich um keinen Preis anmerken lassen. Liebeskrankes Mondkalb, also wirklich! Sie würde es ihm schon zeigen!

Sie lächelte. „Hi, Cal!", rief sie obenhin und schlüpfte auf den freien Platz neben Justin. „Ist es nicht hübsch hier? Justin meinte, ein Abend in der Stadt täte mir gut. War das nicht süß von ihm?" Sie nahm einen großen Schluck von ihrer Piña colada. Erleichtert stellte sie fest, dass von Rum kaum etwas zu schmecken war und dass ihre Hand nicht zitterte und den katastrophalen Zustand ihrer Nerven verriet.

„Sie ist jetzt nämlich ein großes Mädchen", erklärte Justin seinem Bruder, indem er sich in arroganter Manier zurücklehnte und Cal zu einer Entgegnung reizte. Sein kühles Lächeln und sein direkter kalter Blick verfehlten ihre Wirkung nicht, nicht einmal auf seinen Bruder.

Cal schien nicht gerade erfreut über die Andeutung, die in diesen Worten lag, zumal Justin dann noch seinen Arm um Abbys Schultern legte. In der Tat sah es einen Moment so aus, als wollte er aufspringen und seinen Bruder von Abby losschütteln.

„Ich bin müde", seufzte da die Blondine und schmiegte ihr Gesicht an Cals Schulter. „Ich brauche meinen Schönheitsschlaf – irgendwann", scherzte sie mit einem bedeutsamen Blick auf Cal, der mit starrer Miene dasaß.

Abby hob das Kinn und sah Cal gerade in die Augen. „Amüsier dich nur, großer Bruder", sagte sie mit gezwungener Fröhlichkeit und brachte sogar ein Lächeln zu Stande. Zum Glück hatte sie Justin! Sie hob ihr Glas, nippte an ihrem Getränk und zwinkerte der Blondine zu, die sie, Abby, offenbar für eine Verwandte hielt, von der keine Gefahr zu erwarten war.

Cal bemühte sich, seine Stimme wieder zu finden. Der Anblick Abbys an der Seite seines Bruders machte ihm schwer zu schaffen, mit dieser Möglichkeit hatte er nicht einmal im Traum gerechnet. Und wenn Justin vielleicht auch kein Playboytyp war, so war er doch ein reifer, sehr männlicher Mann. Immerhin hatte sich sogar eine Schönheit wie Shelby Jacobs in ihn verliebt.

Cal hatte keineswegs vorgehabt, die Blondine auszuführen. Gemessen an den Gefühlen, die er für Abby hegte, war sie nur ein schwacher Ersatz, ein in jener Hinsicht platonischer zumal. Nicht einmal ein körperliches Verlangen verspürte er nach ihr; sie war nur jemand, mit dem er sich unterhalten und die Zeit totschlagen konnte, ohne dass dadurch sein Gefühlsleben strapaziert wurde.

Doch niemals hätte er gedacht, dass Abby ihn mit ihr erwischen würde. Diese Entwicklung ging ihm ans Mark, hatte ihn jetzt kopfscheu gemacht. Wie nahm Abby es auf? So sehr er sich auch Mühe gab, er konnte in ihren Zügen nicht den leisesten Anflug von Eifersucht erkennen. Sie hatte mehr Make-up als üblich aufgelegt, und das Kleid stand ihr ausgezeichnet. Sie sah einfach hinreißend aus. Ob Justin sich dessen bewusst war?

„Ich sagte, ich würde jetzt wirklich gern nach Hause gehen", wiederholte die Blondine und lachte. „Tust du mir den Gefallen? Ich habe einen langen Tag hinter mir – ich bin Mannequin", fügte sie zur Erklärung für die anderen hinzu, „und wir hatten heute Nachmittag eine Modenschau. Meine Füße bringen mich um, so unromantisch das auch klingen mag."

„Natürlich", sagte Cal beschwichtigend und nahm ihren Arm. „Wir sehen uns noch." Diese Worte waren an Justin gerichtet.

„Na klar doch", brummte Justin mit einem spöttischen, ungläubigen Unterton und lächelte die Blondine an, die auch tatsächlich errötete.

Cal entging nicht, wie Abby auf diese Bemerkung reagierte. Sie senkte den Blick, doch ihre schlanke Hand, welche das Glas mit der Piña colada hielt, zitterte. Da wurde Cal ganz elend zumute, und am liebsten hätte er sie auf die Arme genommen und davongetragen, möglichst weit weg von Justin.

Doch Justins Arm lag immer noch um Abbys Schultern, und jetzt drückte er sie auch noch an sich. „Es kann später werden“, sagte Justin zu seinem Bruder. „Du brauchst nicht aufzubleiben, wenn du früher nach Hause kommst. Ich dachte, ich könnte mit Abby noch tanzen gehen“, setzte er mit funkelnden Augen und dem arroganten Lächeln hinzu, das Cal so hasste.

„Oh ja, das wäre schön“, ging Abby erfreut darauf ein.

Cal fühlte, wie sich seine Kehle zusammenschnürte. Auch er brachte ein Lächeln zu Stande, doch es wirkte gequält. „Gute Nacht, dann“, sagte er mit gepresster Stimme. Er hörte kaum hin, was die anderen ihm entgegneten, als er die Blondine aus dem Restaurant geleitete.

„Die Krise ist vorbei“, wandte sich Justin an Abby. „Sie sind weg.“

Abby sah auf, in ihren Augen standen Tränen. „Du weißt Bescheid, nicht wahr?“

„Wie du dich fühlst, meinst du?“ Er nickte. „Du darfst es dir nur nicht anmerken lassen, Kleines. Er muss sich eben noch die Hörner abstoßen, doch wenn er für dich das Gleiche fühlt wie du für ihn, dann wird er sich schon am Riemen reißen. Lass ihm nur Zeit, und hüte dich davor, ihm Zügel anlegen zu wollen.“

„Du weißt eine Menge über Männer“, sagte Abby und schnäuzte sich in ein Papiertaschentuch.

„Na, ich bin ja schließlich auch einer“, entgegnete er. „Jetzt trockne mal deine Augen, und dann nehmen wir den langen Weg nach Hause. Das wird ihn auf die Palme treiben. Schon der Gedanke, dass du mit mir ausgegangen bist, hat ihm schwer zu schaffen gemacht.“

„Wirklich?“

Er musste über ihre verdutzte Miene lachen. „Wirklich. Kopf hoch, Mädel. Du bist jung. Du hast Zeit.“

„Und was tue ich in der Zwischenzeit? Er macht mich wahnsinnig.“

„Du könntest dich ja mal nach dieser Wohnung umsehen“, meinte Justin. „Ich sähe es zwar sehr ungern, wenn du von uns wegziehen würdest, doch letzten Endes dürfte dies wohl die einzig richtige Antwort sein.“

„Das ist schon abgemachte Sache.“ Abby wischte sich die Tränen aus den Augen. „Aber Cal hat was dagegen, dass ich mit Misty zusammenwohnen will."

„Ich auch", gab Justin aufrichtig zu. „Wusstest du, dass sie Cal angemacht und er ihr einen Korb gegeben hat?"

„Kann man denn niemandem mehr vertrauen?", stöhnte Abby. „Ob es wohl auch Frauen gibt, die nicht hinter ihm her sind?"

„Doch, ein paar, da und dort", scherzte Justin und zwinkerte ihr mit seinen dunklen Augen zu. „Ich finde, du solltest dir lieber bei irgendjemandem ein möbliertes Zimmer nehmen. Aber das liegt bei dir. Ich will dir nicht vorschreiben, was du zu tun und zu lassen hast. Du bist alt genug, um für dich selbst zu entscheiden."

„Danke, Justin", sagte Abby mit weicher Stimme und lächelte. „Du wirst eines Tages einen guten Ehemann für ein nettes Mädchen abgeben."

Justins Ausdruck verhärtete sich, und der Humor schwand aus seinen Augen. „Diesen Fehler werde ich nicht begehen", sagte er. „Ich habe bereits meine Lektion bezogen."

„Du hast dich nie dafür interessiert, was Shelby dazu zu sagen hat", erinnerte Abby ihn. „Cal meint, du hättest nichts davon hören wollen."

„Sie hat alles gesagt, indem sie nur den Ring zurückgab. Und ich will nicht darüber reden." Seine Augen schossen warnende Blitze, als er sich erhob. „Ich rede mit niemandem über Shelby, nicht einmal mit dir."

„Okay", zog sich Abby zurück, „ich werde nicht weiter bohren."

„Gehen wir", sagte Justin und nahm die Rechnung auf. „Wir lassen uns noch zwei Stunden Zeit, bis wir nach Hause fahren, und ich hoffe, dass Cal inzwischen die Wände hochgeht."

„Er wird wahrscheinlich gar nichts merken", wandte Abby kläglich ein. „Sie war sehr hübsch."

„Gutes Aussehen zählt nicht auf lange Sicht." Justin sah Abby in die Augen. „Hast du gemerkt, wie unangenehm es ihm war, dass du ihn mit der Blonden ertappt hast?"

Abby wandte sich ab. „Ich bin müde. Aber es war ein wundervolles Dinner. Ich danke dir."

Justin hob eine Augenbraue. „Danke mir nicht. Der Genuss war ganz auf meiner Seite. Alle Mal besser als ein Abend vor der Glotze."

Er lachte still in sich hinein.

Abby wollte ihn fragen, warum er nie mit Frauen ausging und ob er nach sechs Jahren Shelby Jacobs immer noch die Tür offen hielt. Cal hatte gemeint, dies sei der Fall, aber Justin war verschlossen wie eine Auster, wenn es um sein Privatleben ging. Und Abby wollte nicht tiefer in ihn dringen. Dazu war sie nicht mutig genug, nicht einmal mit einer Piña colada im Blut.

3. KAPITEL

Justin parkte seinen schnittigen schwarzen Thunderbird in der Garage, und Abby war überrascht, dass Cals Jaguar bereits dort stand.

„Schau an, schau an“, brummte Justin und sah zu Abby hinüber. „Sieht aus, als wollte er mal früh schlafen gehen.“

„Vielleicht war er geschlaucht“, lautete Abbys kühle Diagnose.

Justin sagte nichts dazu, doch irgendetwas schien ihn köstlich zu amüsieren.

Cal war im Wohnzimmer, vor sich eine Brandyflasche. Er saß in Hemdsärmeln da, die er bis zu den Ellbogen aufgekrempelt hatte, und das Hemd stand vorn fast bis zum Bauchnabel offen. Abby musste sich zusammenreißen, um nicht ganz und gar hingerissen seinen breiten, muskulösen Brustkorb anzustarren. Er war der sinnlichste Mann, den sie je gekannt hatte, so stark und groß, dass allein sein Anblick sie ganz schwach machte.

„So, hast du sie endlich nach Hause gebracht“, schnauzte Cal seinen Bruder an. „Weißt du eigentlich, wie spät es ist?“

„Gewiss doch.“ Justin ließ sich nicht aus der Ruhe bringen. „Es ist zwei Uhr morgens.“

„Was habt ihr bis jetzt getrieben?“

Justin hob eine Augenbraue. „Ach, rumgefahren und so. Gute Nacht, Abby!“ Er zwinkerte ihr zu, bevor er sich umwandte und die Treppe hinaufging.

Abby war wie vom Blitz gerührt. Warum hatte Justin das nun wieder gesagt? In Cals Augen glitzerte Mordlust. Sie räusperte sich.

„Ich denke, ich gehe ebenfalls rauf.“ Sie wollte sich umdrehen, doch da wurde sie von einer großen warmen Hand am Arm gepackt und ins Wohnzimmer hineingezogen.

Cal knallte die Tür zu, und seine Brust hob und senkte sich schwer. Seine Augen waren nun ganz schwarz geworden, glitzernd, gefährlich, und sein sinnlicher Mund bildete einen dünnen grimmigen Strich.

„Wo wart ihr?“, herrschte er sie an. „Und was habt ihr getrieben? Justin ist siebenunddreißig und kein Knabe mehr.“

Sprachlos stand Abby ihm gegenüber. Der plötzliche Überfall

hatte ihr momentan den Atem geraubt, aber dann gewann ihr Ärger die Oberhand.

„Die Blondine, mit der du aus warst, war auch nicht gerade ein Schulmädchen", entgegnete sie ihm, so ruhig sie konnte, während ihr die Knie zitterten, sodass sie sich an die Tür lehnen musste, um sich abzustützen.

Cal zog die Augenbrauen zusammen. „Mein Privatleben geht dich nichts an", sagte er vorsichtig abwehrend.

„Natürlich nicht", stimmte Abby zu. „Du sagtest bereits, dass ich dich nicht wie ein liebeskrankes Mondkalb anhimmeln soll, und ich tue mein Bestes, das nicht zu tun." Es tat ihr in der Seele weh, diesen schmerzhaften, beleidigenden Ausdruck über die Lippen zu bringen.

Cal zuckte mit den Schultern, während er Abby ansah und den Blick rasch wieder abwandte, so, als ob ihm ihre Worte peinlich wären. „Justin ist zu alt für dich."

„So ein Quatsch", erwiderte Abby und hob das Kinn. „Du hast bis jetzt an jedem Mann was auszusetzen gehabt, mit dem ich ausgegangen bin, aber du kannst doch deinen eigenen Bruder nicht mies machen. Justin würde mir niemals wehtun, und das weißt du."

Er wusste es, aber das half ihm auch nicht weiter. Der Gedanke an ein Verhältnis zwischen Abby und Justin bereitete ihm körperliche Schmerzen. „Ach, verdammt noch mal!", platzte er heraus, ihm fehlten einfach die Worte.

Abby holte tief Atem, während ihr Herz Tango tanzte. „Warum sollte es dich interessieren, was ich treibe?", sagte sie herausfordernd. „Und du bist mir gerade der Richtige, über andere Leute zu Gericht zu sitzen. Meine Güte, Cal, jedermann weiß doch, was für ein Playboy du bist!"

Cal starrte sie an und versuchte sein Temperament im Zaum zu halten. „Ich bin kein Playboy", sagte er gepresst. „Gut, ich gehe ab und zu mit Frauen aus ..."

„Jede Nacht", erwiderte Abby. Sie wusste zwar, dass dies nicht ganz stimmte, doch für Haarspaltereien war sie einfach zu zornig. „Nicht dass es mir etwas ausmachen würde", fügte sie mit einem kalten Lächeln hinzu. „Mir ist es egal, mit wem du ausgehst, solange du deine Nase nicht in meine Angelegenheit steckst. Ich jedenfalls treffe mich, mit wem ich will, und wenn dir das nicht gefällt, dann ist das dein Problem!"

Cal setzte zu einer entsprechenden Erwiderung an, doch bevor er die Worte herausbrachte, hatte sie bereits die Tür aufgerissen und stürmte die Treppe hinauf.

„Wenn du noch einmal bis zwei Uhr morgens wegbleibst, mit oder ohne Justin, renne ich mit dem Zaunpfahl hinter dir her!“, brüllte Cal ihr nach.

Verdammte Weiber! Cal hätte schreien mögen, wenn er daran dachte, wie sehr ihm Abby in der letzten Zeit zusetzte. Sie ruinierte sein Leben – ebenso wie sein Arbeitsleben. Nichts anderes kam ihm mehr in den Sinn als ihre verdammt hübschen Brüste …

Abby weinte sich in den Schlaf. Was für ein schrecklicher Abend war das gewesen! Und jedes Mal, wenn sie sich vorstellte, wie Cal dieses Mannequin küsste, wurde ihr noch übler. Sie hasste ihn, hasste jeden Knochen in seinem Leib, und ganz besonders hasste sie sein Besitz ergreifendes Gehabe. Sie musste einfach eine eigene Wohnung finden, musste weg von der Ranch, denn nach den Geschehnissen dieser Nacht erschien es ihr ein Ding der Unmöglichkeit, bis zu ihrem Geburtstag weiterhin unter einem Dach mit Cal zu bleiben.

Am nächsten Morgen schlief Abby erst einmal aus. Normalerweise ging sie Sonntagmorgens zur Kirche, doch diesmal drückte sie sich davor, denn sie wollte auf keinen Fall Cal begegnen.

Doch sie hätte sich keine Sorgen zu machen brauchen. Als sie schließlich zur Mittagszeit herunterkam, in Jeans und beigefarbenem Häkelpulli, das Haar zu einem Pferdeschwanz gebunden, war Cal nirgends in Sicht.

„Guten Morgen“, sagte Justin vom Kopf der Tafel her und lächelte leicht. „Wie ist es dir gestern Nacht noch ergangen?“

„Frag mich nicht“, stöhnte Abby. Sie setzte sich und sah nervös zur Tür. „Ist er da?“

Justin schüttelte den Kopf, schenkte sich Kaffee ein und reichte die Kanne an Abby weiter. „Er schläft noch.“ Das überraschte Abby, denn Cal war sonst ein Frühaufsteher. Jetzt brachte Justin sogar ein Grinsen zu Stande. „Was war denn los?“

„Er meint, ich hätte vor zwei Uhr morgens zu Hause zu sein, er selbst brauche das aber nicht“, sagte Abby ruhig. „Und du bist zu alt für mich“, setzte sie hinzu, wobei sie ihn schelmisch ansah.

Justin lachte in sich hinein. „Was sonst noch?"

„Der dreht noch völlig durch, Justin. Ich weiß nicht, was in der letzten Zeit in ihn gefahren ist. Sein Liebesleben kann es wohl nicht sein – das Mannequin schien ja völlig auf ihn abzufahren."

Justin schien keine Antwort darauf zu wissen. Während er sich Sahne in den Kaffee goss, sagte er: „Ach, fast hätte ich's vergessen. Misty hat angerufen. Sie sagte etwas von einer Wohnung, die sie sich heute mit dir ansehen will, wenn du Lust hast."

„Ja, ich denke schon." Abby warf der Treppe, die nach oben führte, einen zornigen Blick zu.

„Du weißt, ich halte nicht viel davon, dass du mit Misty zusammen hausen willst", sagte Justin in aufrichtiger Besorgnis. „Aber es ist deine Entscheidung."

„Du bist ein netter Mensch, Justin."

„Freut mich, dass du so eine gute Meinung von mir hast. Anscheinend hält mich mein Bruder für ein ebensolches Schlitzohr, wie er selber ist." Er gluckste.

„Gott sei Dank bist du das nicht", seufzte Abby. „Einer in der Familie reicht mir!"

„Wenn du rausgehst, zieh dir lieber eine warme Jacke an", warnte Justin. „Ich wollte nur die Zeitung reinholen und bin fast erfroren."

Wieder seufzte Abby. „Und da heißt es, der Frühling stehe vor der Tür."

Nach dem Frühstück rief Abby ihre Freundin Misty an und versprach ihr, sich sogleich auf den Weg zu machen. Dann ging sie auf ihr Zimmer, um ihre burgunderfarbene Velourjacke zu holen. Sie schloss gerade den letzten Knopf und wollte sich zum Gehen wenden, als sie in der offenen Tür Cal stehen sah, der sie mit brütendem Blick betrachtete.

Er hatte gerade geduscht und stand da mit entblößtem Oberkörper und nassen Haaren. Wieder einmal konnte Abby nicht umhin, seine männliche Schönheit zu bewundern, die sich in den kräftigen Muskeln, dem dichten blonden Haar, dem breiten Brustkorb und in seinen schmalen Hüften manifestierte. Cal lächelte nicht, und unter seinen dunklen Augen lagen schwere Ringe. Er sah genauso müde aus, wie Abby sich fühlte.

„Wohin gehst du?", fragte er kalt.

„Wohnungen besichtigen“, antwortete Abby obenhin. „In gut zweieinhalb Monaten werde ich eine brauchen.“

„Was sagt Justin dazu?“ Cals Augen verengten sich in aufwallendem Ärger.

„Justin ist nicht derjenige, der mich in einen Käfig einsperren will.“ Abby war die ganze Angelegenheit leid, seinen ungerechtfertigten Zorn und sogar Justins Rolle als Cupido. „Sieh mal, Justin hat mich nur zum Essen ausgeführt. Er hat nicht irgendwo angehalten und mich zu verführen versucht. So einer ist er nicht, und du solltest dich schämen, so etwas von ihm zu denken. Justin ist wie ein Bruder für mich. Genau ... wie du“, schloss sie und wandte die Augen ab. „Keinem von euch beiden bringe ich irgendwelche romantischen Gefühle entgegen.“

„Und das ist eine verdammte Lüge“, sagte Cal in kaltem Ton. Er drückte sich von der Tür ab, wobei er sie hinter sich zuschlug. Abbys erschrockener Blick richtete sich auf ihn, als er auf sie zukam. „Ich bin genauso wenig dein Bruder wie ich dein Großonkel bin.“

Abby wich vor ihm zurück. Sie stieß gegen einen Stuhl, stolperte und schaffte es gerade noch, an der Wand Halt zu finden. Cal sah gefährlich aus, und sie wusste nicht, wie sie sich seiner Temperamentsausbrüche erwehren sollte.

Sie drückte sich gegen die kalte Wand. „Genau das erwartest du aber von mir“, sagte sie vorwurfsvoll. „Ich soll mich wie eine kleine Schwester aufführen, die dir nicht in die Quere kommt, die dir keine schönen Augen macht ...“

„Mein Gott, ich weiß selbst nicht mehr, was ich eigentlich will“, knirschte Cal und stemmte seine Hände rechts und links neben Abbys Kopf an die Wand. So nah, so sinnlich, so männlich stand er vor ihr, dass ihr sein erregender männlicher Duft in die Nase stieg. Sie konnte die in der Morgensonne glänzenden winzigen goldenen Härchen auf seinem Brustkorb erkennen, ebenso wie das Glitzern seiner durchdringenden Augen, mit denen er sie unverwandt ansah.

„Cal, ich muss gehen“, sagte sie mit schwankender Stimme.

„Warum?“, fragte er.

Sie sah ihn atmen. Seine Brust hob und senkte sich schwer, als ob es ihn Mühe kostete, die Luft in die Lungen hinein- und wieder herauszupressen. Ihr ging es ebenso. Zu nahe war er ihr, und jeden Moment konnte ihre Verletzlichkeit zum Vorschein kommen. Sie hätte es nicht ertragen können, dass er ihre Schwäche sah und sich darüber lustig machte.

„Hör auf." Abbys Stimme war nur noch ein heiseres Flüstern, und sie kniff die Augen zu. „Verdammt noch mal, nein ... oh!"

Plötzlich presste er die Lippen auf ihre, sodass ihr das Herz zu stocken drohte. Es war kein sanfter Kuss, es war, als ob das Gefühl ihres weichen Körpers an seinem seine Wildheit herausforderte, seinen Hunger erweckte.

Und in der Tat hungerte ihn nach ihr. Er presste sich an sie, sodass seine Hüften und Schenkel sie voll berührten und sich seine Brust gegen den Stoff ihrer Jacke drückte. Die Jacke war ihm im Weg, er knöpfte sie auf, um ihre Brüste zu spüren. Er fühlte, wie sie keuchte, als sich ihre Brüste an ihn drückten, und die Wärme und Weichheit ihres Körpers entlockten ihm ein Stöhnen. Er zwang ihre Lippen auseinander, sog begierig an ihrer Unterlippe. Dies erregte ihn und steigerte seinen Hunger. Es verlangte ihn nach ihrem Mund, wie es ihm nach ihrem zarten, süßen jungen Körper verlangte. Er stieß seine Zunge hinein, spielte mit ihrer Zunge, und dabei stöhnte er und drückte sie mit seinem ganzen Gewicht gegen die Wand.

Abby hatte Angst. Mit so etwas „Erwachsenem" hatte sie nicht gerechnet, und sie war noch nie von jemandem geküsst worden, der über ein nennenswertes Maß an Erfahrung verfügte. Cal hatte Erfahrung, und er küsste sie so, als wäre auch sie kein Neuling auf diesem Gebiet. Doch das war sie eben. Das Gefühl seines Körpers in solch einer intimen Umarmung war ihr peinlich, und das, was er mit seinem Mund vollführte, schockierte sie zutiefst. Aus Angst, die Beherrschung zu verlieren, stemmte sie ihre Hände gegen seine Brust.

„Nein!", wimmerte sie.

Er nahm es kaum wahr. Seine Gedanken rasten, sein Körper durchlitt Qualen. Er schaffte es, den Kopf zu heben, um auf sie hinunterzusehen. Doch von der Leidenschaft und dem Entzücken, die er in ihren hellen Augen zu erblicken hoffte, war nichts zu erkennen. Ja, sie hatte sie weit aufgerissen, doch nicht vor Begierde, sondern ... aus Angst!

Cal zog die Stirn in Falten. Ihre Hände lagen zwar auf seiner Brust, doch sie streichelten ihn nicht, sondern stießen ihn im Gegenteil sogar von sich. Und sie weinte.

„Abby", flüsterte er sanft. „Mein Liebes …"

„Lass mich los", schluchzte sie. „Lass mich doch los!" Wieder versuchte sie ihn wegzuschieben, mit aller Kraft.

Cal stieß sich von der Wand ab und löste sich von Abby. Sie fühlte sich kalt und leer und ging an ihm vorbei, bis das halbe Zimmer zwischen ihnen lag. So also fühlte sich Leidenschaft an. Die Erinnerung daran ließ sie schaudern. Ihre Lippen schmerzten von dem heftigen Kuss, und auf den Brüsten spürte sie immer noch den Druck seines Brustkorbs. Er hatte nicht einmal den Versuch unternommen, sanft zu sein. Vorwurfsvoll sah sie ihn an, und ihre Augen glänzten von Tränen, als sie ihre Jacke vorn zusammenzog und erschauerte.

Cal fühlte sich, als wäre ein Hammer auf seinen Kopf niedergesaust. Ihre Reaktion war so ganz anders gewesen, als er erwartet hatte. Schon einmal hatte er Abby fast geküsst, und sie war willig auf ihn eingegangen. Doch jetzt sah sie aus, als hasste sie ihn.

„Du hast mir wehgetan!", flüsterte sie bebend.

Cal fehlten die Worte. Besorgt blickte er sie an. War sie denn noch nie mit männlicher Leidenschaft in Berührung gekommen? War das möglich? Konnte eine Frau in diesen Tagen, in dieser Zeit noch so vollkommen unberührt sein?

„Bist du noch nie geküsst worden?", fragte er sanft.

„Doch, natürlich", entgegnete Abby steif. „Aber nicht … nicht so!"

Seine Augenbrauen schossen in die Höhe. Jetzt begann er allmählich zu verstehen. „Mein Gott", sagte er heiser. „Abby, Erwachsene küssen so."

„Dann will ich nicht erwachsen sein", gab Abby errötend zurück. „Nicht wenn ich mich dafür so … zerquetschen lassen muss."

Cal sah zu, wie sie sich umdrehte und das Zimmer verließ. Er fühlte sich unfähig, sie zurückzuhalten. Abbys Reaktion hatte ihn völlig aus dem Konzept gebracht. Er hatte erwartet, dass sie zumindest mit den Grundbegriffen der körperlichen Liebe vertraut sein würde, doch sie schien tatsächlich vollkommen unschuldig zu sein. Einen tiefen innigen Kuss, die sinnliche Berührung eines Männerkörpers hatte sie anscheinend noch nie erlebt.

Dies hätte Cal erfreuen sollen, doch die Tatsache, dass sie seine Leidenschaft als „Zerquetschen" empfand, ließ keine Freude in ihm aufkommen. Hätte er sie doch damals dem betrunkenen Cowboy überlassen, dann wüsste sie jetzt, was es heißt, zerquetscht zu werden!

Abby stieg in ihren Sportwagen und drehte mit zitternden Fingern den Zündschlüssel. Wie hatte Cal ihr nur so wehtun können, wenn ihm etwas an ihr lag? So hatte er doch nur bewiesen, wie wenig sie ihm tatsächlich bedeutete, nur um sein eigenes Vergnügen war es ihm gegangen. Nun, dann sollte er doch zu seinen Blondinen zurückgehen, ihr sollte es recht sein. Sie konnte ihn jetzt nur noch hassen.

Misty wartete bereits, als Abby sie von dem im Kolonialstil erbauten Herrenhaus abholte, in dem sie mit ihren Eltern lebte. Sie stieg in Mistys kleinen Sportflitzer um und scherte sich nicht um den Fahrtwind, der ihr das Haar zerzauste. Vielleicht blies er ja auch ihre miese Stimmung weg. Sie liebte Cal doch – wie hatte er sie da so niederträchtig behandeln können? Aber sie musste jetzt tun, als sei nichts geschehen, damit Misty nicht anfing, Fragen zu stellen, die Abby nicht beantworten wollte.

In der Stadt stellten sie den Wagen ab und gingen zu der ersten Adresse auf Mistys Liste. Die Wohnung lag über einem Süßwarenladen, an einer Straßenecke gegenüber der Bank. Misty gefiel das Apartment nicht, denn es hatte nur ein Schlafzimmer, und Misty legte, wie sie sagte, wert auf ein ungestörtes Privatleben. Abby behielt diese Bemerkung – und was sie implizierte – im Hinterkopf und erklärte ihrerseits, dass ihr die Aussicht nicht gefalle. Außerdem läge die Wohnung zu nahe am Stadtzentrum, was besonders an den Wochenenden nächtlichen Verkehrslärm mit sich bringe.

Das zweite Angebot dagegen gefiel Abby annehmend. Es handelte sich um ein Zimmer in einem Privathaus, das einer Mrs Simpson gehörte, einer freundlichen, intelligenten und warmherzigen Frau. Dies passte nun Misty gar nicht in den Kram: Sie brauchte keine alte Ziege, die ihre Nase überall hineinsteckte. Abby kam nun schnell zu dem Schluss, dass Misty hauptsächlich an einer „sturmfreien" Bude gelegen war, wo sie ungeniert Partys und sonstige Happenings abhalten konnte, und sie scheute sich davor, den Namen der Ballengers in solche Aktivitäten hineinziehen zu lassen.

„Ich nehme das Zimmer", sagte sie zu Mrs Simpson, „wenn es Ihnen nichts ausmacht, nur mich anstatt uns beide zu nehmen, und wenn Sie es mit dem Einzug nicht allzu eilig haben. Es dauert bei mir noch ein paar Wochen …"

„Das passt mir gut, denn ich will sowieso für ein, zwei Wochen zu meiner Schwester fahren." Mrs Simpson setzte ein breites Lächeln auf, und ihre blauen Augen strahlten förmlich. „Ich bin entzückt, meine Liebe." Sie lehnte sich vor, während Misty noch oben herumlief und sich über den Mangel an Privatsphäre beklagte. „Ihre Freundin scheint ja wirklich sehr nett zu sein, aber wissen Sie, ich bin ja doch ziemlich altmodisch …"

„Ich genauso", flüsterte Abby und legte den Finger auf die Lippen, als sie Misty die Treppe herunterkommen sah.

„Nein, tut mir leid, das sagt mir nicht zu", seufzte Misty.

„Ich weiß, wie wir es machen", strahlte Abby sie an. „Ich nehme dieses hier, und du nimmst das von vorhin. Das wird toll. Wir können uns besuchen und haben beide unser Privatleben."

Misty hob eine Augenbraue. „Nun … das wäre vielleicht gar nicht so schlecht. Aber du sagtest doch, du wolltest mit mir zusammen wohnen."

Mrs Simpson entschuldigte sich und bat Abby, sie wegen des Einzugsdatums später noch mal anzurufen.

Auf dem Weg zum Auto sagte Abby zu ihrer Freundin: „Sehen wir doch den Tatsachen ins Gesicht, Misty. Du willst Männer zu dir einladen, und Cal und Justin würden nur über mich herfallen, sobald sie Wind davon bekämen. Und es wäre dir ja sicher auch nicht recht, sie ständig auf deiner Fußmatte zu haben, oder?"

Misty tat so, als ob ihr schauderte. „Bist du verrückt? Cal mag ja angehen, aber Justin? Der versteht doch kein bisschen Spaß!"

Abby dachte daran, wie belustigt sich Justin über Cals Benehmen gezeigt hatte, doch sie nickte nur.

„Gehen wir Kaffee trinken", schlug Misty vor. Sie fuhren ins Zentrum zurück und parkten neben der Bank. Kaum waren sie ausgestiegen, da kamen Tyler Jacobs und seine Schwester Shelby um die Ecke. Sie wirkten ernst, ja bedrückt.

Abby begrüßte sie. „Tyler, Shelby, wie geht's?"

„Kein günstiger Zeitpunkt, danach zu fragen", seufzte Shelby, brachte jedoch ein schwaches Lächeln zu Stande. Sie war ein Gedicht! Langes dunkles Haar umrahmte ihr elfengleiches Gesicht mit den grünen, glasklaren Augen. Ihr Mund war makellos, und sie war hoch gewachsen und schlank. Als Mannequin hätte sie Millionen verdient, doch ihre Eltern hatten von solch einem Beruf für ihre einzige Tochter nichts wissen wollen.

Tyler war seiner Schwester in vielem ähnlich. Er hatte dichtes dunkles, fast schwarzes Haar, einen dunklen Teint und die gleichen seltsam grünlichen Augen. Er war groß wie Cal, aber schlanker. Schlank wie eine Gerte, aber nicht weniger imposant. Er war kein schöner Mann, hatte jedoch Charakter, und die meisten Frauen fanden ihn unwiderstehlich.

Misty war entzückt, Tyler zu begegnen. „Schau da, schau da", legte sie los. „Was für ein Zufall, euch hier zu treffen."

„Hallo, Misty!" Tyler rang sich ein Lächeln ab. „Du siehst blendend aus, wie immer. Was treibt euch denn beide an einem Sonntag in die Stadt?"

„Ursprünglich wollten wir uns nach einem gemeinsamen Apartment umsehen", seufzte Abby. „Aber dann haben wir uns jede ein Einzelzimmer genommen, an entgegengesetzten Enden der Stadt. Ich miete mir bei einer Mrs Simpson eins, und Misty hat ein Zimmer mit Blick auf die Bank."

„Gleich da drüben." Misty deutete zur anderen Seite der Straße. „Es muss zwar renoviert werden, aber darum kann ich mich kümmern."

Abby grinste. „Darauf gehe ich jede Wette ein, dass du das kannst!"

„Kommt, wir laden euch zum Kaffee ein", sagte Shelby. „Tyler braucht etwas Aufmunterung. Schon gestern hat uns ein schwerer Schlag getroffen, und heute haben wir noch eins obendrauf gekriegt."

Abby sah zu Tyler auf. Er schien in sich gekehrt und mürrisch, was bei ihm eine Seltenheit war. „Das tut mir aber leid. Kann ich irgendwie helfen?"

„Nein, mein Püppchen", brummte Tyler und strich ihr liebevoll über das Haar. „Danke für das Angebot. Wie geht's Cal?"

Abby wandte die Augen ab. „Gut, nehme ich an. Er und Justin sind beide zu Hause."

„Keine Schwierigkeiten, nachdem Cal dich neulich vom Tanzpalast nach Hause brachte?", setzte Tyler nach, aber er wollte Abby eigentlich nur ein wenig necken.

„Nur die übliche Standpauke.“ Abby brachte ein zaghaftes Lächeln zu Stande, während sie alle vier die Straße hinuntergingen und in ein kleines Café einkehrten. Die Kellnerin brachte ihnen vier Tassen Kaffee und ein Kännchen mit Sahne.

Shelby warf Abby einen schelmischen Blick zu. „Du kleiner Teufel“, neckte sie sie.

„Ich wollte doch nur mal sehen, wie die andere Hälfte der Menschheit lebt“, verteidigte sich Abby.

„Und ich gab mein Bestes, dir dabei behilflich zu sein“, seufzte Misty. „Andererseits, war es nicht ein Glück, dass es Cal war und nicht Justin, der zu deiner Rettung kam? Cal nimmt die Dinge nicht so schwer.“

„In letzter Zeit schon“, widersprach Abby.

Nachdem Justins Name gefallen war, wirkte Shelby eigentümlich still und zurückgezogen. Sie tat Abby leid. Justin war nie darüber hinweggekommen, dass Shelby ihm den Korb gegeben hatte. Das würde er wohl auch nie, und Shelby musste sich dessen bewusst sein.

„Was treibt denn Justin so?“, fragte Tyler beiläufig – zu beiläufig, wie Abby fand.

„Er geht arbeiten, kommt nach Hause, geht arbeiten, kommt nach Hause ...“, sagte Abby, während sie Zucker und Sahne in ihren Kaffee tat.

Misty gähnte. „Wie aufregend!“

„Er fühlt sich einsam, nehme ich an“, sagte Abby mit Vorbedacht. „Er geht niemals aus.“

„Da ist er nicht der Einzige“, knurrte Tyler und warf Shelby einen Blick zu, der sie unruhig auf ihrem Sitz herumrutschen ließ.

„Was macht das Pferdegeschäft?“, lenkte Abby schnell vom Thema ab und trank ihren Kaffee.

„Ist wohl endgültig den Bach runtergegangen“, entgegnete Tyler mit schwerer Stimme. „Dad hat sich vor seinem Tod einige Fehlinvestitionen geleistet. Bisher war ich mit den Zahlungen nachgekommen, doch diesen Monat musste ich passen.“ Seine Miene verdüsterte sich. „Ich werde Geronimo verkaufen müssen.“

„Oh, Tyler, das tut mir aber leid.“ Abby zog eine Grimasse. „Das war doch dein Lieblingspferd.“

„Meines auch“, warf Shelby mit einem Seufzer ein. „Aber wenn wir ihn behalten, können wir Dads Schulden nicht abzahlen. Du willst ihn wohl nicht zufällig, Abby?"

„Ich bin leider keine gute Reiterin", warf Misty ein.

„Falls ich Justin dazu überreden könnte, würde ich ihn schon gern haben", sagte Abby mit sanfter Stimme.

„Danke, Abby, aber das wäre wohl keine gute Idee", entgegnete Shelby. „Justin würde geradewegs durch die Decke gehen, wenn du ihn fragst."

„Wie 'ne Rakete", stimmte Tyler zu und grinste Abby an. „Nein, wir werden ihn über einen Händler anbieten. Es dürfte keine Schwierigkeit sein, ihn an den Mann zu bringen. Ich möchte nur sicher sein, dass er in gute Hände kommt, das ist alles. Manche Leute kaufen ein Pferd lediglich für Zuchtzwecke. Sie sehen auf Dollar und Cent, das Pferd selbst ist ihnen völlig egal."

„Ich habe eine Kusine in Texas", meldete sich Misty zu Wort, „die ganz allein eine Ranch führt. Es ist eine Pferde-Ranch. Sagt dir das was?"

Tyler lächelte. „Genug. Könntest du mich mit ihr bekannt machen?"

„Ich werde ihr deine Telefonnummer geben, wenn du nichts dagegen hast."

„Fein."

Lichtschein glänzte in Shelbys Haar, als sie die Tasse hob und ihren Kaffee austrank. Wieder einmal bewunderte Abby ihre elfengleiche Schönheit und fragte sich, was sie wohl an einem Mann wie Justin finden mochte, der weder schön noch ausgesprochen umgänglich war. Dann wieder musste Abby daran denken, wie nett es mit ihm in Houston gewesen war und wie er ihr Cal gegenüber beigestanden hatte. Wenn man sich in ihn verlieben könnte! Das Überraschende an der Sache war allerdings, dass er Shelby so einfach wieder hatte gehen lassen. Abby fühlte sich unbehaglich bei dem Gedanken, dass zwei Menschen an einem Tag so wahnsinnig verliebt ineinander sein konnten, und am nächsten Tag waren sie die erbittertsten Feinde. Die ewige Liebe gab es also nicht.

„Tyler, wir sollten jetzt gehen. Ich muss noch Barry Holman anrufen, wegen der Pfandbriefe und Obligationen, die wir verkaufen wollen", sagte Shelby. Und an die anderen gewandt: „Es tut mir leid.

Ich wäre gern noch ein Weilchen geblieben. Man sieht sich so selten heutzutage, und ich fürchte, Justin würde sein Haus eher bis auf die Grundmauern niederbrennen, als dass er mich über seine Schwelle ließe, um euch einen Besuch abzustatten."

Tyler seufzte. „Dass jemand einen Groll so lange Jahre bewahrt, ist mir noch nie begegnet, das ist schon mal sicher. Und dazu noch völlig ohne Grund."

„Nein, Tyler." In Shelbys grünen Augen lag ein flehender Blick. „Bitte nicht. Wir dürfen Abby nicht gegen ihn einnehmen. Bring sie nicht in die Lage, dass sie ihn in Schutz nehmen muss."

„Tut mir leid", sagte Tyler, und seine Augen glitzerten vor unterdrücktem Zorn. Dann lächelte er Abby an. „Im Tanzsaal findet am Freitag ein Squaredance statt. Willst du mit mir hingehen?"

Abby zögerte. Justin würde gewiss an die Decke gehen, und daran, was Cal sagen oder tun könnte, wagte sie gar nicht zu denken. Er war in letzter Zeit so unberechenbar. Andererseits konnte sie dadurch, dass sie mit Tyler ausging, Cal beweisen, dass sie ihm keine schönen Augen mehr machte …

„Tu's nicht", flehte Shelby. „Merkst du denn nicht, dass dadurch alles nur noch schlimmer wird?

„Für wen?", schmetterte Tyler zurück. „Könnte es denn für dich überhaupt noch schlimmer werden? Mein Gott, du lebst ja schon wie eine Nonne!"

Shelby legte die Serviette, mit der sie sich den Mund abgewischt hatte, mit fester Hand ab. „Wie ich lebe, geht außer mir niemanden etwas an." Sie stand auf. „Abby, Justin käme auf dich herab wie das Jüngste Gericht. Er ist nicht mehr der, der er einmal war, und ich möchte dich nicht im Kreuzfeuer sehen."

„Ich habe keine Angst vor ihm, Shelby", sagte Abby sanft. „Nicht viel, jedenfalls. Ich versuche mich von Cals Bevormundung zu befreien. In gewisser Weise würden Tyler und ich einander helfen."

„Siehst du?", sagte Tyler zu seiner Schwester. „Und du dachtest, ich wollte damit nur deinen Exverlobten zur Weißglut bringen."

„Nun, tust du das etwa nicht?", fragte Shelby herausfordernd.

Arrogant hob Tyler das Kinn. „Wer weiß?"

„Manchmal frage ich mich, ob Mom und Dad dich nicht unter einem Kohlblatt gefunden haben", spottete Shelby.

„Kann gar nicht sein“, gab Misty zu bedenken und musterte Tyler von oben bis unten. „Dafür ist er viel zu groß.“

„Ätsch, angeschmiert“, sagte Tyler. Und flirtete in lässiger Weise mit Misty, wie er es mit den meisten Frauen tat. Aber Tyler war, ebenso wie Shelby, von Natur aus ein tiefgründiger Mensch, und falls es in seinem Leben eine bestimmte Frau gab, so wusste er allein darüber Bescheid. Bezüglich seines Liebeslebens war er sehr diskret.

„Früher hat Justin viel gelacht“, sagte Shelby, als sie mit Abby auf den Ausgang zusteuerte, während Misty sich mit Tyler unterhielt. „Er war nicht immer so hart und kalt und unnachgiebig. Das wurde er erst, als ich ihm den Ring zurückgab.“ Sie drückte ihre Handtasche an die Brust. „Abby, tu ihm nicht weh“, bat sie mit einem sanften Blick ihrer grünen Augen. „Und lass nicht zu, dass Tyler ihm wehtut. Er lässt sich nichts anmerken, aber er ist verletzlich …“

„Ich weiß“, sagte Abby mit weicher Stimme. Sie legte die Hand auf den Arm der größeren Frau, betroffen von dem Ausdruck in Shelbys Augen. Ja, auch sie ist verletzlich, dachte Abby und spürte, dass Shelby immer noch in Justin verliebt war, nach so langer Zeit … „Es tut mir leid, dass es mit euch nicht geklappt hat. Justin gibt sich überhaupt nicht mit Frauen ab. Wenn du wie eine Nonne lebst, so lebt er wie ein Mönch. Es gibt niemanden.“

Shelbys Unterlippe zitterte. Sie blickte weg und versuchte eine Träne zurückzuhalten. „Ich danke dir“, brachte sie heiser heraus.

Abby wollte noch etwas sagen, aber die anderen warteten bereits ungeduldig. „Packen wir’s?“, rief sie Misty zu. „Ob du wenigstens auf dem Heimweg unter neunzig bleiben kannst? Ehrlich gesagt, ich glaube, dein Schlitten hat noch nie was von Geschwindigkeitsbegrenzung gehört!“

„Ich bin eine gute Fahrerin“, verteidigte sich Misty. „Steig nur ein, dann zeig ich’s dir. Tschüss, Tyler. Shelby.“

„Ich hole dich also am Freitag um sechs Uhr ab“, sagte Tyler zu Abby. „Zieh dir was an, das Männer anmacht.“

Abby knickste. „Und du bringst am besten einen Baseballschläger mit, wenn du mich abholst. Und bete, dass Justin kein Verlängerungskabel für seine Kettensäge hat!“

„Du lässt dich da auf ein gefährliches Spiel ein, meine Liebe“, sagte Misty zu Abby, als sie davonfuhren. „Justin wird sauer sein, und er kann ganz schön wild werden, wenn ihn der Zorn packt."

„Tyler ebenso. Aber keine Sorge, es wird schon nicht zu Handgreiflichkeiten kommen, darum werde ich mich kümmern."

„Und was wird Cal dazu sagen?" Misty warf Abby einen schnellen Seitenblick zu.

Abby fühlte, wie sie blass wurde. Wie ein Schauer überkam sie die Erinnerung an seinen zermalmenden Kuss, an die schreckliche Intimität seines Körpers. Sie schluckte. „Dem ist das doch völlig egal", sagte sie in kaltem Ton.

„Warum tust du das überhaupt? Du ziehst doch aus. Genügt das nicht, um deine Unabhängigkeit unter Beweis zu stellen?"

„Nein." Abby lehnte sich in das Lederpolster zurück und schloss die Augen. „Aber mit Tyler auszugehen – das ist jetzt genau das Richtige."

Misty seufzte und schüttelte den Kopf. „Ich werde in meinen Gebeten an dich denken. – Halt dich fest." Sie trat das Gaspedal durch, und Abby fragte sich, was wohl im „Guinness-Buch der Rekorde" als höchste von einer wild gewordenen Blondine zu Lande in einem kleinen Sportwagen erreichte Geschwindigkeit eingetragen war. Wie hoch auch immer der Rekord, dachte Abby, während sie um ihr Leben bangte, Misty konnte ihn brechen, so viel war sicher.

4. KAPITEL

Cal war nicht da, als Abby nach Hause kam, und so verbrachte sie einen ungestörten Nachmittag vor dem Fernseher. Justin tauchte gegen Abend auf und erkundigte sich sofort nach Abbys Erfolg bei der Wohnungssuche. Er schien mit ihrer Wahl zufrieden.

Das Abendessen stand auf dem Tisch, und Justin und Abby wollten gerade zulangen, als Cal eintrat. Er sah abgehetzt und müde aus, ließ sich auf seinen Platz fallen und begann mit Justin eine Unterhaltung über geschäftliche Dinge, ohne Abby, die sich regelrecht ausgeschlossen fühlte, auch nur eines Blickes zu würdigen. Als Cal sich nach der zweiten Tasse Kaffee erhob, streifte er sie mit einem Ausdruck kaum verhüllten Zorns in seinen dunklen Augen, als hätte sie sich etwas zu Schulden kommen lassen. Merkte er denn überhaupt nicht, wie sehr er sie verletzt, welchen Schrecken er ihr eingejagt hatte?

„Hey", sagte Justin aufmunternd, als sich die Haustür geöffnet und wieder geschlossen hatte. „Mach dir nichts draus, er ist den ganzen Tag schon so. Während du in der Stadt warst, tat er nichts anderes, als aus dem Fenster zu schauen und eine Zigarette nach der anderen zu rauchen. Er hörte mir nicht mal zu, als ich mit ihm reden wollte."

„Cal hat doch vor Jahren das Rauchen aufgegeben!"

Justin zuckte mit den Schultern. „Ein Päckchen hat er bereits aufgeraucht. Du sagst mir immer nur, es sei alles in Ordnung zwischen euch, aber mein Brüderlein kommt mir noch ganz auf den Hund. Nun sag schon, was los ist, oder soll ich es aus ihm herausprügeln?"

Abby schluckte. Justins Ton ging ihr an die Nieren. Aber sie konnte ihm einfach nicht sagen, was Cal getan hatte. Justin war unberechenbar, und sie wollte nicht, dass er Cal für etwas, das sie schließlich – um ehrlich zu sein – teilweise selbst provoziert hatte, in die Mangel nahm.

Dann jedoch musste sie an das denken, was sie zu Cal gesagt hatte, nachdem er sie so stürmisch geküsst hatte, und da fiel es ihr wie Schuppen von den Augen: Sie hatte seinen Stolz verletzt! Je mehr sie darüber nachdachte, desto mieser kam sie sich vor. Monatelang hatte sie davon geträumt, dass er sie küssen würde, und als es dann soweit war, hatte sie sich von seiner Bulldog-Technik so sehr einschüchtern lassen, dass sie seinen Kuss nicht einmal erwidert hatte. Wie ein Kind hatte sie sich stattdessen aufgeführt.

„Nun?“, fragte Justin schließlich mit hochgezogener Augenbraue.

„Ich habe ihm ein paar schlimme Sachen ins Gesicht gesagt“, gab Abby schließlich zu. „Ich war eifersüchtig.“

„Und verletzt“, meinte Justin in seiner einfühlsamen Art.

„Und verletzt“, seufzte sie und sah ihn aus ihren blau-grauen Augen an. „Oh Justin, er hasst mich, und ich kann es ihm nicht einmal übel nehmen. Ich habe seinen Stolz so schwer verletzt, dass er bestimmt kein Wort mehr mit mir reden wird.“

„Eigentlich ist es ja unglaublich“, grübelte Justin, „dass er sich durch dich verletzt fühlen sollte. Jahrelang haben alle möglichen Frauen versucht, seinen dicken Panzer zu durchdringen, und keine hat es je geschafft.“

„Er hat lange Zeit die Verantwortung für mich getragen“, sagte Abby leise. „Ich nehme an, es fällt ihm schwer, sich davon zu lösen.“

„Vielleicht“, meinte Justin und zog an seiner Zigarette. „Vielleicht auch nicht. Er benimmt sich seltsam in letzter Zeit.“

„Vielleicht plagt ihn das Zipperlein oder so was“, scherzte Abby.

„Oder so was.“

Abby nippte an ihrem Kaffee, damit ihre Hände etwas zu tun hatten. Sie musste mit Justin über Freitagabend reden, und es wurde ihr erst jetzt so richtig bewusst, auf was für ein schwieriges Unterfangen sie sich da einließ.

„Justin, ich muss dir etwas sagen.“

Seine Augenbrauen hoben sich. „Das hört sich nach etwas Ernstem an“, erwiderte er mit einem schwachen Lächeln.

„Ist es auch. Und ich hoffe, du fällst nicht über mich her, wenn ich es dir gesagt habe.“

„Geht es um die Geschwister Jacobs?“

„Ja, leider“, seufzte Abby und sah in ihre Kaffeetasse, weil sich Justins Blick verdüsterte. „Tyler hat mich für Freitag zum Squaredance eingeladen, und ich habe angenommen.“ Sie biss die Zähne zusammen und wartete auf den Sturm, der gleich losbrechen würde. Als nichts passierte, sah sie auf. Justin musterte sie, schien aber nicht sonderlich verärgert. Schnell fuhr sie fort: „Er muss mich ja nicht hier abholen. Wir können uns im Tanzsaal treffen. Shelby wollte es ihm eigentlich ausreden, weil sie dich nicht aufregen will."

Ein seltsamer Ausdruck überlief Justins Gesicht, dann senkte er den Blick auf das glühende Ende seiner Zigarette. „Ach, wirklich?"

„Sie wollte verhindern, dass Tyler irgendwelchen Ärger anzettelt", sagte Abby mit weicher Stimme.

„Sechs Jahre ist es her", sprach Justin nach einer Weile, und sein Gesicht strahlte eine seltsame Ruhe und Sanftheit aus. „Sechs lange, leere Jahre, in denen ich sie gehasst habe, die ganze Familie gehasst habe. Ich schätze, ich könnte sie weiterhin so hassen, bis wir alle tot sind. Aber das würde nichts ändern. Es ist alles vorbei und erledigt, das war es schon vor langer Zeit."

„Sie ist reizend", sagte Abby.

Justin zuckte zusammen, und in seinen dunklen Augen, seinen gespannten Zügen stand die Erinnerung an alte, aber nicht vergessene Zeiten. Roh drückte er seine Zigarette aus. „Tyler kann dich hier abholen", sagte er abrupt und stand auf. „Ich werde ihm keinen Ärger machen."

Abby sah auf, als er an ihr vorbeiging, und ließ den Blick nachdenklich wieder auf ihre Kaffeetasse sinken. „Sie lebt wie eine Nonne", sagte sie zögernd. „Tyler sagt, sie ist seit Jahren nicht mehr ausgegangen."

Justin schien den Bruchteil einer Sekunde innezuhalten, doch vielleicht war es auch nur Abbys Einbildung, denn er ging hinaus, ohne noch ein Wort zu sagen.

Wie schade, dachte Abby, dass Liebe solch eines plötzlichen Todes sterben konnte. Dabei hätte sie schwören mögen, dass Justin und Shelby nach sechs Jahren immer noch wahnsinnig ineinander verliebt waren. Was nur hatte Shelby getan, dass Justin sich so jäh gegen sie gewendet hatte?

Abby erhob sich und ging in ihr Zimmer hinauf. Es war viel zu früh, um ins Bett zu gehen, aber sie hatte keine Lust, Cal noch einmal zu begegnen und sich seinem bohrenden Blick auszusetzen.

Den Erinnerungen, denen sie in ihrem Zimmer ausgesetzt war, konnte sie jedoch nicht so leicht entrinnen. Leer starrte ihr die Stelle an der Wand entgegen, wo er sie festgehalten hatte. Schließlich schob sie kurzerhand ein Bücherregal davor, um nicht ständig an die Szene erinnert zu werden.

Die Woche über ging Abby wie gewohnt zur Arbeit, und Cal ebenso, nur mit dem Unterschied, dass es kein herzliches „Hallo“, kein Lächeln, kein scherzhaftes Grinsen gab. Dieser Cal ähnelte mehr und mehr seinem älteren Bruder. Der Spaß war ihm vergangen, was zurückblieb, war ein harter, Furcht erregender Geschäftsmann, der Abby entweder völlig ignorierte oder sie wegen irgendeiner Nachlässigkeit anschnauzte. Unmöglich, sich ihm zu nähern, geschweige denn, mit ihm zu reden.

So war denn Abby heilfroh, als Freitag war und der Feierabend näher rückte. Inzwischen war sie ein einziges Nervenbündel, und nur die Vorfreude auf den Squaredance hielt sie noch aufrecht. Wenigstens kam sie so aus dem Haus und konnte Cal für einige Stunden vergessen.

Inzwischen war ihr auch klar geworden, warum Cal in ihrem Schlafzimmer so aus der Rolle gefallen war. Nicht weil er wütend war oder sie bestrafen wollte. Er war aus der Rolle gefallen, weil er sich nach ihr verzehrte. Dessen war sie sich fast sicher, nachdem sie sich bei Misty diskret nach gewissen Verhaltensweisen von Männern erkundigt hatte. Cal hatte sie begehrt, und sie hatte durch ihre Reaktion seinen Stolz verletzt. Sie hätte heulen können, dass sie ihn endlich an der Angel gehabt hatte, ohne es überhaupt zu merken. Und jetzt war er gründlich kuriert, sodass er ihr aus dem Weg ging, als hätte sie eine ansteckende Krankheit. Glücklicherweise verfügte sie jetzt über ein Ausweichquartier. Abby hatte das Gefühl, dass sie es bald benötigen würde.

Zu Hause kostümierte sich Abby nach Texas-Art mit einem knöchellangen rot karierten Rock und einer weißen durchgeknöpften Bluse mit kurzen Ärmeln. Obwohl der März vor der Tür stand, war es immer noch kalt, sodass sie sich einen Mantel darüberzog. Tyler sollte sie um sechs Uhr abholen, und es war fast soweit, als sie mit schwingenden Haaren die Treppe hinunterschritt. Sie hatte nur wenig Make-up aufgelegt, gerade genug, um ihren Wangen einen zarten rosigen Glanz zu verleihen. Nie hatte sie sich glühender gewünscht, eine flotte Blondine zu sein oder sonstwie eine zweite Chance bei Cal zu bekommen. Typisch, dachte sie voller Bitterkeit, dass ich gleich beim ersten Versuch alles verderben musste. Warum nur hatte sie nicht mitgekriegt, dass es Leidenschaft war und nicht Zorn, was Cal zu seinem Ansturm verleitete? Warum hatte sie nicht abgewartet, damit er ihr auch seine Zärtlichkeit beweisen konnte? Dies hätte er doch sicherlich getan, wenn sie sich nicht so heftig zur Wehr gesetzt hätte.

Abby erreichte den Fuß der Treppe gerade in dem Moment, als Cal Tyler die Tür öffnete, denn Maria und Lopez hatten den Abend frei. Ihr Herz tat unwillkürlich einen Sprung beim Anblick seiner breiten Schultern, seines imposanten Körpers. Cal war so groß, dass er sogar Tyler überragte.

Abby war gespannt, ob Justin Cal Bescheid gesagt hatte, dass sie mit Tyler ausgehen wollte. Cal zog jetzt die Tür ganz auf und ließ den anderen eintreten.

Tyler in Jeans und rot kariertem Hemd, Halstuch und Cordjacke, war ganz der klassische Westernheld, von den schwarzen Stiefeln bis zum schwarzen Hut. Cal war ähnlich aufgemacht, nur dass sein Hemd blau war. Sie starrten einander scheinbar eine Ewigkeit an, bevor Cal das Schweigen brach.

„Justin sagte mir, du führst Abby aus. Du kannst im Wohnzimmer warten."

„Danke", erwiderte Tyler. Es klang ebenso steif wie Cals Aufforderung.

„Ich bin soweit", rief Abby mit gekünstelter Fröhlichkeit, und ihr Lächeln wurde von Tyler erwidert. Zu Cal sah sie nicht hin, sie brachte es einfach nicht fertig. Ebenso gut hätte sie sich einen Dolchstoß mitten ins Herz versetzen können.

„Dann können wir ja gehen", erwiderte Tyler. „Wisst ihr, wer heute Abend spielt? Ted Jones und seine Band. Du erinnerst dich doch an Ted, nicht wahr, Cal? Er war mit uns in der Abschlussklasse der Highschool."

„Ich erinnere mich", sagte Cal ruhig. In der Hand hielt er eine brennende Zigarette, und er wirkte auf Abby wie ein Fremder.

Da trat Justin aus seinem Arbeitszimmer. Er hielt inne, als er die drei in der Halle stehen sah. Er und Cal waren fast identisch gekleidet, und es kam äußerst selten vor, dass sich Justin an einem Freitagabend in Schale warf, es sei denn …

„Wo gehst du denn hin?", fragte Abby den ältesten der drei Männer mit einem Lächeln.

„Zum Squaredance natürlich." Justin sah Tyler an. „Nicht um euch zu bespitzeln, falls du dich das fragen solltest", setzte er mit einem kalten Lächeln hinzu. „Wir sind dort mit einem Geschäftspartner verabredet."

Abbys Herz machte einen wilden Satz. Auch Cal war also mit von der Partie! Sogleich ärgerte sie sich über die Freude, die sie bei dem Gedanken heiß durchströmte, dass sie auf diese Weise vielleicht einige Minuten in seinen Armen liegen könnte.

Tyler musterte Justin mit einem wachsamen Blick. „Ihr trefft euch nicht zufällig mit Fred Harriman?"

Justin hob die Brauen. „Ja, warum?"

Tyler zog eine Grimasse. „Er hat soeben unsere Ranch gekauft."

Cal hielt den Atem an. „Um Himmels willen, seid ihr etwa enteignet worden?"

„Leider ja", entgegnete Tyler mit einem Seufzer. „Seltsam, man denkt nie daran, dass einem so etwas zustoßen könnte. Ich hatte immer gehofft, den Schaden wiedergutmachen zu können, den Dad angerichtet hatte, aber es war zu spät. Na ja, immerhin ist nicht alles verloren. Wir haben immer noch zwei Hengste und das Haus sowie ein, zwei Morgen Land sind uns ebenfalls geblieben."

„Wenn du Arbeit brauchst, so könnten wir dich auf der Rinderfarm unterbringen", sagte Justin plötzlich. „Nicht aus Mildtätigkeit, verdammt noch mal", setzte er hinzu, als er Tylers ungläubigen Blickes und des gefährlichen Glitzerns in seinen grünen Augen gewahr wurde. „Auch ohne dich zu mögen, weiß ich, wie gut du mit Rindern umgehen kannst."

„Und das ist Tatsache", stimmte Cal zu. „Die Tür steht dir offen."

Abby stand dabei und war beeindruckt von so viel herber Männlichkeit um sich herum. Die drei waren wie aus einem Holz geschnitzt – große, starke Texaner. Plötzlich fühlte sie sich stolz, mit zweien von ihnen befreundet zu sein, mochte der Dritte im Bunde sie auch noch so sehr hassen.

„Vielen Dank für das Angebot", sagte Tyler. Er sah Justin an. „Ich dachte, du gehst nicht zu Tanzveranstaltungen, weder privat noch geschäftlich."

„Tu ich auch nicht. Aber Cal besäuft sich sinnlos, wenn ich nicht auf ihn aufpasse", gab Justin schlagfertig zurück und grinste über Cals aufgebrachte Miene.

„Von wegen", sagte Cal. „Ich erinnere mich an eine Nacht, als du dich so hast voll laufen lassen, dass ich dich zu Bett bringen musste."

Justin spitzte die Lippen. „Wir alle verlieren mal den Kopf", sagte er. „Nicht wahr, Abby?" Er blickte erst sie, dann Cal an. Abby wurde über und über rot, und Cal machte auf dem Absatz kehrt und ging auf die Haustür zu, die er ohne ein weiteres Wort für die anderen offen hielt. Justin lächelte nur.

„Shelby kommt auch", sagte Tyler zu Abby, als sie hinausgingen. „Es hat mich zwar einiges an Überredung gekostet, aber sie muss einfach mal unter die Leute kommen."

Justin sagte kein Wort, aber wenn sein stiller, starrer Blick bedeutete, was Abby glaubte, dass er bedeutete, dann war er ganz Ohr. Sie fragte sich, wie viel Feuerwerk so ein Tanzsaal aushalten konnte. Von hinten schoss Cal mit den Augen wütende Blitze auf Abby und Tyler ab. Abby wäre sicher heiß geworden, hätte sie etwas davon bemerkt.

Im Tanzsaal ging es hoch her. Die Band der Jones Boys spielte einen mitreißenden Western-Medley, und die Tanzfläche war voll. Old Ben Joiner, die Fiedel in der Hand, machte den Zeremonienmeister, und seine Anweisungen, durch die er den Tanzenden vorgab, welche Schritte sie wann zu machen hatten, erhoben sich voll und klar über die Musik.

„Die Stimmung ist toll", stellte Tyler fest, der mit Abby kurz nach Cal und Justin eingetroffen war. Die beiden Brüder saßen mit einem dritten Mann zusammen, der hier bemitleidenswert fehl am Platz wirkte.

„Ja, es ist nett hier. Was die zwei wohl mit Fred Harriman im Schilde führen?", dachte Abby laut, während sie und Tyler sich einen Weg zu dem Tisch bahnten, den Shelby für sie frei hielt.

„Das müsstest du eigentlich besser wissen als ich", entgegnete Tyler. „Aber ich könnte mir vorstellen, dass sie seine neu erworbenen Rinder durchfüttern sollen." Tyler sah, auf wen die großen, seelenvollen Augen seiner Schwester gerichtet waren. „Oje, sie hat es schwer erwischt", raunte er Abby zu.

Abby bemerkte es ebenfalls und zupfte Tyler am Ärmel. „Justin geht auch niemals aus. Gibst du den beiden noch eine Chance?"

„Nicht nach dem, was sie in seinen Augen getan hat", erwiderte Tyler gepresst. „Und darüber reden bringt uns auch nicht weiter.

Hallo, Schwesterherz“, sagte er jetzt mit erhobener Stimme, als er für Abby einen Stuhl zurückzog und dann selbst neben ihr Platz nahm.

„Hi“, sagte Shelby mit einem fröhlichen Lachen. „Abby, du siehst super aus.“

„Du ebenso.“ Abby seufzte. „Ich würde alles dafür geben, so hübsch zu sein wie du.“

„Ach, hör schon auf“, murmelte Shelby verlegen. Aber hübsch sah sie schon aus in ihrem grünen Westernkleid, dessen Farbton genau zu ihren Augen passte.

„Ich wünschte, die Dinge wären besser für euch gelaufen“, sagte Abby mitleidig.

„Ach, das wird schon wieder. Das Haus haben wir ja wenigstens noch, und wenn nächste Woche der Verkauf über die Bühne gegangen ist, wird auch das Gerede der Leute wieder verstummen.“ Shelby nippte an ihrem Ginger Ale. „Ich hoffe, es macht dir nichts aus, dass ich hier als drittes Rad …“

„Ach Quatsch“, sagte Abby. „Du weißt doch, dass Tyler und ich nur Freunde sind. Ich freue mich, dass du mit von der Partie bist, und dein Bruder sicher ebenso.“

Tyler lächelte, aber der Blick, den er Abby dabei zuwarf, war alles andere als platonisch.

„Komm, lass uns beim nächsten Mal mittanzen“, sagte er und zog Abby an der Hand hoch. „Shelby, bestellst du Abby und mir bitte je ein Ginger Ale?“

Sie grinste. „Na klar.“

Abby sah Tyler vorwurfsvoll an, als er sie durch die Menge der Tanzenden führte. „Ich kann auch einen Gin Tonic vertragen.“

„Nicht bei mir, Abby“, sagte Tyler mit fester Stimme und führte sie so, dass sie ihm gegenüberstand. „Ich trinke nicht, also trinkst du auch nicht.“

„Spielverderber!“, seufzte Abby.

Er gluckste. „Schäm dich. Du brauchst doch keinen Alkohol, um in Stimmung zu kommen.“

„Ich weiß. Aber ich wollte endlich mal als Erwachsene behandelt werden.“

„Na, gib die Hoffnung nicht auf“, sagte Tyler und legte ihr den Arm um die Taille. „Die Nacht ist ja noch jung.“

Abby lächelte. Sollte er ruhig ein wenig mit ihr flirten. Sie ließ sich von Tyler auf dem Tanzboden herumwirbeln, leichtfüßig und gekonnt führte er sie durch alle Drehungen und Wendungen, Vorwärts- und Rückwärtsschritte. Abby hatte großen Spaß an der Sache, bis ihr Blick zu dem Tisch hinüberschweifte, an dem Cal und Justin saßen. Justin konnte es nicht lassen, seine dunklen Augen immer wieder in Shelbys Richtung zu lenken, doch war Abby zu weit von ihm entfernt, um einen Gesichtsausdruck lesen zu können. Cal dagegen starrte mit einem giftigen Blick zu Abby und Tyler herüber, der dem Biss mehrerer Klapperschlangen Konkurrenz hätte machen können.

Die Eifersucht, die sie auf seinem Gesicht erkannte, ließ ihr Herz erbeben. Vielleicht gab es ja doch noch eine kleine Hoffnung. Der Gedanke hob ihre Stimmung beträchtlich, und sie begann zu lächeln, um dann in Lachen auszubrechen. Tyler bezog diesen Ausbruch von Heiterkeit fälschlicherweise auf sich, und auch Cal interpretierte ihn so. Als der Tanz zu Ende ging, stand Abby, ohne es zu ahnen, im Zentrum eines sich zusammenbrauenden Gewittersturms.

Der Sturm drohte loszubrechen, als Cal, den es krank machte, Abby und Tyler beim Tanzen zuzusehen, aufstand und zu Shelby hinüberging, um sie zum Tanz aufzufordern.

Shelby zögerte, denn auch Justin hatte gerade Anstalten gemacht, sich zu erheben, und er sah aus, als wäre er imstande, ganz allein einen Weltkrieg vom Zaun zu brechen.

„Es macht ihm nichts aus", sagte Cal. „Du sitzt hier so allein und verlassen."

„Oh, Cal, fang bitte keinen Streit an", flehte sie.

„Aber nicht doch", beschwichtigte er. „Nun komm und lass uns tanzen."

Shelby gab nach, aber ihr hübsches Gesicht trug einen besorgten Ausdruck.

Abby sah, wie sie die Tanzfläche betraten, und ihre gute Laune verflüchtigte sich wieder. Shelby und Cal gaben ein gutes Paar ab, ihre brünette Schönheit bildete die perfekte Ergänzung zu seinem männlichen Charme. Im Vergleich dazu kam sich Abby glanzlos und unansehnlich vor. Hoffnungslos niedergeschlagen starrte sie auf Tylers Brustkorb. Was, wenn Cal nur Shelbys wegen gekommen war? Wenn er ihr jetzt den Hof machte? Bei dem Gedanken wurde ihr regelrecht übel.

„Ich komme mir vor, als säße ich auf einer tickenden Zeitbombe", brummte Tyler, als er erst Cal und Shelby betrachtete und dann den Blick zu Justin wandern ließ. „Ich weiß nicht, was Cal im Schilde führt, aber Justin sieht mordlüstern aus. Auch wenn er meine Schwester hasst, so scheint er sie doch weiterhin als sein persönliches Eigentum zu betrachten. Sieh dir nur diese finstere Miene an!"

Abby sah hin und schämte sich sogleich ihres heimlichen Wunsches, Justin möge von seinem Stuhl aufspringen und Cal nach Strich und Faden verprügeln. Vor Verlegenheit wurde sie ganz rot.

„Wenn Justin jetzt mit einer anderen Frau tanzen würde, was meinst du, wie Shelby sich dann fühlen würde?", fragte sie und sah kurz zu Tyler auf.

Er spitzte die Lippen, und seine grünen Augen tanzten, als er Abbys Blick erwiderte. „Daran hatte ich nicht gedacht."

„Cal meinte wahrscheinlich, dass es Shelby unangenehm ist, so allein dazusitzen und keinen Tanzpartner zu haben", fuhr Abby fort.

Tyler seufzte und betrachtete Abbys abwesenden Gesichtsausdruck, während sie das andere Paar auf der Tanzfläche beobachtete. Und dann wurden ihm auf einmal ein paar Dinge sonnenklar, allem voran die Tatsache, dass Abby eifersüchtig war. Ihr Blick konnte sich durchaus mit dem Justins messen. Wenn sie noch nicht in Cal verliebt war, dann befand sie sich jedenfalls auf dem besten Weg dahin. Tyler fühlte sämtliche Hoffnungen, die er selber gehegt hatte, schwinden, und er konnte rein gar nichts dagegen tun.

Der Abend zog sich dahin, und die Spannung wuchs. Cal schien Gefallen daran zu finden, mit Shelby zu tanzen. Abby blieb bei Tyler. Justin saß da und trank still vor sich hin, nachdem sein Geschäft mit Fred Harriman beendet war, der sich bereits empfohlen hatte. Von Minute zu Minute wurde die kalte Wut in seinen dunklen Augen offensichtlicher.

Während einer kurzen Tanzpause ließ Cal Shelby kurz stehen und schlenderte zu Abby hinüber, die an ihrem Ginger Ale nippte, während Tyler sich ein paar Tische weiter mit einem Bekannten unterhielt. Abby hatte es aufgegeben, Cal zu beobachten, weil es sie elend machte. Als dann Cal plötzlich vor ihr stand, geriet sie ganz aus der Fassung, sodass sie beinahe ihr Glas umgeworfen hätte.

Cal entging diese nervöse Reaktion keineswegs, und das verlieh ihm Hoffnung. „Wirst du nachher auch mal mit mir tanzen?“, fragte er in ruhigem Ton.

Abby sah auf, und mit fast hungrigem Blick durchforschte sie sein Gesicht. „Nein, lieber nicht“, sagt sie leise.

Die Verletztheit, die aus Abbys Stimme sprach, verschlug Cal den Atem. „Aber warum denn nicht, Abby?“

„Es könnte Shelbys Gefühle verletzen“, sagte sie und wandte sich ab, suchte mit den Augen verzweifelt den Saal nach Tyler ab. „Wo steckt er denn nur?“, fügte sie mit heiserer Stimme hinzu.

Cal sah sie entgeistert an. Er blinzelte, glaubte seinen Ohren nicht trauen zu können. Wieso sollte es Shelbys Gefühle verletzen? Ja, glaubte sie denn ... Plötzlich dämmerte es ihm, dass, wenn Abby verrückt genug war zu glauben, er habe etwas mit Shelby, auch Justin auf ähnliche Gedanken verfallen sein könnte.

Er wandte sich um und sah zu dem Tisch hinüber, an dem Justin wie eine Statue saß. Dann stieß er pfeifend den Atem aus und murmelte vor sich hin: „Meine Güte, jetzt habe ich es doch tatsächlich fertiggebracht!“

Abby sagte kein Wort. Sie beobachtete Cal, wie er sich einen Weg durch die Menge zu Justins Tisch bahnte, und fragte sich beiläufig, ob er wohl mit den Beiträgen für seine Lebensversicherung auf dem Laufenden sei. In Justins Augen glitzerte Mordlust.

Cal nahm Justin gegenüber Platz und lehnte sich zurück. Vor Justin standen zwei randvolle Aschenbecher und ein halb leeres Whiskyglas. „Sie war einsam“, sagte er zu Justin.

Justin trank sein Glas auf einen Zug leer und erhob sich. Seine Augen waren schwärzer, als Cal sie je gesehen hatte. „Dann will ich mal sehen, was man dagegen tun kann.“

Cal hielt den Atem an, als Justin zu Shelby hinüberging. Ohne ein Wort blickte er sie an, bis sie rot wurde, dann hielt er ihr einfach die Hand hin. Sie legte ihre Hand in seine. Er zog sie an sich, und sie verschmolzen miteinander zu einer langsamen, träumerischen Weise.

Abby sah ihnen zu und seufzte. Sie bewegten sich steif, als läge eine Art unsichtbare Wand zwischen ihnen, aber Shelbys Gesicht erstrahlte in einem ganz neuen Glanz. Justins Ausdruck war weniger leicht zu interpretieren, doch hätte Abby wetten können, dass er dem Himmel näher war als jemals in den vergangenen sechs Jahren.

„So eine Überraschung!“, wunderte sich Tyler. „Meine Güte, sieh dir das nur an. Sind sie nicht wie zwei Teile eines Ganzen?“

„Ich verstehe nicht, wie sie sich überhaupt jemals trennen konnten“, sagte Abby.

„Ich weiß auch nicht“, seufzte Tyler. „Ich glaube, mein Vater hatte irgendwas damit zu tun und einer seiner Freunde. Aber Shelby redet niemals darüber. Ich weiß lediglich, dass sie ihm eines Tages den Ring zurückgab und er seitdem verbittert ist.“

Als die Musik abbrach, blieb das Paar stehen. Langsam ließ Justin die Arme sinken, dann drehte er sich abrupt um und verließ mit langen Schritten den Saal. Kurz darauf kehrte Shelby auf ihren Platz zurück. Cal stand auf und kam herüber.

Abby sah zu, wie Cal sich über Shelby beugte und auf sie einsprach, und ihr wurde noch elender zumute, als Shelby aufstand und an Cals Arm das Gebäude verließ.

Sie hielt noch einige Tänze durch, doch als Cal nicht zurückkam, ging ihr auf, dass er Shelby höchstwahrscheinlich nach Hause gebracht hatte. Und bei ihr geblieben war …

„Können wir jetzt gehen?“, fragte sie mit heiserer Stimme.

„Willst du das wirklich?“ Tylers Stimme war voller Mitgefühl.

„Ich bin müde“, erwiderte Abby, und das war keine Lüge. Sie war es müde, Cal in Aktion zu sehen. Erst die Blondine und nun Shelby, und das alles im Verlauf einer Woche. Die kleine unscheinbare Abby spielte in seiner Welt offenbar keine Rolle. Sie zählte gar nicht.

Abby blickte zu Tyler auf, die Augen getrübt von unvergossenen Tränen. „Macht es dir was aus?“

„Natürlich macht es mir was aus“, erwiderte er sanft, „aber wenn du es willst, gehen wir.“

Auf dem Heimweg sagte Abby kein Wort. Es sah Cal gar nicht ähnlich, absichtlich Unfrieden zu stiften. Es sah fast so aus, als wollte er sich an Justin für irgendetwas rächen, aber für was? Justin hatte ihm doch gar nichts getan.

Tyler begleitete sie die Stufen zu der breiten Veranda hinauf, die die ganze Vorderfront des Hauses einnahm.

„Tut mir leid, dass der Abend so abrupt enden musste“, sagte er. „Aber ich hoffe, du hast dich wenigstens amüsiert.“

„Das habe ich, ehrlich.“ Abby lächelte zu ihm auf.

Tyler holte tief Atem und beugte sich zögernd zu ihr hinab. Als sie sich nicht wehrte, strich er leicht mit seinem Mund über ihre Lippen. Er erzielte keinerlei Reaktion, und nach einem Augenblick hob er den Kopf.

Er sah Abby in die Augen. Er lächelte nicht. „Na, da läuft wohl bei dir nichts", sagte er mit weicher Stimme. „Und ich glaube, es ist eher mangelndes Interesse als Unerfahrenheit deinerseits."

„Für dich bin ich also auch noch nicht ganz trocken hinter den Ohren", seufzte Abby niedergeschlagen.

Tyler nahm Abbys Kinn zwischen Daumen und Zeigefinger. „So steht es also." Er verzog die Lippen. „Nun, meine kleine Abby, mit ein wenig Hilfe von dir könnte ich diesem Manko in etwa fünf Minuten abhelfen. Aber ich denke, das ist eine Lektion, die dir der Mann erteilen sollte, der dir die ganze Zeit im Kopf herumspukt." Er küsste sie leicht auf die Stirn. „Ich hoffe, er weiß sein Glück zu schätzen. Du bist etwas ganz Besonderes."

„Er findet das nicht, aber ich freue mich, dass du so denkst." Sie sah lächelnd zu ihm auf. „Ich wünschte, du wärest derjenige welcher."

Einen flüchtigen Augenblick lang nahm Tylers Gesicht einen gespannten Ausdruck an, doch schon kehrte sein gewohnter Humor zurück. „Das wünschte ich auch. Wollen wir mal zusammen essen gehen? Rein freundschaftlich. Ich weiß, wann mir eine Tür zugeschlagen wird, du brauchst also keine Angst zu haben."

Abbys Lächeln wurde breiter. „Du bist ein netter Kerl, Tyler."

„Nicht immer." Er tätschelte leicht ihre Wange. „Gute Nacht."

„Gute Nacht, Tyler. Es war ein schöner Abend."

„Für mich auch." Tyler nahm zwei Stufen auf einmal, und Abby rührte sich nicht von der Stelle, bis er eingestiegen und abgefahren war. Auch dann dauerte es noch geraume Zeit, bis sie kehrtmachte und ins Haus ging.

Sie schloss die Haustür hinter sich und ging auf die Treppe zu, als sie die schrillen Klänge eines mexikanischen Trinkliedes vernahm. Sie erkannte es als das Lied, das Justin bei den seltenen Gelegenheiten zu schmettern pflegte, wenn er sich ein paar Gläser Whisky zu viel hinter die Binde gegossen hatte.

5. KAPITEL

Justin hielt ein eckiges Whiskyglas in der Hand. Es war leer. Er lag auf dem Ledersofa in seinem Studio, das dunkle Haar hing ihm über die Augen, das Hemd war aus der Hose gerutscht, den einen seiner großen Cowboystiefel hatte er auf das makellose Lederpolster der Couch gestützt, und er sang aus vollem Halse. Auf dem Couchtisch stand ein rauchloser Aschenbecher und eine halb leere Flasche Whisky, daneben lagen ein zusammengeknülltes und ein frisches Päckchen Zigaretten.

„No puedo hacer …“ Er hielt inne, als er Abbys Schritte hörte, und sah aus blutunterlaufenen Augen zu ihr auf.

„Oh, Justin“, stöhnte sie.

„Hallo, Abby. Möchtest du’n Schluck?“ Er hielt ihr sein Glas entgegen.

Abby zog eine Grimasse. „Ist ja nichts mehr drin“, klärte sie ihn auf.

Justin starrte das Glas an. „Verdammt, du hast recht. Na, dann wird’s eben wieder aufgefüllt.“ Er schwang sein Bein von der Couch und wäre dabei fast auf dem Teppich gelandet.

Abby legte Handtasche und Mantel ab und half ihm, sich aufrecht hinzusetzen. „Justin, das hat doch keinen Sinn. Damit löst du doch gar nichts.“

„Sie hat geweint“, murmelte Justin. „Verdammt noch mal, sie hat geweint. Und er hat sie nach Hause gebracht. Ich hätte Lust, ihn umzubringen, Abby.“ Seine Augen blitzten, und seine Stimme hatte einen rauen Klang. „Mein eigener Bruder … Ich könnte ihn erwürgen dafür, dass er mit ihr abgehauen ist!“

Abby biss sich auf die Unterlippe. Sie wusste nicht, was sie sagen, was sie tun sollte. Justin trank sonst nie, und er beklagte sich auch nie. Aber jetzt sah er aus, als sei er dem Tode nah, und Abby konnte es ihm nachfühlen. Ihr war es ähnlich ergangen, als Cal mit Shelby weggegangen war.

„Ich habe sie weggehen sehen“, knirschte Justin. Er stützte sein Gesicht in die Hände und seufzte tief. „Sie ist ein Teil von mir. Immer noch ein Teil von mir nach all den Jahren, all dem Schmerz. Cal wusste es, Abby, er hat es absichtlich getan …“

„Cal mag dich doch", verteidigte sie ihn. „Er würde dich nicht absichtlich verletzen."

„Jeder kann sich in Shelby verlieben", fuhr Justin fort. „Shelby ist eine Schönheit, ein Traum von einer Frau."

Abby wusste, wie attraktiv Shelby war. Und dieses Wissen war ihr nicht gerade eine Hilfe, um über ihre eigene Verzweiflung hinwegzukommen, ihr Selbstvertrauen wiederzugewinnen, ihr gebrochenes Herz zu kurieren.

„Dadurch, dass du dich besäufst, wird es auch nicht besser", sagte sie sanft und legte tröstend die Hand auf seinen Arm. „Justin, geh schlafen."

„Wie kann ich denn schlafen, wenn er bei ihr ist?"

„Er bleibt ja nicht lange. Tyler ist auf dem Heimweg."

Justin holte tief Atem und ließ ihn dann in kurzen Stößen aus. Er nahm die Hände von den Augen. „Ich weiß nicht viel über Frauen, Abby", sagte er geistesabwesend. „Ich besitze weder Cals Charme noch seine Erfahrung oder sein gutes Aussehen."

Abby konnte sich sehr gut in Justins Gefühle hineinversetzen, denn ihr erging es ebenso. Bisher hatte sie ihn immer so selbstsicher erlebt, dass sie nie gedacht hätte, er könnte denselben Zweifeln und Ängsten erliegen wie sie selbst.

„Und mir fehlen Shelbys Vorzüge", räumte sie ein. Sie setzte sich neben Justin. „Ich schätze, wir beide könnten keine Schönheitskonkurrenz gewinnen. Ich wünsche mir immer, ich wäre blond, Justin."

„Und ich wünschte, ich hätte ein Buch über schwarze Magie", seufzte Justin.

Abby grinste, und Justin grinste zurück. Er goss Whisky ins Glas, wobei die Hälfte danebenging. „Hier", bot er ihr das Glas an. „Zur Hölle mit beiden, und runter mit dem Seelentröster."

„Danke, Mann mit der Maske", seufzte Abby und nahm das Glas entgegen. „Sei mir nicht böse, dass ich dein Angebot annehme." Es schmeckte scheußlich. „Kannst du dieses Zeug wirklich vertragen?", wunderte sie sich. „Das riecht ja wie der Sprit, den man an der Tankstelle bekommt."

„Das ist Scotch Whisky", gab Justin zurück. „Cutty Sark."

„Was für'n Sarg?" Abby fühlte sich schon leicht benebelt.

„Gar kein Sarg. Cutty Sark, mit K, Teufel noch mal." Er nahm ihr das Glas ab und trank es leer. „Also, Abby, wenn du Cutty Sark trinken willst, dann musst du auch anständig singen lernen. Ich bring dir das Lied bei, das ich unten in Mexiko gelernt habe, okay?"

Und genau das tat er dann auch. Als Cal etwa eine halbe Stunde später zur Haustür hereinmarschiert kam, ertönte aus dem Studio ein sehr lautes und misstönendes Duett.

Ungläubig schaute er zur Tür herein. Justin lag auf der Couch, das Haar im Gesicht, ein Knie angewinkelt, eine Whiskyflasche in der Hand. Abby saß gegen Justins Knie gelehnt, die Beine quer über den Couchtisch gelegt, und nippte an einem Whiskyglas. Beide waren sternhagelvoll.

„Was zum Teufel geht hier vor?", fragte Cal.

„Wir ha-hassen dich", setzte ihn Abby in Kenntnis und hob ihm das Glas entgegen.

„So ist es." Justin grinste.

„Und sobald wir mit Trinken und Singen fertig sind, fahren wir rüber zur Station und öffnen sämtliche Gatter, und dann kannst du den Rest der Nacht hinter den Kühen herjagen." Abby verzog das Gesicht zu einem trunkenen Lächeln. „Oder?", wandte sie sich an Justin, indem sie ihren Kopf gegen sein Knie fallen ließ.

Justin stimmte zu. Er hob die Whiskyflasche und setzte sie an die Lippen, wobei er den Kopf weit in den Nacken legte.

„Wir wollten dich eigentlich aussperren", fuhr Abby fort, „aber wir haben es nicht mehr geschafft, aufzustehen und die Kette vorzulegen."

„Meine Güte." Cal konnte angesichts dieses Schauspiels nur noch den Kopf schütteln. „Ich wünschte, ich hätte eine Kamera zur Hand."

„Wofür denn das?", fragte Justin verbindlich.

„Ach, nichts." Cal knöpfte seine Manschetten auf und krempelte die Hemdsärmel hoch. „Ich werd erst mal 'n starken Kaffee machen."

„Ich will keinen." Abby hörte sich jetzt schon ziemlich benommen an. „Das bringt unsere Körperfunktionen durcheinander."

„Stimmt genau", stimmte Justin ein.

„Morgen früh werdet ihr's schon erleben, was ihr mit euren Körperfunktionen angerichtet habt." Cal verzog das Gesicht und machte sich auf den Weg zur Küche.

„Wir sollten seinen Hemdkragen nach Lippenstiftspuren absuchen", flüsterte Abby laut und vernehmlich Justin zu.

„Gute Idee.“ Justin zog die Stirn kraus. Er machte Anstalten, sich aufzusetzen, fiel aber wieder gegen die Armlehne der Couch zurück, wobei er die Whiskyflasche wie ein Baby an sich drückte. „Später. Ich muss mich erst mal ausruhen.“

„Schon gut“, sagte Abby. „Ich tu’s.“ Sie gähnte. „Wenn er zurückkommt.“ Die Augen fielen ihr zu.

Als Cal zurückkam, schnarchten Abby und Justin um die Wette. Die Whiskyflasche lag auf dem Boden. Justin hielt den Flaschenhals noch in der Hand. Cal hob sie auf und stellte sie neben Abbys leeres Glas auf den Tisch. Die beiden boten einen kuriosen, ungewohnten Anblick. Normalerweise waren gerade Justin und Abby bei jeder Geselligkeit die herausragenden Abstinenzler, und hier lagen sie nun, beide stockbesoffen. Er fragte sich, ob sein Abgang mit Shelby wohl daran schuld sein könne, und kam zu dem Ergebnis, dass dies der Grund ihres Besäufnisses sein müsse. In Justins Fall war das wohl verständlich, aber Abbys Verhalten blieb ihm nach dem, wie sie ihn behandelte, seitdem er sie geküsst hatte, vorläufig rätselhaft. Es sei denn …

Mit gerunzelter Stirn betrachtete er Abbys gerötetes Gesicht. Es sei denn, sie hatte inzwischen erkannt, warum er so roh zu ihr gewesen war, und hatte ihre hitzigen Worte bedauert. Ob das im Bereich des Möglichen lag? Erst war sie wer weiß wie eifersüchtig gewesen, als er mit Shelby tanzte, und nun lag sie hier, voll wie eine Haubitze. Über Tyler Jacobs’ Gefühle gegenüber Abby war er sich noch nicht recht im Klaren, doch brauchte er sich um Justins Gefühle hinsichtlich Shelby keine Gedanken mehr zu machen. Wenn Justin sich dermaßen zum Narren machte, bloß weil er seinen Bruder mit Shelby hatte tanzen sehen, dann musste er immer noch verrückt nach ihr sein.

Cal hob Abby hoch und ließ sie in einen Sessel sinken, ohne dass sie aufwachte. Nachdem er Justin ordentlich auf die Couch gelegt und eine Wolldecke über ihn ausgebreitet hatte, nahm er Abby auf die Arme, balancierte sie auf einem Knie, während er die Deckenbeleuchtung ausknipste, und zog die Tür des Arbeitszimmers hinter sich zu. Justin würde sich am Morgen ganz schön wundern.

Abby bewegte sich in seinen Armen, als er sie die Treppe hinauftrug. Erst flatterten ihre Augenlider, dann sah sie trunken in das feste, ruhige Gesicht über sich auf.

„Du bist bei Shelby“, sagte sie mit schwerer Zunge. „Wir wissen, dass du bei ihr bist. Wir wissen auch, was du mit ihr treibst.“ Sie lachte bitter, dann seufzte sie und begann plötzlich aus vollem Halse den mexikanischen Song zu schmettern, den Justin ihr beigebracht hatte.

„Lass das.“ Cal sah finster auf sie hinab. „Solche Ausdrücke gehören sich nicht für dich.“

„Was für Ausdrücke?“

„Das Lied, das du von Justin gelernt hast.“ Er hatte inzwischen den oberen Treppenabsatz erreicht und steuerte auf Abbys Zimmer zu. „Es ist schlicht und ergreifend vulgär.“

„Das hat er mir nicht gesagt.“

„Natürlich hat er das nicht. Wäre er nüchtern gewesen, hätte er es dir niemals beigebracht. Er wird einen Herzanfall kriegen, wenn er wieder auf den Beinen ist und es dich singen hört.“

„Soll ich es dir beibringen?“

„Ich kenne es bereits.“

„Das überrascht mich nicht“, seufzte Abby. Sie schloss die Augen, als Cal sie durch die geöffnete Tür in ihr Zimmer trug und der Tür anschließend einen Fußtritt versetzte, sodass sie zufiel. Mit diesem Zimmer waren Erinnerungen verbunden, dachte er ärgerlich, während er mit seiner Last auf das Bett zuging. Abby, halb nackt auf der pinkfarbenen Tagesdecke. Abbys weicher Körper an dem seinen an der gegenüberliegenden Wand … Sie hatte ein Bücherregal davorgestellt. Er zog die Brauen zusammen. Dieses neue Arrangement der Möbel war ziemlich aufschlussreich. Warum hätte sie das Bücherregal dorthin schieben sollen, wenn nicht deshalb, weil die Erinnerung sie plagte?

Er legte sie aufs Bett und sah zu, wie sich Abby sofort wie ein Igel zusammenrollte. „Nein, so nicht“, brummte er. „So kannst du auf keinen Fall schlafen.“

Abby gähnte. „Doch, ich kann.“

Cal zog ihr die Schuhe aus, und nach kurzem Zögern machte er sich an ihrem Rock zu schaffen. Er zog ihn herunter, des Weiteren mehrere Unterröcke, die, ebenso wie eine unterhalb der Knie verschnürten „Bloomers“, alle zu ihrem Cowgirl-Kostüm gehörten. Dann knöpfte er ihr die Bluse auf und zog sie ihr aus. Jetzt trug sie nur noch ein pinkfarbenes Spitzenhöschen.

Was ich hier tue, dachte Cal, ist verteufelter Schwachsinn. Und doch, was war sie nur für ein herrliches kleines Geschöpf! Sie besaß den vollkommensten Körper, den er je im Leben gesehen hatte. Und wenn er daran dachte, wie unschuldig, wie unberührt sie noch war, dann liefen ihm Schauer der Erregung, der Begierde den Rücken hinab.

Abby seufzte, dann öffnete sie die Augen. Sie sah Cal fordernd ins Gesicht, dann folgte sie seinem Blick und stellte fest: „Du hast mich ausgezogen!"

„Ich konnte dich ja schlecht in dem ganzen Krempel schlafen lassen."

„Da hast du wohl recht." Sie wusste, es sollte sie eigentlich stören, dass er sie in diesem Zustand sah, mit nichts als diesen hauchdünnen pinkfarbenen Fetzen, die sie verrückt genug gewesen war, auf Mistys Drängen hin zu kaufen. Doch wenn sie aus der Art, wie er sie betrachtete, irgendwelche Schlüsse ziehen konnte, so schien Cal zu gefallen, was er da sah.

„Hast du einen Pyjama oder ein Nachthemd?", fragte er schließlich.

„Ein Nachthemd. Unter dem Kopfkissen."

Cal schaffte es, sich in Bewegung zu setzen, und zog ein Stück Stoff unter dem Kissen hervor, das gerade eben genügen würde, ihre Unterwäsche zu bedecken. „Du wirst dir damit den Tod holen", knurrte er.

„Misty meinte, das wäre sexy." Ihre Stimme klang jetzt wieder schläfrig. „Ich wollte Tyler damit verführen", setzte sie hinzu. „Er mag mich."

Cals Miene verdüsterte sich. „Den Teufel wirst du tun", sagte er kurz.

„Das Gleiche hast du ja mit Shelby getan", warf sie ihm vor. „Schäm dich, wo Justin sie doch liebt."

„Ich habe Shelby nicht angerührt", gab Cal zurück. „Ich hab sie vor ihrer Haustür abgesetzt und bin dann zurück zum Tanzsaal, um dich abzuholen."

„Ich war nicht mehr da", murmelte Abby.

„Offensichtlich." Er erwähnte nicht, dass er gegen die Versuchung anzukämpfen hatte, nach Tylers Wagen Ausschau zu halten, falls er mit Abby irgendeinen diskreten Parkplatz angefahren hatte. Der Gedanke daran, dass sie irgendwo mit Tyler zusammenstecken könnte, hatte ihn halb wahnsinnig gemacht.

„Justin wird dich verdreschen, wenn er wieder stehen kann“, meinte Abby fröhlich.

„Ich schätze, er hat jedes Recht dazu.“ Cal seufzte. „Hab wohl einen ganz schönen Schlamassel angerichtet.“ Er setzte sich auf die Bettkante. Nur zögernd wandte er den Blick von der langen, schwungvollen Linie ihrer Beine und Hüften und von der verführerischen Fülle ihrer Brüste ab. „Weißt du überhaupt, wie vollkommen du bist?“, sagte er, ganz in Betrachtung versunken.

Abby war plötzlich stocknüchtern. Sie riss die Augen weit auf, suchte seinen Blick zu ergründen. „Ich?“

„Du“, sagte er rau. „Von den Beinen über die Hüften bis zu diesen süßen, hübschen Brü…“ Er hielt inne, ärgerte sich über seine eigene Empfindsamkeit. „Komm her.“ Er legte ihr das Nachthemd in den Schoß und zog sie in eine sitzende Stellung, dabei sah er, wie sich ihre Brustspitzen plötzlich versteiften. Ihm stockte der Atem.

Abby sah ihn neugierig an. „Was ist denn los?“

„Das ist los.“ Ganz zart strich er mit den Fingerknöcheln über ihre Brustknospen. Abby wich zurück, zog scharf die Luft ein, und Cal hob den Kopf und begegnete ihrem erschrockenen Blick.

Doch der erste Schock wich unter dem entspannenden Einfluss des Alkohols schnell einem anderen Gefühl. Plötzlich tauchten all die tief vergrabenen Sehnsüchte an die Oberfläche, ohne dass ihr Verstand, wie sonst üblich, zur Vorsicht mahnte. Sie berührte seinen Handrücken, schob ihre Finger zwischen seine. Und dann zog sie sanft an seiner Hand und führte sie, sodass sie leicht über ihre Brüste dahinstrich. Dabei sah sie Cal in die Augen.

„Abby …“, stöhnte er.

„Es tut mir leid“, flüsterte sie, „was ich neulich gesagt habe. Wie ich … reagiert habe.“ Sie schluckte, nahm ihren ganzen Mut zusammen. Dann öffnete sie seine Finger, drückte sie, zuerst zögernd, dicht unter ihre Brust und hob sie dann an, sodass er den schwellenden Brustansatz deutlich spüren konnte.

„Tu das nicht“, stöhnte er.

Abby presste seine Hand an ihre Brust, gab sich der Süße seiner Berührung völlig hin, wölbte sich ihm entgegen. Sie fasste seine Hand mit beiden Händen, zog sie weiter herauf, sodass sie ihre Brust ganz bedeckte. „Cal“, stöhnte sie und fühlte sich so schwach, dass sie meinte, sich gleich wieder hinlegen zu müssen, aber sie konnte seine Hand nicht loslassen.

„Du bist nicht klar im Kopf“, flüsterte er mit belegter Stimme, während die Berührung mit ihrer Haut seine Selbstbeherrschung schnell dahinschwinden ließ. Sein Körper wurde bereits heiß vor Begierde, als er sich von Abby herabziehen ließ.

„Darum habe ich auch keine Angst“, flüsterte sie und erforschte seinen glitzernden Blick. „Bring es mir bei.“

Cal erschauerte. „Ich kann nicht.“

„Warum nicht? Weil ich nur ein einfaches dummes Mädchen bin? Weil ich nicht blond bin?“ Ihre Stimme brach.

Auch Cals Beherrschung brach in sich zusammen. Er beugte sich über sie, legte die Hand auf ihre Brust, und sein Atem mischte sich mit ihrem. „Weil du so unschuldig bist“, hauchte er an ihrem Mund, bevor er ihn mit einem Kuss verschloss.

Abby stöhnte. Es war so schön, so unwahrscheinlich schön. Überhaupt nicht zu vergleichen mit jenem anderen Mal, als er so roh gewesen war und ihr überhaupt keinen Raum gelassen hatte zu reagieren. Da war er ungeduldig und fordernd gewesen, doch jetzt war er nur noch zärtlich. Mit den Fingern streichelte er ihren Körper von den Brüsten bis zur Taille und der Mulde ihres Bauches. Zart umspielte sein Mund ihre Lippen, tastend, die Konturen nachziehend, und all dies in einer vor Sinnlichkeit knisternden Stille. Abby fühlte sich von Wärme erfüllt, umhegt und umsorgt. Sie öffnete ihre Lippen seiner sanft drängenden Zunge, ließ sie ein in die süßen Abgründe ihres Mundes. Sie erhob nicht einmal Protest, als sein Kuss intensiver und langsamer wurde und seine Hand unter ihren Rücken glitt, um den BH zu öffnen.

Kühl strich die Luft über ihren Körper. Cal entfernte die zarte Hülle, die überhaupt nichts verhüllte, und seine Hände waren wie Balsam auf ihrer erhitzten Haut. Sie stöhnte, half ihm, presste seine Finger an sich, zog sie über ihren hungrigen Körper.

„Abby“, stöhnte er gegen ihren Mund, halb wahnsinnig von dem Verlangen, sie ganz zu besitzen, den Schmerz, der durch seinen Körper tobte, zu stillen.

Sie öffnete die Augen, ließ den Blick träge über seinen Brustkorb schweifen, dann begann sie, einen nach dem anderen, seine Hemdenknöpfe zu öffnen. Er wehrte sich nicht, auch wenn ihm das Herz bis zum Hals schlug.

„Da", flüsterte sie, als sie das dichte Haar sehen und fühlen konnte, das seine Brust bedeckte. „Ich glaube, deine Freundinnen mögen das." Begierig drückte sie ihre Finger gegen seinen Oberkörper.

„Noch nie hat mich eine Frau so berühren dürfen", sagte Cal heiser. „Bisher habe ich es nicht gemocht."

Abby versuchte in Cals Augen zu lesen, ruhelos wand sie sich auf der Bettdecke hin und her, von einer ungewissen, ungestillten Sehnsucht nach etwas erfüllt, das sich jeder Benennung, jeder Beschreibung entzog.

„Was wünschst du dir? Sag es mir, ich werde alles tun, was du willst."

Abby schluckte, und zögernd öffnete sie die Lippen. Sie nahm seinen Kopf zwischen die Hände und drängte ihn abwärts, dabei wölbte sie ihren Oberkörper nach oben. Cal verstand, ohne dass sie ihre Wünsche in Worte kleiden musste.

„Hier?", flüsterte er zärtlich und setzte seinen offenen Mund auf die angeschwollene Spitze ihrer Brust.

Abby stöhnte verloren. Die Leidenschaft, die sie jetzt kennenlernte, übertraf ihre kühnsten Erwartungen. Ihr Körper hatte die Herrschaft übernommen, der Verstand konnte nur zuschauen, er hatte keinerlei Einfluss auf das, was sich abspielte. Sie krallte die Finger in seine dicken blonden Haarsträhnen, während er mit seinem warmen Mund über ihre Brust, ihren Bauch strich, wobei ihre kleinen Schreie ihn ermunterten und ihr Körper ihn willkommen hieß.

Dann begegneten sich wieder ihre Lippen. Und während Abby einladend ihren Mund öffnete, spürte sie, wie Cal langsam seinen Körper über ihren schob.

Abby schlug die Augen auf, und als sich Cals Lippen ein wenig von den ihren lösten, betrachtete sie sein von Leidenschaft gezeichnetes Gesicht, während sich sein Körper harmonisch ihrer schlanken Gestalt anpasste.

Kaum wagte sie zu atmen, und ihre Augen waren groß und erfüllt von einem neuen Wissen, als sie seine Erregung spürte und ohne Worte verstand, wie sehr er sie begehrte.

„Hast du diesmal Angst?“, flüsterte Cal.

„Sollte ich das?“

Abby hob die Hände und berührte sein Gesicht, als er seine Brust langsam, aufreizend an ihren Brüsten rieb. Ihr stockte der Atem, doch zugleich fuhr sie mit den Fingern, deren Zittern ihre Erregung widerspiegelte, über seine Brauen, seine Wangen, seinen Mund.

Cal schob seine große Hand unter ihren Rücken und hob ihren Körper gegen den seinen, um einen noch engeren Körperkontakt zu erreichen. „Ich will dich, Abby“, flüsterte er und beugte sich über ihren Mund, während sein Körper über ihrem erbebte. „Ich will dich so sehr …“

Abby umschlang seinen Kopf mit den Armen und presste seinen Mund auf ihre verlangenden Lippen. „Ich will dich auch, Cal“, wisperte sie an seinem Mund.

Fast hätte Cal in diesem Augenblick den letzten Rest von Selbstbeherrschung verloren. Er küsste sie, bis ihm die Luft ausging, ein rhythmisches Zittern durchlief seinen Körper, sein Knie lag zwischen ihren weichen Schenkeln, seine Hand tief an ihrer Hüfte. Er fühlte, wie sie bebte, und hörte ihr Wimmern. Dies brachte ihn seltsamerweise wieder zur Vernunft.

Langsam, ganz langsam rollte er sich zur Seite, drehte Abby mit sich herum, drückte sie an seinen erhitzten, schweißnassen Leib, zog ihren Kopf an seine Brust.

„Lieg still, Liebes“, flüsterte er keuchend, als sie sich wieder zu regen begann. Er umfasste ihre Hüften, damit sie still hielt. „Bleib ganz ruhig liegen und atme tief durch. In einer Minute ist es vorbei. Bleib nur still liegen.“

Abby hielt ihre Hände flach gegen Cals Brust gepresst. Sie zitterte unkontrolliert, ebenso wie Cal, dessen stoßweisen Atem sie in ihrem Haar verspürte. Warum hatte er aufgehört? Sie verstand es nicht. Wenn es ihn so sehr nach ihr verlangte, wieso hatte er dann aufgehört?

„Mein süßes kleines Mädchen“, hauchte Cal, als sich das Zittern seiner Arme einigermaßen gelegt hatte. „Mein liebes, süßes kleines Ding, noch ein paar Sekunden, und keine Macht der Welt hätte mich mehr aufhalten können. Hast du das gemerkt?“

Abby kuschelte ihren Kopf in seine Halsbeuge. „Warum hast du aufgehört?“, fragte sie halb benommen.

Cal bog ihren Kopf zurück auf das Kissen und lächelte ihr in die schläfrigen Augen. „Weißt du das nicht?“

„Weil ich nicht blond bin, nehme ich an“, seufzte sie und weinte fast vor Frustration und Enttäuschung.

„Weil du nicht klar bist“, berichtigte er und strich ihr das lange seidige Haar aus dem Gesicht. „Abby, du bist doch halb hinüber.“

„Ich will dich“, stöhnte sie.

„Ich weiß. Ich kann es sehen. Ich fühle es.“ Er drückte sie noch einmal fest an sich, denn er hatte sich jetzt fast wieder in der Gewalt. Dann ließ er sie los und zog ihr rasch das Nachthemd über. „Setz dich, Liebling.“

Sie setzte sich, und Cal schlug die Decken zurück und half ihr, darunterzuschlüpfen. Schläfrig blinzelte sie zu ihm auf. „Bleib bei mir, Cal“, flüsterte sie.

Cal lächelte sanft, und seine dunklen Augen ruhten mit neu erwachtem Besitzerstolz auf ihrem geröteten Gesicht. „Na, das wäre ein gefundenes Fressen für Justin, wenn er uns zusammen im Bett erwischen würde. Er würde mich wahrscheinlich zwingen, dich zu heiraten.“

„Und ich nehme an, dass dann deine Welt zusammenbrechen würde“, entgegnete sie.

Cal presste die Lippen zusammen. Er holte langsam Luft und berührte sanft Abbys Wange. „Ich war lange Zeit allein“, sagte er nachdenklich. „Ich bin daran gewöhnt, mein eigener Boss und niemandem gegenüber verantwortlich zu sein. Ich war ein Einzelgänger, und in gewisser Weise bin ich das noch. Mich zu heiraten wäre ziemlich riskant.“

„Eine Frau könnte dich wohl nicht zufrieden stellen“, brachte Abby kaum hörbar heraus und verbarg ihre Augen vor Cal. All ihre Träume waren nun dahin, jeder einzelne von ihnen. Er liebte sie, aber nicht genug, um sie zu heiraten. Das war der Sinn seiner Worte.

Cal zuckte mit den Schultern, verwirrt und ein wenig gehetzt. „Bisher hat mich noch keine Frau zufrieden gestellt“, sagte er unwillig. „Ich will nicht gebunden sein.“

„Gott behüte, dass ich das versuchen sollte“, entgegnete Abby und zwang sich zu einem Lächeln. „Keine Sorge, Cal, ich hab ja nur ein bisschen … experimentiert. Ich hab mich gefragt, warum du neulich so stürmisch warst, und ich wollte mal feststellen, ob das von der Leidenschaft kommt. Das muss wohl so sein, denn ich habe es heute Nacht selbst erlebt. Danke für die … Unterrichtsstunde."

Cal runzelte leicht die Stirn. „Ist das alles, was du dabei empfunden hast? Ein Experiment? Eine Unterrichtsstunde in Sachen Liebe?"

„Tyler meinte, ich brauche Unterricht", sagte sie unter einem Gähnen, wobei ihr das zornige Aufblitzen in Cals Augen entging. „Aber jetzt brauche ich keinen mehr." Abby schloss die Augen und drehte den Kopf zur Seite. „Ich bin müde."

Cal saß da und betrachtete sie. Sie hatte ihn benutzt, das war alles. Sie hatte experimentiert, wollte sehen, wie es ist, von einem Mann berührt und gestreichelt zu werden.

Er stand auf, und sein Blick fiel auf den Spitzen-BH, den er Abby abgenommen hatte, bevor sie ihn ihre Brüste berühren ließ. Gott, sie hatte es ihm nicht nur erlaubt, sondern ihn geradezu geführt! Ihm wurde heiß, als er daran dachte, wie hemmungslos sie sich in dieser Nacht gegeben hatte. War es die Eifersucht auf Shelby gewesen oder reine Neugier? Liebte sie ihn vielleicht doch und verbarg ihre Gefühle? Und wie stand es um ihn selbst? War sein Verlangen rein physischer Natur, oder war es mehr? Konnte er auf seine Freiheit verzichten? Denn darauf würde es hinauslaufen, wenn er sie nahm – Heirat, die böse Falle.

Cal warf den BH auf den Sessel neben ihrem Bett und betrachtete ein letztes Mal Abbys schlafendes Gesicht. Sie brauchte nicht blond zu sein. Sie war ein Gedicht. Ihr langes Haar lag über das Kopfkissen hingebreitet, ihre Wimpern überschatteten die rosigen Wangen, und ihre leicht geteilten Lippen waren gerötet und geschwollen, weil er so hungrig gewesen war. Sie war einfach köstlich. Jungfräulich und süß und makellos. Cal fragte sich, ob er den Geschmack, das Aroma ihrer nackten Haut jemals vergessen, die Erinnerung jemals verdrängen könnte. Würde er, Teufel noch mal, je mit einer anderen Frau zusammen sein können, oder würde ihm die Erinnerung an Abby ewig im Wege stehen?

Er musste weit weg, möglichst weit weg. Nachdem er Abby einmal berührt hatte, würde es die reinste Hölle sein, die Hände von ihr zu lassen. Cal wusste, wenn er Abby noch einmal in die Arme nahm, wäre es mit ein paar Küssen nicht getan. Zu stark war sein Verlangen nach ihr, zu stark auch die Wirkung, die er auf sie ausübte. Cal fürchtete sich davor, dass er den Kopf verlieren und sie nehmen könnte.

Er wollte nicht heiraten, er wollte sich nicht binden. Abby konnte das nicht verstehen. In ihrer Welt war Liebe gleichbedeutend mit Heirat. Doch in diese Schlinge wollte er den Kopf nicht stecken. Andererseits bereitete ihm der Gedanke, sie niemals mehr berühren zu dürfen, ebenso großes Unbehagen.

Abby, stöhnte er innerlich, ich kann dich nicht haben, und ich kann dich nicht lassen. Was soll ich nur tun? Er wusste keine Antwort darauf.

Er ging an das kleine Pult in einer Ecke seines Zimmers und schrieb eine kurze Notiz an Justin: Er werde für einige Tage nach Montana fahren, um sich dort Kälber anzusehen. Justin mochte sich darüber wundern. Abby jedenfalls nicht. Er fragte sich, was sie empfinden würde, wenn sie ihn am Morgen vermisste. Er hoffte, sie würde sich nicht einmal daran erinnern, was sie in ihrem Bett zusammen getrieben hatten. Aber selbst wenn sie sich erinnerte, würde sie es für sich selbst behalten.

6. KAPITEL

Abby stöhnte auf, kaum dass das Licht des anbrechenden Tages ihre Augen traf. In ihrem Kopf hämmerte es, und ihr Magen rebellierte gefährlich.

Sie rappelte sich auf die Beine und schleppte sich ins Bad, wo sie ihr Gesicht mit kaltem Wasser bespritzte und einen nassen Waschlappen gegen ihre Lider drückte. Sie erinnerte sich daran, mit Justin im Studio Whisky getrunken zu haben. Dann hatte Cal sie ins Bett gebracht und …

Ihr Kopf schoss hoch. Im Spiegel zeigten ihre Augen einen wilden Ausdruck, und ihre Blässe hatte einer tiefen Röte Platz gemacht. Sie hatte sich Cals Blicken ausgesetzt. Schlimmer noch, sie hatte sich von ihm berühren lassen. Abby schluckte. Nun, wenigstens wusste sie noch, dass er von ihr abgelassen hatte, bevor sie eingeschlafen war. Es war also nichts Unaussprechliches passiert. Gott sei Dank! Als sich dann in der Erinnerung weitere Einzelheiten, inklusive ihres eigenen Engagements, einstellten, stöhnte sie unwillkürlich auf.

Nie würde sie Cal wieder ins Gesicht blicken können, wenn es die süße Erinnerung an das Erlebte auch wert war, in einem Winkel ihres Gehirns aufbewahrt zu werden, zum Trost für das Alter. Cal würde ja doch nie zur Ruhe kommen oder sich in sie verlieben, sondern in alle Ewigkeit seinen Blondinen nachrennen. Doch jetzt besaß sie etwas, das ihr niemand mehr nehmen konnte, ein winziges Bröckchen Liebe, von dem sie zehren konnte.

Nun verstand sie auch, was an jenem Morgen geschehen war. Cal war nicht absichtlich roh zu ihr gewesen. Er hatte sie begehrt. Es erfüllte sie mit seltsamem Stolz, dass sie ihn so aus der Bahn geworfen haben sollte. Sie war sich fast sicher, dass ihm das vorher noch nie bei einer Frau passiert war. Im Rückblick meinte sie, dass sie ihm schrecklich naiv vorgekommen sein musste, so, wie sie auf seinen intimen Kuss reagiert hatte. Aber damals hatte ihr seine Handlungsweise lediglich einen furchtbaren Schrecken eingejagt. Bei all ihrer Schwärmerei für Cal hatte ihr einfach das Wissen um die Realitäten des Liebeserlebnisses gefehlt. Nun, da sie darüber Bescheid wusste, wirkte es wie eine Droge. Sie wollte mehr davon – aber konnte sie das Risiko eingehen, Cal jemals wieder an sich heranzulassen?

Ein Schluchzen schüttelte ihren schlanken Körper. Nun, sie musste sich zusammenreißen, musste an ihren Stolz denken. Sie hielt sich den hämmernden Kopf. Vor allem durfte sie niemals mehr einen Tropfen Whisky von Justin annehmen! Oder von sonst jemandem. Der Vorwand, die Sorgen ertränken zu wollen, hatte keinerlei Berechtigung. Sie hatte es versucht, und statt Vergessen hatte es ihr nichts als einen Kater eingebracht!

Abby schlüpfte in einen grauen Hosenanzug mit blauer Bluse, ließ ihr Haar offen auf die Schulter fallen – sie fühlte sich heute Morgen nicht in der Lage, es aufzustecken – und setzte eine Sonnenbrille auf. Damit tastete sie sich die Treppe hinab und betrat das Esszimmer.

Justin saß am Frühstückstisch und stützte den Kopf in die Hände. Er trug Jeans und ein blau kariertes Hemd. Als er aufblickte, sah Abby, dass er noch weit mitgenommener war als sie selbst.

„Gute Idee", stellte er mit einem Blick auf Abbys dunkle Gläser fest. „Meine Sonnenbrille liegt leider draußen im Wagen."

„Du siehst genauso aus, wie ich mich fühle", sagte Abby, als sie sich – ganz vorsichtig – neben ihn setzte. Sie zog eine Grimasse, weil selbst diese kleine Erschütterung ihren Kopf zum Platzen zu bringen schien. „Wie sollen wir heute nur arbeiten gehen?"

„Keine Ahnung", erwiderte Justin. „Cal ist weg."

Abbys Herz setzte einen Schlag aus, sie war froh, dass ihre Augen hinter den dunklen Gläsern versteckt waren. „Ach, tatsächlich?"

„Hat die Stadt verlassen und ist nach Montana, um sich Kälber anzusehen. Schreibt er jedenfalls." Er fummelte eine Zigarette aus dem Päckchen und zündete sie an. „Ich bin ziemlich enttäuscht. Hatte mir schon den ganzen Morgen ausgemalt, wie ich ihm wegen gestern Abend das Fell über die Ohren ziehen würde."

„Wie egoistisch von dir." Abby versuchte sich eine Tasse Kaffee einzuschenken. „Ich hätte ihm auch ganz gern ein oder zwei Ohrfeigen verpasst."

„Ich setze mich auf ihn drauf, und du darfst ihn schlagen", kam ihr Justin entgegen. Er schlürfte schwarzen Kaffee und rauchte still vor sich hin.

Abby nahm einen Schluck Kaffee und lehnte sich zurück. Sie fühlte sich miserabel. „Haben wir nicht irgendwas gesungen?", dachte sie laut. „Oh ja, ich erinnere mich …" Schon fing sie an, ein paar Takte zu singen. Justin erblasste, und Maria kam aus der Küche gerannt, krebsrot und mit wehender Schürze.

Abby sah sie entgeistert an. „Justin hat es mir beigebracht", verteidigte sie sich.

Justin verbarg sein Gesicht in den Händen. Maria fiel mit einem spanischen Wortschwall über ihn her, und er antwortete ziemlich verdattert in der gleichen Sprache. Dann schüttelte Maria nur noch den Kopf und verschwand wieder in die Küche.

„Was habe ich denn da gesungen?", fragte Abby mit großen Augen.

Justin holte tief Luft. „Frag mich lieber nicht", sagte er schließlich. „Du solltest das Lied besser aus deinem Gedächtnis löschen, sonst kriegen wir einen Monat lang nur Angebranntes zu essen."

„Du hast es mir aber doch beigebracht", wies sie ihn zurecht.

Justin stöhnte. „Ich war besoffen. Das Lied hatte ich von einem mexikanischen Kumpel gelernt, als ich kaum aus der Schule war. Gestern Nacht ist es mir wieder eingefallen. Ich hätte es dir niemals beibringen dürfen."

„Cal ist an allem schuld", sagte Abby.

„Ich frage mich, wieso er überhaupt damit angefangen hat", überlegte Justin laut. „Bis er dich und Tyler sah, hat er überhaupt keine Lust gezeigt zu tanzen."

Abby rutschte unruhig auf ihrem Stuhl umher. „Nun, an mir hat er jedenfalls kein Interesse", sagte sie kläglich. „Jedenfalls nicht auf permanenter Basis. Heute Nacht hat er mir gesagt, es wäre mit beträchtlichen Risiken verbunden, sich auf eine Ehe mit ihm einzulassen. Er liebt die Abwechslung."

„Das tun die meisten Männer, bis sie von einer Frau so fasziniert sind, dass sie andere Frauen nicht einmal mehr anschauen mögen."

„Bist du deshalb immer allein?", fragte Abby sanft und suchte seine starre, bittere Miene zu durchdringen. „Weil deine Welt bei Shelby beginnt und bei Shelby endet?"

Justin blitzte sie warnend an. „Abby ..."

„Tut mir leid." Abby nippte an ihrem Kaffee. „Es ist nur ... ich weiß jetzt selbst, wie das ist." Sie fuhr mit dem Finger die Lippenstiftspur auf ihrer Kaffeetasse nach. „Genau die gleichen Gefühle habe ich gegenüber deinem dummen, blinden Bruder."

Justins Miene glättete sich wieder, und er lächelte Abby liebevoll an. „Ich könnte ja so tun, als sei ich überrascht, aber ich bin es nicht. Bei dir ist es ja ziemlich offensichtlich. Und Cal … in all den Jahren, seit er angefangen hat, mit Mädchen auszugehen, ist es jedenfalls das erste Mal, dass ich ihn eifersüchtig gesehen habe."

Abby biss sich auf die Unterlippe. „Er … begehrt mich", sagte sie und schlug die Augen nieder.

„Natürlich tut er das", warf Justin unbekümmert hin und musste über Abbys schockierte Reaktion lächeln. „Abby, für einen Mann stellt das einen wesentlichen Bestandteil seiner Liebe dar."

„Ich fürchte, ich kenne mich mit Männern nicht allzu gut aus", sagte sie seufzend. „Eigentlich weiß ich überhaupt nichts von ihnen. Außer dass ich mit Cal mein ganzes Leben zusammen sein, Kinder mit ihm haben möchte und für ihn sorgen will, wenn er krank ist, und ihm Gesellschaft leisten, wenn er einsam ist." Wieder biss sie sich auf die Unterlippe. „Und wie die Dinge nun mal liegen, Justin, halte ich es für besser, mich abzusetzen, bevor es zu spät ist. Bevor etwas passiert und Cal in der Falle sitzt." Sie sah zu Justin auf, und in ihren Augen spiegelte sich Angst. „Das verstehst du doch, nicht wahr, Justin?"

Er nickte. „Das ist klug von dir, Abby. Falls er dich wirklich liebt, wird er zu dir kommen. Wenn nicht … Dann hast du euch beiden eine Menge Herzleid und Ärger erspart." Justin zuckte mit den Schultern. „Aber ich werde dich sehr vermissen."

„Ich kann ja mal zu Besuch kommen." Abby nippte weiter an ihrem Kaffee, und da sie sich jetzt ein wenig besser fühlte, nahm sie die Sonnenbrille ab. „Kann ich wenigstens meine Geburtstagsparty hier abhalten?"

„Na klar doch", erwiderte Justin bereitwillig.

„Meine Gästeliste wird dir vielleicht nicht zusagen."

Justin holte tief Atem. „Tyler Jacobs wird wohl dabei sein."

„Und Shelby." Wieder blitzte Justin sie an, und Abby lächelte zögernd. „Justin, ich kann doch schlecht nur ihn einladen und sie nicht. Wie sähe das denn aus?"

„Cal könnte …" Er hielt inne.

Abby hob das Kinn. „Ich muss aufhören, mir Gedanken darüber zu machen, was Cal tut oder lässt, und du genauso. Und wenn es dir nicht passt, dass Cal sich an Shelby heranmacht, warum tust du dann nicht was dagegen?" Ihre Stimme bekam einen verschwörerischen Unterton. „Du könntest sie betrunken machen und ihr deinen grässlichen Song beibringen."

Justin brachte fast ein Lächeln zu Wege. „Das hab ich bereits." Seine Augen bekamen einen wehmütigen Schimmer. „Am Abend unserer Verlobung." Dann riss er sich zusammen und stand auf. „Es hilft wohl alles nichts, ich muss sehen, dass ich mich an die Arbeit mache. Was ist mit dir? Schaffst du es?"

„Na klar schaffe ich es." Abby stand auf, fühlte sich aber so wackelig auf den Beinen, dass sie Justin reumütig ansah. „Ich glaube, wir knobeln lieber, wer fährt."

Justin lachte in sich hinein. „Lass mal, ich mach das schon. Ich habe mehr Erfahrung als du. Los, komm."

Abby wurstelte sich irgendwie durch den Tag, und am Nachmittag rief sie Mrs Simpson an und fragte, ob sie im Laufe der Woche einziehen könne. Die ältere Dame war entzückt und versprach, das Zimmer für sie herzurichten.

Dann begann sie schweren Herzens, ihre Sachen zusammenzupacken, und stellte sich darauf ein, ihrem Heim, in dem sie die letzten fünfeinhalb Jahre verbracht hatte, Lebewohl zu sagen. Das Schlimmste war, dass sie nun wohl auch Cal nie mehr wiedersehen würde. Zwar hatte sie Justin noch nichts davon gesagt, doch hatte sie beschlossen, auch ihren Job in der Maststation an den Nagel zu hängen. Die Aussicht, Cal jeden Tag zu sehen, in dem Bewusstsein, dass er sie begehrte, aber keine Liebe für sie empfand, hätte ihr das Herz zerrissen.

Justin und zwei Hilfskräfte von der Station halfen ihr beim Umzug in das Haus von Mrs Simpson. Da es ein möbliertes Zimmer war, hatte sie zwar auf die Mitnahme von Möbeln verzichtet, doch gab es jede Menge Kleider und Bücher und Schallplatten zu schleppen. Auch die Stereoanlage und der Farbfernseher kamen mit sowie Andenken und Erinnerungsstücke. Es war leichter, in einem fremden Haus zu leben, wenn man sich mit vertrauten Gegenständen umgeben konnte.

Gleich am nächsten Tag reichte sie in der Maststation ihre Kündigung ein. Es fiel ihr schwer, doch Justin schien vollstes Verständnis dafür zu haben. Er sagte kein Wort, sondern lächelte nur.

Cal hingegen hatte kein Verständnis. Er kehrte unvermittelt in der

Mitte der folgenden Woche zurück. Abby fand ihn auf der Ecke ihres Schreibtisches sitzend vor, als sie vom Essen zurückkam, und er rauchte wie ein Schlot.

Sie hätte sich am liebsten in seine Arme geworfen. Nur einige Tage hatte sie ihn nicht gesehen, etwas über eine Woche. Aber sie hatte sich nach ihm verzehrt. Von ihm getrennt zu sein empfand sie wie die Amputation eines lebenswichtigen Organs. Jetzt wusste sie nicht, wie sie ihre Gefühle vor ihm verbergen sollte.

Cal sah sie lange an, inmitten all der Bürogeräusche, der klingelnden Telefone, dem Surren der Drucker. Er sah sie an, bis ihr ungemütlich warm wurde und sie errötete.

„Du bist ausgezogen“, sagte er ohne Einleitung.

„Ja“, erwiderte sie heiser.

„Und du hast gekündigt.“

Abby holte tief Luft und trat ein wenig näher heran. Cal roch nach Seife und Rasierwasser, und unwillkürlich sah sie auf seinen Mund, dessen Süße und Zartheit sie sich jetzt wieder lebhaft vergegenwärtigte. „Ich … ich werde für George Brady und seinen Vater arbeiten. In ihrem Versicherungsbüro.“

„Warum?“, knirschte Cal.

Abby fuhr sich mit der Zunge über die Unterlippe, und sie sah Cal mit großen Augen an.

„Komm mit“, knurrte er und fasste ihren Arm. Er zog sie in sein Büro und schloss die Tür, sah sie mit zorniger Miene an. Auch jetzt ließ er sie nicht los. Durch den weichen Ärmel ihrer Bluse fühlte sie seinen festen, warmen Griff, und die Berührung ließ sie erschauern.

„Du weißt, dass ich nicht länger mit dir unter einem Dach leben kann“, flüsterte sie. „Du weißt, warum.“

„Hast du solche Angst vor mir?“

„Ich habe Angst vor dem, was geschehen könnte.“

„Ich verstehe.“

Es war Abby peinlich, mit Cal darüber zu reden, aber er musste einfach wissen, wie verletzlich sie war. „Es hört sich vielleicht irgendwie eingebildet an“, fuhr sie fort, „aber wenn du …“ Sie schloss die Augen. „Oh Cal“, flüsterte sie, „das ist alles zu viel für mich. Es … tut weh.“

„Denkst du, das weiß ich nicht?“, stieß Cal hervor, und seine dunklen Augen waren voller Gefühl. „Was meinst du denn, warum ich weggefahren bin?“

Abby konnte ihm nicht mehr in die Augen sehen. Sie fühlte sich wie nackt. „Nun, dann rette ich dich damit wenigstens vor weiteren unangenehmen Komplikationen“, sagte sie gepresst und blickte zu Boden. „Ich bin einfach nicht mehr da.“

Cal schien überhaupt nicht mehr zu atmen. Seine Zigarette hing abgebrannt zwischen seinen Fingern, genauso tot, wie er sich fühlte ... „Ist das dein ehrlicher Wunsch?“

Abby richtete sich auf. „Tyler führt mich heute zum Essen aus“, sagte sie aus heiterem Himmel, nur um Cal zu zeigen, dass sie nicht versuchen wollte, sich an ihn zu klammern oder sich als liebeskrankes Kalb zu gebärden. „Er hat übrigens auch Arbeit gefunden. Er wird die Leitung der Ranch vom alten Regan übernehmen. In null Komma nichts wird er sich dort einleben und dann auch größere Verantwortungen übernehmen können.“

Cal lag sein Herz wie Blei in der Brust. Was wollte sie damit sagen? Sollte das heißen, dass sie eine Heirat mit Tyler erwog?

„Du liebst ihn ja gar nicht.“

Abby sah auf. „Das brauche ich auch nicht. Liebe hat überhaupt nichts zu bedeuten. Es ist ein Gefühl, das die Menschen blind für die Realität macht.“

„Abby!“, explodierte da Cal. „Das glaubst du doch selber nicht!“

„Sieh an, wer da redet.“ Abby blitzte ihn an. „Du warst es doch, der gesagt hat, mit Liebe könntest du nichts anfangen, nicht wahr? Du hast dir doch nie durch Gefühle den Spaß verderben lassen!“

Cal holte tief Luft, und in der Stille, die folgte, sah er Abby mit seinen dunklen Augen eindringlich an. „Vor einigen Jahren mag das noch gestimmt haben“, räumte er ein. „Die Frauen sind nur so auf mich geflogen, und ich war damals unersättlich. Aber ich habe gelernt, dass Sex allein einen schalen Geschmack hinterlässt, und es hat nicht lange gedauert, bis ich merkte, dass die meisten dieser Frauen ihren Körper für materielle Vorteile hingaben, die ich ihnen bieten konnte.“ Er lachte bitter. „Wie würde dir das behagen, mein kleines Lamm? Ein paar Küsse und eine Nacht im Bett gegen ein Auto, einen Pelz oder irgendwelchen teuren Schmuck, sodass du niemals sicher sein kannst, ob sie eigentlich dich oder nur dein Portemonnaie wollen. Na?“

Abby hatte Cal noch nie so reden hören. Als sie ihm ins Gesicht sah, fand sie in seinem Lächeln, seinem harten Blick Zynismus und eine Spur Schalk.

„Du bist sehr attraktiv“, erwiderte sie. „Das weißt du ja wohl.“

Seine breiten Schultern hoben und senkten sich. „Viele Männer sind attraktiv“, sagte er ohne jede Einbildung. „Aber ich bin dazu noch reich. Mein Geld wirkt anziehend.“

„Nur auf einen bestimmten Typ von Frau“, erinnerte ihn Abby. „Frauen, die eine gefühlsmäßige Bindung und Verantwortung scheuen. Solche mit merkantiler Gesinnung, die dir weglaufen, wenn du alles verlierst oder krank oder alt wirst.“ Sie lächelte sanft. „Ich glaube, dir passt das auch ganz gut in den Kram. Du bleibst unabhängig und hast trotzdem deinen Spaß.“

Cal betrachtete sie mit leicht gerunzelter Stirn. „Ich habe keine Frau gehabt, seit ich dich von der Stripshow weggeholt habe“, sagte er ruhig.

Abby wollte nichts von seinem Liebesleben hören. Sie wandte den Kopf zur Seite. „Du hattest Verabredungen.“

„Du meine Güte, ich kann mich auch mal mit einer Frau verabreden, ohne sie gleich zu verführen!“

„Das geht mich nichts an.“ Abby langte nach dem Türknopf, doch sofort legte Cal seine große warme Hand auf die ihre und trat an sie heran, überschwemmte sie regelrecht mit seinem sauberen Männergeruch.

„Es sollte dich etwas angehen“, sagte er gepresst.

Abby sah langsam, forschend zu ihm auf. Doch seiner Miene, seinen Augen und der Haltung seines Kopfes konnte sie nicht entnehmen, worauf er hinauswollte. „Ich verstehe nicht“, sagte sie schließlich mit versagender Stimme.

„Ich mag es nicht, dass man mir Zügel anlegt“, sagte er kurz. „Ich lasse mich nicht gern fesseln oder mir einen Ring durch die Nase ziehen. Der Gedanke an Heirat ist mir verhasst.“ Er verzog das Gesicht, ohne den Blick von Abby zu lösen. „Aber du liegst mir im Blut“, raunte er, „und ich weiß nicht, was ich dagegen tun soll.“

„Ich werde nicht mit dir schlafen“, entgegnete Abby mit stillem Stolz in der Stimme. „Obwohl ich es mir wünsche.“ Sie lachte bitter. „Mehr als alles auf der Welt.“

„Ja, das wusste ich bereits, als ich wegfuhr." Er berührte ihr Haar, glättete es, strich darüber, bis seine Hand auf ihrer Schulter lag. Das Besitzergreifende dieser Berührung ließ Abby erschauern. „Ich weiß nur zu gut, was du mir gegenüber fühlst. Ich ahnte es bereits in jener Nacht, nachdem du mit Misty in der Tanzbar gewesen warst, als du geflüstert hast, du wünschtest, du wärest blond ..." Er blickte sie fest an. „Und die Nacht, als der Squaredance stattfand, hat das Bild abgerundet. Ich habe viel nachgedacht, während ich weg war. Endlich gelang es mir, zwei und zwei zusammenzuzählen."

Abby fühlte sich, als hätte er ihr den Boden unter den Füßen weggerissen, als stände sie splitternackt vor ihm. Sie hatte sich mit ihrem Geheimnis sicher geglaubt, und nun war es kein Geheimnis mehr.

„Du brauchst es gar nicht zu leugnen", fuhr er fort, als er ihren Gesichtsausdruck sah. „Es gibt überhaupt keinen Grund dafür. Ich werde mich nicht lustig über dich machen oder dich in Verlegenheit bringen. Ich sagte dir ja bereits, bevor ich wegfuhr, wie ich denke und fühle. Ich bin fast zwölf Jahre älter als du, ich bin ein Schwerenöter, und ich habe nicht einmal den Versuch gemacht, mir das abzugewöhnen. Und du bist obendrein noch mein Mündel. Hätte ich noch alle Sinne beisammen, ich würde dich gehen lassen und dir noch hinterherwinken, und zwar lachend. Du stellst für mich eine Komplikation dar, die ich weder brauche noch mir gewünscht habe."

„Besten Dank", lautete Abbys Kommentar dazu. Eine flammende Röte überzog ihre Wangen. Es war ihr äußerst unangenehm, dass er so ohne weiteres ihre Gefühle erriet. Bisher war ihr nicht klar gewesen, wie durchsichtig sie einem erfahrenen Mann wie Cal erscheinen musste.

„Dies sagt mir mein Verstand", nahm Cal den Faden wieder auf, wobei er sich mit einem etwas spöttischen Lachen Abby weiter näherte. „Und nun will ich dir zeigen, was mein Körper dazu meint ..."

Abby wollte protestieren, doch Cal versiegelte ihren Mund, bevor sie sprechen konnte. Sein Kuss war warm und langsam, und als er ihre Hüften umfasste, Abby an sich zog und sie seine Erregung spüren ließ, gab sie es auf.

„So weich", flüsterte er, während er mit seinen Lippen über ihren Mund strich. „So süß. Ich träume davon, dich zu küssen. Ich träume von deinem Körper und deiner Art, mich zu lieben. Ich begehre dich mehr, als ich je in meinem Leben eine Frau begehrt habe."

„Das ist nur … physisch", protestierte sie.

„Das ist alles, was ich dir bieten kann", entgegnete Cal. Seine Lippen fanden den Weg zu ihren Augenlidern, die er mit seinen Küssen schloss. „Siehst du, Abby? Ich habe noch nie richtig geliebt. Ich habe so etwas nie gewollt. Das ist alles, was du von mir haben kannst."

Abby schluckte. Was für eine bittere, hoffnungslose Beziehung das werden musste! Sie liebte Cal von ganzem Herzen, und alles, was er ihr zu bieten hatte, war sein Körper.

Cal schmeckte Abbys Tränen, bevor er sie sah. Er hob verwundert den Kopf und fuhr beim Anblick ihrer überquellenden grau-blauen Augen zusammen. „Oh, bitte nicht", hauchte er und wischte die großen Tropfen mit den Daumen beiseite.

„Bitte, lass mich los", flehte sie und stieß ihre Hände gegen seine breite harte Brust.

„Du willst etwas, das ich dir nicht geben kann."

„Das ist mir jetzt klar", flüsterte Abby. Sie biss sich auf die Unterlippe, um das Zittern zu unterdrücken, und starrte auf seine Krawatte. „Ich glaube, ich bin nicht dazu geschaffen, eine Blondine mit merkantiler Gesinnung zu spielen", sagte sie mit einem Anflug von Humor, wobei sie merkte, wie sich sein Körper als Reaktion auf ihre Bemerkung verkrampfte. Da blickte sie mit Augen voller Tränen, die ihre Sehnsucht nach seinem Herzen nicht verschleiern konnten, zu ihm auf. „Aber ich hätte dich jedenfalls ganz furchtbar geliebt."

„Abby", stöhnte Cal. „Du bedeutest mir so viel, Abby. Du bist ein Teil meines Lebens. Ich wünschte, ich könnte dir geben, was du suchst. Ich wünschte, ich könnte dir sagen ‚ich liebe dich' und dir eine Zukunft bieten. Aber damit würden wir uns letzten Endes doch nur etwas vormachen. Ehe bedeutet doch gegenseitige Hingabe, auf der Grundlage beiderseitiger Liebe." Er seufzte bitter. „Ich … ich weiß nicht, was Liebe ist. Justin und ich wurden von unserem Vater aufgezogen, Abby. Unsere Mutter starb bei meiner Geburt. Wir sind nie in den Genuss weiblicher Zuwendung gekommen, und bis dann deine Mutter in sein Leben getreten war, ist Dad von einer Frau zur nächsten geschwirrt wie die Biene von Blüte zu Blüte."

Er spielte mit einer von Abbys Haarsträhnen. „Ich verstehe nichts von Hingabe, weil ich sie nie am eigenen Leibe erfahren habe. Das

Einzige, was ich über die Liebe weiß, ist, dass sie nicht von Dauer ist. Sieh dir Justin an. Sieh, was aus ihm geworden ist, weil ihm alles danebenging."

„Wenigstens hatte er sich zunächst einmal darauf eingelassen", gab ihm Abby zu bedenken. „Und die Liebe dauert ja auch an. Oder hast du vielleicht nicht gesehen, wie sich Justin und Shelby angeschaut haben, als sie miteinander tanzten?"

„Ist das deine Auffassung von der vollkommenen Liebe?", fragte Cal mit einem kalten Lachen. „Ein wenig Liebe, gefolgt von jahrelangem Hass?"

„Und wie sieht deine Auffassung von Vollkommenheit aus? Eine Abfolge von Abenteuern, dann ein einsamer Lebensabend, ohne Familie, ohne jemanden, der dich liebt, ohne etwas, das du der Nachwelt hinterlässt?"

Cal sah düster auf Abby hinab. „Wenigstens werde ich nicht an einem gebrochenen Herzen sterben."

„Nein, das nicht", erwiderte sie und stieß gegen seine Brust. Cal rührte sich nicht. „Lass mich jetzt bitte gehen."

„Warum?"

„Weil ich noch einen Haufen Arbeit habe."

„Und eine Verabredung mit Tyler", setzte er spöttisch hinzu.

Abby sah auf. „Tyler ist solide, fleißig, sehr männlich und ein viel versprechender Heiratskandidat. Er hat keine Furcht vor der Liebe. Er würde einen guten Ehemann abgeben."

„Du heiratest Tyler nicht", schnappte Cal.

„Und wie willst du mich daran hindern?"

„Rate mal."

Abby legte den Kopf auf die Seite und sah fragend zu Cal auf. „Was kümmert es dich? Du willst mich ja nicht, außer im Bett. Ich will jemanden, der mich lieben kann."

Cal fühlte sich unbehaglich. Er blickte auf Abbys Hände, die sie gegen seine Brust stemmte. „Vielleicht kann man es ja lernen", sagte er leise. „Vielleicht kannst du es mir beibringen."

„Und wie?"

Er küsste sie leicht auf die Nasenspitze. „Geh mit mir aus. Morgen Abend. Ich fahre mit dir nach Houston. Wir werden vergessen, was letztes Mal war. Wir können tanzen und spazieren gehen." Er nahm ihr Ohrläppchen zwischen seine Lippen. „Du weißt doch, ich habe ein Apartment in Houston", sagte er langsam.

Abby schloss die Augen. „Nein, ich werde nicht mit dir in dein Apartment gehen."

„Wir leben doch nicht mehr im neunzehnten Jahrhundert", flüsterte Cal. „Nur du und ich. Wir könnten uns lieben, und du könntest mir beibringen, was du unter Liebe verstehst."

Abbys Wangen brannten. „Nein", wiederholte sie.

Sie machte sich von ihm los. Nach wie vor liebte er sie nicht, sondern verlangte nur nach ihrem Körper. Ihm beibringen, was Liebe war? Auch sie wäre dann nur noch eine der zahlreichen Eroberungen des großen Calhoun Ballenger, ein weggeworfenes Spielzeug.

„Ich habe zu tun", sagte sie. „Ich glaube nicht, dass ich mit dir nach Houston fahren werde. Aber trotzdem vielen Dank."

„Abby, nein!", rief er aus. „Nicht, was du denkst!"

Sie öffnete die Tür. „Ich muss gehen." Sie ging hinaus, und er folgte ihr, um das Missverständnis aufzuklären. Doch bevor er sie erreichen konnte, kam Justin mit zwei Geschäftsfreunden herein. Abby rettete sich in den Waschraum, zitternd und am Boden zerstört. Cal liebte sie nicht, er respektierte sie nicht einmal!

7. KAPITEL

Abby verbrachte einen angenehmen Abend mit Tyler in dem neu eröffneten griechischen Restaurant in Jacobsville. Die Moussaka, die sie probierte, war köstlich, ebenso die elegante Baklava, die sie zum Nachtisch bestellten, sowie der leicht harzige Wein, den sie zu ihrer Mahlzeit tranken. Doch während sie Tyler zuhörte, der über seine neue Arbeit sprach, dachte sie an ihre leere Zukunft, an ein Leben ohne Cal. Sie hatte sich so sehr an seine Schritte vor ihrer Tür gewöhnt, wenn er spät nachts auf sein Zimmer ging, an seinen Anblick bei Tisch, an die gemeinsamen Stunden vor dem Fernseher, an seine Nähe bei der Arbeit. Jetzt würde das Leben so leer sein, so kalt. Sie hatte das Gefühl, als wäre die Wärme für immer aus ihrem Leben verschwunden.

„Das Schlimme bei der Sache ist, dass ich demnächst in die Prärie geschickt werde“, berichtete ihr Tyler resigniert, während sie im Anschluss an das Dessert ein Tässchen türkischen Kaffee tranken. „Der alte Regan hat eine Tochter drüben in Arizona, die eine Touristenranch führt und sich im Sommer auch noch um zwei ihrer Neffen kümmern muss. Er wird mich wohl dorthin schicken, damit ich die Ranch auf Vordermann bringe, während mein Assistent hier die Leitung übernimmt.“ Er verzog das Gesicht. „Ich hasse Touristenranches. Und für die Frau, die diese Ranch leitet, kann ich mich auch nicht erwärmen. Wahrscheinlich hat sie den Alten dazu überredet, ihr die Möglichkeit zu geben, und hat sich dabei etwas übernommen.“

Abby sah ihn an. „Wie ist sie denn, kennst du sie?“

„Ich habe keine Ahnung. Das wird wohl eine von diesen Feministinnen sein, die meinen, dass Männer die Kinder bekommen und Frauen den Lebensunterhalt verdienen sollen. Ich will verdammt sein, wenn ich mir von ihr Vorschriften machen lasse, wie ich meinen Job zu erledigen habe.“

Abby sah zwischen den beiden bereits die Funken fliegen, und sie lächelte hinter ihrer Kaffeetasse. Tyler unterschied sich in nichts von Cal und Justin, war genauso reaktionär, ein Relikt des alten Westens. Es wäre sicherlich amüsant zu sehen, wie er mit einer modernen Frau zurechtkam.

Bald darauf brachte er sie nach Hause. Vor der Tür von Mrs Simpsons Haus beugte er sich zu ihr hinab, um sie auf die Wange zu küssen. „Danke, dass du einem einsamen Mann Gesellschaft geleistet hast“, grinste er. „Es war ein sehr anregender Abend.“

„Fand ich auch.“ Abby lächelte zu ihm auf. „Du bist ein netter Kerl. Eines Tages wird ein glückliches Mädchen einen wunderbaren Ehemann in dir haben.“

„Von Heiraten …“

„… hältst du nicht viel, ich weiß“, brachte sie den Satz für ihn zu Ende und seufzte. „Du und Cal, ihr solltet zusammen auftreten. Ihr habt die tollsten Sprüche drauf.“

„Ein vernünftiger Mann heiratet nicht“, sagte Tyler unbeirrt. „Dadurch wird ihm die Freiheit genommen.“

„Oh ja“, stimmte Abby zu. „Von habsüchtigen, raffgierigen, profitorientierten Weibern.“

„Dich würde ich auf der Stelle heiraten, Abby“, sagte Tyler. Er lächelte, doch es hörte sich nicht so an, als ob er scherzte. „Wenn sich also Cal aus der Schlinge zieht, dann wirf sie mal nach mir. Ich würde mich nicht mal ducken.“

„Du Schatz!“ Abby stellte sich auf die Zehenspitzen und küsste ihn auf das energische Kinn. „Ich werde daran denken. Gute Nacht, Ty.“

„Gute Nacht. Ich rufe dich nächste Woche mal an, okay?“

„Okay.“

Sie winkte ihm, schloss die Tür auf und trat ein. Ohne Eile stieg sie die Treppe hinauf, entspannt vom harzigen Wein und müde von einer anstrengenden Arbeitswoche. So war sie denn überrascht, als sie das Telefon in ihrem Zimmer klingeln hörte, wo sie ihren eigenen Privatanschluss hatte.

Sie legte ihre Handtasche ab, setzte sich auf ihr Bett und nahm den Hörer ab. „Hallo?“

Eine tiefe, ihr nur allzu bekannte Stimme, die ihr Herz sofort höher schlagen ließ, antwortete: „Hallo!“

„Cal?“

„Jetzt kann ich ja nicht mehr aufbleiben und warten, bis du nach Hause kommst“, sagte er. „Deshalb habe ich gedacht, ich frage mal telefonisch nach, ob du heil nach Hause gekommen bist.“

„Bin ich. Keine Sorge.“

„Wo wart ihr denn überhaupt?"

Abby legte sich aufs Bett zurück. „In dem neuen griechischen Lokal."

„Hmmm", machte er, und es hörte sich an, als läge auch er auf seinem Bett. „Ich war schon ein paarmal geschäftlich dort. Hast du die Moussaka probiert? Köstlich, nicht wahr?"

„Ja, die haben wir gegessen. Und Retsinawein dazu getrunken. Ist sehr stark."

Cal machte eine Pause, bevor er weitersprach. „Bist du geradewegs nach Hause gekommen?"

Abby musste über seine Fürsorge fast lachen. „Ja, ich bin geradewegs nach Hause gekommen. Ty hat nicht mal den Versuch unternommen, mich zu verführen."

„Ich wüsste nicht, dass ich ihn dessen verdächtigt hätte."

Abby berührte sanft den Hörer. „Ist bei euch zu Hause alles in Ordnung?"

„Ich denke schon." Pause. „Es ist einsam."

„Hier ist es auch einsam", seufzte Abby.

Wieder eine Pause.

„Ich habe es nicht so gemeint, wie du es verstanden hast", sagte Cal schließlich. „Ich wollte doch nicht so mir nichts, dir nichts mit dir ins Bett gehen. Du gehörst nicht zu den Frauen, die man benutzt und dann wegwirft. Ich schäme mich für dich, dass du nach all den Jahren so etwas von mir denkst."

Abbys Herz pochte aufgeregt. Sie drückte den Hörer fester an ihr Ohr. „Aber du sagtest doch …"

„Ich sagte, wir könnten in mein Apartment gehen, um dort unter uns zu sein", unterbrach er sie. „Und dass wir uns lieben könnten. Ich meinte damit, wir könnten uns ein wenig alter Zeiten erinnern, und dann hätte ich dich nach Hause gebracht." Er seufzte. „So schwer es mir auch gefallen wäre, aber ich hatte nie die Absicht, die Situation für mich auszuschlachten."

„Oh."

„So, nachdem dies nun geklärt wäre … Willst du mit mir morgen Abend essen gehen?"

Abby zögerte. „Cal, wäre es nicht besser, wir würden einander nicht wiedersehen?" Sie brachte die Frage in ruhigem Ton hervor, obwohl ihr bei den Worten das Herz zerbrechen wollte.

„Ich habe jahrelang für dich gesorgt, über dich gewacht und dein Leben organisiert", erwiderte Cal. „Jetzt bist du erwachsen, und es sind Dinge zwischen uns vorgefallen, mit denen ich niemals gerechnet hätte. Nun ist es zu spät, zu unserem früheren Verhältnis zurückzukehren, und lieben können wir uns auch nicht. Aber es muss doch einen Weg geben, dass wir einander nicht völlig verlieren. Ich kann dich nicht einfach vergessen, Abby. Ich hasse es, nachts an deinem Zimmer vorbeizugehen und zu wissen, dass du nicht darin bist. Ich hasse es, allein vor dem Fernseher zu sitzen und allein bei Tisch zu sitzen, wenn Justin ein Geschäftsdinner hat. Ich hasse die Maststation, weil ich weiß, dass an deinem Schreibtisch bald eine andere Frau sitzen wird. Gehst du nun mit mir aus oder nicht?"

„Ich sollte es eigentlich nicht ..."

„Du wirst aber."

Abby seufzte, dann lächelte sie. „Ja."

„Ich hole dich um fünf Uhr ab."

„Um fünf?"

„Wir müssen doch nach Houston fahren, schon vergessen?" Er lachte.

„Zum Essen und Tanzen."

„Und dabei bleibt's", sagte Cal in sanftem Ton. „Ich werde dich nicht mal berühren, wenn du nicht magst."

„Dieses Apartment ...", fragte Abby stockend. „Hast du ... hast du viele Frauen dorthin mitgenommen?"

Cal antwortete nicht sofort. „Während ich weg war, bin ich umgezogen", sagte er dann. „Das neue Apartment liegt am entgegengesetzten Ende der Stadt, und ich habe noch nie eine Frau dorthin gebracht."

Abby fragte sich, warum er sich diese Mühe gemacht hatte. Er wollte sie doch nicht vor den Erinnerungen an sein altes Leben schützen? Für den Fall, dass sie eines Tages mit ihm hinginge?

„Ich verstehe", sagte sie mit leiser Stimme.

„Nein, ich glaube, du verstehst gar nichts", erwiderte er, und seine Stimme hatte einen tiefen, weichen Klang. „Jedenfalls jetzt noch nicht. Aber ich lasse dich am besten erst mal schlafen. Es ist spät geworden."

Abby wollte nicht, dass er schon auflegte, und weil ihr nichts anderes einfiel, fragte sie: „Du und Justin, habt ihr Shelbys wegen noch eine Auseinandersetzung gehabt?“

„Justin und ich hatten ein langes Gespräch“, erwiderte Cal. „Ob es was genutzt hat, weiß ich nicht. Er hat sich zu sehr in seine Haltung verbohrt und lässt Shelby einfach nicht mehr an sich heran.“

„Vielleicht wird er eines Tages doch noch vernünftig.“

„Vielleicht.“ Cal seufzte. „Also bis morgen Nachmittag um fünf. Nicht vergessen!“

Als ob sie das könnte! Abby berührte den Telefonhörer, als sei es Cal, den sie berührte. „Gute Nacht.“

„Gute Nacht, mein Liebes“, sagte er weich, und dann war die Leitung tot.

Abby schlüpfte in ihr Nachthemd und ins Bett, und Cals Abschiedsworte klangen in ihren Ohren nach, bis sie vom Schlaf übermannt wurde.

Es war der längste Samstag in Abbys Leben. Sie versuchte auszuschlafen, schaffte es aber nicht. So ging sie nach unten und frühstückte mit Mrs Simpson. Anschließend begab sie sich wieder auf ihr Zimmer und zwang sich dazu, vor dem Fernseher auszuharren. Samstags freizuhaben war etwas Neues für sie. Sie wusste nicht, was sie mit sich anfangen sollte.

Gegen Mittag unternahm sie aus lauter Langeweile eine Spritztour mit ihrem Sportwagen und landete schließlich im Stadtzentrum, wo sie sich für ihre Verabredung mit Cal etwas Neues zum Anziehen kaufte. Sie erwarb einen hübschen rot gemusterten Seidenrock und einen dazu passenden Sweater. Dann dachte sie daran, sich das Haar schneiden zu lassen, entschied sich jedoch dagegen, weil es ihr so lang, wie es war, eigentlich ganz gut gefiel. Zu Hause probierte sie dann eine Stunde lang verschiedene Frisuren aus, nur um es dann doch wieder auszukämmen und auf die Schultern hinabfallen zu lassen.

Bereits um halb fünf war sie gestiefelt und gespornt und versuchte die restliche Zeit mit einem Buch zu überbrücken.

Offenbar erging es Cal genauso, denn er erschien bereits zwanzig Minuten vor der Zeit.

Abby zwang sich, nicht die Treppe hinunterzurennen, und doch war sie ganz außer Atem, als sie die Tür öffnete und in seine dunklen Augen schaute.

„Hi", sagte er und bewunderte nicht nur ihr neues Outfit, sondern auch ihre Haartracht.

Er selbst trug einen anthrazitfarbenen Anzug, hellgraue handgefertigte Lederstiefel und einen perlweißen Stetson. Er sah so schick aus, dass Abby es kaum glauben konnte, dass er sie so ausführen wollte.

„Bist du ganz sicher, dass du auch wirklich mit mir ausgehen willst?", fragte sie plötzlich, und ihre Augen trübten sich. „Du tust es nicht nur aus Mitleid?"

Sanft legte er seinen Zeigefinger auf ihre Lippen und brachte sie dadurch zum Schweigen. „Ich würde mit dir aus Mitleid nicht mal zum Postamt gehen", gab er zurück. „Kriegst du schon kalte Füße?"

Abby verzog das Gesicht und hielt den Blick auf sein Jackett gerichtet. „Ja."

„Ich werde dich nicht fressen", sagte er mit ruhiger, tiefer Stimme. „Ich werde dich nicht drängen oder dich in Verlegenheit bringen."

Abby biss sich auf die Unterlippe. „Es ist nur … so neu."

„Du wirst dich daran gewöhnen." Cal wurde ungeduldig. „Bist du bereit? Ich bin zu früh dran, aber ich hatte Angst, ich könnte doch noch aufgehalten werden, wenn ich zu lange warte."

„Ja, ich hole nur noch meine Handtasche."

Sie holte ihr Täschchen und ihren schwarzen Samtblazer und ließ sich von Cal zu seinem Jaguar führen, von Minute zu Minute nervöser, was eigentlich absurd war, nachdem sie so lange davon geträumt hatte, mit Cal irgendwohin zu gehen. Sie konnte kaum sprechen, und ihr zitterten die Hände.

„Wie gefällt es dir bei Mrs Simpson?", fragte Cal, als sie auf dem Highway waren, der nach Houston führte. Er steckte sich eine Zigarette in den Mund und langte nach dem Zigarettenanzünder. Auch seine Finger zitterten.

„Sehr gut. Aber manchmal habe ich Sehnsucht nach der Ranch."

„Ja." Er warf Abby einen kurzen Seitenblick zu. Dann musste er plötzlich lachen. „Abby, du machst dir keinen Begriff, wie nervös ich bin. Da habe ich nun jede Menge Erfahrungen …"

Sie lächelte, hielt aber die Augen niedergeschlagen. „Ich bin auch nicht gerade die Ruhe selbst."

Dann mussten sie beide lachen.

Sie suchten den gleichen Club auf, in dem Abby Cal mit der Blondine überrascht hatte, doch diesmal war alles ganz anders. Nachdem eine gewisse anfängliche Verlegenheit überwunden war, schienen keinerlei Schranken mehr zwischen ihnen zu existieren.

„Ich habe noch nie auf solche Art zubereiteten Reis gegessen", stellte Abby begeistert fest, als sie von der kleinen Portion kostete, die das Roastbeef begleitete.

„Einzigartig, nicht wahr? Genau wie du", setzte Cal hinzu, und als Abby von ihrem Teller aufsah, begegnete sie seinem eindringlichen, liebevollen Blick.

Sie hielt seinem Blick stand, obwohl es sie kribbelig machte, wenn er sie so ansah. Ihr ganzer Körper geriet in Aufruhr.

Und Cal erging es nicht anders. Sein Herz führte einen wilden Tanz auf, als er an ihrem Blick erkannte, dass sie sich in seiner Gesellschaft wohlfühlte. Es gefiel ihm sogar, wie er sich selbst fühlte – nervös und ein wenig unsicher.

Schweigend beendeten sie ihr Mal, genossen das Dessert. Als sie über ihrer zweiten Tasse Kaffee saßen, fragte Cal: „Möchtest du tanzen?"

Abby schluckte. Sie betrachtete seinen muskulösen Oberkörper, und der Gedanke, wie er sie auf der Tanzfläche an sich drücken würde, machte ihr Angst. Sie würde in tausend Wonnen versinken, und das würde seiner Aufmerksamkeit nicht entgehen. Er würde merken, wie hilflos, wie verletzlich sie war.

„Ich … ich weiß nicht", stammelte sie schließlich und schluckte den letzten Bissen ihres Apfelkuchens herunter.

„Hast du etwa Angst davor, dich mit mir vor den Leuten hier zu zeigen?"

„Ja."

„Aber warum denn?"

Abby nahm all ihren Mut zusammen. „Weil ich dich begehre", flüsterte sie, „und weil alle Leute sehen werden, wie sehr ich dich begehre."

Cal konnte über Abbys Offenheit nur immer wieder staunen. Er ergriff über den Tisch hinweg Abbys Hand. „Ich begehre dich genauso sehr", sagte er, dabei sah er ihr nicht in die Augen, sondern auf die Hand. „Du wirst sehen – und auch fühlen –, wie sehr. Und trotzdem will ich mit dir tanzen.“

Abby war so süchtig nach ihm, dass ihr Körper leise pulsierte.

„Tun wir nicht mehr so als ob“, sagte er ruhig. „Los, komm mit.“

Cal stand auf und zog Abby hinter sich her. Er führte sie auf die kleine Tanzfläche, wo eine Band eine träumerische Weise spielte. Er zog Abby an sich.

„Merkst du, wie gut wir zusammenpassen?“, sprach er in ihr Haar, während sie sich im Takt der Musik leise wiegten. Er drückte sie mit der Hand, die an ihrem Rücken lag, noch fester an sich, und höchst erregend klang seine Stimme dicht an ihrem Ohr: „Es ist schön, deinen Körper zu spüren.“

Daran hatte Abby auch bald keinen Zweifel mehr, denn Cal begann auf höchst männliche Weise auf den hautengen Kontakt mit ihren weichen Rundungen zu reagieren. Sie erstarrte ein wenig, doch die streichelnde Bewegung seiner Finger auf ihrem Handrücken entspannte sie bald wieder.

„Keine Sorge“, flüsterte Cal. „Ich tue dir nichts.“

„Ich weiß.“ Abby schloss die Augen, gab sich ganz seiner Nähe, der Musik, dem Zauber hin.

Plötzlich wurde Cal von einem Schauer ergriffen, sein Körper versteifte sich kaum spürbar, und einen wilden Augenblick lang presste er Abby heftig an sich. „Das ist ja Wahnsinn“, stöhnte er leise.

„Das habe ich dir ja klarzumachen versucht“, flüsterte Abby und sah verzweifelt zu ihm auf.

Cal presste die Zähne aufeinander. Alles, was Abby fühlte, lag in diesem bewundernden Blick, in ihrem Gesicht, in ihrem Körper, der sich so weich gegen den seinen schmiegte. Sein Verstand raste, er wusste nicht mehr ein noch aus. Abby begehrte ihn!

„Herrgottnochmal!“, stöhnte er. „Lass uns von hier verschwinden.“

Abby blickte forschend in sein energisches Gesicht, in seine Augen, die auf sie hinabblickten. Er sah so unheimlich reif und erfahren aus, und sie wusste, dass sie da nicht mithalten konnte. Aber sie wollte in seinen Armen liegen und sich von ihm lieben lassen. Sie wünschte sich jetzt nichts anderes mehr, als mit Cal allein zu sein.

8. KAPITEL

Cals Penthouse-Apartment verfügte über einen eigenen Fahrstuhl und einen atemberaubenden Blick über Houston. Es war in hell- und dunkelbraunen Farbtönen gehalten und mit afrikanischen Schnitz- und Webarbeiten, abendländischen Gemälden und indianischen Teppichen dekoriert. Trotz seines rein männlichen Flairs wirkte es überaus einladend auf Abby.

„Gefällt es dir?“, fragte Cal, nachdem er die Tür hinter sich geschlossen hatte.

„Sehr“, sagte Abby lächelnd. „Es passt zu dir.“

Cal trat in den Wohnraum, ohne den Blick von ihr zu wenden. „Möchtest du was trinken? Ich kann Kaffee machen.“

Abby hob skeptisch die Brauen. „Kaffee?“

Cal kniff die Augen zu schmalen Schlitzen zusammen. „Nur weil du dich einmal mit Justin hast voll laufen lassen, darfst du nicht damit rechnen, dass dir hier die gleiche Behandlung zuteil wird.“

„Nun, ich habe mich ja schließlich nicht absichtlich mit Justin betrunken.“

„Ich wette, ihr beide konntet euch am nächsten Morgen kaum auf den Beinen halten.“

„Wir haben uns gegenseitig gestützt“, räumte Abby ein. „Justin fürchtete, du könntest ihm mit deiner Erfahrung in diesen Dingen Shelby abspenstig machen. Das hat er zwar nicht mit diesen Worten gesagt, aber es klang durch.“

„Als ob ich ihm so was antun könnte“, sagte Cal und blickte Abby forschend in die Augen. „Hat es dir denn etwas ausgemacht, dass ich mit ihr tanzte?“

Abby wandte sich dem Fenster zu. „Einen schönen Ausblick hast du hier“, versuchte sie das Thema zu wechseln.

„Ja, mir gefällt er auch“, sagte Cal nach einer Weile. „Ich wollte etwas mit Blick auf die Stadt, und da ich sowieso häufig in der Stadt zu tun habe, war das auch eine gute Geldanlage.“

Abby hörte seine Schritte hinter sich, dann konnte sie seinen Atem in ihrem Rücken spüren, nahm den sauberen, würzigen Duft wahr, der von ihm ausging.

Ihr Pulsschlag beschleunigte sich, als er langsam ihre Taille umfasste und sie an sich zog. Sie hörte seinen Atem, spürte ihn in ihrem Haar, als er sie von hinten umfing, sie sanft in seinen Armen wiegte, während sie den Lichterglanz der Stadt betrachteten, der sich unter ihnen ausbreitete.

Cal atmete den Blütenduft ihres Körpers, den Duft ihres seidigen Haars ein, alles zugleich. Er beugte den Kopf und strich mit den Lippen durch den Schleier der Haare hindurch über ihren Hals.

„Du fehlst mir", sagte er leise. „Du verfolgst mich in meinen Gedanken und Träumen."

„Du wirst schon lernen, ohne mich auszukommen", erwiderte Abby traurig. „Schließlich habt ihr ja bis vor fünfeinhalb Jahren auch allein in dem Haus gelebt, du und Justin."

„Aber dann bist du aufgekreuzt", sinnierte Cal und verschränkte seine Hände vor Abbys Brust. „Wir gewöhnten uns an deine Gegenwart, dein Lachen, an Popmusik im Wohnzimmer und Filme im Fernsehen und das Rein und Raus deiner Freundinnen und Motorradgeräusche auf der Zufahrt."

„Für zwei alte Hagestolze wart ihr sehr tolerant", sagte Abby. „Wenn ich so zurückblicke, glaube ich, dass ich euch in eurem Lebensstil ziemlich beeinträchtigt haben muss."

Cal versteifte sich ein wenig, denn was sie sagte, stimmte durchaus. Doch jetzt tat es ihm weh, zurückzublicken, an all seine heimlichen Affären und verborgenen Liebschaften zu denken. Der Gedanke, jemals eine andere Frau als Abby in den Armen gehalten zu haben, bereitete ihm seelische Qual.

„Eine Frau im Dunkeln ist nur ein Körper", sagte er mit weicher Stimme. „Und ich habe nie mein Herz gegeben."

„Hast du denn eins?", fragte sie.

Er drehte Abby sanft herum, legte ihre Hand auf seine Brust, auf das weiße Seidenhemd über den harten, warmen Muskeln. „Hör, wie es schlägt", flüsterte er.

„Das habe ich nicht gemeint."

„Ich weiß." Cal blickte auf Abbys Hand hinab und fühlte, wie sich sein Körper unter der leichten Berührung anspannte. Er führte Abbys Finger zu seiner kleinen gehärteten Brustwarze und hielt ihre Hand dort fest.

Abby sah überrascht zu ihm auf, die Augen weit geöffnet und forschend, während er ihre Finger die Härte der empfindlichen Spitze spüren ließ.

„Das kenne ich nur von Frauen“, flüsterte sie.

„Männern passiert es genauso.“ Sanft zog er sie dichter heran. „Komm, knöpf mal mein Hemd auf. Ich zeige dir, wo ich empfindlich bin.“

Ihr Herzschlag kam ihr in der Stille des Zimmers unnatürlich laut vor. Aber sie erhob keinen Einwand. Sie beschäftigte sich mit den Knöpfen, und schließlich zog sie ihm das Hemd aus der Hose und entblößte seine breite gebräunte Brust mit dem dichten Pelz blonden Haars.

Cal lächelte über ihre leichte Geziertheit. „Hier. So musst du das machen.“ In langen sinnlichen Strichen führte er ihre Hände über seinen Oberkörper und betrachtete deren grazile Anmut, als er sie hinab bis zu dem breiten Gürtel zog, der seine schlanken Hüften umspannte. Als er noch weiter hinab wollte, sträubte sie sich.

Ruhig sah er ihr in die Augen, fühlte den Aufruhr, der in ihr tobte. „Du bist so unschuldig“, sagte er mit unnatürlich schleppender Stimme. „Du hast noch nie einen Mann intim gestreichelt, nicht wahr?“

Abby zeichnete ein winziges, unsichtbares Muster auf seiner Brust. „Ich war noch nie mit einem Mann intim, außer mit dir.“

Dieses Bekenntnis erfüllte Cal mit unendlicher Freude. Er hob ihr Kinn an. „Ich brauche mehr als nur ein paar keusche Küsse“, sagte er sanft.

Abby wurde rot. Sie verfolgte das schwere Heben und Senken seiner Brust. „Es tut mir leid.“

Unvermittelt beugte sich Cal hinab und nahm sie auf die Arme. Er trug sie durch eine geöffnete Tür, und als Abby den Kopf wandte, sah sie sich einem französischen Bett mit einer gesteppten creme- und schokoladenfarbenen Tagesdecke gegenüber.

„Cal, bitte nicht“, flüsterte sie und barg ihr Gesicht an seiner Brust.

„Ich werde dich nicht einmal ausziehen“, hauchte Cal und strich mit seinen Lippen über ihr duftendes Haar. „Wir schmusen nur ein bisschen, und dann bringe ich dich nach Hause. Du brauchst keine Angst zu haben.“

„Aber du begehrst mich“, protestierte Abby, als er sie auf das Bett gleiten ließ und sich neben sie legte, so dicht, dass sie seine Erregung spüren konnte.

„Natürlich begehre ich dich", sagte er und blickte lächelnd, auf einen Ellenbogen gestützt, auf sie hinab, strich ihr das lange seidige Haar aus der Stirn. „Aber solange du nichts unternimmst, um mich aus dem Gleichgewicht zu bringen, kann überhaupt nichts passieren."

Abby blickte forschend in sein dunkles Gesicht, das sie so sehr liebte. „Wie sollte ich das denn anstellen?", flüsterte sie.

„Indem du etwas tust, wozu ich dich nicht selber angeregt habe", raunte er. „Du darfst mich nicht berühren oder dich an mich kuscheln, wenn ich es dir nicht ausdrücklich sage." Dann begann er, seine Lippen sanft an den ihren zu reiben, bis sie sie öffnete und ihn einließ. „So ist's gut", flüsterte er. „Lass dich gehen."

Er stellte mit ihrem Mund die sinnlichsten Dinge an. Abby konnte nur staunen, welch süße Empfindungen er scheinbar so mühelos in ihr erwecken konnte. Schon kam ihr Atem in kleinen Stößen, und ihr Körper spannte sich, als sich das, was er durch seinen innigen Kuss hervorrief, der Länge nach über sie auszubreiten begann.

„Welch unvergleichliches Gefühl, dich zu küssen", hauchte er in Abbys Mund hinein. „Komm her, Abby."

Er rollte sich auf den Rücken und drehte sie mit sich herum, sodass sie über ihm war und direkt in seine dunklen Augen blickte.

„So ist es besser", raunte er. „Fühlst du dich jetzt weniger bedroht?"

Abby wurde rot, und er lachte. Dann zog er ihren Kopf zu sich herab, und das Lachen verstummte, als sich ihre Lippen wieder fanden.

Sie fühlte Cals Hände an ihren Hüften, fühlte sich angehoben, sein Bein unter ihrem Körper, bis sie vollständig, Hüfte an Hüfte, auf ihm lag.

„Nicht doch", flüsterte er, als er ihre Gespanntheit bemerkte. „Lieg ganz still, lass mich nur deinen Körper spüren."

Abby fühlte sich wie benommen. Sie zitterte, als er mit seiner Zunge ihre Lippen zu liebkosen begann, um sich dann in die süße, tiefe Höhle ihres Mundes vorzutasten.

Sie zog scharf den Atem ein, und Cal hörte es. Er öffnete seine dunklen Augen und sah zu ihr auf.

„Man nennt das einen Zungenkuss", sagte er sanft. „Es ist die intimste, erregendste, sinnlichste Form des Kusses. Lass mich dich weiter so küssen."

Abby fühlte ihre Beine zittern. „Du … du bist ja schon gewaltig erregt", flüsterte sie unsicher.

„Ich will dich in den gleichen Zustand versetzen", raunte er. Er drehte sie langsam wieder auf den Rücken, schob sein langes kräftiges Bein zwischen ihre Beine.

Abby erstarrte, als er sie mit der geballten Masse muskulösen Körpers tief in die Matratze drückte und sie seine erregte Männlichkeit in aller Deutlichkeit spüren konnte. Die Intimität dieser Umarmung, die Gefühle, die sie verursachte, machten ihr regelrecht Angst.

Cal erkannte die Furcht, er strich ihr sanft durch das Haar, und indem er sich auf dem Ellbogen abstützte, linderte er ein wenig den Druck seines Körpers auf ihrer schlanken Gestalt.

„Ich tue dir nicht weh", sagte er mit weicher Stimme. „Bleib nur ganz ruhig liegen. Ich will dir zeigen, was Leidenschaft ist."

„Das weiß ich bereits … oh!" Sie biss die Zähne zusammen, krallte ihre Finger in den feinen Stoff seines Jacketts, und ihre Augen weiteten sich vor Schreck, als er seine Hüften zu bewegen begann. Sie fühlte ihn in einer Weise, die ihr Gesicht blutrot anlaufen ließ und ihr einen kleinen Schrei entlockte.

Er ließ seine Zunge tief in ihrem Mund kreisen, und dieses Eindringen war in jeder Hinsicht ebenso sinnlich wie die sanft kreisenden Bewegungen seines Körpers auf ihrem. Abby stöhnte. Sie klammerte sich an ihm fest, sie sog seine Unterlippe zwischen ihre Zähne. Ihre Zunge suchte, zunächst noch scheu, die Begegnung mit der seinen, ließ sich auf ein spielerisches Gefecht mit ihr ein. Abby erschauerte, Cal ebenso, und gerade, als sie meinte, es nicht mehr aushalten zu können, wälzte er sich zur Seite und drückte ihre Wange gegen seine Schulter, während das unkontrollierbare Zittern sich noch steigerte.

„Cal …" Ihr brach die Stimme.

„Ist schon gut", flüsterte er. „Ich verschaffe dir Erleichterung."

Er zog ihr die Jacke aus, knöpfte ihren Sweater an der Schulter auf, dann schob er seine Hand darunter und öffnete die Haken ihres zarten BHs. Anschließend zog er ihr alles zusammen über den Kopf und legte es beiseite.

Abby wollte ihre Blöße mit den Händen bedecken, doch da war er schon mit seinem Mund an ihren Brüsten, und was er mit ihnen tat, war zu süß, zu berauschend, um dagegen zu protestieren. So gab sich Abby diesem neuen Ansturm hin, wölbte sich ihm entgegen, tauchte ein in neue, heiße Empfindungen. Cal wusste genau, wie er es anzustellen hatte, sie zu neuen fieberhaften Höhepunkten anzuheizen, erst ließ sie ihn nur gewähren, dann kam sie ihm entgegen, ging mit ihrem ganzen Körper mit, stachelte ihn mit kleinen Ausrufen an.

Cal setzte sich einen Moment lang auf, um Jacke und Hemd abzustreifen, dann war er wieder über ihr, überaus männlich mit seinem nackten muskulösen Brustkorb, und seine Blicke auf ihrem nackten Körper waren wie eine Liebkosung.

„Ich kann dich nicht aufhalten", wisperte sie mit zitternder Stimme, und Tränen brannten ihr in den Augen, während sie beobachtete, wie sich Cal ihr von neuem näherte. „Ich will dich nicht aufhalten."

„Ich will dich in meinen Armen halten", flüsterte Cal und rieb seinen Brustkorb an Abbys nackten Brüsten. „Ist das nicht köstlich, Abby? Haut an Haut, Brust an Brust im Schummerlicht, unsere Münder zusammengepresst, bis es wehtut ... Küss mich, meine Geliebte. Öffne deinen Mund und küss mich, bis du es nicht mehr aushalten kannst."

Dies tat sie. Sie küsste ihn mit solcher Inbrunst, zugleich zärtlich und voller Feuer, dass es nicht lange dauerte, bis Cal den Kopf hob und ihr im schwachen Lichtschein, der aus dem Korridor hereinfiel, in die Augen sah. „Ich glaube, ich kann nicht mehr zurück", flüsterte er heiser.

„Ich will nicht, dass du aufhörst", stöhnte Abby. „Oh Cal, bitte ... bitte!"

Cal beugte sich über ihre Brust, küsste sie, saugte und umspielte mit der Zunge die aufgeblühte Knospe, während er mit der freien Hand den Verschluss an ihrem Rockbund löste. Schon glitten seine schlanken Finger über die zarte Haut, knetete er die weiche Höhlung ihres Bauches, genießend und Genuss vermittelnd. Dann wieder schob er seine Hand unter ihre Hüften, presste diese gierig gegen die harten Konturen seiner eigenen Hüften, hielt sie dort mit unverhüllter Leidenschaft fest.

Abby stand von den Haarwurzeln bis zu den Zehenspitzen in Flammen. Hilflos rieb sie ihre Beine an seinen. Sie begehrte Cal, wollte ihn ganz. Sie stöhnte und versuchte sich dichter an ihn zu drängen, in ihm aufzugehen, ihn zu besitzen. Sie fühlte sich in wilde Raserei versetzt, wollte eins mit seinem massiven, muskulösen Körper sein, der sie langsam zum Wahnsinn trieb. Sie hob die Arme, wühlte ihre Finger in sein dichtes blondes Haar, ließ in derart sinnlicher Weise die Hüften kreisen, dass er aufschrie.

„Abby …!“

„Ich liebe dich“, schluchzte sie.

Er verschloss ihre Lippen mit seinem Mund und begann ihr mit zitternden Händen den Rock auszuziehen. Es würde geschehen. Hier, jetzt. Sie sollte ihn ganz haben, ganz kennenlernen, in jeder nur denkbaren Weise …

Doch mitten hinein in Abbys fieberndes Flehen und Cals hektische Aktivität ertönte plötzlich das unerwartete Klingeln an der Wohnungstür.

Cal hielt inne, versuchte die Erregung, die seinen Körper schüttelte, unter Kontrolle zu bringen. „Du lieber Himmel“, keuchte er.

„Geh nicht hin“, flüsterte Abby. In ihren Augen glänzten Tränen.

Cal hob den Kopf und wischte sich die Haare aus der schweißnassen Stirn. Er rang nach Atem, schauderte. „Ich komme nicht hoch“, wisperte er, begleitet von einem hohlen Lachen. Er rollte sich auf den Bauch, stöhnte, seine sehnigen Finger krallten sich in das Kopfkissen.

Abby wusste nicht, was sie tun sollte. Sie hütete sich, Cal zu berühren, lag nur still da und versuchte tief durchzuatmen und ihr wild pochendes Herz zu beruhigen.

Es klingelte weiter. Endlich schaffte es Cal, sich aufzusetzen. Er sah noch ein wenig benebelt aus, aber sein Atem hatte sich fast wieder normalisiert.

Nach einem letzten tiefen Atemzug, der eher einem Seufzer glich, stand er auf und ging zur Tür. Dabei schaltete er unerwartet die Deckenbeleuchtung ein und wandte sich um, in den Augen einen Ausdruck von Besitzerstolz, doch auch etwas Dunkles, Drohendes, Hungriges lag in diesem Blick.

Abbys Brüste, malven- und pfirsichfarben und makellos geformt, zeigten immer noch die nicht vollständig abgeklungene Erregung. Wo er ihren Rock heruntergezogen hatte, konnte Cal die graziöse Rundung ihrer Hüften erkennen.

„Gott, ich könnte sterben, wenn ich dich nur anschaue“, sagte er heiser. „Nie habe ich eine Frau mit so vollendeten Formen gesehen.“

Abby errötete, doch war sein Entzücken an ihr so echt, so überwältigend, dass sie sich langsam aufrichtete und gleichzeitig beobachtete, wie sich sein Blick auf ihre in jeder Lage wie gemeißelt wirkenden Brüste richtete. Dabei fühlte sie, wie ihr vor Stolz und Wonne über und über heiß wurde.

Cal bemerkte das Leuchten in ihren Augen. „Du gehörst jetzt zu mir“, sagte er. „Genauso, als wäre uns nichts dazwischengekommen. Über die Einzelheiten können wir später reden, aber für mich existiert ab heute keine andere Frau mehr. Außer dir kommt mir keine mehr ins Bett, bis ich von dieser Welt scheide.“ Und mit diesem in ruhigem, entschlossenem Ton vorgetragenen Versprechen wandte er sich um und ging hinaus.

Abby war sich nicht sicher, ob sie das Ganze nicht nur geträumt hatte. Wie im Traum schlüpfte sie in ihre Kleider, zitternd vor aufgestauten Emotionen. Sie wollte weinen und schreien, lachen und tanzen – alles zur gleichen Zeit.

Cal sprach mit jemandem. Seine Stimme klang einsilbig, fast zornig. Stirnrunzelnd trat Abby in die Diele hinaus, mit geschwollenen Lippen, verworrenem Haar, ihr seidener Rock hoffnungslos zerknittert. Als sie ins Wohnzimmer blickte, erkannte sie Cals Besucherin. Es war die Blondine aus dem Restaurant, diejenige, mit der Cal ausgegangen war, als Justin Abby zum Dinner ausgeführt hatte.

„Deshalb hast du also keine Zeit für mich gehabt“, sagte die Frau, als sie Abbys ansichtig wurde. „Mein Gott, die ist ja kaum aus der Schule raus!“

„Abby, geh wieder ins Schlafzimmer“, sagte Cal.

„Ja, Abby, geh und versteck dich“, stimmte die Blondine in zynischem Ton ein, obwohl in ihren großen Augen Tränen glänzten.

Doch Abby ließ sich nicht davon beeindrucken. Still ging sie zu Cal hinüber und schob ihre Hand vertrauensvoll in seine.

„Ich liebe ihn von ganzem Herzen“, sagte Abby zu ihrer Konkurrentin. „Ich nehme an, Sie lieben ihn ebenfalls, und es tut mir leid. Aber ich würde lieber sterben, als ihn zu verlieren.“

Die blonde Frau sah Abby lange an, dann wandte sie sich an Cal. „Es wäre dir recht geschehen, wenn sie dich jetzt hasst“, sagte sie mit zitternder Stimme. „Aber das wird nicht geschehen, genauso wenig, wie du jemals eine von uns lieben wirst. Nicht einmal sie kann diesen Stein erweichen, den du als dein Herz bezeichnest!“ Sie wandte sich wieder Abby zu. „Du wirst ihn niemals ganz für dich haben.“ Sie lachte bitter. „Alles, was er dir geben kann, ist sein Körper, und er wird deiner bald müde werden und aufbrechen, um neue Welten zu erobern. Männer wie er kommen niemals zur Ruhe, mein Schatz. Wenn du auf ein Happyend aus bist, dann lauf, was du kannst.“

Sie warf Cal einen letzten bitterbösen Blick zu und war genauso schnell verschwunden, wie sie gekommen war.

Cal schloss die Tür mit einem harten, unnachgiebigen Ausdruck im Gesicht. „Tut mir leid, dass du dir das anhören musstest“, sagte er.

„Mir auch.“ Traurig sah sie Cal in die Augen, fragte sich, ob die Frau recht hatte mit ihrer Äußerung über Cals Mangel an Gefühlen. Vielleicht sollte sie tatsächlich die Beine in die Hand nehmen. Aber wie konnte sie das tun, wenn sie ihn doch liebte?

Cals Augen verengten sich, als er der Angst und Unentschlossenheit in ihren Augen gewahr wurde. „Du hast wohl kein Vertrauen zu mir, was?“, fragte er. „Du denkst, sie könnte recht haben, und dass es keine gemeinsame Zukunft für uns gibt.“

„Du hast selbst gesagt, dass du dich nicht binden willst“, erwiderte Abby. „Ich verstehe das.“ Sie schlug die Augen nieder. „Vielleicht bin ich sowieso noch zu jung, um zu heiraten. Ich bin noch nie allein ausgegangen, habe kaum Verabredungen mit Männern gehabt. Vielleicht ist mein Gefühl für dich nichts weiter als eine Jungmädchenliebe, ein erster Ausdruck von Begierde.“

Sie meinte nicht wirklich, was sie sagte, aber so gab sie ihm wenigstens das Stichwort, falls er eine Ausrede brauchte, sich von ihr loszusagen. Gewiss, im Bett hatte er sie begehrt, aber vielleicht hatte er da Dinge gesagt, die er nicht wirklich so meinte. Sie wollte nicht, dass er sich nur deshalb verpflichtet fühlte, weil sie fast zu weit gegangen waren.

Cal blickte mit der bitteren Erkenntnis auf Abby hinab, dass er jetzt endgültig in die Falle gegangen war, die er immer unter allen Umständen hatte vermeiden wollen. Hier stand sie nun als Beinahe-Liebhaberin, und da sagte sie ihm glatt ins Gesicht, dass alles nur ein Irrtum war. Er fühlte sich verletzt.

„Würdest du mich jetzt bitte zurück nach Hause fahren?", fragte Abby, ohne Cal anzusehen.

Cal reckte sich auf. „Na klar." Wortlos ging er ins Schlafzimmer und kehrte einige Minuten später zurück, blass und angespannt, aber adrett gekleidet und gekämmt. Nach einem kurzen Blick sah Abby ihn nicht mehr an. Sie stand auf.

„Ich weiß nicht, was ich sagen soll, Abby", bekannte er. „Ich habe keine Ahnung, wie die Frau mich hier aufspüren konnte."

„Es spielt keine Rolle", erwiderte sie und hob den Blick nur bis zu seinem Kinn. „Es wäre wohl wenig realistisch zu erwarten, dass man seinen abgelegten Bettgenossen niemals mehr über den Weg läuft."

„Abby, ich habe dir vor nicht allzu langer Zeit mitgeteilt, dass meine Playboy-Zeiten ein für alle Mal vorüber sind, und das ist Tatsache", sagte Cal mit weicher Stimme. „Ich habe zwar nicht wie ein Einsiedler gelebt, aber in den letzten Jahren bin ich schon weitgehend zur Ruhe gekommen. Und wenn du die Wahrheit wissen willst – ich habe an keine andere Frau mehr gedacht, seitdem ich dich in jener Nacht mit nackten Brüsten auf dem Bett liegen sah, mein Kleines. Jede Nacht hast du mich seitdem in mein Bett begleitet – eine Vision, die mich von der Abenddämmerung bis zum ersten Licht des Tages verfolgte."

Abbys Herz tat einen Sprung. Er hatte sie niemals angelogen, und er tat es auch jetzt nicht! „Ich?", fragte sie.

Cal lächelte. „Du." Sanft strich er mit seinen Lippen über ihren Mund. „Und wenn du dich vor einigen Minuten in meinem Schlafzimmer mir hingegeben hättest", flüsterte er, „dann hätten wir uns gleich morgen früh eine Heiratslizenz besorgt."

„Um dein Gewissen zu beruhigen?"

Er lachte leise in sich hinein. „Um deinen Körper zu beruhigen", hauchte er. „Liebe macht süchtig. Wild, wie ich auf dich bin, kleine Abby, wärst du spätestens nach einer Woche schwanger."

„Hör schon auf!" Verlegen wandte sie das Gesicht ab.

Cal lächelte in ihr Haar hinein, entzückt von ihrer unschuldigen Reaktion. Er machte sich keine Sorgen mehr. Er suchte keinen Ausweg aus seiner verfahrenen Situation, sondern wollte nur noch Abby. Eine gemeinsame Zukunft mit Abby.

„Ich bringe dich jetzt nach Hause", sagte er sanft. „Und da kannst du bis zu deinem Geburtstag über mich nachdenken, darfst mich vermissen und dich nach mir verzehren. Und dann, wenn du es überhaupt nicht mehr aushalten kannst, bekommst du ein Geburtstagsgeschenk von mir, das du niemals vergessen wirst."

„Was denn?", fragte Abby atemlos.

Cal bedeckte ihren Mund mit einem Kuss. „Mich", hauchte er sanft hinein.

9. KAPITEL

Während der folgenden einsamen Wochen bis zu ihrem Geburtstag hatte Abby genügend Zeit, über diese letzte Bemerkung nachzudenken. Was hatte Cal wohl damit gemeint? Dass sie ein Liebespaar werden würden? Oder meinte er vielleicht etwas ganz anderes?

Nach jenem letzten leidenschaftlichen Kuss hatte er sie nach Hause gefahren, ohne noch einmal auf ihr persönliches Verhältnis einzugehen, vielmehr hatte sich ihre Unterhaltung auf unverfängliche Themen wie das Wetter und die Maststation beschränkt. Dann hatte er sich vor Mrs Simpsons Haus mit einem warmen, geheimnisvollen Lächeln von Abby verabschiedet und sich mit einem keuschen, aber atemberaubend zärtlichen Kuss auf ihre Stirn begnügt.

Wie versprochen, hatte er sie danach weder besucht noch angerufen. Seit jener Nacht hatte sie rein gar nichts mehr von ihm gehört. Die Tage hatten sich dahingeschleppt. Sie war ein-, zweimal bei Misty vorbeigefahren, wobei sie ihr vorgegaukelt hatte, glücklich zu sein, um von ihrer Freundin nicht mit Fragen gelöchert zu werden.

Tyler hatte Abby auch wieder eingeladen, doch sie hatte dankend abgelehnt, ohne recht zu wissen, warum. Sie wollte ausschließlich mit der Erinnerung an Cal leben. Sollte die Erinnerung alles sein, was sie je von ihm behalten würde, so war das jedenfalls mehr, als viele einsame Frauen besaßen.

Eines Tages war sie zur Ranch der Ballengers hinausgefahren, um mit Maria über ihre Party zu sprechen und um Justin, der die Einladungen verschicken sollte, ihre Gästeliste zu übergeben. Zu ihrer großen Enttäuschung war jedoch keiner der beiden Brüder zu Hause. Aus Maria hatte sie auch nichts weiter herausgekriegt, außer der unbekümmerten Feststellung, dass im Haus alles prächtig liefe und die Brüder sehr glücklich seien. Was natürlich nicht gerade geeignet war, Abbys Selbstwertgefühl zu heben, zumal sie dabei Marias gewohntes verschmitztes, verschwörerisches Lächeln vermisste.

Am Abend der Geburtstagsparty fuhr Abby zur Ranch der Ballengers hinaus. Es dürstete sie danach, Cal endlich wiederzusehen. All die Erinnerungen und Fantasien machten die Sache noch schlimmer.

Sie trug ein langes nachtblaues Kleid, das gut zu ihren blau-grauen

Augen passte und ihre exquisite Figur betonte. Die hochgesteckten Haarflechten mit den zarten Löckchen, die neben den Ohren hinabhingen und sich in ihrer Stirn kräuselten, gaben ihr ein erwachsenes, intellektuelles Aussehen. Zwar mochte sie nicht gerade schön sein, aber sie fühlte sich heute Abend schön, und ihr Gesicht strahlte einen Glanz aus, den nur die Vorfreude auf ein Wiedersehen mit Cal hervorrufen konnte.

Maria machte ihr auf und schloss sie impulsiv in die Arme. „Wie hübsch Sie aussehen!“, seufzte die ältere Frau. „Alles hat wunderbar geklappt, sogar die Band ist pünktlich erschienen. Ihre Gäste trudeln nach und nach ein. Die Jacobs sind bei Señor Justin im Wohnzimmer.“

Abby zuckte zusammen, doch Maria schüttelte den Kopf. „Nein, keine Sorge“, sagte sie schnell. „Señor Justin und Señorita Shelby …“ Maria lächelte traurig. „Ihre sanften Augen verzehren sich nach Señor Justin wie ausgetrocknete Blumen nach dem Regen. Es bricht mir das Herz.“

„Meines ebenso“, sagte Abby. „Ich werde mal reingehen und ihr Gesellschaft leisten.“

Sie trat ins Wohnzimmer und lächelte Shelby zu, die in einem langen grünen Samtrock und schlichtem Chemise-Top aus weißer Seide einen liebreizenden Anblick bot. Justin und Tyler, in dunklen Anzügen, erhoben sich. In ihren Augen spiegelte sich Bewunderung.

„Herzlichen Glückwunsch zum Geburtstag“, sagte Justin und trat vor, um Abby einen Kuss auf die Wange zu geben. „Mögest du hundert Jahre alt werden.“

„Ich schließe mich an.“ Tyler lächelte. Seine grünen Augen tanzten, als er sich hinabbeugte und sie sanft auf den Mund küsste. „Du siehst bezaubernd aus.“

„Ich danke euch beiden“, erwiderte Abby.

„Ich erinnere mich noch an meinen einundzwanzigsten Geburtstag“, seufzte Shelby, nachdem sie Abby umarmt und ihr gratuliert hatte. „Es war ein ganz besonderer Tag.“ Hilflos wanderte ihr Blick zu Justin, der wie ein begossener Pudel dastand.

Abby hätte weinen mögen. Sie hatte es vorher nie verstanden, doch nun wusste auch sie, wie schmerzlich es sein konnte, jemanden so sehr zu lieben. Sie sah sich im Raum um und winkte den anderen Gästen, zumeist alten Schulfreunden, zu, die ihrerseits die Gläser hoben und ihr zuprosteten. Sie lächelte, doch von Minute zu Minute wurde ihr schwerer ums Herz.

Schließlich konnte sie es nicht mehr aushalten. „Wo bleibt denn Cal?", wandte sie sich an Justin.

Der zog an seiner Zigarette und löste seinen Blick nur mühsam von Shelby. Abby hatte genau die Frage gestellt, vor der er sich seit ihrer Ankunft gefürchtet hatte. „Cal wird etwas später kommen", sagte er hinhaltend. Er hatte selbst keine Ahnung, wo zum Teufel Cal abgeblieben war. Um Abby über ihre Niedergeschlagenheit hinwegzutrösten, improvisierte er: „Ich soll dir in seinem Namen schon herzlich gratulieren ..."

Abby fühlte sich maßlos enttäuscht, doch wollte sie es ihre Gäste nicht merken lassen. So nahm sie die nächstbeste Aufforderung zu tanzen an und ließ in der folgenden Stunde keinen Tanz aus. Mal war es Justin, mal Tyler oder einer der vielen alten Schulfreunde, mit denen sie sich zu träumerischen Walzermelodien oder zu von einem kernigen Bariton vorgetragenen Country-and-Western-Song auf dem Tanzparkett drehte. Immer noch war Cal nicht aufgetaucht. Abby drehte immer mehr auf, nur um ihr Elend vor den anderen zu verbergen.

Sie tanzte gerade mit Tyler eng umschlungen einen langsamen Twostepp, als sie einen Blick in ihrem Rücken spürte. Ohne hinzusehen, wusste sie, dass Cal eingetroffen war. Er hatte ihr die Geburtstagsfeier gründlich verdorben, indem er erst aufkreuzte, als diese fast vorüber war, und sie hasste ihn dafür. Nachdem sie sich dies eingeredet hatte, hielt sie die Augen geschlossen und tanzte weiter, als wäre nichts geschehen.

„Cal ist da", raunte ihr Tyler ins Haar.

„Na und?", erwiderte sie in eisigem Ton. „Ist mir doch egal."

„Nun hör schon auf, Abby." Tyler verlor langsam die Geduld. Er hörte auf zu tanzen und hielt Abby an den Armen. „Wenn du ihn willst, so zeig es ihm gefälligst. Zier dich nicht so, oder willst du vielleicht enden wie Justin und Shelby?"

Abby sah ihm in die Augen und wandte dann den Blick hinüber zur Tür, wo Justin und Cal anscheinend gerade einen heftigen Wortwechsel führten. „Also gut", sagte sie resigniert.

Tyler lächelte. „Braves Mädchen."

Abby zögerte, dann ging sie davon. Justin lächelte schwach, als sie zu den beiden Brüdern trat, und schlenderte davon, um sich mit einem der anderen Gäste zu unterhalten. Er ließ einen düster blickenden Cal und eine wutschnaubende Abby zurück, die einander wortlos anstarrten.

„Danke, dass du gekommen bist", sagte Abby schließlich im schnippischen Ton. „Ich amüsiere mich köstlich."

„Wie kommst du darauf, dass ich dich absichtlich so schnöde behandeln könnte", entgegnete Cal in ruhigem Ton. „Dir den Rücken drehen, mich absichtlich verspäten, dich vor deinen Gästen blamieren ... Herrgott noch mal, traust du mir das wirklich zu?"

Das verwirrte sie. Hilflos blickte sie zu ihm auf. „Was ist denn passiert?"

„Ich hab den Jaguar in den Straßengraben gesetzt und ihn dabei fast zu Schrott gefahren", sagte Cal mit einem schelmischen Lächeln. „Ich wollte nicht zu spät kommen, und da war in einer Kurve eine Ölspur, von der ich keine Ahnung hatte."

Abby wurde blass. Vor ihrem geistigen Auge erstand ein Bild von Cal, der tot im Straßengraben lag. Es löschte all ihr vorheriges Misstrauen mit einem Schlag aus, und zurück blieb nichts als eine schreckliche Angst.

Wortlos warf sie sich in Cals Arme. Zitternd drückte sie sich an ihn, vergaß völlig, wo sie sich befand, vergaß alles um sich herum, außer Cal.

„Du zitterst ja", sagte Cal überrascht. Er legte ihr seine großen Hände in den Rücken, dorthin, wo der tiefe Ausschnitt des Kleides die Haut freiließ. „Mir ist ja nichts passiert."

Sie umklammerte ihn nur noch fester, kämpfte mit den Tränen. Ihr Zittern verstärkte sich und schien gar nicht mehr aufhören zu wollen.

Cal zog sie hinaus in die Eingangshalle, dann führte er sie, den Arm um sie gelegt, ins angrenzende Studio. Er schloss die Tür hinter sich ab, schloss damit gleichzeitig die Musik, die gedämpften Stimmen und sonstige Partygeräusche aus. Besorgt blickte er in Abbys blasses Gesicht, ihre schreckgeweiteten Augen.

„Ist ja gut", sagte er leise.

Abby schloss die Augen, in denen die Tränen brannten. Sie krampfte die Hände zu Fäusten, um ihr Gleichgewicht wieder zu finden. „Tut mir leid. Es war auf einmal alles zu viel für mich."

„Komm her, Abby“, sagte Cal in einem Ton, den sie wieder erkannte, tief und zärtlich, weich und sinnlich.

Sie öffnete die Augen. „Ich will kein Mitleid“, flüsterte sie.

Cal hob das Kinn. „Was willst du denn?“

Abby senkte den Blick auf Cals hochglanzpolierte Schuhe. „Den Mond“, sagte sie leise.

Abrupt trat er an Abby heran. Mit seiner großen Hand ergriff er ihre Faust und öffnete sie. Er legte etwas in ihre Hand hinein und verschloss sie wieder. Abby runzelte die Stirn. Etwas Kleines, Dünnes, Metallisches …

Sie öffnete die Hand. Es war ein Ring, ein sehr einfacher goldener Ring ohne jeglichen Firlefanz. Ein Ehering.

Cal bückte sich, hob sie hoch. Er trug sie hinüber zu der burgunderroten Ledercouch und setzte sie darauf ab. Dann kniete er sich vor ihr auf den Teppich, umfasste mit den kräftigen Händen ihre Taille, und sein blondes Haar glänzte im sanften Schein der Deckenbeleuchtung wie der Ring in Abbys Hand.

„Ich liebe dich“, sagte Cal und sah Abby tief in die Augen.

Abby saß da wie hypnotisiert von seinem unverwandten Blick. „W-was?“, stotterte sie verwirrt.

„Ich liebe dich“, wiederholte Cal. „Das weiß ich seit der Nacht in Houston, als wir uns beinahe richtig geliebt hätten, obwohl ich auch da noch nicht sicher war, ob ich mich zu einem geregelten Familienleben bereit finden könnte.“ Er stieß ein gedämpftes Lachen aus und sah sie mit Augen voller Liebe an. „Aber jetzt bin ich ganz sicher. Die letzten Wochen sind für mich die reinste Hölle gewesen. Ein Dutzend Mal hätte ich um drei Uhr morgens am liebsten deine Bude gestürmt, um zu dir ins Bett zu schlüpfen. Ich habe daran gedacht, dich von deinem Arbeitsplatz zu entführen und dich in die Berge zu verschleppen. Aber ich hatte ja versprochen, dir Zeit zu lassen, und das habe ich hiermit getan. Jetzt aber bin ich mit meiner Geduld am Ende. Entweder heiratest du mich auf der Stelle, oder ich falle über dich her, so wie du da sitzt.“

„Ich werde dich heiraten“, flüsterte Abby. „Aber …“

„Aber was?“, flüsterte Cal zurück.

Sie öffnete die Lippen, und gleichzeitig ließ sie die Schultern sinken, sodass der seidene Stoff ihres Kleides hinabfiel und ihre Brüste bis fast zu den steifen Brustspitzen enthüllte.

„Aber könntest du nicht trotzdem über mich herfallen?“

Cal stockte der Atem. „Das musst du mir nicht zweimal sagen ...“

Er vollendete das begonnene Werk, indem er Abby das Kleid bis zur Taille hinunterstreifte. Einen langen Augenblick hockte er vor ihr und betrachtete ihre Brüste, die sich mit jedem Atemzug hoben und senkten. Dann zog er sie an sich und senkte den Kopf.

Abby begann zu zittern, als sie seinen Mund auf ihrer zarten, erhitzten Haut spürte. Sie legte die Arme um seinen Kopf und weinte leise, küsste sein Haar und flüsterte stockend: „Es tut mir leid ... Ich war so ärgerlich ... Ich dachte, du wolltest mich nicht mehr ... Oh, Cal!“

Cal hatte eine ihrer Brüste fast vollständig mit seinem Mund bedeckt und umspielte mit seiner Zunge die feine, feste Knospe. Gleichzeitig tastete er mit der Hand in ihrem Rücken nach dem Reißverschluss, und im nächsten Augenblick lag Abby unter ihm auf dem Teppich, abgesehen von Höschen und Strümpfen völlig nackt.

„Ich war in Houston und habe einen Ring gekauft ... zwei Ringe. Dein Verlobungsring musste noch passend gemacht werden. Es ist ein Ring mit einem gelben Diamanten.“ Er küsste sie leidenschaftlich. „Dann bin ich im Verkehr stecken geblieben, und weil ich nicht zu spät kommen wollte, bin ich zu schnell gefahren. Aber jetzt ist doch alles gut, mein Kleines, oder?“ Langsam strich er ihr mit den Händen von der Brust bis zu den Hüften und spürte, wie sie zitterte. „Abby, wollen wir uns hier lieben?“, fragte er, während er sie sanft mit seinen warmen, harten Fingern streichelte.

„Es könnte jemand hereinkommen“, flüsterte Abby atemlos.

Er lächelte und beugte sich zu ihr hinab. „Ich habe die Tür abgeschlossen“, hauchte er ihr in den offenen Mund. „Ich möchte dich fressen.“

„Ich möchte dich auch fressen.“

Er rieb seine Nase an ihrer. „Oder wir könnten hinauf in mein Schlafzimmer gehen“, flüsterte er heiser. „Und die Tür verschließen. Nicht einmal Justin würde uns dort stören.“

„Die Gäste ...“

„Die werden uns überhaupt nicht vermissen, weil sie viel zu sehr damit beschäftigt sind, sich zu amüsieren. Ich verzehre mich nach dir,

Abby. Ich werde dich für den Rest meines Lebens immer begehren, bis zu meinem Tod ..."

„Ich dich auch." Sie legte die Hände an seine Schläfen und zog ihn zu sich herunter, dann küsste sie ihn langsam und zärtlich. „Justin wird es gar nicht gefallen, wenn wir zusammen hinaufgehen."

„Er wird uns nicht sehen", flüsterte er und grinste verschwörerisch. „Wo bleibt denn dein Abenteuergeist?"

„Ich bin nervös ..."

„Morgen Nachmittag sind wir verheiratet. Die Lizenz habe ich bereits in der Tasche. Alles Weitere können wir sofort morgen früh erledigen, dann steht uns nichts mehr im Weg."

„Du Schlimmer", sagte Abby vorwurfsvoll.

„Ich hab mich schon gebessert."

„Dann ist's ja gut."

Cal sah ihr ernst in die Augen. „Ich bin verrückt nach dir, Abby. Aber ich kann warten, wenn du es so willst."

„Du willst aber nicht."

Er lächelte. „Seit jener Nacht in meinem Apartment fühle ich mich, als wären wir schon verheiratet, Abby. Ein Stück Papier und ein paar feierliche Worte werden mich nicht fester an dich binden, als ich es ohnehin schon bin. Ich liebe dich, Kleines. Das ist das A und O meines Lebens, zusammengefasst in diese paar Worte."

Abby schmiegte sich an ihn. „Ich liebe dich ganz furchtbar."

Cal half Abby in ihr Kleid und führte sie zur Hintertür hinaus, um das Haus herum, durch die Gästezimmer wieder hinein und zur Hintertreppe. Dort nahm er sie auf die Arme und trug sie hinauf. Er hatte es gerade bis zum oberen Treppenabsatz geschafft und wollte um die Ecke biegen, hin zu seinem Schlafzimmer, als sie so heftig mit Justin zusammenstießen, dass sie beinahe allesamt zu Boden gegangen wären.

Abby keuchte, und Cal wurde tatsächlich blutrot im Gesicht! Justins Augenbrauen wölbten sich viel sagend in die Höhe. So starrten sie einander an.

„Müde vom Tanzen?", fragte Justin nach einer Weile mit spitzbübischer Miene.

Cal räusperte sich. „Wir wollten ..."

„... miteinander reden", improvisierte Abby.

Justin ließ den Blick über Abbys Gesicht schweifen und erkannte dort alle einschlägigen Anzeichen. Dann nahm er sich wieder Cal vor, doch der konnte dem strengen Blick seines Bruders nicht lange standhalten und gab sich schließlich geschlagen.

„Ach, zum Teufel", knurrte er. „Du weißt verdammt gut, wohin wir wollten und wozu. Aber etwas weißt du nicht. Ich liebe Abby. Wir heiraten morgen. Die Lizenz habe ich in der Tasche."

„Und den Ring", setzte Abby hinzu, etwas verlegen wegen der kompromittierenden Situation, in der sie ertappt worden waren.

„Gratuliere", sagte Justin zuvorkommend. „Keine Nachricht könnte mich glücklicher machen. Und – wenn ich das noch hinzufügen darf – es wird auch Zeit."

Cal verlagerte Abbys Gewicht. „Ich danke dir."

„Du wirst mir ein liebenswerter Schwager sein", setzte Abby hinzu.

„Der allerbeste", stimmte Cal ein.

Justin lächelte. „Das klappt bei mir nicht. Ich rühre mich hier nicht von der Stelle. Und ihr ebenso wenig."

„Verdammt noch mal, Justin!", knirschte Cal.

„Geduldet euch noch vierundzwanzig Stunden", fuhr Justin fort. „Dann könnt ihr nach Houston fahren und eure Hochzeitsnacht in dem Apartment verbringen, das du dir gekauft hast."

„Nun hör aber mal ...", begann Cal, wurde jedoch von Justin sofort unterbrochen.

„Abby, sag ihm doch, wie du dazu stehst."

Abby legte Cal die Arme um den Hals und seufzte. „Ich liebe ihn", sagte sie schließlich.

„Ich wusste es doch." Liebevoll drückte er sie an sich. „Ich liebe dich auch. Aber ich fürchte, wir müssen uns gedulden, sonst schlägt Justin hier noch Wurzeln."

„Na ja, wenn es denn sein muss ...", ergab sich Abby in ihr Schicksal.

„Na, dann gehen wir eben nach unten und tanzen und singen das herrliche Trinklied, das Justin dir beigebracht hat."

Justin warf Cal einen bitterbösen Blick zu. „Daran warst du schuld."

„Ich habe doch nur mit Shelby getanzt."

„Wenn du nicht mein Bruder wärst, hätte ich dich dafür grün und blau geschlagen."

Plötzlich hörte Justin ein Geräusch hinter sich, und als er sich umdrehte, stand Shelby da.

„Na los, Shelby, hör nur genau hin", sagte Justin mit eisiger Stimme. „Gefällt es dir, dass ich nach sechs Jahren immer noch Mordgelüste kriege, wenn ein anderer Mann dich anfasst?"

„Das Gleiche kann ich auch von mir sagen, Justin", sagte Shelby ruhig. „Oder hast du vielleicht nicht gewusst, dass es mich umbringen würde, dich mit einer anderen Frau zu sehen?"

Sie drehte sich um und stürmte die Treppe hinunter. Justin blickte ihr unschlüssig nach, als er Cals spöttischen Gesichtsausdruck bemerkte.

Dann sagte er etwas auf Spanisch, das Abby glücklicherweise nicht verstand, und stampfte treppabwärts davon.

Cal sah Abbys fragenden Blick und grinste. „Ich übersetze es dir, wenn wir verheiratet sind", flüsterte er ihr ins Ohr.

Er übersetzte es ihr, als sie zwei Tage später eng aneinander geschmiegt in dem großen bequemen Bett in seinem Penthouse-Apartment lagen, gesättigt und zufrieden, während durch die Jalousien gedämpftes Sonnenlicht hereinfiel.

„Was hat Justin zu dir gesagt, bevor er Shelby hinterherflitzte?", fragte Abby mit schläfriger Stimme.

„Er sagte, wenn er mit Shelby jemals ins Bett ginge, dann auf einer Wüsteninsel mit Minen am Strand." Cal lachte in sich hinein. „Armer Justin", setzte er leise hinzu. „So zu lieben und nicht einmal eine Erinnerung zu haben, an der er sich festhalten kann."

Abby hob den Kopf und streichelte seine breite behaarte Brust. „Was meinst du damit?"

„Justin hat noch nie mit Shelby geschlafen. Und seit die Verlobung gelöst wurde, hat er auch mit keiner anderen Frau geschlafen."

Abby sog scharf die Luft ein.

„Das ist gar nicht so unglaublich, Abby." Cal drehte sich auf den Bauch, um Abby in die Augen zu schauen. „Ich hätte auch keine andere mehr berühren können, nachdem ich dich einmal geküsst hatte."

„Das ist sehr tiefsinnig", flüsterte Abby und erschauerte, als Cal sie sanft über die Brüste, dann hinab über den Bauch bis zu der seidigen Haut ihrer Hüften streichelte.

„So ist es", sagte er und konnte sich an ihrer exquisiten Nacktheit nicht satt sehen. Erinnerungen an die vergangene Nacht erwachten. „Habe ich dir sehr wehgetan, oder bist du bereit zu einer neuen Runde?"

Abby wurde rot, sie dachte an das erste Mal, die Wahrheit in seiner Stimme, als er ihr zuflüsterte, still zu liegen, nachdem er festgestellt hatte, wie schwierig sich die Sache gestalten würde. Und dann hatte er seine eigenen Bedürfnisse gezügelt, sodass er sie noch einmal zu höchster Erregung führen konnte. Der Schmerz war minimal gewesen, denn der wilde Hunger, den er in ihr erweckt hatte, war stärker als Schmerz oder Angst oder auch nur der Gedanke daran gewesen. Am Ende hatte sie ihm alles gegeben, was er verlangte, hatte sich ihm so vollständig hingegeben, dass er einfach alles mit ihr hätte anstellen können.

„Jetzt ist alles gut", wisperte sie und blickte bewundernd zu ihm auf. „Du hast dafür gesorgt, dass es gut war."

„Leicht war es nicht, Mrs Ballenger." Seiner Stimme war anzuhören, dass er innerlich vor Zufriedenheit und Entzücken jauchzte.

Abby strich ihm mit dem Finger über das Kinn. „Ich liebe dich. Egal, wie du es angestellt hättest, du hättest mich auf jede Weise glücklich gemacht."

Cal küsste sie sanft. „Du beschämst mich."

„Und du machst mich wild", keuchte da Abby und bog sich seiner streichelnden Hand entgegen. Ihre Augen weiteten sich. „Ja … mach … weiter … so …"

Er lächelte, als sie auf seine Liebkosungen reagierte. Er genoss ihre Unschuld, wie er das niemals für möglich gehalten hätte. Er hielt sich zurück, wartete ab, bis Abby ihre Erregung herausschrie, bis sie fast Qualen litt vor unerlöster Begierde. Und dann bewegte er sich auf einmal nur noch ganz sacht, brachte auch Abby dazu, ihr Feuer einzudämmen und in einen neuen und schmerzlich süßen Rhythmus überzugehen, der sie zu einem gemeinsamen Höhepunkt brachte, welcher nicht nur Abbys wildeste Träume bei Weitem übertraf, sondern auch für Cal ein völlig neues Erlebnis bedeutete.

Hinterher lag sie in seinen Armen, an seinen muskulösen, schweißnassen, zitternden Körper gepresst, und gab sich träge seinem beruhigendem Streicheln hin. Sie war mit ihm den ganzen Weg gegangen, war ihm gewissermaßen auf Schritt und Tritt gefolgt, und nun war sie erschöpft. Und Cal genauso. Abby hatte das Liebeserlebnis für ihn zu einem Abenteuer gemacht, zu einem überwältigenden Ausdruck gegenseitiger Liebe, etwas, das ihm nie zuvor in den Armen einer Frau zuteil geworden war. Dies sagte er ihr mit geflüsterten Worten.

Abby lächelte. „Ich habe niemanden, mit dem ich dich vergleichen könnte“, wisperte sie zurück, „aber auf einer Zehnerskala würde ich dir zwanzig Punkte geben.“

Cal lachte leise, schloss die Augen und seufzte zufrieden, als Abby sich enger an ihn schmiegte.

„Abby, wie würde es dir gefallen, wenn wir in das alte Dempsey-Haus zögen?“, fragte er plötzlich.

Sie öffnete die Augen. „Dieses alte viktorianische Haus, das ihr letztes Jahr gekauft habt? Es ist renoviert und frisch eingerichtet worden, stimmt's? Ich dachte, ihr wolltet darin Geschäftsräume einrichten.“

„Daran hatte ich auch zunächst gedacht. Aber jetzt würde ich doch lieber mit dir dort wohnen.“

„Und warum nicht bei Justin auf der Ranch?“

Cal berührte ihr Haar. „Es wäre wohl die Hölle für ihn, wenn wir weiterhin unter demselben Dach lebten.“

„Ja, ich weiß. Wenn er sieht, wie glücklich wir miteinander sind, wird ihn das nur umso mehr an seine eigene Misere erinnern.“ Abby lächelte. „Ich gehe mit dir, wohin du mich führst.“

Zärtlich blickte Cal ihr in die Augen. Dann drückte er sie an sich und zog das Laken über ihre schweißnassen Körper. „Ich liebe dich, Abby“, sagte er schläfrig.

„Ich liebe dich auch.“ Abby legte ihren Arm über seine breite Brust und seufzte zufrieden.

Es war Frühling, und bald würden die Weiden und Wildblumen wachsen, die Geschäftigkeit in der Stadt zunehmen, neues Leben erwachen. Sie schloss die Augen und träumte von den weiten Horizonten und trägen Sommern und von der Aussicht, dass eines Tages Kinder zu ihren Füßen spielen würden, während sie sich in Cals Armbeuge lehnte und dem Vieh beim Grasen zusah. So aufregend stellte sie sich ihre Zukunft vor – an der Seite ihres großen, starken Texaners.

– ENDE –

Diana Palmer

Justin

Roman

Aus dem Amerikanischen von
Astrid Pohlmann

MIRA®

1. KAPITEL

Es war ein warmer Vormittag. Temperaturen bis zu dreißig Grad waren vorausgesagt. Doch das Wetter schien den Bietern auf der Veranda des weißen Landhauses nicht zuzusetzen. Der monotone Redefluss des Auktionators riss jedenfalls keinen Moment lang ab. Nur gelegentlich wischte der Mann mit den Hängewangen sich den Schweiß vom Gesicht.

Justin Ballenger beobachtete die Auktion aus der Entfernung, während er seinen teuren Stetson tiefer ins Gesicht zog. Er kaufte nichts. Nicht heute. Aber er hatte ein persönliches Interesse an dieser Auktion. Dass das elegante Jacobs-Haus und Bass Jacobs Vermächtnis unter den Hammer kamen, hätte ihn mit einem Gefühl von Triumph erfüllen müssen. Doch seltsamerweise fand Justin die ganze Prozedur eher beunruhigend. Es war, als schaue er Raubtieren zu, wie sie ein hilfloses Opfer bis auf die Knochen abnagten.

Er hielt Ausschau nach Shelby Jacobs, konnte sie jedoch nirgends entdecken. Vielleicht waren sie und ihr Bruder Tyler im Haus, um Möbel und andere Antiquitäten zu sichten.

Aus dem Augenwinkel sah er Abby Ballenger auf sich zukommen. Seit sechs Wochen war sie seine Schwägerin.

„Ich hätte dich hier nicht vermutet“, bemerkte sie lächelnd. Sie hatte mit Justin und Calhoun, ihren Beinah-Stiefbrüdern, jahrelang zusammengelebt. Abbys Mutter und Calhouns Vater hatten heiraten wollen. Nach deren tragischem Tod hatten die beiden Brüder Abby bei sich aufgenommen. Und vor wenigen Wochen erst hatten sie und Calhoun geheiratet.

„Ich versäume nie eine Auktion“, erwiderte Justin. Er sah zum Auktionator hinüber. „Die Jacobs habe ich noch gar nicht gesehen.“

„Ty ist in Arizona.“ Abby seufzte. Der plötzliche Zorn in Justins dunklen Augen entging ihr nicht. „Er hatte keine andere Wahl“, erklärte sie entschuldigend. „Auf dieser Ranch, die er jetzt führt, gab es irgendwelche Schwierigkeiten.“

„Dann ist Shelby allein?“, brachte Justin hervor.

„Ich fürchte, ja.“ Abby blickte kurz zu ihm auf und unterdrückte ein Lächeln. „Sie ist in der Wohnung, die sie in der Stadt gemietet hat.“ Sie hielt kurz inne und strich ihren grauen Rock glatt. „Über dem Anwaltsbüro, wo sie arbeitet ..."

Justins herbe Gesichtszüge wurden noch kantiger, als er sich nun zu Abby umwandte. „Das ist keine Wohnung, um Himmels willen! Es ist ein altes Lager."

„Barry Holman hat ihr erlaubt, den Raum zu bewohnen", erklärte Abby mit unschuldiger Miene. „Was soll sie machen, Justin? Von dem, was sie verdient, kann sie sich keine Wohnung leisten. Shelby und ihr Bruder hatten gehofft, wenigstens das Haus behalten zu können. Aber um die Schulden des Vaters bezahlen zu können, müssen sie nun doch verkaufen."

Justin murmelte etwas Unverständliches, während er zu dem eleganten Haus hinüberschaute, das alles verkörperte, was er an den Jacobs in den letzten sechs Jahren gehasst hatte, seit Shelby ihre Verlobung mit ihm gelöst und ihn betrogen hatte.

„Bist du nicht zufrieden?", provozierte Abby ihn geschickt. „Schließlich hasst du sie. Es sollte dir gefallen, dass sie nun in aller Öffentlichkeit auf die Knie gezwungen wird."

Er erwiderte nichts. Stattdessen wandte er sich mit versteinerter Miene um und ging zu seinem schwarzen Thunderbird zurück. Auf diese Reaktion hatte sie gehofft. Abby lächelte insgeheim. Offenbar war es ihr gelungen, ihm zu zeigen, wie sehr Shelby unter der ganzen Sache litt. All die Jahre hatte Justin jeden Kontakt mit den Jacobs vermieden. Nicht einmal ihr Name wurde zu Hause erwähnt. Doch in den letzten Monaten hinterließ die Anspannung bei ihm allmählich ihre Spuren. Abby war sich sicher, dass er immer noch etwas für die Frau empfand, mit der er einmal verlobt gewesen war. Und sie wusste auch, dass Shelby etwas für Justin empfand. Vielleicht konnte sie zwei unglücklichen Menschen zum Glück verhelfen, wenn sie Justin die richtige Richtung wies.

Da Justin geschäftlich unterwegs gewesen war, hatte er von der Versteigerung erst an diesem Morgen erfahren, als Calhoun im Büro ihres gemeinsamen Rindermastbetriebs davon gesprochen hatte.

Es überraschte ihn nicht, dass Shelby sich von der Auktion fernhielt. Von Geburt an hatte sie in diesem Haus gelebt. Shelbys Großvater hatte die kleine texanische Stadt Jacobsville gegründet. Die Jacobs waren eine alte, reiche Familie. In den Augen von Mrs Jacobs stellten die wilden Ballenger-Jungen von der abgewirtschafteten Rinderfarm am Ende der Straße nicht den geeigneten Umgang für ihre Kinder Tyler und Shelby dar. Doch nach dem Tod von Mrs Jacobs war Mr Jacobs den Ballengers freundlicher begegnet, besonders nachdem Justin und Calhoun ihren Mastbetrieb eröffnet hatten. Als Bass Jacobs erfuhr, dass Shelby die Absicht hatte, Justin zu heiraten, hatte er Justin wissen lassen, dass er mit der Wahl seiner Tochter äußerst zufrieden war.

Justin hatte versucht, den Abend zu vergessen, als Bass mit Tom Wheelor zu ihm gekommen war. Nun fiel ihm alles wieder ein. Bass Jacobs war aufgeregt gewesen. Er hatte Justin ohne Umschweife erklärt, dass Shelby in Tom verliebt sei. Mehr noch, dass sie schon seit einiger Zeit ein intimes Verhältnis mit ihm habe. Er schäme sich deswegen, hatte Bass gesagt. Durch die Verlobung mit Justin habe Shelby ihren zögernden Liebhaber unter Druck setzen wollen. Justin habe seinen Zweck erfüllt, und Shelby brauche ihn nun nicht mehr. Dann hatte Bass ihm den Verlobungsring zurückgegeben. Tom Wheelor hatte eine verlegene Entschuldigung gemurmelt. Zum Schluss versprach Bass noch eine Finanzspritze für Justins neu gegründetes Geschäft. Einzige Bedingung: Shelby sollte nie erfahren, woher das Geld stammte. Dann war er gegangen.

Da Justin nie jemanden ohne Beweise verurteilte, rief er Shelby an, noch ehe Bass seinen Wagen gestartet hatte. Shelby leugnete nichts. Im Gegenteil, sie bestätigte jede Einzelheit, sogar dass sie mit Tom Wheelor geschlafen hatte. Und sie sagte, sie habe Tom eifersüchtig machen wollen, damit er ihr einen Antrag mache. Sie sei es gewöhnt, das zu bekommen, was sie wolle, und Justin sei nicht reich genug, um ihre Wünsche erfüllen zu können. Aber Tom sei reich genug …

Justin hatte ihr geglaubt, zumal sie ihn das eine Mal, als er versucht hatte, mit ihr zu schlafen, abgewiesen hatte. Danach hatte er sich bis zur Besinnungslosigkeit betrunken. Und in den letzten sechs Jahren war ihm keine Frau nahe genug gekommen, um ihn zu verletzen. Angebote hatte es genug gegeben, obwohl er nicht besonders gut aussehend war. Sein Gesicht war zu rau, seine Züge zu uneben und seine ernste Art zu abschreckend. Aber er war stark und energisch, und das zog die Frauen an. Doch seine Verbitterung machte ihn für diese Art der Aufmerksamkeit unzugänglich. Shelby hatte ihn verletzt wie niemand zuvor in seinem Leben. Jahrelang hatte er nur einen Gedanken gehabt: Rache.

Jetzt allerdings, da er sie finanziell ruiniert sah, empfand er keine Befriedigung. Er dachte nur an die Qualen, die sie erleiden musste. Und sie hatte keine Familie oder Freunde, die sie trösten konnten.

Die Wohnung über dem Anwaltsbüro war winzig. Es gefiel Justin auch nicht, dass Shelby in unmittelbarer Nachbarschaft zu ihrem gut aussehenden Chef wohnte. Holman stand in dem Ruf, schöne Frauen nicht zu verschmähen. Mit ihrem langen schwarzen Haar, ihrer schlanken Figur und den strahlend grünen Augen würde sie ihm sicher gefallen. Sie war inzwischen siebenundzwanzig, wirkte aber kaum älter als damals, als sie sich mit Justin verlobt hatte. Und immer noch umgab sie ein Hauch von Unschuld, wie Justin mit Verbitterung feststellte. Es war ein falscher Eindruck. Das hatte sie selbst zugegeben.

Er blieb vor der Wohnungstür stehen. Als er klopfen wollte, hörte er ein gedämpftes Geräusch von drinnen. Es war kein Lachen. Tränen vielleicht?

Nun klopfte er energisch.

Das Geräusch verstummte augenblicklich. Dann vernahm er ein Scharren, als ob ein Stuhl beiseite geschoben wurde, danach leise Schritte, so schnell wie sein Herzschlag.

Die Tür öffnete sich. Shelby stand vor ihm, in eng anliegender, verwaschener Jeans und einem blauen T-Shirt. Das zerzauste Haar umrahmte ihr Gesicht. Die feuchten Augen wiesen rote Ränder auf.

„Bist du gekommen, um dich an diesem Anblick zu weiden, Justin?“, fragte sie verbittert.

„Es macht mir keine Freude, dich so zu sehen“, entgegnete er stolz. „Abby sagte, dass du allein bist.“

Seufzend blickte sie auf ihre staubigen Stiefel. „Ich bin seit Langem allein. Und ich habe gelernt, damit zu leben.“ Unruhig trat sie von einem Fuß auf den anderen. „Sind viele Leute auf der Auktion?“

„Der Garten ist voll.“ Er nahm seinen Hut ab und fuhr sich mit der Hand durch das dichte schwarze Haar.

Als Shelby zu ihm aufschaute, blieb ihr Blick unweigerlich an den Lippen haften, die sie vor sechs Jahren so begierig geküsst hatte. Damals war sie bis über beide Ohren in ihn verliebt gewesen. Und sie hatte sich viel mehr gewünscht, als sie bekommen hatte. Seine stürmische Art hatte sie so geängstigt, dass sie ihn abgewehrt hatte. Shelby hatte mehr Grund als die meisten Frauen, sich vor Intimität zu fürchten. Davon wusste Justin aber nichts, und sie war zu schüchtern gewesen, um es ihm zu erklären.

Mit einem gequälten Seufzer wandte sie sich ab. „Wenn du meine Gesellschaft ertragen kannst, mache ich uns einen Eistee."

Er zögerte nur kurz. „Das ist eine gute Idee", sagte er. „Es ist wieder unerträglich heiß."

Dann folgte er ihr in die Wohnung. Die Behelfswohnung bestand aus zwei Zimmern, die nur mit einem zerschlissenen Sofa, einem Stuhl, einem zerkratzten Kaffeetisch und einem kleinen Fernsehgerät ausgestattet waren. In der Küche gab es eine Herdplatte und einen kleinen Kühlschrank. Dabei war Shelby an Hausangestellte und Seidenkleider, an Tafelsilber und Chippendale-Möbel gewöhnt.

„Meine Güte", bemerkte er entsetzt.

Sie zuckte zusammen, als sie das Mitgefühl in seiner Stimme hörte. „Ich brauche kein Mitleid, vielen Dank", erwiderte sie kühl. „Es ist nicht meine Schuld, dass wir alles verloren haben. Dafür war mein Vater verantwortlich. Und es war sein Vermögen. Ich werde meinen eigenen Weg gehen."

„Aber doch nicht so!" Er warf seinen Hut auf den Tisch. Dann nahm er ihr den Teekrug ab und stellte ihn beiseite. Entschlossen umfasste er ihre Handgelenke und blickte sie an. „Ich werde nicht zuschauen, wie du in dieser Hundehütte hier dein Dasein fristest. Barry Holman soll sich zum Teufel scheren!"

Mit einer solch heftigen Reaktion hatte Shelby nicht gerechnet. „Es ist keine Hundehütte", widersprach sie zögernd.

„Du bist Besseres gewöhnt." Er seufzte verärgert. „Für's Erste kannst du bei mir bleiben."

Sie wurde rot. „In deinem Haus, mit dir allein?"

„In meinem Haus", bestätigte er. „Nicht in meinem Bett. Du brauchst für ein Dach über dem Kopf nichts zu bezahlen. Ich kann mich nur zu gut daran erinnern, wie sehr es dir missfällt, wenn ich dich berühre."

Die bittere Ironie dieser Bemerkung verletzte sie. Aber wie hätte sie ihm widersprechen sollen, ohne sie beide in Verlegenheit zu bringen? Nun, die Sache lag inzwischen so lange zurück, dass es heute keine Rolle mehr spielte.

Sie wich seinem Blick aus und schaute auf seine Brust. Unter dem weißen Seidenhemd schimmerte die dichte Behaarung durch. Dort hatte sie ihn einmal berühren dürfen. In ihrer Verlobungsnacht hatte er sein Hemd aufgeknöpft und sich von ihr streicheln lassen. Er hatte sie geküsst, leidenschaftlich und hungrig, doch seine Küsse waren so weit gegangen, dass sie Angst bekommen hatte.

Bis zu jener Nacht hatte noch niemand versucht, sie zu berühren, auch Justin nicht. Seine Zurückhaltung hatte sie anfangs irritiert und dann neugierig gemacht. Sie hatte vermutet, dass ihm ihre unterschiedliche Herkunft Probleme bereitete. Justin zählte damals kaum zur Mittelschicht, während Shelbys Familie wohlhabend war. Dieser Unterschied machte Shelby nichts aus, aber sie sah, dass Justin seine Schwierigkeiten damit hatte. Besonders nachdem sie ihn unter dem Zwang ihres Vaters verlassen hatte.

Bass Jacobs hatte sich in den Kopf gesetzt, dass sie Tom Wheelor heiraten sollte, aus finanziellen Gründen. Dann war Justin aufgetaucht und hatte diese Pläne durchkreuzt. Schließlich blieb Shelby nichts anderes übrig, als ihre Verlobung mit Justin zu lösen. Allerdings weigerte sie sich, den reichen jungen Freund ihres Vaters zu heiraten. Erst kurz vor seinem Tod erkannte Bass Jacobs, wie sehr seine Tochter Justin liebte, und es tat ihm aufrichtig leid, dass er sich auf diese Weise in ihr Leben eingemischt hatte. Er hatte sich bei ihr entschuldigt, ohne ihr jedoch zu erzählen, dass er aus Schuldgefühlen Justins Mastbetrieb finanziell unterstützt hatte.

Shelby blickte zu Justin auf und schaute in seine dunklen Augen. Ihre Träume von einem Leben mit ihm und gemeinsamen Kindern hatte sie vor langer Zeit begraben, aber immer noch bereitete es ihr die größte Freude, ihn anzuschauen. Seine Hände auf ihren Armen zu spüren ließ verbotene Sehnsüchte in ihr aufsteigen. Wenn sich ihr Vater nur nicht eingemischt hätte. Irgendwann wäre sie in der Lage gewesen, Justin ihre Ängste zu erklären und ihn zu bitten, behutsam und geduldig mit ihr zu sein. Doch nun war es zu spät.

„Ich weiß, dass du mich nicht mehr willst, Justin", sagte sie sanft. „Und ich verstehe dich sogar. Du brauchst dich nicht für mich verantwortlich zu fühlen. Ich kann allein für mich sorgen."

Immer noch hielt er ihre Handgelenke umfasst und spürte ihre samtweiche Haut. Unwillkürlich begann er sie zu streicheln. „Ich weiß“, sagte er. „Aber du gehörst nicht hierher.“

„Eine bessere Wohnung kann ich mir im Moment nicht leisten. In zwei Monaten bekomme ich eine Gehaltserhöhung. Vielleicht kann ich dann ein Zimmer bei Mrs Simpson mieten.“

„Das kannst du sofort tun. Ich leihe dir das Geld.“

Sie schlug die Augen nieder. „Nein. Es wäre mir unangenehm.“

„Außer uns beiden würde es niemand erfahren.“

Shelby zögerte. Sollte sie sein Angebot annehmen? Barry Holman war ein netter Chef, aber auch ein unverbesserlicher Schürzenjäger. Gern wohnte sie nicht über seinem Büro.

Bevor sie etwas erwidern konnte, klopfte es an der Tür. Justin ließ ihre Hände los und schaute ihr nach, als sie zur Tür ging.

Es war Barry Holman. In Jeans und Sweatshirt stand er da, blond und blauäugig und voller Optimismus. „Hallo, Shelby“, sagte er freundlich. „Ich dachte, du könntest beim Einzug etwas Hilfe …“ Er hielt inne, als er Justin bemerkte.

„Nicht nötig“, sagte Justin mit einem kühlen Lächeln. „Sie ist auf dem Weg zu Mrs Simpson. Ich helfe ihr beim Umzug, obwohl sie das Angebot, hier bei Ihnen einzuziehen …“, er sah sich angewidert im Zimmer um, „… sicher zu schätzen weiß.“

Barry Holman schluckte. Er kannte Justin seit vielen Jahren, und er war in diesem Moment absolut davon überzeugt, dass die Gerüchte um Justin der Wahrheit entsprachen. Justin stand in dem Ruf, immer dann aufzutauchen, wenn ein anderer Mann versuchte, sich Shelby zu nähern.

„Nun“, sagte Barry immer noch lächelnd, „dann gehe ich besser wieder hinunter ins Büro. Es war nett, dich wieder einmal zu sehen, Justin. Bis Montag, Shelby.“

„Trotzdem vielen Dank, Mr Holman“, sagte sie. „Nicht dass Sie mich für undankbar halten, aber Mrs Simpson bietet auch warmes Essen an. Außerdem ist es dort sehr ruhig. Ich bin das Leben in der Stadt nicht gewöhnt.“ Sie lächelte entschuldigend.

„Kein Problem“, versicherte Barry mit einem breiten Grinsen. „Bis dann.“

Justin blickte ihm wütend nach. „Schürzenjäger“, murmelte er. „Der hat dir gerade noch gefehlt.“

Shelby drehte sich zu ihm um. „Ich bin siebenundzwanzig Jahre alt", sagte sie. „Ich möchte heiraten und irgendwann Kinder haben. Mr Holman ist sehr nett, und er hat keine schlechten Angewohnheiten."

„Außer dass er mit allem schläft, was einen Rock trägt", bemerkte Justin knapp. Der Gedanke, dass Shelby mit einem anderen Mann Kinder haben könnte, gefiel ihm nicht. Er musterte sie nachdenklich. Ja, sie wurde älter, auch wenn man es ihr nicht ansah. In acht oder zehn Jahren würde eine Schwangerschaft für sie schon ein Risiko darstellen.

Die Art, wie Justin sie musterte, brachte Shelby in Verlegenheit. „Er hat nie etwas Anzügliches zu mir gesagt", verteidigte sie ihren Chef.

„Das ist nur eine Frage der Zeit." Er seufzte. „Ich werde dir das Geld für das Zimmer bei Mrs Simpson leihen. Wenn du unbedingt willst, kannst du es mir bei Gelegenheit zurückgeben."

Sie wusste, wie verbittert Justin über die Vergangenheit war. Dennoch kehrte er ihr nun nicht den Rücken zu, sondern bot ihr seine Hilfe an. Bei dem Gedanken an all die Lügen, die sie ihm hatte erzählen müssen und die ihn tief verletzt hatten, stiegen ihr Tränen in die Augen.

„Es tut mir so leid", sagte sie unvermittelt. Sie biss sich auf die Lippen und wandte sich ab.

Dieser Gefühlsausbruch kam für Justin völlig überraschend. War es möglich, dass sie ihr Verhalten von damals bereute? Oder spielte sie ihm nur etwas vor, um seine Sympathie zu gewinnen? Er konnte ihr nicht trauen.

Als sie sich wieder unter Kontrolle hatte, strich sie sich das Haar aus dem Gesicht und schenkte zwei Gläser Tee auf Eis ein. „Ich bin einverstanden. Du kannst mir das Geld leihen, wenn es dir nichts ausmacht", sagte sie, während sie ihm sein Glas reichte. „Ich möchte nicht gern allein leben."

„Ich auch nicht, Shelby. Aber mit der Zeit gewöhnt man sich daran", sagte er leise. Ohne den Blick von ihr abzuwenden, trank er einen Schluck Tee. „Wie fühlt man sich, wenn man für seinen Lebensunterhalt arbeiten muss?"

Sie ignorierte seinen Spott und lächelte. „Mir gefällt es", erklärte sie, während sie zu ihm aufblickte. „Weißt du, es sind meist unglückliche Menschen, die zum Rechtsanwalt kommen. Wenn ich ihnen helfen kann, vergesse ich meine eigenen Probleme."

Nachdenklich zog er die dunklen Augenbrauen zusammen, während er seinen Tee trank.

Shelby suchte seinen Blick. „Du glaubst mir nicht, Justin, oder?", fragte sie. „Für dich bin ich die verwöhnte Tochter aus gutem Haus, eine recht attraktive Frau mit Geld und guter Bildung. Aber dieses Bild stimmt nicht. Du hast mich nie richtig kennengelernt."

„Ich hätte dich gern kennengelernt", erwiderte er. „Aber du wolltest mich nicht, Darling. Jedenfalls nicht meinen Körper."

„Du hast mich bedrängt!", gab sie zurück. Bei der Erinnerung an jenen Abend stieg ihr das Blut in die Wangen.

„Bedrängt? Bis zu diesem Abend habe ich dich höchstens ein paarmal geküsst." Seine Augen funkelten, als er sich daran erinnerte, wie sie ihn abgewiesen hatte, für ihn der Beweis, dass sie ihn nicht liebte. „Ich hatte dich bis dahin auf ein Podest gehoben, während du die ganze Zeit mit diesem Millionärssohn geschlafen hast."

„Ich habe nie mit Tom Wheelor geschlafen", brachte sie hervor.

„Du hast es aber gesagt", erinnerte er sie mit einem kühlen Lächeln. „Du hast es sogar geschworen."

Voller Reue schloss sie die Augen. „Ja, ich habe es gesagt", gab sie zu, während sie sich abwandte. „Das hatte ich fast vergessen."

„Was nützen diese Diskussionen?" Er stellte das Glas auf den Tisch und zündete sich eine Zigarette an. „Es spielt keine Rolle mehr. Lass uns gehen. Ich fahre dich zu Mrs Simpson hinüber."

Shelby wusste, dass er nicht einlenken würde. Er hatte nichts vergessen, und er verachtete sie immer noch.

2. KAPITEL

Justin parkte den Thunderbird in der Nähe von Mrs Simpsons Pension. Als er einen Packen Geldscheine in Shelbys Handtasche steckte, versuchte sie zu protestieren. Doch er ging nicht darauf ein, sondern rauchte wortlos seine Zigarette.

Schließlich ließ er das Fenster herunter, lehnte den Arm hinaus und wandte sich zu Shelby um. „Das Geld ist eine Sache zwischen dir und mir. Wenn du es als Darlehen ansehen willst, so ist das deine Entscheidung."

Sie biss sich auf die Unterlippe. „Ich werde es dir eines Tages zurückzahlen können", erwiderte sie ausweichend, obwohl sie wusste, dass sie kaum dazu in der Lage sein würde. Von ihrem Gehalt konnte sie gerade das Notwendigste zum Leben bezahlen. Neue Kleidung würde vielleicht schon ein Problem darstellen.

„Ich mache mir darum keine Sorgen."

„Aber ich." Shelby schaute ihn hilflos an. „Oh Justin. Was soll aus mir werden? Zum ersten Mal in meinem Leben bin ich ganz allein. Ty ist in Arizona. Ich habe keine Familie ..." Plötzlich fing sie sich wieder. „Das ist nur Panik", sagte sie entschieden. „Panik und Angst. Ich werde mich daran gewöhnen. Es tut mir leid, dass ich überhaupt davon angefangen habe."

Er erwiderte nichts. Noch nie hatte er Shelby hilflos gesehen. Sie war immer ruhig und beherrscht gewesen. Sie so verängstigt zu sehen, das war eine neue und beunruhigende Erfahrung für ihn.

„Du kannst zu mir ziehen, wenn du willst", bot er ihr an.

Sie lachte nervös. „Das würde unserem Ruf nicht gerade guttun."

Justin zog an seiner Zigarette. Dann blies er langsam den Rauch aus. „Wenn dich das Gerede stört, können wir auch heiraten", sagte er in gleichmütigem Tonfall, schaute sie jedoch eindringlich an. Sie erwiderte seinen Blick, und im selben Moment rissen die alten Wunden vollends auf.

„Warum?", fragte sie.

Darauf wollte er ihr keine Antwort geben. Justin wollte nicht zugeben, nicht einmal sich selbst gegenüber, dass er immer noch verletzlich war. Er zuckte die Achseln. „Du brauchst ein Zuhause, und ich bin es leid, allein zu leben. Seitdem Abby und Calhoun ausgezogen sind, gleicht dieses verdammte Haus einem Mausoleum."

„Du willst mich also aus Mitleid heiraten", warf sie ihm vor.

Wieder zog er an seiner Zigarette. „Vielleicht. Aber was spricht dagegen? Im Moment hast du keine große Auswahl. Entweder leihst du dir von mir Geld und wohnst in der Pension, oder du heiratest mich." Er blickte auf die Glut der Zigarette. „Natürlich kannst du auch jederzeit in diesen Lagerraum über Barry Holmans Büro zurückkehren und ihm zeigen, dass du zur Verfügung …"

„Sei still", wies sie ihn zurecht. „Mr Holman gehört nicht zu dieser Sorte Mann. Und du hast keinen Grund, Ansprüche auf mich zu erheben."

„Wirklich nicht?" Er suchte ihren Blick. „Trotzdem tue ich es. Shelby, wir waren einmal verlobt. So eine Verbindung löst sich nicht einfach in nichts auf."

Sie seufzte müde. „Und warum wolltest du mich damals heiraten?"

„Du warst für mich ein Statussymbol", log er kaltherzig. „Eine reiche, gebildete Frau. Ich war nur ein Junge vom Land, mit dem du gespielt hast. Jetzt bin ich an der Reihe. Ich habe Geld, und du hast keins." Er kniff die Augen zusammen. „Und glaub nicht, ich würde dich aus geheimer Liebe oder so etwas heiraten."

Er hatte nichts vergessen. Es stand in seinen Augen geschrieben. Ja, er würde sie heiraten und sie nach einer Liebe hungern lassen, die er nie für sie verspürt hatte. Er verachtete sie, weil er glaubte, sie habe mit Tom Wheelor geschlafen, und das war sein größter Irrtum. Shelby war immer noch Jungfrau.

„Nein", sagte sie schließlich. „Ich bin nicht so dumm zu glauben, dass du mich immer noch willst, nachdem ich deinen Stolz so verletzt habe." Sie blickte zu ihm auf. „Aber ich habe eigentlich immer geglaubt, dass du etwas für mich empfindest, obwohl du mir das nie gesagt hast."

Dies entsprach der Wahrheit. Shelby hatte nie genau gewusst, warum er sie heiraten wollte. Bis auf das eine Mal, als er versucht hatte, mit ihr zu schlafen, hatte er ihr seine Gefühle nie gezeigt.

Er ignorierte ihre Bemerkung. „Ich kann dir die Sicherheit geben, die du willst", fuhr er ruhig fort. „Ich habe jetzt Geld, obwohl ich mich natürlich nicht mit deinem Vater vergleichen kann. Er besaß immerhin Millionen."

Beschämt schloss sie die Augen. Sie selbst und ihr Vater waren für Justins Verbitterung verantwortlich. Und nun wollte Justin sich rächen. Nein, sie durfte nicht so töricht sein und sich ihm freiwillig ausliefern. „Nein, Justin. Ich kann dich nicht heiraten." Sie wandte sich von ihm ab, damit er ihr Gesicht nicht sehen konnte.

Justin ergriff ihre Hand und drückte sie kurz, bevor er sie wieder losließ. Sein Gesichtsausdruck wurde hart. „Es ist ein großes Haus", sagte er. „Außer mir wohnen nur noch Lopez und Maria dort. Du brauchst nicht zu arbeiten, wenn du nicht willst. Und du bekommst Sicherheit."

Sein Angebot klang wie der Himmel auf Erden. Kein Zweifel, er empfand Mitleid mit ihr. Doch hinter dem Mitleid verbargen sich auch weniger ehrenhafte Gefühle. Das spürte sie. Etwas in ihm wollte Rache für die Erniedrigung. Nach allem, was ich ihm antun musste, bin ich ihm das wohl schuldig, überlegte sie verbittert. Außerdem wäre sie in seiner Nähe. Wie sehr sehnte sie sich danach, ihr Leben mit ihm zu teilen. Viel zu sehr.

„Hasst du mich immer noch, Justin?", fragte sie. Von seiner Antwort machte sie ihre Entscheidung abhängig.

Er musterte sie eine Weile schweigend, während er an seiner Zigarette zog. „Ich weiß nicht genau, was ich fühle."

Dies war nicht gerade eine Liebeserklärung, aber es war zumindest eine ehrliche Antwort. Shelby konnte der Versuchung nicht widerstehen, auch wenn es ihr noch so verrückt erschien.

„Wenn du es ernst meinst, heirate ich dich", sagte sie, ohne ihn anzuschauen.

Er saß reglos da. Niemand konnte ermessen, wie sehr er sich nach Shelby sehnte. Unzählige verzweifelte Nächte hatte er wach gelegen und sich gewünscht, sie würde bei ihm sein. Was hätte er darum gegeben, sie nur anzuschauen. Doch er konnte ihr nicht mehr vertrauen. Er durfte in ihr nur einen Menschen sehen, der Hilfe brauchte. Seine wahren Gefühle musste er beherrschen, auch wenn er sie mehr begehrte als je zuvor.

„Zu Mrs Simpson gehen wir, wenn wir die Hochzeit geplant haben." Er startete den Motor und setzte den Wagen in Bewegung. Seine Hände zitterten merklich. Um seine Erregung vor Shelby zu verbergen, umfasste er das Steuerrad so fest, wie er konnte.

Wenn Maria und Lopez überrascht waren, Shelby und Justin zusammen zu sehen, so ließen sie es sich nicht anmerken. Lopez verschwand in der Küche, während Maria Kaffee und Kuchen im Wohnzimmer servierte. Justin hatte sich in seinem Sessel ausgestreckt. Shelby saß schüchtern auf dem Sofa.

„Danke, Maria", sagte sie mit einem warmherzigen Lächeln.

Die Mexikanerin erwiderte ihr Lächeln. „Es ist mir ein Vergnügen, Señorita. Wenn Sie mich brauchen, ich bin in der Küche", fügte sie zu Justin gewandt hinzu. Dann entfernte sie sich diskret.

Sie benimmt sich, als würde Justin gleich hier auf dem Sofa über mich herfallen, überlegte Shelby. Nun, das hatte er nur einmal getan. Und ihre törichte Reaktion damals hatte sie sich nie verziehen.

Sie seufzte, während sie den Blick auf seine Stiefel richtete. Er hatte so große Füße und Hände. Lächelnd erinnerte sie sich an ihre ersten Verabredungen mit ihm. Damals waren sie wie Kinder gewesen, fasziniert voneinander und beide ein wenig schüchtern und zurückhaltend. Bis zu ihrer Verlobungsnacht war es nie über Küsse und Umarmungen hinausgegangen.

„Ich fragte, ob du Kaffee möchtest." Demonstrativ hielt Justin die silberne Kaffeekanne hoch.

„Oh. Ja, gern." Offenbar wusste er noch, dass sie den Kaffee schwarz trank. Er bot ihr weder Milch noch Zucker an. Nachdem er auch seine eigene Tasse gefüllt hatte, lehnte er sich im Sessel zurück und schlug die Beine übereinander. Die Kaffeetasse balancierte er auf dem Knie.

Bei diesem Anblick fragte sich Shelby, wie sie auf den Gedanken kommen konnte, mit ihm unter einem Dach zu leben. Er war so unnahbar. Zweifellos wollte er sich rächen. Und sie machte es ihm nun denkbar einfach.

Andererseits würde sich ihr kaum eine bessere Gelegenheit bieten, ihm ihre Unschuld zu beweisen. Sie brauchte nur mit ihm ins Bett zu gehen. Aber genau das war ihr Problem. Sie hatte panische Angst davor, mit ihm zu schlafen.

„Warum wirst du rot?", fragte er.

Sie räusperte sich. „Es ist warm hier."

„Wirklich?" Er lachte traurig. „Du bekommst ein eigenes Zimmer, falls du dir darüber Gedanken machst. Ich erwarte keine Bezahlung dafür, dass ich dir ein Zuhause gebe."

Diesmal wurde sie vor Zorn rot. „Das hört sich an, als sei ich ein Fall für die Wohlfahrt."

„Es fehlt nicht viel daran", stimmte er zu. „Tyler kann sich nicht um dich kümmern. Und du wirst mit dem, was du bei Holman verdienst, nicht weit kommen."

„Ich heirate dich nicht aus Geldgier", verteidigte sie sich.

Justin trank wortlos seinen Kaffee.

„Justin, bitte glaub mir. Es war die Idee meines Vaters, diese angebliche Verlobung mit Tom Wheelor ..."

„Dein Vater hätte mir nie so etwas angetan", unterbrach er sie. Während er sich vorbeugte, kniff er warnend die Augen zusammen. „Versuche nicht, ihn im Nachhinein zum Sündenbock zu machen. Er war einer meiner besten Freunde."

Das glaubt er tatsächlich, dachte sie verbittert. Es hatte anscheinend keinen Zweck, mit ihm zu reden. Zugegeben, ihr Vater hatte sich ihm gegenüber freundlich verhalten. Aber das konnte nicht der Grund dafür sein, weshalb Justin ihn so verehrte.

„Wirst du mir je wieder vertrauen?", fragte sie sanft.

Er musterte ihr hübsches Gesicht, ihre grünen Augen, deren Blick ihn im tiefsten Innern berührte. „Nein", erwiderte er aufrichtig. „Die Kluft ist zu tief. Aber glaub nicht, dass ich ein gebrochenes Herz kuriere. Dazu habe ich dich zu früh durchschaut. Meinen Stolz hast du verletzt, aber mein Herz hast du nicht erreicht."

„Das hat wahrscheinlich keine Frau geschafft." Sie schaute nachdenklich auf ihre Tasse. „Abby hat mir erzählt, dass du dich seit Langem nicht mehr verabredet hast."

„Ich bin inzwischen siebenunddreißig", erinnerte er sie. „Meine wilden Zeiten waren schon vorbei, als ich mich mit dir verlobte." Er trank seinen Kaffee aus und stellte die Tasse auf den Tisch. Dann blickte er Shelby in die Augen. „Und wir wissen beide, mit wem du deine wilden Zeiten verbracht hast."

„Gar nichts weißt du, Justin", sagte sie. „Du hast mich nie richtig kennengelernt. Wahrscheinlich war ich wirklich ein Statussymbol für dich, wie du gesagt hast." Sie lachte verbittert. „Du bist mit mir ausgegangen und hast mich deinen Freunden vorgeführt, so wie Ty die Pferde präsentiert."

Er schüttelte den Kopf. „Ich habe dich ausgeführt, weil ich dich mochte. Ich war gern mit dir zusammen“, widersprach er. „Was ich vorhin sagte, war Unsinn.“

Sie lehnte sich ermüdet zurück. „Danke, dass du mir das sagst, aber ich glaube, es spielt nun keine Rolle mehr.“ Sie stellte die leere Kaffeetasse auf den Tisch. „Lassen wir uns kirchlich trauen?“, fragte sie.

„Sind wir nicht zu alt für so eine Zeremonie?“, fragte er zurück.

„Isst du immer noch lebende Giftschlangen als Nahrung für deine Gehässigkeit?“, konterte sie ungerührt. „Ich möchte eine kirchliche Trauung.“

„Beim Friedensrichter würde es schneller gehen.“

„Ich bin nicht schwanger“, erinnerte sie ihn. „Wir haben es doch nicht eilig, oder?“

Darauf wusste er nichts zu erwidern. „Also gut. Du sollst deine kirchliche Trauung haben. Bis zur Hochzeit kannst du bei Mrs Simpson wohnen.“ Er erhob sich und drückte seine Zigarette im Aschenbecher aus. „Und noch etwas. Wage es nicht, ein weißes Hochzeitskleid zu tragen, sonst verlasse ich die Kirche und komme nicht zurück.“

Sie hob schockiert den Kopf. „Weißt du, was man in der Gemeinde von mir denken wird?“, fragte sie vorwurfsvoll.

Er hatte sie kränken wollen, weil er ihr die Affäre mit Tom Wheelor immer noch nicht verziehen hatte. Aber dass sie so empfindlich reagieren würde, hatte er nicht erwartet.

„Du kannst etwas Cremefarbenes tragen“, murmelte er ausweichend.

Ihre Lippen zitterten. „Schlaf mit mir.“ Sie erschrak über ihren eigenen Mut. „Du glaubst, ich lüge, wenn ich sage, dass ich unschuldig bin. Aber ich kann dir die Wahrheit beweisen.“

Gelassen erwiderte er ihren Blick. „Du weißt genau, dass so etwas nur ein Arzt feststellen kann. Selbst ein erfahrener Mann könnte es nicht mit Sicherheit sagen.“

Shelby wurde rot. Sie hätte ihm erklären können, dass in ihrem Fall kein Arzt dafür erforderlich war. Doch gerade, als sie beginnen wollte, klopfte es an der Tür. Lopez brachte Justin eine Nachricht.

„Ich muss mich ums Vieh kümmern“, sagte Justin. „Komm, ich bringe dich vorher zu Mrs Simpson. Ruf Abby an. Sie wird dir gern bei den Hochzeitsvorbereitungen helfen.“

Shelby erwiderte nichts mehr. Sie fühlte sich leer und müde. Justin wollte sie heiraten, aber zugleich wollte er sie öffentlich erniedrigen. Die Hochzeit sollte für sie ein Spießrutenlauf werden.

Mit zusammengebissenen Zähnen folgte sie ihm zum Wagen. Auf keinen Fall würde sie etwas anderes tragen als ein weißes Hochzeitskleid. Und wenn er sie tatsächlich in der Kirche stehen ließ, bitte. Vielleicht hatte er diese Drohung auch gar nicht ernst gemeint. Um nicht den letzten Rest Stolz zu verlieren, hielt sie an diesem Gedanken fest. Aber wie sehr sehnte sie sich nach der Zeit vor sechs Jahren zurück.

Die Ballengers kannte sie seit ihrer Kindheit. Ihr Bruder Ty und Justins Bruder Calhoun waren Freunde gewesen. So hatte sie Justin von Zeit zu Zeit getroffen. Anfangs war er ihr kühl und unnahbar erschienen, aber er hatte ihr gefallen. Und sie hatte zaghafte Flirtversuche unternommen.

Einmal waren sie zu einer Halloween-Party gegangen. Jemand hatte Shelby eine Gitarre gereicht. Justin war begeistert gewesen von der Art, wie sie Gitarre spielte und sich auf das eher unvollkommene Spiel ihres Gastgebers einstellte.

Wortlos hatte Justin sich auf einen Stuhl neben Shelby gesetzt und die Hand ausgestreckt. Mit einem Grinsen, das sie damals nicht verstanden hatte, hatte ihr Gastgeber ihm sein Instrument überlassen. Dann hatte Justin ihr zugenickt, mit dem Fuß den Takt vorgegeben und seine Version von „San Antonio Rose“ angestimmt.

Nachdem der erste Schock vorüber war, hatte Shelby ihn mit geübten Fingern perfekt begleitet. Zum Finale hatte er ihr in die Augen geschaut und gelächelt. In jenem Moment hatte Shelby ihm ihr Herz geschenkt.

Diese Entwicklung kam für sie nicht überraschend. Sie kannte Justin als einen netten, hilfsbereiten Mann, der viele Qualitäten besaß, und Shelby war jung und leicht zu beeindrucken und gerade im richtigen Alter, um sich in einen älteren Mann zu verlieben.

Nach jenem Abend schien sie ihn überall zu treffen. Im Restaurant, wo sie sich mit einer Freundin zum Lunch verabredet hatte, bei Wohltätigkeitsbasaren oder wenn sie in der Umgebung ausritt. Sie fragte sich nicht einmal, woher ein hart arbeitender Mann plötzlich die Zeit nahm, sich so oft mit ihr zu beschäftigen. Sie war verliebt und genoss jede Minute mit Justin.

Anfangs glaubte sie nicht einmal, dass er sich für sie interessierte, obwohl er sich anscheinend gern mit ihr unterhielt und sie viele Gemeinsamkeiten hatten.

Und dann änderte sich schlagartig alles. Es war bei einem Spaziergang. Die Pferde hatten sie in der Nähe angebunden. Plötzlich blieb Justin stehen und lehnte sich gegen einen Baum. In der einen Hand hielt er eine Zigarette, die andere streckte er Shelby wortlos entgegen.

Ihr Herz raste, als sie seine Hand ergriff. Sie schaute sehnsüchtig auf seine Lippen. Justin zog sie zu sich heran. Nur ihre Hände berührten sich, als er ihr in die Augen schaute und langsam den Kopf neigte. Er gab ihr alle Zeit der Welt, sich von ihm abzuwenden, wenn sie das gewollt hätte.

Aber sie wehrte sich nicht. Reglos stand sie da, mit offenen Augen, während Justin sie flüchtig auf den Mund küsste. Dann hob er den Kopf und suchte ihren Blick.

Schließlich trat er die Zigarette aus und nahm sie behutsam in die Arme. Wieder beugte er sich zu ihr hinab und küsste sie zärtlich und voller Respekt. Sie erwiderte seinen Kuss, während sie die Arme um seine Schultern legte.

Dann löste er sich von ihr. Er ergriff wortlos ihre Hand, und sie setzten ihren Spaziergang fort.

„Willst du eine große Hochzeit, oder genügt das Standesamt?", fragte er, als würde er über das Wetter reden.

Damit waren sie verlobt. Noch am gleichen Abend erzählten sie es ihrem Vater. Bass Jacobs ließ sich sein Entsetzen nicht anmerken. Er begrüßte Justin herzlich als neues Familienmitglied. Danach wollten sie Abby und Calhoun die Neuigkeit mitteilen, doch sie trafen die beiden nicht an.

Justin und Shelby hatten das Ballenger-Haus an diesem Abend für sich allein. Shelby erinnerte sich noch genau, wie sie gelacht und ihr zukünftiges Glück gefeiert hatten. Und dann hatte er sie in die Arme genommen und sie auf ganz andere Weise geküsst. Diese ungewohnte Intimität hatte sie verlegen gemacht.

„Wir werden bald heiraten", hatte er geflüstert. „Ich werde dir nicht wehtun."

„Ich weiß." Sie vergrub ihr Gesicht an seinem weißen Seidenhemd. „Aber es ist alles noch so neu für mich."

„Für mich auch", sagte er leise. Dann nahm er ihre Hand und

presste sie gegen seine Brust, während er sein Hemd aufknöpfte. Schließlich schob er ihre Hand in den Hemdausschnitt, sodass sie seine dicht behaarte, muskulöse Brust spürte.

„Streichle mich, Shelby", flüsterte er.

Shelby war schockiert. Als er jedoch ihren Mund mit Küssen bedeckte, entspannte sie sich und schmiegte sich an ihn. Unwillkürlich streichelte sie seine Brust, und es gefiel ihr.

„Fester", flüsterte er. Wieder presste er ihre Hand auf seine Muskeln. Als sie ihn anschaute, entdeckte sie in seinen Augen einen Ausdruck, den sie noch nie zuvor bei ihm bemerkt hatte. Etwas Wildes, Unbeherrschtes flackerte darin auf.

Er umfasste ihren Kopf und küsste sie leidenschaftlich, mit einer unerwarteten Gier. Shelby bekam Angst vor diesen Gefühlen. Sie stöhnte hilflos.

Doch Justin deutete ihr Stöhnen als Erregung. Er glaubte, sie sei bereit für ihn. Plötzlich wurden seine Küsse fordernd. Er umfasste ihre schlanken Hüften, hob sie hoch und drückte sie an sich.

Shelby wusste erschreckend wenig über Männer, aber Justins Körper sprach eine eindeutige Sprache. Sie wusste, was er fühlte, als er sich begierig an sie schmiegte.

Ihre Gegenwehr bemerkte er zunächst gar nicht, so sehr hatte die Leidenschaft ihn gefangen genommen. Erst als sie ihren Kopf wegzog und ihre Hände gegen ihn stemmte, hob er den Kopf.

„Shelby ...", brachte er gequält hervor.

„Lass mich", stöhnte sie. „Bitte, Justin ..."

„Ich höre rechtzeitig auf", flüsterte er gegen ihre Lippen. Ihren Protest erstickte er mit seinem Kuss, während er sie hochhob und zum Sofa trug.

Seine Lippen wurden fordernd, als er sich auf sie legte und sie mit seinem Gewicht in die Kissen drückte. Shelby hatte Angst davor, dass er die Kontrolle über sich verlieren könnte. Immerhin waren sie verlobt. Er würde vielleicht gar nicht erst versuchen, rechtzeitig aufzuhören.

„Justin!"

Mit fast qualvollem Vergnügen streichelte er ihre Hüften. „Oh Liebling. Lass mich dich berühren. Küss mich ..."

Wieder spürte sie seine fordernden Lippen auf ihrem Mund. Während er seine Hände über ihre Brüste gleiten ließ, bewegten sich seine Hüften immer schneller. Dann schob er plötzlich sein Knie zwischen ihre Beine. Shelby bekam panische Angst.

Sie wehrte sich nach Kräften und schob ihn von sich weg. Diesmal spürte er ihren Widerstand sofort. Er hob den Kopf und starrte sie einen Augenblick lang orientierungslos an. Dann stand er auf und rauchte eine Zigarette. Wortlos schenkte er schließlich zwei Brandy ein und reichte ihr das Glas. Er lächelte spöttisch, als er sah, wie krampfhaft sie jede Berührung mit ihm vermied.

Während er langsam seinen Brandy trank, trat er ans Fenster. „Wir schlafen miteinander, wenn wir verheiratet sind", sagte er. „Du weißt hoffentlich, dass ich keine getrennten Schlafzimmer haben möchte."

„Ich weiß." Mit zitternden Händen trank sie ihren Brandy. Sie überlegte, wie sie ihm die Sache erklären sollte, aber sein Verhalten war so abweisend. „Justin ... ich bin noch Jungfrau."

„Glaubst du, das wüsste ich nicht?", fragte er. Mit ausdrucksloser Miene blickte er sie an. Shelby konnte nicht einmal vermuten, was er fühlte. „Meine Güte, wir sind bald verheiratet. Darf ich dich denn gar nicht berühren, bis der Ring an deinem Finger ist?"

Verlegen blickte sie auf ihr Glas. „Vielleicht ... wäre es besser."

„Da ich so unkontrolliert bin, hast du wohl recht", sagte er mit eiskalter Stimme. Er trank seinen Brandy aus und schien sich nach einer Weile zu beruhigen. Zwar entschuldigte er sich nicht, aber er kam zu ihr, nahm ihre Hand und lächelte sie an, als wäre nichts geschehen. Sie tranken Brandy, und als der Alkohol seine Wirkung zeigte, brachte er ihr ein mexikanisches Trinklied bei. Erst später stellte Shelby fest, dass es ein Lied war, das sie in der Öffentlichkeit nicht singen konnte.

Sie freute sich auf die Hochzeit, obwohl Justins Leidenschaft ihr Sorgen bereitete. Sie fürchtete, ihm nicht gewachsen zu sein. Außerdem war sie absolut unerfahren.

Aber es sollte keinen Grund zur Besorgnis mehr geben. Justin küsste sie höchstens auf die Wange oder hielt ihre Hand, aber er stellte keine Forderungen mehr.

Und dann setzte ihr Vater der Sache plötzlich ein Ende, indem er von ihr verlangte, sie solle Justin aufgeben. Sonst würde Justin alles verlieren, was er besaß, und sie am Ende dafür hassen, hatte er gedroht.

In ihrer Not hatte sie schließlich ihrem einflussreichen Vater gehorcht und Justin erzählt, sie würde mit Tom Wheelor eine Affäre haben, weil sie Reichtum und Wohlstand wollte, alles Dinge, die Justin ihr nicht geben konnte.

Es ist so lange her, dachte sie, und immer noch tut es weh. Sie hatte Justin schützen wollen, damit er nicht alles verlor, wofür er und seine Familie hart gearbeitet hatten. Und dafür hatte sie ihr eigenes Glück geopfert. Für seine Verbitterung war sie allein verantwortlich, nicht nur weil sie ihn belogen hatte, sondern auch weil sie nicht den Mut gefunden hatte, ihm zu erklären, warum seine Berührungen ihr Angst machten.

Nun würde er sie aus Mitleid heiraten, nicht aus Liebe. Und womöglich wollte er sich auch rächen. Shelby wusste nicht, wie sie mit ihm leben sollte, aber eines war ihr klar: Nur wenn sie ihm nahe war, konnte sich seine Meinung über sie ändern. Vielleicht würde sie eines Tages den Mut aufbringen und ihm die Wahrheit erzählen.

3. KAPITEL

„Ich könnte mir vorstellen, dass Justin es dir nicht ganz leicht machen wird", bemerkte Abby, die mit Shelby Adressen für die Einladungen zur Hochzeit schrieb.

Seufzend schob Shelby sich eine Haarsträhne aus dem Gesicht. Abby schien genau zu wissen, was zwischen ihr und Justin vor sich ging. „Er hat Mitleid mit mir. Und vielleicht will er sich auch rächen. Weißt du, Justin ist nie darüber hinweggekommen, was ich getan habe. Er ist so unnachgiebig, Abby. Und ich kann es ihm nicht einmal übel nehmen. Ich habe damals seinen Stolz verletzt."

„Warum?"

„Ich wollte ihn retten", erzählte Shelby nachdenklich. „Mein Vater wollte keinen Cowboy als Schwiegersohn. Er drohte damit, Justin zu ruinieren. Bis dahin wusste ich nicht, dass mein Vater so grausam sein konnte." Sie schüttelte verbittert den Kopf. „Aber er hat tatsächlich Schritte gegen ihn unternommen. Justin hat mir damals erzählt, dass die Bank die Hypothek von ihm zurückverlangte. Er war so verzweifelt, dass er sogar davon sprach, die Verlobung zu lösen. Und ich dachte schließlich, wenn ich ihn ohnehin verliere, kann es auch zu seinem Vorteil sein."

„Und was geschah dann?"

„Mein Vater erklärte Tom Wheelor zu meinem neuen Verlobten. Er ging mit Tom zu Justin und erzählte ihm, ich sei nur mit ihm ausgegangen, um Tom eifersüchtig zu machen. Ich wolle Tom heiraten, weil er reich sei. Er stellte auch klar, dass ich mir die Sache allein ausgedacht hatte. Und dann sagte er noch, dass Tom und ich miteinander geschlafen hätten. Tom bestätigte alles."

Abby blickte auf. „Aber das stimmt doch nicht", sagte sie voller Überzeugung.

Shelby lächelte. „Schön, dass du die Wahrheit erkennst. Natürlich stimmt es nicht. Aber um Justins Geschäft zu retten, musste ich die Lügen meines Vaters bestätigen. Und das habe ich auch getan, als Justin mich anrief." Sie schloss die Augen. „Ich werde nie vergessen, wie still es plötzlich in der Leitung wurde. Und dann hat er ganz langsam aufgelegt. Ein paar Wochen später hörte man nichts mehr von den Konkursgerüchten. Ich nehme an, Dad hatte die Bank davon überzeugt, dass die Ballengers ein lohnendes Geschäft aufbauen. Eine Weile lang habe ich mich mit Tom Wheelor verabredet, nur um Justin zu überzeugen. Und dann bin ich nach Europa gefahren und habe alles versucht, um mir beim Skilaufen den Hals zu brechen. Als ich zurückkam, war etwas in mir zerbrochen. Mein Vater hat kurz vor seinem Tod seinen Fehler eingestanden. Er hat sich entschuldigt. Aber es war viel zu spät."

„Wenn Justin dir doch nur zuhören würde ..." Abby seufzte.

„Er hört nicht zu. Er kann mir nicht verzeihen, Abby. Es war wie eine öffentliche Hinrichtung. Jeder wusste, dass ich ihn wegen eines reicheren Mannes zurückgewiesen hatte. Das hat ihn zutiefst gekränkt."

Abby verzog das Gesicht. „Aber er muss doch gesehen haben, dass dein Vater nicht mit ihm einverstanden war."

„Oh, das ist überhaupt das Beste von allem. Mein Vater empfing Justin mit offenen Armen und spielte ihm vor, dass er stolz darauf sei, ihn zum Schwiegersohn zu bekommen." Sie lachte bitter. „Selbst als er mit Tom zu ihm ging, spielte er seine Rolle wirklich perfekt. Er vergoss fast Tränen darum, wie kaltherzig ich den armen Justin behandelte."

„Aber warum? Hat ihn dein Glück denn gar nicht interessiert?"

„Mein Vater wollte ein Imperium aufbauen. Geschäfte waren ihm immer wichtiger als seine Kinder. Ty weiß nichts von der ganzen Sache. Er wäre vor Wut geplatzt. Ich musste versprechen, nicht mit ihm darüber zu reden."

„Hast du Ty nie die Wahrheit erzählt?"

„Es schien nicht notwendig", erwiderte Shelby. „Ty ist ein Einzelgänger. Selbst ich komme nicht an ihn heran. Deshalb hat er wahrscheinlich auch nicht geheiratet. Er kann sich anderen Menschen nicht öffnen. Dad hat ihn in der Kindheit tyrannisiert und verspottet. Um das zu überstehen, hat Ty sich in sich selbst zurückgezogen."

„Das wusste ich gar nicht. Ich mag Tyler sehr gern", sagte Abby lächelnd. „Er ist ein außergewöhnlicher Mann."

Shelby erwiderte ihr Lächeln. Aber sie erzählte Abby nicht, dass Ty in sie verliebt gewesen war. Und obwohl sie Abby mochte und ihr vertraute, erzählte sie ihr trotzdem nicht, was Justin über ihr Hochzeitskleid gesagt hatte.

Am nächsten Tag jedoch ging sie in die kleine Boutique von Jacobsville und kaufte ein zartes Leinenkleid für die Hochzeit, in Weiß.

Sie tat dies ohne jedes Zögern, schließlich konnte sie Justin jederzeit beweisen, dass sie berechtigt war, das symbolische weiße Kleid zu tragen. Allerdings fürchtete sie sich wie in der Vergangenheit vor dem Moment, wo sie diesen Beweis antreten sollte.

Und sie wurde einmal mehr an ihr Problem erinnert, als sie ihren Frauenarzt für die Routineuntersuchung aufsuchte. Er riet ihr dringend, sich noch vor der Hochzeit dieser harmlosen Operation zu unterziehen. Andernfalls könne ihre Hochzeitsnacht zum Albtraum werden, warnte er sie. Doch Shelby wollte sich den Beweis ihrer Unschuld nicht nehmen lassen. Justin glaubte ihrem Wort nicht. Aber er musste ihr glauben, wenn er die Wahrheit vor sich sah.

Die Hochzeit wurde zum Ereignis des Jahres. Nie hätte Shelby so viele Menschen zu ihrer Trauung in der Methodistenkirche von Jacobsville erwartet. Nicht nur die geladenen Gäste, sondern auch viele Schaulustige waren gekommen.

Abby und Calhoun saßen auf der Familienbank, Hand in Hand und unübersehbar ineinander verliebt. Neben ihnen saß Shelbys Bruder Tyler, der bis auf Calhoun alle überragte. Nachbarn und Freunde saßen auf der anderen Seite der Kirche. Nur Justin war nirgends zu sehen. Einen Augenblick lang fürchtete Shelby, er könne seine Drohung wegen ihres weißen Kleides wahr gemacht haben.

Doch als der Hochzeitsmarsch erklang, erwartete er sie mit dem Pfarrer vor dem Altar. Sie biss sich auf die Unterlippe und hielt ihr Hochzeitsbouquet fest umklammert, als sie den Gang entlangschritt.

Sie hatten sich darauf geeinigt, auf Brautführer zu verzichten und sich auf die Grundzeremonie zu beschränken. Auf dem mit Blumen geschmückten Altar stand ein Kandelaber mit drei weißen Kerzen. Justin trug einen sehr eleganten schwarzen Anzug.

Als sie ihren Platz an seiner Seite einnahm, schaute sie zu ihm auf und begegnete seinem kühlen Blick. Ihr stockte der Atem. Offenbar überlegte er, ob er seine Drohung doch noch in die Tat umsetzen sollte. Doch dann wandte er sich dem Pfarrer zu und wiederholte ohne erkennbare Gefühlsregung die Worte, die dieser ihm vorsprach.

Schließlich steckte er ihr den goldenen Ring an den Finger, den er selbst ausgesucht hatte. Nachdem sie die letzten Fragen beantwortet hatten, zündeten sie zwei Kerzen an, mit denen sie gemeinsam die dritte entzündeten, als Zeichen ihrer Einheit. Der Pfarrer erklärte sie zu Mann und Frau und ermutigte Justin, seine Braut zu küssen.

Justin wandte sich zu Shelby um. Mit undurchdringlicher Miene schaute er sie an, bevor er sich hinabbeugte und ihr einen kühlen Kuss auf den Mund gab. Dann nahm er ihren Arm und führte sie den Gang entlang nach draußen, wo sie sofort von Freunden und Bekannten umringt wurden, die ihnen Glück wünschten.

Zum Unterhalten blieb keine Zeit. Der Empfang fand im Gemeindesaal nebenan statt. Während Kuchen, Canapés und Punsch gereicht wurden, kümmerten Justin und Shelby sich um ihre Gäste.

Jemand bat sie um ein Foto. Shelby, die es insgeheim schon bedauert hatte, dass sie keinen Fotografen bestellt hatte, war gern dazu bereit. So würde sie wenigstens ein Foto bekommen, das sie und Justin gemeinsam zeigte.

Lächelnd stand sie neben Justin, während er den Arm um ihre Taille legte. Sie schaute zu ihm auf, doch in dem Moment, als sie seinem kalten Blick begegnete, erstarb ihr Lächeln.

Kaum war der Hobbyfotograf weitergegangen, fuhr Justin sie an: „Ich sagte, jede Farbe, nur kein Weiß."

„Ja, Justin, ich weiß", erwiderte sie ruhig. „Was hättest du getan, wenn ich von dir verlangt hätte, einen blauen Anzug zu tragen statt eines schwarzen?"

Er sah sie an. „Ein weißes Kleid bedeutet …", begann er entrüstet, ohne zu Ende zu sprechen.

„… die erste Hochzeit", beendete sie seinen Satz. „Dies ist meine erste Hochzeit."

Seine Augen funkelten wütend. „Du weißt genau, dass die weiße Farbe noch eine andere Bedeutung hat. Es ist die Farbe der Unschuld." Er hielt kurz inne. „Du hast behauptet, du könntest es mir beweisen, Shelby", fuhr er mit kühlem Lächeln fort. „Vielleicht nehme ich dich bald beim Wort."

Sie wich seinem Blick aus. Bei dem Gedanken, dass er womöglich grob mit ihr umgehen würde, verließ sie der Mut. „Ich brauche dir gar nichts zu beweisen."

Er lachte sarkastisch. „Du kannst es nicht."

„Justin, ich bitte dich …“

„Mach dir keine Gedanken.“ Er zog eine Zigarette aus der Schachtel und zündete sie an. „Ich sagte dir bereits, wir werden getrennte Betten haben.“

Betrübt erinnerte Shelby sich daran, wie es früher zwischen ihnen gewesen war. Und sie dachte daran, wie es hätte werden können. Aus traurigen Augen blickte sie ihn an. Er war ein schöner Mann, nicht umwerfend attraktiv, aber gut aussehend. Groß, schlank, muskulös, mit schwarzen Augen, dichtem schwarzen Haar und sonnengebräunter Haut. Er entspricht exakt meinen Vorstellungen von einem Traummann, entschied sie.

Dann wanderte ihr Blick zu seinem Mund, und plötzlich verspürte sie den Wunsch, ihn zu küssen. Wenn sie doch nur nicht solche Hemmungen hätte. Warum konnte sie sich nicht wie eine aufgeklärte Frau benehmen? Aber Justin schüchterte sie ein. Er war ein erfahrener Mann, und sie würde ihn bestimmt enttäuschen. Wenn sie ihm wenigstens die Wahrheit erzählen könnte, damit er behutsam mit ihr umging. Sie zitterte bei dem Gedanken, über etwas so Intimes mit ihm zu reden.

Zum Glück kam in diesem Moment Ty zu ihnen und beendete die peinliche Szene. „Wenn ich mein Flugzeug noch bekommen will, muss ich mich beeilen.“ Er beugte sich zu seiner Schwester hinab und gab ihr einen Kuss auf die Wange. „Meine Chefin ist ziemlich seltsam, was Männer betrifft.“

„Wieso?“, fragte Shelby neugierig.

Ty schaute verlegen zur Seite. „Naja, Männer machen sie nervös“, erklärte er zögernd. „Verdammt, sie versteckt sich hinter mir beim Tanzen oder sonstigen Treffen … es ist peinlich.“

Shelby unterdrückte ein Lachen. Ihr unabhängiger Bruder mochte im Allgemeinen keine Frauen, die sich an ihn klammerten. Diesmal schien es jedoch anders zu sein. Er hatte ganz offensichtlich an der geheimnisvollen Frau aus Arizona Interesse gefunden.

„Vielleicht fühlt sie sich bei dir sicher“, bemerkte Shelby.

Er blickte sie finster an. „Es ist, als ob sich eine Giftschlange um einen windet.“

„Ist sie denn hässlich?“, horchte sie ihren Bruder aus.

„Ein Wildfang. Einfach und natürlich“, sagte er mehr zu sich selbst.

„Nicht schlecht, wenn man diesen Typ mag. Ich mag ihn nicht", fügte er verbissen hinzu.

„Warum kündigst du nicht?", fragte Justin. „Du weißt, dass du jederzeit bei uns arbeiten kannst."

„Ja, ich weiß. Und ich finde es prima, nach allem, was zwischen unseren Familien vorgefallen ist. Aber dieser Job in Arizona gefällt mir. Er reizt mich irgendwie."

Justin lächelte. „Mein Angebot bleibt bestehen."

„Vielleicht komme ich eines Tages darauf zurück", sagte Ty, während er Justin die Hand schüttelte. Dann küsste er Shelby noch einmal. „Werde glücklich", sagte er leise.

„Das hoffe ich", erwiderte sie, während sie Justin anlächelte.

Ty nickte, sah jedoch nicht überzeugt aus. Mit nachdenklicher Miene ging er zu Abby und Calhoun hinüber, die ihn nach draußen begleiteten.

Die Feier dauerte den ganzen Tag. Es erschien Shelby wie eine Ewigkeit, und sie war froh, als sich endlich die letzten Gäste verabschiedeten. Justin hatte Lopez gebeten, ihre Sachen von Mrs Simpson abzuholen. Für sie war das Gästezimmer vorbereitet worden. Natürlich hatte Maria sich darüber gewundert, doch Justin hatte sie mit einem kühlen Blick zum Schweigen gebracht. Sie wusste ohnehin, dass Justin trotz seiner Verbitterung etwas für Shelby empfand. Dies schien ein offenes Geheimnis zu sein, denn niemand war über die Heirat erstaunt gewesen.

„Gott sei Dank, dass es vorbei ist", sagte Justin erschöpft, als sie zu Hause ankamen. Er zog sein Jackett aus, löste die Krawatte und knöpfte sein Hemd auf. In diesem Moment sah er zehn Jahre älter aus.

Shelby ließ ihre Handtasche auf dem Tisch im Eingang liegen und streifte ihre hochhackigen Schuhe ab. Es tat gut, den weichen Teppich unter den Füßen zu spüren.

Justin hatte sie lächelnd beobachtet. Als sie sich zu ihm umdrehte, wandte er sich hastig ab. „Möchtest du hier zu Abend essen, oder wollen wir ausgehen?", fragte er.

„Das ist mir egal."

„Es würde wohl seltsam aussehen, wenn wir in unserer Hochzeitsnacht ins Restaurant gingen, oder was meinst du?" Mit einem spöttischen Lächeln schaute er sie nun an.

„Mach nur weiter", ermunterte sie ihn wütend. „Du scheinst wirklich alles daranzusetzen, mir meinen Hochzeitstag zu verderben." Damit drehte sie sich um und ging die Wendeltreppe hinauf.

„Wovon sprichst du?", fragte Justin.

Sie schaute sich nicht um. „Du hättest deine Gefühle kaum deutlicher zeigen können. Ich weiß, dass du mich hasst, Justin. Du hast mich aus Mitleid geheiratet, aber du willst mir auch heimzahlen, was ich dir angetan habe."

Gegen den Türrahmen gelehnt, zündete er sich eine Zigarette an. „Träume sterben nicht so leicht, wusstest du das nicht?", fragte er kalt.

Nun drehte sie sich um und schaute ihm in die Augen. „Du bist nicht der Einzige, der Träume hatte, Justin", sagte sie ruhig. „Du hast mir etwas bedeutet."

Seine Gesichtszüge wurden hart. „Sicher. Deswegen hast du ja auch diesen Millionärssohn vorgezogen."

„Seltsam, dass ich ihn nicht geheiratet habe, findest du nicht?", fragte sie. „Sehr seltsam, wenn mir sein Geld doch so wichtig war."

Er zog an seiner Zigarette. „Wahrscheinlich hat er dich verlassen, nachdem er feststellte, dass du nur sein Geld wolltest und nicht ihn."

„Ich wollte weder ihn noch sein Geld", erklärte sie ehrlich. „Wir waren reich genug."

Nun lächelte er mitleidig. „Ach, wirklich?"

Ihr wurde klar, dass er glaubte, sie hätte über die finanziellen Schwierigkeiten ihres Vaters Bescheid gewusst. „Du willst mir einfach nicht zuhören. Du willst gar nicht wissen, warum ich unsere Verlobung gelöst habe, und …"

„Na schön. Du hast es mir gesagt. Du konntest es nicht ertragen, dass ich dich berühre." Seine Augen funkelten aufgeregt. „An dem Abend, als wir uns verlobt haben, hast du mich abgewiesen. Du hast gezittert wie Espenlaub, und du konntest mich nicht schnell genug verlassen."

Sie seufzte gequält. „Und du meinst, das hätte ich aus Abscheu getan?"

„Welchen Grund hätte es sonst gegeben?", fragte er wütend zurück. Dann wandte er sich von ihr ab. „Zieh dich um. Danach können wir essen. Ich habe Hunger."

Wie gern hätte sie ihm die Wahrheit erzählt, aber er war so abweisend und unnahbar, dass sie fast vor ihm Angst hatte. Während sie die Treppe hinaufging, fragte sie sich, wie sie mit einem Mann zusammenleben sollte, mit dem sie über intime Dinge nicht einmal sprechen konnte.

Beim Abendessen, das Maria serviert hatte, saßen sie sich schweigend gegenüber. Justin lehnte sich zurück, nachdem er sein Steak und den Salat gegessen hatte, und beobachtete Shelby, die ihr Essen kaum anrührte.

Sicher, es tat ihm leid, dass ihr Hochzeitstag so freudlos verlief, aber was sollte er tun? Er musste seine wahren Gefühle verstecken, um nicht ein zweites Mal enttäuscht zu werden. Shelby noch einmal zu verlieren, das würde er nicht ertragen.

„Verdammt, Shelby", sagte er schließlich. „Mach nicht so ein trauriges Gesicht."

Sie sah ihn aus leeren Augen an. „Ich bin müde", sagte sie leise. „Du hast doch nichts dagegen, wenn ich nach dem Essen schlafen gehe?"

„Doch, ich habe etwas dagegen." Er legte seine Serviette beiseite. „Heute ist unsere Hochzeitsnacht."

Sie lachte bitter. „Richtig. Und was hast du vor? Willst du dich noch etwas über meine unzüchtige Vergangenheit unterhalten?"

Er runzelte beunruhigt die Stirn. Dieser Zynismus passte nicht zu Shelby. Innerhalb weniger Wochen hatte sie ihren Vater verloren, ihr Zuhause, ihr ganzes Leben, sogar ihren Bruder. Sie hatte alles verloren und ihn geheiratet, weil sie etwas Sicherheit brauchte. Und nun schaute sie ihn an, als würde er ihr den letzten Dolchstoß versetzen. Dabei hatte er gar nicht die Absicht, sie zu verletzen. Aber wie es schien, wollten die alten Wunden nicht heilen.

Als er sie nun betrachtete, musste er an die glücklichen Zeiten denken. Damals bedeutete ihm schon ein Lächeln von ihr den Himmel auf Erden.

„Willst du deinen Job behalten?", fragte er, um ein unverfängliches Thema zu beginnen.

Sie blickte auf ihren Teller. „Ja. Die Arbeit gefällt mir."

„Und Barry Holman?", fragte er mit herausforderndem Lächeln.

Shelby stand auf. Sie trug einen weißen Rock und dazu eine blassrosa Bluse, in der sie feminin und elegant aussah. Das lange Haar fiel ihr über die Schultern. Am liebsten hätte Justin sie in die Arme genommen und geküsst.

„Mr Holman ist mein Chef", sagte sie. „Nicht mein Liebhaber. Ich habe keinen Liebhaber."

Nun stand auch Justin auf. Er trat einen Schritt auf sie zu und sah sie eindringlich an. „Du wirst bald einen haben."

Sie lief nicht davon. Nein, diesen Triumph gönnte sie ihm nicht. Obwohl ihre Knie zitterten und ihr Herz raste, hob sie stolz den Kopf. Ihre Angst vor Justin hatte viele Ursachen. Die Vergangenheit, seine Rachsucht und die Tatsache, dass er sie für erfahren hielt. Und sie wusste seit der Pubertät, dass das erste Mal für sie nicht leicht sein würde. Justin war stark. Sie kannte die Kraft, die in seinem schlanken, muskulösen Körper steckte. Davon überwältigt zu werden machte ihr Angst.

Justin sah die Furcht in ihren Augen aufblitzen. Ihm war sofort klar, wovor Shelby sich fürchtete. „Du irrst dich, Liebling", sagte er leise. „Du irrst dich gewaltig. Im Bett würde ich dir nie wehtun, weder aus Rache noch aus einem anderen Grund."

Ihre Unterlippe zitterte. Als ihr die Tränen in die Augen stiegen, schlug sie den Blick nieder. „Vielleicht könntest du es gar nicht verhindern", flüsterte sie.

Er erschrak über ihre Reaktion. „Shelby, hast du wirklich Angst vor mir?", fragte er heiser.

Sie zuckte zaghaft die Achseln. „Ja. Es tut mir leid."

„Hattest du vor ihm auch Angst? Vor Wheelor?"

Niedergeschlagen drehte sie sich um und ging zur Treppe. Was hatte es für einen Zweck, mit Justin zu reden, wenn er ihr doch nicht zuhörte?

„Weglaufen ist keine Lösung", sagte er, als er ihr mit gemischten Gefühlen nachblickte.

„Reden anscheinend auch nicht", gab sie zurück. „Gute Nacht, Justin. Vielen Dank für das Dach über dem Kopf."

Justin wäre ihr gern nachgelaufen und hätte sie in die Arme genommen. Er liebte und begehrte sie wie am ersten Tag, aber er wagte es nicht mehr, ihr zu vertrauen. Dazu hatte sie ihn zu sehr verletzt.

4. KAPITEL

Shelby hatte gehofft, dass Justin sie immer noch liebte, dass er sie nicht nur aus Mitleid geheiratet hatte. Ihr Hochzeitstag aber hatte sie davon überzeugt, dass die Verbitterung alle anderen Gefühle in ihm erstickt hatte. Er verzieh ihr nicht.

In ihrer Ehe würden sich ihre Wünsche nicht erfüllen. Keine gemütlichen Abende zu zweit, keine süßen Liebesnächte und keine Kinder. Es würde bei getrennten Schlafzimmern und getrennten Leben bleiben, und bei Justins Hunger nach Rache.

Die Beziehung zwischen ihnen verschlechterte sich. Justin tolerierte ihre Anwesenheit, war aber nur noch selten zu Hause. Bei den Mahlzeiten sprach er nur mit ihr, wenn es sich nicht vermeiden ließ. Ansonsten ging er ihr aus dem Weg. Er verhielt sich ihr gegenüber nicht wie ein Ehemann, sondern wie ein höflicher Gastgeber.

Je länger diese Situation andauerte, desto mehr Freude entwickelte Shelby an riskanten Aktivitäten. Sie versuchte sich im Fallschirmspringen und trat einem Fechtclub bei. Justin schien erstaunt zu sein, dass sie an solchen Dingen Vergnügen fand. Manchmal benahm er sich, als würde ihr Lebensstil ihm Sorgen bereiten. Dann fragte sich Shelby, was er eigentlich von ihr erwartet hatte. Dass sie zu Hause saß und Blumen arrangierte? Wenn das sein Bild von ihr war, so hatte er sich gründlich geirrt.

Barry Holman hatte ihr ein paar Tage freigegeben. Es sei nicht in Ordnung, wenn sie während ihrer Flitterwochen arbeite, hatte er gesagt. Darüber hätte sie am liebsten herzlich gelacht, aber um den Schein zu wahren, war sie zu Hause geblieben. Eines Tages, als Justin von einer Reise nach Hause kam und sie mit einer kühlen, höflichen Begrüßung abspeiste, rief Shelby im Büro an. Sie liebte ihren Job und vermisste die Arbeit zunehmend. Nun wollte sie sich erkundigen, ob im Büro alles in Ordnung sei.

Es meldete sich Tammy Lester, eine Aushilfskraft. Offensichtlich hatte sie größte Probleme, es dem ungeduldigen Barry Holman recht zu machen. Kurz entschlossen schlüpfte Shelby in ein leichtes rot-weißes Sommerkleid und fuhr zur Arbeit.

Unterwegs hatte sie eine Panne mit ihrem alten Wagen. Sie musste die Limousine in die Werkstatt schleppen lassen. Wie der Zufall es wollte, entdeckte sie im Gebrauchtwagenpark der Werkstatt Abbys kleinen Sportwagen, der zum Verkauf stand. Der Anblick des Wagens weckte in Shelby Erinnerungen an die schwärzeste Zeit ihres Leben. Nach ihrer Trennung von Justin hatte sie in der Schweiz einen solchen Wagen gefahren. Diesen Wagen hatte sie geliebt. Obwohl sie ihn bei einem Unfall zu Schrott gefahren hatte, war ihre Begeisterung für schnelle Autos ungebrochen. Sie hatte immer einen Hang zum Risiko verspürt. Shelby liebte einfach die Herausforderung.

Von dieser Seite hatte Justin sie nie kennengelernt. Er hatte sich nie die Mühe gemacht, darüber nachzudenken, was sich unter der Oberfläche verbarg. Nun, dachte Shelby, es wird Zeit, dass ich ihm etwas mehr von mir zeige.

Da der Händler wusste, dass Shelby mit Justin verheiratet war, verkaufte er ihr den Wagen, ohne besondere Sicherheiten zu verlangen. Er willigte in eine Ratenzahlung ein, die Shelby von ihrem Gehalt ablösen konnte.

Bester Laune parkte sie den Wagen direkt vor dem Büro und blickte sich stolz noch einmal um. Abby hatte den Wagen kurz vorm Verkauf lackieren lassen, rot mit weißen Racing-Streifen. Es waren Shelbys Lieblingsfarben. Sie seufzte zufrieden. Am meisten freute sie sich darüber, dass sie die Raten von ihrem Gehalt bezahlen konnte. Ihr Leben lang war sie vom Geld ihres Vaters abhängig gewesen. Und sie genoss das Gefühl, einmal finanziell unabhängig zu sein.

Inzwischen tat es ihr leid, dass sie Justins Heiratsantrag so überstürzt angenommen hatte. Sicher, sie hatte gehofft, er würde ihr mehr bieten als nur ein Dach über dem Kopf. Aber diese Hoffnungen erfüllten sich nicht. Er sorgte für sie so, wie er für Abby gesorgt hatte. Gefühle, falls er sie überhaupt hatte, zeigte er ihr nicht.

Wenn sie ihm doch nur von ihren Problemen erzählen könnte, von ihrer Angst vor Intimität, aber es war hoffnungslos. Justin würde vielleicht sogar ebenso verlegen reagieren wie sie.

Als sie die Tür zum Büro öffnete, lief Barry Holman nervös auf und ab, während die Aushilfssekretärin weinte. Beide drehten sich zu ihr um.

Shelby legte ihre Handtasche auf den Schreibtisch. „Kann ich irgendwie helfen?“, fragte sie lächelnd.

Die junge Frau hinter dem Schreibtisch weinte noch mehr. „Er schreit mich an", beklagte sie sich, während sie auf Barry Holman zeigte, der vor Wut außer sich zu sein schien.

„Weil Sie unfähig sind", warf er ihr vor.

„Nun, nun", sagte Shelby beschwichtigend. „Ich bin ja jetzt da und kann mich um alles kümmern. Tammy, machen Sie Mr Holman einen Kaffee. Danach zeige ich Ihnen, wie man die Akten aktualisiert, okay?"

Tammy lächelte erleichtert. „Okay." Die beiden Frauen tauschten den Platz.

„Sie haben doch Urlaub", sagte Barry Holman. „Sie sollten eigentlich nicht hier sein."

„Warum nicht? Justin arbeitet doch auch."

Er runzelte die Stirn. „Nun ..."

„Sagen Sie mir, was Sie brauchen. Und nachher zeige ich Ihnen mein neues Auto." Sie lächelte schelmisch. „Ich habe Abbys kleinen Sportwagen gekauft. Und das sogar auf Ratenzahlung."

„Natürlich, bei einem so kreditwürdigen Ehemann ..." Er ignorierte ihren fragenden Blick und wechselte das Thema. „Hier, schauen Sie sich das an."

Barry legte ihr zwei Seiten handschriftlicher Notizen vor, die er abgeschrieben haben wollte, ohne Abkürzungen und in korrekter Sprache.

„Das ist doch ganz einfach, oder nicht?" Er drehte sich um und blickte zur Kaffeeküche. „Aber sie fing an zu weinen."

Das hätte Shelby am liebsten auch getan. Mindestens eine Stunde würde es sie kosten, allein seine Handschrift zu entziffern. Wie sollte jemand damit fertig werden, der nicht einmal mit den Computerprogrammen vertraut war? „Ich erkläre ihr nachher alles, was sie wissen muss", versprach sie beruhigend.

Mr Holman seufzte und verschwand in seinem Büro. Für Shelby verging der Tag wie im Flug. Es tat ihr gut, wieder zu arbeiten, und sie verstand sich mit Tammy ausgezeichnet. Auch die Stimmung zwischen Barry Holman und Tammy verbesserte sich zusehends. Er widersprach nicht einmal Shelbys Vorschlag, Tammy als Zweitsekretärin dauerhaft einzustellen.

Nach Feierabend lenkte Shelby den kleinen Sportwagen in schnellem Tempo auf den Highway, wo sie das Gaspedal noch weiter heruntertrat. Sie genoss die Geschwindigkeit und den Wind, der an ihrem langen Haar zerrte. So fühlte sie sich unbeschwert. Von nun an würde sie ihr Leben genießen, ganz gleich, was Justin ihr antat. Sie hatte nichts mehr zu verlieren.

Ohne auch nur einen Moment abzubremsen, überholte sie einen Kleinlaster und konnte gerade noch rechtzeitig einscheren, als ihr ein weißer Wagen entgegenkam. Der Wagen kam ihr bekannt vor, aber sie schaute nicht in den Rückspiegel und sah Calhoun nicht. In diesem Moment wollte sie nur das Gefühl von Freiheit genießen.

Calhoun schickte ein Stoßgebet zum Himmel, als er vor dem Betrieb anhielt. Das war Abbys alter Wagen, und es war Shelby, die ihn steuerte. Er hatte sie in dem kurzen Moment kaum wieder erkannt. Vor Freude lachend, hatte sie die Geschwindigkeit genossen.

Als Calhoun das Büro betrat, blickte Justin von seinem Schreibtisch auf. „Ich hatte nicht gedacht, dass du heute schon aus Montana zurückkommst."

Calhoun grinste. „Ich halte es ohne Abby nicht aus. Da wir von Abby reden", fuhr er fort, während er sich auf die Schreibtischkante setzte. „Eine Draufgängerin in ihrem Sportwagen hätte mich fast von der Straße gefegt."

„Hat Abby den Wagen nicht verkauft?", fragte Justin.

„Sicher. Ich habe darauf bestanden."

„Verstehe." Justin lächelte ziemlich schwach. Er lehnte sich zurück. „Dann fährt ihn jetzt also die Frau eines anderen Dummkopfs."

„So könnte man es ausdrücken." Nachdenklich zog er die Augenbrauen zusammen. „Bist du sicher, dass Shelby diesen Wagen fahren soll?"

Es entstand eine Pause. „Was soll das heißen?", fragte Justin schließlich, während er sich aufrichtete. „Willst du mir erzählen, dass Shelby diesen Sportwagen fährt?"

„Ich fürchte, ja", entgegnete Calhoun ruhig. „Wusstest du das nicht?"

Justin verzog grimmig das Gesicht. Er wusste, dass Shelby unglücklich war. Ihr Verhalten in der letzten Zeit machte ihm Sorgen, auch wenn er dies nicht zeigte. Aber dass sie einen Sportwagen gekauft hatte, ging zu weit. Er musste mit ihr reden. Auch wenn er noch so verbittert war, er konnte schließlich nicht untätig zuschauen, wie sie sich selbst umbrachte.

Wortlos stand er auf, nahm seinen Hut vom Ständer und ging zur Tür. „War sie auf dem Weg nach Hause?", fragte er knapp.

„Sie fuhr in die entgegengesetzte Richtung", sagte Calhoun. „Justin, was ist los zwischen euch?"

Justin blickte ihn an. „Mein Privatleben geht dich nichts an."

Calhoun verschränkte die Arme vor der Brust. „Abby sagt, dass Shelby immer verrückter und haltloser wird. Und du unternimmst nichts dagegen. Bist du so versessen auf deine Rache?"

„Das hört sich an, als sei Shelby lebensmüde", erwiderte Justin kalt. „Davon kann keine Rede sein."

„Wenn sie glücklich wäre, würde sie so etwas nicht tun", beharrte Calhoun. „Du musst aufhören, in der Vergangenheit zu leben. Es wird Zeit, dass du vergisst, was passiert ist."

„Das ist leicht gesagt, wenn man nicht selbst betroffen ist. Sie hat mich betrogen."

„Mit mir kannst du dich zwar nicht messen, aber ein Heiliger bist du auch nicht."

„Bei Männern ist das etwas anderes."

„So?"

„Wir wollten heiraten. Ich war so verdammt behutsam mit ihr. Ich habe mich zurückgehalten, um sie nicht zu ängstigen. Und sie ist jedes Mal zurückgeschreckt, wenn ich sie berührt habe. Dabei hat sie in der Zwischenzeit mit diesem Millionärssöhnchen geschlafen. Was glaubst du, wie ich mich gefühlt habe?" Seine Augen funkelten zornig. „Und dann hat sie mir gesagt, dass ich zu arm sei, um ihren exklusiven Geschmack zu befriedigen. Sie würde lieber einen reichen Mann heiraten."

„Sie hat ihn aber nicht geheiratet", gab Calhoun zurück. „Sie ging nach Europa und fing an, mit der Gefahr zu spielen, genau wie jetzt. Justin, sie hatte in der Schweiz einen Autounfall. Mit einem Sportwagen." Er sah, dass sein Bruder entsetzt die Augen aufriss. „Selbst ihr Vater hatte begriffen, dass sie deinetwegen nach Europa gegangen war, weil sie ihren Kummer nicht ertragen konnte."

Justin steckte sich aufgeregt eine Zigarette an. „Das hat mir keiner erzählt."

„Du hast doch nie zugehört, wenn es um sie ging", erwiderte Calhoun. „Erst seit ein paar Monaten bist du in der Lage, über Dinge zu reden, die mit den Jacobs zusammenhängen."

„Ich habe sie begehrt und wollte sie heiraten. Für mich brach die Welt zusammen, als sie die Verlobung löste."

„Das kann ich mir vorstellen. Ich habe die Sache damals miterlebt. Aber du bist nie auf den Gedanken gekommen, dass Shelby einen Grund dafür hatte."

„Den Grund hat sie mir doch gesagt", gab Justin ungeduldig zurück.

„Die Geschichte mit Wheelor habe ich nie geglaubt", sagte Calhoun. „Und du hättest es auch nicht geglaubt, wenn du nicht so verdammt unsicher gewesen wärst. Du warst zum ersten Mal verliebt und hattest Zweifel, ob Shelby deine Gefühle erwidert. Du hattest immer Angst, sie an einen anderen Mann zu verlieren."

Justin schwieg. Im Stillen gab er seinem Bruder recht. Er war sich Shelbys Liebe nie sicher gewesen und hatte sich eigentlich von Anfang an gefragt, warum sie mit ihm zusammen war.

„Selbst jetzt scheinst du alles zu tun, damit sie dich verlässt", fuhr Calhoun unbeirrt fort. „Denk darüber nach. Ich muss jetzt nach Hause. Bis bald, großer Bruder." Damit verließ er das Büro.

Es dauerte einen Moment, bis Justin sich beruhigt hatte. Dann verließ auch er das Büro und ging wortlos an seiner Sekretärin vorbei. Die Angst stand ihm ins Gesicht geschrieben. Wenn Shelby nun auch mit diesem Wagen verunglückte?

Besorgt fuhr er die Straßen in der Nähe des Betriebes ab. Von dem roten Sportwagen war nichts zu sehen. Schließlich fuhr er nach Hause. Gott sei Dank, dachte er erleichtert, als er schon von Weitem den Wagen erkannte, der vorm Haus geparkt war. Noch immer zitterten seine Hände bei dem Gedanken, sie könnte einen Unfall gehabt haben.

Schließlich zwang er sich zu seinem normalen Verhalten und betrat das Haus. Dort ging er direkt ins Esszimmer, wo Shelby mit Maria am langen Esstisch saß und über ein neues Rezept sprach.

Shelby schaute zur Tür. Im selben Moment, als sie Justin sah, verstummte ihr Lachen, als hätte jemand eine Kerze ausgepustet. „Ich habe meinen Wagen gegen Abbys alten Sportwagen eingetauscht", erklärte sie feindselig. „Wie gefällt er dir? Um die Kosten brauchst du dich nicht zu kümmern. Ich bezahle ihn von meinem eigenen Gehalt."

Justin warf Maria einen kurzen Blick zu. Sofort stand Maria auf und ließ die beiden allein. Er setzte sich an die Stirnseite des Tisches, zündete sich eine Zigarette an und schaute Shelby eindringlich an. „Ein Sportwagen ist das Allerletzte, was du brauchst. Du fährst ohnehin schon viel zu schnell."

Seine Besorgnis war unübersehbar. „Jemand hat mich in dem Wagen gesehen", vermutete Shelby spontan.

Er nickte. „Calhoun."

„Ich dachte es mir fast." Sie legte die Hände in den Schoß und begann den Ehering am Finger zu drehen. „Ich mag die Geschwindigkeit", sagte sie trotzig.

„Und ich mag keine Beerdigungen", gab er zurück. „Ich will nicht zu deiner gehen müssen. Morgen bringst du den Wagen zurück, sonst erledige ich das für dich."

„Er gehört mir!", rief sie wütend. „Und ich bringe ihn nicht zurück."

Justin zog an seiner Zigarette und lehnte sich zurück. Das weiße Seidenhemd umspannte seine Muskeln. Die obersten Knöpfe waren offen und gaben den Blick auf seine tiefbraune, behaarte Brust frei. Er trug kein Jackett. Die Ärmel hatte er aufgekrempelt. In diesem Moment sah er umwerfend maskulin aus.

„Ich habe nicht die Absicht, darüber zu diskutieren, Liebling", sagte er ruhig, während er ihren Blick suchte. „Calhoun hat mir erzählt, dass du in Übersee einen Wagen zu Schrott gefahren hast."

Sie wurde rot. „Das war ein Unfall."

„Hier wirst du jedenfalls keinen Unfall haben. Ich werde nicht zulassen, dass du dich umbringst."

„Um Himmels willen, Justin, ich bin nicht lebensmüde!", protestierte sie.

„Das habe ich auch nicht behauptet", gab er zurück. Nachdenklich drehte er den Aschenbecher auf dem Tisch. „Aber du brauchst eine festere Hand als bisher."

„Ich bin nicht Abby", sagte sie. Ihre fein geschnittenen Züge wurden hart, als sie ihn anschaute. „Ich brauche keinen Beschützer."

„Da wir gerade beim Thema sind", fuhr Justin fort, ohne ihrem Blick auszuweichen. „Es gefällt mir nicht, dass du für Barry Holman arbeitest."

Plötzlich hatte sie das Gefühl, ihr würde der Boden unter den Füßen entzogen. „Justin, es interessiert mich nicht, ob es dir gefällt oder nicht. Ich habe dir schon vor der Hochzeit gesagt, dass ich den Job nicht aufgebe“, erinnerte sie ihn.

„Es gibt hier genug für dich zu tun. Du kannst den Haushalt organisieren.“

„Maria und Lopez machen das ausgezeichnet. Ich will nicht zu Hause bleiben und im seidenen Anzug herumlaufen. Mein Bedarf an Partys und Wohltätigkeitsveranstaltungen ist gedeckt.“

Er blickte auf seine Zigarette. „Ich dachte, du würdest solche Dinge vielleicht vermissen. Früher brauchtest du keinen Finger zu rühren.“

Gedankenverloren ließ Shelby den Stoff ihres Kleides durch ihre Finger gleiten. „Mein Vater hat mich immer als Salondekoration gesehen“, sagte sie. „Er wäre außer sich gewesen, wenn ich auch nur versucht hätte, dieses Image zu ändern.“

„Hattest du Angst vor ihm?“, fragte Justin mit echtem Interesse.

Seufzend schaute sie zu Justin auf. Seine Neugier irritierte sie, aber wenigstens stritten sie einmal nicht miteinander. „Er war ein schwieriger Mensch, und er hatte üble Methoden, wenn Ty und ich nicht gehorchen wollten.“

„Er hat dir nicht viel Freiheiten gegeben“, erinnerte sich Justin. „Obwohl du mit mir ausgehen durftest.“

Sie lachte spöttisch. „Du warst der erste Mann, mit dem ich allein ausgegangen bin. Das scheint dich zu schockieren“, fuhr sie fort, als sie seinen erstaunten Blick auffing. „Hast du geglaubt, ich hätte das Leben eines Playgirls geführt? Mein Vater hatte furchtbare Angst, dass irgendein Mitgiftjäger mich verführen könnte. Ich musste wie eine Einsiedlerin leben.“

Justin wusste nicht, ob er sie richtig verstanden hatte. „Würdest du das noch einmal wiederholen?“, bat er sie. „Ich war der erste Mann, mit dem du allein ausgegangen bist?“

„So ist es“, bestätigte sie. „Nachdem ich unsere Verlobung aufgelöst hatte, bin ich zum ersten Mal allein verreist, ohne die Aufsicht meines Vaters.“ Sie lächelte traurig. „Ich glaube, die Freiheit war zu viel. Ich bin über die Stränge geschlagen. Der Sportwagen war nur ein Ventil. Ich wollte ihn nicht zu Schrott fahren.“

„Warst du schwer verletzt?“

„Ich hatte mir das Bein gebrochen und ein paar Rippen. Sie meinten, ich hätte noch Glück gehabt.“

Justin nahm noch einen Zug von seiner Zigarette und drückte sie dann aus. „Mir war nicht klar, dass du so behütet warst", sagte er leise. Allmählich bekam er eine Idee davon, wie unwissend sie damals gewesen war. Nach allem, was sie erzählt hatte, war es wahrscheinlich, dass sie mit ihm ihre ersten intimeren Erfahrungen gemacht hatte. Je länger er darüber nachdachte, desto mehr begriff er. Wenn Shelby damals völlig unerfahren gewesen war, musste ihr seine leidenschaftliche Heftigkeit Angst eingeflößt haben.

„Ich konnte damals nicht mit dir über solche Dinge reden", gestand sie. „Ich war jung und hoffnungslos naiv."

Plötzlich verstand er, was damals geschehen war. „An dem Abend, als wir uns verlobt haben, hast du vor mir Angst bekommen, stimmt's?", fragte er. „Deswegen bist du mir ausgewichen … nicht, weil du mich abscheulich fandest."

Erschrocken blickte sie an. „Ich fand dich nie abscheulich. Oh, Justin, nein! Das hast du doch nicht geglaubt?"

„Wir wussten sehr wenig voneinander, Shelby", sagte er nachdenklich. „Ich glaube, wir hatten beide falsche Vorstellungen. Ich habe dich als eine elegante Frau der Gesellschaft gesehen. Sicher, ich wusste, dass du noch nie mit einem Mann geschlafen hattest, aber trotzdem dachte ich, du hättest gewisse Erfahrungen. Wenn ich damals gewusst hätte, was du mir eben erzählt hast, wäre ich nicht so fordernd gewesen."

Sie wurde rot und wandte ihr Gesicht ab. Es ist schon erstaunlich, dass ich siebenundzwanzig Jahre alt bin, obendrein verheiratet, und immer noch bei diesem Thema verlegen werde, dachte sie entsetzt. „Ich hatte Angst, dass du nicht rechtzeitig aufhören könntest", murmelte sie ausweichend.

Er seufzte tief. „Ich auch", gab er unvermittelt zu. „Es hätte nicht viel gefehlt, und ich hätte die Beherrschung verloren." Er sah sie eindringlich an. „Shelby, was ist los mit dir? Wir sind seit zwei Wochen verheiratet, und du machst ein Gesicht wie ein Opferlamm, wenn ich nur in deine Nähe komme."

„Ja, ich weiß", erwiderte sie mit einem bitteren Lächeln. „Ich kenne meine Fehler, Justin. Du wirst es nicht glauben, aber ich leide selbst genug darunter, nicht nur du."

Justin erschrak über ihre abweisende Reaktion. Er hatte sie nicht verletzen wollen. Das hatte er schon viel zu oft getan.

„So habe ich es nicht gemeint“, entschuldigte er sich vorsichtig. „Ich möchte die Dinge nur besser verstehen.“ Einen Augenblick starrte er mit leerem Blick vor sich hin. „Du hast meinen Stolz verletzt, Shelby. Es hat lange gedauert, darüber hinwegzukommen. Ich glaube fast, ich habe es immer noch nicht ganz geschafft.“

„Ich bin auch nicht ungeschoren davongekommen“, entgegnete sie leise. „Was ich getan habe, hat mir genug Kummer bereitet.“

„Warum?“, fragte er.

Sie schloss die Augen und stöhnte. „Ich habe es für dich getan“, flüsterte sie.

Kopfschüttelnd drückte er seine Zigarette aus und stand auf. „Nun, das ist wenigstens etwas Neues. Ich habe noch zu arbeiten, bis Maria das Essen serviert.“ Er ging auf sie zu und sah, wie sie erstarrte, je näher er kam. Schließlich ergriff er ihr Haar und zog ihren Kopf zurück, damit sie ihm in die Augen schaute. „Angst“, stieß er hervor. „Das ist alles, was ich in deinen Augen sehe, wenn ich in deine Nähe komme. Nun, du kannst dich entspannen. Ich werde das höchste Opfer nicht von dir verlangen.“ Ohne eine Antwort abzuwarten, verließ er das Zimmer.

Shelby gab sich keine Mühe, ihre Tränen zurückzuhalten. Er wusste nicht, warum sie Angst hatte, und sie konnte es ihm nicht sagen. Nun nahm er an, sie würde ihn nicht begehren. Das Gegenteil war der Fall. Sie begehrte ihn. Sie sehnte sich verzweifelt nach ihm. Aber sie wollte ihn kontrolliert und zärtlich, und nicht leidenschaftlich und stürmisch wie damals. Wenn sie ihm nur erklären könnte, warum sie so extrem ängstlich und empfindsam war. Aber ihre behütete Erziehung machte es ihr unmöglich, über dieses Thema zu sprechen.

5. KAPITEL

Beim Dinner saß Justin wie versteinert am Tisch. Er sprach kaum ein Wort mit Shelby. Gleich nach dem Essen verließ er wortlos das Zimmer.

Am liebsten wäre sie ihm nachgelaufen, hätte ihn umarmt und ihm erklärt, worin ihr Problem bestand. Doch genau das brachte sie nicht fertig. Außerdem bezweifelte sie, dass er ihr überhaupt glauben würde. Ihre Verzweiflung wurde allmählich von Trotz abgelöst. Wenn Justin glaubte, sie würde den Rest des Abends allein herumsitzen, so hatte er sich getäuscht.

Entschlossen verließ sie das Haus. Sie setzte sich in ihren Sportwagen, ließ den Motor aufheulen und brauste davon. Sofort stellte sich das herrliche Gefühl von Freiheit ein, das mit der Geschwindigkeit einherging. Shelby genoss es, diesen Wagen zu lenken und mit ihren Gedanken allein zu sein.

Justin hasste sie. Das hatte er immer getan. Sie hatte ihn gekränkt, und er war nicht bereit, ihr zu verzeihen. Warum sie ihn geheiratet hatte, konnte sie sich inzwischen nicht mehr erklären. Sie würden nicht zueinander finden, und das hätte sie von vornherein wissen können.

Shelby war so in Gedanken vertieft, dass sie das Stoppschild erst bemerkte, als sie das tiefe Dröhnen einer Fernfahrerhupe hörte.

Der Truck, der den Highway entlangraste, befand sich auf gleicher Höhe mit ihr. Shelby sah keine Möglichkeit, ihn noch auf der Auffahrt zu überholen und vor ihm einzuscheren. Und zum Bremsen war es eigentlich schon zu spät.

Mit der Gewissheit, dem Tode ins Auge zu blicken, trat sie auf die Bremse. Im selben Moment begann der Wagen zu schleudern. Shelby verlor die Kontrolle über das Fahrzeug und sah nur noch, dass sich alles um sie herum drehte.

Schließlich fand sie sich im Seitengraben wieder. Wie durch ein Wunder hatte der Wagen sich nicht überschlagen. Sie war unverletzt, hatte aber einen leichten Schock. In der Nähe quietschten Bremsen. Dann klappte eine Wagentür zu. Sie hörte Schritte, und plötzlich rief jemand ihren Namen.

„Shelby!“ Das Gesicht des Mannes erschien ihr vertraut und fremd zugleich. Seine Stimme klang heiser vor Aufregung. „Antworte mir! Bist du in Ordnung?“

Sie spürte, wie er ihren Sicherheitsgurt löste, mit schlanken, sonnengebräunten, zitternden Händen. Dann tasteten diese Hände ihren Körper nach Verletzungen ab, sie waren unbeschreiblich sanft und behutsam.

„Bist du in Ordnung?“, fragte Justin heiser. „Hast du dich verletzt? Um Himmels willen, Liebling, antworte mir doch!“

„Es geht ... mir gut“, flüsterte sie benommen.

Er half ihr aus dem Wagen und trug sie die Böschung hinauf. Inzwischen hatte der Truckfahrer angehalten und kam besorgt auf sie zugelaufen. Justin schien ihn gar nicht zu sehen. Obwohl er sich bemühte, seine Gefühle zu verbergen, konnte er nicht verhindern, dass seine Arme zitterten.

Allmählich wurde Shelby klar, was um sie herum geschah. Sie blickte Justin an und konnte kaum fassen, was sie in seinen Augen entdeckte. Sein Gesicht war kreidebleich, als er zu ihr hinabschaute, während er sie krampfhaft an sich drückte.

„Du kleiner Dummkopf ...“, sagte er leise.

Nie würde sie das Entsetzen und die Angst vergessen, die sich in seinen Augen widerspiegelte. Sie streckte die Hand aus und streichelte sein Gesicht, um diesen Ausdruck aus seinen Augen zu vertreiben.

„Es ist alles in Ordnung, Justin“, flüsterte sie. Immer noch blickte sie ihm in die Augen. Sie hätte sich nie vorstellen können, Justin einmal so verletzlich zu sehen. Nun strich sie zärtlich über seine Lippen. „Darling, mir ist nichts passiert. Wirklich nicht.“ Sie umfasste seinen Kopf und zog ihn zu sich herab. Dann küsste sie ihn zärtlich auf den Mund. Dies geschah alles unter Schock, dennoch genoss sie diese Sekunden voller Hingabe. Ja, sie verlangte mehr. Es war Jahre her, dass sie einen Mann geküsst hatte. Als ihre Lippen leidenschaftlich fordernd wurden, drückte Justin sie fester an sich und erwiderte ihren Kuss begierig.

„Ist ihr etwas passiert?“

Die aufgeregte Stimme des Truckfahrers riss sie aus ihrer Trance. Widerwillig hob Justin den Kopf. „Sie ist in Ordnung“, erwiderte er. „Aber wenn es nach mir geht, hat dieser verdammte Wagen soeben seine letzte Fahrt gemacht.“

Erleichtert atmete der Mann auf. „Alle Achtung, Lady“, sagte er voller Bewunderung. „Wenn Sie die Nerven verloren hätten, wären Sie jetzt tot, und ich wäre ein Fall für den Psychiater.“

„Es tut mir leid.“ Shelby weinte. Dass sie so knapp dem Tod entronnen war und nun in Justins Armen lag und ihn geküsst hatte, war zu viel für ihre Nerven. „Es tut mir leid. Ich habe Sie gar nicht gesehen.“

Der Truckfahrer, ein rothaariger junger Mann, schüttelte fassungslos den Kopf. „Sind Sie sicher, dass alles okay ist?“

„Ja, mir ist nichts passiert“, sagte Shelby. Sie zwang sich zu einem Lächeln. „Danke, dass Sie angehalten haben. Es war nicht Ihre Schuld.“

„Das hätte mich nicht getröstet“, erwiderte er. „Nun, wenn ich nicht weiter helfen kann, mache ich mich wieder auf den Weg.“ Er sah Justin fragend an, doch Justins Blick war alles andere als ermutigend.

„Wie meine Frau schon sagte, vielen Dank, dass Sie angehalten haben.“

Der junge Mann nickte den beiden freundlich zu und ging zu seinem LKW zurück. Er war froh, dass ihr nichts passiert war, allerdings fragte er sich, wie eine hübsche junge Frau einen solchen Desperado heiraten konnte.

Justin drehte sich um und trug Shelby schweigend zu seinem Wagen.

„Was ist mit meinem Sportwagen?“, fragte sie, nachdem sie eingestiegen war.

Er sah ihr in die Augen. „Zum Teufel mit dem Wagen.“ Dann schlug er die Beifahrertür zu und ging um den Wagen herum. Doch nachdem er eingestiegen war, machte er keine Anstalten, den Motor zu starten. Er umklammerte das Steuerrad so fest, dass seine Knöchel weiß hervortraten, für Shelby ein sicheres Zeichen, dass eine Explosion bevorstand.

„Nur zu“, ermutigte sie ihn unter Tränen. „Ich bin zu schnell gefahren und habe nicht aufgepasst. Ich verdiene eine gehörige Lektion.“ Sie wischte die Tränen mit einem Taschentuch ab. „Wieso warst du eigentlich so schnell hier?“

Er schwieg immer noch. Nach einer Weile lehnte er sich zurück und zog seine Zigarettenschachtel aus der Tasche. Mit zitternden Fingern zündete er sich eine Zigarette an.

„Ich bin dir gefolgt", erklärte er ihr. „Als ich dich wegfahren hörte, hatte ich Angst, du könntest dein Temperament auf dem Highway ausleben." Er drehte sich zu ihr um. „Meine Güte, ich habe für Sünden bezahlt, die ich gar nicht begangen habe, als ich sah, wie dein Wagen schleuderte."

Shelby konnte sich vorstellen, dass es für ihn furchtbar gewesen war, hilflos zuschauen, auch wenn er sie nicht liebte.

„Es tut mir leid", sagte sie, ohne auf Justins Empfindungen einzugehen. Fast trotzig verschränkte sie die Arme vor der Brust.

Er seufzte wütend. „Tatsächlich?", fragte er mit einem kühlen Lächeln. „Nun, du kannst diesem verdammten Sportwagen Lebewohl sagen. Morgen fahre ich in die Stadt und besorge dir ein sicheres Fahrzeug."

„Und woran hast du gedacht? An einen Panzer?"

„An ein Fahrrad", verbesserte er sie. „Ich habe dir schon einmal gesagt, dass die wilden Zeiten für dich vorbei sind."

„Ich lasse mich von dir nicht herumkommandieren", rief sie aufgebracht. Ihre Lippen zitterten. „Ich bin nicht dein Mündel."

„Nein", stimmte er mit spöttischem Lächeln zu. „Du bist meine Frau. Meine unberührte Heilige, die anscheinend nur meine Hände nicht ertragen kann."

Das war zu viel. Sie brach in Tränen aus und wandte ihr Gesicht von ihm ab.

„Hör auf", stöhnte er. „Ich kann keine Tränen sehen."

„Dann schau nicht hin", riet sie ihm schluchzend.

Wortlos zog er ein Leinentaschentuch aus der Tasche, das er in ihre zitternden Hände legte. „Hör auf zu weinen", bat er sie mit sanfterer Stimme. „Es ist doch nichts passiert." Zögernd berührte er ihr Haar. Jetzt, nachdem der erste Schreck überstanden war, wurde ihm plötzlich klar, dass sie versucht hatte, ihn zu trösten. Sie hatte sein Gesicht gestreichelt und … Was hatte sie gesagt?

„Du hat mich Darling genannt", sagte er.

„Wirklich? Ich muss wohl von Sinnen gewesen sein." Ruckartig setzte sie sich auf. „Können wir jetzt nach Hause fahren, Justin? Ich brauche einen Drink."

„Ich könnte auch einen Whisky vertragen", entgegnete er ehrlich. Forschend betrachtete er ihr blasses, trauriges Gesicht. „Bist du sicher, dass du wirklich in Ordnung bist?"

„Ich bin zäh."

„Zäh", wiederholte er. „Und leichtsinnig, töricht und impulsiv ..."

„Sei still", warnte sie ihn. Ihre grünen Augen funkelten, als sie ihn anschaute.

„Du hast mich geküsst."

Nun kehrte ein wenig Farbe in ihre Wangen zurück. Sie blickte aus dem Fenster. „Du warst durcheinander."

„Durcheinander war ich schon oft, aber du hast mich noch nie geküsst, Shelby." Nachdenklich startete er den Motor. „In all den Jahren, die wir uns kennen, war dies das erste Mal, dass du einen Schritt auf mich zugetan hast."

Shelby lehnte sich zurück und verschränkte die Arme. „Justin, meine Handtasche ist noch im Wagen", wich sie ihm aus.

Er hob ihre Tasche vom Fußboden auf und legte sie in ihren Schoß. „Du hast sie mitgenommen. Ich bringe dich jetzt nach Hause."

Unterwegs war er schweigsam und nachdenklich. Bis vor zehn Minuten noch hatte er ein klares Bild von Shelbys Gefühlen gehabt. Er hatte geglaubt, dass sie ihn abstoßend fand. Doch ihre weichen Lippen hatten eine andere Sprache gesprochen. Sekundenlang hatte sie ihn begierig und voller Leidenschaft geküsst. Sicher, sie stand noch unter dem Schock des Unfalls. So etwas konnte die seltsamsten Reaktionen hervorrufen. Dennoch war er nun davon überzeugt, dass sie doch etwas für ihn empfand.

Trotz ihres Protests bestand er darauf, sie ins Haus zu tragen.

„Keine Sorge, Maria ...", sagte er schon an der Eingangstür. Doch als Maria Shelbys weißes Gesicht sah, kam sie aufgeregt und gestikulierend herbeigelaufen.

„Es geht mir gut", unterbrach Shelby ihren spanischen Redestrom. „Der Wagen ist in einen Graben gerutscht, das ist alles."

Maria schaute Justin an und wusste sofort, dass das nicht alles war. Aber sie zügelte ihre Neugier. „Brauchen Sie irgendetwas, Señor Justin?", fragte sie.

„Ich bringe Shelby nach oben. Und dann könnte ich einen Whisky vertragen ... und für Shelby einen Brandy."

„Si, Señor."

„Warum bekomme ich keinen Whisky?", fragte Shelby.

Justin schaute ihr in die Augen und drückte sie fester an sich, während er sie die Wendeltreppe hinauftrug. „Du bist noch ein Baby."

„Ich bin siebenundzwanzig."

Er lächelte sanft. „Ich bin siebenunddreißig", erinnerte er sie. „Das ist ein Vorsprung von beachtlichen zehn Jahren, Liebling."

Die scherzhafte Vertraulichkeit machte sie verlegen. Sie senkte den Blick auf seine Brust. Wie sehr liebte sie diesen Duft, der von ihm ausströmte. Wie sehr liebte sie es, in seinen Armen zu liegen. Wenn sie doch nur ein offenes Wort mit ihm reden könnte. Aber sie brachte es nicht fertig.

Justin trug sie in ihr Zimmer und ließ sie behutsam auf dem Bett nieder. So sehr er sich bemühte, er konnte den Blick nicht von ihr abwenden. Ihr Kleid war nicht tief ausgeschnitten, aber es betonte ihre Brüste. Dieser Anblick erweckte eine quälende Sehnsucht in ihm.

„Was ist los?", fragte sie müde, als sie seinen seltsamen Gesichtsausdruck bemerkte.

Er richtete sich auf. „Nichts. Ich sage Maria, sie soll den Brandy heraufbringen. Du solltest ein heißes Bad nehmen. Danach fahren wir zum Arzt. Ich möchte sicher sein, dass du keine Verletzungen hast."

Sie riss die Augen auf. „Justin, ich bin völlig gesund."

„So einen Unfall darf man nicht auf die leichte Schulter nehmen. Wir fahren zum Arzt", bestimmte er. „Beeil dich und zieh etwas an, was nicht so sexy ist."

„Wie bitte?", fragte sie erstaunt.

Er wandte sich zur Tür. „Ich rufe den Arzt an, während du im Bad bist."

Fassungslos blickte sie ihm nach. „Ich will nicht zum Arzt." Dann sah sie nur noch, wie er die Tür hinter sich zuzog.

Am liebsten hätte sie den nächstbesten Gegenstand gegen die Tür geworfen. Sah er denn nicht, dass sie völlig gesund war? Glaubte er, er könnte über sie bestimmen? Wieder einmal hatte sie das Gefühl, den Boden unter den Füßen zu verlieren. Aber sie gehorchte.

Nach dem Bad trocknete sie ihre Haare und zog eine weiße Bluse und einen grauen Rock an. Dabei fiel ihr ein, dass er sie gebeten hatte, sich weniger sexy zu kleiden. Ihr stockte der Atem. Das bedeutete, dass er sie sexy fand. Zum ersten Mal seit ihrer Hochzeit hatte er zu erkennen gegeben, dass er sie attraktiv fand. Wenn sie sich darauf verlassen könnte, dass er nicht die Kontrolle verlor, hätte sie das ermutigt, mehr zu tun als ihn nur zu küssen.

Nachdenklich trank sie den Brandy, den Maria inzwischen gebracht hatte. Ja, sie hatte Justin geküsst. Er hatte so verzweifelt ausgesehen, dass sie nur noch den Wunsch gehabt hatte, ihn zu trösten. Ihre Hemmungen hatte sie in dem Moment vergessen. Und es war wundervoll gewesen, ihn zu küssen. Sie runzelte die Stirn, als ihr plötzlich bewusst wurde, warum es so ein herrliches Gefühl war. Justin hatte ihr die Initiative überlassen. Er hatte ihr nichts aufgedrängt.

Als es klopfte, öffnete sie die Tür. Justin blickte sie ungeduldig an.

„Wie geht es dir?“, fragte er.

„Ich will nicht …“

„Der Doktor wartet. Lass uns gehen.“ Er nahm ihr das Glas aus der Hand, stellte es auf die Kommode und führte Shelby zur Tür. Sie war nervös und gereizt. Seit ihrem Autounfall in der Schweiz hatte sie Krankenhäuser gemieden.

Diesmal kümmerte sich ein junger Arzt namens Hays um sie. Justins übertriebene Sorge schien ihn zu amüsieren.

„Sie werden sich ein paar Tage etwas steif fühlen“, sagte er bei der Verabschiedung. Und zu Justin gewandt fuhr er fort: „Aber Ihre Frau hat keinerlei bleibende Schäden davongetragen. Ach … Da wäre noch etwas. Besteht die Möglichkeit einer Schwangerschaft? Eine Erfahrung wie diese könnte riskant …“

Justin starrte auf die Wand, während Shelby mit hochrotem Kopf erwiderte: „Ich bin nicht schwanger.“

„Dann ist alles in Ordnung. Ich gebe Ihnen etwas zur Muskelentspannung mit. Vielleicht sollten Sie sich morgen etwas schonen. Falls irgendwelche Probleme auftauchen, rufen Sie mich an.“

Shelby bedankte sich, und Justin verabschiedete sich eilig. Während der Heimfahrt schwieg er. Sie kannte den Grund. Dr. Hays' Frage nach der Schwangerschaft hatte ihn verlegen gemacht und vielleicht auch verärgert.

„Du hättest ihm ruhig sagen können, dass du ins Guinness Buch der Rekorde kämst, wenn du schwanger wärst“, sagte er, als er den Wagen vorm Haus parkte.

Sie drehte ihre Handtasche im Schoß. Zum Streiten war sie nicht aufgelegt. Nach allem, was geschehen war, fühlte sie sich nur erschöpft und müde. „Was hast du mit meinem Wagen gemacht? Ich habe ihn auf dem Highway nicht mehr gesehen."

Er warf ihr einen kurzen Blick zu. „Du willst nicht darüber reden, oder?"

„Was willst du von mir, Justin?", fragte sie träge.

„Ich will eine Frau", erklärte er barsch. „Und ich will Kinder." Er zog an seiner Zigarette. „Meine Güte, Shelby, ich wünsche mir Kinder", wiederholte er verzweifelt.

Darüber hatten sie nie gesprochen. Sie lehnte den Kopf gegen die Rückenlehne und starrte ins Leere. „Du wirst es vielleicht nicht glauben, aber ich wünsche mir auch Kinder."

Nun wandte er sich zu ihr um und schaute sie an. „Und wie willst du Kinder bekommen?"

Krampfhaft hielt sie ihre Tasche fest. „Ich habe Angst davor", gab sie ehrlich zu. In diesem Moment war sie zu müde, um wieder einmal eine Ausrede zu erfinden.

Es entstand eine lange Pause. „Soweit ich gehört habe, ist die Geburt nicht mehr so schlimm wie früher." Offensichtlich hatte er sie missverstanden. „Und man kann auch Schmerzmittel bekommen."

Sie sah ihn schockiert an. „Was?"

Es war für sie unfassbar, dass er tatsächlich glaubte, sie würde sich vor dem Vorgang der Geburt fürchten. Reglos saß sie da und starrte ihn an.

„Es muss auch nicht gleich sein", fuhr er unbeirrt fort, obwohl er bewusst aus dem Fenster schaute. Das Thema ist ihm genauso peinlich wie mir, schoss es Shelby durch den Kopf. Sie hatte ihn noch nie über Dinge wie Schwangerschaft reden hören, auch früher nicht. Auf seine Art war er ebenso schüchtern wie sie. Dies war eine der Eigenschaften, die sie immer an ihm geliebt hatte.

Er nahm einen Zug von seiner Zigarette und drückte sie dann aus. „Du könntest mit dem Arzt besprechen, was du nehmen kannst", schlug er vor. „Ich könnte auch etwas nehmen. Du musst nicht schwanger werden, wenn du nicht willst. Ich würde dich nie zu einem Kind zwingen."

Sie wurde krebsrot im Gesicht und blickte aus dem Fenster. Ihre Hände zitterten, als ihr die ganze Tragweite seiner Bemerkung deutlich wurde. Ihre Kehle war plötzlich wie zugeschnürt. Sie räusperte sich. „Ich … können wir jetzt hineingehen? Ich bin müde. Und außerdem spüre ich jeden einzelnen Muskel."

„Mir fällt es auch nicht leicht, darüber zu reden“, entgegnete er ruhig. „Aber ich wollte es dir sagen. Du kannst darüber nachdenken. Wenn das der Grund ist, weshalb du mich abweist …“

„Bitte nicht.“ Sie vergrub ihr Gesicht in den Händen.

Justin seufzte. „Es tut mir leid. Ich hätte nicht davon anfangen sollen.“ Er stieg aus und half ihr aus dem Wagen. „Soll ich dir noch etwas aus der Apotheke holen?“, erkundigte er sich.

„Der Arzt hat mir etwas mitgegeben.“ Sie schämte sich, dass sie nicht den Mut aufbrachte, mit ihm zu reden. Und das, obwohl er es ihr diesmal leicht gemacht hatte.

„Du gehst am besten gleich schlafen“, sagte er so distanziert, als wäre sie eine Fremde für ihn. „Ich sage Maria, dass sie dir eine heiße Schokolade bringen soll. Möchtest du noch etwas essen?“

„Nein, vielen Dank.“ Auf der Treppe blieb sie stehen. Sie wollte nicht allein sein. Wie sehr sehnte sie sich nach ihm. Hilflos suchte sie seinen Blick. „Ich hätte dich nicht heiraten sollen“, flüsterte sie. „Ich wollte dich nicht unglücklich machen.“

„Ich wollte dich auch nicht unglücklich machen. Trotzdem ist es geschehen.“

Sie zögerte. „Du hast mir noch nicht gesagt, was du mit meinem Wagen gemacht hast. Kann ich ihn zurückbekommen?“

„Sicher“, entgegnete er, während er den Kopf in den Nacken legte. „Wir können einen Aschenbecher oder moderne Kunst daraus machen.“

Sie zog die Augenbrauen hoch. „Was soll das heißen?“

Er zuckte die Achseln. „Inzwischen wird er einen Meter lang und dreißig Zentimeter hoch sein. Ein bisschen groß für einen Aschenbecher, aber als Wanddekoration gut geeignet.“

„Was hast du mit dem Wagen gemacht?“

„Ich habe ihn zu Old Man Doyle gebracht.“

Allmählich begriff sie. „Ihm gehört der Schrottplatz.“

„Stimmt. Und er hat eine nagelneue Autopresse. Du weißt doch, diese großen Maschinen …“

„Das hast du mit Absicht gemacht!“

„Aber ganz gewiss“, bestätigte er. Seine Augen funkelten sie herausfordernd an. „Wenn ich ihn zur Werkstatt gebracht hätte, wärst du womöglich hingegangen und hättest ihn zurückgekauft. Aber so kann ich wenigstens sicher sein.“

„Ich muss ihn noch abzahlen! Und es ist eine Menge Geld!"

Er lächelte freundlich. „Ich bin sicher, dir wird eine plausible Erklärung für die Versicherung einfallen."

Bevor sie etwas erwidern konnte, drehte er sich um und verschwand in der Küche.

Wütend, enttäuscht und erschöpft ging Shelby die Treppen hinauf. Es war ein schwarzer Tag gewesen, warum sollte sich am Abend daran etwas ändern?

Sie schlüpfte in ihren grauen Satinpyjama, trank die Tasse Schokolade und nahm schließlich das Entspannungsmittel für die Muskeln ein. Minuten später war sie eingeschlafen.

Doch dann kamen die Träume. Immer wieder sah sie sich selbst in dem Sportwagen, allerdings in der Schweiz. Mit sicherem Fahrstil war sie eine Bergstraße hinuntergefahren. Als sie fast im Tal angekommen war, hatte sie die Kontrolle über den Wagen verloren. Auf einer vereisten Stelle war sie ins Schleudern gekommen und hatte sich schließlich überschlagen.

Der Wagen rollte den schneebedeckten Hang hinunter. Shelby schrie auf, in der Gewissheit, das Ende sei gekommen. Sie schrie und schrie …

Jemand umfasste ihre Schultern und schüttelte sie. „Shelby! Wach auf! Es ist alles in Ordnung. Du träumst nur."

Als sie die Augen aufschlug, sah sie Justin, der sie besorgt anblickte.

„Das Auto …", flüsterte sie. „Es stürzte den Berg hinunter."

„Du hast geträumt, Liebling", sagte er sanft. Dann strich er ihr eine Haarsträhne aus dem Gesicht. „Du hast nur geträumt. Du bist in Sicherheit."

„Das war ich bei dir immer", erwiderte sie. Unwillkürlich lehnte sie den Kopf an seine Schulter. Erst jetzt bemerkte sie, dass er kein Pyjamahemd trug. Ihr stockte der Atem, als sie seine Muskeln spürte, seine nackte Haut auf ihrer Wange. Und sofort stieg die vertraute Angst in ihr auf.

„Hast du die Tabletten genommen?", fragte er ruhig.

Langsam löste sie sich von ihm. „Ja. Ich habe keine Schmerzen mehr, aber dafür Albträume." Dann blickte sie ihn mitfühlend an. „Habe ich dich geweckt?"

„Ich habe in letzter Zeit einen sehr leichten Schlaf." Er seufzte. „Ich habe dich schreien gehört."

Shelby setzte sich auf und umfasste ihre Knie. „Ich habe alles wieder vor mir gesehen … den Unfall in der Schweiz." Sie legte den Kopf auf die Knie. „Damals hatte ich eine Gehirnerschütterung. Sie haben mir hinterher erzählt, dass ich Tag und Nacht deinen Namen gerufen habe", erinnerte sie sich.

„Meinen Namen? Du hast nicht nach deinem Liebhaber gerufen?", fragte er kühl.

„Ich hatte nie einen Liebhaber, Justin", gestand sie schüchtern.

„Natürlich. Und ich bin der König von Siam." Er stand auf und schaute zu ihr hinab. Ihr Pyjamahemd war tief ausgeschnitten und gab den Blick auf ihre Brüste frei. Sekundenlang stellte er sich vor, diese festen kleinen Brüste zu liebkosen. Dann drehte er sich abrupt um. „Wenn alles in Ordnung ist, gehe ich jetzt wieder schlafen. Ich muss sehr früh aufstehen."

Shelby sah ihm traurig nach. Mit jedem Tag wuchs die Distanz zwischen ihnen, und sie machte ihn zusehends unglücklicher. „Danke, dass du nach mir gesehen hast", sagte sie betrübt.

An der Tür blieb er noch einmal stehen. „Ich weiß, du würdest wahrscheinlich eher sterben", sagte er sehr langsam. „Aber wenn du wieder Albträume hast, kannst du zu mir herüberkommen." Er lachte bitter. „Keine Sorge, es ist absolut sicher. Ich würde mich dir nicht noch einmal ausliefern."

Daraufhin verließ er hastig das Zimmer, bevor sie etwas erwidern konnte. Deutlicher hätte er ihr nicht sagen können, wie sehr er litt.

Das alles ist völlig unnötig, dachte Shelby verzweifelt. Sie brauchte ihm doch nur zu sagen, wo ihr Problem lag. Um Himmels willen, sie war siebenundzwanzig Jahre alt. Irgendwann musste sie sich doch von ihrer behüteten Erziehung befreien.

Entschlossen stand sie auf und schaltete das Licht an. Ja, es wurde allerhöchste Zeit, dass sie sich mit Justin aussprach.

6. KAPITEL

Erst als Shelby vor Justins Tür stand, kamen ihr ernste Zweifel an ihrem Vorhaben. Es war drei Uhr in der Nacht und vielleicht nicht der geeignete Moment für ein so schwieriges Gespräch. Sie stand unschlüssig da und überlegte, was sie tun sollte.

„Im Zimmer ist niemand", hörte sie Justin mit sanfter, tiefer Stimme sagen.

Shelby wirbelte herum. „Was machst du hier?", fragte sie ihn, als er mit einem Whiskyglas in der Hand auf sie zukam.

„Ich beobachte dich, wie du durch die Flure schleichst. Was hattest du vor? Wolltest du mich verführen?"

Sie lachte herzlich, während sie zu ihm aufschaute. „Ich weiß nicht, wie", gestand sie ehrlich.

Nun lächelte er. Shelby war hübsch, wenn sie lachte. Sie war immer hübsch. Nachdenklich deutete er auf sein Glas. „Ich dachte, damit könnte ich besser einschlafen."

„Mir würde selbst das nicht helfen", sagte sie leise. Nervös trat sie von einem Fuß auf den anderen, als er sie neugierig musterte.

„Möchtest du bei mir schlafen?", fragte er.

Sie wurde rot. „Das ist nicht der einzige Grund, weshalb ich gekommen bin." Verlegen schaute sie zu Boden. „Wusstest du, dass du der erste Mann warst, der mich geküsst hat?"

Er runzelte die Stirn. „Du kommst mitten in der Nacht zu mir, um mir das zu sagen?"

„Mir erschien es plötzlich wichtig", erwiderte sie. Dann schaute sie zu ihm auf. Ihr Blick wanderte von seinem sinnlichen Mund hinab zu seiner dicht behaarten, muskulösen Brust. „Es ist wirklich erstaunlich", sagte sie voller Bewunderung.

„Was meinst du?" Die Art, wie sie ihn anschaute, erregte ihn.

„Dass du die Frauen nicht mit einem Besen aus deinem Schlafzimmer kehren musst."

Er runzelte die Stirn. „Hast du zu viel Brandy getrunken?"

„Es klingt fast so." Nun suchte sie seinen Blick. „Kann ich bei dir schlafen, Justin? Ich bin immer noch ziemlich zittrig. Natürlich nur, wenn …", sie räusperte sich verlegen, „… wenn es dir nichts ausmacht. Ich will die Dinge nicht noch schlimmer machen, als sie ohnehin schon sind."

„Ich weiß nicht, ob das überhaupt möglich ist", sagte er leise. „Also gut. Komm mit."

Sie folgte ihm in sein Zimmer, das sie zum ersten Mal betrat. Vorher hatte sie nur manchmal neugierig hineingespäht.

Der Raum war mit antiken Möbeln ausgestattet, so wie ihr Elternhaus. Shelby fragte sich, ob er die Möbel von seinen Eltern geerbt hatte. Bewundernd strich sie über das edle Holz des Himmelbetts und die beige-braun gestreifte Bettdecke.

„Ich dachte, du magst keine bunten Bezüge", bemerkte sie. „Maria hat einmal so etwas erwähnt."

„Sie gefallen mir auch nicht", erklärte er. „Aber Maria gefallen sie. Und sie schwört, dass ihr alle weißen Bezüge abhanden gekommen sind. Bitte." Er schlug einladend die Decke zurück. Shelby schlüpfte hinein. „Wenn es dir zu kalt ist, schalte ich die Klimaanlage aus", bot er an.

„Nein, es ist gut so. Ich hasse warme Schlafzimmer, selbst im Winter."

„Ich auch", sagte er lächelnd. Dann schaltete er das Licht aus.

Shelby spürte, wie die Matratze sich senkte, als er sich auf die Bettkante setzte. Offenbar trank er seinen Whisky. „Schläfst du in der Pyjamahose?", fragte sie. Nur gut, dass es dunkel ist und er mich nicht sehen kann, dachte sie.

Als Antwort lachte er nur.

„Du brauchst dich nicht über mich lustig zu machen", beklagte sie sich.

„Ich habe dich immer für eine weltgewandte Frau gehalten", sagte er vergnügt. „Du weißt schon, von der Sorte, der die Männer nachlaufen und die sich bei Champagner amüsiert."

„Da hast du dich gründlich getäuscht. Mein Vater hat wie ein Schießhund auf mich aufgepasst. Er wollte, dass ich unschuldig bleibe, bis er mich an einen reichen Mann verkaufen würde, der ihn selbst noch reicher machen sollte. Aber das weißt du natürlich nicht. Für dich war er ein Heiliger."

Justin schaltete das Licht an und schaute sie prüfend an. Es entging ihm nicht, dass sie aufgeregt und verlegen war.

„Mach es wieder aus! Bitte!", sagte sie bestimmt. „Ich kann über diese Dinge nicht sprechen und dich dabei ansehen."

„Du bist prüde“, warf er ihr vor.

„Genau wie du“, gab sie zurück.

Er lächelte reumütig und schaltete das Licht wieder aus. Dann legte er sich neben sie und deckte sich zu. „Also gut. Erzähl weiter.“

„Mein Vater war von Anfang an dagegen, dass wir heiraten, Justin, auch wenn er dir etwas anderes vorgespielt hat“, erklärte sie ohne Umschweife. „Er wollte, dass ich Tom Wheelors Rennstall heirate, damit ihm das Wheelor-Vermögen zufällt.“

„Das ist für mich schwer zu glauben“, sagte er. Immerhin hatte er sein Geschäft mit dem Geld ihres Vaters aufgebaut. Er fragte sich, ob Shelby je davon erfahren hatte.

Während er noch überlegte, ob er es ihr sagen sollte, fuhr sie fort: „Es ist die Wahrheit. Er hat gedroht, dich zu ruinieren, wenn ich mich nicht in seine Heiratspläne gefügt hätte.“

„Du hast selbst gesagt, dass du mit Tom geschlafen hast“, erinnerte er sie. „Und ich weiß genau, dass du nicht mit mir schlafen wolltest.“

„Aber der Grund dafür war nicht Abneigung.“

„So?“

Im nächsten Moment legte er den Arm um ihre Taille und zog sie zu sich heran. Dann küsste er sie wild und hemmungslos. Zögernd schob sie ihre Hände gegen seine Brust. Als sein Mund Dinge von ihr forderte, die ihr Angst machten, und er sein Knie zwischen ihre Beine schob, geriet sie in Panik. Sie begann sich zu wehren.

Sofort ließ er sie los und stand auf. Er schaltete das Licht an und wandte sich mit zornig funkelnden Augen zu ihr um. „Geh jetzt!“, forderte er sie auf.

Shelby wusste, dass er sich in diesem Moment durch nichts beruhigen lassen würde. Sie verließ wortlos sein Zimmer, mit Tränen in den Augen. Weinend ging sie hinunter in sein Arbeitszimmer und schenkte sich einen Brandy ein. Warum endete jeder Versuch, mit ihm zu reden, in einem Fiasko?

Sie setzte sich aufs Sofa und dachte über diese Frage nach, während der Brandy nach und nach ihre Nerven beruhigte. Als sie schließlich bemerkte, dass sie nicht mehr allein war, blickte sie nicht einmal auf.

„Ich weiß, dass du mich hasst“, sagte sie benommen. „Um mir das zu sagen, brauchst du nicht extra herunterzukommen.“

Als Justin ihre Tränen sah, litt er mit ihr. Er schenkte sich einen Whisky ein und setzte sich auf die Kante des Kaffeetisches vor dem Sofa. „Ich habe nachgedacht", begann er nach einer Weile. Dann trank er einen Schluck Whisky. „Vorhin, gleich nach deinem Unfall, hast du mich geküsst. Du hattest keine Angst vor mir, und ich habe gespürt, dass du etwas für mich empfindest, Shelby. Aber in dem Moment hast du allein bestimmt, was geschehen soll, stimmt's?"

Sie blickte ihm in die Augen. Anscheinend hatte er die Zusammenhänge begriffen. „Ja", sagte sie schließlich. „Ich hatte keine Angst."

„Und vorher war ich immer ziemlich grob gewesen, wenn wir uns geküsst haben", fuhr er fort.

Verlegen schlug sie den Blick nieder. „Ja."

„Du hast also nicht vor mir Angst oder vor einer Schwangerschaft, sondern vor Intimität überhaupt, vor körperlicher Liebe."

„Ein schlaues Kerlchen", murmelte sie mit gezwungenem Humor.

Er seufzte. Dann nahm er ihr das Glas aus der Hand. „Steh auf", sagte er, während er ihr die Hand entgegenstreckte.

Sie gehorchte, obwohl sie nicht wusste, was er vorhatte. Nun streckte er sich auf dem Sofa aus und bedeutete ihr, sich zu ihm zu setzen. Wieder gehorchte sie, wenn auch zögernd.

„Ich gehöre dir. Du kannst mit mir machen, was du willst", erklärte er, während er ihre Hände auf seine Brust zog.

Plötzlich verstand sie. Neugierig und schüchtern blickte sie ihn an. „Aber … es wird dir nicht gefallen", sagte sie, als ihr einfiel, dass er bisher immer den ersten Schritt getan hatte.

„Ich werde mich daran gewöhnen", entgegnete er. „Wenn ich so deine Liebe gewinnen kann, überlasse ich dir gern den Vortritt, Shelby."

Tränen stiegen ihr in die Augen. „Oh, Justin", flüsterte sie gerührt.

„Meinst du, du kannst es so?", fragte er mit zärtlichem Blick. „Kannst du mich lieben, wenn ich dich gewähren lasse?"

Shelby konnte ihre Tränen nicht mehr zurückhalten. „Ich wollte es dir sagen", schluchzte sie. „Aber es war zu peinlich."

„Schon gut." Behutsam streichelte er ihre Hand. „Ich hätte es schon viel eher erkennen müssen. Ich werde dir nicht wehtun. Niemals."

Nun lachte sie leise. Es war schon bemerkenswert, dass er ihr Problem ohne ihr Zutun herausgefunden hatte. Langsam beugte sie sich zu ihm hinab und berührte zärtlich seine Lippen.

Für Justin bedeutete dies die Erfüllung seiner Träume. Im Nachhinein fragte er sich, warum er nicht früher auf diese Idee gekommen war. Offenbar hatte Wheelor ihr wehgetan. So sehr es ihm auch missfiel, dass sie mit ihm geschlafen hatte, er konnte nicht länger zuschauen, wie sie sich mit den Folgen quälte. Irgendwie mussten sie versuchen, ein gemeinsames Leben aufzubauen. Und dies war die beste Art, damit zu beginnen.

Er spürte ihre weichen Lippen. Ihre Liebkosungen waren so zaghaft und fast unbeholfen, dass er im Stillen über ihre Unerfahrenheit lächelte. Obwohl er selbst lange Zeit enthaltsam gelebt hatte, verfügte er durchaus über gewisse Erfahrungen. Er berührte sie nicht. Wie versprochen lag er da und überließ ihr die Initiative.

„Komm näher", flüsterte er liebevoll. „Du bist bei mir absolut sicher."

Sie lächelte. Dann schmiegte sie sich an ihn, sodass er ihre Brüste spürte. Ihre Lippen zitterten, als sie ihn küsste. Justin versuchte immer noch nicht, sie dichter zu sich heranzuziehen oder den Kuss zu vertiefen.

Ermutigt streichelte sie seine Brust und spürte seine starken Muskeln unter ihren Händen. Jahrelang hatte sie sich danach gesehnt. Vor Freude über ihre neuen Freiheiten lachte sie plötzlich auf.

Er öffnete die Augen und sah sie neugierig an. „Was ist denn so komisch?"

„Wenn du wüsstest, wie sehr ich mir das gewünscht habe …"

„Du hättest nur ein Wort zu sagen brauchen."

„Ich konnte nicht." Wieder strich sie über seine Brust. „Justin, ich habe mich so sehr nach dir gesehnt."

Er atmete schwer unter ihren zärtlichen Liebkosungen. „Ich habe mich auch nach dir gesehnt", sagte er heiser. „Shelby, ich kann nicht …" Im letzten Moment beherrschte er sich.

Sie sah zu ihm auf. „Es ist nicht genug für dich", vermutete sie.

„Ich möchte dich berühren", sagte er verlangend. „Ich möchte mich auf dich legen und dich ausziehen."

„Wenn du die Kontrolle verlierst, passiert das Gleiche wie oben in deinem Zimmer." Sie zitterte am ganzen Körper.

„Ich schwöre, dass ich mich beherrsche."

Sie glaubte ihm. Auch wenn es ihre ganze Willenskraft kostete, diesmal vertraute sie ihm. Sie streckte sich neben ihm auf dem Rücken aus, sodass er sich über sie beugen konnte. Voll einfühlsamer Zärtlichkeit küsste er sie auf den Mund, bis er spürte, wie sie seinen Kuss zu erwidern begann. Ihr Atem beschleunigte sich. Dann strich er sanft mit den Fingerspitzen über ihre Schultern und hinab zu ihren Brüsten. „Okay?", flüsterte er mit einem ermutigenden Lächeln.

Diese Zärtlichkeit war neu für sie. Ihre Augen strahlten, als sie zu ihm aufblickte. „Okay."

Justin sah, dass sich ihre Brustspitzen unter seinen Berührungen aufrichteten. Als er mit dem Daumen darüberstrich, hörte er sie leise stöhnen. Dann ging ein Zittern durch ihren Körper. Wieder berührte er ihre Brustspitzen, zart und behutsam. Shelby wölbte sich ihm entgegen.

„Das gefällt mir", sagte er leise. „Mach es noch einmal."

Sie schaute ihm in die Augen und versuchte unwillkürlich, sich an ihn zu schmiegen. „Ich zittere", flüsterte sie.

„Ich auch", erwiderte er heiser, bevor er zärtlich ihre Lippen berührte. „Soll ich dir sagen, was ich jetzt tun werde?"

„Ja", gab sie atemlos zurück.

Er lächelte. „Ich knöpfe dein Hemd auf."

Ihr Atem ging schneller, als er das Hemd aufknöpfte und den dünnen Stoff beiseite schob. Als er ihr in die Augen schaute, bemerkte er Scheu, aber auch Erregung, die sie nicht verbergen konnte.

„Du gefällst mir", flüsterte er, während er einfühlsam mit zärtlichen Händen über ihre Haut strich.

Shelby bebte unter den Berührungen seiner erfahrenen Hände. Als er langsam über ihre Brüste strich und dann plötzlich an den festen Brustspitzen innehielt, zitterte sie am ganzen Körper. Er tat es noch einmal. Vor Erregung stöhnte sie laut auf.

„Es gefällt dir", sagte er leise. Lächelnd küsste er sie auf die Nasenspitze. Dann strich er wieder mit den Fingerspitzen über ihre Brüste, doch diesmal hielt er nicht inne, sondern ließ seine warme Hand auf ihrer Brust ruhen, bevor er sie mit sanftem Druck massierte.

Shelby stöhnte und benetzte ihre Lippen.

„Du benimmst dich wie eine Frau, die zum ersten Mal mit einem Mann schläft", flüsterte er. Nun blickte er verlangend auf ihre Brüste. „Würde es dich stören, wenn ich sie küsse?"

„Nein", entgegnete sie lächelnd.

Er erwiderte ihr Lächeln und beugte sich über sie. Als sie seine Lippen auf ihren Brustspitzen spürte, wölbte sie sich ihm entgegen. Nie hätte sie sich träumen lassen, dass körperliche Liebe so wundervoll sein konnte. Sie vergrub ihre Hände in seinem Haar, während sie unter seinen sanften Liebkosungen zitterte. Vor Freude stiegen ihr Tränen in die Augen.

Nun begann Justin ihre Hüften und ihren Bauch zu streicheln. Mit geübten Händen streifte er ihre Pyjamahose ab. Shelby genoss es. In diesem Moment war ihre Angst wie ausgelöscht. Sie spürte seine Hände auf ihrem Körper und hatte das Gefühl, ihm zu gehören.

Je mehr ihre Erregung wuchs, desto mehr wollte sie ihn spüren. Sie schlang die Arme um seinen Hals und presste sich an ihn, als er sich über sie beugte. Wie durch einen Schleier sah sie, dass er lächelte. Und dann spürte sie seinen Mund auf ihren Lippen, fühlte seine Zunge, mit der er ihre Lippen öffnete. Sie glaubte, vor Begierde den Verstand zu verlieren.

Nur vage nahm sie wahr, dass Justin seine Hose ausgezogen hatte, als er sich nun auf sie legte. Die Begierde tief in ihrem Innern war so stark, dass sie sich nicht mehr wehren wollte.

„Es wird jetzt geschehen", flüsterte er, während er sein Knie zwischen ihre zitternden Beine schob. „Ich werde dir nicht wehtun. Ich werde dich nicht drängen. Wir hören sofort auf, wenn du es nicht willst. Wir werden es mit so viel Zärtlichkeit tun, dass du keine Angst zu haben brauchst. Vertrau mir noch ein paar ... Sekunden."

Noch nie hatte sie sich etwas so sehr gewünscht. Sie wollte ihm gehören. Justin war ihr Mann, und sie liebte ihn mehr als ihr Leben.

„Justin", flüsterte sie bei der ersten Berührung. Sie zuckte ein wenig zusammen.

„Ssch", beruhigte er sie. „Ich passe auf dich auf. Beim ersten Anzeichen von Schmerzen höre ich auf."

Shelby sah nur sein Gesicht. Sie fühlte seinen schnellen Atem auf ihrer Haut. Aber sie hatte keine Angst, nicht einmal, als er sie mit seinem Gewicht in die Kissen drückte. Sie gehörte ihm.

Der Schmerz durchzuckte sie wie ein heißes Messer. Mit weit aufgerissenen Augen starrte sie ins Leere. Im nächsten Moment liefen ihr die Tränen über die Wangen.

Erst nach einer kleinen Ewigkeit nahm sie Justin wieder wahr, der reglos auf ihr lag und sie fassungslos anblickte. Als er es noch einmal versuchte, biss sie die Zähne zusammen.

„Es tut mir leid", flüsterte sie. „Hör nicht auf. Es ist in Ordnung, ich glaube ... ich halte es aus."

Er löste sich von ihr und setzte sich auf die Sofakante, immer noch zitternd vor Erregung. „Meine Güte! Shelby!"

„Justin, du ... hättest nicht aufhören müssen." Sie biss sich auf die Lippe. „Es wäre in Ordnung gewesen."

Ohne etwas zu erwidern, griff er nach seinem Whiskyglas und trank einen Schluck zur Beruhigung. Dann stand er auf. „Es tut mir leid", sagte er. Er zog seine Pyjamahose wieder an und betrachtete Shelby, bis sie vor Verlegenheit rot wurde.

Als sie sich etwas anziehen wollte, nahm er sie in die Arme und zog sie auf seinen Schoß. „Du bist meine Frau", sagte er voller Zärtlichkeit. „Es ist etwas ganz Natürliches, wenn ich dich nackt sehe."

Nun schmiegte sie sich an ihn. „Das stimmt. Aber es ist so neu."

„Mein Gott, ja. Ich weiß." Sein Tonfall verriet ihr seine Gedanken, ohne dass er sie aussprach. „Oh, Shelby. Shelby!"

„Ich ... ich weiß schon seit meinem fünfzehnten Lebensjahr, dass ich ohne Operation nicht auskomme. Der Arzt hat mir damals schon gesagt, dass es in meinem Fall keine andere Möglichkeit gibt, sonst würde ich unerträgliche Schmerzen haben."

„Du hast mir nie etwas davon erzählt. Deshalb hast du vor mir Angst gehabt", folgerte er.

„Ja."

„Aber warum hast du den Eingriff nicht längst machen lassen?"

„Es war die einzige Möglichkeit, dir zu beweisen, dass ich nicht mit Tom geschlafen habe", erklärte sie schlicht.

„Du kleiner Dummkopf!" Er hob ihr Kinn, damit er sie anschauen konnte. „Und wenn ich mich nun vergessen hätte? Gar nicht auszudenken, was passiert wäre."

Verlegen wich sie seinem Blick aus. „Justin ... es wäre schon gut gegangen."

„Das wäre es nicht." Mit einem tiefen Seufzer lehnte er sich zurück. Wie viel Kummer wäre ihnen erspart geblieben, wenn er dies alles früher gewusst hätte. „Shelby, ich will dich", sagte er ohne Umschweife.

„Ich will dich auch“, erwiderte sie.

„Dann sollten wir keine Zeit mehr verlieren. Geh zum Arzt und lass die Operation machen. Wir wollen eine richtige Ehe führen. Wir wollen miteinander schlafen und Kinder haben.“

„Oh Justin, mir tun so viele Dinge leid.“

„Mir auch, aber wir können die Zeit nicht zurückdrehen.“ Er beugte sich über sie und küsste sie sanft auf den Mund. „Von nun an sieht die Welt anders aus. Ich werde dich nie wieder drängen.“

Sie lächelte ihn an. „Danke.“

Justin erwiderte ihr Lächeln, aber er sagte nichts. Wortlos stand er auf und reichte ihr ihren Pyjama. „Lass uns jetzt schlafen gehen.“

Gemeinsam gingen sie nach oben in sein Schlafzimmer und schlüpften unter die Decke. Als Justin den Arm nach ihr ausstreckte, schmiegte sie sich an ihn. „Habe ich dir sehr wehgetan?“, fragte er besorgt.

„Nein“, flüsterte sie in die Dunkelheit.

„Und ich habe dir auch keine Angst gemacht?“, beharrte er.

„Überhaupt nicht“, versicherte sie ihm, während sie dichter an ihn heranrückte. „Keine Sekunde. Du bist sehr zärtlich.“

„So muss es auch sein“, sagte er leise. „Wenn du Zärtlichkeit brauchst, bekommst du sie, bis wir uns besser kennen. Aber ich kann dir nicht versprechen, dass es jedes Mal so sein wird. Mir gefällt es auch anders.“

In diesem Moment wurde ihr klar, dass er sich bewusst zurückgenommen hatte, um ihr die Sache leichter zu machen. „Justin …“

„Ssch.“ Er küsste sie auf die Stirn. „Schlaf jetzt. Du erregst mich.“

„Das wollte ich nicht.“

Bevor er sich mit einem Seufzer auf die andere Seite drehte, küsste er sie noch einmal. „Gute Nacht, Darling.“

„Gute Nacht, Justin.“

Doch Shelby lag noch lange wach. Unzählige Fragen gingen ihr durch den Kopf, auf die sie keine Antwort fand. Die schwerste Hürde hatten sie nun wenigstens aus dem Weg geräumt, doch sie fragte sich, ob Justin sie jemals wirklich lieben konnte. Immer noch nagte die Vergangenheit an ihm. Schließlich hatte sie ihn zwar nicht betrogen, aber immerhin belogen und gedemütigt und damit sein Vertrauen zutiefst erschüttert.

7. KAPITEL

Als Justin am nächsten Morgen erwachte, wollte er seinen Augen kaum trauen. Er war es gewöhnt, dass seine Träume von Shelby mit dem Morgengrauen endeten. Doch nun lag sie neben ihm. Das Gesicht hatte sie ihm im Schlaf vertrauensvoll zugewandt.

Lange Zeit lag er still da und betrachtete sie liebevoll. Ohne sie hatte er sich einsam gefühlt. Dies wurde ihm erst jetzt wirklich bewusst. Wie sehr hatte er sich gewünscht, genau das zu tun, was er in diesem Moment tat – sie einfach im Schlaf zu betrachten. Sie konnte nicht wissen, wie viel sie ihm bedeutete. Die letzte Nacht war eine Erfüllung für ihn gewesen, das Ziel seiner Träume und Sehnsüchte, auch wenn er nicht zu Ende führen konnte, was er begonnen hatte.

Dass Shelby immer noch unberührt war, war für ihn eine so wunderbare Entdeckung, dass er sich gar nicht fragte, warum sie ihm damals nicht die Wahrheit gesagt hatte.

Lächelnd beugte er sich zu ihr hinab und küsste sie sanft auf den Mund. Dann sah er, wie ihre Augenlider flatterten. Im nächsten Moment schlug sie die Augen auf. Er entdeckte einen neuen, weichen Ausdruck darin.

„Guten Morgen", sagte sie verschlafen.

„Guten Morgen." Er gab ihr einen Kuss. „Hast du gut geschlafen?"

„So gut wie noch nie. Und du?"

„Ich könnte das Gleiche behaupten." Nun zog er ihr liebevoll die Decke bis an die Schultern. „Du brauchst noch nicht aufzustehen."

„Gehst du so früh schon zur Arbeit?", erkundigte sich Shelby schläfrig.

„Ich fliege heute Morgen nach Dallas, Liebling. Ein neuer Kunde. Abends bin ich wieder zurück."

„Ich muss vor neun nicht im Büro sein", sagte sie mit einem selbstgefälligen Lächeln.

„Ich wünschte, du würdest diesen Job aufgeben."

„Justin, mir gefällt die Arbeit", protestierte sie gutmütig.

„Aber mir gefällt es nicht, wenn du für Barry Holman so leicht erreichbar bist." Er konnte seine Eifersucht kaum verbergen.

„Er mag vielleicht ein Schürzenjäger sein, aber mich lässt er in Ruhe", erklärte sie. „Für mich ist er nur ein sehr netter Chef."

Justin wandte sich ab. Sie brauchte nicht zu wissen, wie eifersüchtig er auf ihren gut aussehenden Chef war. „Ich gehe jetzt unter die Dusche."

Shelby beobachtete ihn, wie er frische Wäsche aus der Kommode nahm und dann zum Badezimmer ging. Der Anblick seines nackten Oberkörpers ließ sie an den gestrigen Abend denken. Alles erschien ihr so unwirklich. Allein bei der Erinnerung an ihr intimes Beisammensein wurde sie vor Verlegenheit dunkelrot.

Sie fragte sich, ob sie Justin von Tammy Lester erzählen sollte. Vielleicht beruhigte es ihn zu wissen, dass Mr Holman allem Anschein nach ein ganz besonderes Interesse an seiner neuen Sekretärin entwickelte. Während sie noch über Tammy und ihren Chef und die Art, wie die beiden miteinander umgingen, nachdachte, schlief sie wieder ein.

Als sie aufwachte, sah sie Justin vor dem Spiegel stehen. Er trug einen hellgrauen Anzug und rückte die grau-rot gestreifte Krawatte zurecht. „Macht Maria dir so früh schon Frühstück?", fragte Shelby verschlafen.

„Ich frühstücke im Flugzeug." Justin ging zu ihr und warf seine Autoschlüssel aufs Bett. „Du kannst den Thunderbird nehmen, wenn du zur Arbeit fährst."

„Und wie kommst du zum Flughafen?", erkundigte sie sich, während sie sich aufsetzte.

„Habe ich so viel Fürsorge überhaupt verdient?", fragte er zurück.

Als sie ihn anschaute, stiegen die Erinnerungen an den vergangenen Abend in aller Deutlichkeit auf. Sie sah ihn vor sich, wie er sie in den Armen gehalten und mit größter Zärtlichkeit …

„Meine Güte, was für eine keusche Schamesröte", sagte er verliebt. „Verkriechst du dich unter dem Bett, wenn ich die Erinnerung auffrische?"

„Darauf kannst du wetten", erwiderte sie stolz. Doch dann lächelte sie und vergrub schamhaft das Gesicht in ihren Händen. „Oh Justin", flüsterte sie.

Er setzte sich zu ihr auf die Bettkante und drückte ihren Kopf sanft gegen seine Brust. „Vielleicht solltest du dich nach dem Unfall wirklich noch einen Tag schonen", schlug er vor.

„Nein, nein. Es geht mir gut. Das Schlimmste war eigentlich die Angst."

„Das kann ich bestätigen", erwiderte er. „Ich habe heute Morgen fünf graue Haare mehr."

Sie strich mit den Fingerspitzen über seine leicht ergrauten Schläfen. „Verzeih mir. Ich glaube, ich bin davongelaufen. Ich hatte das Gefühl, du würdest mich hassen."

„Das Gefühl hatte ich manchmal selbst", gab er zu. „Sechs Jahre ist eine lange Zeit. Ich habe dir geglaubt, was du über Wheelor erzählt hast." Shelby spürte, wie er plötzlich ihren Nacken fester umfasste. „Warum?", fragte er alarmierend ruhig. „Warum hast du mich angelogen? Hätte es nicht genügt, die Verlobung aufzulösen? Musstest du mich unbedingt noch zusätzlich demütigen?"

Er wird mir nie verzeihen, dachte Shelby, als sie seine verbitterte Stimme hörte. Die Tatsache, dass sie immer noch Jungfrau war, schien daran nichts zu ändern. Er begehrte sie und wollte Kinder mit ihr, aber sein Vertrauen würde er ihr nie wieder schenken. Sie schloss die Augen und seufzte traurig. „Ich habe dir den Grund gesagt. Es war Dads Idee."

„Und ich habe dir gesagt, dass dein Vater mich mochte. Er hat alles Erdenkliche getan, um mir zu helfen. Shelby, dein Vater hatte Tränen in den Augen, als er damals mit Wheelor bei mir war."

Sie hob den Kopf, um ihn anzusehen. „Am Ende ist alles eine Frage des Vertrauens, und ich weiß, wie wenig du mir vertraust", sagte sie. „Ich habe dich damals angelogen und dein Vertrauen in mich erschüttert, aber könnte nicht ein kleiner Rest übrig sein?"

„Ich kann dir nicht vertrauen", erwiderte er prompt. Unvermittelt stand er auf und drehte sich zur Wand. „Ich will dich, das weißt du. Aber ich kann dich nicht an mich heranlassen. Eine Frau, die einen Mann betrogen hat, wird es immer wieder tun."

„Ich bin noch Jungfrau", erinnerte sie ihn, auch wenn es ihr peinlich war, dies auszusprechen.

„Das meine nicht. Du hast mich belogen. Du hast mich erniedrigt." Er atmete tief durch. Dann zündete er sich eine Zigarette an. „Ich bin mir nicht einmal sicher, ob du mich nicht mit deinem aalglatten Boss betrügen würdest." Wütend drehte er sich zu ihr um. „Er wartet doch nur auf ein kleines Zeichen von dir. Er sieht sehr gut aus, oder nicht? Und es ist nichts Abstoßendes an ihm."

„An dir ist nichts Abstoßendes", erwiderte sie.

„Du hast also gemerkt, dass ich von mir gesprochen habe. Wie schlau von dir", gab er wütend zurück. „Mach keinen Unsinn, während ich weg bin. Und fahr bitte zivilisiert."

„Ich werde dein kostbares Auto nicht anrühren. Ich nehme mir ein Taxi! Sollen es ruhig alle sehen", konterte sie.

Einen Augenblick lang sahen sie sich aus wutfunkelnden Augen an. Schließlich begann Justin zu grinsen. Dann lächelte er, und am Schluss lachte er herzhaft.

„Xanthippe", murmelte er.

„Barbar", gab sie zurück.

Er drückte seine Zigarette im Aschenbecher aus. Dann ging er entschlossen auf sie zu. Shelby wollte auf die andere Seite vom Bett flüchten, doch er war schneller. Er fing sie auf halbem Weg ab, hielt sie fest und legte sich mit seinem ganzen Gewicht auf sie.

„Genau, wehr dich!", ermutigte er sie. „Fühlst du, was mit mir passiert?"

Sie fühlte es und wurde im selben Moment krebsrot.

„Nun, davon geht die Welt nicht unter", sagte er amüsiert. „Du weißt, wie ich mich anfühle, wenn ich erregt bin. Und gestern Abend hatten wir gar nichts mehr zwischen uns."

„Hör auf!" Shelby zitterte, teils vor Verlegenheit, teils vor Aufregung. Sie vergrub ihr Gesicht an seinem Hals.

„Du kleines Baby", schalt er sie zärtlich. Dann drehte er sich auf den Rücken und zog sie mit sich. Der Anblick ihrer Brüste, die von dem tiefen Pyjamaausschnitt entblößt wurden, erregte ihn. Während er den Kopf entspannt zurücksinken ließ, blickte er ihr in die Augen. „Ist es so besser?", fragte er leise.

„Du bist ein schrecklicher Mensch. Ich glaube, ich will nicht mehr mit dir zusammenleben", sagte sie schmollend.

Nun zog er sanft an ihrem Haar, sodass sie sich zu ihm hinabbeugte. „Küss mich", verlangte er.

„Du zerknitterst deinen Anzug."

„Ich habe genug andere im Schrank. Ich möchte geküsst werden. Beeil dich. Mein Flugzeug geht bald."

Dieser Aufforderung konnte sie nicht widerstehen. In dem Augenblick, als sie seine Lippen berührte, waren alle Probleme vergessen. Sie spürte, wie er seine Hände sanft in ihr Haar gleiten ließ, und öffnete auf sein zärtliches Drängen die Lippen.

„Wenn du beim Arzt gewesen bist, werden wir vielleicht ein paar Tage warten müssen, aber dann werden wir beenden, was wir gestern Abend begonnen haben“, flüsterte er erregt. „Mach dir keine Gedanken, Shelby. Ich werde dich nicht drängen. Es wird genau so sein, wie du es dir wünschst.“

Liebevoll küsste sie seine Augenlider, bis er die Augen schloss. Wie gern hätte sie ihm in diesem Moment gesagt, dass sie ihn mehr liebte als ihr Leben und dass sie ihm all die Qualen hatte antun müssen, um ihn zu schützen. Aber solange er ihr nicht vertraute, konnte sie ihm ihre tiefsten Geheimnisse nicht offenbaren.

„Glaubst du mir, dass ich keine Angst mehr vor dir habe?“, fragte sie flüsternd.

„Liebling, das ist kaum zu übersehen, angesichts unserer Position“, flüsterte er zurück.

„Welche Posi... Justin!“

Lachend drehte er sie wieder auf den Rücken und beugte sich über sie. „Diese Position“, sagte er mit verführerischem Ton. „Küss mich zum Abschied. Dann gehe ich.“

„Das tue ich schon ... die ganze ... Zeit“, sagte sie zwischen zwei Küssen.

„Nur noch ein paarmal, damit ich wieder Kraft in meine Knie bekomme. Im Moment sind sie zu schwach, um mich zu tragen.“

„Meine auch.“ Sie schlang die Arme um seine Schultern und sah ihm in die Augen. „Du gehörst jetzt mir. Untersteh dich, mit anderen Frauen zu flirten!“

Ihre Besitzgier steigerte sein Verlangen. Langsam schob er seine Hand unter ihre Schulter. Dann küsste er sie zärtlich und begierig zugleich. Erst als er merkte, dass er in Gefahr war, die Kontrolle zu verlieren, löste er sich widerwillig von ihr.

Er atmete tief durch, als er aufstand. Schließlich blickte er zu ihr hinab. Ihre Lippen waren tiefrot und von seinem Kuss geschwollen. Mit verträumtem, sehnsüchtigem Blick schaute sie ihn an.

„Wenn ich ein Foto von dir hätte, das dich so zeigt, wie du jetzt aussiehst, würde ich es unentwegt anschauen. Ich habe noch nie eine so schöne Frau gesehen."

„Ich bin keine Schönheit. Ich bin nicht einmal hübsch", wehrte sie lächelnd ab. „Aber ich bin froh, dass ich dir gefalle, so wie ich bin."

Wieder atmete er tief durch. „Ich gehe jetzt lieber, sonst komme ich gar nicht mehr von dir weg." Einen Augenblick hielt er nachdenklich inne. „Du hättest mich nicht davon abgehalten", sagte er mit heiserer Stimme. „Obwohl du wusstest, dass ich dir Schmerzen bereiten würde, hättest du mich nicht daran gehindert, oder?"

„Ich wollte, dass du es weißt", flüsterte sie.

„Dazu gehört eine Menge Mut." Er schaute auf die Uhr. „Nun, ich muss mich jetzt wirklich beeilen." An der Tür drehte er sich noch einmal zu ihr um. „Und keine Raserei, versprochen?"

„Versprochen. Gute Reise."

„Ich werde mir Mühe geben."

Mit einem letzten Blick verabschiedete er sich von ihr und schloss die Tür hinter sich. Shelby sah ihm mit gemischten Gefühlen nach. Manchmal wünschte sie sich, seine Gedanken zu lesen. Dies war der einzige Weg, wirklich zu wissen, was er für sie empfand. Sie fragte sich, ob er es selbst mit Bestimmtheit wusste.

Schließlich stand sie auf, machte sich zurecht und fuhr mit dem Thunderbird zur Arbeit. Unterwegs stoppte sie beim Arzt, um für den Nachmittag einen Termin zu vereinbaren.

Es wurde ein langer und unerwartet anstrengender Tag. Im Büro versuchte sie zwischen ihrem gereizten Chef und der schlagfertigen Tammy Lester zu vermitteln. Ihr Arzttermin, bei dem der kleine Eingriff vorgenommen wurde, raubte dann ihre letzten Kräfte.

Zu Hause entspannte sie sich bei einem guten Essen und einer Tasse Kaffee. Als sie danach schlafen ging, hätte sie sich am liebsten in Justins Bett gelegt. Da sie aber nicht darüber gesprochen hatten, ob sie von nun an das Schlafzimmer teilen wollten, ging sie davon aus, dass er die vergangene Nacht als eine Ausnahme betrachtete.

Sie schlief früh ein und hörte Justin nicht kommen. Sie hörte auch seine Schritte nicht, als er sich erwartungsvoll seinem Zimmer näherte. Und sie hörte seinen unterdrückten Fluch nicht, als er feststellte, dass sein Bett leer war. Sofort lief er zu ihrem Zimmer und öffnete vorsichtig die Tür. Auch das hörte sie nicht.

Enttäuscht schloss er die Tür wieder. Justin hatte gehofft, dass sie ihn erwartete oder zumindest in seinem Bett schlief. Nun fragte er sich, ob sie einfach nur unsicher war, was sie tun sollte, oder ob sie die Wand zwischen ihnen aufrechterhalten wollte.

Am nächsten Morgen ging Shelby erwartungsvoll zum Frühstück hinunter. Als sie die Tür zum Esszimmer öffnete, warf Justin ihr einen abweisenden Blick zu. Sie blieb erstaunt stehen und strich nervös über ihren wadenlangen Jeansrock. „Guten Morgen", sagte sie unsicher.

„Es ist kein guter Morgen."

Sie zog die Augenbrauen hoch. „So?"

Justin trank einen Schluck Kaffee. „Einer von den Jungen fährt dich zur Arbeit", erklärte er knapp. „Kann ich die Schlüssel für den Thunderbird haben?"

Shelby griff in ihre Rocktasche und legte die Schlüssel wortlos auf den Tisch. In diesem Moment ergriff er ihre Hand. Zornig blickte er sie an. „Warum hast du in deinem Zimmer geschlafen?"

Sie seufzte, dann lächelte sie zaghaft. „Ich wusste nicht, ob es dir recht ist, wenn ich bei dir schlafe."

„Meine Güte! Shelby, wir sind verheiratet", sagte er aufgeregt.

Demonstrativ blickte sie auf seine schlanken, kräftigen Hände. „Bisher warst du ziemlich unnahbar."

„Du kennst doch inzwischen den Grund dafür, oder nicht?", fragte er nun sanft.

Sie nickte und schaute ihm in die Augen. „Du … du wolltest mich."

„Das ist ein Grund", erklärte er, ohne näher darauf einzugehen. „Warst du beim Arzt?"

Ihre hochroten Wangen verrieten ihm die Antwort, noch bevor sie nickte. „Ich fahre dich zur Arbeit", sagte er, während er ihr den Stuhl neben sich anbot.

Sie unterdrückte ein Lächeln, als sie sich an den Tisch setzte und zu frühstücken begann.

Als sie später in Jacobsville ankamen, hatte Justin sich vollends beruhigt. Doch Shelbys Chef bot ihm erneuten Grund zur Eifersucht. Mr Holman lief aufgeregt vor seinem Büro auf und ab und hielt nach allen Seiten Ausschau. Ein Außenstehender hätte sich einbilden können, er würde ungeduldig auf Shelby warten. Genau dies war Justins Eindruck.

Als er den Wagen am Straßenrand stoppte, hellte sich Holmans Gesicht deutlich auf. Er begrüßte Shelby mit einem übertriebenen Lächeln, während er Justin nur kurz zunickte.

„Gott sei Dank, dass Sie da sind“, sagte Holman erleichtert. „Ich hatte schon Angst, Sie würden sich verspäten. Wie gut Sie heute Morgen aussehen!“ Mit diesen Worten half er ihr aus dem Wagen. Shelby fragte sich erstaunt, was seine ungewohnte Freundlichkeit zu bedeuten hatte. „Sie ist bei mir in guten Händen, Justin“, sagte er grinsend, was wenig dazu beitrug, Justins Eifersucht zu beschwichtigen.

Justin erwiderte nichts. Wortlos zog er die Wagentür zu. Nachdem er Shelby einen wütenden Blick zugeworfen hatte, fuhr er davon.

„Was ist passiert?“, erkundigte sie sich, während sie noch besorgt über Justins seltsame Reaktion nachdachte. Mr Holman hatte ihm zweifellos einen falschen Eindruck ihrer Arbeitsbeziehung vermittelt.

„Diese Frau muss gehen“, sagte er ohne Umschweife. „Sie hat sich in meinem Büro eingeschlossen und will mich nicht hineinlassen. Aber ich habe schon die Feuerwehr angerufen“, fügte er mit einem selbstgefälligen Grinsen hinzu. „Die brechen die Tür auf und holen sie heraus. Und dann kann sie gehen. Für immer.“

Shelby legte den Kopf auf die Seite. „Mr Holman, warum hat Tammy sich eingeschlossen?“

Er räusperte sich. „Es ging um ein Buch.“

„Welches Buch?“

„Das Buch, das ich nach ihr geworfen habe“, sagte er verärgert.

„Sie haben mit einem Buch nach Tammy geworfen?“ Shelby war fassungslos.

„Es war ein Wörterbuch.“ Er vergrub die Hände in den Hosentaschen. „Wir hatten eine kleine Meinungsverschiedenheit über die Schreibweise eines Wortes, eines Rechtsbegriffs. Und ich kenne mich in der Rechtschreibung aus, schließlich bin ich der Anwalt.“ Shelby, die seine Rechtschreibkünste wohl am allerbesten einschätzen konnte, schwieg in diesem Moment lieber.

„Nun, ein Wort ergab das andere. Und schließlich habe ich das Buch in ihre Richtung geworfen. Daraufhin hat sie sich eingeschlossen.“

„Nur wegen des Buchs?“

„Naja … und wegen der zerbrochenen Fensterscheibe.“ Er schaute sich auf dem Boden um und entdeckte schließlich, wonach er gesucht hatte. „Da ist es ja!“ Er hob das Wörterbuch auf. „Ich wusste, dass es hier irgendwo liegt.“

Shelby hatte ihn kopfschüttelnd beobachtet. Sie konnte sich nicht entscheiden, ob sie lachen oder weinen sollte. In diesem Moment fuhr der Feuerwehrwagen vor.

„Haben Sie denen gesagt, worum es sich handelt?“, fragte sie, als sie sah, dass die Feuerwehrleute einen Löschschlauch ausrollten.

„Nein, das habe ich nicht. Hallo, Jake!“ Mr Holman begrüßte den Chef der Mannschaft mit einem breiten Grinsen. „Gut, dass ihr da seid. Obwohl … obwohl es eigentlich nicht brennt. Ich brauche eine andere Art von Hilfe.“

Jake, ein breitschultriger Mann mit rotem Gesicht, kam etwas näher. „Kein Feuer? Warum hast du uns sonst gerufen, Barry?“, fragte er, während er seinen Leuten bedeutete, den Schlauch wieder einzurollen.

„Ihr müsst meine Bürotür mit der Axt aufbrechen“, erklärte Mr Holman.

„Warum?“

„Ich habe meinen Schlüssel verloren“, improvisierte er.

„Dann hättest du besser den Schlüsseldienst anrufen sollen.“ Jake musterte Shelbys Chef inzwischen argwöhnisch.

„Das glaube ich kaum“, erwiderte Holman ironisch. „Es macht mehr Eindruck, wenn die Tür mit der Axt aufgebrochen wird.“

Jake sah ihn stirnrunzelnd an.

„Eine unserer … Angestellten hat sich im Büro eingeschlossen und weigert sich herauszukommen“, erklärte Shelby.

Gerade als Jake etwas erwidern wollte, kam Tammy Lester aus dem Gebäude. Wutschnaubend ging sie auf Barry Holman zu und versetzte ihm eine kräftige Ohrfeige. „Ich kündige.“ Zu Shelby gewandt fuhr sie fort: „Tut mir leid, dass du wieder allein im Büro bist. Aber ich kann diesen aufgeblasenen Kerl von einem Anwalt nicht mehr ertragen. Und Sie haben keine Ahnung von Rechtschreibung, Mr Wichtigtuer!“

„Immer noch mehr als Sie!“, rief er hinter ihr her. „Und glauben Sie nicht, dass ich Ihnen nachlaufe! Es gibt genug Frauen in dieser Stadt, die Arbeit suchen.“

Um nicht auch noch mitanhören zu müssen, wie ihr Chef mit den

Feuerwehrleuten wegen des unnötigen Alarms stritt, schlich Shelby sich an dem aufgeregten Feuerwehrchef vorbei ins Haus. Sie schloss die Bürotür hinter sich und setzte sich an ihren Computer.

Allerdings konnte sie sich kaum auf die Arbeit konzentrieren. Immer wieder musste sie daran denken, wie Justin reagiert hatte, als ihr Chef sie schon vor der Haustür begrüßt hatte. Es gab eigentlich nur eine Erklärung dafür: Justin war eifersüchtig. Diese Eifersucht nahm sie nicht sehr ernst. Sie hielt sie für eine oberflächliche Laune, weil Barry Holman ein gut aussehender Schürzenjäger und ihr Ehemann äußerst Besitz ergreifend war.

Dennoch hielt sie es für besser, Justin zu beruhigen. Sie versuchte ihn Zuhause zu erreichen, um ihm zu erzählen, was sich ereignet hatte. Doch von Maria erfuhr sie, dass er zum Betrieb gefahren war. Dort rief sie mehrmals an, ohne jedoch mit ihm verbunden zu werden.

Im Laufe des Nachmittags vergaß sie die Sache. Und als Mr Holman sie eine Stunde früher als sonst nach Hause schickte, weil er wegen des Krachs mit Tammy ohnehin nicht arbeiten konnte, fragte sie ihn, ob er sie beim Ballenger-Betrieb vorbeifahren könnte.

„Ich bin erst in einer Stunde mit Justin verabredet. Und ich kann ihn nicht erreichen."

„Natürlich fahre ich Sie dorthin."

Er ließ sie in seinen schwarzen Mercedes einsteigen und fuhr los. „Was ist mit Ihrem neuen Wagen passiert?", fragte er. „Ist der Motor kaputt?"

Sie lächelte wehmütig. Von ihrem Unfall hatte sie ihrem Chef noch nichts erzählt. „Justin hat ihn zu Mr Doyle gebracht."

„Ihm gehört doch der Schrottplatz", sagte Mr Holman ungläubig.

„Stimmt. Und er besitzt eine nagelneue Autopresse." Sie seufzte. „Justin sagte, ich könne mir den Wagen als Dekoration an die Wand hängen."

„Aber warum hat er das getan?"

„Er glaubt, ich sei leichtsinnig", sagte Shelby. „Nun will er mir irgendeinen sicheren Wagen kaufen. Am liebsten einen Panzer."

Holman lächelte. „Hoffentlich habe ich Sie heute Morgen nicht in Schwierigkeiten gebracht", bemerkte er nachdenklich. „Ich war so froh, dass Sie da waren. Sie hätten Tammy auf jeden Fall zur Vernunft gebracht, selbst wenn die Feuerwehr es nicht geschafft hätte."

„Tammy ist wirklich eine nette Person."

„Sie ist ein Ärgernis."

„Wenn Sie ihr eine Chance geben, würden Sie vielleicht eine Überraschung erleben. Sie ist sehr tüchtig."

Er rutschte unruhig hin und her. „Sicher, ich weiß, wie viel Sie zu tun haben. Sie können Unterstützung gebrauchen. Ich wollte das Mädchen ja auch gar nicht vergraulen."

Shelby blickte ihn von der Seite an. „Fragen Sie Tammy doch einfach, ob sie nicht zurückkommen will. Vielleicht tut ihr die Sache inzwischen auch schon leid."

„Vielleicht", sagte er mit spitzen Lippen, „Ich werde ihr heute noch Bescheid sagen, dass sie morgen wiederkommen kann." Mittlerweile waren sie beim Mastbetrieb der Ballenger-Brüder angekommen. „Vielen Dank für Ihr Verständnis", sagte Holman lächelnd.

„Keine Ursache. Nein, bemühen Sie sich nicht. Ich kann allein aussteigen." Sie lachte. Dann stieg sie aus und winkte ihm zum Abschied zu.

Hinter ihr stand Justin und beobachtete sie. Er rauchte eine Zigarette und hatte den Hut tief in die Stirn gezogen.

„Oh, hallo", sagte Shelby, als sie ihn bemerkte.

Er zog an seiner Zigarette. „Du bist eine Stunde zu früh."

„Im Büro gab es ein Problem. Kann ich mit dir nach Hause fahren?"

„Calhoun nimmt dich mit", erwiderte er kalt. „Er muss sowieso in die Richtung." Damit verschwand er im Gebäude.

Wenig später kam Calhoun heraus. „Justin sitzt untätig hinter seinem Schreibtisch und holt mich aus einer Sitzung, damit ich dich nach Hause fahre", sagte er ohne Umschweife. „Was ist los mit euch, Shelby? Ist er wieder mal wütend auf dich?"

„Wann ist er das nicht?", gab sie zurück. „Mr Holman hat mich hergefahren. Und Justin glaubt wahrscheinlich, ich hätte ihn auf dem Highway verführt."

„Nicht so laut." Calhoun legte den Finger auf die Lippen, während er Shelby zu seinem Jaguar führte. „Mach ihn nicht noch wütender. Seine Sekretärin hat schon mit Kündigung gedroht."

„Kein Wunder bei so einem Chef. Er ist herrschsüchtig, gefühllos, überheblich, unausstehlich ..."

„Nun, nun", sagte Calhoun beruhigend. „Glaub mir, in Wirklichkeit ist er nur eifersüchtig. Du bist seine Frau. Du solltest eigentlich wissen, was du dagegen unternehmen kannst."

Shelby wurde rot. Um ihre Verlegenheit zu überspielen, stieg sie eilig in den Wagen ein. Als Calhoun sich hinter das Steuerrad setzte, blickte er sie neugierig von der Seite an. Es erstaunte ihn, wie sehr Justin und Shelby sich ähnelten. Beide waren sie altmodisch und voller Komplexe.

Er räusperte sich, während er den Wagen in Bewegung setzte. „Darf ich dir einen persönlichen Rat geben?", fragte er vorsichtig.

„Das kommt ganz darauf an", erwiderte Shelby, ohne ihn anzuschauen.

„Sicher. Du reagierst genau wie Justin", bemerkte er nachdenklich. „Nun, mein Bruder ist kein Heiliger, aber in den letzten sechs Jahren hat er keine Frau mehr angeschaut. Er ist, was Frauen betrifft ... ein wenig eingerostet."

„Ich könnte dir erzählen, was dein Bruder ist", murmelte sie trotzig.

„Shelby", sagte er geduldig, „es ist doch nicht so schwierig. Warum nimmst du Justin nicht einfach in die Arme und überlässt den Rest der Natur?"

Sie schaute aus dem Fenster. „Es würde ihm nicht gefallen", sagte sie mit dünner Stimme.

„Und ob es ihm gefällt!" Calhoun klopfte ihr ermutigend auf die Schulter. „Er ist verrückt nach dir. Ich gebe dir mein Wort darauf, er klappt wie ein Akkordeon zusammen, wenn du es richtig anstellst. Das ist alles, was ich sagen wollte. Was macht dein neues Auto?"

Erstaunt sah sie ihn an. „Hat Justin das nicht erzählt?"

„Er redet nicht viel im Büro."

„Ich bin mit dem Wagen im Graben gelandet. Danach hat Justin ihn in die Schrottpresse gegeben."

„Gut so!", lobte er seinen Bruder. „Das Auto war zu gefährlich. Er hat bestimmt keine Lust, dich so kurz nach der Hochzeit zu begraben."

„So?", fragte Shelby verbittert. „Ich denke, er hasst mich."

„Wenn du wüsstest, wie sehr du dich irrst." Calhoun hielt vor dem Haus an. „Sei zärtlich zu ihm und warte ab, was passiert. Er hat kaum mehr Erfahrung mit Frauen als du mit Männern. Und erzähl ihm um Himmels willen nichts von unserem Gespräch", fügte er hinzu.

„Okay." Sie öffnete die Tür und schaute zu ihm hinüber. „Du bist wirklich nett."

„Natürlich. Frag Abby, wenn du es nicht glaubst." Er lächelte mit der Selbstgefälligkeit eines Mannes, der sich der Liebe seiner Frau sicher ist. „Bis bald."

„Grüß Abby von mir."

Er winkte noch einmal zum Abschied. Während Shelby zum Haus ging, dachte sie über seinen Rat nach. Der Gedanke, Justin zu verführen, erschien ihr verlockend. Schließlich hatte sie keinen Grund mehr, sich vor ihm zu fürchten. Sie wusste, dass er einfühlsam und zärtlich sein konnte. Außerdem war nun auch die letzte schmerzvolle Hürde aus dem Weg geräumt. Mit versonnenem Lächeln schmiedete sie aufregende Pläne für den bevorstehenden Abend.

8. KAPITEL

Justin kam nach Hause, als es längst dunkel war. Er spähte ins Wohnzimmer, wo Shelby ihren Nachtisch aß, und ging ohne eine Begrüßung nach oben. Das kann ja ein netter Abend werden, dachte sie, während sie einen kräftigen Schluck Kaffee trank.

Nachdem Justin geduscht und sich umgezogen hatte, aß er missmutig sein lauwarmes Essen. Shelby überlegte, wie sie ein Gespräch mit ihm beginnen sollte.

„Bist du immer noch böse wegen heute Nachmittag?", fragte sie. „Mr Holman hat mich nur mitgenommen, weil er an deinem Büro vorbeifährt."

Er schaute sie verärgert an. „Ich hätte dich abgeholt, wenn du angerufen hättest."

„Ich weiß, aber ich wusste doch gar nicht, ob du im Büro bist", erwiderte sie. „Und ich war mir auch nicht sicher, ob du kommen würdest, nachdem du mir heute Morgen nicht einmal auf Wiedersehen gesagt hast."

Er schob seinen Teller beiseite. „Er hat auf dich gewartet. Und dann hat er dich praktisch aus dem Wagen gehoben. Shelby, ich mag es nicht, wenn andere Männer dich berühren."

Dieses Eingeständnis, das ihm wohl kaum bewusst war, ließ ihr Herz schneller schlagen. Sie lächelte ihn an. „Das freut mich."

„Wie bitte?", fragte er stirnrunzelnd.

„Ja, es freut mich." Sie nahm ihre Tasse und trank einen Schluck. „Mir gefällt es auch nicht, wenn andere Frauen dich berühren."

„Darum ging es doch gar nicht." Er rutschte auf dem Stuhl hin und her.

Offenbar hat er vergessen, worüber wir geredet haben, dachte Shelby zufrieden. „Hast du schon ein neues Auto für mich ausgesucht?", wechselte sie das Thema.

„Ich habe es vergessen", sagte er leise. „Wir kümmern uns morgen darum."

„Fein."

Die Atmosphäre zwischen ihnen entspannte sich merklich. „Ich habe heute eine neue Filmkassette bekommen", bemerkte Justin. „Ein

Kriegsfilm aus den vierziger Jahren. Ich wollte ihn mir vielleicht ansehen."

„Das wird dir bestimmt Spaß machen."

Er sah sie skeptisch an. „Du könntest mir dabei Gesellschaft leisten ... wenn du Lust hast", fügte er rasch hinzu, damit sie nicht merkte, wie sehr er sich ihre Gesellschaft wünschte.

Sie bemerkte es dennoch. Sie fühlte es. „Gern. Ich mag Kriegsfilme."

„Wirklich?" Er lächelte. „Und Science Fiction?"

Sie nickte begeistert. „Oh ja."

Nun lachte er. „Davon haben wir eine beachtliche Auswahl, alte und neue."

„Dann brauchen wir nur noch Popcorn."

„Maria!"

Als Maria die Tür öffnete, bestellte er auf Spanisch das Popcorn. Sie lachte und erwiderte etwas auf Spanisch. Dann zwinkerte sie Shelby zu und verschwand in der Küche.

„Was hat sie gesagt?", wollte Shelby wissen.

„Dass sie uns das Popcorn gleich bringt. Komm mit!"

Shelby folgte ihm in das gemütliche Wohnzimmer. Als Maria die Schale Popcorn brachte, verabschiedete sie sich für den Abend. Lopez und sie waren bei ihrer Schwester eingeladen. Bis auf die Geräusche von explodierenden Bomben und Maschinengewehren aus dem Fernseher wurde es still im Haus.

Nach kurzer Zeit hatte Justin die Glasschale geleert, die zwischen ihnen auf dem Sofa stand. Als er sie auf den Kaffeetisch stellte, rückte Shelby dichter an ihn heran. Schließlich berührte sie zaghaft seine Hand.

Er drehte sich zu ihr um. „Brauchst du eine Erlaubnis, wenn du mich berühren willst?", fragte er mit tiefer, sanfter Stimme.

„Ich weiß nicht recht."

„Du darfst mich jederzeit berühren." Er sah ihr geduldig zu, wie sie allmählich seine Hand mit ihrer kleinen schmalen Hand bedeckte. Schließlich umfasste er ihre Hand und drückte sie vertraut. Sie lächelte schüchtern. Dann blickte sie wieder zum Fernseher, ohne jedoch die Handlung zu verfolgen. Als Justin zärtlich mit dem Daumen über ihr Handgelenk strich, stiegen verborgene Sehnsüchte in ihr auf, die sie vor Scham erröten ließen.

„Magst du Krimis?", fragte sie, nur um etwas zu sagen.

„Sicher", erwiderte er. „Ich habe ein paar Hitchcock-Filme zur Auswahl." Er blickte verstohlen zu ihr hinüber. „Und du? Magst du auch Western?"

Sie lachte. „Die John-Wayne-Western habe ich so oft gesehen, dass ich die Dialoge mitsprechen kann."

„Ich auch." Nun musterte er sie unverhohlen mit bewunderndem Blick. „Wir hatten schon immer gemeinsame Interessen, Shelby." Er hielt nachdenklich inne. „Spielst du noch Gitarre?"

Shelby schüttelte den Kopf. „Nein. Ich habe schon lange nicht mehr gespielt."

„Ich auch nicht", gab er zu. Nach ihrer Trennung waren zu viele schmerzliche Erinnerungen damit verbunden gewesen. „Vielleicht sollten wir wieder einmal zusammen spielen."

„Das wäre nett." Sie lächelte ihn an. Als er ihr Lächeln erwiderte, war der Film im Hintergrund vergessen. Sie sahen sich lange in die Augen, bevor er schließlich ihre Hand fest umfasste.

„Komm zu mir, Liebling", sagte er mit sanfter Stimme.

In diesem Moment fühlte Shelby sich unbeschreiblich jung und verletzlich. Ganz selbstverständlich folgte sie seiner zärtlichen Einladung und schmiegte sich an ihn.

„Aber nicht einschlafen", warnte er sie, als sie den Kopf an seine Schulter lehnte.

„Bestimmt nicht", erwiderte sie mit einem zufriedenen Seufzer.

Justin zündete sich eine Zigarette an und nahm Shelby in die Arme, sodass sie nun mit dem Kopf an seine Brust gelehnt auf seinem Schoß lag.

„Wenn du den Film nicht sehen willst, können wir auch eine andere Kassette einlegen." Er wusste sehr genau, dass es ihnen beiden in diesem Moment völlig gleichgültig war, welcher Film im Hintergrund lief.

„Es ist schon in Ordnung", versicherte sie ihm.

„Okay."

Während er ihr langes Haar durch seine Finger gleiten ließ, gab er vor, sich für den Film zu interessieren. Tatsächlich aber nahm er nur Shelby wahr, den Duft ihres Parfums, ihren weichen Körper und die Wärme ihrer Hand auf seiner Brust.

Je länger sie ihn streichelte, desto schneller schlug sein Herz. Als er schließlich voller Begierde zu Shelby hinabblickte, entdeckte er in ihren Augen eine Sehnsucht, die ihn alles andere vergessen ließ. Ohne jede Hast knöpfte er sein Hemd auf und schob ihre Hand langsam hinein. Während sie sich behutsam über seine harten Muskeln vortastete, bedeckte er ihr Gesicht mit Küssen.

Schließlich zog er sie dichter zu sich heran. Sie spürte, wie sein Mund ihre Lippen suchte. Dann endlich küsste er sie auf den Mund. Shelby stöhnte leise. Als er nun ihren Kopf umfasste und den Kuss begierig vertiefte, erwiderte sie seine Gefühle leidenschaftlich.

Ihr Herz begann zu rasen. Wie von Sinnen grub sie ihre Fingernägel hilflos in seine Brust. Er antwortete mit einem tiefen Stöhnen.

„Tut mir leid", flüsterte sie.

Justin ließ seine Zunge sanft über ihre Lippen gleiten. „Es gefällt mir", flüsterte er, bevor er sich neben ihr ausstreckte und ihre Lippen ganz langsam wieder öffnete, geduldig und voller Zärtlichkeit. Je mehr er sich zurücknahm, desto intensiver spürte sie ihn. „Shelby, küss mich", verlangte er heiser.

Sie umfasste seinen Kopf und vergrub ihre Hände in seinem dichten Haar, während sie seinen Kuss voller Hingabe erwiderte. Keiner von beiden nahm die Geräusche aus dem Fernseher wahr, die Kampfszenen, die laut durch die Stille hallten. Um sie herum versank die Welt. Sie küssten sich begierig, während Justin ganz allmählich ihr Kleid aufknöpfte. Shelby genoss seine Liebkosungen ohne jeden Vorbehalt. Es war ein wundervolles Gefühl, seine Haut zu spüren. Sie wusste nun, dass er ihr nicht wehtun würde. Und sie wusste, wie sanft er sein konnte, wie geduldig.

Nun löste er sich ein wenig von ihr, um ihr das Kleid abzustreifen. Sie hielt den Atem an. Als sie die Augen öffnete, sah sie sein liebevolles Lächeln.

„Es ist alles in Ordnung", flüsterte er. „Wir haben keine Eile. Wenn dir etwas nicht gefällt, höre ich sofort damit auf."

Auf diese Weise überließ er ihr die Entscheidung. Sie konnte bestimmen, was geschehen sollte. Und sie vertraute ihm. Sehnsüchtig ließ sie ihre Hände über seinen muskulösen Körper gleiten. Ihn so zu berühren, das bedeutete den Himmel auf Erden für sie. Wie sehr hatte sie sich gewünscht, ihn mit ihren Händen zu erforschen. Wieder blickte sie in seine Augen, und auch diesmal schenkte er ihr ein liebevolles Lächeln.

„Oh, Justin", flüsterte sie erregt. „Es ist so schön."

Er beugte sich über sie und küsste sie auf den Mund, während er sie einfühlsam und zärtlich streichelte. Jahrelang hatte er sich danach gesehnt, diese samtweiche Haut zu spüren. Und er wusste, dass er nicht in der Lage sein würde, seine Gefühle zu beherrschen. Diesmal gab es kein Zurück. Aber Shelby schien sich darüber keine Sorgen zu machen. Sie zog ihn zu sich herab und küsste ihn plötzlich mit einer Leidenschaft, die seiner gleichkam.

Ohne sich von ihr zu lösen, streifte er seine Kleidung ab. Nun stand nichts mehr zwischen ihnen. Er spürte ihren zitternden Körper, der sich begierig an ihn schmiegte. Und wieder nahm er sich zurück. Behutsam und mit unendlicher Geduld führte er sie in die Geheimnisse der Liebe ein, bis sie sich ihm schließlich vor Verlangen entgegenwölbte.

„Jetzt ist es soweit", flüsterte er, als sie vor Erregung aufschrie. Zärtlich umfasste er ihren Kopf, damit sie ihn ansah. „Nein. Dreh dich nicht weg. Ich will dich sehen."

In dem Augenblick, als er in sie eindrang, schaute Shelby ihm in die Augen.

Justin öffnete die Lippen. Es war die ergreifendste Erfahrung seines Lebens. Jahrelang hatte er sich danach gesehnt. Und nun geschah es schließlich. Sie gehörte ihm. Es gab keine Schranken mehr zwischen ihnen. Er spürte, dass sie ihn wollte und für ihn bereit war.

Als er sich langsam zu bewegen begann, zuckte sie ein wenig zusammen. Die Erfahrung des Einssein war noch zu neu, zu intim für sie. Er hielt sofort inne.

„Es ist in Ordnung", flüsterte er. Dann küsste er sie mit einer überwältigenden Zärtlichkeit. Als er spürte, wie sie sich entspannte, lachte er überglücklich. „Ja. So ist es gut. Oh, Shelby!"

Ihre Wangen glühten, aber sie wandte den Blick nicht von ihm ab. Mit zitternden Händen streichelte sie sein Gesicht. Dann umfasste sie seinen Kopf und zog ihn zu sich herab. „Liebe mich", flüsterte sie. Im selben Moment spürte sie den ersten behutsamen Stoß. „Justin … liebe mich!"

Mit diesen Worten entfesselte sie seine so lange beherrschten Gefühle endgültig. Er liebte sie mit all seiner Leidenschaft und schrie auf, als die Lust und der Drang nach Erfüllung seine Willenskraft ablösten.

Der Verstand sagte Shelby, dass sie sich vor seinem Mangel an Selbstbeherrschung fürchten müsse. Doch seine Bewegungen ließen tief in ihrem Innern ein Glücksgefühl wachsen, das jeden Gedanken auslöschte. Als ihre Erregung dem Höhepunkt entgegenstrebte, wölbte sie sich Justin entgegen. In diesem Moment umfasste er ihre Hüften und drückte sie an sich.

Sie hatte das Gefühl, die Welt um sie herum würde versinken. Wieder und wieder rief sie seinen Namen.

Justin lachte. Überall spürte sie seine Lippen, auf dem Mund, auf der Stirn, auf den Schläfen. Und seine Küsse waren ebenso zärtlich wie beruhigend.

„Das erste Mal!", sagte er lachend. Seine Lippen zitterten, als er sie küsste. „Mein Gott! Das erste Mal!"

Nun öffnete sie die Augen und blickte ihn fasziniert an. Er schien um Jahre jünger auszusehen. Sein Haar war feucht, seine Stirn glänzte, und seine Augen funkelten glücklich. Er zitterte ebenso wie sie am ganzen Körper.

„Justin?", flüsterte sie benommen.

„Ist alles in Ordnung, Liebling?", fragte er sanft. „Ich habe dir doch nicht wehgetan?"

„Nein." Verschämt wandte sie den Blick ab.

„Sieh mich an, du kleiner Feigling."

Als sie sich zwang, ihm richtig in die Augen zu schauen, beugte er sich zu ihr hinab und küsste sie zärtlich auf die Augenlider.

„Ich … ich hatte keine Ahnung …" Sie fand keine Worte. Überwältigt von ihren Gefühlen, vergrub sie den Kopf an seiner Schulter und umarmte ihn, so fest sie konnte.

„So viele einsame Nächte, Shelby", flüsterte er. „So viele Träume. Aber selbst die Träume waren nicht so schön wie die Wirklichkeit." Er umfasste ihren Kopf. „Küss mich, Liebling."

Sie hob den Kopf und gehorchte willenlos. Zitternd drehte Justin sie schließlich auf die Seite und blickte ihr in die Augen. Seine unausgesprochene Frage beantwortete sie wortlos, indem sie ihn zu sich heranzog und ihn leidenschaftlich küsste. Begierig öffnete er die Lippen, und wieder versank die Welt um sie herum.

Shelbys Leben änderte sich nach dieser Nacht vollständig. Bei der Arbeit dachte sie unentwegt an Justin, und wenn sie sich abends zu Hause wieder trafen, gab es weder böse Worte noch Streitereien. Er küsste sie zum Abschied und zur Begrüßung. Nachts liebten sie sich, bis sie in seinen Armen einschlief. Shelby genoss dieses Leben in vollen Zügen. Ihre kühnsten Träume schienen in Erfüllung zu gehen. In ihrer Freizeit ritten sie zusammen aus, spielten Gitarre oder schauten sich Filme an. Es war ein neuer Anfang, den sie beinah als vollkommen bezeichnet hätte.

Allerdings spürte sie immer noch eine emotionale Distanz zwischen ihnen. Obwohl sie darüber gesprochen hatten, dass sie sich Kinder wünschten, schien er sich nicht völlig zu öffnen. Über seine tiefsten Gefühle sprach er nicht mit ihr. Selbst wenn sie miteinander schliefen, fiel nie das Wort Liebe.

Seine Zurückhaltung machte ihr Sorgen. Während sie in ihn so verliebt war wie vor sechs Jahren, versuchte er seine Gefühle vor ihr zu verbergen. Er begehrte sie, zweifellos, aber wenn er mehr für sie empfand, so ließ er es sich nicht anmerken.

Shelby gab ihren Job nicht auf, auch wenn sie wusste, dass sie Justin damit einen großen Gefallen getan hätte. Er war auf ihren Chef immer noch eifersüchtig. Barry Holman hatte Tammy Lester mit Leichtigkeit überredet, wieder zur Arbeit zu kommen. Und die Beziehung zwischen den beiden entwickelte sich mit rasanter Geschwindigkeit. Immer häufiger tauschten sie sehnsüchtige Blicke.

Vier Wochen nach ihrer ersten gemeinsamen Nacht bemerkte Shelby Anzeichen für eine Schwangerschaft. Justin gegenüber äußerte sie ihre Vermutung vorerst nicht, obwohl sie sich fast sicher war. Der Gedanke, ein Kind mit Justin zu haben, machte sie überglücklich. Vielleicht konnte das Kind dazu beitragen, dass Justin seine Vorbehalte ihr gegenüber aufgab, vorausgesetzt, er liebte sie.

Sie hatte es sich auf dem Sofa bequem gemacht, als er nach Hause kam, offensichtlich schlecht gelaunt.

„Hast du Probleme?“, fragte sie freundlich.

Er verzog missmutig das Gesicht. „Ich muss morgen für ein paar Tage nach Wyoming fliegen. Ein Freund hat mich gebeten, als Zeuge vor Gericht für ihn auszusagen.“ Er seufzte. „Ich fahre nicht gern, aber er würde dasselbe auch jederzeit für mich tun.“

Er setzte sich zu ihr aufs Sofa und erklärte ihr, dass sein Freund angeklagt war, kontaminiertes Fleisch verkauft zu haben.

„Bist du sicher, dass er unschuldig ist?"

„Absolut", entgegnete er. Dann gab er ihr einen flüchtigen Kuss. „Ich wünschte, ich könnte dich mitnehmen. Aber Quinn hat mich eingeladen, bei ihm zu wohnen. Seitdem seine Ehefrau ihn vor zehn Jahren verlassen hat, hat er mit Frauen nichts mehr im Sinn. Den kleinen Jungen hat sie damals bei ihm gelassen. Ich weiß nicht, was aus ihm werden soll, wenn sein Vater ins Gefängnis muss." Er schüttelte den Kopf. „Eine wirklich dumme Sache."

„Hoffentlich wird er nicht verurteilt", sagte Shelby. Dann blickte sie Justin an. „Ich werde dich vermissen."

Er nahm sie in die Arme und küsste sie begierig. „Ich werde dich auch vermissen, Liebling", flüsterte er. „Ich rufe dich jeden Abend an. Vielleicht dauert es nicht lange."

„Hoffentlich. Wenn du mich zu lange allein lässt, laufe ich mit irgendeinem attraktiven Mann davon", neckte sie ihn. Sie wusste, dass es in ihrem Leben keinen anderen Mann geben würde.

Doch Justin verstand ihren Scherz nicht. Er war sich ihrer Gefühle immer noch nicht sicher. Nachdenklich stützte er sein Kinn auf ihren Kopf und starrte ins Leere. Sie war eine schöne Frau, während er alles andere als ein attraktiver Mann war. Es schien ihr zu gefallen, mit ihm zu schlafen, aber er wünschte sich sehr viel mehr, als nur ihren Körper zu besitzen. Er wollte von ihr geliebt werden.

„Fahr nicht so schnell, wenn ich fort bin", sagte er leise.

Sie lachte. Mit dem Kleinwagen, den er gekauft hatte, konnte sie keinesfalls zu schnell fahren.

„Bestimmt nicht", versprach sie. „Und Maria und Lopez sind ja auch hier. Du brauchst dir um mich keine Gedanken zu machen. Ich werde mich nur einsam fühlen", fügte sie hinzu. Sie sah ihn forschend an. „Justin, worüber machst du dir Sorgen?"

„Über das Geschäft", erwiderte er ausweichend. Dann musterte er sie eindringlich. „Du bist doch die Ehe noch nicht leid, oder?"

„Wie bitte?", fragte sie entsetzt.

„Du hast mich verstanden. Ich kann dir nicht so viel geben wie dein Vater. Ich kann nur hoffen, dass es genug ist."

Sie umfasste seinen Kopf mit beiden Händen und sah ihn an. „Oh,

Justin, ich will doch nur dich."

Als sie ihn küsste, spürte sie eine Welle der Erregung durch seinen Körper laufen. Diese heftige Reaktion überraschte sie immer noch. Wie es schien, liebte er es besonders, wenn sie den ersten Schritt unternahm.

Er umarmte sie und vertiefte den Kuss verlangend. Ihre Leidenschaft nahm nicht ab, sie schien im Gegenteil mit jedem Tag zu wachsen. Shelby hielt nichts zurück, und ihre Hingabe ermutigte ihn zu ähnlicher Hemmungslosigkeit. Er war immer noch zärtlich, nur gelegentlich liebte er sie fordernd und kraftvoll, für Shelby eine Erfüllung, die ihre wildesten Träume übertraf.

„Wann fährst du?", fragte sie flüsternd. Sie zitterte, als er seine Hände unter ihre Bluse gleiten ließ.

„Morgen."

„So bald schon?"

„Wir haben noch die ganze Nacht für uns", versprach er, bevor er sie stürmisch auf den Mund küsste. „Shelby, ich will dich!"

Als er sie die Treppen hinauftrug, hielt sie sich an seinen starken Schultern fest. Wie gern hätte sie ihm gesagt, dass sie ihn liebte. Doch als sie den Mund öffnete, um ihm dies zu sagen, spürte sie sofort wieder seine zärtlichen Lippen. Und wie immer löschte das Verlangen jeden anderen Gedanken aus.

Shelby erwachte am nächsten Morgen erst, als Justin schon fort war. Sie erinnerte sich vage, dass er sie zum Abschied geküsst hatte. Plötzlich tat es ihr leid, dass sie ihm nicht gesagt hatte, wie sehr sie ihn liebte. Ein ungutes Gefühl stieg in ihr auf, eine Vorahnung. Bei näherer Überlegung führte sie dies jedoch auf ihre Schwangerschaft zurück. Sie und Justin waren einander so nah, dass nichts die alte Mauer wieder aufrichten konnte, die sie sechs Jahre lang getrennt hatte.

9. KAPITEL

Im Büro hatten Shelby und Tammy alle Hände voll zu tun. Für die kommende Woche standen Gerichtstermine an, und Mr Holman bearbeitete mehrere Fälle gleichzeitig. Bei seinen Recherchen unterstützte Tammy ihn, die inzwischen einen Abendkurs in Rechtswissenschaft absolviert und auch eine Gehaltserhöhung bekommen hatte.

Shelby beneidete ihre Kollegin nicht um den beruflichen Aufstieg. Da sie schwanger war, konnte sie ohnehin nur noch wenige Monate arbeiten. Sie wusste, dass Justin darauf bestehen würde, dass sie die letzten Wochen der Schwangerschaft zu Hause verbrachte. Und sie selbst wollte dies auch. Sie wollte Zeit haben, um für das Baby alles in Ruhe vorzubereiten. Shelby lächelte. Wie würde Justin reagieren, wenn sie ihm die Neuigkeit erzählte?

„Ich sagte", unterbrach Mr Holman ihre Gedanken, „ich fürchte, dass Sie in den nächsten Tagen ein paar Überstunden machen müssen, Sie und Tammy."

„Das macht mir nichts aus", versicherte Shelby ihm. „Justin ist verreist. Ich habe abends sowieso nichts zu tun."

„Danke, Shelby. Ich wüsste nicht, was ich ohne Sie tun sollte. Ich muss jetzt zum Gericht. Danach bin ich zum Lunch in Carson's Café. Spätestens um eins bin ich zurück."

„Okay, Chef."

Als er auf die Tür zustürmte, stieß er mit Tammy zusammen, die gerade hereinkam. Um sie zu stützen, ergriff er ihren Arm, während sie ihre Hände auf seine Brust legte. Wie erstarrt schauten sie sich in die Augen.

„Alles in Ordnung?", fragte Barry Holman schließlich.

„Ja." Tammys Stimme war kaum ein Flüstern. Sie blickte verlegen zu Boden.

Nach einer kleinen Ewigkeit ließ Barry ihren Arm los. „Passen Sie auf sich auf", sagte er lächelnd. „Ich brauche Sie noch."

„Ja, Sir", erwiderte Tammy leise.

Barrys Blick wanderte zu ihren Lippen. Nachdenklich verließ er das Büro.

Shelby musste ein Grinsen unterdrücken. Nachdem die beiden

sich anfangs bis aufs Messer bekämpft hatten, gingen sie nun reserviert und schüchtern miteinander um. Tammy schien zu vibrieren, sobald Barry Holman den Raum betrat. Ihr Gesicht begann dann jedes Mal zu leuchten.

„Ich muss noch ein paar Notizen schreiben", erklärte Tammy, immer noch verlegen.

„Okay. Ich hole uns etwas zu essen. Was möchtest du?"

„Thunfischsalat und Cracker. Und vielen Dank. Morgen gehe ich einkaufen."

„Einverstanden. Bis gleich."

Als Shelby am Drugstore vorbeikam, entdeckte sie Abby vor dem Glückwunschkartenständer.

„Was suchst du?", fragte Shelby ihre Schwägerin interessiert.

Abby lachte. „Eine Karte für meinen Ehemann. Er hat doch übernächste Woche Geburtstag", erinnerte sie Shelby.

„Wie konnte ich das vergessen", erwiderte Shelby. „Schließlich geben wir die Party für ihn."

„Wie steht's bei euch zu Hause?", erkundigte sich Abby. „Calhoun sagt, Justin träumt den ganzen Tag, anstatt zu arbeiten. Er hat ein Foto von dir auf seinen Schreibtisch gestellt, und das starrt er von morgens bis abends an."

„Tatsächlich?" Shelby lachte glücklich.

„Es freut mich, dass zwischen euch nun alles in Ordnung ist. Ihr gehört zusammen."

„Ich war noch nie so glücklich", gestand Shelby.

„Justin geht es genauso." Plötzlich musterte sie Shelby neugierig. „Warum arbeitest du immer noch?"

„Nun, ich dachte, es wäre nicht in Ordnung, wenn ich von heute auf morgen kündige. Aber Tammy Lester hat sich sehr gut eingearbeitet. Vielleicht gebe ich den Job nun bald auf."

„War das Tammy Lester, die ich heute Morgen am Fenster gesehen habe?", fragte Abby. „Das Rollo war heruntergezogen, aber es brannte Licht, sodass ich die Umrisse erkennen konnte. Sie stand hinter Mr Holman und beugte sich über ihn. Im ersten Moment dachte ich, du wärst es", fügte sie hinzu. „Ihr seht euch ähnlich."

„Ja, wir haben eine ähnliche Figur und beide lange Haare", erklärte Shelby. „Sie hat sich in den Chef verliebt. Und ich glaube, das Gefühl ist gegenseitig. Zuerst haben sie sich gehasst, und nun werfen sie sich schmachtende Blicke zu."

„Und was ist wohl das nächste Stadium?", bemerkte Abby mit schelmischem Lächeln.

„Ich glaube, darauf brauchen wir nicht mehr lange zu warten." Shelby lachte, blickte aber verlegen zur Seite. „Calhoun weiß doch noch nichts von der Überraschungsparty, oder?", wechselte sie das Thema.

„Um Himmels willen, nein. Von mir erfährt er es auch nicht", versprach Abby. „Justin rief mich neulich an und sagte, er habe ein paar Leute eingeladen, die nicht auf meiner Liste stehen. Weißt du vielleicht, wen er eingeladen hat?"

Shelby runzelte die Stirn. „Nein. Doch wohl hoffentlich nicht eine von seinen alten Freundinnen ..."

„Darüber würde ich mir an deiner Stelle keine Sorgen machen", erwiderte Abby, die genau wusste, dass Justin jahrelang wie ein Mönch gelebt hatte.

„Wen könnte er sonst eingeladen haben?"

„Das müssen wir abwarten. Frag ihn doch einfach, wenn er wieder zurück ist."

„Sicher", erwiderte Shelby nachdenklich. „Ich muss mich beeilen, Abby. Tammy ist allein im Büro. Ruf mich an, wenn du für die Party Hilfe brauchst."

„Okay. Bis bald."

Auf dem Rückweg zum Büro grübelte Shelby darüber nach, wen Justin eingeladen haben könnte. Sie nahm sich vor, ihn danach zu fragen.

Wie versprochen rief Justin sie abends an. Sein Aufenthalt in Wyoming würde doch länger dauern, als er gehofft hatte, teilte er ihr mit. Sie verabredeten sich für Montagabend. Falls sie wegen der Überstunden noch nicht zu Hause sei, solle er sie im Büro abholen, bat Shelby ihn. Dann legte sie den Hörer auf. Bis Montagabend musste sie also warten. Dabei war ihre Sehnsucht jetzt schon fast unerträglich.

Das Wochenende verging langsam, quälend langsam. Am Montag allerdings kam sie vor Arbeit kaum dazu, an die Rückkehr ihres Mannes zu denken. Unentwegt klingelte das Telefon, und Tammy musste zweimal zum Gericht hinüberlaufen, um Mr Holman Unterlagen zu bringen.

Abends fragte sich Shelby, ob sie an diesem Tag überhaupt noch nach Hause fahren konnte. Mr Holman kam mit immer neuen Briefen, die geschrieben werden mussten, seitenlange Texte, die viel Zeit in Anspruch nahmen.

Inzwischen huschte Tammy nur noch durchs Büro, um Mr Holmans Anweisungen zu erfüllen, während Mr Holman zunehmend ungeduldiger wurde. Die Art, wie Tammy zu seiner Tür hinüberschaute, verriet Shelby, dass es Ärger geben würde. Um neun Uhr kam er dann aus seinem Büro, nur um eine sarkastische Bemerkung über einen Fehler zu machen, der Tammy unterlaufen war. Tammy explodierte.

„Sie erwarten wohl Wunder!“, rief sie aufgebracht. „Ich mache Überstunden und komme nicht einmal dazu, etwas zu essen. Ich krieche auf allen vieren, um Sie zu entlasten, und Sie schreien mich an! Ich hasse Sie!“

„Sie Zuckerpüppchen“, konterte er. „Sie haben keine Ahnung, was harte Arbeit wirklich bedeutet.“ Mit einem blasierten Lächeln auf den Lippen ging er in sein Büro zurück.

„Oh nein, Sie eingebildeter Kerl“, fluchte Tammy. Im nächsten Moment betrat sie sein Büro und warf die Tür mit einem lauten Knall ins Schloss.

Nach einem aufgeregten Wortwechsel hörte Shelby das Geräusch eines über den Boden gezogenen Stuhls. Danach fiel etwas auf den Boden. Und dann drang kein einziges Geräusch mehr aus dem Zimmer. Sie lächelte. Es sah ganz danach aus, als hätte diese Beziehung das nächste Stadium erreicht.

Für Justin allerdings, der auf der gegenüberliegenden Straßenseite von seinem Thunderbird aus zum Fenster hinaufschaute, sahen die beiden Gestalten nicht aus wie Barry Holman und Tammy. Für ihn bestand kein Zweifel, dass die Frau in Barry Holmans Armen keine andere als Shelby war.

Es brach ihm das Herz. Er war direkt vom Flughafen in die Stadt gefahren, weil er es kaum erwarten konnte, Shelby wiederzusehen. Und nun entdeckte er ... dies.

Das ist unmöglich, dachte er schockiert. Und dennoch, es gab keinen Zweifel, auch wenn er durch das Rollo nur die Umrisse erkennen konnte. Die Frau, die er dort oben sah, war Shelby. Er kannte sie zu gut, um sie mit jemandem zu verwechseln. Abgesehen davon war sie die einzige Frau in Holmans Büro!

Er startete den Wagen. Wie benommen fuhr er die Straße hinunter. Shelby war seine Frau. Sie hatte ihm alles gegeben, was er sich je gewünscht hatte. Aber sie hatte ihn schon einmal betrogen. Das hatte er in seinem Glück fast vergessen. Wenn sie auch nicht mit Wheelor geschlafen hatte, so hatte sie ihn doch betrogen. Und nun wiederholte sich das Schicksal. Er wusste nicht, was er tun sollte. Am liebsten wäre er in dieses Büro gegangen und hätte Barry Holman eigenhändig umgebracht. Krank vor Schmerz fuhr er nach Hause. Wie konnte sie ihm so etwas antun?

Inzwischen hatte Shelby ihre Arbeit im Anwaltsbüro erledigt. Sie überlegte, ob sie in Holmans Büro gehen sollte, um sich zu verabschieden. Nein, dachte sie schließlich. Was immer in dem Zimmer vor sich ging, sie würde nur stören.

Also rief sie zu Hause an und erkundigte sich, ob Justin schon da war. Von Maria erfuhr sie, dass er noch nicht eingetroffen war. Sie hinterließ eine Nachricht auf dem Schreibtisch und fuhr nach Hause. Justin hatte versprochen, sie abzuholen. Dass er nicht gekommen war, konnte eigentlich nur bedeuten, dass er noch unterwegs war. Mit diesem Gedanken tröstete sie sich.

Shelby parkte den Wagen direkt vor der Haustür und lief durch die Halle in sein Arbeitszimmer. Tatsächlich fand sie Justin dort.

„Hallo!“, rief sie lachend.

Doch der Mann, der ihr gegenüberstand, schien dem zärtlichen Liebhaber, der sie am Mittwoch verlassen hatte, nicht im Entferntesten zu ähneln. Ohne jede Gefühlsregung blickte er sie an.

„Du kommst spät“, bemerkte er.

„Ich … Es war Gerichtswoche“, erklärte sie. „Ich sagte dir doch, dass ich länger arbeiten muss.“

„Das hast du getan.“ Er nahm einen Zug von seiner Zigarette. „Du siehst besorgt aus. Stimmt etwas nicht?“

„Ich dachte, du würdest dich freuen, mich zu sehen“, sagte sie mit zaghaftem Lächeln.

Er erwiderte ihr Lächeln, aber es war nicht freundlich gemeint.

„So? Dachtest du? Nun, du hast doch wohl nicht vergessen, was du mir vor sechs Jahren angetan hast. Es tut mir leid, dich zu enttäuschen, aber noch einmal falle ich nicht auf dich herein. Die vergangenen Wochen waren eine kleine Entschädigung für mich. Ich wusste nicht, dass du eine Zukunft darauf aufbauen wolltest." Er lachte bitter. „Tut mir leid, Darling. Einmal ist genug. Und glaub nicht, dass ich nicht ohne dich leben könnte."

Sie traute ihren Ohren nicht. Jetzt, da sie schwanger war, erklärte Justin ihr, er wolle sie nicht mehr. „Ich dachte, du hättest begriffen, dass ich nicht mit Tom ..."

„Sicher", unterbrach er sie. „Aber du hast die Verlobung gelöst und der ganzen Welt erzählt, ich sei nicht reich genug für dich." Seine Augen funkelten. „Jetzt bin ich an der Reihe. Ich bin reich, und ich will dich nicht mehr."

Sie drehte sich um und lief so schnell sie konnte die Wendeltreppe hinauf in ihr altes Zimmer. Nachdem sie die Tür abgeschlossen hatte, warf sie sich aufs Bett und weinte hemmungslos. Sollte dieser Albtraum denn niemals enden?

Sie wartete und hoffte, dass Justin zu ihr kommen würde, dass er es nicht so gemeint hatte. Aber es waren keine Schritte im Flur zu hören. Stunden später hörte sie ihn in sein Zimmer gehen.

Shelby konnte sich diese Verwandlung nicht erklären. Vor Justins Abreise nach Wyoming schien sich ihre Beziehung immer besser zu entwickeln. Sie hatte sogar vermutet, dass er mehr für sie empfand, als er aussprach. Und nun war er ein Fremder. Er war wieder der verbitterte Mann, der seine Rache wollte.

Während sie sich noch fragte, wie sie in Zukunft weiterleben sollte, schlief sie erschöpft mit tränennassen Wangen ein.

Justin dagegen lag noch lange wach. Er vermisste Shelby, ihr gleichmäßiges Atmen, ihren weichen Körper, der sich an ihn schmiegte. Sie weinen zu sehen hatte ihm fast das Herz gebrochen. Doch auch er litt. Er hatte geglaubt, Shelby liebte ihn, aber sie hatte ihn nur geheiratet, weil sie Sicherheit wollte. Und nun hielt sie ihn wie damals zum Narren, indem sie ihn mit einem anderen Mann betrog. Er wusste nicht, wie er weiter mit ihr leben sollte, nach allem, was er heute gesehen hatte.

Sicher, er hatte daran gedacht, sie mit der Wahrheit zu konfrontieren. Aber was wäre dabei herausgekommen? Er hatte sie auch mit Tom Wheelor konfrontiert, und sie hatte gelogen. Sie war und blieb eine Lügnerin. Nur gut, dass er sie heute ertappt hatte. In der letzten Zeit hatte er begonnen, ihr wieder zu vertrauen. Aber von nun an würde Shelby ihn nicht mehr an der Nase herumführen. Mit diesem Gedanken schlief er schließlich ein.

Beim Frühstück am nächsten Morgen sah Shelby ihn aus ihren geschwollenen Augen an. „Was du gestern Abend gesagt hast, war doch nicht dein Ernst, oder, Justin?“, fragte sie unsicher.

Er schenkte sich eine Tasse Kaffee ein, bevor er antwortete. „Ich habe jedes Wort ernst gemeint, Shelby.“ Er nahm sich Schinken und Rührei. „Hier, probier das Rührei.“

Shelby konnte nicht einmal den Anblick von Rührei ertragen, ohne dass sich ihr Magen umdrehte. Sie schüttelte den Kopf. Als er sie forschend ansah, fügte sie hinzu: „Ich habe keinen großen Hunger.“

„Wie du meinst.“ Seine eigene Appetitlosigkeit ließ er sich nicht anmerken. Er leerte seinen Teller, fühlte sich aber unter Shelbys Blicken alles andere als wohl.

„Welche Art von Beziehung stellst du dir für uns vor?“, fragte sie schließlich.

„Du bist meine Frau“, erwiderte er kühl. „Du lebst in meinem Haus, und ich sorge für dich. Aber wir werden getrennte Zimmer haben. Von jetzt an führt jeder sein eigenes Leben.“

Sie schloss die Augen. Und was wird aus dem Baby, wollte sie fragen. Was wird aus unserem Kind? Doch inzwischen war ihr so übel, dass sie das Zimmer verlassen musste. „Ich muss jetzt gehen, sonst komme ich zu spät.“

Er warf ihr einen wütenden Blick zu. „Du darfst auf keinen Fall zu spät zur ... Arbeit kommen“, sagte er.

Aber sie war zu sehr mit sich selbst beschäftigt, um seinen Sarkasmus zu hören. Sie fuhr ins Büro und blieb still am Schreibtisch sitzen, bis ihre Übelkeit abgeklungen war. Warum Justin ihr plötzlich mit solcher Eiseskälte begegnete, blieb ihr unerklärlich. Nur eines wusste sie genau: Auf dieser Basis konnte sie auf keinen Fall mit ihm zusammenleben.

Die langen Tage verstrichen, ohne dass sich eine Veränderung abzeichnete. Justin blieb seiner Frau gegenüber kühl und reserviert, während Shelby teils durch die morgendliche Übelkeit und teils vor Kummer immer mehr Gewicht verlor. Je schlechter sie aussah, desto mehr wuchsen seine Schuldgefühle. Warum eigentlich, fragte er sich erstaunt. Schließlich hatte sie ihn verletzt und nicht umgekehrt.

Am Tag der Geburtstagsparty für Calhoun ruhte Shelby sich nachmittags ein wenig aus. Schließlich stand sie auf und machte sich zurecht.

Sie zog das dunkelgrüne Samtkleid an, das ihr früher ein wenig zu eng gewesen war und das sie aus diesem Grunde so lange nicht mehr getragen hatte. Durch den Gewichtsverlust passte das bodenlange, ärmellose Kleid nun perfekt. Sie steckte ihr Haar hoch und legte die Smaragdkette an, die sie von ihrer Großmutter geerbt hatte. Gegen ihren blassen Teint allerdings half auch Make-up nicht mehr.

Sie legte die Hand auf ihren Magen. Es wurde allmählich Zeit, dass sie einen Arzt aufsuchte. Aber in einer kleinen Gemeinde wie Jacobsville sprachen sich Neuigkeiten schnell herum. Wie sollte sie ihren Zustand vor Justin geheim halten? Die beste Lösung war vielleicht, nach Houston zu fahren und sich in einer Klinik untersuchen zu lassen.

Von unten drang Musik herauf. Shelby legte etwas Parfum auf und ging mit müden Schritten langsam die Treppen hinunter. Sofort entdeckte sie Abby und Calhoun, die Arm in Arm beieinander standen. Der Anblick dieses glücklichen Paars brach Shelby fast das Herz. Es hätte so schön sein können mit Justin und ihr. Justin sah sie erst, als sie unten angekommen war. In seinem Smoking wirkte er ausgesprochen elegant. Sie fragte sich, ob er vor den Gästen den glücklichen Ehemann spielen oder sein reserviertes Verhalten fortsetzen würde.

Gerade als Lopez einem neuen Gast die Tür öffnete, drehte Shelby sich zum Eingang um. Wie erstarrt blieb sie auf der Stelle stehen. Das glaube ich nicht, das glaube ich einfach nicht. So etwas kann doch nur ein Scherz sein, sagte sie sich immer wieder. Natürlich, es war Calhouns Geburtstag, und Justin hatte bestimmt nicht damit gerechnet, dass sie eine Szene machen würde. Aber dies alles interessierte Shelby nicht.

Kurz entschlossen und vor Zorn innerlich bebend, ging sie an Justin vorbei auf den Mann zu, der sich nervös in der Eingangshalle in alle Richtungen umschaute. Im Vorbeigehen ergriff sie eine sehr wertvolle antike Vase.

„Hallo, Tom", sagte sie mit kühler Höflichkeit. „Wie schön, dich zu sehen." Dann hob sie die Vase hoch und schleuderte sie Wheelor entgegen.

10. KAPITEL

Die schockierten Blicke der Gäste sah Shelby nicht. Nachdem die Vase nur knapp an Toms Kopf vorbeigesegelt war, ergriff sie das Blumenarrangement vom Empfangstisch und schritt auf Tom Wheelor zu, der seinerseits rückwärts den Weg ins Freie suchte. Als er die Treppe zur Hälfte hinuntergelaufen war, warf sie die Delfter Schale mit den Blumen hinter ihm her.

Während Tom in seinen Wagen flüchtete, schaute Shelby ihm wütend nach. Wie konnte er es wagen, ihr unter die Augen zu treten? Glaubte er, sie habe vergessen, welche Rolle er damals gespielt hatte? Und wie kam Justin auf die Idee, ihn einzuladen?

Sie drehte sich um und ging zu den verdutzten Gästen zurück, als wäre nichts geschehen. Justin würdigte sie keines Blickes. „Alles Gute zum Geburtstag, Calhoun! Wir freuen uns, dass wir die Party für dich geben dürfen." Mit diesen Worten küsste sie ihren Schwager auf die Wange.

„Danke, Shelby", murmelte Calhoun.

„Wir sollten zum Dinner hineingehen." Shelby nickte den Gästen zu und nahm Justins Arm. Aber sie schaute ihn nicht an und sprach auch nicht mit ihm.

„Was sollte dieses Schauspiel?", fragte er, als er sicher war, dass sie außer Hörweite waren.

Sie ignorierte seine Frage. „Wie konntest du es wagen, ihn einzuladen, nachdem er sich von meinem Vater benutzen ließ, um uns auseinanderzubringen?"

„Ich wollte sehen, ob von dem Feuer noch Funken übrig sind", erwiderte er mit kaltem Lächeln.

Shelby schüttelte den Kopf. „Du kannst froh sein, dass ich ihn nicht umgebracht habe."

„Soll das heißen, du hältst immer noch an der Geschichte fest, dass dein Vater uns getrennt hat?"

„Warum glaubst du mir nicht?"

„Ganz einfach, es war das Geld deines Vaters, das damals unseren Bankrott verhindert hat." Er sah, dass sie schockiert war. „Das scheint dich zu erstaunen. Wenn dein Vater gegen unsere Ehe gewesen wäre, hätte er dann meine Schulden bezahlt? Was meinst du?"

Shelby wurde plötzlich schwarz vor Augen. Sie hielt sich an der Stuhllehne fest.

„Um Himmels willen, setz dich.“ Justin stützte sie besorgt. „Geht es besser?“

„Nein.“ Sie lachte nervös.

Abby, die die Szene beobachtet hatte, setzte sich Shelby gegenüber an den Tisch. „Kann ich etwas für dich tun?“, fragte sie leise.

„Mir würde es genügen, wenn Justin mich in Ruhe lassen würde“, sagte sie mit einem zornigen Blick zu Justin.

Er straffte die Schultern und schaute sie lange an. „Mit Vergnügen, Mrs Ballenger“, sagte er kalt, bevor er sich den Gästen zuwandte.

Später konnte Shelby sich kaum erinnern, wie sie das Dinner hinter sich gebracht hatte. Aber sie nutzte die erste Gelegenheit, um sich zurückzuziehen.

Abby folgte ihr, als sie nach oben ging. „Was ist passiert?“, fragte sie ohne Umschweife.

„Erstens, ich bin schwanger“, erklärte Shelby ebenso direkt.

„Oh, Shelby! Weiß Justin es schon?“

„Nein, und du wirst es ihm auch nicht erzählen.“ Shelby setzte sich in ihren Ohrensessel und lehnte den Kopf zurück. „Eine Weile ging es gut mit uns, aber jetzt denkt er wieder nur an die Vergangenheit. Er ist kalt wie Eis. Wie kann ich ihm von dem Baby erzählen, wenn er so verbittert ist?“

„Vielleicht stimmt ihn das freundlicher“, meinte Abby.

„Ich brauche kein Mitleid.“ Sie vergrub ihr Gesicht in den Händen. „Es wird nie funktionieren, Abby. Er kann die Vergangenheit nicht verwinden. Und ich kann so nicht mehr weiterleben.“

Abby nahm sie tröstend in die Arme und streichelte ihr Haar, als ihr nun die Tränen über die Wangen liefen. „Was wirst du nun machen?“, fragte sie schließlich.

„Ich fahre morgen nach Houston“, sagte Shelby entschlossen. „Dort wohnt eine Cousine von mir. Bei ihr bleibe ich, bis ich genau weiß, wie es weitergehen soll.“

„Und deine Arbeit?“, wandte Abby ein, der Shelbys Entschluss übereilt erschien.

„Tammy und Mr Holman kommen gut miteinander zurecht. Wenn du mich fragst, sie werden bestimmt bald heiraten. Ein paar Tage kommen sie sicher auch ohne mich aus."

„Du kannst Justin nicht einfach verlassen", sagte Abby sanft. „Ich weiß nicht, was zwischen euch vorgefallen ist, aber ich weiß, was Justin für dich empfindet, Shelby."

„Er hat eine wundervolle Art, seine Gefühle zu zeigen", sagte Shelby. „Erst verlangt er, dass wir unser Leben getrennt führen, und dann lädt er diesen Mann hierher ein!"

„Ich glaube, er hat jetzt begriffen, dass dir an Tom nichts liegt", sagte Abby kichernd.

„Tom und mein Vater passten gut zusammen", sagte Shelby verbittert. „Weißt du, was das Schlimmste ist? Mein Vater hat Justin und Calhoun Geld für den Betrieb gegeben. Kein Wunder, dass Justin ihn in Ehren hält und mir nicht glaubt, dass er uns damals auseinander gebracht hat. Dad hat alles bestens für mich eingefädelt. Mit diesem Trick hat er erreicht, dass Justin mir nie wieder vertrauen wird."

„Vielleicht vertraut er dir, wenn er von dem Baby erfährt."

„Davon wird er nichts erfahren. Es ist mein Kind, und nicht seins. Er kann zur Höhle gehen!"

Abby seufzte. Im Moment konnte sie bei Shelby nichts erreichen. „Wir sollten das nicht jetzt diskutieren. Schlaf dich erst einmal aus und denk in Ruhe über alles nach. Ich spiele für dich die Gastgeberin. Justin sage ich, du hättest Magenschmerzen."

Sie stand auf und wollte gerade gehen, als plötzlich Justin hereinkam. Er machte einen seltsam verunsicherten Eindruck.

„Hier ist eine Frau. Eine Miss Lester", fügte er hinzu. „Sie sagt, sie sei eine Kollegin von dir."

„Ja, das stimmt." Shelby vermied es, ihn anzusehen. „Was will sie?"

„Sie kommt gerade die Treppen herauf. Du kannst sie selbst danach fragen." Nun trat er nervös von einem Fuß auf den anderen. „Seit wann arbeitet sie bei Holman?"

„Seit ein paar Wochen." Sie blickte auf, als Tammy das Zimmer betrat. „Hallo", begrüßte Shelby sie mit einem Lächeln. „Was führt dich hierher?"

„Ich konnte auf keinen Fall bis morgen warten." Tammys Augen strahlten überglücklich, als sie ihre Hand ausstreckte und Shelby den Diamantring zeigte, der an ihrem Finger steckte. „Er hat ihn mir gerade heute Abend gegeben."

Shelby lachte. Sie stand auf und nahm Tammy in die Arme. „Ich freue mich für dich. Als ihr beiden neulich in Mr Holmans Büro wart und es plötzlich ganz still wurde, habe ich mir schon meinen Teil gedacht."

Tammy lächelte. „Nun ja. Wir haben für eine Menge Klatsch gesorgt. Schließlich konnte uns jeder am Fenster beobachten. Aber in dem Moment haben wir beide nicht darüber nachgedacht. Und nun spielt es auch keine Rolle mehr. Nun sind wir verlobt."

Justin war kreidebleich geworden, was allerdings außer Abby niemandem auffiel.

„Wo ist unser Boss?", fragte Shelby.

„Er wartet unten im Wagen. Wir wollen noch zu seinen Eltern fahren und die Neuigkeit berichten. Ich musste es dir einfach erzählen. Ist es nicht fantastisch?"

„Ja. Es ist wundervoll. Herzlichen Glückwunsch."

„So, jetzt muss ich aber wieder gehen. Wir sehen uns morgen früh im Büro, okay?"

„Ja", log Shelby, um Justin ihre Pläne nicht zu verraten. „Bis morgen. Ich freue mich für euch", fügte sie lachend hinzu.

„Tut mir leid, wenn ich gestört habe", entschuldigte sich Tammy mit einem schüchternen Blick zu Justin und Abby. Dann verschwand sie so plötzlich, wie sie gekommen war.

Shelby setzte sich wieder in den Sessel. „Gott sei Dank", wandte sie sich an Abby. „Jetzt kehrt endlich wieder Normalität im Büro ein."

„Sie sieht dir ähnlich", bemerkte Justin unvermittelt.

„Ja, das finde ich auch", stimmte Abby zu. Als sie Justin anschaute, wusste sie, dass er zu den Leuten gehörte, die Tammy und Barry Holman am Fenster gesehen hatten. Und er hatte Tammy für Shelby gehalten. Sie beschloss, die beiden allein zu lassen, damit sie sich aussprechen konnten.

Als sie gegangen war, versuchte Justin die richtigen Worte zu finden. Aber wie sollte er seinen Fehler wiedergutmachen? Shelby war zutiefst verletzt, und mit Recht. Er hatte ihr nicht vertraut, weil er voreingenommen war und nicht zuhören wollte.

„Shelby ...", begann er vorsichtig.

„Ich fühle mich nicht wohl", unterbrach sie ihn sofort. „Ich möchte mich ein wenig hinlegen."

„Du hast abgenommen."

„Ach, wirklich?" Sie lachte ironisch. „Bitte, Justin, lass mich allein. Ich habe dir nichts mehr zu sagen, und ich will dich auch nicht mehr sehen. Weißt du, ich hatte meine Hoffnungen auf die Gegenwart und auf die Zukunft gesetzt, aber du kannst die Vergangenheit nicht ruhen lassen. Ich bin jetzt müde, Justin, ich will schlafen gehen."

Er wusste nicht, wie er es ihr sagen sollte. „Ich ... ich habe dich gesehen. Zumindest dachte ich, du wärst es. Am Fenster von deinem Büro, an dem Abend, als ich aus Wyoming zurückkam."

Nun sah sie ihn an, mit weit aufgerissenen Augen. „Du dachtest, ich hätte meinen Chef geküsst?"

Er zuckte die Achseln. „Du und Tammy, ihr seht euch ähnlich. Und du hast mir auch nie erzählt, dass du eine Kollegin hast."

Shelby warf den Kopf in den Nacken. „Danke. Danke, dass du eine so gute Meinung von mir hast, von meinem Charakter und meiner Moral. Danke, Justin."

„Du hast mich schon einmal betrogen", warf er ihr hilflos vor. „Du hast mich wegen eines anderen Mannes verlassen."

„Das habe ich nicht getan", gab sie zurück. „Mein Vater hat damals gedroht, dich zu ruinieren. Deshalb habe ich sein Spiel mitgespielt. Nur deshalb. Und dass ich Tom Wheelor nicht geheiratet habe, hat meinem Vater das Herz gebrochen." Sie lachte bitter. „Jahrelang habe ich mich nach dir gesehnt. Und ich habe versucht, es dir zu erklären. Aber du hörst mir nicht zu."

Tränen traten in ihre Augen. „Ich möchte jetzt nicht mehr reden, Justin. Du bist so verbittert und so sehr in die Vergangenheit verliebt, dass du deinen Groll nicht aufgeben kannst. Kein Mensch auf dieser Welt hat mich so sehr verletzt wie du. Sicher, ich habe auch meinen Teil dazu beigetragen. Aber alles, was ich getan habe, geschah aus Liebe. Ich konnte nicht mit ansehen, dass du alles verlierst. Und ich wollte immer nur dich. Aber du wolltest mich nur im Bett. Und selbst das scheint nun nicht mehr der Fall zu sein."

„Oh Gott, Shelby", flüsterte er gequält.

„Mach dir deswegen keine schlaflosen Nächte, Justin. Vielleicht waren wir von Anfang an verloren. Ohne Vertrauen haben wir keine Zukunft." Sie strich sich eine Haarsträhne aus dem Gesicht. „Eine Zeit lang dachte ich, wir hätten eine Chance. Aber wenn du mir nicht vertrauen kannst, gibt es keine Basis für uns. Ich bin so müde, Justin." Sie setzte sich auf die Bettkante. „Ich will nicht mehr kämpfen. Ich will nur noch schlafen."

Justin fuhr sich mit der Hand durchs Haar. „Natürlich", sagte er leise. „Wir reden morgen." Wie gern hätte er sie in die Arme genommen und zugegeben, dass er aus Eifersucht gehandelt hatte, weil er nicht glauben konnte, dass eine so schöne Frau einen Mann wie ihn lieben konnte. Dass ihre Probleme auf seine eigene Unsicherheit und seinen Mangel an Selbstbewusstsein zurückzuführen waren. Aber Shelby sah erschöpft aus, und er wollte sie nicht noch zusätzlich quälen.

„Schlaf dich aus. Wenn du etwas brauchst, sag mir Bescheid", bot er ihr an.

„Du bist der letzte Mensch auf der Welt, den ich brauche, Justin", gab sie zurück.

Er atmete tief durch. „Das weiß ich. Es war schon immer so. Trotzdem habe ich mich immer nach dir gesehnt. Und ich werde nie aufhören, mich nach dir zu sehnen."

Ohne sich noch einmal umzuschauen, verließ er das Zimmer. Shelby vergrub ihr Gesicht in den Kissen und weinte um ein verlorenes Glück, bis sie vor Erschöpfung in ihrem Abendkleid einschlief.

So fand Justin Shelby am nächsten Morgen. Er weckte sie nicht auf. Sie wirkte so zerbrechlich. Warum, fragte er sich, warum muss ich ihr unentwegt wehtun? Er streifte ihr die Schuhe ab und deckte sie mit der Tagesdecke zu.

„Ich würde alles für dich tun, Liebling", sagte er leise. „Warum kann ich nicht aufhören, dir wehzutun?"

Sie hörte ihn nicht. Nun strich er mit den Fingerspitzen über ihre Augenbrauen. Sein Blick wurde zärtlich. „Ich liebe dich", sagte er heiser. „Ich liebe dich so sehr! Warum kann ich es dir nicht sagen?" Er küsste sie liebevoll auf den Mund. „Vielleicht brauchst du einen Mann, der einfühlsamer und zärtlicher ist als ich. Im Grunde wusste ich das von Anfang an, aber ich hatte nicht die Kraft, dich aufzugeben." Mit einem reumütigen Lächeln stand er auf. „Es geschieht mir recht, wenn ich dich verliere. Aber ich glaube, ich könnte es nicht überleben."

Eine Weile betrachtete Justin ihr Gesicht, das im Schlaf friedlich entspannt war. Vielleicht konnten sie heute irgendwann miteinander reden. Vielleicht fand er die Kraft, ihr all diese Dinge zu sagen. Er wusste, dass er es tun musste, wenn er sie nicht verlieren wollte. Mit diesen Gedanken verließ er schließlich ihr Zimmer.

Als Shelby eine Stunde später aufwachte, stellte sie erstaunt fest, dass sie in ihrem Abendkleid geschlafen hatte und dass jemand sie zugedeckt hatte. Maria vermutlich, überlegte sie. Dann begann sie sofort mit den Vorbereitungen für ihre Abreise. Sie verabredete sich mit ihrer Cousine Carey, die sich über ihren Besuch herzlich freute. Die beiden Frauen kannten sich noch aus der Schulzeit. Sie waren nicht nur Verwandte, sondern auch Freundinnen.

Nachdem Shelby einen Platz in der Mittagsmaschine nach Houston gebucht hatte, packte sie eilig einen kleinen Koffer mit dem Notwendigsten. Schließlich schlich sie sich die Treppen hinunter, um ungesehen aus dem Haus zu gelangen. Im letzten Moment allerdings begegnete sie Maria.

„Señora!“, rief Maria hilflos.

„Ich verreise nur für ein paar Tage“, sagte Shelby. „Abby weiß, wo ich zu finden bin. Und versprechen Sie mir, Justin nichts davon zu erzählen.“

Maria blickte ihr besorgt nach, als sie in das Taxi einstieg, das vor dem Haus wartete. Sie hatte ihr Wort gegeben, Justin nicht zu verständigen. Aber das galt nicht für Abby. Entschlossen nahm Maria den Hörer ab und rief Abby an.

Justin telefonierte gerade, als Abby sein Büro betrat. Sie war ungeschminkt und ungekämmt. Sofort legte er den Hörer auf. „Was ist passiert?“, erkundigte er sich besorgt.

„Ich lag noch im Bett, als Maria mich anrief“, erzählte sie. „Sie hat Shelby versprechen müssen, dich nicht anzurufen. Deshalb hat sie mich angerufen. Ich …“ Sie seufzte. „Ich weiß nicht, wie ich es dir sagen soll.“

Er wusste, wie sehr er Shelby verletzt hatte, und sie hatte ihm auch gesagt, dass sie so nicht weiterleben wollte. „Sie hat mich verlassen“, sagte er leise.

„Ja, das hat sie. Was willst du nun unternehmen?“

Er zündete sich eine Zigarette an und starrte ins Leere. „Ich lasse sie gehen", erklärte er nach einer Weile. „Ich habe sie genug verletzt."

Abby traute ihren Ohren kaum. „Justin!"

Mit gequälter Miene sah er zu Abby auf. „Du weißt nicht, wie schlecht ich sie behandelt habe. Ich war eifersüchtig und hatte Angst, sie zu verlieren." Er fuhr sich mit der Hand durchs Haar. „Was kann ich ihr schon bieten? Was kann ich tun, damit sie bleibt?"

„Du könntest ihr sagen, dass du sie liebst", sagte Abby. „Mehr hat sie sich nie gewünscht."

„Nach allem, was gestern geschehen ist, würde sie mir nicht glauben."

„Du hast Barry Holman und Tammy gesehen, stimmt's?", fragte Abby.

Er starrte vor sich hin. „Ja."

„Und anstatt mit Shelby darüber zu reden, hast du sie gleich verurteilt."

„So ist es."

„Oh Justin!" Sie schüttelte den Kopf. „Sie ist auf dem Weg nach Houston."

„Vielleicht findet sie dort einen Mann, der ihr geben kann, was sie braucht", sagte er deprimiert.

Abby war ratlos. Wenn Justin Shelby nicht zurückholte, würde die Ehe zerbrechen. Sie biss sich auf die Lippe. Natürlich verriet sie Shelbys Geheimnis nur ungern, aber unter diesen Umständen …

„Justin, wie denkst du eigentlich über Kinder?"

Er hörte ihr kaum zu. „Ich mag Kinder", erwiderte er geistesabwesend.

„Dann solltest du Shelby suchen und dein Kind zurückholen."

Es entstand eine lange Pause zwischen ihnen. „Wie bitte?", fragte Justin ungläubig.

„Ich sagte, Shelby ist schwanger. Wenn du dein Kind nicht verlieren willst, fahr zum Flughafen und hol Shelby zurück."

Der Stuhl fiel zu Boden, als Justin aufsprang und sich mit beiden Händen an der Schreibtischkante festhielt. „Ein Kind? Shelby ist schwanger und hat mir nichts davon gesagt?"

So außer sich hatte Abby ihren Schwager noch nie erlebt. Sie lief in Calhouns Büro hinüber. „Komm mit", sagte sie, während sie an seinem Arm zerrte. „Ich brauche dich."

Calhoun grinste schelmisch. „Aber doch nicht hier ...“

„Justin hat einen Schock.“

Sofort verschwand das Lächeln aus Calhouns Gesicht. Er folgte Abby ins Nachbarbüro, wo Justin immer noch reglos am Schreibtisch stand, kreidebleich im Gesicht.

„Du musst ihn zum Flughafen fahren“, erklärte Abby.

„Flughafen? Er braucht einen Arzt. Was hast du mit ihm gemacht?“

„Ich habe ihm gesagt, dass Shelby schwanger ist und auf dem Weg nach Houston.“

„Ich kann selbst fahren“, mischte Justin sich nun ein. Er steuerte auf die Tür zu, doch als er im Vorbeigehen die Zigarette ausdrücken wollte, zitterten seine Hände so stark, dass die Glut auf den Schreibtisch fiel.

Nun hakte Calhoun seinen älteren Bruder ein. „Keine Sorge. Ich bringe dich zum Flughafen.“

Justin ließ sich von Calhoun hinausführen. „Sie ist schwanger“, sagte er heiser. „Sie hat es mir nicht erzählt. Es ist alles meine Schuld. Sie konnte es mir nicht sagen.“

„Es wird alles gut“, beruhigte Abby ihn.

„Das hoffe ich“, sagte Justin schwach.

„Erzähl Shelby nicht, dass du es von mir weißt.“

Er nickte, während er gehorsam in Calhouns Jaguar einstieg. „Was machen wir, wenn sie schon fort ist?“, fragte Justin unterwegs.

„Dann kaufen wir dir ein Ticket nach Houston.“ Calhoun grinste. „Ich werde Onkel! Man stelle sich das vor! Und ich dachte, ihr würdet enthaltsam leben.“

„Halt den Mund“, befahl Justin.

„Selbstverständlich.“

Sie erreichten den Flughafen in Rekordzeit und erfuhren am Schalter, dass der Flug nach Houston in fünf Minuten starten sollte. Justin lief so schnell er konnte zum Gate hinüber. Wenn er sich beeilte, würde er es schaffen. Er würde Shelby sagen, wie sehr er sie liebte, und sie dazu bewegen, bei ihm zu bleiben. Doch als er völlig außer Atem am Gate ankam, wurde bereits ein anderer Flug auf den Schildern angezeigt.

„Der Flug nach Houston?“, fragte er am Schalter.

„Die Maschine ist schon auf der Rollbahn“, erklärte die Angestellte.

Verzweifelt lief Justin zum Fenster und starrte hinaus. Maschinen starteten und landeten, und in irgendeiner dieser Maschinen saß Shelby. Shelby und sein Baby. Sie lief vor ihm davon, und es war allein seine Schuld.

Calhoun legte die Hand auf seine Schulter. „Komm, wir essen etwas, und dann buchen wir für dich den nächsten Flug nach Houston.“

„Ich weiß gar nicht, wo ich sie suchen soll“, sagte Justin entsetzt. „Calhoun, ich weiß nicht, was ich tun soll.“

„Beruhige dich. Wir finden sie. Das schwöre ich dir.“

Justin drehte sich zu ihm um. „Ich will nichts essen. Ich will einen Drink.“ Damit steuerte er zielstrebig auf das Flughafenrestaurant zu.

Calhoun folgte ihm etwas verunsichert. Er hatte zwar behauptet, er würde Shelby finden, doch er wusste ebenso wenig wie Justin, wo er mit der Suche beginnen sollte. In einer Stadt wie Houston standen ihre Chancen, Shelby zu finden, gleich Null.

Seufzend schaute er zu, wie Justin sich in der Bar ans Fenster setzte und einen Drink bestellte. Nachdem sein Bruder nun offensichtlich gut versorgt war, wollte Calhoun sich um das Flugticket kümmern.

Auf dem Weg zurück zum Schalter entdeckte er plötzlich ein vertrautes Gesicht. Er blieb stehen und blinzelte. Nein, er träumte nicht. Die Frau mit dem kleinen Koffer in der Hand, die direkt auf ihn zukam, war Shelby.

11. KAPITEL

Shelby stockte der Atem, als sie Calhoun entdeckte. Es gab nur zwei Möglichkeiten: Entweder Maria hatte ihr Versprechen gebrochen, oder Calhoun war zufällig hier, um einen Kunden abzuholen.

„Hallo, Calhoun", begrüßte sie ihn mit einem unsicheren Lächeln.

Er seufzte. „Hallo, Shelby. Willst du verreisen?", fragte er mit einem Blick auf ihren Koffer.

„Ja", entgegnete sie, ohne Calhoun anzusehen. „Ich verlasse deinen Bruder."

„Ich weiß. Maria hat Abby angerufen. Justin weiß es auch."

Shelby wurde blass. Sie schaute sich aufgeregt um. „Aber er ist doch nicht hier, oder?"

„Ich glaube, du solltest ihn dir anschauen", sagte Calhoun, während er ihren Arm ergriff. „Komm mit. In seinem Zustand wird er nicht beißen."

„Das glaubst auch nur du", gab sie zurück. „Wo ist er?"

„Dort drüben." Er zog sie mit sich Richtung Bar und deutete in die Ecke, wo Justin vor einer Flasche Whisky saß und ins Leere starrte.

Shelby runzelte die Stirn. Sie wusste, dass Justin grundsätzlich nicht trank, weil es ihm nicht gefiel, wenn er die Kontrolle über sich verlor.

„Was macht er dort?", fragte sie.

„Er betrinkt sich, nehme ich an." Calhoun nahm ihr den Koffer aus der Hand und schaute sie an. „Findest du, dass er aussieht wie ein glücklicher Mann?"

„Nein."

„Sieht er aus wie ein Mann, der froh ist, dass seine Frau ihn verlassen hat?"

Sie schüttelte den Kopf. Ganz im Gegenteil. Er sah absolut verzweifelt aus.

„Ich musste ihn herfahren, weil er so gezittert hat, dass er den Wagen nicht mehr selbst steuern konnte", erzählte Calhoun ruhig. „Schau ihn dir an, Shelby. Er ist völlig verzweifelt. Dieser Mann liebt dich. Jahrelang hat er nur Augen für dich gehabt. Er würde für dich sterben. Wenn du ihn nicht liebst, dann solltest du ihn allein lassen. Aber wenn du ihn liebst, musst du zu ihm gehen und mit ihm reden."

„Ich liebe ihn", erwiderte sie. „Aber er glaubt mir nicht, und er hört mir nicht zu."

„Wenn du ihm sagst, was du fühlst, wird er dir zuhören. Bestimmt."

Sie schaute zu ihm auf. „Es ist so schwer ..."

„So ist es im Leben." Er gab ihr einen Kuss auf die Wange. „Geh zu ihm. Ich warte inzwischen hier. Ich trinke einen Kaffee und passe auf deinen Koffer auf."

Shelby lächelte zaghaft. „Danke, Calhoun."

„Keine Ursache."

Nervös steuerte sie auf den Tisch zu, an dem Justin saß. Je näher sie kam, desto deutlicher sah sie, wie blass er war. „Justin?", sagte sie zögernd.

Er sah zu ihr auf. Dann musterte er sie ungläubig von oben bis unten. „Du bist nicht hier", sagte er ruhig. „Du bist abgereist."

Es klang, als spräche er zu einem Geist. „Noch nicht", erwiderte sie, bevor sie sich zu ihm an den Tisch setzte. „Es tut mir leid, dass ich einfach so davongelaufen bin. Aber ich konnte nicht noch mehr leid ertragen."

„Ich weiß." Seine Stimme war sanft und zärtlich. „Ich mache dir keine Vorwürfe. Ich habe dir nie eine Chance gegeben." Als er das Whiskyglas an die Lippen setzen wollte, ergriff sie seine Hand, damit er das Glas wieder hinstellte. Er lachte. „Ich hasse Alkohol. Habe ich dir das je gesagt? Aber man verliert nicht jeden Tag alles, was man liebt."

Tränen traten ihr in die Augen. „Du hast mir nie gesagt, dass du mich liebst, Justin", flüsterte sie. „Aber ich habe dich immer geliebt, und ich werde dich immer lieben." Mit beiden Händen hielt sie seine Hand umfasst.

„Wusstest du es nicht auch ohne Worte?", fragte er flüsternd. „Mein Gott, Shelby, ich wäre für dich durchs Feuer gegangen, wenn du mich darum gebeten hättest. Du warst meine Welt. Ich liebe dich ..."

Sie vergrub ihren Kopf an seiner Schulter. Wie gern wäre sie jetzt mit ihm allein gewesen, um ihn zu küssen und ihm all die Dinge zu sagen, die sie noch nie einem Mann gesagt hatte.

Er legte den Arm um ihre Schulter und drückte sie an sich. „Ich dachte, du hättest mich geheiratet, weil du allein warst und Angst hattest vor der Zukunft."

„Und ich dachte, du hättest mich aus Mitleid geheiratet", gestand sie, während sie ihren Tränen freien Lauf ließ.

Behutsam wischte Justin ihr die Tränen von den Wangen. „Lass uns irgendwohin gehen, wo wir allein sind", flüsterte er. „Ich muss dir sagen, was ich fühle. Shelby, wenn du mich jetzt verlässt, sterbe ich", sagte er heiser, während er ihr in die Augen schaute.

Calhoun sah die beiden schließlich Arm in Arm aus der Bar kommen. Er lächelte zufrieden und nahm Shelbys Koffer.

„Ich bringe euch nach Hause", bot er an. „Danach muss ich zu einer Sitzung."

Wortlos folgten ihm Shelby und Justin zum Wagen. Sie schienen ihn kaum wahrzunehmen, so sehr waren sie mit sich selbst beschäftigt. Keine Sekunde wandten sie den Blick voneinander ab.

Vor dem Ballenger-Haus stieg Calhoun mit den beiden aus und stellte den Koffer auf den Stufen ab. „Ich habe vorhin mit Abby telefoniert. Sie lädt euch heute zum Abendessen ein."

„Das ist nett", sagte Justin. Er klopfte seinem Bruder auf die Schulter. „Danke."

„Das ist doch selbstverständlich. Also, bis heute Abend. Auf Wiedersehen, Shelby."

„Danke, Calhoun", sagte sie lächelnd.

Justin nahm ihren Koffer. Schon an der Tür wurden sie von Maria begrüßt, deren spanischer Redestrom gar nicht mehr abriss. Schließlich hob Justin sie hoch und gab ihr einen Kuss auf die Wange. Sie kicherte erstaunt und verlegen.

„Lopez und ich sind schon halb auf dem Weg zu meiner Schwester. Soll ich noch etwas zum Essen vorbereiten?"

„Wir sind bei Calhoun und Abby eingeladen", sagte Shelby. Dann nahm sie Maria in die Arme. „Danke, dass Sie Abby angerufen haben. Ich werde nie vergessen, was Sie für uns getan haben."

„Sie hätten einen Weg gefunden, auch ohne meine Hilfe", erwiderte Maria lachend. „Lopez und ich sind morgen früh zurück. Dann mache ich Ihnen ein köstliches Frühstück."

„Darauf freuen wir uns jetzt schon."

Maria lächelte zufrieden, als sie in die Küche zurückging, wo Lopez auf sie wartete.

Im Wohnzimmer hatte Maria Kaffee und Kekse für sie bereitgestellt. Justin schenkte zwei Tassen ein. Bevor er Shelby die Tasse reichte, küsste er sie mit einer überwältigenden Zärtlichkeit.

„Ich liebe dich", flüsterte er. „Ich habe dich immer geliebt. Ich wusste nur nicht, wie ich es dir sagen sollte."

Nun küsste sie ihn. „Ich habe dich auch immer geliebt, Justin. Aber du hast nicht daran geglaubt."

Er reichte ihr die Tasse und setzte sich neben sie auf das Sofa. „Ich war damals arm", gestand er. „Und du kamst aus einem reichen Haus. Du warst schön und verwöhnt. Ich dachte, ich wäre für dich nicht gut genug."

„Geld hat für mich nie gezählt", erklärte sie. „Du hattest genug andere Qualitäten. Aber wichtig war eigentlich nur die Liebe. Wenn man jemanden liebt, achtet man nicht auf die Äußerlichkeiten."

Er sah sie mit unverhohlener Begierde an. „Das ist wohl richtig. Ich war mir deiner nie sicher."

„Und jetzt?"

„Jetzt?" Justin lachte leise. Dann berührte er sanft ihr Gesicht und wurde ernst. „Ich habe dich unglücklich gemacht. Ich habe dich verletzt und gequält, weil ich dir nicht vertrauen konnte. Hätte ich gewusst, was du für mich empfindest, hätte ich keine Zweifel gehabt. Kannst du mir verzeihen, Shelby?"

„Ich liebe dich", sagte sie nur. „Das ist alles, was zählt." Sie küsste ihn. „Und du liebst mich. Es bedeutet mir alles."

Nun zog er sie auf seinen Schoß. „Wenn ich könnte, würde ich dir die ganzen sechs Jahre zurückgeben", flüsterte er liebevoll. „Ich würde alles tun, um es wiedergutzumachen."

„Justin … das hast du schon getan", sagte sie mit einem kleinen Zögern. Dann nahm sie seine Hand und legte sie auf ihren Bauch. „Wir bekommen ein Baby."

Diese Neuigkeit kannte er schon, aber es aus ihrem Mund zu hören berührte ihn im tiefsten Innern. Er beugte sich über sie und küsste sie mit unendlicher Zärtlichkeit.

„Shelby", flüsterte er. „Shelby, du und ein Baby …"

„Du bereust es nicht?", fragte sie schelmisch.

„Ich bereue nichts. Wird es ein Junge oder ein Mädchen?"

„Mir ist beides recht, Hauptsache, es ist gesund. Ich werde meine Stelle aufgeben. Mr Holman und Tammy werden auch ohne mich sehr glücklich sein."

„Und ich werde mit dir sehr glücklich sein", sagte er. Mit den Fingerspitzen strich er über ihre Lippen. „Aber ich bestehe nicht darauf, dass du zu Hause bleibst und ausschließlich Ehefrau und Mutter bist", fügte er hinzu.

„Ein paar Jahre wird es so sein. Ich möchte Zeit haben für unser Kind."

Er lachte leise. „Wann?", fragte er.

„Ich glaube, ich bin in der sechsten Woche. Nächste Woche gehe ich zum Arzt."

„Dann war es beim ersten Mal, als wir miteinander geschlafen haben." Er suchte ihren Blick. „Stimmt's?"

Sie lachte schüchtern. „Ja."

„Ich bin gut", murmelte er.

Sie schmiegte sich an ihn. „Du bist sehr gut", flüsterte sie.

Nun beugte er sich zu ihr hinab und küsste sie auf den Mund. Je mehr er den Kuss vertiefte, desto weicher wurde sie in seinen Armen, desto mehr wuchs seine Begierde.

Seine Küsse wurden fordernder, als er ihre Hüften umfasste und sie an sich drückte. „Willst du mich?", flüsterte er gegen ihre Lippen. „Ich will dich nämlich, gleich hier."

„Das erste Mal ... war auch hier", flüsterte sie atemlos. Sie schloss die Augen, als er begann, ihr Kleid aufzuknöpfen.

„Das Sofa ist bequem", bemerkte er mit schelmischem Lächeln. „Und ... nur für alle Fälle ..." Er stand auf und schloss die Tür ab. Dann zog er sein Hemd aus. Keine Sekunde wandte er den Blick von Shelby ab, die ihn begierig musterte.

Er ging wieder zu ihr und nahm sie in die Arme. „Ist es für das Kind gefährlich?", fragte er, während er ihre Hand gegen seine Brust drückte.

„Nicht, wenn du zärtlich bist. Und du bist immer zärtlich."

Als er ihre Hüften umfasste, schmiegte sie sich an ihn und spürte, wie sehr er sie begehrte. Sie zeigte ihm ihre eigenen Sehnsüchte und küsste ihn, bis ihre Lippen weich wurden.

Nun zog Justin sie mit sich auf den Teppich und streckte sich neben ihr aus. Mit geschickten Händen streifte er ihre Kleidung ab. Und dann spürte sie seine feuchten Lippen. Voller Hingabe genoss sie seine Berührungen.

Mit Geduld und Zärtlichkeit erregte Justin sie, bis sie am ganzen Körper zitterte und vollständig für ihn bereit war. Erst dann entkleidete er sich selbst und legte sich wieder neben sie.

Sie sah ihn mit verschwommenem Blick an, als er sich über ihr abstützte und dann ganz behutsam und ohne Hast in sie eindrang.

„Ich liebe dich", flüsterte er sanft. „Ich habe dir noch nie gezeigt, wie sehr ich dich liebe. Aber jetzt werde ich es tun. Lieg still für mich, Liebling. Ich zeige dir den Himmel auf Erden."

Mit den Lippen berührte er ihren Mund, während er ihr Worte der Liebe zuflüsterte, auf Spanisch. Seine feurigen Liebeserklärungen begleitete er mit einer Zärtlichkeit, die sie vor Freude weinen ließ. Diesmal gab es keine verborgenen Ängste und Unsicherheiten. Mit größtem Einfühlungsvermögen passte er seine Bewegungen ihren Wünschen an, während sie gemeinsam dem Höhepunkt entgegenstrebten.

Danach konnte sie nicht aufhören zu zittern. Sie hielt sich an ihm fest und versuchte gleichmäßig zu atmen.

„Es ist gut", versuchte er sie zu beruhigen, während er ihr Gesicht mit Küssen bedeckte. „Es ist gut. Es war so wundervoll, dass man kaum zurückfindet. Ich fühle es auch."

„So war es noch nie", flüsterte sie.

„Wir haben noch nie so miteinander geschlafen … so ganz und gar vereint." Er hob den Kopf, um sie anzuschauen.

Shelby berührte mit den Fingerspitzen seine zitternden Lippen. „Ich will noch nicht aufhören."

„Ich auch nicht", flüsterte er. „Lass uns nach oben gehen. Wir sind allein im Haus. Niemand stört uns."

Entschlossen trug er sie zur Tür. „Justin, unsere Sachen", protestierte Shelby, als sie zurückblickte.

Justin öffnete die Tür und steuerte auf die Treppe zu. „Die Sachen sind noch da, wenn wir zurückkommen", versprach er.

„Aber Maria und Lopez …" Es gefiel Shelby nicht, dass die Beweise für ihre Intimität so offen im Wohnzimmer herumlagen.

„Die beiden kommen erst morgen früh zurück." Er beugte sich zu ihr hinab, um sie zu küssen. Schon nach wenigen Sekunden vergaß sie alle Proteste. Sie erwiderte seinen Kuss mit all ihrer Leidenschaft.

Beim zweiten Mal dauerte es länger. Justin sprach leise auf Spanisch und lehrte sie neue Wörter, während er sie streichelte und voller Bewunderung anschaute. Immer wieder sagte er ihr, was sie ihm bedeutete und wie sehr er sich über das Baby freute. Sie erreichten Gipfel, von denen sie vorher nicht einmal geträumt hatten, und es war schon fast dunkel, als sie ineinander verschlungen aufwachten.

„Wir haben geschlafen", murmelte sie.

„Kein Wunder." Justin lächelte sie schelmisch an.

„Ich habe Durst."

„Ich auch." Er stand auf und streckte sich. „Soll ich uns etwas Kaltes zu trinken holen? Und vielleicht etwas zum Knabbern?"

„Das wäre fantastisch." Sie drehte sich auf die Seite. „Aber komm schnell wieder."

„Keine Sorge."

Er schaute sich suchend nach etwas zum Anziehen um. Aber in Shelbys Schlafzimmer befand sich offenbar nichts Geeignetes für ihn. Schließlich ging er ins Badezimmer und kam mit einem Badehandtuch zurück, auf dem ein riesiger Frosch abgedruckt war. „Hast du keine einfarbigen Handtücher?", beklagte er sich.

„Ich mag Frösche."

Stirnrunzelnd schlang er sich das Handtuch um die Hüften und ging nach unten in die Küche. Dort bereitete er ein paar Schinkensandwiches zu und füllte zwei Gläser mit Eistee. Er stellte alles auf ein Tablett und machte sich wieder auf den Weg ins Schlafzimmer. Als er durch die Eingangshalle kam, wurde plötzlich die Haustür geöffnet. Im nächsten Moment stand Calhoun vor ihm.

Calhoun musste zweimal hinschauen, als er seinen Bruder nur mit einem Handtuch bekleidet und einem Tablett in der Hand sah. „Ich dachte, du und Shelby wolltet zum Essen zu uns kommen."

„Essen?"

„Abendessen. Es ist fast sieben. Du hast nicht angerufen, und euer Telefon scheint nicht zu funktionieren. Wir haben uns Sorgen gemacht."

Justin zog die Augenbrauen hoch. Er hatte den Telefonhörer danebengelegt, als er Shelby nach oben getragen hatte. „Es ist alles in Ordnung. Ich … ich habe gerade ein Bad genommen“, improvisierte er. Selbst in seinem eigenen Haus war es ihm äußerst peinlich, von seinem Bruder in dieser Situation ertappt zu werden.

Durch die geöffnete Wohnzimmertür sah Calhoun die Kleidungsstücke auf dem Teppich liegen. „Im Wohnzimmer?“, fragte er erstaunt. „Und seit wann trägst du Kleider?“

Justin sah ihn wütend an. „Ich habe gleichzeitig ein paar Kleider herausgesucht. Und dann habe ich Hunger bekommen.“

„Du warst zum Essen eingeladen.“

„Ich hatte aber schon vorher Hunger. Ich wollte einen Happen essen, bevor ich mich anziehe.“

Calhoun grinste über das ganze Gesicht. „In der Dusche?“

„Nein, vorher“, beharrte Justin.

„Wo ist Shelby?“, erkundigte Calhoun sich neugierig.

Justin räusperte sich. „Oben. Sie war müde.“

In diesem Moment rief eine flehende Stimme von oben. „Justin? Wann kommst du endlich? Ich habe Sehnsucht.“

„Ich komme gleich“, rief Justin zurück. Sein Gesicht war krebsrot. „Sie ist auch unter der Dusche“, sagte er zu Calhoun.

Calhoun konnte das Lachen nicht länger unterdrücken. „Wenn ihr mit eurem Snack unter der Dusche fertig seid, könnt ihr zum Essen zu uns kommen.“ Und mit einem Blick auf das Handtuch fügte er hinzu: „Aber vergiss nicht, dir etwas anzuziehen. Sag mal ehrlich, Justin, ein Frosch?“

„Ich konnte nichts anderes finden. Was geht dich das an?“

„Oh, ich finde, es steht dir gut. Ich mag Frösche.“

„Wir haben die Zeit vergessen“, sagte Justin steif. „Aber in einer halben Stunde sind wir bei euch.“

„Keine Eile.“ Calhoun grinste verschmitzt. „Wenn du meinst, der Wohnzimmerteppich sei ein geeigneter Ort, solltest du mal einen Whirlpool ausprobieren.“ Mit diesen Worten verließ er das Haus.

Justin trug das Tablett nach oben. „Eistee!“, sagte Shelby begeistert. „Ich habe Stimmen gehört.“

„Calhoun hat sich Sorgen gemacht. Wir waren doch zum Essen verabredet.“

„Daran habe ich gar nicht mehr gedacht“, gab Shelby zu.

„Ich auch nicht. Aber ich habe gesagt, dass wir in einer halben Stunde kommen."

Sie sah Justin liebevoll an. „Calhoun und Abby sind verheiratet, Justin. Es ist doch kein Drama, wenn sie wissen, dass wir den Nachmittag im Bett verbracht haben."

„Nein. Aber es ist mir trotzdem unangenehm", gab er zu. „Sechs Jahre Enthaltsamkeit haben wohl ihre Spuren hinterlassen."

„Sechs Jahre." Sie umarmte ihn und küsste ihn zärtlich. „Ich dachte, du wolltest aus Verbitterung nichts mit Frauen zu tun haben. Aber das war nicht der einzige Grund, oder?", fragte sie leise.

„Ich wollte keine andere Frau", sagte er seufzend. „Ich habe dich zu sehr geliebt. Ich wollte entweder dich oder keine."

Sie musste die Tränen unterdrücken. „Genauso habe ich auch empfunden", flüsterte sie.

Er beugte sich zu ihr hinab und küsste sie. „Komm, wir sollten uns anziehen, bevor die beiden uns holen kommen. Calhoun traue ich alles zu."

Sie lachte. „Ich liebe dich, Justin."

„Ich liebe dich auch, Darling." Er stand auf. „Shelby, hättest du mir von dem Kind auch erzählt, wenn Calhoun mich nicht rechtzeitig zum Flughafen gebracht hätte?"

Sie nickte. „Du hast ein Recht auf dein Kind. Ich wollte dich nicht wirklich verlassen. Ich brauchte nur etwas Zeit zum Nachdenken. Aber ich wäre zurückgekommen. Ich kann ohne dich nicht mehr leben." Sie sah ihn sehnsüchtig an. „Wärst du mir nachgereist?"

„Natürlich. Und wenn ich monatelang nach dir gesucht hätte, ich hätte nicht aufgegeben. Ich liebe dich, Shelby."

„Ja, das weiß ich jetzt." Sie seufzte verträumt, während sie ihn langsam zu sich herabzog, um ihm ihre Liebe zu zeigen.

– ENDE –

Diana Palmer

Tyler

Roman

Aus dem Amerikanischen von
Catharina Semeniuk

MIRA®

1. KAPITEL

Für Tyler Jacobs hätte diese heiße Landschaft im Südosten von Arizona genauso gut auf dem Mars liegen können. Er fühlte sich immer noch fremd hier, auch wenn er bereits über zwei Monate auf der „Double R Dude Ranch" nahe Tucson als Vormann arbeitete.

Seufzend ließ er den Blick über die Kreosotbüsche schweifen. Außer dieser Art von Pflanzen wuchs kaum etwas auf dieser Ebene, die sich bis zu den Dragoon-Bergen erstreckte. Die Regenzeit war noch nicht vorüber, und schon waren es beinahe vierzig Grad. Tyler schwitzte, nahm den Hut ab und fuhr sich mit dem Arm über die Stirn.

Was für ein Land! dachte er. In Texas, wo er herkam …

Texas! Er runzelte die Stirn. Vielleicht machte ihn gerade die Erinnerung daran so nervös und bedrückt.

Letzte Woche war er zur Hochzeit seiner Schwester in seine Heimatstadt Jacobsville geflogen. Shelby hatte sich nun doch entschlossen, Justin Ballenger zu heiraten, obwohl sie seinen Antrag vor Jahren einmal abgelehnt hatte. Tyler wunderte sich noch heute über den plötzlichen Sinneswandel seiner Schwester, und es war ihm während der Hochzeitsfeierlichkeiten auch nicht entgangen, dass das Brautpaar nicht gerade glücklich gewirkt hatte.

„Aber das geht mich im Grunde nichts an", murmelte Tyler jetzt vor sich hin und blickte zur Sonne hoch, die fast ihren höchsten Stand erreicht hatte. Schließlich war Shelby alt genug, um ihr eigenes Leben zu führen. Vielleicht würden sich die beiden mit der Zeit sehr gut verstehen.

Auf der Hochzeit hatte Tyler auch Abby mit Calhoun wiedergesehen. Erleichtert hatte Tyler festgestellt, dass seine Gefühle für sie abgeflaut waren. Eigentlich war er damals entschlossen gewesen, eine Familie zu gründen, und Abby war genau die Richtige für ihn. Aber dann hatte er seine Ranch verloren, und Abby hatte sich für einen anderen Mann entschieden.

Sicher war es besser so. Im Moment kam für ihn die Beziehung zu einer Frau überhaupt nicht infrage. Und liebte er vielleicht mehr die Liebe als die Frauen, die ihm bisher so oberflächlich erschienen?

Tyler lächelte. Neuerdings war er sich dessen nicht mehr so sicher.

Nell Regan zum Beispiel, die Besitzerin der Double R Dude Ranch, machte es ihm nicht leicht. Mit ihrer merkwürdigen Scheu und ihrer Verwundbarkeit, die sie durch Burschikosität und Kratzbürstigkeit zu überspielen suchte ...

An die Arbeit, dachte Tyler und richtete sich im Sattel auf. Er war hinausgeritten, um ein paar streunende Herefordkälber einzufangen. Aufmerksam sah er sich um. In dieser Umgebung war es nicht leicht, die Orientierung zu behalten. Ein Tal ähnelte dem anderen. Die Gebirgszüge schienen sich ins Unendliche auszudehnen. Es war genau das Richtige für einen Mann, der seine Freiheit brauchte.

Plötzlich bemerkte er einen Reiter in der Ferne, und noch bevor er nähergekommen war, hatte Tyler Nell Regan erkannt. Verblüfft sah er ihr entgegen. Es musste auf der Ranch etwas passiert sein, denn Nell ging ihm sonst aus dem Weg. Anfangs waren sie wunderbar miteinander ausgekommen, sie waren sogar auf dem besten Weg gewesen, gute Freunde zu werden. Doch dann hatte Nell plötzlich ihr Verhalten geändert, was Tyler immer noch unverständlich war.

Auch gut, dachte Tyler. Er verdiente auf der Ranch gerade genug für den eigenen Lebensunterhalt. Sein früheres Vermögen war dahin. Er hatte also nichts, was er einer Frau wie Nell hätte bieten können. Und doch machte er sich ihretwegen manchmal Gedanken. Hatte er sie irgendwie verletzt?

Er wusste kaum etwas über ihre Vergangenheit. Aber er spürte, dass einmal etwas Entscheidendes vorgefallen sein musste, denn Nell war Männern gegenüber ungewöhnlich vorsichtig und misstrauisch. Sie machte sich so unscheinbar wie möglich, um ja nicht die Aufmerksamkeit eines Mannes auf sich zu lenken. Allerdings erreichte sie mit dieser Verkleidung eher das Gegenteil.

Er hatte sie zuerst für ein unbedarftes junges Ding gehalten, das sehr darauf bedacht war, ihm den Aufenthalt auf der Ranch so angenehm wie möglich zu machen. Tyler lächelte unwillkürlich. Er hatte ihre Gegenwart genossen, sie geneckt und ein wenig mit ihr geflirtet. Und dann nahm Bella, die Köchin, ihn eines Tages ins Gebet. Nell sei alles andere als ein unbefangenes Mädchen. Sie sei eine junge Frau von vierundzwanzig Jahren, die sein Verhalten falsch verstehen könnte.

Seitdem hatte sich das Verhältnis zwischen ihnen merklich abgekühlt. Nell ging ihm möglichst aus dem Weg, und sie begegneten sich nur noch bei den Tanzabenden, die zweimal im Monat stattfanden.

Aber ganz unangenehm schien Nell seine Gegenwart auch wieder nicht zu sein. An den Tanzabenden in der Scheune hielt sie sich stets dicht an seiner Seite. Mehr war nicht von ihrem einstigen Einvernehmen geblieben. Nells abweisendes Verhalten verletzte Tylers Stolz und seine Eitelkeit. Er war es gewöhnt, bei den Frauen immer das zu erreichen, was er wollte.

Besorgt sah Tyler Nell jetzt entgegen. In den ausgebeulten Jeans, der weiten Bluse und dem Schlapphut wirkte sie wahrhaftig nicht wie eine Frau, die einen Mann verführen wollte. Umso besser, dachte er. Alles wäre noch schwieriger, würde sie ihre gute Figur auch noch betonen. Bei dem Gedanken an ihren Körper überlief Tyler ein leichtes Prickeln. Hastig verscheuchte er diese Vorstellung wieder.

„Hast du die Tiere schon gefunden?“, erkundigte sich Nell, als sie das Pferd neben ihm zügelte.

„Ich bin fast das ganze Gebiet abgeritten“, antwortete Tyler müde. „Wo immer die Tiere sein mögen, bestimmt ist ein Wasserloch in der Nähe. Bis auf die Regenzeit ist hier ja alles ausgedörrt und trocken, und das Überleben kann wirklich zu einem abenteuerlichen Kampf werden.“

Nell betrachtete ihn ruhig. „Dir gefällt Arizona nicht sehr, oder?“

„Es ist so anders.“ Tyler ließ seinen Blick über die Bergkämme gleiten, die nach dem jeweiligen Stand der Sonne in die wundervollsten Rottöne getaucht waren. „Man muss sich an diese Landschaft erst langsam gewöhnen. Acht Wochen reichen dazu nicht aus.“

„Ich bin hier aufgewachsen“, entgegnete Nell. „Für mich gibt es nichts Schöneres. Es sieht nur so unwirtlich aus. Wenn man näher hinschaut, entdeckt man überall Leben.“

„Klapperschlangen und Eidechsen“, bemerkte er trocken.

„Schwarzdrosseln, Zaunkönige, Strauße, Eulen und Wild“, ergänzte Nell. „Ganz abgesehen von den Wildblumen in den Schluchten oder den Kaktusblüten.“ Sie schien sich etwas zu entspannen.

Tyler zündete sich eine Zigarette an. „Für mich bleibt das eine unwirtliche Wüste. Wie läuft es mit den Ausritten für die Gäste?“

Die „Double R“ hatte nicht nur einen großen Viehbestand, sondern war auch eine Gäste-Ranch, wo Touristen sich wochenweise einmieteten, um Cowboyromantik zu erleben.

„Charlie ist bei der Gruppe geblieben“, antwortete Nell seufzend. „Mr Howes sieht aus, als würde er vor Müdigkeit vom Pferd fallen. Ich hoffe nur, dass er es noch bis zur Ranch zurück schaffen wird.“

„Falls er vom Pferd fallen sollte, weiß ich nicht, wie wir ihn wieder hinaufhieven könnten. Bei seinem Übergewicht.“

Unwillkürlich lachte Nell auf. Tyler war früher einer der wenigen Menschen gewesen, der sie zum Lachen bringen konnte. Und dann hatte sie herausfinden müssen, wie er über sie dachte …

„Tyler, ich wollte dich bitten, beim Camping heute Nacht die Aufsicht zu übernehmen“, sagte Nell zögernd. „Ich muss nach Tucson fahren und Marguerite und die Jungen abholen. Die drei wollen wieder das Wochenende auf der Ranch verbringen.“

„Natürlich“, willigte er ein. „Jetzt sollte ich mich aber wieder um unsere Ausreißer kümmern. Sonst kommt noch jemand auf die Idee, sich einen billigen Sonntagsbraten zu schießen.“

„Die Jungen wollen am Wochenende nach Apachenpfeilspitzen suchen. Ich musste ihnen versprechen, dich danach zu fragen.“ Unsicher blickte Nell ihn an.

„Deine beiden Neffen sind wirklich nette Kerlchen“, erwiderte Tyler amüsiert. „Allerdings müssten sie strenger erzogen werden.“

„Marguerite ist nicht der Typ, um mit zwei so temperamentvollen Jungen fertig zu werden“, verteidigte Nell ihre Schwägerin. „Seit Teds Tod ist es noch schlimmer geworden. Er hat es verstanden, seine Söhne im Zaum zu halten.“

„Marguerite braucht einfach einen Ehemann.“ Gedankenverloren lächelte Tyler. Marguerite erinnerte ihn an vergangene Zeiten und an Frauen, mit denen er damals ständig zusammen gewesen war. „Eine Frau wie Marguerite sollte keine Schwierigkeiten haben, einen Mann zu finden.“

Nell wusste, dass ihre Schwägerin schön war. Dennoch berührte es sie unangenehm, dass Tyler so anerkennend über Marguerite sprach. Unwillkürlich musste Nell dabei an ihr eigenes Aussehen denken. Ihr rundes Gesicht, die hohen Wangenknochen und die großen Augen wirkten gewiss nicht so anziehend wie Marguerites aparte Züge mit dem geschickten Make-up.

Nell zwang sich zu einem Lächeln und blickte in Tylers hellgrüne

Augen. Er war der erste Mann, bei dem sie versucht hatte, Aufmerksamkeit zu erregen. Doch Bella hatte sie gewarnt, und wenig später hatte Nell diese hässlichen Worte selbst aus Tylers Mund gehört ... Nun, Marguerite schien auch gut zu ihm zu passen, und außerdem war sie offensichtlich an Tyler interessiert.

„Solltest du die Kälber bis zur Dämmerung nicht gefunden haben, komm ohne sie zurück. Wir müssen dann morgen früh die anderen losschicken“, bemerkte Nell schließlich.

„Ich werde sie schon finden“, winkte Tyler zuversichtlich ab. „Ich brauche nur nach einem Wasserloch Ausschau zu halten.“

„Aber es ist hier in Arizona nicht ganz ungefährlich“, warnte sie ihn. „Es kann zwanzig Meilen entfernt regnen, ohne dass man etwas davon merkt, denn der Himmel bleibt klar. Und bevor man sich's versieht, gerät man in Schwemmboden.“

„Bei uns in Texas kennt man solche Überflutungen auch“, erwiderte er ruhig. „Ich weiß, was ich tue.“

„Ich wollte dich auch nur darauf hinweisen“, verteidigte sie sich kühl.

Tyler runzelte die Stirn. Nells überheblicher Ton reizte ihn. „Wenn ich jemanden brauche, der sich um mich kümmert, werde ich es dich wissen lassen.“

Nell beherrschte sich und tat so, als hätte sie seine Zurechtweisung überhört. „Wenn du morgen Gelegenheit dazu hast, mochte ich, dass du mit Marlowe über seine Umgangsformen sprichst. Einige der Gäste haben sich bei mir über seine mürrische Art und sein Fluchen beschwert.“

„Warum erledigst du das nicht selbst?“

Nell senkte verlegen den Kopf. „Schließlich bist du der Vormann. Es ist deine Aufgabe, oder?“

„Wenn du meinst.“ Lässig tippte er mit der Hand an den Hut.

Nell wandte ihr Pferd abrupt um und gab ihm die Fersen. Etwas in Tylers Haltung machte sie immer wütend.

Tyler blickte ihr gedankenverloren nach. Nell war für ihn ein Rätsel. Ihr Verhalten verwirrte ihn, und er war sehr enttäuscht gewesen, als ihre angehende Freundschaft zerbrach. Er hätte viel darum gegeben, die Gründe dafür zu wissen.

Er seufzte. Jetzt blieb ihm wahrhaftig nicht die Zeit, Tagträumen nachzuhängen. Er musste die sechs rot-weißen Kälber noch vor der Dunkelheit finden. Entschlossen wandte er sein Pferd um und ritt in die Wüste hinaus.

Nell ritt langsam zu dem aus roten Ziegeln gebauten Ranchhaus. Im Augenblick war sie auf Marguerites Gesellschaft nicht sehr versessen. Aber ihr war auch keine rechte Ausrede eingefallen, um den Wunsch ihrer Schwägerin abzulehnen. Tylers Bemerkung über Marguerite wollte ihr einfach nicht aus dem Sinn gehen. Er fand ihre Schwägerin also attraktiv, und Marguerites Lächeln und Gesten verrieten, was sie von Tyler hielt.

Marguerite sah wirklich sehr gut aus. Sie hatte langes, lockiges rotes Haar, große grüne Augen und die Figur eines Fotomodells. Nell und sie kamen im Grunde gut miteinander aus. Allerdings übergingen sie beide den Vorfall von vor neun Jahren, obwohl Nell die Geschichte nie würde vergessen können.

In letzter Zeit war es Nell auch bewusst geworden, dass Marguerite sie ausnutzte. Sie war so gedankenlos, dass sie einfach ihre Freunde zu Reitausflügen auf die Ranch einlud oder ihre beiden Söhne wie selbstverständlich in Nells Obhut ließ.

Bis vor Kurzem hatte Nell das alles nicht sehr gestört. Doch in letzter Zeit missfiel es ihr ungemein, dass ihre Schwägerin fast jedes zweite Wochenende auf der Ranch verbrachte und erwartete, jeder stünde zu ihrer persönlichen Verfügung.

Aber jetzt ist damit Schluss, entschied Nell. Sie hatte Marguerite bereits zu verstehen gegeben, dass es so nicht weiterging.

Außerdem war Nell sich ganz sicher, dass Marguerite nur wegen Tyler so oft die Ranch besuchte. Und Nell wusste nur zu gut, dass sie keine Konkurrenz für die erfahrenere Frau war.

Traurig dachte sie dabei an die erste Zeit mit Tyler zurück.

Marguerite und ihre beiden Söhne, Jess und Curt, warteten bereits, als Nell den Wagen vor den Stufen des Apartments in Tucson parkte. Die beiden Jungen, die ihrer Mutter sehr ähnelten, stürzten auf Nell zu. Mit sieben Jahren war Jess der Ältere. Sein zwei Jahre jüngerer Bruder Curt hatte das Temperament seiner Mutter geerbt und redete sofort wie ein Wasserfall auf Nell ein.

„Hallo, Tante Nell. Was hältst du davon, mit uns Eidechsen zu jagen?“, schlug Curt vor, während er vor seinem Bruder auf den Rücksitz sprang.

„Du mit deinen Eidechsen“, murrte Jess. „Ich möchte nach Pfeilspitzen von Indianern suchen. Tyler hat versprochen, mir eine Stelle zu zeigen, wo es viele davon gibt.“

„Ich habe ihn daran erinnert“, beschwichtigte Nell ihn und wandte sich dann Curt zu. „Und mit Curt werde ich auf Eidechsenjagd gehen.“

„Der Gedanke an Eidechsen jagt mir einen kalten Schauer über den Rücken“, bemerkte Marguerite.

Sie war nicht ganz so groß wie Nell, aber ebenso schlank. Heute trug sie ein elegantes grün-weiß gestreiftes Kleid, grüne Ohrstecker und einen Ring mit einem grünen Stein. Ihren Ehering hatte sie abgelegt, seit Tyler als Vormann auf die Ranch gekommen war.

„Aber wenn ich eine Eidechse fange, will ich sie auch behalten dürfen“, verlangte Curt trotzig.

Nell lachte auf. Curts entschlossene Miene und seine Hartnäckigkeit erinnerten sie an ihren Bruder Ted. Der Gedanke an ihn betrübte sie ein wenig. Aber sein Tod lag nun schon zwei Jahre zurück, sodass der schlimmste Schmerz verblasst war. „Darf Curt die Eidechse behalten?“, fragte sie.

„So ein Vieh kommt mir nicht ins Haus“, wehrte Marguerite ab. Sie mochte kein Getier, und auch das Leben auf der Ranch hatte ihr nicht gefallen. Nach dem Tode ihres Mannes war sie mit den Kindern in die Stadt gezogen.

„Aber dann darf ich die Eidechse bestimmt bei Tante Nell lassen.“

„Hör endlich damit auf, ständig das letzte Wort zu haben“, wies Marguerite Curt ungeduldig zurecht. „Ich hoffe nur, dass diesmal alle Klimaanlagen funktionieren, Nell. Ich kann die Hitze nicht vertragen. Außerdem solltest du Bella anweisen, Mineralwasser zu kaufen. Das Wasser aus eurem Brunnen ist einfach ungenießbar.“

Schweigend setzte Nell sich ans Steuer. Marguerite spielte sich immer noch als Besitzerin der Ranch auf und kommandierte Nell herum. Aber damit würde jetzt Schluss sein!

„Die Ranch gehört mir“, erwiderte Nell gelassen. „Onkel Gerald als Testamentsvollstrecker verwaltet sie nur bis zu meinem fünfundzwanzigsten Lebensjahr. Mein Bruder und ich haben jeder die Hälfte der Ranch geerbt, und als Ted starb, hast du dich auszahlen lassen, Marguerite. Du hast also kein Recht, mir Vorschriften zu machen. Außerdem genießt du keine Sonderstellung, nur weil du meine Schwägerin bist."

Marguerite schaute sie verdutzt an. Es war ganz und gar nicht Nells Art, sich so energisch zu behaupten. „Nell, das hatte ich damit gar nicht sagen wollen", begann sie zögernd.

„Ich habe nicht vergessen, was vor neun Jahren geschehen ist. Du kannst dir noch so große Mühe geben", erwiderte Nell ruhig.

Marguerite wurde blutrot und wandte sich hastig ab. „Es tut mir leid. Das solltest du mir einfach glauben. Ich muss doch auch damit leben. Nach der Party damals hat Ted mir große Vorwürfe gemacht. Wir haben eine schwere Krise durchlebt." Sie unterbrach sich und fügte leise hinzu: „Ich vermisse Ted immer noch sehr."

„Oh natürlich", erwiderte Nell spitz und startete den Wagen. „Deshalb trägst du nur noch hochgeschlossene Kleider und erträgst die Hitze auf der Ranch. Aus Sehnsucht nach Ted musst du dich unbedingt mit meinen Angestellten trösten."

Entgeistert schaute Marguerite sie an, doch Nell beachtete sie nicht weiter. Sie konzentrierte sich auf den Verkehr und begann den Jungen von den neu geborenen Kälbchen zu erzählen.

Marguerite schwieg während der ganzen Fahrt.

Wie üblich verließ Bella das Haus fluchtartig durch die Hintertür, als sie Marguerites Stimme an der Vordertür hörte. Diesmal musste die Haushälterin unbedingt einen Apfelkuchen in die Wohnbaracke der Cowboys hinüberbringen. Auf dem Weg dorthin kam ihr Tyler entgegen. Er sah erschöpft aus und war über und über mit Staub bedeckt.

„Was machst du denn hier?", erkundigte er sich amüsiert, als sie an ihm vorbeistürzte.

„Ich flüchte", erklärte Bella aufgebracht. Verärgert strich sie sich eine graue Haarsträhne aus der Stirn. „Sie ist wieder da", fügte sie hinzu.

„Wer?"

„Na, unsere Gräfin." Unwillig nahm Bella die Kuchenplatte in die andere Hand. „Genau das fehlte Nell noch. Dieser faule Rotschopf hat seit Teds Tod keinen Finger gerührt. Und wenn du wüsstest, was dieses leichtsinnige Fotomodell Nell angetan …" Bella unterbrach sich. Ihr wurde auf einmal bewusst, mit wem sie sprach. Verlegen räusperte sie sich. „Ich habe für euch Männer einen Kuchen gebacken."

„Du hast den Kuchen doch für mich gebacken", widersprach Nell, die zu den beiden getreten war. „Und jetzt verschenkst du den Kuchen, weil meine Schwägerin gekommen ist. Du weißt genau, wie gern die Jungen deinen Apfelkuchen essen."

„Mal will sie dies, mal das. Dann soll ich ihr Bett machen, ihr ein Handtuch bringen, ihr ein Omelett backen. Man kann doch nicht von ihr verlangen, sich selbst eine Tasse Kaffee aufzubrühen oder selbst etwas vom Boden aufzuheben. Madam ist zu fein dazu."

„Jetzt reicht's aber", wies Nell sie mit einem viel sagenden Blick auf Tyler zurecht.

Herausfordernd sah Bella sie an. „Er ist nicht blind", verteidigte sie sich. „Tyler weiß sowieso, was hier vor sich geht."

„Bitte bringe den Kuchen ins Haus zurück", bat Nell.

Trotzig hob Bella das Kinn. „Sie wird nicht einen einzigen Bissen davon bekommen."

„Dann sag ihr das."

„Das werde ich auch tun. Aber du bekommst selbstverständlich ein Stück, Tyler."

Er nahm den Hut ab und machte eine scherzhafte Verbeugung. „Ich werde jeden Krümel zu schätzen wissen."

Bella lachte auf und ging ins Haus zurück.

„Bist du nicht ein bisschen spät dran mit dem Camping?", erkundigte sich Nell erstaunt.

„Wir haben das Camping verschoben", erklärte Tyler. „Mr Curtis ist in einen Kaktus gefallen, und Mrs Smith hat das Mittagessen nicht vertragen und muss das Bett hüten. Da hat der Rest beschlossen, den Abend lieber vorm Fernseher zu verbringen."

Nell lächelte enttäuscht. „Nun ja, daran kann man nichts ändern. Wir müssen also am Wochenende noch ein Camping anbieten."

Tyler betrachtete sie ruhig. „Über heute Nachmittag …", begann er, ohne auf Nells erstaunten Gesichtsausdruck zu achten.

Doch bevor er noch weitersprechen konnte, wurde plötzlich die Hintertür geöffnet.

„Ach Tyler, wie nett, dich wiederzusehen", begrüßte Marguerite ihn lachend.

„Ganz meinerseits, Mrs Regan", erwiderte er trocken. Unbeeindruckt glitt sein Blick über Marguerites gepflegte Gestalt. Ihr herausforderndes Verhalten reizte ihn nicht, sondern amüsierte ihn nur.

Nell kochte innerlich vor Wut, sie drehte sich um und ging ins Haus. Marguerite sah ihr erstaunt nach …

Beim Abendessen ging es sehr ruhig zu. Nur die Jungen redeten unaufhörlich.

„Tyler will morgen mit mir ausreiten", bemerkte Marguerite beiläufig und sah Nell erwartungsvoll an. „Würde es dir etwas ausmachen, auf die Jungen aufzupassen?"

„Ich habe leider keine Zeit", lehnte Nell ab. „Nimm sie doch mit. Tyler wollte ihnen sowieso zeigen, wo man Pfeilspitzen finden kann."

„Ja, natürlich", mischte Jess sich ein. „Ich würde so gern mitreiten."

„Ich auch", bettelte Curt.

Unwillig verzog Marguerite das Gesicht. „Ich will euch nicht dabeihaben."

„Du liebst uns eben nicht", klagte Jess.

„Das hast du noch nie getan", pflichtete Curt ihm bei und begann zu weinen.

Vorwurfsvoll wandte sich Marguerite an Nell. „Sieh nur, was du angerichtet hast."

„Ich habe gar nichts angerichtet. Ich habe nur keine Lust mehr, mich noch länger von dir ausnutzen zu lassen." Nell schob den Teller zur Seite. „Soweit ich mich erinnern kann, hast du mich nicht gefragt, ob mir deine Anwesenheit gelegen kommt. Dies ist eine Ranch, und wir haben hier alle etwas zu tun. Erwarte also nicht, dass ich Zeit dafür habe, auf die Kinder aufzupassen."

„Aber das hast du doch immer getan", wandte Marguerite ein. „Was ist denn in dich gefahren?"

„Nichts", entgegnete Nell. „Ich bin es nur leid, mich ständig um deine Angelegenheiten zu kümmern."

Verdutzt schaute Marguerite auf. Doch Nell war bereits aufgestanden und verließ das Zimmer, bevor Marguerite etwas erwidern konnte.

Als Nell später noch einmal herunterkam, weil sie Hunger hatte, legte Bella den Finger auf die Lippen und deutete mit dem Kopf auf einen vorsintflutlichen Radioapparat.

Nell lächelte. Die allabendliche Horoskop-Voraussage von „Radio Tucson“ war Bella so heilig wie das Geheimrezept ihres Schokoladenkuchens. Böse Zungen auf der Ranch behaupteten, dass Bella das Haus nicht verließ an Tagen, an denen ihr die Sterne ungünstig gesinnt waren. Dafür wurde sie draußen umso öfter gesehen, wenn ihr Glück in der Liebe vorausgesagt war. Dann zog es sie in die Nähe der Ställe, wo Charlie arbeitete.

Während Bella andächtig lauschte, bis ihr Sternbild an die Reihe kam, angelte Nell nach dem letzten Stück Kuchen. Schließlich hatte sie durch ihren vorzeitigen Abgang kein Dessert zum Abendessen bekommen.

„Lass den Kuchen liegen“, knurrte Bella.

„Wieso?“, tat Nell unschuldig, obwohl sie genau wusste, um was es ging. Manchmal kam Charlie nach der Sendung von Radio Tucson noch in den Genuss eines Kuchens oder anderer Schleckereien.

Nell holte sich ihr Dessert aus dem Kühlschrank und aß es im Stehen, bis Bella mit einem Seufzer das Radio wieder abstellte.

„Du kannst den Kuchen doch essen“, stellte die Köchin enttäuscht fest und krempelte sich die Ärmel hoch, um sich den Töpfen zu widmen.

Nell lachte. „Kein Glück für dich und Charlie? Oh Bella! Glaubst du denn wirklich an all den Humbug?“

„Humbug oder nicht, es gibt meinem Leben etwas Farbe“, verteidigte Bella sich und ließ heißes Wasser in eine Spüle laufen, die noch aus der Zeit der Ranchgründung stammte. An der Double R war alles etwas veraltet, was mit dem Haupthaus zu tun hatte.

In diesem Moment ging die Tür zur Küche auf, und Mary Smith kam mit einem Tablett voller Gläser herein. Sie war ein langjähriger Feriengast, der sich auf der Ranch schon fast wie zu Hause fühlte. Mary Smith hielt es daher für selbstverständlich, die Gläser und Flaschen in die Küche zu bringen, die die anderen Feriengäste im Wohnzimmer beim Fernsehen hatten stehen lassen.

„Um was geht es?“, fragte sie.

„Um Bellas Leichtgläubigkeit“, antwortete Nell.

„Um die Sterne!“, verbesserte Bella leicht erbost.

„Leichtgläubigkeit und Sterne – wenn das nicht dasselbe ist", stellte Nell zusammenfassend fest und nahm Mary Smith mit einem Dank die Gläser ab.

Am nächsten Morgen ritt Tyler mit Marguerite und den beiden Jungen aus. Marguerite sah umwerfend aus in ihren elegant geschnittenen Reithosen. Allerdings machte sie keinen Hehl aus ihrer schlechten Laune. Deutlich ließ sie es sich anmerken, dass die beiden Jungen sie störten. Tyler dagegen schien sich köstlich mit Jess und Curt zu amüsieren.

Nachdem sie losgeritten waren, kam Nell in die Küche. Sie hatte auf das Frühstück verzichtet, weil sie weder Marguerites Nörgeleien noch ihre erneuten Befehle anhören wollte.

„Was ist denn mit dir los?", wollte Bella wissen. „Frühstückt man in diesem Haus nicht mehr zusammen und zur gewohnten Zeit?"

Nell goss sich Kaffee ein und setzte sich an den Küchentisch. „Wie du siehst, offensichtlich nicht."

„Marguerite war ganz außer sich. Sie hat sich pausenlos darüber ausgelassen, dass du ihr widersprochen hättest und dich weigerst, ihr behilflich zu sein. Stimmt das?"

Nell bestrich sich ein Toastbrot. „Ja. Ich habe es einfach satt, ausgenutzt zu werden. Das ist alles."

„Alles?" Bella ließ eine Art von Schnauben hören. „Marguerites Flirterei mit Tyler spielt dabei doch auch eine Rolle. So leicht kannst du mir nichts vormachen."

Verdutzt sah Nell Bella an. „Hör auf damit. Du weißt doch, dass ich ihn nicht mag."

„Du magst ihn. Vielleicht ist es ja meine Schuld, dass ihr euch nicht mehr versteht", gab Bella zu. „Ich wollte dich doch nur vor einer weiteren Enttäuschung bewahren. Ach, hätte ich bloß nichts gesagt, als du dich damals so hübsch gemacht hattest."

Nell wandte sich ab. Sie mochte nicht an jenen Tag erinnert werden. „Er ist nicht mein Typ", fuhr sie Bella unwirsch an. „Er passt besser zu Marguerite."

„Das meinst du." Mit diesen Worten legte Bella das Geschirrhandtuch aus der Hand und blickte Nell fest an. „Ich wollte dir schon längst einmal sagen, dass du dich nicht so vor den Männern zu verschließen brauchst. Nicht alle sind wie Darren McAnders."

Nell wurde blass.

„Außerdem war Darren gar kein so schlechter Mensch. An jenem Abend hat er sich nicht anders zu helfen gewusst, als sich hoffnungslos zu betrinken, und in diesem Zustand konnte er sich nicht mehr beherrschen. Das soll sein Verhalten natürlich auf keinen Fall entschuldigen. Nur könntest du nach all den Jahren ruhig einmal versuchen, über seine damalige Situation nachzudenken. Marguerite war schließlich seine große Liebe."

„Und ich Närrin war in ihn verliebt", fügte Nell kühl hinzu. „Er hat mit mir geflirtet. Und dann, dann … hat er mir das angetan. Und das nicht, weil er mich attraktiv fand. Nein, nur um Marguerite eifersüchtig zu machen!"

„Zweifellos ist das unentschuldbar", stimmte Bella ihr zu. „Zum Glück bin ich gerade rechtzeitig an der Treppe gewesen."

„Hör auf", bemerkte Nell leise. Die Erinnerung an den Vorfall schmerzte immer noch.

„Aber, und das muss auch einmal gesagt werden, es war wirklich nicht ganz so schlimm, wie du es immer hinstellst", fuhr Bella ungerührt fort. „Nein, widersprich mir nicht. Wenn du dich jemals mit anderen Jungen verabredet und dich wieder verliebt hättest, wärst du mit diesem Vorfall wesentlich besser fertig geworden. Dich hatte ja noch keiner geküsst …"

„Hör auf", brauste Nell auf. „Das spielt doch jetzt keine Rolle mehr. Ich bin nur ein einfaches Mädchen vom Lande, für das sich kaum ein Mann interessieren wird. Außerdem habe ich gehört, was Tyler über mich gesagt hat", gestand sie verbittert. „Ich habe kein Wort vergessen. Wie war das noch? Ach ja, er will keine verliebte Frau am Hals haben."

Bella seufzte. „Du hast also das Gespräch belauscht. Ich hatte mir bereits so etwas gedacht."

„Seine Meinung ist mir doch egal", versicherte Nell schnippisch. „Ich habe jedenfalls noch rechtzeitig erfahren, dass ich ihn nur langweile. Jetzt verhalte ich mich entsprechend."

Bella schien etwas entgegnen zu wollen, besann sich aber eines Besseren. „Wie lange will unsere Gräfin eigentlich bleiben?"

„Zum Glück nur bis morgen Nachmittag." Nell seufzte. „Ich

sollte mich jetzt beeilen. Wir werden erst ausreiten. Und heute Nachmittag muss ich unsere Gäste zum Einkaufen in die Stadt fahren. Am praktischsten ist es wohl, sie in die El-Con-Allee zu schicken. Dort können sie typische Mitbringsel erwerben."

„Vergiss nicht die Silberschmiede in der Nähe von San Xavier", erinnerte Bella sie. „Außerdem könntest du Papago-Brot mit ihnen essen gehen."

„Das ist keine schlechte Idee. Das Brot ist typisch für die Indianer in dieser Gegend. Wenn nach dem Einkaufsbummel noch Zeit ist, werde ich es ihnen vorschlagen."

„Werden auch Ehemänner mitgehen?", wollte Bella wissen.

„Glaubst du denn, ich würde mich so auf den Ausflug in die Stadt freuen, wenn einer der Männer mitkäme?"

„Du hast ja recht, das war eine dumme Frage von mir", gab Bella zu. „Ich sollte mich besser um das Essen kümmern. Oder will Charlie heute Abend vor dem Tanz wieder ein Barbecue veranstalten? Nie fragt er mich."

„Ja, Charlie sagte vorhin etwas von einem Barbecue. Warum machst du nicht einen Kartoffelsalat, ein paar Sandwiches und einen Kuchen? Das würde wunderbar dazu passen", schlug Nell vor und schlang die Arme um Bella. „Du hast doch mit einem Barbecue auch weniger Arbeit. Übrigens – ich habe den Eindruck, als würde Charlie sich für dich mehr und mehr interessieren."

Bella sah Nell empört an. „Das würde ich ihm auch raten. Aber jetzt hinaus mit dir. Ich habe genug zu tun."

„Zu Befehl, Madam." Nell lächelte, verließ die Küche und ging zu den Ställen hinüber, um sich die Pferde anzusehen, die schon für den Ausritt gesattelt waren.

Charlie Staples war allein im Pferdestall. Er war mittelgroß, sehr temperamentvoll und hatte blaue Augen. Nach all den Jahren, die er bereits auf der Ranch arbeitete, empfand Nell noch immer einen gewissen Respekt vor ihm. Er war älter als die anderen Cowboys, doch er konnte es noch mit ihnen aufnehmen. Ihr gegenüber verhielt er sich stets hilfsbereit und zuvorkommend. Aber Nell konnte ihrer Scheu einfach nicht Herr werden, wie gegenüber allen Männern auf der Ranch.

„Wie geht es der Stute heute Morgen?", erkundigte sie sich.

„Ich habe den Schmied angerufen, damit er nochmals nach ihr sieht. Zwar hat er ihr schon ein neues Hufeisen verpasst, aber die Stute ist trotzdem noch sehr unruhig. An deiner Stelle würde ich sie nicht auf den Ausritt mitnehmen."

Nell seufzte. „Dann fehlt uns aber ein Pferd. Marguerite ist heute Morgen mit Tyler und den Jungen ausgeritten."

„Wenn du dir den Ausritt allein zutraust, werde ich Marlowe hier behalten, damit er dir bei den Fohlen hilft. Einer der Gäste kann dann sein Pferd nehmen", schlug Charlie vor.

„Das klingt gut." Erleichtert atmete Nell auf. Sie war froh, dass der mürrische Marlowe von den Gästen fern blieb. Wenn er so weitermachte, würde sie ihm kündigen müssen. Doch dann fehlte wieder ein Arbeiter. Und das konnten sie sich im Augenblick nicht leisten.

„Wir werden um zehn losreiten", wies sie Charlie an. „Bis zum Mittagessen sind wir wieder zurück. Um halb zwei werde ich dann mit den Frauen zum Einkaufen in die Stadt fahren."

„Alles klar." Charlie nickte ihr zu und machte sich wieder an die Arbeit.

In Gedanken versunken schlenderte Nell zum Wohnhaus zurück und wäre fast mit Tyler zusammengestoßen, der hastig um die Hausecke bog.

Verlegen wich Nell zurück. „Entschuldigung", brachte sie verwirrt hervor. „Ich habe dich nicht gesehen."

Tyler sah sie böse an. „Gerade hat mir Marguerite eröffnet, dass ich sie heute Abend zum Tanzen begleiten soll!"

„Ach wirklich?", erwiderte Nell mit gespielter Gleichgültigkeit.

„Marguerite meinte, es wäre deine Idee", fügte er erregt hinzu.

„Du würdest mir ja doch nicht glauben, wenn ich dir widerspräche", entgegnete Nell ruhig.

„Du willst sie mir wohl förmlich an den Hals werfen?", brauste Tyler auf.

Nell senkte den Kopf. „Ich dachte, du wärest gern mit ihr zusammen", verteidigte sie sich leise. „Sie ist dir so ähnlich. Ihr stammt beide aus der gleichen Gesellschaftsschicht."

Tyler ergriff ihren Arm, und ihm entging dabei nicht, wie sie sich versteifte. „Ist schon gut. Du brauchst keine Staatsaffäre daraus zu machen. Ich kann es nur nicht ausstehen, wenn man mir vorschreibt, mit wem ich meine Freizeit verbringen soll."

„Nein, natürlich nicht. Würdest du mich bitte loslassen!"

„Du kannst es nicht ertragen, wenn dich jemand berührt, nicht wahr?", fragte Tyler unvermittelt. „Das war das Erste, was mir an dir aufgefallen ist. Warum eigentlich?"

Nells Herz begann schneller zu schlagen. Woher sollte er auch wissen, dass seine Berührungen unbekannte, berauschende Gefühle in ihr erweckten. „Mein Privatleben geht dich überhaupt nichts an", wies sie ihn zurecht.

„Nein, das hast du mir in letzter Zeit recht deutlich gezeigt", erwiderte er und ließ sie los. „Aber wie du willst. Was Marguerite betrifft, um die kümmere ich mich selbst."

Er klang verbittert, aber Nell war viel zu aufgewühlt, um darauf zu achten. Sie wollte so schnell wie möglich fort. In seiner Gegenwart erfasste sie immer die Sehnsucht, sich in seine Arme zu werfen.

„Okay", entgegnete sie mit gespielter Gleichgültigkeit. Ohne sich noch einmal umzuschauen, ging sie schnellen Schrittes an ihm vorbei ins Haus. Und so bemerkte sie auch nicht den Blick, mit dem er ihr nachsah.

2. KAPITEL

Den ganzen Tag über ging Nell Tyler aus dem Weg und beschloss, auch nicht am Tanzabend teilzunehmen. Nach dem Barbecue entschuldigte sie sich bei den anderen und ging in ihr Zimmer hinauf. Du Feigling, schalt sie sich unglücklich. Aber sie konnte es einfach nicht ertragen mitanzusehen, wie Marguerite mit Tyler flirtete.

Allerdings konnte Nell die Gedanken an Tyler auch nicht verdrängen. Unwillkürlich erinnerte sie sich an seine ersten Tage auf der Ranch. Von dem Augenblick an, als sie einander auf dem Flughafen von Tucson begegnet waren, hatte er sich ihr gegenüber freundlich, zuvorkommend und liebevoll verhalten.

Tyler hatte nicht nur Nell im Sturm erobert, sondern auch die anderen Männer und Bella. Nell hatte sich zu ihm hingezogen gefühlt wie zu keinem anderen Menschen sonst. Und das, obwohl durch Darren McAnders ihr Vertrauen in die Männer einmal tief erschüttert worden war.

Nell lächelte verbittert. Sie hatte alles darangesetzt, es ihm auf der Ranch so angenehm wie möglich zu machen und dabei nicht bedacht, wie ihre Bemühungen auf Tyler und die anderen gewirkt haben mussten. Aber ihre Zuneigung zu ihm war so groß gewesen, dass sie alle Vorbehalte außer Acht gelassen hatte.

Zwei Wochen nach Tylers Ankunft gab es wieder einen Tanzabend in der Scheune, und zum ersten Mal seit langer Zeit hatte Nell wieder mehr Wert auf ihr Äußeres gelegt – zwar kein Kleid angezogen, aber ihr Haar gebürstet, bis es schön fiel, und den Hut weggelassen.

Am Nachmittag waren viele neue Feriengäste angekommen, und Nell hatte versucht, ihnen aus dem Weg zu gehen, ohne unhöflich zu erscheinen.

„Warum versteckst du dich denn?“, hatte Tyler sich belustigt erkundigt, als er sie in der Scheune entdeckte.

„Ich bin nicht sehr gesellig“, war sie ausgewichen. „Außerdem muss ich etwas vorsichtig sein. Besonders die Herren unter den Gästen meinen sich unbedingt ein Ferienabenteuer suchen zu müssen. Ich … ich würde gern in deiner Nähe bleiben, um Annäherungsversuche zu vermeiden.“

„Aber natürlich.“ Tyler hatte sich gegen einen Holzbalken gelehnt. „Ich bin schon lange nicht mehr auf einem solchen Squaredance gewesen. Findet so etwas hier regelmäßig statt?“

„An jedem zweiten Samstagabend. Wir laden auch Kinder ein, damit sich jeder amüsieren kann. Die Band kommt aus Tucson. Sie spielen zwar nicht wie Profis, aber uns gefällt ihre Musik.“

„Die vier verstehen doch eine Menge von Musik. Das kann man deutlich hören. Möchtest du tanzen, Nell?“, hatte er sie dann leise aufgefordert.

Sie war rot geworden. „Nein. Ich ... ich kann nicht tanzen.“ Die Vorstellung, in seinen Armen zu liegen, beunruhigte sie. Tyler sollte nicht erfahren, welche Gefühle sie für ihn hegte.

„Ich könnte es dir beibringen.“

„Nein, ich sollte besser nicht tanzen. Ich möchte nicht ...“ Wenn sie mit Tyler tanzte, würde sie auch mit anderen Männern tanzen müssen, und allein der Gedanke daran war ihr einfach unerträglich gewesen.

„Einverstanden, Nell. Ich respektiere deinen Wunsch. Aber ich glaube, mich wird gleich jemand zum Tanzen auffordern. Was willst du dann tun?“ Er hatte auf eine etwas ältere, vollschlanke Frau gedeutet, die mit erwartungsvollem Lächeln auf ihn zukam.

„Ich werde beim Getränkeausschank helfen.“ Sie hatte ihm nachgesehen, als er zur Tanzfläche ging. Zu gern würde sie sich dort mit ihm zum Rhythmus der Musik bewegen. Aber sie hätte sich das noch nicht zugetraut. Es war besser, sich Zeit zu lassen ...

Seit diesem Abend war Tyler ihr Vertrauter geworden. Wenn es Probleme mit den Arbeitern oder den Gästen gab, war er immer an ihrer Seite gewesen. Außerdem hatte sie bewusst versucht, seine Aufmerksamkeit auf sich zu lenken. Er sollte in ihr die Frau sehen, die sie eigentlich war.

Aber ein Blick in den Spiegel hatte sie immer wieder entmutigt. Sie war bestimmt viel zu unscheinbar, als dass Tyler sich jemals ernsthaft für sie interessieren würde. Natürlich wusste Nell, dass ein geschicktes Make-up jede Frau verschönern, ja sogar ihren Typ verändern konnte. Aber dazu gehörten auch andere Kleider, und Nell glaubte kein Geld dafür zu haben.

Eine Woche später hatte Nell endlich den Mut gefunden, ihr Äußeres ein wenig zu verändern, sie hatte ihr Haar mit zwei schönen indianischen Spangen hochgesteckt, etwas Lippenstift aufgelegt und ihre neuesten Jeans angezogen. Dazu eine asymmetrisch geschnittene, curryfarbene Bluse.

Bevor sie Zeit fand, weiter über ihr Aussehen nachzudenken, hatte Bella sie zum Abendessen gerufen.

Nell, Tyler und Bella aßen gewöhnlich eine Stunde vor den Gästen im großen, mit Eichenmöbeln eingerichteten Esszimmer. Bella war gerade damit beschäftigt gewesen, den Tisch zu decken, als sie Nell bemerkte. „Bist du das, Nell?"

„Wen erwartest du denn sonst? Ich könnte zwar keinen Schönheitswettbewerb gewinnen, aber ich sehe doch gut aus?"

„Viel zu gut", hatte Bella erwidert. „Aber sei vorsichtig. Du willst doch nicht noch einmal eine Enttäuschung erleben."

Nell war erschrocken zusammengefahren. „Wieso?"

„Du gibst ihm Sachen für sein Zimmer", hatte Bella aufgezählt. „Du nähst die Knöpfe an seinen Hemden an. Wenn es regnet, sorgst du dafür, dass er es warm und trocken hat. Ständig kochst du etwas Besonderes für ihn. Und jetzt veränderst du sogar dein Aussehen. Nell, Tyler ist ein Mann mit Erfahrung, der bis vor Kurzem sehr reich war."

Verständnislos hatte Nell Bella angeblickt.

„Ich möchte dir ja deine Träume nicht nehmen. Nur musst du wissen, dass er mit einer anderen Art von Frauen zusammen gewesen ist. Er benimmt sich dir gegenüber wie ein Freund, Nell. Das ist aber auch alles. Bitte verwechsle Freundschaft nicht mit Liebe. Begehe nicht wieder den gleichen Fehler."

„Mir ist gar nicht aufgefallen, dass ich all das für Tyler getan habe ... Ich mag ihn", hatte sie sich zu verteidigen gesucht. „Aber ich ... ich laufe ihm doch nicht nach!" Mit diesen Worten hatte sie die Tür zugeknallt und war die Treppe hinaufgestürzt.

„Nell!"

Ohne auf Bellas Rufen zu achten, war Nell in ihr Zimmer gelaufen, hatte die Jeans und die Bluse ausgezogen, das Haar wieder zusammengebunden und den Lippenstift abgewischt.

Traurig war sie dann leise wieder nach unten gegangen. Als ob ihr Stolz nicht bereits genügend gedemütigt worden war, hatte Nell dann durch die halb offene Esszimmertür eine Unterhaltung zwischen Bella und Tyler anhören müssen.

„Irgendetwas bedrückt dich doch, Bella."

„Es ist Nell. Sie will nicht zum Essen herunterkommen. Sie hat sich heute Abend besonders hübsch gemacht. Und ich … ich habe daraufhin eine Bemerkung fallen lassen."

„Nell würde etwas mehr Selbstvertrauen nur guttun", hatte Tyler ein wenig vorwurfsvoll geantwortet. „Es war nicht sehr geschickt von dir, sie gleich zu entmutigen."

„Ich möchte nicht, dass sie noch einmal enttäuscht wird, Tyler. Du siehst in ihr eine gute Freundin, das weiß ich ja. Aber Nell hat noch nie viel Zuneigung erfahren. Ihr Vater vergötterte ihren Bruder Ted. Nell blieb stets im Hintergrund. Und … und als sie sich zum ersten Mal in einen Mann verliebte, wurde sie bitter enttäuscht. Es mag ja sein, dass ich übervorsichtig bin. Aber ich möchte nicht, dass sie sich in dich verliebt, nur weil du ihr ein bisschen Aufmerksamkeit schenkst."

Tyler hatte amüsiert aufgelacht. „Bella, du irrst dich. Nell ist ein nettes Mädchen. Sie hat trotz ihres Alters schon einen gewissen Charme. Ich mag sie, und sie mag mich. Das ist auch schon alles. Du brauchst dir keineswegs Sorgen zu machen."

„Nell ist kein Teenager mehr. Sie ist vierundzwanzig!"

„Wie bitte?"

„Für wie alt hast du sie denn gehalten?"

„Neunzehn. Vielleicht auch achtzehn."

„Nell ist eine junge Frau, die bis jetzt allein zurechtkommen musste. Es ist so einfach, ihr wehzutun."

Tyler hatte sich verlegen geräuspert. „Es ist mir gar nicht in den Sinn gekommen, dass Nell sich in mich verlieben könnte. Ich werde darauf achten, sie nicht zu ermutigen. Ich hasse es, verliebte Frauen am Hals zu haben, selbst wenn sie attraktiv sind."

Nell hatte genug gehört. Diesmal war sie leise in ihr Zimmer zurückgekehrt, um ihren Tränen freien Lauf zu lassen. Allein der Gedanke, rechtzeitig von Tylers Einstellung zu ihr erfahren zu haben, hatte sie getröstet. Von jetzt an würde sie sich besser beherrschen. Dabei hätte sie es doch besser wissen müssen – nach der Erfahrung mit Darren McAnders!

All das war jetzt drei Wochen her, und Nell hatte ihr Verhalten Tyler gegenüber völlig verändert. Sie war zwar höflich und hilfsbereit, doch sie fragte ihn nicht mehr um Rat, und die kleinen Aufmerksamkeiten blieben aus. Von nun an behandelte sie Tyler genauso wie die anderen Männer und vertraute ihre Gedanken und Gefühle keinem Menschen mehr an. Auch Bella gegenüber verlor sie kein Wort über Tyler.

Das Leben auf der Ranch ging seinen gewohnten Gang. Die Feriengäste waren auch nach Tanzabenden früh auf den Beinen, um ihren Ausritt vor der Mittagshitze zu machen.

Viele von ihnen waren schon öfter auf der Ranch gewesen und gehörten praktisch zur Familie. Obwohl Mr Howes das Reiten immer noch nicht gelernt hatte, schien nichts ihn zu entmutigen. Auch Mrs Smith, eine Witwe und Lehrerin aus Phoenix, war ein langjähriger Gast. Sie hatte es sich seit fünf Jahren in den Kopf gesetzt, ihr Magengeschwür durch eine indianische Geheimmixtur zu heilen. Darüber interviewte sie jedes Mal den Viehhüter Crowbait, der ein Navajo war, und sprach sogar davon, ein Buch über indianische Heilkunst zu schreiben.

Mary Smith war eine der wenigen Gäste, mit denen Nell sich etwas angefreundet hatte. Die Lehrerin ritt bei ihrem Aufenthalt auf der Ranch ihr Lieblingspferd Stella, das sie jeden Morgen selbst sattelte.

So war sie auch heute schon früh im Stall, als Nell auf der Suche nach Charlie eintrat.

„Nell!", rief Mary und winkte fröhlich. „Warum sind Sie gestern Abend nicht beim Squaredance gewesen? Wir haben Sie sehr vermisst."

„Ich mache mir nichts aus dieser Art von Geselligkeit", antwortete Nell störrisch.

Mary lachte gelöst. „Ach, Sie überlassen das Amüsieren wohl lieber den älteren Damen wie mir – oder Ihrer Schwägerin?" Als sie sah, dass Nells Miene sich verfinsterte, fuhr Mary beschwichtigend fort: „Schon gut, Nell, scheuen Sie nicht gleich wie ein Füllen." Sie tätschelte die Kruppe ihres Pferdes. „Ich beobachte Sie jetzt seit Jahren und habe mich immer gefragt, warum Sie so verschlossen sind ... Unter welchem Tierkreiszeichen sind Sie eigentlich geboren?"

„Ich? Wollen Sie jetzt auch mit diesem Humb..."

Mary lachte wieder. „Humbug? Ich habe gehört, was Sie zu Bella gesagt haben. Nein, ich meine nicht ein Allerweltshoroskop. Wenn Sie mir die genaue Zeit Ihrer Geburt sagen, könnte ich herausfinden, welche Planeten Sie beeinflussen – das zu wissen, kann manchmal ganz hilfreich sein."

„Aber ich glaube doch gar nicht an solche Dinge", protestierte Nell erneut.

Mary zog den Sattelgurt noch etwas fester. „Eine grundsätzliche Frage, Nell: Was wäre diese schöne Welt ohne die Sonne?"

„Nichts."

„Sehen Sie, und ohne den Mond gäbe es keine Gezeiten, keine Ebbe und Flut. Wenn nun seit Tausenden von Jahren beobachtet wird, dass bestimmte Konstellationen Unheil oder Heil für die Natur bedeuten, warum sollten dann nicht auch die Gestirne Einfluss auf den Menschen haben?"

„Ich …" Nell fühlte sich verunsichert. „Also, ich bin ein Fisch, und ich nehme an, Fische leben stumm und zurückgezogen. Und genauso benehme ich mich auch."

„Fische haben aber auch eine sehr große Liebesfähigkeit." Sie führte ihr Pferd aus der Box. „Also, wie wär's? Geben Sie mir Ihre genaue Geburtszeit. Vielleicht kann ich Ihnen Ihr persönliches Horoskop erstellen und etwas über Ihre verborgenen Charaktereigenschaften sagen. Aber dazu brauche ich meine Bücher und Tabellen aus Phoenix."

„Einverstanden", murmelte Nell, eigentlich mehr, um das Gespräch zu beenden, denn Mr Cova, auch ein langjähriger Gast, war in der Stalltür erschienen. Er war ein unverbesserlicher Casanova und suchte trotz der Anwesenheit seiner Frau jedes Mal ein Ferienabenteuer. Nell wollte auf keinen Fall allein mit ihm im Stall bleiben.

„Ich muss Charlie suchen", sagte sie und ging so schnell wie möglich zur hinteren Stalltür.

Dort stieß sie fast mit Tyler zusammen. Sie errötete und murmelte eine Entschuldigung. Erleichtert sah sie Charlie bei den Gästen stehen und eilte auf ihn zu.

Nachdenklich sah Tyler ihr nach und ging zu Bella in die Küche. Er setzte sich rittlings auf einen Stuhl und warf seinen Hut auf den Tisch. Während er sich eine Zigarette anzündete, dachte er wieder einmal mit Bedauern an die frühere Freundschaft mit Nell. Dieses Mädchen hatte tatsächlich eine Saite in seinem Inneren angerührt, wie es noch keiner Frau zuvor gelungen war …

„Grübelst du schon wieder?“, fragte Bella.

Er lächelte müde. „Es ist Nells verändertes Verhalten“, antwortete er. „Ich dachte, wir würden gute Freunde werden. Aber jetzt ist alles so anders zwischen uns. Sobald ich einen Raum betrete, kann sie ihn nicht schnell genug verlassen. Ihre Aufträge überbringt mir Charlie. Wenn ich die Bücher durchsehen muss, lässt sie sie mir von jemandem bringen.“ Tyler zuckte mit den Schultern. „Ich fühle mich wie ein Aussätziger.“

„Sie ist in Gegenwart von Männern etwas zurückhaltend“, beruhigte Bella ihn. „So ist sie immer gewesen. Frag Charlie.“

Tyler hob den Kopf und schaute sie aufmerksam an. „Zu Anfang war das aber nicht so. Wir waren ständig zusammen. Weißt du nicht, warum sich das geändert hat?“

Bella zuckte mit den Schultern. „Selbst wenn ich es wüsste, dürfte ich es dir nicht sagen. Nell würde mir das nie verzeihen.“

„Na ja. Vielleicht ist es auch besser so“, bemerkte Tyler gedankenverloren. „Was gibt's heute zum Mittagessen?“

„Roastbeef, hausgemachte Pommes frites, Salat, Bananenpudding, eisgekühlten Tee und Kaffee.“

„Das klingt ja köstlich. Übrigens, da fällt mir ein, ich habe zwei neue Männer auf die Gehaltsliste gesetzt. Die beiden sollen bei der Arbeit mit dem Viehtrieb und der Renovierung der Ställe und der Scheune helfen.“

„Das wird Nell aber nicht sehr gefallen. Sie hasst es, fremde Menschen auf der Ranch zu haben. Die Feriengäste reichen ihr schon.“

Tyler runzelte die Stirn. „Warum hat sie eigentlich ein so gespanntes Verhältnis zu Männern?“

„Das kann ich dir nicht sagen. Das musst du sie schon selbst fragen.“

„Ich habe sie gefragt, aber sie ist mir ausgewichen.“

„Nell spricht nicht oft über sich.“ Aufmunternd lächelte Bella Tyler an. „Es fällt ihr schwer, jemandem zu vertrauen. Lass ihr ein bisschen Zeit.“

„Vertrauen ist für jeden von uns eine schwierige Angelegenheit.“ Er setzte den Hut auf. „Bis später.“

Es war ein wundervoller Tag. Nach dem Regenguss der Nacht schien die Sonne hell und warm. Als Tyler jetzt in den Stall kam, kniete Nell in einer Box neben einem neu geborenen Fohlen und streichelte ihm den Kopf.

Im Gang blieb er stehen und beobachtete sie eine Weile. Mit einem Mal wurde ihm bewusst, wie einsam sie sich fühlte, doch sie würde ihm nie erlauben, mit ihr darüber zu sprechen. Er hatte einen Fehler gemacht, aber er wusste nicht welchen, denn er kannte den wahren Grund für ihr plötzlich so abweisendes Verhalten immer noch nicht. Nell war ihm in dieser kurzen Zeit so ans Herz gewachsen, dass ihr Benehmen ihn quälte.

Zögernd trat er näher und bemerkte sofort ihren veränderten Gesichtsausdruck. Es war, als könnte sie seine Gegenwart nicht ertragen.

„Ich dachte, ich sollte dir besser selbst sagen, dass ich zwei weitere Männer eingestellt habe, Nell. Nur als Aushilfskräfte, um beim Viehtrieb und bei den Reparaturen zu helfen", fügte er hinzu. „Du wirst kaum etwas mit ihnen zu tun haben."

Rot vor Zorn sprang Nell auf und stürzte an ihm vorbei aus der Box in den Stall. Wie konnte er es wagen, ohne ihre Zustimmung jemanden einzustellen!

„Verdammt!", fluchte Tyler unbeherrscht und rannte ihr nach. An der Stalltür hatte er sie eingeholt und packte sie fest am Arm.

Ihre Reaktion schockierte ihn. Zu spät merkte er, dass seine verärgerte Miene und der feste Griff schuld waren. „Keine Angst, ich tue dir nichts", versuchte er sie zu beruhigen und trat zurück. „Es tut mir leid, ich wollte dich nicht brüskieren. Ich hätte vorher mit dir über die neuen Männer sprechen sollen."

Nell schluckte, vergrub die Hände tief in den Taschen ihrer Jeans und bemühte sich, die Fassung wiederzugewinnen. Es war ihr unangenehm, dass Tyler ihre hysterische Angst vor Gewalt miterlebt hatte. Hastig wandte sie den Blick ab.

Tyler trat auf sie zu, hob ihr Kinn und zwang sie behutsam, ihn anzusehen. „Bitte lauf nicht weg", sagte er ernst. „Du gehst mir seit Wochen aus dem Weg. Ich kann das einfach nicht mehr ertragen. Ich darf dir ja noch nicht einmal nahe kommen."

„Das möchte ich auch nicht. Lass mich jetzt bitte gehen."

„Dann sag mir wenigstens den Grund", beharrte er, ohne den Blick von ihr abzuwenden. „Bitte."

„Ich habe dein Gespräch mit Bella mitbekommen", gestand Nell.

„Du dachtest, ich wäre ein Kind. Und als du erfuhrst, wie alt ich bin, hast du gesagt, du wolltest keine verliebte Frau am Hals haben."

„Das war es also." Tyler senkte den Kopf. Er hatte nicht geahnt, dass sie das Gespräch belauscht hatte. „Nell, das hättest du nie hören dürfen", sagte er sanft.

„Es war besser so", entgegnete sie und hob stolz den Kopf. „Mir war ja gar nicht bewusst, wie dumm ich mich benommen habe. Aber ich werde dir keine Ungelegenheiten mehr bereiten, das verspreche ich dir. Ich mochte dich, das war alles. Ich wollte nur, dass du dich hier wohlfühlst." Nell lachte heiser auf. „Ich weiß, dass ich nicht zu der Art von Frauen gehöre, die dich interessieren, und ich habe mich dir auch nicht an den Hals geworfen." Von Kummer überwältigt schloss sie die Augen. „Würdest du mich jetzt bitte gehen lassen?"

„Ach, Nell." Ohne noch einen Moment zu zögern, nahm Tyler sie in die Arme und wiegte sie zärtlich. Er konnte sich ihren Schmerz vorstellen, als hätte er ihn selbst erfahren. Er schloss die Augen und drückte sie fester an sich.

Nell konnte die Tränen nicht länger zurückhalten. Obwohl sie wusste, dass sie nicht mehr als Freundschaft von Tyler erwarten konnte, entspannte sie sich. Sie wollte den Moment in seinen Armen ganz auskosten. Deutlich spürte sie sein klopfendes Herz und roch den Leder- und Tabakduft an seinem Hemd.

Schließlich löste sie sich aus der Umarmung. Sie wusste, dass es in seinem Leben für sie keinen Platz gab. Marguerite war ihm viel ähnlicher – klüger und reifer als sie selbst.

Nell holte tief Luft. „Danke", sagte sie leise und zwang sich zu einem Lächeln. „Du brauchst dir meinetwegen keine Sorgen zu machen." Doch der Blick, mit dem sie Tyler ansah, strafte ihre Worte Lügen.

Ihr sanfter, gequälter Blick traf Tyler wie ein Schlag. Solch gefühlvollen und schönen Augen hatte er noch nie gesehen. Sie erweckten eine Sehnsucht in ihm, die nichts mit körperlichem Verlangen zu tun hatte.

Er sah Nell so eindringlich an, dass ihr ganz schwach wurde. Unsicher trat sie einen Schritt zurück. „Ich sollte besser wieder ins Haus gehen."

„Was die neuen Angestellten betrifft, sie sind wirklich nur für kurze Zeit auf der Ranch. Solange wir das Vieh zusammentreiben." Tyler wirkte müde und erschöpft. Seine Hände zitterten ein wenig, als er sich eine Zigarette anzündete. „Sie werden in ein paar Wochen hier anfangen."

„Gut", stimmte Nell nervös zu. „Es tut mir übrigens wegen des Tanzabends leid. Ich wollte dich wirklich nicht mit Marguerite verkuppeln."

„Das war nicht so wichtig. Aber lass es bitte nicht zur Gewohnheit werden." Dann streckte er die Hand aus und berührte eine ihrer Haarsträhnen. „Im Moment bin ich noch etwas durcheinander, Nell. Ich habe mein Zuhause verloren, meine Arbeit ... alles, was mir etwas bedeutete. Jetzt muss ich versuchen, mir ein neues Leben aufzubauen. Eine Frau würde mich nur stören."

„Es tut mir leid, dass du alles verloren hast, Tyler. Bestimmt wirst du eines Tages alles zurückbekommen. Ich kann mir nicht vorstellen, dass du dich mit bescheidenen Monatslöhnen zufrieden gibst."

Tyler musste bei ihren ermutigenden Worten lächeln. „Kannst du das nicht, kleine Nell?"

„Ich bin nicht klein", protestierte sie.

Tyler trat einen Schritt auf sie zu. In seinen Bewegungen und seiner Miene lag eine unerwartete Zärtlichkeit. Nell stockte der Atem, und ihr Herz begann plötzlich wie wild zu schlagen.

„Du bist aber auch nicht groß", stellte Tyler scherzend fest. Sanft streichelte er mit den Fingern ihren Nacken. „Nervös?", fragte er leise.

Nell schluckte. „Ich ... ich muss zurück ins Haus."

Langsam beugte er sich über sie. „Wirklich?", stieß er rau hervor. Sein warmer Atem streifte ihre leicht geöffneten Lippen.

„Tyler ..." Gebannt sah Nell zu ihm auf.

Sein Blick fiel auf ihren Mund. Plötzlich spürte er ein solches Verlangen in sich aufsteigen, dass er sie fast geküsst hätte. Doch sie zitterte am ganzen Körper. Für einen Kuss war es noch zu früh. Widerstrebend richtete er sich auf.

„Bis später", sagte er beiläufig.

Nell räusperte sich. Für einen Augenblick war sie sich sicher gewesen, dass er sie küssen wollte. Unwillig verscheuchte sie diese Einbildung. Das war völlig absurd. „Natürlich", stieß sie heiser hervor. „Bis nachher."

Nell wandte sich um und ging langsam zum Haus zurück. Sie musste einfach ihre Fantasie zügeln. Tyler war nur nett und freundlich. Wenn es ihr gelang, ihre Gefühle für ihn zu beherrschen, konnten sie vielleicht doch noch gute Freunde werden.

3. KAPITEL

Mary Smith hielt ihr Versprechen, und bald nach ihrer Abreise erhielt Nell einen Brief. Da er sich besonders dick anfühlte und Nell wegen einer Virusgrippe, die unter den Cowboys grassierte, andere Sorgen hatte, ließ sie ihn vorerst liegen. Was interessierte sie ihr Horoskop, wenn es auf der Ranch an allen Ecken und Enden an Arbeitskräften fehlte!

Einige Tage später, als sich alles wieder normalisiert hatte, trat Nell spät abends auf die Veranda. Die Luft war kühl und klar unter einem wunderschönen Sternenhimmel.

Ganz unerwartet traf sie dort auf Tyler. Er lehnte am Geländer, hatte den Stetson nach hinten geschoben und starrte in den Himmel.

„Siehst du die Sterne, Nell?“, fragte er mit seltsam weicher Stimme. „Manchmal habe ich das Gefühl, sie wollen mir etwas sagen.“ Er zögerte und räusperte sich dann. „Und manchmal frage ich mich, ob sie in irgendeiner Beziehung zu uns stehen.“

„Du?“ Nell war erstaunt. Sie kannte Cowboys, die bei Vollmond Gitarre spielten und romantische Anwandlungen bekamen. Aber Tyler war so vernünftig und gar nicht sentimental. „Glaubst … glaubst du an Astrologie?“

„Ich verstehe zu wenig davon.“ Er lächelte sie an. „Und du?“

„Ich?“, wich Nell aus. „Ich auch nicht.“

Tyler lachte leise. „Vielleicht sagen die Sterne auch nur, dass es Zeit ist, zu Bett zu gehen.“ Er rückte seinen Hut zurecht. „Gute Nacht, Nell“, fügte er hinzu in einem zärtlichen Tonfall, den sie in letzter Zeit öfter von ihm gehört hatte, und ging die Stufen der Veranda hinunter.

„Gute Nacht, Tyler“, murmelte sie, sah ihm nach und ging ins Haus.

Nachdenklich betrat Nell das Büro und suchte unter der unerledigt liegen gebliebenen Post nach dem Brief von Mary Smith. Dann ging sie hinauf in ihr Zimmer und setzte sich im Schneidersitz auf ihr Bett.

Sie öffnete den Brief und runzelte die Stirn. Auf dem ersten Blatt fand sie eine große runde Scheibe skizziert, die wie eine Uhr mit Sekundenzeigern aussah und voller Zeichen war, von denen Nell nur den Mond erkannte. Die Zeichen wurden durch rote und blaue Linien miteinander verbunden.

Nell legte dieses Blatt beiseite und widmete sich vorerst dem Brief.

Liebe Nell,
zuerst etwas Grundsätzliches zur Astrologie. Ich vergleiche die Astrologie manchmal mit der Graphologie: Die Graphologen können aus Schriftzügen auf den Charakter eines Menschen schließen, die Astrologen aus der Stellung der Planeten im Moment der Geburt. Das heißt nicht, dass die Sterne unser Schicksal bestimmen, sondern dass sie uns mitprägen. Zu diesem ‚Sterncharakter' kommen ja noch die Vererbung, der Einfluss der Erziehung und der Umgebung als weitere Gesichtspunkte dazu. Außerdem hat der Mensch einen freien Willen, mit dem er gegen bestimmte Charaktereigenschaften ankämpfen kann …

Nehmen wir jetzt erst einmal ganz allgemein Ihr Sternbild, Nell, das der Fische. Dem Fisch wird nachgesagt, dass er durch Passivität gekennzeichnet ist, er geht den Härten des Lebens möglichst aus dem Weg. Seine Leistungen sind das Dienen und das Dulden, gleich dem Wasser, das den Felsen durch sanfte Beharrlichkeit aushöhlt.

Als Ausgleich für diese äußere Passivität hat der Fisch ein intensives Gefühlsleben. Ihm erschließen sich Feinheiten, die dem Durchschnittsmenschen nicht zugänglich sind, es ist aber auch eine gewisse Neigung zu Verworrenheit und Schwärmerei vorhanden. Die SIE als Fisch will in der Liebe von einem stärkeren Partner beherrscht werden. Dort, wo sie wirklich liebt, tut sie es vorbehaltlos und mit Leidenschaft.

Jetzt zu Ihrem persönlichen Geburtshoroskop, Nell, zu dem ich ebenfalls ein paar Erklärungen abgeben möchte.

Es gibt zehn Planeten. Sie werden ganz allgemein in zwei Gattungen eingeteilt, als ‚Wohltäter' und ‚Übeltäter' (Sonne und Mond gelten zum Beispiel als Wohltäter, Mars und Saturn als Übeltäter). Aus Büchern kann man den genauen Stand der Planeten zu jeder Minute ersehen, und ich habe den Planetenstand zurzeit Ihrer Geburt in Ihr persönliches Horoskop eingetragen. Jetzt kommt es darauf an, wie die Planeten zueinander stehen, ob sie sich harmonisch oder disharmonisch ansehen. Harmonisch ist ein Dreieck, disharmonisch ein Quadrat. Ein Beispiel: Jupiter, ein ‚Wohltäter', genannt das ‚große Glück', versinnbildlicht die Ausdehnungskraft. Steht er nun mit anderen Planeten im Quad-

rat, ist sein Expansionstrieb zu stark, ein Mensch mit dieser Planetenkonstellation neigt zum Größenwahn.

Nun wieder zu Ihnen, liebe Nell. Sie haben den Mond in einer günstigen Verbindung zur Sonne (lebensspendende Energie). Das bedeutet, dass Sie ein herzliches Gemüt haben, sanft, mütterlich, poetisch sind und eine glückliche Verbindung zu Gefühl und Verstand besitzen.

Aber: Da die Venus (Liebe) mit dem Mars (Kraft, Gewalt) in einer ungünstigen Konstellation steht, haben Sie gefühlsmäßige Schwierigkeiten. Sie sind zu empfindsam. Jedes raue, draufgängerische Verhalten verletzt Ihre Gefühle. Obendrein steht der Mars auch ungünstig zu Ihrer Sonne, sodass Sie zu Aggressivität, unüberlegten Handlungen und hitzigen Debatten neigen.

In Ihrem Sternencharakter steht ferner, dass Sie einen großen Hang zur Sicherheit haben (Saturn). Doch auch hier stört der Mars durch Aggressivität. Das versetzt Sie in Unruhe, macht Sie unentschlossen und unmutig. Ähnlich geht es Ihnen bei Liebesbeziehungen. Auch hier der Wunsch nach Sicherheit, der gestört wird durch Angst, Misstrauen und Eifersucht.

Auch Neptun (der Nebelstern) beeinflusst Ihre Sonne negativ, sodass Sie Gefahr laufen, Missverständnissen und Intrigen ausgesetzt zu sein. Aber es ist zum Teil Ihre eigene Unentschlossenheit, die diesen Prozess heraufbeschwört, wofür Sie dann wieder die böse Umwelt anklagen.

Liebe Nell, ich hoffe, all das klingt nicht zu negativ. Ich halte Sie für intelligent genug, mit diesem Sternencharakter fertig zu werden. Sie sollen jetzt nicht sagen: Gut, dann bin ich eben empfindsam, sondern sollen versuchen, Ihren Gefühlen (Mond) Festigkeit zu geben, indem Sie sich Ihr Sicherheitsempfinden (Saturn) ins Bewusstsein rufen. Die Welt ist nicht so böse, als dass man sich in Ihrem Alter innerlich zurückziehen sollte. Sie sind ein liebenswerter Mensch, Nell, und ich mag Sie und verstehe jetzt vielleicht, warum Sie zwischen sich und anderen Menschen Barrieren aufrichten. Doch das muss nicht sein. Versuchen Sie etwas zugänglicher zu werden.

Es grüßt Sie sehr herzlich
Ihre Mary Smith

Nell faltete die Seiten nachdenklich zusammen und schob sie ins Kuvert zurück. Das als „Humbug“ abzutun, war nicht ganz leicht. Trotzdem wollte sie jetzt nicht darüber nachdenken.

Sie stand auf und verstaute den Brief tief unten in ihrer Wäscheschublade.

Tyler hatte Unrecht. Es war doch nicht so gut zu wissen, was die Sterne einem zu sagen hatten …

Das nächste Wochenende verbrachten Marguerite und die Jungen wieder auf der Ranch. Am Sonntag waren Curt und Jess bereits vor Sonnenaufgang auf den Beinen. Sie folgten Tyler auf Schritt und Tritt. Auf diese Weise hatte natürlich auch Marguerite einen Grund, sich in seiner Nähe aufzuhalten. Allerdings schien sie mit ihren Gedanken bei etwas anderem zu sein. Offenbar suchte sie ein Gespräch mit Nell, doch diese wich ihr aus.

„Ich wünsche, du würdest mir erlauben, dich einmal zu schminken und dir neue Kleider zu kaufen“, sagte Marguerite am Frühstückstisch. Missbilligend betrachtete sie Nells lässige Aufmachung. „Die Kleider, die du trägst, könntest du genauso gut mit einem Kartoffelsack vertauschen. Na ja, vielleicht gefällst du den Männern auch so.“

„Darauf lege ich keinen Wert“, erwiderte Nell.

„Das solltest du aber“, beharrte Marguerite. „Der Vorfall liegt nun schon acht Jahre zurück. Außerdem war es nicht so schlimm, wie du es immer darstellst. Widersprich mir nicht“, wehrte sie ab. „Du warst beinahe noch ein Kind und bis über beide Ohren in Darren verliebt. Ich will damit auf keinen Fall sein Verhalten entschuldigen. Nur wird es langsam Zeit, dass du dich damit auseinander setzt, was eine Beziehung zwischen Frau und Mann überhaupt ausmacht. Du kannst nicht dein Leben lang ein kleines Mädchen spielen.“

„Ich bin kein kleines Mädchen“, stieß Nell hervor. „Nur möchte ich im Augenblick keine Beziehung.“

„Das solltest du ruhig. Sonst wirst du noch eine alte Jungfer. Und das wäre wirklich schade.“ Marguerite verschränkte die Arme vor der Brust. Sie trug an diesem Morgen ein schlichtes weißes Sommerkleid. „Überlege einmal“, begann sie erneut. „Ich weiß, dass es vor allem meine Schuld war, und das tut mir ja auch leid. Aber du darfst dir durch so etwas nicht dein Leben ruinieren lassen. Du hättest es getan.

Wir hätten dir helfen können."

„Ich brauche keine Hilfe", wehrte Nell kühl ab und sah Marguerite feindselig an.

„Oh doch", widersprach Marguerite. „Du musst endlich aufhören, dich vor dem Leben zu verstecken."

„Ach, hier bist du", unterbrach Tyler Marguerites Tirade. „Deine Söhne haben eine Schlange im Garten gefunden. Curt behauptet, du hättest nichts dagegen, wenn er sie als Haustier behält."

Entsetzt starrte Marguerite ihn an.

Tyler lachte belustigt auf. „Ist ja gut. Ich werde ihm sagen, dass er sie wieder freilassen soll." Dann wandte er sich an Nell. „Einige der Gäste wollen heute in die Kirche. Ich werde sie hinfahren und mir auch die Predigt anhören."

„Vielen Dank", entgegnete sie. Ihr fiel Marguerites überraschter Gesichtsausdruck gar nicht auf.

„Was hast du denn von mir gedacht, Marguerite? Obwohl wir zu Hause ein recht aufwendiges Leben geführt haben, sind wir doch richtige Texaner und gehen gelegentlich zur Kirche."

„So kann man sich irren." Marguerite schüttelte amüsiert den Kopf. Sie warf Nell, die unbeteiligt am Tisch saß, einen kurzen Blick zu. „Du solltest Nell mitnehmen."

„Ich kann sehr wohl allein zur Kirche fahre", sagte Nell und verließ den Raum.

Sie fuhr später zur zweiten Morgenmesse. Dazu trug sie ein langweiliges graues Kleid, das Haar zu einem Dutt zusammengefasst. Bella nahm sie in die Stadt mit und wollte sie nach dem Gottesdienst wieder abholen. Natürlich wäre es einfacher gewesen, sich Tylers Gruppe anzuschließen. Aber gerade jetzt legte Nell keinen gesteigerten Wert auf seine Gesellschaft. Das offensichtlich gute Einverständnis zwischen Tyler und Marguerite machte sie immer nervöser.

Als Nell nach dem Gottesdienst aus der Kirche kam, wartete Tyler auf sie. Er trug einen eleganten maßgeschneiderten Anzug.

„Wo ist Bella?", erkundigte sich Nell argwöhnisch.

„Immer mit der Ruhe", beschwichtigte er sie. „Bella hat noch in der Stadt zu tun. Ich konnte es doch nicht zulassen, dass du zu Fuß zur Ranch zurückgehst."

„Warum musstest du am Sonntag zweimal in die Stadt?"

„Um dich abzuholen. Warum denn sonst? Jetzt steig ein."

Nell blieb keine andere Wahl. Tyler führte sie zur Beifahrerseite und öffnete ihr die Tür.

„Du machst es mir wirklich nicht leicht", bemerkte er, während er aus der Parklücke fuhr.

Nell spielte mit dem Riemen ihrer Lederhandtasche. „Als wenn dir das etwas ausmachte", erwiderte sie kühl und sah aus dem Fenster.

„Danke", entgegnete Tyler. „So viele Worte hast du seit Wochen nicht mehr an mich gerichtet."

Nell holte tief Luft. „Ich möchte nicht den Eindruck erwecken, als liefe ich dir nach." Sie schluckte. „Ich muss dir in der ersten Zeit ganz schön auf die Nerven gefallen sein."

Tyler bog in einen Feldweg ein, fuhr bis zu einem geschlossenen Tor und schaltete den Motor ab. „Gut, lass uns mit offenen Karten spielen, Nell", sagte er ruhig. „Ich arbeite für deinen Onkel, weil ich mich mit allem, was ich noch auf der Bank habe, kaum eine Woche ernähren könnte. Außerdem habe ich Schulden, die ich abbezahlen muss. Deshalb bin ich für jede Frau eine schlechte Partie. Im Moment will ich keine Beziehung."

Empört wandte Nell sich ab und stieg aus dem Wagen.

Doch Tyler war schneller. Noch bevor sie sich vom Wagen entfernen konnte, stand er vor ihr.

„Bitte, du musst mir überhaupt nichts erklären", wehrte sie verzweifelt ab. „Es tut mir leid. Ich wollte dich nie …"

„Nell!"

Seine tiefe, raue Stimme ließ Nell aufblicken. Durch die aufsteigenden Tränen konnte sie sein Gesicht kaum erkennen.

„Du bist zu empfindlich", bemerkte er leise. „Ich versuche dir doch nur zu sagen, dass ich nie den Eindruck hatte, du würdest mir nachlaufen. Das ist doch gar nicht deine Art."

Bei dieser letzten Bemerkung hätte Nell am liebsten laut aufgelacht. Wie wenig wusste er doch von ihr! Vor Jahren hatte sie sich Darren McAnders an den Hals geworfen und förmlich um seine Liebe gebettelt. Doch das ging Tyler nichts an. Unsicher senkte sie den Kopf. Seine Nähe verwirrte sie, sodass es ihr schwerfiel, sich auf das Gespräch zu konzentrieren. Sein warmer Atem streifte ihre Wange.

„Ich bin in Gegenwart von Männern immer etwas unsicher", gestand Nell, ohne ihn anzusehen. „Du bist der Erste, der mir wirklich ein wenig Aufmerksamkeit schenkte. Vermutlich hat mir das so geschmeichelt, dass ich alles in meiner Macht Stehende versuchte, um es dir auf der Ranch angenehm zu machen.“ Sie lächelte schüchtern und warf ihm einen kurzen Blick zu. „Aber ich habe mir nie eingebildet, dass es für dich etwas anderes als Freundschaft sein könnte. Ich bin nicht wie Marguerite.“

„Was willst du damit sagen?“

„Sie kommt aus deinem Milieu, hat ein sicheres Auftreten, ist erfahren und sieht sehr gut aus.“

„Es gibt verschiedene Arten von Schönheit bei Frauen. Und Schönheit hat nichts mit Schminke zu tun.“

Nell wollte ihm widersprechen, aber sie konnte den Blick nicht von seinem Gesicht abwenden. Er sah sie in einer Weise an, die ihr den Atem raubte.

„Wir sollten besser gehen, nicht wahr?“, sagte sie leise.

Tyler hatte das Gefühl, als könnte sie ihm nichts mehr verbergen, weder ihre Einsamkeit noch ihre Sehnsucht. Er hätte nicht sagen können, warum. Doch ganz plötzlich verspürte er das Bedürfnis, diese Sehnsucht zu stillen.

Zärtlich strich Tyler Nell mit beiden Händen über Wangen und Ohren.

„Tyler!“, stieß sie atemlos hervor.

„Pst.“ So dicht stand er vor ihr, dass er ihren Rücken an den Wagen drückte und seine breite feste Brust ihre Brüste berührte.

Nervös presste Nell die Hände und ihre Handtasche gegen ihn. Doch nicht aus Angst. Sie konnte ihre drängende Sehnsucht nicht länger verbergen.

„Aber …“, protestierte sie schwach.

„Nell“, flüsterte Tyler ihren Namen und streifte mit den Lippen ihren Mund.

Es war kein richtiger Kuss, nur ein Hauch an ihrem Mund, eine leichte, suchende Berührung. Nell bewegte sich nicht, aus Furcht, Tyler könnte sich abwenden.

Er löste die Nadeln aus ihrem Knoten und ließ das Haar lose über ihre Schultern fallen. „Öffne deine Lippen ein wenig“, flüsterte er, während er spielerisch mit den Händen durch ihr Haar fuhr.

Nell errötete, gehorchte aber ohne zu zögern. Sie sah noch, wie Tyler sich über sie beugte und spürte, wie sein Mund sich ihren Lippen anpasste. Dann durchfuhr sie eine ungeheure Erregung, und sie schloss die Augen.

Tyler fühlte sie in seinen Armen erschauern, hörte ihren leisen Seufzer. Er löste sich ein wenig von ihr und schaute ihr tief in die Augen. Die Sehnsucht, die er dort sah, berauschte ihn. Zart glitt er mit den Händen über ihren Rücken bis zur Taille.

„Mein Gott", flüsterte er. Noch nie zuvor hatte er eine Frau begehrt – und gleichzeitig beschützen wollen.

„Du solltest mich nicht so in den Armen halten", wehrte sich Nell mit unsicherer Stimme.

„Warum nicht?" Sanft strich er über ihre Nase.

Sie lächelte verlegen. „Du weißt, warum."

„Nein, das weiß ich nicht." Er verschloss erneut ihren Mund. Ihre Nähe, ihr anschmiegsamer Körper ließen ihn für einen Augenblick alles andere vergessen. Er gab seinem eigenen Verlangen nach und drängte sich leidenschaftlicher an sie.

Nell versteifte sich. Eine unbeschreibliche Angst ergriff sie, als sie seine Erregung bemerkte.

Behutsam löste Tyler sich von ihr und sah sie prüfend an. „Du hast noch nie jemanden so geküsst, nicht wahr?", sagte er unvermittelt.

„Nein, jedenfalls nicht freiwillig", antwortete sie mit einem erzwungenen Lächeln. Verlegen biss sie sich auf die Unterlippe. „Es tut mir leid. Es ist etwas beängstigend."

Tyler lachte leise auf, küsste sie auf die Stirn und streichelte liebevoll ihr Gesicht. „Du bist wirklich eine Jungfer, die sich keinem Mann an den Hals wirft."

„Bitte mach dich nicht lustig über mich", entgegnete sie leicht verärgert.

„Hat sich das so angehört?" Liebkosend fuhr er mit dem Finger über ihre Lippen. „Das war nicht meine Absicht. In den Kreisen, in denen ich früher verkehrt habe, sieht man das anders."

„Oh, das kann ich mir vorstellen."

„Nein, das kannst du nicht. Und es ist auch besser so. Aber ich gehöre jetzt nicht mehr in jene Welt und vermisse eigentlich auch sie nicht sehr." Spielerisch ließ er eine ihrer Haarsträhnen durch seine

Finger gleiten. „Du zitterst ja“, sagte er leise.

„Ich bin … Das ist … Es ist neu für mich.“

„Für mich war es auch etwas Besonderes.“ Behutsam strich er das Haar aus ihrem Gesicht. „Wie lange ist es eigentlich her, seit dich ein Mann geküsst hat?“

„Ich bin noch nie so geküsst worden“, gestand sie verlegen.

„Wirklich?“ Er lächelte und zog sie an sich. Sie errötete und versuchte sich aus der Umarmung zu lösen. Doch dieses Mal hielt er sie fest. „Du bist vierundzwanzig Jahre alt und hast keine Ahnung von Männern. Es wird langsam Zeit, dass du dich auch damit auseinander setzt. Ich will dir nicht wehtun, aber ich kann dich nicht mit Sicherheitsabstand küssen.“

„Du sollst mich auch nicht küssen“, wehrte sie ab. „Es ist nicht fair, so mit mir zu spielen.“

Fest sah Tyler sie an. „Tue ich das, Nell? Spiele ich mit dir?“

„Was denn sonst?“

„Ja, was sonst“, flüsterte er leise und beugte sich zu ihr hinunter. Sanft hob er sie hoch und verschloss ihren Mund mit den Lippen. Dieses Mal küsste er sie leidenschaftlicher und ein wenig ärgerlich, denn sie erweckte ein Verlangen in ihm, von dem er nichts wissen wollte. Was ihn jedoch noch mehr verwirrte, war dieses Gefühl der Machtlosigkeit ihr gegenüber. Nell war wahrhaftig nicht die Frau, die er so küssen durfte. Er hatte kein Recht, sich mit ihr einzulassen. Aber ihre Lippen waren so weich, und ihr Körper schmiegte sich so dicht an seinen …

Schließlich gewann er seine Beherrschung zurück. Widerstrebend ließ er sie auf den Boden zurückgleiten.

Nell war ganz benommen. Sie spürte, dass er genauso aufgewühlt war wie sie selbst. „Ich muss mich setzen“, erklärte sie leise.

„Mir geht es auch nicht besser, wenn ich ehrlich bin“, gestand Tyler. Er öffnete die Autotür und ließ sie einsteigen.

Tyler ging um den Wagen herum und setzte sich hinters Steuer. Schweigend zündete er sich eine Zigarette an.

Währenddessen nahm Nell eine Bürste aus der Handtasche, um ihr zerzaustes Haar zu ordnen. Sie wollte ihm nicht zeigen, wie wundervoll und aufregend diese Küsse für sie gewesen waren. Danach legte sie die Bürste in die Tasche zurück, starrte verlegen auf ihren Schoß und überlegte, was Tyler jetzt wohl dachte.

Doch Tyler beachtete sie gar nicht. In Gedanken versunken starrte er durch die Frontscheibe und versuchte seine Fassung wiederzuerlangen. Normalerweise erweckte ein einfacher Kuss keinen solchen Aufruhr in ihm. Er konnte sich nicht daran erinnern, je von einer Frau so aus dem Gleichgewicht gebracht worden zu sein. Dabei durfte er besonders Nell gegenüber nicht die Beherrschung verlieren. Doch wie sollte er das jetzt anstellen, ohne den Eindruck zu erwecken, nur mit ihr zu spielen?

Tyler drehte sich um. Nell schaute mit einem nichts sagenden Gesichtsausdruck aus dem Fenster.

„Wir werden noch zu spät zum Mittagessen kommen", bemerkte sie, ohne ihn anzusehen.

Tyler suchte vergeblich nach den richtigen Worten, um ihr sein Verhalten zu erklären. Es ist wohl besser, die Dinge ruhen zu lassen, beschloss er. Mit der Zeit würde sich schon ein Weg finden.

Ohne noch ein weiteres Wort zu verlieren, startete er den Wagen und fuhr zur Ranch zurück.

Marguerite packte die Koffer, um früh am Nachmittag nach Hause zurückzufahren. Tyler hatte sich erboten, sie nach Tucson zu bringen. Marguerite schien sich darüber zu freuen. Und Nell war froh, nicht mit ihrer Schwägerin allein sein zu müssen. Marguerite gelang es immer, alles von ihr zu erfahren. Nell hatte jedoch keine Lust, ihr zu erzählen, was mit Tyler geschehen war.

„Du grübelst doch nicht wieder über irgendetwas nach, oder?", erkundigte sich Bella nach dem Abendessen.

Nell schüttelte den Kopf. „Nein. Ich genieße nur die Ruhe. Marguerite hat mal wieder versucht, mir eine Predigt zu halten." Sie seufzte. „Ich glaube kaum, dass ich mich so kleiden würde wie sie. Selbst wenn ich das Geld dazu hätte. Am besten gefalle ich mir so, wie ich bin."

„Wie eine alte Schachtel", scherzte Bella.

Nell lachte. „Ist schon gut. Ich gebe auf."

„Wenn du nur ein bisschen mehr Wert auf dein Äußeres legen würdest!"

„Du weißt, was ich einmal damit angerichtet habe", sagte Nell.

„Das ist noch lange kein Grund, sich für den Rest des Lebens zu vergraben. Du bist erst vierundzwanzig, und wenn du dich nicht bald änderst, wirst du noch viele Jahre lang allein sein."

Nells Gedanken waren wieder bei der Erinnerung an Tylers warme Lippen und seinen kräftigen Körper. Ihr wurde plötzlich bewusst, dass sie auf solche Küsse nicht ihr Leben lang verzichten wollte.

Tyler hatte ihr allerdings mehr als einmal gesagt, dass es für eine Frau in seinem Leben keinen Platz gab. Sie konnte ihm nicht nachlaufen. Nicht wenn sie sich einer Abfuhr sicher war.

„Bella, vielleicht ist es einfach mein Schicksal, eine alte Jungfer zu werden", erklärte sie nachdenklich. „Bei manchen Frauen ist das eben so. Außerdem sind es nur gut aussehende Frauen, die heiraten."

„Ich bin nicht gerade eine Schönheit, und trotzdem habe ich geheiratet", unterbrach Bella sie mit gespielter Empörung. „Außerdem ist gutes Aussehen nicht von Dauer. Ein guter Charakter zählt viel mehr. Und davon hast du wahrlich genug, mein Kind."

4. KAPITEL

Tyler vergrub sich während der folgenden Tage in seine Arbeit. Nell bekam ihn kaum zu Gesicht, höchstens während der Mahlzeiten. Seit jenem Sonntag hatten sie kaum ein Wort miteinander gewechselt. Er war zwar höflich, aber zurückhaltend, sodass Nell den Eindruck gewann, er ging ihr aus dem Weg.

Nell konnte sich vorstellen, was in ihm vorging. Schließlich wollte er keine Beziehung. Jetzt befürchtete er wahrscheinlich, dass sie seine Küsse missverstanden hatte. Zu gern hätte sie mit ihm darüber gesprochen, doch ihr fehlte der Mut dazu. Trotz allem konnte sie nicht umhin, sich seinetwegen Sorgen zu machen. Er sah schlecht aus und hustete stark. Ihre Unruhe stieg, als er am Ende der Woche nicht zum Abendessen erschien.

Sie schickte Bella zu Tylers Blockhaus hinüber, um nach ihm zu sehen.

Besorgt kehrte Bella eine halbe Stunde später zurück. „Er sieht nicht gut aus“, erklärte sie. „Er ist blass und hat keinen Appetit. Ich hoffe nur, er hat nicht diesen Virus, der in der letzten Woche bei den anderen grassierte.“

„Ist sonst nichts weiter mit ihm?“, erkundigte sich Nell hastig.

„Er meint, Schlaf würde ihm guttun. Na, wir werden ja sehen.“

Nell sah ihr nach, wie sie in die Küche ging. Sie musste sich beherrschen, um nicht zu Tyler zu laufen. Hoffentlich ist es nichts Ernstes, dachte sie. Seit seiner Ankunft auf der Ranch hatte er härter als die anderen gearbeitet. Es schien fast so, als habe er mehr als nur den Verlust seiner Ranch zu bewältigen. Ob er wohl eine Freundin in Texas hatte?

Nachdenklich ging Nell im Wohnzimmer auf und ab, bis Bella sich beschwerte. Dann zog sie sich in ihr Schlafzimmer zurück, um ungestört weiter ihren Gedanken nachzuhängen.

Aber je länger sie nachdachte, desto verwirrender wurde alles. Schließlich zog sie sich aus und ging zu Bett. Minuten später war sie eingeschlafen – trotz aller Sorgen.

Am nächsten Morgen galt Nells erster Gedanke Tyler. Schnell zog sie sich die Jeans an, schlüpfte in einen sonnengelben Pullover, band das lange honigblonde Haar zu einem Pferdeschwanz und eilte die Treppe hinunter.

„Hast du schon nach Tyler gesehen?", fragte sie Bella.

Kopfschüttelnd blickte diese von der Bratpfanne auf. „Ich werde mich gleich darum kümmern, wenn die Spiegeleier ..."

„Ich gehe schon."

Bella erwiderte nichts, aber sie lächelte viel sagend, während Nell zur Hintertür hinausstürzte.

Das Blockhaus für den Vormann war recht hübsch eingerichtet und so groß, dass eine kleine Familie dort unterkommen konnte. Nell klopfte an die Tür. Als niemand antwortete, klopfte sie noch einmal.

Die Haustür war unverschlossen. Nell öffnete sie schließlich und trat ein. Für eine Junggesellenwohnung war es sehr ordentlich. Die indianischen Teppiche waren sauber, und auf dem Ledersofa lagen keine Kleidungsstücke herum.

Ihr Herz schlug bis zum Hals, als sie zögernd ins Wohnzimmer ging. „Tyler?", rief sie.

Aus dem Schlafzimmer kam ein schwaches Stöhnen. Unsicher folgte Nell dem Geräusch. „Tyler?"

Er war bis zu den Hüften mit einer Decke bedeckt, sodass seine behaarte, braun gebrannte Brust entblößt war. Für einen Moment öffnete er die Augen. „Nell. Ich fühle mich wirklich schlecht. Würdest du Bella Bescheid sagen, sie soll den Arzt rufen", sagte er erschöpft. „Ich habe heute Nacht kein Auge zugemacht. Und meine Brust schmerzt fürchterlich." Er hustete.

„Ich werde gleich den Arzt anrufen." Beunruhigt fühlte sie seine Stirn, die glühend heiß war. „Bleib ruhig liegen und bewege dich nicht. Ich werde dir jetzt etwas Kaltes zu trinken bringen. Dann rufe ich bei unserem Hausarzt an. Keine Angst, ich kümmere mich schon um dich."

Müde sah Tyler sie an, und trotzdem hatte Nell das Gefühl, dass ihm ihre Worte wohl taten. Wenn sich einer um ihn kümmern musste, dann wollte sie es sein.

Sie brachte ihm etwas zu trinken aus dem Kühlschrank, der in der Kochnische stand. Dabei musste sie ihm helfen, sich etwas aufzurichten. Dann lief sie ins Wohnzimmer hinüber, um den Arzt anzurufen.

Bella lauschte an der Tür, während Nell Dr. Morrison Tylers

Krankheitssymptome beschrieb. Der Arzt wies sie an, Tyler sofort zu ihm in die Klinik zu bringen.

Voller Besorgnis hängte Nell ein. „Ich wette, er hält es für eine Lungenentzündung“, bemerkte sie zu Bella gewandt. „Hoffentlich irrt er sich. Aber Tyler hat einen fürchterlichen Husten und hohes Fieber. Alles scheint dafür zu sprechen.“

„Ich werde Charlie Bescheid sagen, damit er dir hilft, Tyler in den Wagen zu bringen“, erbot sich Bella. „Oder soll ich dir helfen?“

„Nein, ist schon gut“, wehrte Nell ab. „Charlie kann ruhig mitkommen. Wir müssen also die Einkaufstour mit unseren Gästen absagen. Charlie kann vielleicht später mit ihnen in die Stadt fahren, falls wir rechtzeitig zurück sind.“

„Davon wird er aber nicht gerade begeistert sein“, amüsierte sich Bella.

„Ich weiß, aber jemand muss sich um Tyler kümmern, solange es ihm so schlecht geht.“

Bella schmunzelte. Nell wollte Tylers Pflege offenbar niemand anderem anvertrauen. Das sagte mehr als genug. „Einverstanden. Ich werde Charlie holen.“

Als die beiden Frauen aus dem Haus traten, bemerkten sie, dass der Geländewagen nicht da war. Auch der zweite Wagen fehlte.

„Wo ist Charlie?“, rief Bella Marlowe zu, der gerade ein gesatteltes Pferd aus dem Stall führte.

„Charlie ist vor einer Stunde in die Stadt gefahren, um Medikamente für die kranken Kälber zu besorgen. Er müsste jeden Moment zurück sein.“

„Und wo ist der andere Wagen?“

Marlowe zuckte mit den Schultern. „Tut mir leid, das weiß ich nicht.“

„Wunderbar“, stöhnte Nell ärgerlich auf und wandte sich an Bella. „Dann schicke Charlie bitte sofort zum Blockhaus, wenn er zurück ist. Hoffentlich hält er nicht noch ein Schwätzchen mit dem Tierarzt.“

„Ich werde sofort beim Tierarzt anrufen“, versprach Bella. „Mach dir keine Sorgen. Tyler wird es schon überstehen.“

„Wir werden sehen.“ Nell zwang sich zu lächeln und eilte den Weg zum Blockhaus hinunter.

Tyler schlief fest, als Nell schließlich eintrat.

„Tyler?“ Behutsam berührte sie seine nackte Schulter.

Sofort öffnete er die Augen, die fiebrig glänzten. „Nell?“, murmelte er und streckte sich unter der Decke.

„Dr. Morrison möchte, dass ich dich zu ihm in die Klinik bringe“, erklärte sie. „Wir müssen jetzt überlegen, wie du dich am besten anziehst.“

Tyler lachte auf. „Das wird nicht so einfach gehen. Ich fühle mich so schlapp wie ein Waschlappen.“ Ein plötzlicher Hustenanfall überkam ihn. Vor Schmerz verzog er das Gesicht. „Ich habe ein Gefühl, als hätte ich mir eine Rippe gebrochen.“

Nell sah ihn erschreckt an. Sie kannte das Geräusch dieses Hustens. Ihre Mutter war an einer Lungenentzündung gestorben. „Kannst du dich nicht allein anziehen?“, fragte sie.

Tyler seufzte gequält. „Ich glaube nicht, Nell.“

„Charlie ist nicht hier“, bemerkte sie nachdenklich. „Aber da sind Marlowe oder Bella ...“

„Nein“, unterbrach er sie gereizt. „So merkwürdig das klingt: Ich mag mir nicht von einem Hallodri wie Marlowe oder der grinsenden Bella beim Anziehen helfen lassen. Kannst du das nicht tun?“

Unwillkürlich musste Nell lächeln. Sie hätte nicht gedacht, dass Männer auch so verklemmt sein könnten. Sein Verhalten war einfach lächerlich. „Einverstanden. Aber du müsstest schon ...“ Nell räusperte sich verlegen. „Deine Unterwäsche müsstest du dir selbst anziehen.“

„Hast du noch nie einen nackten Mann gesehen?“, versuchte er zu scherzen.

„Nein, und ich will es auch nicht“, sagte sie nervös.

„Jedenfalls bleibt uns keine andere Wahl.“ Erneut hustete er. „Unterwäsche und Socken sind in der obersten Schublade der Kommode. Hemden und Hosen im Schrank.“

Nell zögerte nur einen Augenblick. Das Wichtigste war, ihn so schnell wie möglich zum Arzt zu bringen. Hastig begann sie die Kleidungsstücke zusammenzusuchen.

Als Tyler sich aufrichten wollte, griff er sich sofort an die Brust und ließ sich mit verzerrtem Gesicht wieder in die Kissen zurückfallen.

„Ich habe solche Schmerzen, Nell“, stöhnte er heiser. „Der feine

Sandstaub muss schuld daran sein. Wir sind vor ein paar Tagen beim Kälbereinfangen in einen leichten Sandsturm geraten. Ich muss ziemlich viel Sand geschluckt haben. Ich hatte danach einen starken Hustenreiz, dachte aber, es wäre eine Allergie. Allerdings nur bis heute Morgen."

„Wie willst du dich jetzt anziehen?", unterbrach Nell ihn.

„Du meinst, wie wirst du mich anziehen."

Nell errötete. „Ich glaube, ich kann das nicht."

„Ganz so schlimm wird es schon nicht sein", beschwichtigte er sie. „Streif die Decke bis zu meinen Oberschenkeln hoch und ziehe mir den Slip so hoch du kannst. Den Rest schaffe ich selbst."

Nell schluckte und setzte sich auf die Bettkante. „Es tut mir leid", bemerkte sie leise, während sie zögernd den Slip über seine Füße streifte, „dass ich mich so ungeschickt anstelle."

Tyler hustete. „Nun mach schon, Nell. Schließe die Augen und ziehe die Hose einfach hoch."

Mit einem entschlossenen Ruck zerrte sie den Slip nach oben. Unwillkürlich fiel ihr Blick dabei auf seine schlanken, muskulösen Beine. Ein Schauer überlief sie. „Ist … ist das weit genug?", fragte sie hastig.

„Ja, es geht schon." Er schob die Hände unter die Decke, zog den Slip an und ließ sich dann erschöpft wieder in die Kissen fallen. „Zum ersten Mal muss ich mich als Erwachsener von einer Frau anziehen lassen", beschwerte er sich müde.

„Es gibt immer ein erstes Mal", erwiderte Nell belustigt, während sie das Unterhemd über seinen Oberkörper zog. Zufällig streifte sie dabei mit der Wange seine Haut und musste sich zusammenreißen, sie nicht zu küssen.

„Du bist rot wie ein gekochter Hummer", bemerkte Tyler. „Aber es war doch gar nicht so schlimm, oder?"

„Nein, eigentlich nicht." Sie half ihm, das Flanellhemd anzuziehen und schloss die Knöpfe. „Ich hatte es mir wesentlich schlimmer vorgestellt."

„Musstest du nie deinen Bruder anziehen?"

„Nein. Ted war viel älter als ich."

Sie zog jetzt die Jeans über Tylers Beine. Die Hose war aus schwerem, festem Material, und Nell hatte Schwierigkeiten damit.

„Wenn du dich etwas aufstützen würdest, könnte ich die Hose bis zu den Hüften hochziehen“, schlug sie verlegen vor. Ohne ihn anzusehen, schob sie die Bettdecke zur Seite.

„Es tut mir leid“, entschuldigte sich Tyler. „Aber ich habe solche Schmerzen …“

„Pst“, beruhigte sie ihn. „Schließlich bin ich ja kein Kind mehr.“ Sie schluckte. „So, das wäre geschafft.“

„Hole doch bitte meine Schuhe“, half er ihr aus ihrer Verlegenheit. „Den Reißverschluss kann ich selbst zumachen.“

Ohne große Schwierigkeiten gelang es Nell, Tyler die Stiefel anzuziehen, die vom feinsten weichen Leder waren. Dann holte sie einen Kamm und versuchte sein zerzaustes dunkles Haar zu bändigen. Geschäftig lief sie hin und her.

Währenddessen lehnte Tyler in den Kissen und beobachtete sie schweigend. Sein Blick verwirrte sie. Eine unerklärliche Spannung breitete sich zwischen ihnen aus, und Nell war froh, als sie das Geräusch eines Automotors hörte.

„Das muss Charlie sein“, bemerkte sie erleichtert. „Tyler, bitte erzähle ihm nicht, dass ich …“

„Dass du mir beim Anziehen geholfen hast?“ Tyler lächelte. „Das werde ich niemandem erzählen. Das bleibt ein Geheimnis zwischen uns beiden.“

Charlie und Nell stützten Tyler und führten ihn zum Auto, wo er sich auf den Rücksitz legte. Gemeinsam fuhren sie zu Dr. Morrisons Klinik.

Eine Krankenschwester brachte Tyler ins Behandlungszimmer. Nell musste auf dem Flur warten und ging unruhig auf und ab. Die Zeit schien einfach nicht vergehen zu wollen.

Da trat Dr. Morrison an die Tür und bat sie ins Behandlungszimmer. Tyler war nicht zu sehen.

„Er wird wieder gesund“, beruhigte sie der Arzt. „Er hat eine Bronchitis.“

„Ich befürchtete schon, es sei eine Lungenentzündung“, sagte Nell erleichtert. „Diese Schmerzen in seiner Brust …“

„Der Schmerz in seiner Brust stammt von einer Muskelzerrung, die er sich beim Husten zugezogen hat“, erklärte der Arzt mit einem Lächeln. „Ich möchte, dass er im Bett bleibt, bis das Fieber gesunken ist. Dann darf er ruhig aufstehen. Allerdings sollte er erst eine Woche später mit der Arbeit wieder anfangen. Vorher will ich ihn mir aber noch einmal ansehen."

„Haben Sie ihm das auch gesagt?", erkundigte sich Nell.

„Natürlich. Doch er hat sich geweigert, eine Woche lang das Bett zu hüten. Deshalb wollte ich auch mit Ihnen sprechen. Achten Sie also darauf, dass er nicht heimlich aufsteht und zu früh mit der Arbeit anfängt."

„Und wenn ich ihn ans Bett fesseln muss", versprach Nell. Sie hatte das Gefühl, ein Stein sei ihr vom Herzen gefallen. Tyler würde wieder gesund werden. Das war die Hauptsache. „Danke!"

„Nichts zu danken. Ich überlasse ihn Ihnen. Bis in einer Woche." Der Arzt geleitete sie zur Tür. „Und nicht vergessen: Er muss seine Medikamente regelmäßig einnehmen – auch nachts."

Lächelnd trat Nell auf den Flur. Sie rief Charlie, damit er ihr half, Tyler wieder auf den Rücksitz des Geländewagens zu legen. Vorher hatte sie die Sprechstundenhilfe angewiesen, die Rechnung an die Ranch zu schicken. Sie ahnte, dass Tyler nicht sehr begeistert darüber sein würde. Doch sie konnten sich deswegen streiten, sobald er wieder auf den Beinen war.

Während der Rückfahrt überlegte Nell, wie sie Tyler wieder ausziehen sollte ...

Er löste das Problem selbst, als sie in seine Wohnung traten. „Keine Angst, Nell. Ich werde mich wohl allein ausziehen können."

„Dann gehe ich hinüber ins Haus und bitte Bella, eine kräftige Hühnerbrühe für dich zuzubereiten." Eilig verließ Nell seine Wohnung. Alles ging einfacher, als sie es erwartet hatte.

Als Erstes schickte sie Charlie wieder zurück in die Stadt, um die notwendigen Medikamente zu holen. Nach dem Besuch beim Arzt hatte sie es für ratsamer gehalten, Tyler erst nach Hause zu bringen. Dann suchte sie die wenigen Dinge zusammen, die sie brauchen würde, und erklärte Bella, was sie vorhatte.

Bella nickte zustimmend. „Du kannst auf seinem Sofa schlafen. Aber wenn du mich brauchst, ich bin hier. Ich kann bei ihm wachen, für den Fall, dass es ihm nachts schlechter geht."

„Du bist ein Schatz", sagte Nell.

„Ich wollte als kleines Mädchen immer Krankenschwester werden, aber ich falle beim Anblick von Blut in Ohnmacht."

„Zum Glück bist du stattdessen Köchin geworden. Ich wüsste nicht, was ich ohne dich tun sollte."

Bella strahlte über das ganze Gesicht. „Vergiss das nur nicht", scherzte sie. „Aber jetzt geh wieder zu Tyler. Ich bringe die Hühnerbrühe, wenn sie fertig ist. Für dich werde ich etwas in die Warmhaltekanne füllen."

„Das wäre nicht schlecht. Denkst du bitte auch an Kaffee?"

„Natürlich."

„Gut. Ich muss mich jetzt beeilen. Bis nachher."

Tyler schlief bereits wieder, als Nell die Wohnung betrat. Er hatte sich tief unter die Bettdecke verkrochen. Aufmerksam betrachtete sie sein Gesicht. Im Schlaf waren die harten Falten um seinen Mund verschwunden, und er sah noch anziehender aus. Schließlich zwang Nell sich, den Blick abzuwenden. Leise begann sie dann, in der Kochecke aufzuräumen.

Danach schaute sie noch einmal nach Tyler, bevor sie ins Wohnzimmer ging, um sich etwas zum Lesen zu suchen.

Offenbar las Tyler mit Vorliebe Krimis, denn Bücher von Sir Arthur Conan Doyle und Agatha Christie nahmen den Großteil seiner Regale ein. Außerdem besaß er noch ein paar Biografien, einige Geschichtsbücher über den Westen Amerikas und das antike Rom. Nell wählte ein Buch über die Apachenindianer und setzte sich, um darin zu lesen.

Dabei fiel ihr Blick auf die Fotografie einer schönen jungen Frau mit langem dunklen Haar und grünen Augen. Allerdings wirkte sie etwas traurig. Sie war auch auf einer zweiten Fotografie zu sehen. Auf diesem Bild war sie ganz in Weiß gekleidet und stand neben einem nicht sehr freundlich dreinblickenden Mann. Das mussten Tylers Schwester Shelby und ihr Mann sein. Die beiden hatten ja erst vor Kurzem geheiratet.

Sie konnte keine anderen Fotos entdecken. Falls es eine andere Frau in Tylers Leben gab, würde er gewiss ein Bild von ihr besitzen. Allerdings musste das nicht unbedingt zutreffen.

Nell setzte sich wieder und begann zu lesen.

Bald darauf brachte Bella die Hühnerbrühe und Charlie kam mit den Medikamenten. Tyler schlief immer noch. Als die beiden wieder fort waren, brachte Nell die Medikamente, ein Glas Saft und die

Hühnersuppe auf einem Tablett ins Schlafzimmer. Sie zögerte. Schlaf war sicher für die Gesundung wichtig. Aber der Arzt hatte ihr eingeschärft, Tyler die Medikamente regelmäßig zu geben.

Vorsichtig setzte Nell sich aufs Bett. „Tyler?", fragte sie leise. Er rührte sich nicht. Zögernd streckte sie die Hand aus und berührte seine Brust. Ein warmer Schauer durchfuhr sie. Es war das erste Mal, dass sie einen Mann so berührte, und diese Berührung war mehr als angenehm.

„Tyler, ich habe deine Medizin", bemerkte sie lauter.

Langsam öffnete er die Augen. „Ich hasse Medikamente", protestierte er schwach. „Was ist mit einem Steak?"

„Träum weiter. Jetzt gibt es Hühnerbrühe. Ich habe dir alles aufs Tablett gestellt."

„Wie spät ist es eigentlich?"

„Nachmittag."

Tyler holte tief Luft, musste sich aber gleich darauf die Seite halten. Zufällig berührte er dabei Nells Hand. „Du hast ja ganz kalte Hände", stellte er fest.

„Das scheint dir nur so, weil du Fieber hast", erklärte sie hastig und entzog ihm ihre Hand. „Hier, nimm jetzt deine Medikamente. Danach gibt es heiße Brühe und Saft. Hast du überhaupt Hunger?"

„Hunger schon", antwortete Tyler, „aber keinen rechten Appetit."

„Kannst du dich zum Essen etwas aufsetzen?"

„Nur wenn es unbedingt sein muss." Er ließ es geschehen, dass sie die Kissen auftürmte, und richtete sich dann langsam auf. Die Bettdecke lag nur lose auf seinen Hüften, und Nell konnte den Bund seiner Unterhose sehen.

„Das habe ich nicht deinetwegen getan", murmelte Tyler. „Eigentlich wollte ich einen Pyjama anziehen, aber das wäre keine gute Idee gewesen."

„Nein, wirklich nicht."

„Danke", erwiderte Tyler erleichtert. „Du hast dir mit meiner Pflege ganz schön was aufgeladen. Hat Bella sich nicht erboten, Krankenschwester zu spielen?"

„Natürlich, aber ich konnte sie davon abbringen. Der Mannschaftskoch hätte sich sonst um das Essen kümmern müssen. Damit hätten wir nur unsere Feriengäste vergrault."

Tyler sah geradezu unglücklich aus. „Nell, es tut mir leid, dass ich dir so viel Umstände mache ..."

„Jeder wird mal krank", beschwichtigte sie ihn und begann, ihm die Suppe einzuflößen.

„Es ist das erste Mal in meinem Leben, dass ich ernstlich krank bin. Aber ich werde mich nicht unterkriegen lassen. Spätestens übermorgen bin ich wieder auf den Beinen."

„Nein, das bist du nicht", widersprach Nell. „Dr. Morrison meint, du darfst erst wieder aufstehen, wenn das Fieber gesunken ist. Und mit der Arbeit sollst du frühestens in einer Woche wieder anfangen."

Misstrauisch schaute Tyler sie an. „Hat er dir das wirklich erzählt?"

„Natürlich. Versuche also nicht, mir Schwierigkeiten zu machen. Wenn du es doch tust, werde ich mich beim Onkel über dich beschweren. Was soll denn aus dir werden?"

„Dann bin ich nicht nur krank, sondern auch arbeitslos", schloss er müde. „Gut, ich werde im Bett bleiben. Aber nur unter Protest."

„Du kannst so viel protestieren, wie du willst. Und jetzt kommt die Medizin", erklärte sie bestimmt und freute sich insgeheim darüber, wie kameradschaftlich und selbstverständlich ihr Verhältnis zueinander geworden war.

5. KAPITEL

Den Rest des Nachmittags und auch die Nacht verschlief Tyler. Ab und zu wurde er von krampfartigen Hustenanfällen geschüttelt, die ihn weckten. Nell nahm die Gelegenheit wahr, um ihm seine Medikamente einzuflößen. Ihre Nachtruhe wurde dadurch zwar gestört, aber es beglückte sie, wenn Tyler sie rief und es für ganz selbstverständlich nahm, dass sie nebenan auf der Couch lag und über ihn wachte.

Am nächsten Tag geschah nichts Außergewöhnliches. Wieder verschlief Tyler den größten Teil des Tages und der Nacht. Am dritten Tag ging es ihm jedoch schon besser, und er nörgelte an allem herum. Er wollte nicht im Bett bleiben, weil der Winterplan für die Ranch aufgestellt werden musste.

Nell fiel es allmählich schwerer, nicht die Geduld zu verlieren. „Wenn ich mich nicht um dich kümmerte, würde es dir weitaus schlechter gehen, Mr Jacobs", warnte sie ihn. „Kaum wirkt das Antibiotikum, meinst du, es schon wieder mit der ganzen Welt aufnehmen zu können. Du Traumtänzer! Jetzt benimm dich bitte."

„Ich will aber nicht im Bett liegen. Ich will wieder arbeiten. Gib mir meine Sachen", quengelte er unzufrieden.

„Bitte nicht schon wieder", stöhnte Nell entnervt auf. „Du bist doch noch gar nicht in der Lage, dich allein …"

„Soll ich dir das Gegenteil beweisen?" Wütend richtete er sich auf, holte tief Luft und versuchte aufzustehen. Dabei verzog er vor Schmerzen das Gesicht und ließ sich wieder in die Kissen fallen. „Ach, diese verdammte Krankheit. Wie ich das alles hasse!", schimpfte er zornig.

„Danke. Wirklich nette Worte für jemanden, der sich Sorgen um dich macht."

„Habe ich dich etwa darum gebeten?"

„Jemand musste es schließlich tun", fuhr sie ihn an. Aber sie konnte ihm nicht lange böse sein. Er sah einfach so … so verdammt männlich aus mit dieser breiten Brust. Vielleicht sollte sie ihn doch bitten, sich in Zukunft einen Pyjama anzuziehen.

„Also gut, ich bedanke mich. Würdest du jetzt das Zimmer verlassen, damit ich mich anziehen kann?"

„Du darfst eine Woche nicht arbeiten. Das hat Dr. Morrison gesagt", wiederholte sie gereizt. „Außerdem will er dich vorher noch einmal sehen, um einem Rückfall vorzubeugen."

„Ich lasse mir von Frauen nichts vorschreiben", brauste Tyler auf. „Ich arbeite für deinen Onkel und brauche mich nur nach seinen Anweisungen zu richten. Du hast mir gar nichts zu sagen."

„Willst du jetzt endlich vernünftig sein?" Nell wurde immer ungeduldiger. Tyler benahm sich schlimmer als ein Kind.

„Natürlich, wenn du mir meine Hose gibst!"

„Nein, das werde ich nicht!"

„Dann werde ich sie mir allein holen!"

Lächelnd verschränkte Nell die Arme vor der Brust. „Okay, dann los", forderte sie ihn auf. So leicht ließ sie sich nicht bluffen.

Mit einem Ruck warf Tyler die Decke zur Seite, schwang die Beine über die Bettkante und stand auf. Er trug nicht einen Fetzen Stoff am Körper.

Nell holte tief Luft und verließ das Zimmer.

Tyler tat sein Verhalten augenblicklich leid. Er ließ sich wieder aufs Bett fallen. Seine schlechte Laune war vergessen. Reumütig kroch er unter die Bettdecke. „Nell!", bat er laut.

Nell gab ihm keine Antwort. Sie stand am Wohnzimmerfenster und überlegte, ob sie nicht gehen sollte. Der Anblick von Tyler … Sie zitterte am ganzen Körper, während er ein zweites Mal nach ihr rief.

Sie seufzte und ging langsam ins Schlafzimmer zurück.

„Es tut mir leid", entschuldigte er sich. „Ich verspreche, mich nie wieder so aufzuführen."

„Wenn du dich unbedingt umbringen willst, werde ich dich nicht daran hindern. Trotzdem solltest du dir die Anordnungen des Arztes noch einmal durch den Kopf gehen lassen."

Tyler sah müde und erschöpft aus.

„Kann ich etwas für dich tun?", erkundigte sie sich ruhiger.

„Ich hätte gern ein bisschen Saft und frische Unterwäsche."

Als Nell ihm die Unterwäsche reichte, fasste er ihr Handgelenk und zog sie zu sich aufs Bett. „Warum bist du trotz deiner vierundzwanzig Jahre noch so verdammt unschuldig?", fragte er ruhig. „Bei all den Menschen, die im Laufe eines Jahres hier auf der Ranch sind."

„Ich habe nicht sehr viel mit den Gästen zu tun. Und die meisten bleiben bis auf die organisierten Touren auch lieber für sich. Wenn es nach mir ginge, wäre dies auch nur eine Rinderranch. Ich würde keine Feriengäste aufnehmen. Nur leider nützt der Ertrag aus der Zimmervermietung auch der Viehzucht. Mir bleibt also keine andere Wahl."

„Triffst du dich denn nie mit einem Mann?"

Nell senkte den Kopf. „Nein. Dazu habe ich keine Zeit."

„Es gibt so viele Geheimnisse zwischen uns, Nell." Tyler streichelte zärtlich ihre Hand. „Zu viele."

„Du hast mir erzählt, dass du im Moment nicht an einer Beziehung interessiert bist. Ich denke genauso", schwindelte Nell.

„Wirklich? Liegt es nicht vielmehr daran, dass du glaubst, für einen Mann nicht attraktiv genug zu sein?"

Nell erinnerte sich plötzlich an jenen Sonntag nach der Kirche, als sie zum ersten Mal davon gesprochen hatten und was dann geschehen war. Beim Gedanken an seine Küsse öffnete sie unwillkürlich den Mund und musste all ihre Widerstandskraft aufwenden, um sich nicht in seine Arme zu schmiegen. „Ich bin für einen Mann nicht interessant genug", wiederholte sie bockig.

„Du spielst nur deine Vorzüge herunter. Warum kaufst du dir nicht ein neues Kleid und machst dich am nächsten Tanzabend richtig zurecht?", fragte er und ließ spielerisch eine ihrer Haarsträhnen durch die Hände gleiten. „Und ich werde dir das Tanzen beibringen."

Nell wurde immer nervöser. „Ach, Tyler, das ist doch alles sinnlos."

„Warum?", fragte er drängender.

„Weil …" Sie biss sich auf die Unterlippe. „Du langweilst dich jetzt nur, Tyler. Sobald du wieder gesund bist und arbeitest … Ach, ich bringe doch nur alles durcheinander."

„Du glaubst, ich würde nur spielen."

„Ja."

Er nahm ihre Hand, drückte sie an seine Brust. „Nell, hältst du mich wirklich für so rücksichtslos?"

Zwar glaubte sie das nicht, konnte aber in seiner überwältigenden Nähe keinen klaren Gedanken fassen. Sie sehnte sich nach seinen Küssen.

„Das ist jetzt unwichtig", bemerkte er rau und zog sie an sich. „Komm lieber her zu mir."

„Tyler, du bist doch noch krank …"

„Ich habe kein Fieber mehr und fühle mich als ganz neuer Mann." Mit diesen Worten zog er sie ins Bett und beugte sich über sie. „Ich habe noch keine Frau kennengelernt, die so wenig Selbstbewusstsein hatte wie du, Nell. Glaub mir, Kleines, an dir ist alles richtig – wie du aussiehst und auch wie du bist."

„Tyler, du machst mir Angst", flüsterte sie. Unwillkürlich hob sie die Hände und berührte seine Brust in halbherzigem Protest. Das alles weckte wieder die schrecklichen Erinnerungen an den Mann, den sie einmal zu lieben geglaubt hatte und an seine Brutalität. Doch Tyler war nicht McAnders. Er begehrte sie, und zwar nicht als Ersatz für eine andere Frau, sondern um ihrer selbst willen.

„Nein", sagte er leise. „So geht das nicht." Behutsam legte er die Hand unter ihr Kinn und zwang sie, ihn anzusehen. „Ich werde niemals grob zu dir sein. Alles, was wir zusammen erleben, wird nur geschehen, weil du es möchtest."

Langsam begann Nell sich zu entspannen. Tyler hatte nichts Bedrohliches an sich. Er war verständnisvoll und einfühlsam.

„Ja", fuhr er fort, als er spürte, wie ihr Widerstreben nachließ. „Ich werde dir nie wehtun."

Er beugte sich tiefer über sie und tupfte kleine Küsse auf ihre Augen, die Nase, das Kinn und dann auf ihren Mund. Er fand die richtige Mitte zwischen Zartheit und Erfahrung, sodass Nell ihm freiwillig die Lippen öffnete.

Während er sie immer leidenschaftlicher küsste, glitt er mit den Händen unter ihr Hemd auf ihren Rücken. Ein warmer Schauer ergriff Nell, als sie seine rauen Finger auf ihrer Haut spürte. Sie drängte sich dichter an ihn und erwiderte zuerst zögernd, doch mit wachsendem Selbstvertrauen seine Küsse.

Schließlich hob sie schüchtern die Hände und streichelte über seine muskulöse Brust. Tyler stöhnte leise auf. Verwirrt öffnete Nell die Augen.

„Es tut mir leid. Ich wollte nicht …", begann sie hastig.

„Das gefällt mir", sagte er lächelnd. „Wenn ich wollte, könntest du genauso aufstöhnen."

In ihrem Blick spiegelten sich Unglauben und Furcht. Sie schluckte und fuhr sich mit der Zunge über die Unterlippe.

Tyler spürte ohne Worte, dass sie bereit war, sich seinen Zärtlichkeiten hinzugeben. Sein Herz begann schneller zu schlagen. Er sehnte sich danach, sie zu berühren. „Ja“, stieß er hervor und beugte sich über ihren Mund. „Das könnte ich.“

Während sein Mund spielerisch über ihre Lippen glitt, öffnete Tyler unter Nells Hemd den Rückenverschluss ihres BHs, schob ihn zur Seite und tastete sich unter ihren Armen vor zum Ansatz ihrer Brüste.

Nell erschauerte. Ein seltsames Verlangen erfasste sie.

Tyler hob den Kopf. Er hatte das Bedürfnis, sie anzusehen, wenn er sie berührte.

Im ersten Augenblick wurde Nell unter seinen forschen Augen unsicher, aber sie hielt seinem Blick stand und wünschte sich nichts mehr, als seine Hände überall auf ihrem Körper zu spüren. „Tyler?“, stieß sie leise hervor.

Liebevoll strich er durch ihr langes honigblondes Haar. Dann streichelte er zärtlich ihren Brustansatz. „Es ist alles gut“, beschwichtigte er sie. „Es ist alles gut.“

Allmählich glaubte Nell, unter seinen Liebkosungen zu vergehen. Unbewusst krallte sie sich in seine muskulösen Arme. Als sie es bemerkte, hielt sie verwirrt inne. „Ich … Es tut mir leid“, flüsterte sie beschämt und strich über die roten Kratzer, die ihre Fingernägel hinterlassen hatten. „Das wollte ich nicht.“

„Du hast mir nicht wehgetan“, beruhigte er sie. „Ich tue das alles mit voller Absicht. Weißt du auch, warum?“

„Nein“, seufzte Nell auf, als seine Hand weiter über ihre Brust glitt.

„Es ist vergleichbar mit einer Symphonie“, flüsterte Tyler und lächelte sie ermutigend an. „Es fängt ganz langsam an und steigert sich allmählich zum Crescendo. Wenn ich dir endlich das gebe, worum du mich bittest, Nell, werden wir beide ein Gefühl erleben, das ich dir nicht mit Worten beschreiben kann.“

Nell meinte die Spannung nicht länger ertragen zu können. „Aber wann …?“

„Jetzt.“ Er verschloss mit den Lippen ihren Mund und umfasste mit der Hand ganz ihre Brust, wobei er über ihre aufgerichtete Brustspitze strich.

Das war es, wonach Nell sich gesehnt hatte. Ein unbeschreibliches

Gefühl erfasste sie. Fest presste sie seine Hand an ihren Körper.

Tylers Küsse wurden immer fordernder. Für ein paar Sekunden vergaß er alles um sich herum.

„Das ist nicht genug“, stieß er leise hervor, nachdem er sich ein wenig von ihr gelöst hatte. Langsam begann er ihr Hemd aufzuknöpfen. Dann hob er den Kopf und schaute sie prüfend an. „Ich werde nicht weitermachen, das verspreche ich dir. Aber ich muss dich einfach ansehen.“

Nell brauchte einen Augenblick, bis sie den Sinn seiner Worte begriff. Das, was er ihr gerade geschenkt hatte, war so wunderschön gewesen. Sie sehnte sich einfach nach mehr. Einmalig wunderbar, dachte sie, als er sie von ihrem Hemd und ihrem BH befreite und dann in die Kissen zurückgleiten ließ, um ihre Brüste zu betrachten.

„Tyler“, flüsterte sie schließlich, „ich habe mal einen ziemlich gewagten Film gesehen. Nun ... der Mann hat die Frau nicht berührt. Er hat seine Lippen ...“

„Dahin?“, flüsterte Tyler und strich mit den Fingern über ihre Brustspitzen. Dabei blickte er sie unverwandt an.

„Ja.“

„Möchtest du, dass ich es auch tue?“

Nell errötete, doch ihre Begier war einfach stärker. „Ja.“

Er beugte sich über sie und hauchte kleine liebkosende Küsse auf ihre Brüste.

Diese Zärtlichkeiten erweckten neue Empfindungen, von denen Nell nicht zu träumen gewagt hätte. Sehnsüchtig stöhnte sie auf.

Ihre Reaktion auf seine Liebkosungen ließ Tyler alles um sich herum vergessen. Fest presste er sie an sich.

Nell überhörte das erste Klopfen an der Haustür. Beim zweiten Mal war es schon lauter. Bewegungslos blieb sie liegen und lauschte.

Auch Tyler schaute schließlich durch die offene Schlafzimmertür ins Wohnzimmer. Er hatte einen Augenblick gebraucht, bevor er wieder einen klaren Gedanken fassen konnte.

„Mr Jacobs, ich bringe Ihre Post. Ich werde sie unter der Tür durchschieben.“

Das war Charlie. Zum Glück ging er gleich wieder. Nell errötete bei dem Gedanken daran, was wohl geschehen wäre, wenn er das Blockhaus jetzt betreten hätte.

Tyler ließ seinen Blick langsam über ihre Augen, die geschwollenen Lippen bis zu ihren Brüsten gleiten. „Bereust du es?", erkundigte er sich liebevoll. „Habe ich dich erschreckt?"

„Nein." Nell lächelte. „Überhaupt nicht."

Langsam beugte er sich wieder über sie, sodass seine Brust ihre empfindlichen Brustspitzen berührte. „Dies ist genauso wundervoll", flüsterte er und streifte mit den Lippen ihren Mund. „Ich begehre dich, Nell." Als er spürte, dass sie sich versteifte, beruhigte er sie zärtlich. „Gib mir noch einen Kuss. Und dann gehst du besser."

Nell schlang die Arme um seinen Nacken und küsste ihn herausfordernd. Einen Augenblick später löste Tyler sich abrupt von ihr und ließ sich neben sie in die Kissen gleiten. Das Verlangen, das er für Nell empfand, ließ ihn erzittern.

„Du kannst von jetzt ab auf deine ausgebeulten Hosen und weiten Hemden verzichten", sagte er amüsiert. „Ich werde auf diese Verkleidung nicht wieder hereinfallen."

„Gefalle ich dir etwa?", fragte sie verblüfft.

Sanft strich er ihr eine Haarsträhne aus dem Gesicht. „Du bist genau richtig. Alles an dir ist schön." Dann hauchte er einen Kuss auf ihre Lippen und ließ sie los. „Du solltest dich jetzt besser anziehen. Ich bin zwar noch etwas schwach, aber das würde mich nicht abhalten."

Nell strich mit den Fingern die Konturen seines Gesichts nach. „Du kannst dir gar nicht vorstellen, was das für mich bedeutet hat", gestand sie leise. „Ich … So hatte ich es mir ganz und gar nicht vorgestellt."

Tyler lächelte. „Nicht einmal, nachdem du diesen Film gesehen hast?", neckte er sie belustigt.

Nell schluckte. „Nein. Es ist ein Unterschied, ob man es sieht oder es selbst erlebt."

„Natürlich." Tyler betrachtete sie noch einmal eingehend. Dann begann er sie anzuziehen. „Du hast mir geholfen, jetzt bin ich an der Reihe", sagte er bestimmt, als sie protestieren wollte. „Du kannst heute Nacht nicht hierbleiben", murmelte er dann. „Ich hoffe, du weißt warum."

„Ja, ich weiß."

Tyler knöpfte ihr Hemd bis zum Hals zu und strich ihr langes Haar zurück. „Am liebsten würde ich dich unter die Decke zerren, um dich den ganzen Tag zu lieben", gestand er leise. „Aber ich könnte es mir nicht verzeihen, dein Vertrauen missbraucht zu haben. Und du würdest mich deshalb hassen. Ich möchte nicht das zerstören, was zwischen uns entsteht. Das möchtest du doch auch nicht, oder?"

„Nein."

Tyler führte ihre Hand an die Lippen und küsste sie. „Ich werde jetzt nicht schlafen, sondern davon träumen, wie es ist, dich zu lieben."

Nell schwindelte bei dem Gedanken daran. Das eben Erlebte hatte neue Hoffnungen in ihr geweckt. „Ich hätte nie gedacht, dass es so schön sein könnte."

„Wie hast du es dir denn vorgestellt?"

„Ich hatte Angst", gab sie zu, ohne näher darauf einzugehen. Bei McAnders war es so schrecklich gewesen. Wenn niemand ihn daran gehindert hätte, hätte er sie mit Gewalt genommen. Doch das, was sie mit Tyler erlebt hatte, war ganz anders.

„Wie war es jetzt?", beharrte Tyler.

„Ganz anders eben", sagte sie ruhig. „So viele Gefühle ..."

„Für mich war es genauso", gestand Tyler leise. „Es war mehr als sonst. Du bist für mich kein zufälliges Abenteuer, bitte vergiss das nicht. Ich bin kein Playboy."

„Wie ein Mönch lebst du aber auch nicht", wandte Nell ein. „Das kannst du mir nicht weismachen."

Seufzend streichelte Tyler ihre Hand. „Du hast ja recht. Es hat viele Frauen in meinem Leben gegeben. Aber es waren Frauen, die entweder nicht heiraten oder keine feste Bindung wollten. Und nie für Geld. Für eine schnelle Befriedigung ist das Lieben viel zu schön."

Seine Offenheit verschlug Nell fast die Sprache. Mit einem Mal wurde ihr klar, wie wenig sie doch von ihm wusste.

Sanft strich er mit dem Zeigefinger über ihre Lippen. „Geh jetzt bitte", bat er. „Ich begehre dich ganz fürchterlich, Miss Regan."

Nell lächelte geschmeichelt. „Das freut mich." Sie stand vom Bett auf und ließ ihren Blick über seinen Körper gleiten.

„Soll ich dir eine Nachhilfestunde in Anatomie geben?", fragte Tyler herausfordernd. „Ich brauche nur die Decke zurückzuschlagen."

Mit gespielter Empörung schaute sie ihn an. „Ich bin sicher, dass du das nur zu gern möchtest. Aber hör auf, dich damit über mich lustig zu machen."

„Ich mag dich gerade, weil du so unerfahren bist. Ob du mir

glaubst oder nicht“, gestand Tyler. „Komm morgen früh wieder. Wir könnten dann weiter darüber diskutieren.“

„Ich möchte eigentlich nicht mit dir argumentieren.“

„Die Alternative dazu würde uns beide aber in große Schwierigkeiten bringen.“

Bei dieser zweideutigen Bemerkung musste Nell unwillkürlich lachen. „Leere Drohungen“, wehrte sie ab. „Und jetzt schlaf gut.“

Tyler stöhnte auf. „Diese Frau versteht nichts von biologischen Vorgängen!“

„So? Ich werde heute Nacht wohl auch nicht gut schlafen. Warum sollte es dir besser gehen?“ Sie winkte und verließ das Zimmer.

Von den Nachtwachen erschöpft, genehmigte sich Nell erst einmal ein ausgedehntes Bad. Sie betrachtete ihren Körper plötzlich mit anderen Augen. Tyler fand sie schön! Tyler begehrte sie! Nell fasste an ihre Brüste und erinnerte sich an die Wonnen, die seine Berührungen in ihr erweckt hatten.

Dann ging sie in ihr Zimmer und suchte mit Bedacht die hübscheste Unterwäsche aus. Dabei stieß sie auf den Brief von Mary Smith. Sie öffnete ihn und überflog nochmals die Zeilen. Mit dem Misstrauen und dem Argwohn, den ihr der Mars beschert hatte, war sie in den letzten Tagen ganz gut fertig geworden. Und von Aggressivität war auch nichts mehr zu merken.

Nachdenklich faltete Nell den Brief zusammen. Als Tyler von den Frauen aus seiner Vergangenheit gesprochen hatte, war ihr klar geworden, wie wenig sie von ihm wusste, sowohl von seinem Leben als auch über seinen Charakter. Ob Mary Smith ihr da vielleicht helfen konnte?

Das warf natürlich die Frage seiner Geburtsstunde auf. Das Datum konnte sie aus dem Einstellungsvertrag ersehen. Aber die genaue Uhrzeit?

Plötzlich fiel Nell ein, dass Tyler einmal erwähnt hatte, er sei fast ein Sonntagskind geworden, weil er einige Minuten vor Mitternacht geboren wurde.

Sicher konnte Mary Smith mit diesen, wenn auch unpräzisen Angaben etwas anfangen.

6. KAPITEL

Als Nell am nächsten Morgen in ihren schicksten Jeans und einer bunten Bluse die Treppe herunterkam, war die Küchentür offen. So konnte sie noch das Ende einer recht merkwürdigen Unterhaltung mitanhören.

Bella redete laut auf jemanden ein. „… kann ich mir nicht vorstellen. Natürlich hat er nichts davon gewusst. So etwas würde er nie absichtlich tun. Aber wir müssen ihn sofort von hier fortbringen."

„Das geht nicht", widersprach Charlie. „Der alte Regan hat ihm Vollmacht gegeben, Männer einzustellen oder zu entlassen. Selbst Nell kann ihm in diesem Fall keine Vorschriften machen. Es ist einfach eine Schande, dass keine von euch es ihm erzählt hat."

„Nun, das gehört auch nicht zu den Dingen, die man Fremden erzählt", verteidigte sich Bella.

„Als ich vorhin nach ihm sah, war er bereits aufgestanden und machte sich in seiner Wohnung zu schaffen. Soll ich gehen und es ihm sagen?"

„Warte noch einen Augenblick. Ich will es mir schon einmal durch den Kopf gehen lassen."

„Gut. Dann sag mir Bescheid."

Eine Tür fiel ins Schloss. Nell zögerte, bevor sie in die Küche trat. Als Bella sie bemerkte, wurde sie vor Verlegenheit ganz rot. „Nell! Ich hatte nicht so früh mit dir gerechnet." Sie lächelte betreten.

„Ich habe dich gehört", erklärte Nell. „Was ist denn hier los? Hat es etwas mit den neuen Männern zu tun? Sie sollten doch heute kommen." Sie biss sich auf die Unterlippe. „Wir können sie ja gleich zu Tyler hinüberschicken. Gestern ging es ihm schon viel besser. Er darf zwar noch nicht arbeiten, aber aufstehen …"

„Du solltest dich lieber setzen", unterbrach Bella sie.

„Warum? So schlimm kann es doch gar nicht sein", scherzte Nell. Sie wollte jetzt auch keine Hiobsnachrichten hören, dazu war sie zu glücklich. Ihr ganzes Leben war mit einem Mal wie verändert.

„Noch schlimmer", brummte Bella. „Am besten sage ich es dir ohne Umschweife. Tyler hat Darren McAnders eingestellt."

Eisiges Schweigen breitete sich in der Küche aus. Nell hätte mit allem Möglichen gerechnet, nur nicht damit. Langsam ließ sie sich auf einen Stuhl sinken. Die Kehle war ihr wie zugeschnürt. Plötzlich stand all das, was vor neun Jahren geschehen war, wieder deutlich vor ihr.

„Wie konnte er das nur tun?“, entfuhr es ihr fassungslos. „Ich dachte, Darren würde auf einer Ranch in Wyoming arbeiten.“

„Offenbar ist er wieder zurückgekommen. Wahrscheinlich nimmt er an, dass alles vergessen ist.“

„Bei mir nicht“, stieß Nell empört hervor. „Niemals! Auf keinen Fall wird er hier arbeiten. Sag Charlie, dass er ihn sofort entlassen soll.“

„Du weißt, dass Charlie nicht dazu befugt ist. Genauso wenig wie du“, entgegnete Bella. „Du wirst Tyler erzählen müssen, was damals vorgefallen ist.“

Nell erbleichte. Wenn sie Tyler alles erzählte, musste sie auch gestehen, dass es nicht allein Darrens Schuld gewesen war, dass sie ihn ermutigt hatte …

„Sag es Tyler“, drängte Bella. „Er wird es verstehen.“

Doch Nell war sich da ganz und gar nicht sicher. „Ich werde es versuchen“, murmelte sie und ging zur Hintertür hinaus. Panik überkam sie. Natürlich würde sie Tyler nicht alles sagen können. Es musste eine andere Möglichkeit geben.

Nell fand Tyler in der Küche beim Spiegeleierbraten.

Er sah sie merkwürdig zurückhaltend an, als hätte er den vergangenen Tag vergessen oder wollte zumindest nicht daran erinnert werden. „Guten Morgen“, begrüßte er sie ruhig. „Möchtest du frühstücken?“

„Ich habe keinen Hunger.“ Nell nahm allen Mut zusammen. „Einer der Männer, die du eingestellt hast, ist Darren McAnders. Ich möchte, dass du ihm auf der Stelle wieder kündigst.“

Tyler runzelte die Stirn. Dann nahm er die Pfanne vom Herd und drehte sich langsam zu ihr um. „Ich glaube, ich habe dich nicht richtig verstanden.“

„Ich bitte dich, McAnders unverzüglich zu entlassen“, wiederholte sie kühl. „Ich möchte ihn nicht auf der Ranch haben.“

„Was meinst du, wie viele Cowboys ich um diese Jahreszeit wohl finden kann?“, hielt er ihr aufgebracht vor. „Mir fehlt sowieso ein Mann, auch wenn McAnders bleibt. Außerdem hat er ein sehr gutes Empfehlungsschreiben von einer Ranch in Wyoming. Er ist pünktlich, trinkt nicht und kann mit dem Lasso umgehen. Du willst also, dass ich ihm kündige, noch bevor er angefangen hat? Denk doch mal nach. Er könnte uns deswegen sogar gerichtlich belangen."

„Du willst also nicht?"

„Nein." Ungerührt erwiderte er ihren Blick. „Wenn du unbedingt möchtest, dass er geht, nenne mir bitte einen triftigen Grund."

Nell gab sich alle Mühe. Doch vergeblich. Sie hätte ihm von Anfang an alles erzählen müssen. Jetzt war es dazu zu spät. Tyler würde doch nur alles missverstehen.

„Wir können einander nicht ausstehen", brachte Nell schließlich hervor. „Das ist alles, was ich dir als Erklärung geben kann."

„Das ist ja interessant", bemerkte Tyler sarkastisch. „McAnders hat mir heute Morgen erzählt, ihr wäret alte Freunde – recht gute sogar."

Fassungslos starrte Nell ihn an. Darren hatte wahrscheinlich die aberwitzigsten Lügen verbreitet. Das musste auch der Grund sein, warum sich Tylers Verhalten ihr gegenüber so abrupt geändert hatte. Sie spürte förmlich sein Misstrauen. Verzweifelt suchte sie nach den richtigen Worten.

„Du brauchst dich nicht um eine Erklärung zu bemühen, Nell. Erwarte aber nicht von mir, dass ich diesem Mann kündige, nur weil er deine alte Liebe ist. Das ist kein ausreichender Grund."

Nell schwieg immer noch. Er sah sie an, als würde er ihr nichts mehr glauben.

„Hast du mir sonst noch etwas zu sagen?", erkundigte er sich, schon leicht ungeduldig.

Sie schüttelte den Kopf. „Nein. Es tut mir leid, wenn ich dich gestört habe."

Nachdenklich runzelte Tyler die Stirn, als sie das Blockhaus verlassen hatte. Was mochte Darren ihr wohl bedeuten? Liebte sie ihn noch und hatte Angst, ihm wieder nachzugeben? Oder steckte mehr dahinter? Tyler wünschte, sie hätte es ihm erzählt. Jetzt hatte er wieder das ungute Gefühl, dass sie ihm nicht vertraute.

Nell war nervös und fürchtete sich vor dem ersten Zusammentreffen mit Darren. Es geschah ganz unerwartet noch am gleichen Tag. In der Abenddämmerung ging Darren an der rückwärtigen Veranda vorbei, als sie gerade aus der Tür trat.

Nell hob zufällig den Kopf und erblickte ihn. Darren McAnders, ihre erste Liebe! Damals war er Anfang Zwanzig gewesen. Nach all den Jahren hatte er noch das dichte braune Haar, obwohl es an den Schläfen ergraute. Und er war etwas fülliger geworden. Am meisten jedoch verblüffte Nell sein Gesicht. Es war bereits von tiefen Falten zerfurcht, und das jungenhafte Lächeln, in das sie sich einst verliebt hatte, schien verschwunden zu sein.

„Hallo, Nell", begrüßte er sie.

Sie wich ihm nicht aus. „Hallo, Darren."

„Ich vermute, du hast alles darangesetzt, damit mir noch heute gekündigt wird", bemerkte er. „Als ich erfuhr, dass du noch hier lebst, wollte ich schon selbst wieder gehen. Vielleicht hätte ich deinem Vormann die Wahrheit sagen sollen." Er schob seinen abgewetzten Hut in den Nacken. „Macht es dir etwas aus, wenn ich hier arbeite?"

„Natürlich", erwiderte sie empört. „Ich habe nie vergessen können, was du mir angetan hast. Du hattest kein Recht dazu, auch wenn ich dich unbewusst dazu aufgefordert haben mag. Aber was wusste ich denn damals von solchen Dingen ... und du, du wolltest dich doch nur an Marguerite rächen! Es ... es war unfair, Darren", sprudelte sie heraus.

Schweigend musterte er sie einen Augenblick. „Auch wenn du es mir nicht glaubst, Nell, ich habe mir all die Jahre über wegen damals schwere Vorwürfe gemacht und es mir bis heute nicht verziehen."

Nell spürte, dass es ihm ernst damit war. Nur wusste sie nicht, wie sie jetzt reagieren sollte.

Darren räusperte sich. „Wie geht es Marguerite?", erkundigte er sich schließlich.

Nell vermutete plötzlich, dass ihre Schwägerin eine bedeutende Rolle bei Darrens Rückkehr nach Arizona spielte. Wahrscheinlich war seine Leidenschaft für Marguerite auch nach all den Jahren nicht abgeflaut.

„Es geht ihr sehr gut. Sie lebt mit ihren Söhnen in Tucson. Gelegentlich verbringen sie ein Wochenende hier auf der Ranch."

„Ich habe das von deinem Bruder gehört", bemerkte Darren leise. „Es tut mir leid. Ich mochte Ted immer und schäme mich, dass ich sein Vertrauen so missbraucht habe."

„Schon gut", erwiderte Nell. „Das lässt sich nun wirklich nicht mehr ändern. Wenn du mich jetzt bitte entschuldigst, ich ..."

„Du hast dich verändert“, unterbrach Darren sie plötzlich. „In diesem Aufzug hätte ich dich nicht erkannt.“

Nell errötete verwirrt. „Du wirst schon recht haben. Mit der Zeit verändern wir uns schließlich alle.“

„Aber nicht so wie du.“ Er senkte beschämt den Kopf. „Ted hätte mich für das, was ich dir angetan habe, bestrafen sollen. Wirklich.“

Mit diesen Worten drehte er sich abrupt um und ging, bevor Nell etwas erwidern konnte. So hatte sie Darren McAnders ganz und gar nicht in Erinnerung. Was war nur aus dem frechen, arroganten und rücksichtslosen jungen Mann geworden? Gewiss, er war älter und reifer geworden. Wie wird Marguerite wohl darauf reagieren, fragte sich Nell gespannt.

Bella schien genauso darüber zu denken. Nach dem Abendessen schlug sie vor, Marguerite anzurufen und ihr von dem neuen Angestellten zu erzählen.

„Das werde ich nicht“, lehnte Nell entschieden ab. „Sie wird es schon früh genug erfahren. Sie kommt nämlich am nächsten Wochenende mit den Jungen.“

Bella seufzte. „Das kann ja heiter werden.“

„Dann soll sie sich bei Tyler beschweren. Ich habe Darren schließlich nicht eingestellt.“

„Nell!“ Tyler trat in die Küche.

Erschrocken fuhr Nell zusammen. Tyler schien nicht gerade bester Laune zu sein, seine Stimme hatte so irritiert geklungen. „Was ist denn in dich gefahren?“, versuchte sie zu scherzen, wagte aber nicht zu fragen, warum er schon wieder im Ranchhaus herumspazierte, anstatt sich zu schonen.

Tyler erwiderte ihr Lächeln nicht. „Wir müssen einiges besprechen“, erklärte er knapp.

Nell warf Bella einen unsicheren Blick zu. Doch die tat so, als hätte sie nichts gehört. Nell legte seufzend das Geschirrhandtuch aus der Hand und folgte Tyler durch die Halle in den kleinen Raum, der als Büro diente.

Der Schreibtisch war über und über mit Papieren bedeckt. Offenbar hatte Tyler die letzte Stunde über den Rechnungsbüchern verbracht, weil er das wohl nicht als „Arbeit“ betrachtete, die ihm der

Arzt untersagt hatte. Seit ein paar Wochen schon prüfte Tyler die Finanzen der Ranch und versuchte Nells eigenwilliges Buchhaltungssystem zu durchschauen.

„Dies hier …", er deutete auf einen Stapel Bücher, „… sind die neuen Bücher. Bei meinen Nachprüfungen sind nur Schulden und Kredite übrig geblieben. Von jetzt an wird nichts ohne meine Zustimmung gekauft. Selbst wenn du Nadel und Faden benötigst, brauchst du in Zukunft einen Einkaufsschein." Er hielt ihr ein anderes Buch hin. „Das ist das Buch für die Einkaufsscheine. Es wird in der Schreibtischschublade eingeschlossen. Und nur ich besitze einen Schlüssel."

„Was soll das?", hielt Nell ihm verständnislos entgegen und stützte sich auf den Tisch.

Tyler bedeutete ihr, sich zu setzen. Er lehnte sich an den Schreibtisch und tastete nach seinen Zigaretten, zündete dann aber doch keine an. „So wie bisher kann es nicht weitergehen. Jeder Angestellte konnte alles x-Beliebige kaufen, ohne dazu befugt zu sein. Schau dir einmal diese Rechnungen an."

Verwundert überflog Nell die Rechnungen. „Ein Paar Sporen", las sie laut vor. „Ein neuer Sattel." Erstaunt blickte sie auf. „Das habe ich niemals bestellt."

„Ich weiß." Er lächelte müde. „Genau das ist aber das Problem."

„Wer hatte den Sattel und die Sporen?", fragte Nell aufgebracht.

„Marlowe."

„Du solltest ihm sofort kündigen!"

„Das ist bereits geschehen. Zum Glück habe ich ja zwei neue Männer eingestellt." Er blickte wieder auf die Rechnungen. „Übrigens, ich habe gesehen, wie du dich mit McAnders unterhalten hast. Gibt es da noch ein Problem?"

„Es wird keine Schwierigkeiten mehr geben. Darren und ich werden die Unstimmigkeiten zwischen uns bereinigen."

Ihre Worte erschienen Tyler äußerst zweideutig. Verärgert sah er sie an. „Solange sich euer Techtelmechtel erst nach der Arbeitszeit abspielt, soll es mir egal sein."

Seine Worte trafen Nell wie eine Ohrfeige. Sicher wusste er nicht, wie sehr er sie mit seiner Bemerkung verletzte. Oder war es ihm egal, ob damals etwas geschehen war? Sie biss sich auf die Lippen. „Hast du mit den Männern schon über diese Einkaufsscheine gesprochen?"

„Ich habe es allen beim Abendessen gesagt. Mit denen, die nicht auf der Ranch wohnen, werde ich morgen früh sprechen. Und da ist noch etwas.“ Er nahm das Hauptbuch zur Hand. „Wir müssen alle Arbeiten und Reparaturen zurückstellen, bei denen Cowboys mithelfen. Es wird Zeit für den Kälbertrieb, und ich werde dafür jeden Mann brauchen.“

„Wir könnten uns Bob Wylers Helikopter leihen“, schlug Nell vor. „Er hilft uns immer aus. Den Piloten können wir übrigens auch von ihm bekommen.“

„Wie viel verlangt er dafür?“

Nell musste unwillkürlich lächeln. „Eine Kiste von Bellas Erdbeer-Rhabarbermarmelade.“

Über diese Antwort musste auch Tyler lachen. „Okay, das ist ein gutes Geschäft. Könntest du diese Ausritte mit den Gästen auch ohne Charlie machen?“

„Früher habe ich es auch allein schaffen müssen“, entgegnete Nell. „Es wird mir also nichts ausmachen. Was noch?“

„Jetzt kommt das Entscheidendste. Die Unkosten für den zweiten Wagen sind viel zu hoch. Für große Ferienfarmen mag das durchaus angemessen sein, doch wir müssen hier mit sehr viel weniger Geld auskommen.“

„Es war Teds Idee“, erklärte Nell.

„Ja, das hatte ich mir schon gedacht.“ Er musterte sie eindringlich, und sofort schien sich eine unerklärliche Spannung zwischen ihnen auszubreiten. Hastig wandte er den Blick ab. „Dann werde ich mich um den Wagen kümmern. Und was diese täglichen Einkaufsfahrten nach Tucson betrifft … Sind die wirklich notwendig?“

„Wir können es ja auf eine Einkaufsfahrt alle zwei Tage beschränken“, schlug Nell vor.

Er nickte. „Oder wir könnten diese Fahrten an eine Agentur in der Stadt in Auftrag geben.“

„Natürlich. Ich kenne eine Frau, die dies gern übernehmen würde. Und ihre Preise sind in Ordnung.“

„Gut. Ruf sie an und mache etwas mit ihr aus.“

„Du hast eine ganze Menge durchgearbeitet“, stellte Nell fest und deutete mit einer Kopfbewegung auf die Bücher und Papiere.

„Ich musste einfach wissen, wie es um die Ranch steht, bevor ich etwas verändere. Du hast es eigentlich ganz gut bewältigt, Nell“, lenkte er plötzlich ein. „Bis auf ein paar Posten hast du mit den Mitteln, die dir zur Verfügung standen, gut gewirtschaftet. Nun werden wir einiges ändern müssen, damit die Ranch wieder Gewinne einbringt."

„Du klingst sehr überzeugt."

„Es ist keine leichte Aufgabe", erwiderte Tyler, „aber es müsste zu bewältigen sein. Nun, hast du noch einen Wunsch?"

Nell zögerte. „Ich hätte es doch ganz gern, wenn jemand mich auf diesen Ausritten begleitet. Jedenfalls so lange, wie dieser Mr Cova noch hier ist", gestand sie mit einem verlegenen Lächeln. „Er scheint eine Schwäche für mich zu haben."

Tyler runzelte die Stirn. „Ja, mir ist aufgefallen, wie er immer hinter dir herschleicht. Das Ehepaar reist am Wochenende ab, nicht wahr?" Sie nickte. „Ich werde dich auf den nächsten Ausritten begleiten. Charlie kann die Dinge hier für Bella in Ordnung halten, während wir draußen sind."

„Danke."

„Oder würdest du es vorziehen, wenn dich McAnders begleitet?", fügte er sarkastisch hinzu.

Nell wollte ihm widersprechen. Nur, was konnte sie damit erreichen? Er würde sie doch missverstehen. Sie schluckte. „Wie es dir am besten passt", entgegnete sie leise. „Mir ist es gleich."

Mit dieser Antwort hatte Tyler nicht gerechnet. Enttäuscht drückte er seine Zigarette im Aschenbecher aus. „Dann kann McAnders dich auch begleiten", erklärte er kurz. „Ich habe genug Arbeit, die auf mich wartet."

Diese Worte sollten Nell wohl treffen und taten es. Sie stand auf und ging, ohne ihn anzusehen, zur Tür. „Danke für alles."

„Nichts zu danken. Gute Nacht."

„Gute Nacht."

Nach diesem Zwischenfall begegneten Nell und Tyler sich nicht mehr allein. Ständig fand Tyler einen Vorwand, um bei den Besprechungen über die Wirtschaftsplanungen der Ranch einen Dritten oder Vierten hinzuziehen.

Allein Darren McAnders schien nichts von dieser Spannung mitzubekommen. Er fand langsam wieder zu seinem charakteristischen Humor zurück und genoss nur zu offensichtlich die Ausritte mit Nell.

Die ganze Situation spitzte sich noch zu, als Marguerite mit den Jungen über das Wochenende zu Besuch kam.

Nell war gerade mit Darren von einem Ausritt zurückgekommen, als Marguerite aus einem Taxi stieg. Sie trug einen makellosen weißen Leinenhosenanzug, und eine leichte Brise spielte in ihrem langen roten Haar. Sie blickte auf und direkt in Darrens verdutztes Gesicht.

„Darren!“, rief Marguerite, stolperte und landete auf den Knien im Staub.

Sofort sprang Darren aus dem Sattel und half ihr auf. „Marguerite“, stieß er atemlos hervor. „Du hast dich nicht verändert. Du bist schön wie eh und je.“

„Was machst du denn hier?“, entgegnete sie fassungslos und schaute zu Nell hinüber. Es war einfach unmöglich. Ausgerechnet die beiden gemeinsam auf einem Ausritt!

„Er ist einer unserer neuen Cowboys“, erklärte Nell. „Tyler hat ihn eingestellt.“

„Ja, wusste er denn nichts davon“, stieß Marguerite unbedacht hervor, errötete aber sogleich, als sie Darrens zerknirschte Miene bemerkte. „Oh, es tut mir leid, es ist nur …“

„Die Vergangenheit ist nur ein Problem, wenn wir sie dazu machen“, unterbrach Nell sie eigensinnig. „Darren und ich kommen eigentlich ganz gut miteinander aus. Nicht wahr, Darren?“

Er lächelte beschämt. „Besser als erwartet. Nell ist sehr verständnisvoll gewesen. Ich wollte hierher zurück, Wyoming ist kein Land für mich.“

Marguerite betrachtete ihn aufmerksam, dann sah sie wieder zu Nell hinüber, die noch auf dem Pferd saß. „Es gehört eine Menge Mut dazu, zurückzukommen, Darren“, bemerkte sie, ohne dabei ihren fragenden Blick von Nell abzuwenden.

„Ich musste lernen, dass Weglaufen keine Lösung ist“, antwortete er. „Hallo“, rief er dann und sah an Marguerite vorbei ins Auto. „Sind das deine Söhne? Jess und Curt, nicht wahr? Eure Tante Nell hat mir viel von euch erzählt.“

Die beiden kletterten aus dem Wagen. „Hat sie wirklich?“, erkundigte sich Curt. „Hat sie wenigstens etwas Nettes gesagt? Ich und Jess sind eine große Hilfe hier auf der Ranch, das sagt Tyler auch. Wir helfen ihm dabei, Schlangen, Eidechsen und all dieses Zeug zu fangen, damit es nicht Tante Nells Rinder frisst."

Nell lachte. „Hat Tyler euch das erzählt?"

„Nein, eigentlich nicht", gestand Jess verlegen. „Aber es klingt gut, nicht wahr?"

„Nein", verbesserte Marguerite ihren Sohn gedankenverloren. Langsam gewann sie ihre Beherrschung zurück. Darrens Anwesenheit hatte ihr einen Schock versetzt. „Kommt, wir gehen ins Haus." Sie bezahlte den Taxifahrer.

Nell stieg vom Pferd ab, um beim Gepäck zu helfen. Doch Darren kam ihr zuvor.

„Ich werde mich um das Gepäck kümmern, wenn du die Pferde in den Stall bringst, Nell", schlug er vor.

Nell ahnte, dass er Marguerite nie vergessen hatte, und es sollte sie nicht wundern, wenn Darren nun wieder neue Hoffnung schöpfte. Was Marguerite darüber dachte, konnte man auf den ersten Blick nicht erkennen. Jedenfalls sah es ihr gar nicht ähnlich, beim Anblick eines Mannes die Fassung zu verlieren.

Nell verspürte eine ungeheure Erleichterung. In Darrens Gegenwart würde Marguerite gewiss nicht mehr versuchen, mit Tyler zu flirten. Allerdings musste Nell sich auch die Sinnlosigkeit ihrer Hoffnungen eingestehen. Tyler ging ihr zu offensichtlich aus dem Weg. Nachdenklich führte sie die Pferde zum Stall.

Charlie war gerade dabei, die Boxen auszumisten. „Geht es dir nicht gut?", erkundigte er sich besorgt.

Nell lächelte. „Doch, es geht schon." Sie blickte sich um. „Wo ist Caleb?" Caleb war der große schwarze Wallach, den Tyler immer ritt.

„Tyler ist zu den Koppeln geritten, um die Zäune zu kontrollieren."

Nell runzelte die Stirn. „Er hasst diese Arbeit doch."

„Er hat zufällig das Gespräch zweier Jungs belauscht, die sich darüber wunderten, warum du so oft mit McAnders zusammen bist", erklärte Charlie. „Die beiden müssen dafür jetzt die Ställe putzen. Dieses Thema ist von jetzt an in Tylers Gegenwart tabu."

Sie biss sich auf die Unterlippe. „Warum kümmert er sich überhaupt um solch dummes Geschwätz?"

Charlie führte die Pferde zu den Boxen, wo zwei Cowboys missgelaunt den Boden fegten und mit frischem Heu bestreuten. „Ja, merkst du denn wirklich gar nichts?"

Langsam ging Nell zum Haus zurück und hielt nach Tyler Ausschau. Sie konnte einfach nicht verstehen, warum er sich wieder so abweisend verhielt. Mit Darren dagegen kam sie sehr gut aus. Aus dem leichtfertigen, rücksichtslosen Jungen von damals war ein verständnisvoller, einfühlsamer Mann geworden, und seine Gegenwart war ihr nicht unangenehm.

Wie gern hätte Nell mit Tyler über alles gesprochen. Aber er benahm sich so abweisend und kühl, dass sie nicht den Mut dazu fand.

Resigniert trat Nell ins Haus und half Bella, das Abendbüfett in dem gemütlich eingerichteten Innenhof anzurichten. Man hatte mehrere Holztische um den Swimmingpool aufgestellt. An jedem Tisch war ein Schirm befestigt, der auch vor abendlicher Sonne schützen sollte. Außerdem war der Patio mit großzügigen Arrangements aus für diese Landschaft typische Pflanzen aufgelockert. Jedes Beet wurde von einer flachen Steinmauer eingefasst. Am hübschesten wirkte alles in der Regenzeit, wenn die Kakteen ihre üppigen Blüten entfalteten. Hier pflegten die Feriengäste gewöhnlich das Abendessen einzunehmen.

„Möchtest du nichts essen?“, erkundigte sich Nell, als Marguerite abseits von den anderen Gästen Platz nahm. Die Jungen durften ausnahmsweise mit den Cowboys zusammen essen.

Marguerite schüttelte den Kopf. Sie hatte sich umgezogen und trug jetzt maßgeschneiderte Jeans und ein rotes Sonnentop. Sie wirkte etwas verstimmt. „Ich bin nicht hungrig. Wie lange ist er schon hier?“

„Seit ein paar Tagen“, antwortete Nell.

„Und du wirst mit seiner Gegenwart fertig?“

„Zuerst blieb mir nichts anderes übrig“, gestand Nell zögernd. „Ich habe vergeblich versucht, Tyler zu einer Kündigung zu überreden. Er wollte den Grund dafür wissen.“ Sie senkte den Kopf. „Ich hatte nicht den Mut, es ihm zu sagen.“

„Ja, das kann ich verstehen.“ Marguerite setzte sich plötzlich auf und lehnte sich mit den Ellenbogen auf den Tisch. „Nell, so schlimm ist es jetzt doch auch nicht, oder?“

Verblüfft schaute Nell sie an. „Nein, so schlimm ist es wirklich nicht mehr.“ Aufmerksam musterte sie ihre Schwägerin. „Darren bedeutet dir noch immer etwas, nicht wahr?“

Marguerite errötete. „Ich … nein, natürlich nicht. Wirklich, eigentlich bedeutet er mir nichts.“

„Ted ist seit Langem tot“, entgegnete Nell ruhig. „Ich bin sicher, dass es in seinem Sinne wäre, wenn du wieder heiratest. Ich sehe Darren jetzt mit ganz anderen Augen. Weißt du, er hat sich sehr verändert.“ Sie lächelte. „Ich glaube, Bella und du habt recht gehabt. Ich habe in meiner Fantasie alles viel schlimmer gemacht, als es damals eigentlich gewesen ist.“ Erstaunt stellte sie fest, dass das, was sie sagte, stimmte. Tylers Zärtlichkeiten hatten die unangenehmen Erinnerungen ausgelöscht.

„Es war zum Teil meine Schuld“, gestand Marguerite. „Ich wollte wirklich nicht, dass dir wehgetan wurde.“ Sie wich Nells Blick aus. „Darren war mir nie ganz gleichgültig. Natürlich habe ich Ted viel zu sehr geliebt, um unsere Ehe durch ein dummes Abenteuer gefährden zu wollen.“

„Ich weiß“, beruhigte Nell sie.

Marguerite lächelte ihr traurig zu. „Ich habe viele Jahre damit verbracht, dich nach meinen Vorstellungen formen zu wollen. Ich war ziemlich rechthaberisch und herrschsüchtig, nicht wahr, Nell? Aber ich meinte es doch nur gut mit dir. Ich wollte dir helfen …“

„Ich brauche keine Hilfe“, wehrte Nell ab. „Aber ich habe auch nicht die Absicht, die Vergangenheit mit Darren McAnders erneut heraufzubeschwören.“

„Und Tyler?“, wollte Marguerite wissen. „Wie passt er dazu?“

Diese Frage berührte Nell unangenehm. War Marguerite vielleicht doch in Tyler verliebt? Und ihr Interesse an Darren und das ganze Gespräch nur ein Vorwand, um Nells Gefühle für Tyler herauszufinden? Unwillkürlich versteifte sie sich. „Tyler ist mein Vorarbeiter, nichts weiter.“ Sie stand auf. „Ich habe keinen Hunger, Marguerite. Ich werde ein bisschen fernsehen.“

„Gut. Ich muss mich jetzt um die Jungen kümmern.“

„Das wird nicht mehr nötig sein“, stellte Nell mit einem bitteren Lächeln fest und deutete auf Tyler, der mit den beiden herankam. Alle drei lachten gut gelaunt. Marguerites erfreuter Blick versetzte Nell einen Stich in der Herzgegend. Traurig wandte sie sich ab. „Bis später.“

Allerdings hatte Nell nicht genau hingesehen, denn dicht hinter Tyler betrat Darren den Innenhof.

7. KAPITEL

Nell ging ins Haus, um die Zimmer für Marguerite und die Jungen zu richten, und danach ins Wohnzimmer, um fernzusehen. Sie war überrascht, Tyler dort vorzufinden, der sich die Nachrichten ansah. Er hatte geduscht und sich saubere Sachen angezogen, wirkte aber müde.

„Möchtest du auch eine Limonade?", bot er an.

„Nanu, trinkst du keinen Brandy?", fragte sie erstaunt.

„Ich trinke nie."

Nell setzte sich in den hohen Lehnsessel ihm gegenüber. „Warum?"

Tyler zuckte mit den Schultern. „Ich weiß nicht. So gut schmeckt es mir nicht."

Sein aufmerksamer Blick entging ihr nicht. Nell errötete. Die Erinnerung an jenen Nachmittag stieg erneut in ihr auf. Wie intim waren sie miteinander gewesen, und jetzt hatte sich ihr Verhältnis zueinander so verändert!

„Ich trinke auch nicht", bemerkte sie gedankenverloren. „Vielleicht bin ich in dieser Beziehung etwas altmodisch."

Auch Tyler überwältigten die Erinnerungen an jenen Nachmittag. Fest blickte er ihr in die Augen. „Was empfindest du eigentlich für McAnders?"

Nell richtete sich verstört auf. Sie wollte ihre wahren Gefühle vor ihm verbergen, und so sagte sie einfach: „Ich weiß es nicht."

„Wirklich nicht? Du bist in letzter Zeit viel mit ihm zusammen", hielt er ihr vor.

„Du verbringst genauso viel Zeit mit Marguerite", kam es wie aus der Pistole geschossen.

Tyler lächelte belustigt. „Ja, aber die Gründe dafür interessieren dich wohl nicht."

„Offensichtlich gefällt sie dir", fuhr Nell auf. „Ich bin schließlich nicht blind."

„Oh doch!", erwiderte er ironisch. „Du bist sogar blinder, als du denkst."

„Ich kann meine Freizeit verbringen, mit wem ich will."

„Hattest du eigentlich eine intime Beziehung zu McAnders?",

fragte Tyler völlig unvermittelt.

Fassungslos sah Nell ihn an. Bei dem Gedanken, was damals mit Darren geschehen war, errötete sie wieder.

Tyler verstand diese Reaktion jedoch völlig anders. Für ihn war damit bewiesen, dass Nell Darren McAnders geliebt hatte und noch immer liebte.

„Wie konntest du nur“, hielt er ihr verbittert vor.

Nell schaute ihn verdutzt an.

Tyler stand auf, verschränkte die Hände auf dem Rücken und ging wütend auf und ab. „Und die ganze Zeit über dachte ich …“ Er unterbrach sich. „Wenn du McAnders willst, bitte, er gehört dir. Ich werde mich nur noch um die Ranch und das Vieh kümmern. Aber komme nicht zu mir zurück, wenn er dich fallen lässt. Ich bin kein Ersatz.“

Nell blieb vor Überraschung und Empörung fast die Luft weg. „Du Moralapostel!“, rief sie dann. „Bei deinen Frauengeschichten würde ich mich ganz still verhalten!“

„Das geht dich gar nichts an!“

„Genauso wenig wie dich meine Beziehung zu Darren etwas angeht!“

Tyler blickte auf sie hinunter und konnte sich nur noch mit Mühe beherrschen. Erst jetzt wurde ihm bewusst, wie viel Nell ihm eigentlich bedeutete. Und nun wollte ein anderer sie ihm wegnehmen. Schlimmer noch war, dass Tyler nicht wusste, wie er das verhindern sollte. Nell schien ihm nicht vertrauen zu wollen, sonst hätte sie ihm mehr über ihre Beziehung zu McAnders erzählt.

Er seufzte bedrückt. „Du hast recht“, erklärte er schließlich ruhig. „Tu, was dir gefällt, Nell. Ich werde mich nicht einmischen. Es ist dein Leben.“

Tyler wandte sich ab und ging weg. Nell spürte, wie ihr alles mehr und mehr aus den Händen glitt. Darren bedeutete ihr überhaupt nichts. Wie gern hätte sie Tyler jetzt zurückgerufen und ihm die Wahrheit gesagt. Doch irgendetwas hielt sie davon ab. Sie brachte es einfach nicht über sich, zu ihren Fehlern von damals zu stehen. Dass sie Darren selbst in ihr Zimmer gelassen hatte und …

Plötzlich wurde Nell bewusst, welch einen Eindruck das Gespräch bei Tyler hinterlassen haben musste. Fest entschlossen, ihm die Wahrheit zu sagen, stand sie auf.

Doch bevor sie an der Tür war, kamen Curt und Jess auf sie zugestürmt. Hinter ihnen entdeckte sie Tyler, der Marguerite am Arm hielt und sie lachend zur Haustür begleitete.

Es war zu spät, um noch etwas richtig zu stellen. Sie hatte zu lange gezögert.

„Hallo, Tante Nell“, riefen Jess und Curt im Chor. „Dürfen wir uns den neuen Science-Fiction-Film ansehen?“

„Natürlich. Geht nur“, erlaubte Nell den beiden. Sie fühlte sich so elend wie noch nie in ihrem Leben. „Wo ist eure Mutter denn hingegangen?“

„Onkel Tyler führt sie in die Stadt aus“, antwortete Curt, während er nach der richtigen Videokassette suchte. „Ich mag Onkel Tyler sehr.“

„Ich auch“, stimmte Jess ihm zu.

So weit ist es also schon, dachte Nell entsetzt. Sie entschuldigte sich kurz und verließ den Raum, bevor den beiden Jungen ihre aufsteigenden Tränen auffielen.

An diesem Wochenende verbrachte Marguerite die meiste Zeit mit Tyler. Darren gegenüber verhielt sie sich eher zurückhaltend, ja sogar abweisend. Sie schien sich ihrem ehemaligen Verehrer nicht wieder zuwenden zu wollen. Offensichtlich war sie ganz vernarrt in Tyler.

Nachdem Marguerite fort war, wich Darren nicht von Nells Seite. Er schien genauso enttäuscht wie sie und begriff nicht, warum Marguerite ihm auswich. Der gemeinsame Schmerz ließ Nell und Darren einander näherkommen. In seiner Gegenwart fand sie sogar einen gewissen Trost.

Wie eigenartig sich die Dinge doch entwickelt haben, dachte Nell, während sie zusammen mit Darren zur Pferdekoppel ging. Sie wollten sich die beiden Stuten ansehen, die Tyler erworben hatte.

„Du siehst niedergeschlagen aus“, stellte Darren fest, als sie Charlie bei der Arbeit mit den noch nicht zugerittenen Stuten beobachteten. „Und der Boss hat auch schlechte Laune. Die Spannung ist kaum noch zu ertragen“, fügte er hinzu.

„Im Moment ist alles sehr schwierig“, sagte Nell.

Darren lehnte sich an den Koppelzaun. „Es ist schon merkwürdig, dass ausgerechnet ich dir jetzt meinen Trost anbiete, nach all dem, was geschehen ist. Aber die Zeiten haben sich geändert, und wir auch. Wenn du jemanden zum Zuhören brauchst, stehe ich dir immer zur Verfügung."

Gerührt blickte Nell ihn an. Er hatte sich wirklich verändert und schien ein anderer Mensch geworden zu sein. Sie lächelte ihn freundlich an.

Darren erwiderte ihr Lächeln und drückte sie spontan an sich.

Genau in diesem Augenblick trat Tyler aus der Arbeiterbaracke und erblickte die beiden von Weitem. Eine noch nie erlebte Eifersucht erfasste ihn.

Fluchend stürzte er zu seinem Pferd, schwang sich in den Sattel und galoppierte davon.

Am folgenden Samstag sollte wieder ein Tanzabend stattfinden, und Nell wollte diesmal daran teilnehmen. Sie musste endlich ihre Reserviertheit überwinden. Außerdem hatte Darren versprochen, sie zu begleiten, damit sie sich nicht so verloren fühlte.

Als Nell morgens zum Frühstück kam, überreichte Bella ihr die Post. „Hast du neuerdings eine Brieffreundschaft mit Mary Smith? Oder wollt ihr zusammen ein indianisches Kochbuch schreiben?"

Nell errötete und nahm den Brief an sich. „Es ist kein Kochbuch, sondern es geht um indianische Heilkunst."

Bella lachte. „Auch gut. Sagt mir Bescheid, wenn ihr einen Liebestrank aus Crowbait herausbekommt ... Aber bitte keinen, bei dem man sich nur in einen Navajo verliebt!" Sie trat neugierig näher. „Mach den Brief doch auf."

Nell schüttelte den Kopf und ging nach oben in ihr Zimmer. Aber als sie den Brief öffnen wollte, erklang vor dem Haus lautes Gehupe. Sie trat zum Fenster. Marguerite und die Kinder waren früher gekommen. Ihre Schwägerin winkte mit einem großen Paket.

„Das ist für dich. Komm herunter und mach es auf."

Schnell versteckte Nell den Brief von Mary Smith in der Kommode neben dem anderen Horoskop und ging dann nach unten. Sie wunderte sich, dass Marguerite ihr etwas mitgebracht hatte, freute sich aber gleichzeitig über diese Aufmerksamkeit.

Marguerite hatte das Paket inzwischen auf den Esszimmertisch gestellt, und alle standen feierlich darum herum. Auch Bella, die etwas

Verschwörerisches an sich hatte.

„Öffne es doch", sagte Marguerite.

Nell zog die rosarote Schleife auf und hob erwartungsvoll den Deckel hoch.

Ein wunderschönes Kleid im Folklore-Stil kam zum Vorschein. Der weite Rock war rot-weiß kariert und hatte unzählige Volants. Dazu gehörte eine hübsche weiße, mexikanische Bauernbluse. Beides musste ein Vermögen gekostet haben.

Sprachlos starrte Nell auf das Kleid. So etwas hatte sie noch nie getragen. „Das soll für mich sein?", fragte sie schließlich.

„Für dich", sagte Marguerite lächelnd. „Und bitte lass dein Haar heute Abend offen auf die Schultern fallen, dann wird jeder mit dir tanzen wollen."

„Aber, Marguerite, ich kann doch gar nicht tanzen", wehrte Nell ab.

„Zieh dieses Kleid an, und jemand wird es dir schon beibringen wollen", versicherte Marguerite.

Also entschloss sich Nell, das Kleid zu tragen. Sorgfältig bürstete sie ihr dichtes, leicht gelocktes Haar, bis es glänzend um ihre Schultern fiel. Dann zeigte Marguerite ihr, wie man ein leichtes Make-up auflegte. Als Nell sich im Spiegel betrachtete, war sie überrascht. Sie fand sich nicht schön, aber sie konnte mit ihrem Aussehen vollauf zufrieden sein.

Marguerite trug ein ähnliches Kleid. Im Gegensatz zu Nell jedoch verstand sie es mit Leichtigkeit, die Aufmerksamkeit der Männer auf sich zu lenken. Sie war schön und charmant und außerdem eine ausgezeichnete Tänzerin.

Nell fragte sich noch immer, warum Marguerite ihr das Kleid geschenkt hatte. Sollte das Kleid sie etwa über Tyler hinwegtrösten oder Eindruck auf Darren machen? Nein, das Letztere war ausgeschlossen. Und das wusste Marguerite.

Unten in der Halle überschüttete Bella Nell mit Komplimenten. Offenbar wollte sie ihre Kritik an Nells Aufmachung von damals wiedergutmachen.

Man konnte bereits die Musik aus der Scheune hören. Bella lächelte. „Nun, wenigstens hat Tyler nichts gegen die vierzig Dollar, die wir der Band zweimal im Monat zahlen."

„Lass ihm Zeit", seufzte Nell. „In letzter Zeit hat er doch an allem etwas auszusetzen. Wie ich hörte, musste Charlie ein Lasso zurückbringen, dass er ohne Erlaubnisschein gekauft hatte."

„Tyler ist im Augenblick nicht besonders guter Stimmung. Er raunzt die anderen ständig an und führt Selbstgespräche", erklärte Bella Marguerite, die hinzugetreten war.

Marguerite sah Nell erstaunt an.

„Ich habe damit gar nichts zu tun", wehrte Nell empört ab. „Aber vielleicht vermisst er deine Gesellschaft."

„Das kann gut sein." Dabei warf Marguerite der Köchin einen verschwörerischen Blick zu. „Um das rauszufinden, gehen wir jetzt."

Es war recht kühl so spät am Abend. Nell fror ein wenig an der frischen Luft. Zusammen mit Marguerite ging sie zur Scheune hinüber.

Die Tanzfläche war bereits gut gefüllt. Nell fiel auf, dass Marguerite sich unruhig umblickte, als suche sie jemanden. Gewiss wird sie Tyler den ganzen Abend über für sich in Beschlag nehmen, dachte Nell. In ihrer Enttäuschung bemerkte sie nicht, dass Marguerites Aufmerksamkeit auch Darren gelten könnte.

Die Gäste tanzten ausgelassen, während Charlie mit einem Mikrophon in der Hand vor der Band stand und für gute Stimmung sorgte. Tyler hielt sich in der Nähe der Bar auf und starrte auf die Tänzer. Er trug Jeans und ein offensichtlich maßgeschneidertes Hemd. Das Haar hatte er sorgfältig gekämmt, und er war frisch rasiert. Sein Anblick verschlug Nell fast den Atem. Er war wirklich der attraktivste Mann, den sie je kennengelernt hatte.

„Da bist du ja", begrüßte Marguerite ihn und ergriff seinen Arm. „Wie geht es dir?"

„Gut." Tyler warf an ihr vorbei einen langen Blick auf Nell. Dann wandte er sich an Marguerite. „Du siehst sehr schön aus", bemerkte er galant.

„Danke", erwiderte Marguerite geschmeichelt. Sie blickte sich nach ihrer Schwägerin um. „Sieht Nell nicht auch gut aus?"

Nell errötete verlegen. Tyler schwieg einen Moment. Dann ergriff er Marguerites Hand. „Lass uns tanzen gehen", schlug er vor und zog sie mit sich, ohne auf ihren überraschten Gesichtsausdruck zu achten.

Nell setzte sich an einen der Tische. Sie fühlte sich abgewiesen und gedemütigt. Da trat Darren zu ihr. Er trug ein schwarzes Hemd, ein rotes Halstuch und Jeans, die seine gute Figur betonten. Auf seine Art sah er fast ebenso gut aus wie Tyler.

„Hallo“, begrüßte er Nell lächelnd. „Warum so allein?“

Sie zuckte mit den Schultern. „Ich kann nicht tanzen“, gestand sie leise. „Ich habe es nie gelernt.“

Überrascht schaute Darren sie an. „Dann gilt es, keine Zeit mehr zu verlieren“, ermutigte er sie und streckte ihr die Hand entgegen.

Aber Nell schüttelte den Kopf. „Ich bin wirklich nicht in der richtigen Stimmung.“

Darren wandte sich um und beobachtete die Tänzer. Als er Marguerite und Tyler entdeckte, verzog er das Gesicht. Er verschränkte die Arme vor der Brust und lehnte sich an einen Stützpfeiler. „Dein Vormann verschwendet aber auch keine Minute, nicht wahr?“, stellte er mit einem Blick auf die beiden fest.

„Tyler und Marguerite kommen aus denselben Kreisen, und seit er hier ist, haben die beiden eine Menge Zeit miteinander verbracht“, erklärte Nell. „Und die Jungen mögen ihn“, fügte sie ruhig hinzu.

„Die Jungs behandeln mich auch nicht gerade wie einen Fremden“, wandte Darren unbeherrscht ein. „Wer nichts wagt, gewinnt nichts!“

Nell lächelte unwillkürlich. „Viel Glück!“

Darren erwiderte ihr Lächeln. „Gib dich in seiner Gegenwart nicht so niedergeschlagen“, empfahl er. „Du verrätst dich nur.“

Sofort richtete Nell sich auf. „Nur das nicht.“

Entschlossen ging Darren auf die Tanzfläche, tippte Tyler kurz auf die Schulter und zog Marguerite in die Arme, um mit ihr weiterzutanzen.

Tyler verließ die Tanzfläche. Er warf Nell nur einen kurzen Blick zu, bevor er an die Bar trat. „Hat dein ständiger Begleiter dich versetzt?“, fragte er.

„Was ist denn in dich gefahren? Kannst du keine Konkurrenz ertragen?“, entgegnete sie kühl.

„Ich dachte, das wäre dein Problem“, bemerkte er. „Du hast dich heute Abend doch dementsprechend angezogen.“

„Dieses Kleid? Bis vor Kurzem war das noch eine Tischdecke in der Küche.“

Tyler lächelte nicht. Sein Blick fiel auf Marguerite und Darren, die eng umschlungen miteinander tanzten. Die beiden schienen die Welt um sich vergessen zu haben.

„Es sind viele nette Gäste hier“, stellte Nell schließlich fest, als das Schweigen zwischen ihnen unerträglich wurde.

„Ja“, erwiderte er.

„Wie kommst du mit den Vorbereitungen für den Viehtrieb voran?“

„Sehr gut.“

Nell nahm allen Mut zusammen. „Du schweigst dich wirklich gründlich aus und bist kein Kavalier.“

„Wieso?“

„Du könntest zum Beispiel anbieten, mir das Tanzen beizubringen“, bemerkte sie schüchtern. „Du hast es mir versprochen für den Fall, dass ich ein Kleid trage.“

Aufgebracht sah Tyler sie an. „Männer versprechen viel, wenn sie lange nicht mit einer Frau zusammen waren“, fuhr er sie kalt an. „Aber du nimmst ja alles für bare Münze, Nell.“

Nell spürte, wie sie knallrot wurde. „Ich ... ich wollte nicht ...“

„Du solltest dich lieber an deinen ständigen Begleiter halten. Aber der hat offensichtlich nicht nur Augen für dich.“

Sie stand abrupt auf. „Das war unfair.“

„Wirklich?“ Überrascht schaute Tyler sie an. „Es tut mir leid, ich möchte nicht mit dir tanzen. Und wenn du das Kleid gekauft hast, um Eindruck auf mich zu machen, kannst du es wegwerfen. Es interessiert mich nicht.“

Nell hatte das Gefühl, als würde ihr der Boden unter den Füßen weggezogen. „Entschuldige mich bitte“, flüsterte sie noch, dann versagte ihr die Stimme. Sie drehte sich um und stürzte aus der Scheune.

Mit gemischten Gefühlen sah Tyler ihr nach. Diese heftige Reaktion hatte er nicht erwartet. Gewiss waren es nicht nur seine Worte, sondern auch Darrens Tanz mit Marguerite gewesen, die Nell so aufgebracht hatten.

Nell schloss die Tür ihres Zimmers hinter sich. Zum zweiten Mal, seit sie Tyler kannte und sich für ihn schön gemacht hatte, zerrte sie sich die Kleider vom Leib. Sie fiel aufs Bett und weinte hemmungslos.

Als sie glaubte, keine Tränen mehr zu haben, öffnete sie das Fenster. Die Musik klang herüber. Wieder standen die Sterne am Himmel, so fern, klar und kalt …

Nell schluchzte trocken auf. Und sie hatte sich Gedanken wegen ihrer Charakterschwächen gemacht und versucht, über ihren eigenen Schatten zu springen. Wozu eigentlich? Es war alles so gemein und so verworren.

Jedenfalls kannte sie jetzt jemanden, der sich ebenfalls Gedanken wegen seiner Charakteranlagen machen sollte. Tyler war so zwiespältig und unverständlich, dass man ihm nur einen Besuch beim Psychiater empfehlen konnte.

Wütend riss Nell die Schublade auf, in der der zweite Brief von Mary Smith noch ungeöffnet lag. Es interessierte sie jetzt wirklich, wie viel Saturne Tylers Geburtsstunde negativ bestrahlt haben mussten.

Sie überflog die Zeilen und setzte sich dann enttäuscht aufs Bett. Tyler kam wieder einmal besser weg als sie. Als „Löwe" war er von Anfang an ein kraftvoller Mensch, und da er obendrein noch die Sonne im eigenen Zeichen hatte, erhöhte sich noch seine Kraft und seine Liebesfähigkeit. „Dieser Mann liebt die Liebe", schrieb Mary.

Auch der Mars schien ihm günstig gesinnt, was seinen „Löwenmut" und sein „Liebesbegehren" noch einmal erhöhte. „Er hat den königlichen Willen, in der Liebe zu siegen", hatte Mary notiert.

Aber dann las Nell weiter und merkte, dass auch Tyler nicht ganz unbeschwert davonkommen sollte. Der Jupiter in der negativen Quadratur machte ihn überheblich, eitel und prahlerisch und brachte ihm Konflikte mit anderen Menschen. („Er kann sich bei Unternehmen übernehmen, weil er sich übermächtig fühlt.") Und eine weitere Quadratur Mars-Jupiter machte ihn „fanatisch bei einer Zielsetzung". Der Saturn im Stier besagte dann, dass er auf Absicherung und Besitz bedacht war.

„Dieser Mensch lebt in einem Zwiespalt", schloss Mary zu Nells Verwunderung. „Denn trotz seiner Über-Macht neigt er durch den Einfluss des Mondes zur Melancholie und hat somit eine ernste Veranlagung. Er ist also hin und her gerissen und erwartet von seiner Partnerin eine Art von Erlösungsakt, der ihm aus seinem inneren Konflikt hilft."

Nachdenklich faltete Nell den Brief wieder zusammen und legte ihn dann auf ihr eigenes Horoskop in der Tiefe der Schublade. Dann hängte sie ihr Kleid säuberlich auf.

Wenn sie nicht so unglücklich gewesen wäre, hätte sie jetzt gelächelt. Es fiel einem schwer, sich Marguerite in der Rolle einer Erlöserin vorzustellen.

Aber was ging sie das alles jetzt noch an?

Am nächsten Morgen wusste Nell nicht, wie sie sich verhalten sollte, wenn sie Tyler begegnete. Marguerite war in der vergangenen Nacht an ihrer Zimmertür gewesen. Offenbar wollte sie mit ihr sprechen. Aber Nell hatte so getan, als schliefe sie bereits. Sie hätte Geschichten über den wundervollen Abend mit Tyler nicht ertragen können.

Am meisten bedauerte sie, dass Tyler gemerkt haben musste, wie sehr er sie verletzt hatte. Sie hätte sich niemals so weit gehen lassen dürfen. Es wäre besser gewesen, mit Darren zu tanzen, sich nach Kräften zu amüsieren und Tyler die kalte Schulter zu zeigen.

Als Nell die Treppe hinunterkam, entdeckte sie Tyler im Esszimmer. Damit hatte sie nach diesem Abend nun wirklich nicht gerechnet.

„Ich möchte mit dir sprechen", begann er leise.

„Ich wüsste nicht, worüber", erwiderte sie kühl und setzte sich.

„Über den vergangenen Abend", erinnerte er sie ungeduldig. „Das, was ich über dein Kleid gesagt habe, war nicht so gemeint. Du sahst wirklich gut aus."

„Danke. Gestern Abend hätte mir das eine Menge bedeutet."

„Ich konnte es einfach nicht ertragen, dich mit McAnders zusammen zu sehen", gestand er verlegen.

Nell glaubte ihren Ohren nicht zu trauen. „Mich mit Darren zusammen zu sehen?"

„Mitanzusehen, wie du dich ihm an den Hals wirfst", erklärte er. „Das war es doch, oder? Deshalb hast du ein Kleid angezogen und dich hübsch gemacht. Ich hoffe, ihm hat es gefallen."

Nell beherrschte sich mühsam. „Um ehrlich zu sein, an diese Möglichkeit hatte ich gar nicht gedacht. Nun, wenigstens er hat mir Komplimente gemacht und angeboten, mir das Tanzen beizubringen."

„Du hast ihm doch nur leidgetan", stieß Tyler unwillig hervor.

„Ich tue doch allen Leuten leid", hielt sie ihm ruhig vor. „Ich weiß, ich bin keine Schönheit. Deiner Meinung nach bin ich ja nur ein dummes kleines Mädchen. Nein, ich bin sogar froh, dass Darren sich meiner angenommen hat. Wenigstens hat er sich nicht über mich lustig gemacht."

„Das war auch nicht meine Absicht."

„Wie würdest du es denn sonst bezeichnen?"

Bella betrat den Raum und beobachtete die beiden erstaunt. Weder Nell noch Tyler nahmen Notiz von ihr.

„Ich habe nicht die richtigen Worte gefunden."

„Verdammt, bei anderen findest du sie aber." Nell warf ihre Gabel auf den Tisch.

„Nell?", stieß Bella verdutzt hervor.

„Wenn du so darüber denkst, können wir das Ganze ebenso gut vergessen", entgegnete Tyler gekränkt.

„Einverstanden. Warum kümmerst du dich nicht wieder um deine Arbeit?"

„Willst du mir denn nicht zuhören?"

„Das habe ich einmal getan", wies Nell ihn empört zurecht. „Du hast mir gesagt, ich könnte mein Kleid wegwerfen. Ich kleines Dummerchen nähme ja alles viel zu ernst."

„Bitte nicht", stöhnte Tyler.

„Und dass die Abstinenz von Frauen daran schuld sei, wenn Männer so viel versprächen. Nun, das war doch deutlich genug, oder? Jetzt verlasse bitte mein Esszimmer. Meine Eier werden kalt."

Tyler schien langsam die Geduld zu verlieren. „Schluss jetzt. Würdest du mir bitte zuhören?"

„Ich werde mich hüten. Und meine Eier werde ich auch nicht mehr essen. Hier, du kannst sie haben." Mit diesen Worten nahm sie den Teller, warf ihm die Eier an den Kopf und verließ den Raum.

Fassungslos stand Tyler da. Sein Gesicht, sein Hemd und seine Jeans waren mit Eigelb bekleckert.

„Möchtest du etwas Schinken dazu?", versuchte Bella zu scherzen.

„Nein, danke", erwiderte Tyler beherrscht. „Ich wüsste wirklich nicht, wohin damit."

Dann wandte er sich um und ging entschlossen hinaus. Bella musste an sich halten, um nicht laut loszulachen. Es freute sie, dass Nell endlich begann, sich gegen ihre Mitmenschen zu behaupten. Offensichtlich wuchs ihr Selbstvertrauen.

Nells Selbstvertrauen wuchs tatsächlich. Sie legte ihre alte Garderobe ab und kaufte sich neue Kleidung. Auch das Haar ließ sie sich schneiden und frisieren. Langsam gewöhnte sie sich daran, Make-up zu tragen. Und von Marguerite lernte sie, sich geschickt unangenehmen Situationen mit den männlichen Gästen zu entziehen, ohne beleidigend zu wirken.

Marguerite wurde auf der Ranch fast zum Dauergast. Jedes Mal, wenn Nell sich umsah, entdeckte sie ihre Schwägerin in der Begleitung von Tyler. Darren wurde immer niedergeschlagener und missmutiger. Er begann Marguerite auszuweichen, sobald er ihrer ansichtig wurde, und sie verhielt sich ihm gegenüber genauso.

Tyler schien von der ganzen Situation nur zu profitieren, denn Marguerite verbrachte umso mehr Zeit mit ihm. Jess und Curt waren begeistert. Sie verehrten Tyler sehr. Doch auch Darren stieg in der Achtung der beiden Jungen. Sie waren brennend an den Geschichten über den Wilden Westen interessiert, die Darren noch von seinem Großvater erzählt bekommen hatte.

In der Zwischenzeit wurde Tyler Nell gegenüber immer unnahbarer. Er schien förmlich durch sie hindurchzusehen, wenn sie ihn anschaute. Andererseits betrachtete er sie sehnsüchtig, sobald er sich unbeobachtet glaubte. Nur Bella fiel dies auf, aber sie schwieg. Sie hielt es für besser, sich nicht einzumischen. Die beiden mussten allein den Weg zueinander finden.

8. KAPITEL

Der Viehtrieb ging zu Ende, und die Kälber erzielten auf der Auktion einen weitaus besseren Preis als erwartet. Onkel Gerald war natürlich begeistert. Er überhäufte Nell mit Komplimenten und lobte sie auch wegen des guten Vormanns.

Nell gelang es, beim Telefonat mit ihrem Onkel dieses heikle Thema zu umgehen. Kaum hatte sie den Hörer aufgelegt, klingelte das Telefon erneut. Sie nahm ab. Am anderen Ende erklang eine ihr unbekannte Frauenstimme: „Hier ist Shelby Jacobs Ballenger. Ich hatte gehofft, meinen Bruder sprechen zu können."

Nell setzte sich. „Er ist in die Stadt gefahren, um ein paar Besorgungen zu machen." Dabei fiel ihr ein, mit welcher Zuneigung Tyler immer von seiner Schwester Shelby sprach. „Er wird spätestens in einer Stunde wieder zurück sein. Soll er Sie dann zurückrufen?"

„Wie dumm", seufzte Shelby. „Justin und ich werden heute noch nach Jacobsville zurückfliegen. Wir sind wegen einer Geschäftsreise in Tucson. Schade." Sie lachte traurig. „Wissen Sie, Tyler hat sich Sorgen meinetwegen gemacht. Ich wollte, dass er mit eigenen Augen sieht, wie glücklich ich jetzt bin."

„Warum kommen Sie nicht her?", bot Nell spontan an. „Die Ranch liegt nur zwanzig Minuten von Tucson entfernt. Haben Sie ein Auto?"

„Ja, Justin hat einen Wagen für dieses Treffen gemietet. Wäre es Ihnen denn recht? Würde es Ihnen wirklich nichts ausmachen?"

„Sie sind willkommen", erklärte Nell lächelnd. „Tyler hat uns so viel von Ihnen erzählt, dass wir das Gefühl haben, Sie bereits zu kennen. Bella kann einen Kuchen ..."

„Bitte machen Sie sich keine Umstände."

„Das sind keine Umstände. Kommen Sie nur." Dann beschrieb sie Shelby den Weg zur Ranch und fragte sich, warum sie das tat. So schlecht wie Tyler sie behandelte, hatte er diese kleine Überraschung nicht verdient.

„Tylers Schwester kommt?", wiederholte Bella lächelnd. „Ich werde einen Schokoladenkuchen backen. Und du räumst im Wohnzimmer auf."

„Das Wohnzimmer ist bereits aufgeräumt."

„Gut, dann decke den Tisch und achte darauf, dass das Silber ordentlich poliert ist."

Nell stöhnte auf. „Sag mal, was soll das? Du tust ja so, als ob wir hier mit dem Familiensilber Eindruck machen müssten."

„Es war eine gute Idee, Tylers Schwester einzuladen", erinnerte Bella sie und lächelte. „Das wird eine nette Überraschung für Tyler. Ich dachte schon, ihr hättet euch nichts mehr zu sagen. So, wie du ihm das Rührei an den Kopf geworfen und ihn angeschrien hast ..."

„Ich kümmere mich um das Silber", unterbrach Nell sie und verließ schnell die Küche.

Kaum eine halbe Stunde später bog eine Limousine in die Auffahrt, und zwei Personen stiegen aus. Nell erkannte Shelby Jacobs Ballenger sofort, sie sah ihrem Bruder sehr ähnlich. Sie war eine schlanke, große junge Frau, die mit dem modischen französischen Haarschnitt und dem grünen Seidenkleid sehr elegant wirkte. Der Mann an ihrer Seite machte einen eher strengen und ernsten Eindruck.

Nell war ein wenig verlegen. Sie versuchte es sich nicht anmerken zu lassen, als sie zur Tür ging, um die beiden zu begrüßen.

„Sie müssen Nell sein", sagte Shelby und umarmte sie herzlich. „Es ist nett, Sie kennenzulernen. Ich bin Shelby, und das ist Justin." Sie blickte liebevoll zu dem großen Mann an ihrer Seite auf.

Er erwiderte ihr Lächeln und sah Nell an. „Nett, Ihre Bekanntschaft zu machen."

Nell war froh, noch schnell ein dezentes Make-up aufgelegt zu haben. Sie führte die beiden ins Wohnzimmer. Danach kam Bella und servierte frisch aufgebrühten Kaffee und ihren Schokoladenkuchen.

„Mein Lieblingskuchen", stellte Justin mit einem Lächeln fest, das Bellas Herz sofort gewann, und auch Nell erkannte, was für ein warmherziger Mensch Justin sein musste.

Sie schenkte Kaffee ein, und Justin lehnte sich bequem in der gemütlichen alten Ledercouch zurück. „Wie gefällt es Tyler denn hier?", erkundigte er sich.

„Er kommt mit den Männern großartig zurecht", erklärte Nell ausweichend. Justins forschender Blick verunsicherte sie.

Shelby musterte sie mit der gleichen Eindringlichkeit. Dann lächelte sie entschuldigend. „Wissen Sie", begann Shelby, „Sie entsprechen überhaupt nicht der Beschreibung, die Tyler uns auf unserer

Hochzeit von Ihnen gegeben hat."

„Soll das ein Kompliment sein?", fragte Nell neugierig.

„Wenn ihr darauf antwortet, spreche ich nie wieder mit euch", mischte Tyler sich von der Tür her ein.

„Tyler!" Shelby sprang auf und lief ihm entgegen. Tyler schloss seine Schwester in die Arme, hob sie hoch und küsste sie überschwänglich. Dabei lächelte er, wie Nell es noch nie bei ihm erlebt hatte. Sie senkte den Kopf. So würde er sie sicher nie anlächeln.

„Wie schön, dich wiederzusehen", sagte Justin und stand auf, um Tyler die Hand zu geben.

Shelby trat dicht an die Seite ihres Mannes. Diese schlichte Geste sagte Tyler deutlicher als Worte, wie es um das Paar stand. Ihm war, als würde ihm eine Last von der Seele genommen.

„Wir meinten, wir sollten dich anrufen, bevor wir Tucson wieder verlassen", sprudelte Shelby munter hervor. „Aber Nell hat uns eingeladen, damit wir uns vor dem Rückflug nach Texas noch einmal sehen können."

„Nett von ihr, nicht wahr?", warf Justin ein.

„Nett", stimmte Tyler seinem Schwager kurz zu.

„Überschlage dich nur nicht mit deinem Dankeschön für mich", bemerkte Nell kühl. „Ich hätte das für jeden getan."

Über den Rand der Kaffeetasse hinweg schaute Tyler sie an. „Das glaube ich dir unbesehen, du weichherziges kleines Wesen."

Bei seinen Worten versteifte Nell sich. „Warum müssen Männer immer alles so sarkastisch sagen?"

„Männer können anscheinend überhaupt nie etwas richtig machen", bemerkte Tyler.

„Doch. Wenn sie eine Frau haben, die ihnen sagt, wo's lang geht", erwiderte Nell bockig.

„Lass mich dir eins sagen, Nell: Niemals im Leben werde ich mir von einer Frau etwas sagen lassen. Außerdem …" Abrupt brach Tyler ab und räusperte sich verlegen. „Nun, was ist in Jacobsville Neues passiert?", wechselte er hastig das Gesprächsthema.

Shelby beugte sich lächelnd über ihre Kaffeetasse und warf ihrem Mann einen amüsierten Blick zu. Sie erkannten sofort, was hier vor sich ging, und gewannen langsam den Eindruck, dass Tyler gerade noch rechtzeitig eine Partnerin gefunden hatte, die ihm ebenbürtig war.

Shelby und Justin blieben noch eine Stunde. Sie hatten für Tyler ein paar interessante Neuigkeiten aus seiner Heimatstadt. Abby hatte Justins Bruder geheiratet und war zu verspäteten Flitterwochen nach Europa aufgebrochen. Ein Nachbar hatte Geronimo gekauft, Tylers Lieblingspferd.

„Nun, ich kann froh sein, dass er zu Harrison gekommen ist", bemerkte Tyler verbittert. „Er war ein schönes Tier."

„Harrison wird sich gut um ihn kümmern", beschwichtigte Shelby ihn. „Ich werde schon dafür sorgen." Aufmunternd lächelte sie ihrem Bruder zu. „Denk nicht so viel über früher nach, bitte. Wir könnten an der Vergangenheit doch nichts mehr ändern."

Justin befürchtete, dass es bei diesem Thema unweigerlich zu einer Auseinandersetzung zwischen den Geschwistern kommen musste. „Ich hasse es zwar, mich einzumischen", bemerkte er mit einem Blick auf seine goldene Armbanduhr. „Aber wir müssen uns langsam auf den Weg machen, Darling."

Shelby ergriff seine Hand. Dann umarmte sie Tyler liebevoll und auch Nell. „Vielen Dank für die Einladung, Nell. Tyler, melde dich doch ab und zu mal, damit wir wissen, wie es dir geht."

Amüsiert lächelte Tyler seine Schwester an. „Ich werde mein Bestes tun. Pass gut auf sie auf, Justin."

Zusammen mit Tyler begleitete Nell die beiden zur Haustür. Es dämmerte bereits, und der Mond stand schon am Himmel. Ein Stückchen entfernt standen die hell erleuchteten Gästebungalows. Ein paar Gitarrenklänge drangen von dort zu ihnen herüber.

Nell schlang die Arme um sich. Ihr fröstelte. Oder war es Tylers Gegenwart, die sie nervös machte? Sie drehte sich um und wollte ins Haus gehen.

Da ergriff Tyler ihre Hand. „Bitte bleib noch einen Augenblick. Lass uns einen Spaziergang machen, Nell", sagte er ruhig und bog mit ihr in den Pfad ein, der zur Koppel führte.

Nell wusste, dass sie nicht mitgehen sollte. Es würde nur wieder zum Streit zwischen ihnen kommen. Aber diese Nacht war wie gemacht für einen romantischen Spaziergang. Der Duft der Wiesenblumen hing in der Luft. Am Himmel leuchteten die Sterne. Außer dem Geräusch ihrer Schritte war nichts zu hören.

Es war merklich kühler geworden, und unwillkürlich trat Nell dichter an Tyler heran. Deutlich spürte sie seine Bitterkeit, sodass sie ihren eigenen Groll mit einem Mal vergaß. Tyler brauchte jetzt jemanden, mit dem er sprechen konnte.

Tyler ging zum Koppelzaun und ließ ihre Hand los, um sich eine Zigarette anzuzünden. Schweigend genossen sie die nächtliche Stille.

„Ich mag deine Schwester“, bemerkte Nell schließlich leise.

„Sie bedeutet mir ungeheuer viel. Schon als Kinder waren wir unzertrennlich. Wir hatten ja auch nur uns. Nach dem Tod unserer Mutter wurde das Zusammenleben mit unserem Vater wirklich nicht leicht.“

„Kennen sich Shelby und Justin eigentlich schon lange?“, erkundigte sich Nell neugierig.

„Schon sehr lange.“ Er nahm einen tiefen Zug von seiner Zigarette. „Vor sechs Jahren waren die beiden schon einmal verlobt gewesen. Doch Shelby löste diese Verlobung wieder. Ich bin mir ziemlich sicher, dass mein Vater etwas damit zu tun hatte. Justin war nicht sehr vermögend, und mein Vater hatte für Shelby bereits einen reichen jungen Mann ausgesucht, den sie aber nicht mochte. Wahrscheinlich wollte Vater die Ranch dadurch retten.“

Aufmerksam blickte Nell ihn an.

„Als wir dann alles verloren, hat Justin Shelby sehr geholfen“, fuhr Tyler fort. „Er unterstützte sie dabei, sich auf eigene Füße zu stellen. Aber ich glaube, von Liebe war zwischen den beiden keine Rede mehr. Als ich dann von den Heiratsabsichten erfuhr, konnte ich mir zuerst keinen Reim darauf machen. Noch auf der Hochzeit wirkte Shelby nicht sehr glücklich.“ Er sah Nell fragend an. „Aber ich glaube, sie haben diese Schwierigkeiten überwunden. Hast du gesehen, wie sie sich anschauten?“

Nell lehnte sich gegen den Zaun. „Ja. Die beiden scheinen wirklich sehr glücklich zu sein.“

„Und sie haben auch Glück gehabt. Nur wenigen Menschen wird im Leben zweimal die gleiche Chance geboten.“

Nell hob den Kopf. „Wenn das auf mich gemünzt sein soll, nur weil ich dir seit dem Abend …“

„Ich war eifersüchtig, Nell“, gestand Tyler und lächelte, als er ihren überraschten Gesichtsausdruck bemerkte. „Ich habe gesehen, wie du und McAnders euch an der Koppel umarmt habt. Deshalb dachte ich, du hättest dich nur für ihn so schön gemacht. Aber du hast ja auch nicht zugehört, als ich mich bei dir entschuldigen wollte."

„Du warst meinetwegen eifersüchtig?" Nell lachte bitter auf. „Und das soll ich dir glauben? Ich bin doch nur ein Nichts, naiv, schüchtern ..."

„Wann hörst du endlich mit diesen Minderwertigkeitskomplexen auf? Kannst du dir denn gar nicht vorstellen, dass ein Mann dich um deiner selbst willen lieben könnte?"

„Niemand hat sich je für mich interessiert", entgegnete sie kühl. „Ich bin vierundzwanzig und werde als alte Jungfer sterben."

„Das glaube ich nicht", widersprach Tyler. „Dazu bist du zu temperamentvoll und leidenschaftlich."

Nell errötete. „Bitte erinnere mich nicht daran", fuhr sie ihn verärgert an. „Ich war ... ich war nicht Herr meiner Sinne. Außerdem bist du viel zu erfahren für mich. Das ist alles."

„Ach, erfahren", bemerkte er leise. „So viele Frauen hat es in meinem Leben nun auch nicht gegeben. Du hattest auch nicht deine Beherrschung verloren, sondern sehntest dich nach ein bisschen Liebe und Zuwendung."

„Vielen Dank!"

„Willst du mir nicht endlich zuhören?", verlangte er ungehalten. „Du gibst mir nie die Gelegenheit, etwas zu sagen, sondern bewirfst mich mit Eiern und läufst wütend davon."

„Ich hatte schließlich das Recht dazu. Nach allem, was du zu mir gesagt hast", wies sie ihn aufgebracht zurecht.

„Vielleicht", stimmte er zu. „Aber du hättest wenigstens meine Entschuldigung anhören können."

„Lass doch diese fadenscheinigen Ausreden", erwiderte Nell ungerührt. „Du warst eifersüchtig, weil Darren mit Marguerite geflirtet hat."

Unwillkürlich musste Tyler lächeln. „Du hast ja eine blühende Fantasie."

„So? Es bleibt ja niemandem verborgen, dass sie ganz verrückt nach dir ist. Und die Jungen mögen ..."

„Was redest du denn da?", unterbrach er sie verdutzt.

„Niemand kann dir einen Vorwurf daraus machen, dass du sie attraktiv findest", fuhr Nell fort. „Schließlich hast du alles verloren und brauchst einen Menschen, der dich liebt."

„Wie wahr." Tyler nahm einen tiefen Zug von seiner Zigarette. Unverwandt blickte er Nell an. „Möchtest du eigentlich, dass ich glücklich bin?"

„Das wünsche ich mir von ganzem Herzen", entgegnete sie leise. „Es ist nur ..."

„Rede doch weiter."

„Ich ..."

„Du hast einfach viel zu wenig Selbstvertrauen. Schade, Nell. Warum nur?"

„Man hat mir einmal sehr wehgetan", gestand Nell verlegen.

„Das passiert den meisten."

„Aber nicht so wie mir." Nell verschränkte die Arme vor der Brust. „Als ich fünfzehn war, verliebte ich mich in einen der Cowboys. Ich bin ihm regelrecht nachgelaufen. Aber er liebte eine andere Frau." Sie lachte bitter auf. „Damals glaubte ich noch, eine solche Beziehung würde nur aus sehnsüchtigem Lächeln und verstohlenem Händehalten bestehen. Es war mir nie in den Sinn gekommen, dass Menschen, die sich lieben, miteinander ins Bett gehen."

„McAnders", bemerkte Tyler nachdenklich.

„Ja. Er liebte Marguerite, nicht mich. Aber ich habe es erst gemerkt, als er versuchte, mir Gewalt anzutun. Zum Glück war Bella in der Nähe und hat das Schlimmste verhindert. Seitdem kann ich mir und niemandem vertrauen."

„Aber ein faules Ei verdirbt doch nicht den ganzen Karton", versuchte Tyler zu scherzen.

„Das mag stimmen, nur – wie findet man das schlechte Ei zur rechten Zeit?" Nell schüttelte den Kopf. „Ich hatte wirklich keine Lust, es noch einmal zu versuchen."

„Bis ich aufgetaucht bin."

Sie errötete. „Ich habe dir doch gesagt, dass ich nur versucht habe, dir das Leben hier angenehm zu machen."

„Wie stehst du jetzt zur Darren?", erkundigte sich Tyler. „Hast du dich wieder in ihn verliebt?"

Unruhig trat Nell von einem Fuß auf den anderen. „Nein."

Tylers Miene hellte sich auf. „Warum nicht?"

Nell schluckte. „Er interessiert mich einfach nicht."

Tyler schöpfte neue Hoffnung. Es konnte also sein, dass sie ihn liebte, jedoch Angst hatte, es ihm zu zeigen. Wenn das der Fall war, wollte er sie das Selbstbewusstsein lehren, offen zu ihren Gefühlen zu stehen.

Tyler trat dicht an Nell heran und berührte sanft ihr Haar. „Aber ich habe doch einmal einen gewissen Reiz auf dich ausgeübt", sagte er leise, und sein warmer Atem streifte ihr Gesicht. „Wenn McAnders nicht zurückgekommen wäre, hätte ich dich vielleicht erobern können. Vielleicht hatten wir nur nicht genug Zeit, um uns näher kennenzulernen."

Nells Herz begann schneller zu schlagen. Zögernd legte sie die Hände auf seine Brust, als hätte sie Angst, er würde sie wegstoßen. Stattdessen ergriff Tyler ihre Hände und drückte sie zärtlich an sich.

„Aber das willst du ja gar nicht mehr. Dein Verhältnis zu Marguerite ist niemandem verborgen geblieben."

„Und du bist überzeugt, dass ich bis über beide Ohren in sie verliebt bin?"

„Etwa nicht?"

„Das musst du selbst herausfinden", wich er aus. „Sonst wirst du nie dein Selbstbewusstsein zurückgewinnen."

„Das verstehe ich nicht."

„Ganz einfach, Nell. Wenn du mich willst, musst du zunächst daran glauben, dass ich dich liebe und dich nie verletzen werde. Es kommt der Moment, wo man seinem Instinkt folgen und etwas riskieren muss."

Nell wollte sich ihm entziehen, aber Tyler ließ ihre Hände nicht los. „Du hast damals gesagt, dass du mich begehrst", hielt sie ihm vor. „Doch im gleichen Moment hast du mir einen Vortrag darüber gehalten, dass du jetzt keine Beziehung willst. Außerdem gehöre ich nicht zum Typ Frauen, die dir etwas bedeuten könnten."

„Bist du dir dessen so sicher? Mein ganzes Leben hat sich verändert, Nell", erklärte Tyler. „Ich bin nicht mehr der, der ich einmal war. Ich habe weder Geld noch eine gute Stellung. Alles, was mir geblieben ist, ist mein guter Name. Nur zu leicht hätte der Eindruck entstehen können, ich wäre nur an deinem Geld interessiert."

„Sonst fällt dir wohl nichts anderes ein", bemerkte Nell kopfschüttelnd. „Ich kann mir wahrhaftig nicht vorstellen, dass du nur aus Geldgier mit einer Frau flirtest."

Eindringlich sah Tyler sie an. „So gut kennst du mich also. Und trotzdem hast du Angst vor mir."

„Du willst doch Marguerite", seufzte Nell. „Warum quälst du mich dann mit solchen Fragen?"

„Marguerite flirtet nur mit mir. Du könntest noch viel von ihr lernen", wich Tyler ihr aus. „Warum versuchst du nicht auch, mich zu verführen? Zum Beispiel mit einem raffinierten Kleid."

„Dazu werde ich wohl kaum die Gelegenheit haben, wenn du alle Einkäufe auf das Notwendigste beschränkst", erinnerte sie ihn amüsiert.

Tyler lächelte. „Kaufe dir ruhig neue Kleider. Ich verspreche dir, ich werde nichts dagegen haben."

Während Tyler sprach, legte er die Hände auf ihre Hüften und zog sie ganz langsam zu sich heran. Nell wollte protestieren, aber ihr fehlte die Kraft dazu. Seine Nähe verschlug ihr fast den Atem.

„Nein", bemerkte er weich. „Dieses Mal läufst du mir nicht davon!"

„Ich muss ins Haus zurück", widersprach Nell. Seine vertraute Berührung weckte sehnsüchtige Erinnerungen.

„Hast du Angst, Nell?", fragte Tyler ruhig und zog sie fester an sich. „Wir sind einander schon viel näher gewesen, nicht wahr?" Bei diesen Worten streifte er mit den Lippen über ihre Wange.

Nell barg das Gesicht an seiner Brust. „Ich hätte es niemals zulassen dürfen."

„Dann kam Charlie an die Tür und holte uns unsanft in die Wirklichkeit zurück", fuhr Tyler fort. „Ich wollte nicht auf sein Klopfen hören. Ich wollte dich weiter liebkosen und küssen. Aber es war besser so. Sonst hätte ich noch meine Beherrschung verloren."

„Und das wäre ein Desaster gewesen, nicht wahr?"

„Ich bin gerade in dieser Beziehung etwas altmodisch", gestand Tyler schließlich. „Ich verführe keine unschuldigen Frauen wie dich, Nell."

Nell biss sich auf die Unterlippe. „Ich hatte so viele Zweifel und Skrupel ..."

„Die meisten haben wir doch an jenem Tag beseitigt", erinnerte er sie liebevoll. „Aber deine größte Hemmschwelle ist dein Minderwertigkeitskomplex. Wenn du doch endlich einsähst, dass du schön und begehrenswert bist."

„Ich?"

„Ja, du." Tyler beugte sich über sie und streifte mit den Lippen ihren Mund. „Du bist verständnisvoll", flüsterte er und beugte sich erneut über sie. „Du sorgst dich um alles, du bist intelligent, du bist zärtlich, du fühlst dich wunderbar an …"

Er verschloss ihren Mund mit den Lippen. Dieser Kuss war fordernder, ging tiefer, als Nell bisher erlebt hatte, und machte ihr Angst. Sie wollte sich ihm entziehen, aber Tyler hielt sie entschlossen fest.

„Wehr dich nicht", bat er rau. „Entspanne dich, Nell, und erwidere meinen Kuss. Ich werde ganz behutsam sein."

Seine Worte beruhigten sie etwas. Sie schmiegte sich dichter an ihn und überließ sich ihrem aufsteigenden Verlangen.

Aber was ist mit Marguerite? dachte Nell. Wie kann er mich so halten, wenn er eine andere will? Doch sie brachte es nicht über sich, zu fragen und den Zauber zu zerstören.

Nell fühlte, wie er mit den Händen fester ihre Hüften umschloss und an seinen Körper presste. Sie wehrte sich nicht. Stattdessen schlang sie die Arme um seinen Hals und erwiderte seinen drängenden Kuss. Leise stöhnte sie.

Tyler hob sofort den Kopf. „Komm mit zu mir. Wir setzen uns vor den Kamin und schmusen ein bisschen."

Unsicher blickte Nell ihn an. „Es ist aber nicht ganz ungefährlich."

„Ich muss dich einfach spüren, Nell", flüsterte Tyler und nahm sie auf die Arme. Dann drehte er sich um und trug sie den Weg zurück zu seiner Veranda.

Nell schlang die Arme um seinen Nacken und barg das Gesicht an seinem Hals. „Ich werde … ich werde aber nicht mit dir schlafen", stammelte sie verlegen. Sie konnte nicht vergessen, dass sie schon einmal „Ersatz" gewesen war.

„Das würde ich auch nicht von dir verlangen", versicherte Tyler liebevoll. Erneut küsste er sie voller Verlangen, während er mit einer Hand die Haustür öffnete und Nell ins Wohnzimmer trug. Das Zimmer war vom Mondlicht schwach erleuchtet.

Er setzte sich in den großen Lehnstuhl, ohne den Kuss nur einen Moment zu unterbrechen. Jetzt gab es kein Zurück mehr. Und er gab sich auch keine Mühe, sein Verlangen zu verbergen. Geschickt öffnete er ihre Bluse, schob den Stoff zur Seite. Dann fanden seine Lippen ihre Brüste und verweilten aufreizend auf den Brustspitzen. Nell erschauerte und bog sich ihm entgegen.

„Du bist so wundervoll, Nell", stöhnte Tyler, während er sie mit den Lippen streichelte.

Sehnsüchtig suchte Nell nach seinem Mund. „Oh, bitte", seufzte sie, als er den Kopf hob. „Tyler, bitte ..."

Ruhig barg Tyler sie in den Armen, während er langsam sein Hemd aufknöpfte und Nell an seine nackte Brust drückte. Als ihre Brustspitzen seine behaarte Brust berührten, seufzte Nell erregt auf.

Dann fanden sich ihre Lippen wieder zu einem leidenschaftlichen Kuss. Ihr leises, sehnsüchtiges Aufstöhnen, das Aufbäumen ihres Körpers ließen Tyler auch die letzten Zweifel vergessen. Wie sehr begehrte er diese Frau. Zärtlich strich er mit den Händen über ihre bloße Haut und fühlte, wie sich ihre Brustspitzen aufrichteten.

„Tyler, ich habe ein so seltsames Gefühl", flüsterte Nell. „Es schmerzt und ängstigt ..."

„Das ist die Sehnsucht, die uns zueinander treibt", erwiderte Tyler leise und strich über ihr Gesicht. „Hab keine Angst davor. Ich habe dasselbe Gefühl, aber ich werde dich nicht lieben, wenn du es nicht auch willst. Ich werde dich zu nichts zwingen. Das habe ich dir doch versprochen."

„Es muss doch für dich viel schlimmer sein ..."

„Ich genieße meine Sehnsucht", erklärte er rau und streifte mit den Lippen über ihre Wangen und ihren Hals. „Ich bereue es nicht. Du etwa?"

„Nein." Sie kuschelte sich tiefer in seine Arme. „Am liebsten würde ich die ganze Nacht über bei dir bleiben."

„Das wäre sehr schön. Aber wir dürfen es nicht."

„Ich könnte nur einfach neben dir einschlafen", bemerkte Nell schläfrig.

„Natürlich könntest du das in aller Unschuld versuchen." Er küsste sie hart auf den Mund. „Nur weißt du genauso gut wie ich, dass wir übereinander herfallen würden, sobald wir zusammen im Bett liegen. Wir sind doch jetzt schon ganz verrückt nacheinander, obwohl ich dich noch kaum berührt habe."

Nell löste sich ein wenig von ihm. „Das nennst du kaum berühren?"

„Wenn ich das mit dem vergleiche, was ich sonst mit dir anstellen würde."

Nell runzelte die Stirn.

Er lachte leise auf. „Soll ich es dir erzählen?"

„Das würdest du nicht wagen."

Tyler flüsterte es ihr leise ins Ohr, während seine Hände langsam über ihren Körper glitten und jeden Nerv in ihr zum Zittern brachten.

„Noch nicht einmal im Traum ...", stotterte Nell und verbarg ihr Gesicht an seiner Brust.

„Du solltest es wissen", erwiderte Tyler liebevoll. „Du musst doch vorbereitet sein auf das, was irgendwann einmal zwischen uns geschehen wird. Der Zwischenfall mit Darren war etwas ganz anderes. Körperliche Liebe ist ein Ausdruck für das, was zwei Menschen füreinander empfinden und weit über alle Worte hinausgeht. Es gibt dabei nichts Peinliches oder Furchterregendes."

„Bei dir würde ich bestimmt keine Angst haben", entgegnete Nell zärtlich. Sanft strich sie über sein Gesicht und zeichnete seine Gesichtszüge nach. „Tyler ... ich könnte dich wirklich lieben", gestand sie leise.

„Wirklich?" Er beugte sich über sie und streifte mit unendlicher Zärtlichkeit über ihre Lippen. „Wenn du mich willst, Nell, musst du es mir zeigen."

„Das ist nicht fair", wehrte sie ab.

„Doch", beharrte Tyler. „Nach deinem Erlebnis mit Darren ist es für dich wichtig, dass du dein Selbstvertrauen wiedergewinnst. Natürlich könnte ich dich zu einer Entscheidung zwingen oder dazu verführen, aber das würde dir nichts nützen. Du musst sie allein treffen."

Unsicher blickte Nell ihn an. „Du hast doch gesagt, dass du keine engere Beziehung möchtest."

Tyler schaute sie eindringlich an. „Dann überzeuge mich davon", forderte er sie ernst auf. „Flirte mit mir. Versuch, mich zu verführen. Sei endlich die Frau, die du sein könntest, so schön und stolz."

„Ich bin keine Schönheit", widersprach Nell schwach.

Tyler streifte mit der Hand langsam ihre Brüste. „Im Gegenteil", stellte er ruhig fest. „Du bist wunderschön."

„Tyler, bitte ...“

„Komm her“, unterbrach er sie leise. Langsam erhob er sich und zog sie mit sich. Er streckte die Hand aus und suchte nach dem Lichtschalter.

„Nein!“, protestierte Nell, aber es war bereits zu spät.

Warmes Licht durchflutete das Wohnzimmer. Tyler ergriff hastig ihre Hände, bevor sie sich bedecken konnte. Voller Bewunderung musterte er ihren schönen Busen. „Damit werde ich mich eine Weile begnügen müssen“, stieß er dann rau hervor.

Unwillkürlich öffnete Nell den Mund. Sie spürte, wie sich ihre Brustspitzen erneut aufrichteten. Tyler konnte das nicht verborgen bleiben.

„Es erregt dich, nicht wahr?“, stellte er zufrieden fest. „Du brauchst dich nicht zu schämen, du hast mich doch auch schon nackt gesehen ... Aber du solltest dich jetzt anziehen, Nell. Ich sehne mich sehr nach dir und bin längst nicht so gefasst, wie du glaubst.“

Schweigend sah Nell ihn an. Wie gern hätte sie sich jetzt wieder an ihn geschmiegt. Doch sie wusste, was dann geschehen würde. Seufzend blickte sie sich nach ihrer Bluse und ihrem BH um.

Tyler zog sein Hemd an, knöpfte es zu und steckte sich eine Zigarette an. „Wir dürfen so etwas nicht öfter machen“, sagte er. „Es fällt mir von Mal zu Mal schwerer, mich zu beherrschen.“

„Auch ich sehne mich nach dir“, gestand Nell hilflos.

Tyler streckte ihr die Hand entgegen. „Ich sollte dich jetzt besser nach Hause bringen.“

Schweigend gingen sie in der Dunkelheit zum Haupthaus hinüber. Nell schmiegte sich vertrauensvoll an Tyler. Sie war sich sicher, dass es für sie nie einen anderen Mann geben würde. Wenn ich nur wüsste, wie Tyler eigentlich zu mir steht, dachte sie. Die letzten Zweifel waren immer noch nicht ausgeräumt.

Tyler blieb an der Verandatreppe stehen und wandte sich zu ihr um. Sein Gesicht war in dem Lichtschein, der aus einem der Vorderfenster fiel, deutlich zu erkennen.

„Keine Ausreden mehr, Nell“, bat er. „Wenn du mich willst, zeige es mir.“

„Aber Männer mögen es doch nicht, wenn man ihnen nachläuft“, widersprach Nell energisch.

„Probiere es doch einfach aus, bevor du auf die Meinung anderer hörst."

„Und dir wird es auch nichts ausmachen?", fragte Nell unsicher.

Tyler küsste sie zärtlich auf den Mund. „Mir wird es nur recht sein."

„Aber was ist mit Marguerite?", wandte Nell ein.

„Das wirst du selbst herausfinden müssen", erklärte Tyler schlicht. „Du siehst manchmal den Wald vor lauter Bäumen nicht."

„Bitte sag es mir doch."

„Nein. Gute Nacht, Nell."

Unwillkürlich trat Nell auf ihn zu und stellte sich auf die Zehenspitzen. „Würdest du mich noch einmal küssen?"

Tyler küsste sie so leidenschaftlich, dass sie nach Luft schnappte, als er sich von ihr löste.

„Das gefällt mir", bekannte er rau. „Du könntest es ruhig öfter versuchen. So, nun schlaf gut."

„Du auch." Nell sah ihm nach, wie er den Weg wieder zurückging. Er schien tief in Gedanken versunken zu sein. Als sie sich umwandte, um ins Haus zu gehen, hörte sie ihn pfeifen. Es war ein populärer Lovesong.

Nell konnte in dieser Nacht kaum Schlaf finden. Sie schwankte zwischen Glückseligkeit und dem alten Gefühl der Unsicherheit.

Tyler wollte sie nicht verführen, erwartete aber, dass sie zu ihm kam. Er wollte keine Bindung, verlangte aber, dass sie nicht an ihm zweifelte. Außerdem sollte sie mit ihrer Eifersucht auf Marguerite fertig werden …

Ist das nicht ein bisschen viel verlangt, Mr Jacobs? fragte sie sich. Ihr fiel Tylers Geburtshoroskop ein: „Der Mann, der den königlichen Willen hat, in der Liebe zu siegen", hatte Mary Smith geschrieben.

Nell verschränkte die Arme hinter dem Kopf und schloss die Augen. Sie stellte sich Tyler als Löwen mit Löwenmut vor, wie er mit seinem „Harem" in Afrika umherstreifte und ab und zu einen Brüller losließ, um für Ordnung zu sorgen.

Sie lächelte. Es war ein schönes Bild.

Aber in Afrika war ein Rudel von Damen kein Problem für einen einzigen Löwen. Und sie, Nell, war keine Löwin, sondern ein gefühlsbetonter kleiner Fisch, der wegen seines Saturns beim Partner Sicherheit und Schutz suchte. Konnte es da eine Gemeinsamkeit geben?

Und was will ich? fragte sie sich und spürte, wie ihr Herz zu rasen begann.

Sie wollte nur Tyler. Tyler und die Liebe, die er ihr verheißen hatte. Die Sicherheit interessierte sie gar nicht mehr. Also konnte sie ihm sagen, dass sie ihn liebte und wollte.

Wenn der königliche Löwe nur nicht hier in Arizona auch einen Harem hätte …

Im Morgengrauen wusste Nell, dass sie eigentlich nur ein Problem hatte: Marguerite!

9. KAPITEL

Als Nell zum Frühstück hinunterkam, hatte sie gehofft, Tyler im Esszimmer vorzufinden. Aber er war nicht zu sehen.

Bella setzte sich neben sie. „Für unsere neuen Gäste ist es noch zu früh. Da können wir beide endlich mal wieder in Ruhe frühstücken“, bemerkte sie und schenkte Kaffee ein. „Tyler frühstückt in seinem Haus.“

„Das ist doch nichts Ungewöhnliches“, entgegnete Nell. „So hat er es in letzter Zeit doch immer gehalten.“

„Ich hatte den Eindruck, dass er sich hier auch nicht sehr willkommen fühlt“, erklärte Bella. „Schade, dabei ist er ein so netter Kerl. Einen Besseren kannst du dir nicht wünschen.“

„Mich will er gar nicht“, erwiderte Nell kurz und bestrich eine Scheibe Toast mit Butter. „Ich glaube, er will Marguerite.“ Sie sagte das eigentlich mehr, um Bellas Meinung darüber herauszufinden.

Bella nippte an ihrer Tasse Kaffee. „Hat er dir das erzählt?“

„Nein. Aber er hat es auch nicht abgestritten.“

Bella nahm sich etwas von dem Rührei. „Nell, ich hatte damals Unrecht. Ich hätte dich ermutigen sollen, dich ihm gegenüber wie eine junge Frau zu benehmen, statt dich zu kritisieren. Auf den ersten Blick hätte ich erkennen müssen, was für ein Mann er ist.“

„Du hast überhaupt nichts falsch gemacht“, beschwichtigte Nell. „Ich gehöre nicht zu der Art von Frauen, die Tyler braucht. Ich kann ja nicht einmal tanzen.“

„Hör endlich auf, dich selbst schlecht zu machen“, wies Bella sie unwillig zurecht. „Du bist jung und hübsch, wenn du nur einmal aus dir herauskommst. Im Grunde verkörperst du all das, was Tyler braucht. Vergiss nicht, er ist kein reicher Mann mehr. Jetzt braucht er keine verwöhnte, extravagante Frau, sondern eine, die ihm hilft, sich eine neue Existenz aufzubauen.“

„Marguerite kann auch zufassen“, wandte Nell halbherzig ein.

„Das sieht man ja, wenn sie hier ist“, brauste Bella auf. „Sie ist nicht die Richtige. Tyler würde bereits nach einer Woche mit den Nerven am Ende sein. Und das weißt du.“

„Marguerite ist wunderschön und charmant.“

„Ein Mann wie Tyler will kein Dekorationsstück, das nur mit sich selbst beschäftigt ist, sondern eine Frau aus Fleisch und Blut."

„Und ich bin aus Fleisch und Blut, meinst du?"

„Du kannst zupacken, bist eine gute Köchin und ein Freund, der zuhören kann. Du bist wirklich ein Schatz", schloss Bella. „Wenigstens hast du schon mal einen Anfang gemacht. Endlich trägst du Kleider und Jeans, die deine gute Figur unterstreichen, und hast diesen fürchterlichen Schlapphut weggeworfen. Woher kommt diese erfreuliche Wandlung?"

„Ich habe eingesehen, dass ich den Vorfall mit Darren schlimmer gemacht habe, als er eigentlich war. Damals wusste ich nicht, wie ein Mann fühlt, wenn er eine Frau begehrt."

Überrascht schaute Bella sie an. „Ach, und jetzt weißt du es?"

Nell wurde über und über rot. Hastig griff sie nach ihrer Tasse und verschüttete den Kaffee.

„Warum denn so nervös?", lästerte Bella belustigt.

„Ach, hör auf", schimpfte Nell und stand auf. „Ich bin nicht nervös." Damit drehte sie sich um, stolperte über einen Stuhl und fiel auf die Knie.

In dem Moment trat Tyler ins Zimmer und half Nell aufstehen.

„Sie ist nicht nervös", erklärte Bella laut lachend und ging in die Küche.

„Hattest du Probleme?", erkundigte er sich amüsiert.

„Ich habe gerade nach einer Kontaktlinse gesucht", erklärte sie hastig.

„Du trägst doch keine Kontaktlinsen."

Sie räusperte sich. „Das heißt noch lange nicht, dass ich nicht nach einer suchen kann, wenn ich es möchte."

Tyler lächelte. „Natürlich."

Nervös strich sie sich das zerzauste Haar aus dem Gesicht. „Was kann ich für dich tun?"

„Du könntest mich heute beim Camping begleiten", schlug er vor. „Charlie hat keine Zeit. Er muss sich um die beiden neuen Stuten kümmern und will nicht über Nacht wegbleiben. Deshalb habe ich ihm angeboten, dass wir beide mit den Gästen ausreiten."

Verdutzt sah Nell ihn an. „Du und nicht Darren?"

„Ja, hast du etwas dagegen?"

Nell strahlte ihn an. Warum sollte sie ihm nicht zeigen, wie sehr sie sich darüber freute? „Nein, natürlich nicht. Darren ist ein guter Freund geworden. Aber ich bin viel lieber mit dir zusammen.“

Tyler fand sie in ihrer hilflosen Verlegenheit noch reizender. „Ich möchte auch gern mit dir zusammen sein“, gestand er leise.

Nell war selten so glücklich gewesen, und die Zeit bis zum Nachmittag erschien ihr wie eine Ewigkeit. Endlich waren Schlafsäcke, Kochutensilien und Lebensmittel zusammengepackt, und die Gruppe konnte sich auf den Weg machen. Die Double Ranch war eine der wenigen, die ihren Gästen solch abenteuerliche Campings anbot. Es meldeten sich immer nur wenige ganz Mutige, die eine Übernachtung nach Cowboyart ausprobieren wollten.

Diesmal nahmen sechs Personen – drei Ehepaare – teil. Vier von ihnen konnten bereits sehr gut reiten und hatten auch keine Angst vor Schlangen, Kojoten oder anderem Getier.

Es war ein wunderschöner Nachmittag. Klar zeichneten sich die zerklüfteten Höhen der Berge gegen den blauen Horizont und die weiten trockenen Grasflächen ab. Nell ritt mit Tyler an der Spitze der kleinen Gruppe. Immer wieder blickte sie sich um, um sicherzugehen, dass niemand zurückblieb.

„Die halten doch gut durch“, stellte Tyler fest, während er sich eine Zigarette anzündete. „Warum bist du so unruhig?“

„Zwei von unseren Gästen haben noch kaum auf einem Pferd gesessen“, wandte Nell ein.

„Die Callaways?“ Tyler grinste. Er meinte das frisch verheiratete, nicht mehr ganz junge Paar. „Du hast ihnen gezeigt, wie man sich auf einem Pferd halten muss. Du brauchst dir ihretwegen keine Sorgen zu machen.“

Sie ritten über eine Stunde in die Wildnis hinein und machten dann kehrt. Ungefähr eine Meile vor der Ranch hielten sie und begannen das Nachtlager aufzuschlagen.

Mrs Callaway, eine kleine lustige Frau mit blondem Haar, wollte zu schnell von ihrem Pferd absteigen. Dabei verfing sich ihre Bluse am Sattelknopf. Die Frau hing nun einen halben Meter über dem Wüstenboden, und ihr Pferd trat unruhig hin und her.

Tyler war augenblicklich an Mrs Callaways Seite. Nell beruhigte das Pferd und löste die Bluse vom Sattelknopf. „Ist Ihnen etwas passiert, Mrs Callaway?", erkundigte sie sich besorgt.

„Es war nur halb so schlimm", wehrte diese lächelnd ab. „Das ist eine lustige Urlaubsgeschichte für zu Hause."

Nell atmete erleichtert auf. Doch der Vorfall mit Mrs Callaway war erst der Anfang. Ihr Mann wollte Tyler und den anderen helfen, Holz fürs Feuer zu sammeln. Dabei scheuchte er eine Klapperschlange auf.

Er stieß einen lauten Schrei aus, der Mrs Donnegan so erschreckte, dass sie sich in einen Kaktus setzte und ebenfalls zu schreien begann. Nachdem Tyler die Klapperschlange getötet und Nell Mrs Donnegan von ihren Stacheln befreit hatte, konnten sie endlich mit den Vorbereitungen für das Abendessen anfangen. Tyler hatte ein Lagerfeuer angezündet, röstete Hotdogs, Schaschlikspieße und Weißbrot und brühte starken Kaffee auf.

„Ich mag aber keinen Kaffee", beschwerte sich Mrs Harris. Sie war die Einzige in der Gruppe, die an allem etwas auszusetzen hatte. Sie war eine typische Städterin, die sich nur für die Ferien entschieden hatte, weil ihr Mann sie dazu gedrängt hatte. Sie hasste die Wüste, die Kakteen, die Hitze, die Einsamkeit – einfach alles. „Ich möchte lieber Saft."

„Kein Problem", beschwichtigte ihr Mann sie. „Wir werden zur Ranch reiten und Saft holen."

„Reiten?", wiederholte Mrs Harris empört. „Mir schmerzen Stellen an meinem Körper, von denen ich gar nicht wusste, dass sie existieren."

„Dann wirst du auch Kaffee trinken können, nicht wahr, Darling?", besänftigte ihr Mann sie.

Mrs Harris verzog zwar schmollend das Gesicht, verlor aber kein weiteres Wort darüber. Die Callaways saßen dicht zusammen und unterhielten sich angeregt mit den anderen Gästen.

Nell genoss diesen Ausritt in die Wüste. Besonders schön wurde es, als Tyler den Gästen einiges über die Geschichte Arizonas zu erzählen begann. Nell hatte nicht geahnt, dass er so viel darüber wusste. Einige Dinge waren sogar ihr unbekannt. Tyler erzählte von Orten wie Cochise Stronghold, wo der berühmte Apachenhäuptling Cochise begraben sein sollte. Der Freund des Häuptlings, Tom Jeffords, war der einzige Weiße, der die genaue Grabstelle kannte. Die Apachen hatten das Grab ihres Häuptlings durch Pferdehufe einebnen lassen, die letzten Spuren mit Zweigen verwischt und auf diese Weise das Grab unkenntlich gemacht.

Tyler wusste auch vom berühmten Copper Queen Hotel in Bisbee zu berichten, wo man französischen Champagner trank und sich von berühmten Künstlern unterhalten ließ. Bisbee war nur ein kleines Nest, in dem sich die damals so berüchtigte Kupfermine Lavender Pit befand.

Weiter südlich lag Douglas an der Grenze zu Mexiko. Pancho Villa, der mexikanische Revolutionsgeneral, hatte die Stadt überfallen, und ein Hotel trug noch die Hufabdrücke seines Pferdes auf der Empfangstreppe.

„Sie wissen aber eine Menge über dieses Land, Mr Jacobs", stellte Mrs Callaway bewundernd fest. „Kommen Sie von hier?"

„Nein. Ich stamme aus Texas." Tyler lächelte. „Aus der Nähe von Houston. Ich bin dort in einem kleinen Ort namens Jacobsville aufgewachsen. Die Kleinstadt ist einst von meinen Vorfahren gegründet worden."

„Mir gefällt Texas sehr", mischte sich Mrs Callaway ein. „Ich glaube, es gibt dort Kakteen, Mesquiten und Beifuß …"

„Nein, im Gegenteil. Bei uns findet man Magnolien und Eichen", erklärte Tyler. „So wie Sie es sich vorstellen, sieht es mehr in West-Texas aus."

Mrs Callaway errötete. „Mit meinen Kenntnissen in Geografie ist es nicht sehr weit her."

Tyler lachte auf. „Deswegen brauchen Sie sich doch nicht zu genieren. Die wenigsten Menschen wissen, wie viele verschiedene Landschaften es in Texas gibt. Man findet dort vom herrlichen Sandstrand bis zur Wüste, vom Hochgebirge bis zur Ebene eigentlich alles."

„Ich habe gehört, dass man von Sonnenaufgang bis Sonnenuntergang fahren kann, ohne den Bundesstaat Texas zu verlassen."

„Das ist fast richtig", stimmte er ihr zu.

„Werden Sie eines Tages wieder dorthin zurückkehren?", erkundigte sich Mrs Callaway.

„Vielleicht, vielleicht auch nicht", wich Tyler aus und warf Nell ein Lächeln zu.

Ein unbeschreibliches Glücksgefühl überkam sie. „Möchte jemand noch etwas essen?", fragte sie deshalb hastig, um die Aufmerksamkeit von sich abzulenken.

Nach dem Essen bereiteten sie das Nachtlager vor. Eine leichte Brise ließ die Flammen des Lagerfeuers hin und wieder aufflackern. Es war merklich kühler geworden. Doch sie hatten die Feriengäste gut auf den nächtlichen Temperatursturz vorbereitet. Niemand musste frieren.

Mit einem schüchternen Blick auf Tyler, der seinen Sattel als Kopfkissen benutzte, legte Nell ihren Schlafsack neben ihn.

„Hast du es auch bequem?", fragte Tyler leise, nachdem sie sich hingelegt hatte, und drehte sich zu ihr um.

„Ja." Nachdenklich sah Nell ihn an. „Vermisst du Texas eigentlich sehr, Tyler?"

„Zuerst hatte ich schon Heimweh", gestand er. „Aber diese Wüste hat etwas an sich, das einem ins Blut geht. Natürlich vermisse ich Texas, Nell. Doch ich könnte mir inzwischen auch vorstellen, hier zu leben." Aufmunternd lächelte er sie an.

Nell wollte es genauer wissen, fand jedoch nicht die richtigen Worte. „Mit Marguerite?", platzte sie heraus.

Verwundert hob er die Augenbraue. „Habe ich Marguerites Namen erwähnt?"

„Nein, aber ..."

„Ich habe dir doch gesagt, Nell, dass du all das ganz allein herausfinden musst. Ich werde dir auch jetzt nicht sagen, was ich für Marguerite oder dich empfinde."

„Aber warum denn nicht?", beharrte sie ungeduldig.

„Weil du noch einiges mehr über Vertrauen lernen musst, Darling", erwiderte er. „Da ist immer noch etwas in dir, das mir ausweicht und vor mir zurückscheut. Ich werde dich nicht beeinflussen, weder in dieser noch in jener Richtung." Er lachte leise. „Möchtest du nicht ein bisschen näherkommen?"

Nur zu gern kam Nell seiner Bitte nach und bettete den Kopf auf seinem Arm.

„Das ist schon viel besser", bemerkte Tyler leise, beugte sich über sie und streifte mit den Lippen ihren Mund. „War das nicht auch deine Absicht?"

„Aber nein", wehrte sie scheinheilig ab und sah ihm lächelnd in die Augen.

Er zog sie dichter zu sich heran. Sein Sattel schützte sie vor den

Blicken der Feriengäste. Langsam beugte er sich über Nell und küsste sie heftig auf den Mund. „Ich begehre dich, Nell."

Nell begehrte ihn auch. Unwillkürlich drängte sie sich an ihn und erwiderte leidenschaftlich seinen Kuss.

„Nein", protestierte Tyler atemlos. „Ich darf nicht den Kopf verlieren. Wir sind nicht allein."

„Was wäre, wenn?" Aufreizend schlang Nell die Arme um seinen Nacken.

„Ach, Nell", stöhnte Tyler hilflos. Ein Schauer durchlief seinen Körper.

Er hob den Kopf und schaute zum Lagerfeuer hinüber. Es war fast abgebrannt. Die Feriengäste waren in ihre Schlafsäcke gekrochen und lagen in einem Halbkreis ums Feuer. Nell und er befanden sich ein wenig abseits. Niemand konnte sie sehen.

Wieder fasste Tyler das unwiderstehliche Verlangen, Nell zu lieben. Er seufzte tief auf.

Nell entging nicht, was in ihm vorging. Sie überwand all ihre Scheu. Schließlich war Tyler der Mann, den sie von ganzem Herzen liebte. Sie wollte es jetzt, sie wollte alles von ihm. „Was ist denn?", fragte sie leise.

Tyler blickte auf sie hinunter. Sein Puls begann schneller zu schlagen. Langsam streichelte er über den Kleidern ihre Brüste. „Das ist total verrückt", murmelte er. „Das ist wirklich der ungeeignetste Ort, um …"

„Berühre mich", flüsterte Nell atemlos.

Fassungslos sah Tyler sie an. „Nell, kannst du dir vorstellen, woran ich gerade denke?" Er lachte heiser und begann langsam ihre Feldjacke und ihr Hemd aufzuknöpfen.

„Ja, das kann ich", erwiderte sie. „Du hast es mir selbst erzählt, weißt du noch? Und du hast keine Einzelheit ausgelassen."

„Ich habe in der folgenden Nacht sogar davon geträumt. Wir beide vergaßen die ganze Welt um uns. Es war wie ein Feuerwerk." Dabei ließ Tyler seine Finger unter ihr Hemd gleiten. Überrascht hielt er inne.

Nell trug nichts darunter. „Damit hast du nicht gerechnet, nicht wahr? Das habe ich zum ersten Mal gemacht."

Ein unbeschreibliches Glücksgefühl und Verlangen erfasste Tyler.

Doch er beherrschte sich und streichelte sie nur zärtlich, bis er ihre Brustspitzen fand. „Lieg still, Darling, und gib keinen Laut von dir", bat er und schob ihr Hemd zur Seite.

Nell musste sich fest auf die Unterlippe beißen, um nicht aufzustöhnen, als sein Mund ihre Brustspitzen liebkoste. Sie glühte vor Leidenschaft. Nichts auf der Welt zählte mehr, nur dieser Augenblick in Tylers Armen.

Doch plötzlich richtete Tyler sich auf, knöpfte mit unsicheren Händen ihre Kleider zu und stand auf.

Verwirrt und völlig aufgelöst vor Verlangen blieb Nell liegen und sah ihm nach, wie er zum Lagerfeuer ging.

Tyler hatte ihr den Rücken zugewandt, während er Holz für das Lagerfeuer aufschichtete. Dann starrte er lange in die Flammen und schien nachzudenken. Als er wieder zu seinem Schlafsack zurückkehrte, hatte Nell sich ein bisschen entspannt. Doch sobald er neben ihr lag, stieg erneut die Sehnsucht in ihr auf.

„Tyler", flüsterte sie fragend.

„Es ist schon vorbei", beruhigte er sie. „Verzeih, Darling, aber es ist unmöglich – aus verschiedenen Gründen."

Nell ergriff seine Hand und drückte sie. „Du hast ja recht. Aber ich mag es, wenn du mich so berührst. Es macht mich noch nicht einmal verlegen, es dir ganz offen einzugestehen."

Tyler erwiderte ihren Händedruck. „Dann kann ich dir ja auch sagen, dass du mit dem Feuer spielst." Aufmerksam blickte er sie an. „Eines Tages werde ich mich nicht mehr zurückhalten können. Was dann?"

Nell lächelte. „Ich weiß es nicht."

„Du solltest besser darüber nachdenken", erwiderte Tyler. „Allmählich entgleitet uns die ganze Angelegenheit. Entweder gehen wir uns von jetzt an aus dem Weg, oder wir müssen die Konsequenzen riskieren."

Sie sah auf seine Brust, die sich immer noch schwer hob und senkte. „Ich … ich möchte dich nicht verlieren", sagte sie ehrlich.

Zärtlich küsste Tyler ihre Hand. „Das wird dir auch kaum gelingen. Hast du dich ein bisschen beruhigt?"

„Es geht."

„Wenigstens kannst du jetzt verstehen, warum ich mich eben so verhalten habe", überlegte er laut.

„Ja." Sie schmiegte sich dicht an ihn. „Was sollen wir jetzt tun?"

„Was wirst du jetzt tun", verbesserte Tyler sie. „Der nächste Schritt liegt bei dir."

„Und was willst du?"

„Dich."

„Nur meinen Körper?"

„Nein, alles von dir."

Nell holte tief Luft. „Für wie lange?"

„Nell, ich habe dir schon gesagt, dass es in der Liebe keine Garantie gibt. Das ist dir hoffentlich klar. Vielleicht ist es auch bei dir nur Verliebtheit oder die erste sexuelle Erfahrung, die dich zu mir hinzieht."

Prüfend sah sie ihn. „Glaubst du das wirklich?"

„Nicht eigentlich. Aber warum sagst du mir nicht, was du für mich empfindest?"

Nell zögerte. Das war es! Warum konnte sie ihm nicht einfach sagen: Ich liebe dich, Tyler? Wie viele Menschen missbrauchten das Wort „Liebe" täglich, selbst als Anpreisung für eine neue Schokoladensorte. Sie hatte es als Fünfzehnjährige bedenkenlos ausgesprochen, als sie hinter Darren hergelaufen war. Und Darren hatte sie damit in jener Nacht zu erpressen versucht. „Wenn du mich liebst, dann ..."

Es war Tyler durch sein zärtliches Verständnis gelungen, ihr die Angst vor der Begegnung mit einem Mann zu nehmen – so sehr, dass sie sich mit jeder Faser ihres Körpers nach ihm sehnte. Aber dabei kam jetzt die Furcht und Unfähigkeit zum Vorschein, sich seelisch hinzugeben und auszuliefern. Ihr Misstrauen war nur Selbstschutz gewesen.

Nell seufzte, weil sie wusste, dass sie die Worte noch nicht aussprechen konnte, auf die Tyler wartete.

Er schien es zu spüren. „Ich merke, dass ich heute Nacht keine Antwort mehr von dir bekomme, mein Kleines. Dann lass uns schlafen. Es ist schon spät."

„Du hast recht", erwiderte Nell erleichtert und kuschelte sich tief in seine Armbeuge. „Gute Nacht, Tyler."

Er bettete ihren von Locken umrahmten Kopf auf seiner Brust. „Gute Nacht, Darling." Dann hörte sie ihn leise lachen. „Jetzt kannst du jedenfalls nicht ableugnen, einmal mit mir geschlafen zu haben, Nell.“

Nell erwachte im Morgengrauen. Der aromatische Geruch von frisch aufgebrühtem Kaffee und gebratenem Spiegelei drang zu ihr herüber.

Tyler war dabei, für die Gruppe das Frühstück zuzubereiten. Einige der Gäste halfen ihm. Alle genossen die frühmorgendliche Stille in der Wüste und das unbeschreibliche Farbenspiel des Sonnenaufgangs.

„So etwas Schönes habe ich noch nie gesehen“, seufzte Mrs Callaway und schmiegte sich an ihren Ehemann.

„Wie eine lebende Kunstgalerie“, stimmte Tyler zu. „Jede Minute des Tages bietet ein anderes Bild.“ Er warf Nell einen Blick zu, als wollte er sagen: „Wie du, Darling“.

Kurze Zeit später, als alle Schlafsäcke wieder aufgerollt waren, machten sie sich auf den Rückweg. Auf der Ranch angekommen, half Nell Tyler beim Absatteln und brachte die Pferde in den Stall.

„So schön war noch kein Camping“, gestand Nell und lachte fröhlich auf.

„Das habe ich auch gerade gedacht.“ Er lehnte sich gegen die Stalltür und sah Nell an. „Komm her“, sagte er leise.

Sie zögerte nicht eine Sekunde und trat dicht zu ihm. Erwartungsvoll hob sie den Kopf.

„Ich möchte jetzt eine Antwort von dir“, begann Tyler ernst. „Ich möchte wissen, was du für mich empfindest. Ich muss wissen, woran ich bin.“

„Ja, ich weiß. Aber …“ Sie wich seinem Blick aus.

„Nun nimm doch deinen Mut zusammen, Nell.“

Nell zögerte einen Moment und öffnete schon die Lippen, um zu sprechen, ihm ihre Liebe zu gestehen – da ertönte eine nur allzu vertraute Stimme. Marguerites Stimme. Die hatte ihr gerade noch gefehlt!

„Tyler, Darling, hier bist du! Die Jungen und ich sind schon gestern Abend gekommen. Wir werden das ganze Wochenende über bleiben. Ist das nicht herrlich?“

Nell konnte sich gerade noch von Tyler lösen, als Marguerite lachend in den Stall stürzte und Tyler umarmte. „Ach, Tyler, wie schön, dich wiederzusehen. Ich bin so glücklich! Hast du es ihr schon erzählt?“ Marguerite strahlte über das ganze Gesicht und hatte nur Augen für Tyler.

„Nein, das hat er noch nicht“, bemerkte Nell kalt und wandte sich ab. „Aber das ist auch nicht mehr nötig. Ich kann schließlich zwei und zwei zusammenzählen. Bis später. Ich will jetzt duschen und mich umziehen.“

„Nell“, rief Tyler ihr nach, doch sie hatte den Stall bereits verlassen.

Wie betäubt ging Nell zum Wohnhaus hinüber. Sie konnte kaum fassen, was Marguerite angedeutet hatte. Wie konnte Tyler sie so küssen, obwohl er mit Marguerite Geheimnisse hatte? Eine unbeschreibliche Wut stieg in Nell auf.

Sie war wieder einmal viel zu vertrauensselig gewesen! Aber diesmal war sie keine Fünfzehnjährige mehr, und niemand sollte ihr ihre Verzweiflung anmerken.

10. KAPITEL

Warum siehst du denn so unzufrieden aus?", fragte Bella. „War das Camping nicht schön?"

„Doch, doch. Es war ganz nett."

„Gib mir den Mixer." Bella war gerade dabei, einen Kuchen zu backen. „Diese Mrs Norman hat sich schon wieder wegen des Essens beschwert. Sie ist genauso schwierig wie Mrs Harris, aber die hat wenigstens ihren Mann dabei. Mrs Norman ist allein, und ihr gefällt hier überhaupt nichts. Unsere Freizeitangebote, die Reitstunden, alles ist ihr zu einseitig."

Entgeistert schaute Nell Bella an. „Was hast du ihr darauf geantwortet? Die Leute kommen doch vor allem zum Reiten hierher."

„Sie hat noch viel mehr von mir zu hören bekommen." Bella schaute sie betreten an. „Mrs Norman packt bereits die Koffer. Dabei hat sie mir gedroht, unsere Ferienranch niemandem weiterzuempfehlen. Außerdem vermisst sie hier ihre Tennisstunden."

„Damit sollte sie sich an Tyler wenden", entgegnete Nell. „Er hat den Tennislehrer entlassen, weil zu wenige Gäste dieses Angebot wahrgenommen haben."

„Bist du mir jetzt böse?", fragte Bella.

„Dir? Wenn jemand sich über deine Kochkünste beschwert, hat er auf der Ranch nichts zu suchen."

Bella lächelte. „Das tut mir gut. Aber wenn du willst, werde ich mich bei ihr entschuldigen."

„Nein, Mrs Norman kann meinetwegen abreisen", erwiderte Nell und ging zur Tür. „Ich werde ihr sogar das Geld zurückerstatten."

„Tyler wird das nicht gefallen", rief Bella ihr nach.

„Tyler kann mir gestohlen bleiben."

„Das ist es also", bemerkte Bella kaum hörbar, während Nell die Küche verließ.

Mrs Norman hatte ihre Koffer gepackt. Aufgebracht rauschte sie aus ihrem Blockhaus. „Ich reise ab", erklärte sie Nell, die wartend vor der Tür stand. „Rufen Sie mir bitte ein Taxi und lassen Sie mein Gepäck holen."

„Mit Vergnügen", entgegnete Nell höflich. „Wenn Sie noch einmal ins Büro kämen, würde ich Ihnen das Geld zurückerstatten."

Misstrauisch sah Mrs Norman sie an. „Warum?“

„Ihnen gefällt es hier doch nicht. Es gibt also keinen Grund, warum Sie dafür bezahlen sollten.“

„Das wird nicht nötig sein. Geld ist für mich kein Problem.“ Sie senkte den Kopf, und dann brach es plötzlich aus ihr heraus: „Ich bin gegen Pferde allergisch, und der Staub, die Hitze ersticken mich fast. Alle Freunde meines Mannes verbringen ihre freie Zeit auf Ferienranches. Er hat mich nur hierhergeschickt, weil er mich nicht nach Europa mitnehmen wollte.“ Sie schluchzte. „Im Grunde ist es ... Das Zimmer ist so leer. Ich fühle mich so einsam.“

Nell schloss sie in die Arme und sprach tröstend auf sie ein.

„Eigentlich gibt es nichts am Essen auszusetzen“, stieß Mrs Norman hervor. „Im Gegenteil, es ist köstlich. Die anderen Gäste sind auch sehr nett, aber es sind alles Ehepaare. Mein Mann hat mich nur aus Geschäftsinteresse geheiratet. Er hat sich nie um unsere Ehe gekümmert.“ Sie ließ ihren Tränen freien Lauf.

„Sie sollten sich einmal überlegen, ob Sie nicht mit Ihrem Mann darüber sprechen können“, schlug Nell vor und musste unwillkürlich lächeln. Ausgerechnet sie gab dieser unglücklichen Frau Ratschläge. „Ihr Mann könnte doch auch geglaubt haben, dass Sie ihn nicht auf dieser Reise begleiten wollten.“

Mrs Norman richtete sich auf und trocknete ihre Tränen. „Es tut mir leid, ich war eben noch nie auf einer Ferienranch.“ Sie lächelte unsicher. „In Wirklichkeit hat er mich ja gefragt, ob ich mitkommen will. Aber wir hatten uns ganz furchtbar gestritten. Dabei liebe ich ihn doch.“ Nachdenklich hielt sie inne. „Könnte ich ein Telefongespräch nach Europa führen? Natürlich auf meine Rechnung.“

„Selbstverständlich. Vielleicht unterbricht Ihr Mann ja seine Reise.“

Mrs Norman sah plötzlich zehn Jahre jünger aus. „Ich werde sofort telefonieren.“ Sie ging wieder in ihr Zimmer zurück. In der Tür drehte sie sich noch einmal zu Nell um. „Vielen Dank.“

Nell konnte kaum fassen, was soeben geschehen war. Sie fühlte sich ein wenig erleichtert. Wie leicht schien es doch, Missverständnisse aus dem Weg zu räumen! Sie seufzte.

In diesem Augenblick bog Tyler um die Hausecke. „Was suchst du denn hier?“, fragte er ungehalten.

„Nichts Besonderes." Nell vergrub die Hände in den Taschen ihrer Jeans und betrachtete Tyler ruhig. „Du siehst nicht gerade erfreut aus."

„Ach, wirklich? Warum bist du vorhin aus dem Stall gelaufen?"

Nell zog die Augenbrauen hoch. „Drei sind einer zu viel."

„Du glaubst also ernsthaft, dass ich ganz darauf versessen bin, Marguerite zu verführen?"

„Das meine ich nicht gerade. Aber sie hat auf dich gewartet, um dir eine freudige Mitteilung zu machen."

„Ja. Sie hatte ein paar interessante Neuigkeiten. Doch du wolltest ja nichts davon hören", fuhr Tyler resigniert fort. „Und du verdienst auch nicht sie zu erfahren, wenn du dauernd grundlos falsche Schlüsse ziehst."

„Ich habe in der Vergangenheit eigene Erfahrungen gemacht und ziehe in Zukunft auch meine eigenen Schlüsse."

„Ich weiß alles über diesen Vorfall", winkte Tyler ab. „Die letzten Einzelheiten habe ich von Marguerite erfahren. Aber ich dachte, wir hätten alle Missverständnisse zwischen uns ausgeräumt. Na ja, ich hätte es besser wissen müssen."

„Du machst es dir sehr einfach", erwiderte Nell empört.

„Nein." Tyler seufzte. „Ich habe alles getan, was in meiner Macht stand. Ich werde dir nicht nachlaufen. Wenn du willst, dass sich etwas zwischen uns ändert, musst du den ersten Schritt machen."

Ohne noch ein weiteres Wort zu verlieren, ließ er Nell stehen. Fassungslos sah sie ihm nach.

Später am Nachmittag reiste Mrs Norman ab. Ihr Ehemann hatte versprochen, zurückzukommen und mit ihr in Vermont die Ferien zu verbringen. Nell brachte sie zum Flughafen nach Tucson. Mrs Norman umarmte sie noch einmal voller Dankbarkeit, bevor sie ins Flugzeug stieg.

Wenigstens ist hier einer glücklich, dachte Nell traurig.

Das ganze Wochenende benahm sich Marguerite sehr zurückhaltend und tat so, als wäre nichts geschehen. Sie verbrachte fast die ganze Zeit mit den Männern und mit Tyler. Auch um ihre beiden Jungen kümmerte sie sich, ging aber Nell zielstrebig aus dem Weg.

Nell dagegen suchte verzweifelt nach einer Möglichkeit, sich mit ihrer Schwägerin auszusprechen, bekam aber keine Gelegenheit dazu. Nell wurde immer missmutiger und war so sehr mit ihren eigenen Problemen beschäftigt, dass ihr das wichtigste Ereignis entgangen war.

An dem Abend nämlich, als Nell und Tyler auf dem Camping gewesen waren, hatte es zwischen Marguerite und Darren eine Aussprache gegeben. Darren hatte schließlich allen Mut zusammengenommen und Marguerite einfach geküsst und sie durch seine Entschlossenheit endlich für sich erobert. Vorläufig durfte niemand davon erfahren, außer Tyler. Er sollte erst Gelegenheit haben, mit Nell ins Reine zu kommen. Aber die beiden schienen in eine Sackgasse geraten zu sein.

Die Nächte wurden allmählich länger, und Nell wurde immer reizbarer. Bevor Tyler auf die Ranch gekommen war, hatte sie nicht geahnt, wie launisch sie sein konnte.

In Tyler brodelte es ebenfalls. Seine Zuversicht sank. Nell schien ihm jetzt noch unnahbarer als früher. Er konnte das Gefühl nicht loswerden, dass sie sich jeden Tag mehr von ihm entfernte.

Manchmal dachte er an Texas zurück und an seine Freundin Abby Clark, an ihr erstes Rendezvous und an den ersten Tanz mit ihr. Aber wie anders war es dagegen, Nell in den Armen zu halten, sie zärtlich zu küssen und ihre Erwiderung zu spüren. Tyler liebte sie, aber das Problem war nur, dass er sie von der Aufrichtigkeit seiner Liebe überzeugen musste. Und das war keine leichte Aufgabe.

Eines Tages beobachtete Tyler, wie Nell mit McAnders von einem Ausritt zurückkam, und ärgerte sich wieder darüber, dass sie ausgerechnet mit Darren so oft zusammen war.

Darren begrüßte Tyler mit einem fröhlichen Grinsen und führte die Pferde in den Stall.

Tyler beachtete ihn nicht. Sein Blick galt nur Nell.

Nell sah ihn auf sich zukommen. Seine große Gestalt, sein geschmeidiger Gang faszinierten sie immer wieder. Sie kannte die Entschlusskraft, die Stärke und auch die Zärtlichkeit, die er mit seinem Körper ausdrücken konnte. Sie seufzte und dachte, wie schön es doch gewesen war, in seinen Armen zu liegen. Aber das gehörte der Vergangenheit an.

Tyler trug ein curryfarbenes Hemd, das seinen von der Sonne gebräunten Teint und seine grünen Augen betonte.

„Hat es Spaß gemacht?“, erkundigte er sich sarkastisch. Seine schlechte Laune war ihm deutlich anzumerken.

Nell gefiel sein Ton nicht. „Nein, nicht besonders“, erwiderte sie knapp. „Ich hasse es, eine Ferienranch zu leiten. Jedes Mal mache ich mir Sorgen, dass einem der Gäste etwas zustößt. Wenn ich noch ein Wort darüber höre, wie fürchterlich heiß und staubig die Wüste ist, fange ich an zu schreien.“

„Ich habe dich nur gefragt, ob dir der Ausritt Spaß gemacht hat. Ich wollte keinen Vortrag über Arizona hören.“

„Warum gehst du nicht nach Texas zurück?“, platzte Nell heraus.

„Ach, mir gefällt es hier“, erklärte er ironisch. „Vor allem die Klapperschlangen können einem wirklich ans Herz wachsen.“

Sie verzog das Gesicht. „Provoziere mich nicht“, warnte sie ihn.

„Du hast ja wirklich eine miserable Laune. Du solltest deine Worte zügeln“, wies Tyler sie zurecht.

„Ich werde meinem Onkel berichten, wie du die Ranch langsam ruinierst“, drohte sie.

„Der wird dir ja doch nicht zuhören“, winkte Tyler lächelnd ab. „Er ist viel zu sehr damit beschäftigt, die Gewinne zusammenzurechnen, die wir seit Kurzem erwirtschaftet haben.“

Nell schnaubte verächtlich. „Ja, gib nur mir die Schuld, dass die Ranch vorher nicht gut gelaufen ist.“

„Den Gefallen tue ich dir nicht, Darling.“

„Nenn mich nicht Darling!“

„Wie wäre es mit Biest?“

Nell versuchte ihn gegen das Schienbein zu treten, doch Tyler war schneller. Er nahm sie auf die Arme und trug sie zur Koppel, dorthin, wo die Pferdetränke stand.

Nell wehrte sich mit Händen und Füßen. Als sie ahnte, was er im Schilde führte, klammerte sie sich fest an ihn.

„Das würdest du nicht wagen!“, fuhr sie ihn empört an.

Tyler lächelte. „Aber natürlich.“

Sie klammerte sich noch fester an ihn. „Ich werde dich mitreißen.“

„Nichts als leere Versprechungen“, wehrte Tyler ab und beugte sich über sie. Seine Lippen berührten fast ihren Mund. „Willst du das wirklich?“

Seine plötzliche Nähe ließ Nells Herz schneller schlagen. Deutlich konnte sie seinen Duft nach Rasierwasser und Leder wahrnehmen. Sie fühlte seine starken Arme um sich und wünschte sich in diesem Moment nichts sehnlicher, als von ihm geküsst zu werden.

„Will ich was?“, stieß sie atemlos hervor. Langsam strich sie über seinen Nacken.

„Reize mich nicht“, flüsterte Tyler. „Wenn ich dich jetzt küsse, werden es alle sehen.“

„Ich will dich nicht reizen.“

Tyler verzog das Gesicht. „Nein? Dann sag mir, was ich für Marguerite empfinde.“

Nell fühlte sich unsanft in die Realität zurückversetzt. „Ich weiß es nicht“, wich sie aus. „Außerdem geht es mich nichts an.“

„Es geht dich nichts an? Dann mach endlich die Augen auf. Du bist ja blinder als eine Fledermaus.“

Plötzlich beugte er sich über sie und küsste sie hart auf den Mund. Nell war viel zu überrascht, um sich zu wehren.

Diesen Moment der Überraschung nutzte Tyler aus und warf sie in die Pferdetränke.

Nell konnte später nicht sagen, wie sie sich unter dem Gelächter der Männer aus der Pferdetränke aufgerappelt hatte und ins Haus bis in ihr Badezimmer gekommen war.

Sie duschte und zog sich trockene Kleidung an. Danach ging sie wieder ins Büro hinunter und wählte ungeduldig die Nummer ihres Onkels. Es reichte. Tylers Gegenwart war einfach unerträglich.

„Hallo?“, erklang die tiefe ruhige Stimme ihres Onkels am anderen Ende der Leitung.

„Hallo. Ich will die Ranch nicht mehr“, platzte sie ohne Umschweife heraus. „Es ist mir vollkommen gleichgültig, was ich dabei verliere. Aber ich halte es keinen Tag länger hier aus – mit deinem Vormann!“

Onkel Gerald glaubte seinen Ohren nicht zu trauen. Seine ruhige, verschlossene Nichte verlor die Beherrschung! Und der Anlass dazu war ein Mann! Gerald Regan wäre am liebsten vor Freude aufgesprungen. Es war also doch eine gute Idee gewesen, Tyler Jacobs auf die Double R Ranch zu schicken.

„Langsam, langsam“, beschwichtigte er sie. „Du kannst doch nicht aus einer Laune heraus einfach alles hinschmeißen, Nell. Nein, du wirst auf der Ranch bleiben und dich mit Tyler einigen!“

„Das kann ich nicht“, schrie Nell. „Versteh doch. Ich werde dir alles überschreiben …“

„Nein“, unterbrach er sie barsch und legte auf.

Fassungslos starrte Nell auf das Telefon. Das war ja ungeheuerlich! Wütend warf sie den Hörer auf die Gabel und schimpfte laut vor sich hin. „Ich hasse dich. Du bist ein alter Egoist. Du hast noch lange nicht das Recht, über das Leben anderer Menschen zu bestimmen.“

Curt und Jess, Nells Neffen, standen in der Tür zum Wohnzimmer und starrten verwirrt auf ihre Tante, die Selbstgespräche führte. Dann winkten sie ihre Mutter herbei.

„Ich will ihn hier nicht“, wetterte Nell weiter. „Warum steckst du deine Nase in meine Angelegenheiten? Es ist meine Ranch. Mein Vater hat sie mir und meinem Bruder Ted überlassen. Er wollte nie, dass deine Entscheidungen wie der Schatten der Guillotine über mir hängen.“

„Was ist eine Guillotine?“, flüsterte Jess seiner Mutter zu.

„Pst. Eine Salbe gegen Rheumatismus.“

„Entweder schickst du ihn nach Texas zurück, oder ich gehe nach Texas. Er kann dann ja die Ranch übernehmen. Ich hasse ihn, und dich und Marguerite und …“

„Irgendetwas muss dir heute Morgen nicht gut bekommen sein, Nell“, bemerkte Marguerite kopfschüttelnd.

Nell fuhr herum und starrte die drei entsetzt an.

„Tante Nell, warum sprichst du mit dem Telefon?“, wollte Curt wissen.

„Ich habe gerade mit deinem Großonkel telefoniert“, antwortete Nell verlegen.

„Wäre die Verbindung nicht besser, wenn du in den Hörer sprechen würdest?“, warf Marguerite amüsiert ein.

Wütend blitzte Nell sie an. „Ich habe dir ja noch gar nicht gratuliert. Bestimmt werde ich dir zu einer passenden Gelegenheit noch das richtige Geschenk schicken.“

„Wie nett von dir, Nell.“ Marguerite seufzte verträumt. „Er sieht unverschämt gut aus, findest du nicht auch? Ich kann kaum glauben, dass er mich liebt.“

„Wir lieben ihn auch“, stimmten die beiden Jungen mit ein. „Und wir können dann hier leben …“

Das war mehr, als Nell ertragen konnte. Sie stieß einen lauten Schrei aus. Im selben Moment erschrak sie über ihre Unbeherrschtheit. So weit war es also mit ihr schon gekommen!

„Ich liebe auch dich", fuhr Marguerite fort und wollte Nell umarmen. „Wir werden eine große glückliche Familie sein."

„Das werden wir nicht", brauste Nell auf und begann zu weinen. „Ich gehe. Und zwar sofort."

„Wohin willst du denn?", erkundigte sich Marguerite ungerührt.

„Das weiß ich nicht. Es spielt aber auch keine Rolle", schluchzte Nell. „Ach, Marguerite. Wie konntest du nur!"

„So, Jungs, ihr geht jetzt nach draußen und sucht eine Eidechse, um mich zu erschrecken", wies Marguerite ihre Söhne an und scheuchte sie durch die Haustür.

„Ich werde gehen", stieß Nell mit tränenerstickter Stimme hervor.

„Aber vorher hörst du mir zu", verlangte Marguerite entschieden. „Nun beruhige dich doch. So. Und jetzt sage mir, was du für Tyler empfindest."

Nell versuchte der Frage auszuweichen, doch Marguerite ließ nicht locker. „Ich ... ich liebe ihn", gestand sie schließlich leise.

Marguerite lächelte erleichtert. „Wirklich? Aber du glaubst, dass er zu der Sorte von Männern gehört, die mit einer Frau flirten und gleichzeitig einer anderen den Kopf verdrehen?"

Nell suchte nach einem Taschentuch. „Nein, das glaube ich eigentlich nicht", gab sie zögernd zu. „In gewissen Dingen ist er recht altmodisch."

„Langsam kommst du wieder zu Verstand. Und weiter?"

Nell trocknete sich die Tränen ab. „Wenn er dich heiraten wollte, hätte er es mir selbst erzählt und nicht zugelassen, dass ich es zufällig erfahre."

„Ja. Und weiter?"

Nell holte tief Luft. „Er würde nie mit einer Frau spielen, wenn er es nicht ernst meinte."

„Und du warst dabei, dich bei Onkel Gerald zu beschweren und wegzulaufen."

Nell holte tief Luft. „Ich bin ja so dumm gewesen. Aber ich hatte Angst, Marguerite."

„Wir alle haben Angst. Eine Beziehung einzugehen ist nicht einfach, selbst wenn man sich liebt.“ Lächelnd trat sie auf Nell zu. „Ich werde Darren heiraten. Willst du meine Brautjungfer sein?“

Nell lachte erleichtert auf. „Ach, Marguerite, natürlich will ich das.“ Überschwänglich umarmte sie ihre Schwägerin. „Mir tun all die Dinge, die ich dir gesagt habe, sehr leid. Ich war so eifersüchtig auf dich und so unglücklich. Aber nun werde ich endlich vernünftig sein.“

„Das glaube ich dir sogar. Willst du jetzt nicht einen Spaziergang machen? Vielleicht zu den Kälberpferchen?“

„Wie bitte?“ Verständnislos runzelte Nell die Stirn.

„Vielleicht findest du dort jemanden … dunkelhaarig und sehr attraktiv. Na, begreifst du endlich?“ Marguerite lächelte.

„Ich bin schon auf dem Weg. Kannst du mir noch ein Kleid leihen? Etwas ganz Weibliches und Hübsches?“

Marguerite amüsierte sich köstlich. „Natürlich. Los, komm mit.“

Nell entschloss sich für ein zartgrünes Kleid mit weitem schwingenden Rock, einem runden Ausschnitt, der ihren schönen Hals betonte, und Puffärmeln. Dann bürstete sie sich ihr langes Haar und trug etwas Make-up auf.

Sie lächelte bei dem Gedanken, den ersten Schritt auf Tyler zuzumachen, lief die Treppe hinunter und durch die Haustür zu den Kälberpferchen. Der Weg dorthin schien ihr plötzlich unendlich weit. Als sie schließlich anlangte, war sie ganz außer Atem.

Nach dem Viehtreiben waren die Pferche jetzt leer. Tyler lehnte an einem der Zäune und rauchte eine Zigarette. Er hatte den Hut so weit in die Stirn geschoben, dass Nell kaum seine Augen sehen konnte.

„Hallo“, grüßte sie nervös.

Tyler musterte sie erstaunt, bevor er sich wieder umwandte und an seiner Zigarette zog. „Hast du dich verlaufen?“

„Diesmal nicht.“ Nell trat dicht an ihn heran. „Ist es eigentlich eine Gewohnheit von dir, Frauen in Viehtränken zu werfen? Wenn das zutrifft, werden wir eine recht turbulente Zeit miteinander haben.“

Tyler glaubte seinen Ohren nicht zu trauen und wandte sich schnell zu ihr um. „Nein, das ist keine Angewohnheit von mir“, erwiderte er. „Aber ich konnte es einfach nicht mehr länger ertragen. Nell, ich werde nach Texas zurückgehen.“

„Willst du vor mir davonlaufen? Dann werde ich dir einfach nachlaufen."

Ungläubig runzelte er die Stirn. „Wie bitte?"

Nell nahm ihren ganzen Mut zusammen. „Ich würde dich bis nach Texas verfolgen."

Tyler drückte die Zigarette aus. Er ließ sich Zeit mit seiner Antwort. Nell wurde langsam unsicher. Habe ich ihn etwa missverstanden? Bedeute ich ihm denn nichts? dachte sie verzweifelt.

„Bist du dir sicher?", fragte er eindringlich und sah ihr in die Augen.

Nell holte tief Luft. „Ja, Tyler", flüsterte sie und hob entschlossen den Kopf. „Ich liebe dich."

Er schloss für einen Augenblick die Augen. „Mein Gott", murmelte er dann. „Endlich." Er riss sie in seine Arme, hob sie hoch und ließ sie langsam an sich heruntergleiten. „Endlich", murmelte er noch einmal und streifte mit den Lippen ihre Wange, ihr Ohr, ihren Hals, um dann hungrig ihren Mund zu suchen.

Nell klammerte sich an ihn. Voller Freude spürte sie den harten Schlag seines Herzens. Jetzt wusste sie, dass auch er sie liebte. Sie seufzte unter dem Druck seiner Lippen und war enttäuscht, als Tyler sich wieder von ihr löste.

„Hat Marguerite mit dir gesprochen?"

Nell fuhr sich durch das Haar. „Es war eher so, dass sie mich zum Sprechen gebracht hat, und dabei ist mir einiges klar geworden." Sie lächelte. „Zum Beispiel, dass du mich nicht so berührt hättest, wenn du Marguerite heiraten wolltest."

„Du hast lange gebraucht, um das festzustellen", sagte er.

„Ja. Ich habe gar nichts verstanden. Nachdem ich aus der Pferdetränke geklettert war, habe ich sogar Onkel Gerald angerufen und ihm erklärt, dass ich die Ranch aufgebe, solange du Vormann bist. Doch er hat einfach aufgelegt. Jetzt muss ich ihn wohl zurückrufen und mich bei ihm entschuldigen."

„Ich würde noch ein bisschen damit warten. Er lacht bestimmt noch jetzt darüber."

„Dann lass ihn lachen." Sie sah schüchtern zu ihm auf. „Ich liebe dich, Tyler. Ich möchte mit dir leben, Kinder haben und auch zusammen mit dir alt werden."

„Und was möchte ich deiner Meinung nach?", erkundigte er sich herausfordernd.

Nell lächelte ebenfalls herausfordernd. „Du willst mich, was denn sonst?"

Tyler konnte sich nicht länger beherrschen. Glücklich lachte er auf. Dann hob er sie wieder hoch und gab ihr einen Kuss. „Es tut mir leid wegen der Tränke, Nell. Ich habe so lange gewartet und gehofft. Als ich dachte, wir hätten es geschafft, kam Marguerite in die Scheune. Die wundervolle Nachricht war natürlich ihre Verlobung mit Darren. Aber du bist wieder davongelaufen. Deshalb bat ich Marguerite, die Neuigkeit erst einmal für sich zu behalten."

„Das tut mir leid. Ich glaubte, ich könnte mit Marguerite nicht konkurrieren. Es war, als würde ich nach den Sternen greifen."

Tyler lachte glücklich auf. „Wer verlangt denn von dir, dass du nach den Sternen greifst! Nach mir solltest du greifen." Er fasste sie um die Taille und zog sie wieder an sich. „Ich liebe dich, Nell", flüsterte er mit rauer Stimme in ihr Haar. „Auch ich möchte mit dir leben und eine gemeinsame Zukunft aufbauen … genau wie du. Lange bevor ich krank wurde und du mich wieder gesund gepflegt hast, wusste ich, dass ich mich in dich verliebt hatte."

Ihr Herz klopfte zum Zerspringen. „Und woran hast du das gemerkt?"

„Weil ich an keine andere Frau mehr denken konnte. Und dann hast du mir das Leben schwer gemacht mit deinen fixen Ideen, du seist nicht schön genug oder nicht erfahren genug – und dabei hast du doch von allem. Du kannst sogar einen Mann wie mich vor Eifersucht zur Raserei bringen, weil du mit dem falschen Cowboy ausreitest …" Er umfasste ihr Gesicht. „Ach Nell, ich weiß nur eins: Ich glaube, ich werde dich immer lieben. Mehr kann ich dir leider nicht bieten."

Nell lächelte. „Mehr brauche ich nicht."

Hand in Hand gingen sie zum Haus zurück. Marguerite, die Jungen und Bella standen auf der Veranda und sahen ihnen erwartungsvoll entgegen.

„Nun?", begrüßte Bella sie ungeduldig. „Gibt es eine Doppelhochzeit oder eine Abschiedsfeier?"

„Eine Doppelhochzeit." Nell umarmte Bella, Marguerite und die

Jungen überschwänglich. „Wir alle werden so glücklich miteinander werden.“

Bella fuhr sich gerührt mit dem Taschentuch über die Augen. „Ich werde mich ums Abendessen kümmern. Es gibt etwas ganz Besonderes.“

„Du hast mich so an der Nase herumgeführt“, warf Nell Marguerite scherzhaft vor. „Du hast mich eifersüchtig gemacht, und zwar mit Absicht.“

„Ich wusste, dass das die einzige Möglichkeit war, um dich aus der Reserve zu locken.“ Marguerite lächelte. „Du hättest dein Misstrauen sonst nie überwunden.“

Nell schaute in Tylers strahlendes Gesicht und dann wieder zu Marguerite.

„Ich liebe Darren sehr“, fuhr Marguerite fort. „Würde es dir etwas ausmachen, wenn wir beide auf der Ranch lebten? Darren besteht darauf, mich zu ernähren.“

„Natürlich. Warum fragst du überhaupt?“

„Ich habe Onkel Gerald angerufen“, gestand Marguerite. „Er möchte dir und Tyler als Hochzeitsgeschenk die Ranch übertragen.“

Tyler schwieg, und Nell trat dicht an ihn heran. „Bis vor Kurzem haben wir eine Menge Verluste gemacht, und die Zeiten sind nicht gerade rosig. Du wirst dir da eine Menge Arbeit aufhalsen.“ Fragend sah sie zu ihm hoch.

„Dann ist es eben unsere Aufgabe, die Ranch weiter auszubauen“, sagte er schließlich und entspannte sich. Er wusste, dass er noch einmal von vorn anfangen musste. Und er liebte Nell. Zärtlich lächelte er sie an. „Einverstanden, Darling. Wir werden es versuchen.“

„Darren, ich und die Jungen können ja in Tylers Blockhaus wohnen“, schlug Marguerite vor. „Oder wie könnten ganz in der Nähe für uns vier auch ein Haus bauen. Ich glaube, das wäre nicht schlecht. Ich habe noch Ersparnisse. Und Darren spart auch schon seit Jahren. Das ist überhaupt die Idee! Wir bauen uns ein Haus. Dein Vormann muss schließlich ein Dach über dem Kopf haben.“

Tyler blickte Nell amüsiert an. „Ich dachte, wir könnten Charlie das Blockhaus anbieten. Er ist schon so lange auf der Ranch. Was hältst du davon?“

„Das ist eine wirklich gute Idee.“

„Das finde ich auch“, stimmte Marguerite zu. „Wollen wir nicht hineingehen und Onkel Gerald anrufen?“

Nell ergriff Tylers Hand. Gemeinsam gingen sie hinter den anderen ins Haus. Bevor sie durch die Tür traten, warf Tyler ihr einen Blick zu, der mehr sagte als alle Worte. Eine lange Zukunft lag vor ihnen.

Überglücklich erwiderte sie diesen Blick.

– ENDE –

Diana Palmer

Connal

Roman

Aus dem Amerikanischen von
Angelika Eisold-Viebig

MIRA®

1. KAPITEL

Aufgrund des Datums wusste Penelope genau, dass sie C.C. Tremayne nicht in der Scheune finden würde. Normalerweise hielt er sich um diese Tageszeit immer dort auf, um die Tiere zu füttern, ganz besonders nachdem die Trockenzeit der letzten Wochen das Gras hatte braun werden lassen. Die Dürre traf Penelopes Vater hart. Obwohl der Rio Grande nur ein paar Meilen entfernt floss, war Wasser ein kostbares Gut, und mehr und mehr Brunnen trockneten aus; die Wassertanks blieben leer.

Mitte September war es in Westtexas meist heiß, doch an diesem Abend war es windig und außergewöhnlich kalt. Penelope hatte sich eine Jacke übergezogen und war jetzt froh darüber.

Es wurde gerade dunkel, und sie wusste, dass es zu einer weiteren unangenehmen Auseinandersetzung kommen würde, wenn sie C.C. nicht vor ihrem Vater fand. Ben Mathews und sein Vormann waren sich in den letzten Wochen oft in die Haare geraten, und Penelope hatte genug davon. Ihr Vater bekam immer so miserable Laune, wenn das Geld knapp war. Die Dinge konnten augenblicklich wirklich kaum schlechter stehen.

C.C. trank ab und an. Das war ihr bekannt, und es war wieder die Zeit dafür. Nur Penelope wusste um die Wichtigkeit dieses bestimmten Septembertages in C.C.s Leben. Sie hatte ihn einmal während einer schweren Grippe gepflegt, und in einem Fieberanfall hatte er ihr alles erzählt. Sie ließ sich natürlich nie anmerken, was sie wusste. C.C. – so wurde er genannt, und niemand hätte sagen können, wofür die Initialen standen – wollte nicht, dass irgendjemand etwas über sein Privatleben erfuhr.

Penelope hatte sich an dem Tag vor drei Jahren in C.C. verliebt, an dem ihn ihr Vater als Vormann eingestellt hatte. Ein einziger langer Blick auf den großen, schlanken und doch muskulös wirkenden Mann mit den dunklen Augen und den markanten Gesichtszügen hatte genügt, um ihr Herz höher schlagen zu lassen. Sie war damals erst neunzehn Jahre alt gewesen, und doch hatten sich ihre Gefühle seither nicht geändert.

Sie verzog das Gesicht, als sie sah, dass im Mannschaftshaus Licht brannte, obwohl es noch nicht dunkel war. Die anderen Männer waren draußen beim Vieh, denn das Kalben war in vollem Gang. Lange Arbeitstage und wenig Schlaf waren dann normal, und eigentlich konnte keiner der Männer sich um diese Tageszeit im Wohnhaus aufhalten. Das hieß, dass es C.C. sein musste und dass er trank. Alkohol war etwas, das Ben Mathews auf seiner Ranch nicht duldete, nicht einmal, wenn es dabei um einen Mann ging, den er mochte und respektierte.

Penelope strich sich eine vorwitzige Strähne aus der Stirn und atmete tief durch. Sie hatte das lange lockige Haar zu einem Pferdeschwanz zusammengebunden, das Samtband passte genau zu ihren braunen Augen. Sie war nicht gerade hübsch, hatte aber eine gute Figur, auch wenn sie ein bisschen rundlich war. Ihr Haar glänzte im Sonnenschein fast rotgolden, und sie hatte etliche Sommersprossen auf der geraden Nase. Sie war ein sehr sportlicher Typ, ritt famos und schoss so gut wie ihr Vater. Manchmal wünschte sie sich, so auszusehen wie Edie, die wohlhabende geschiedene Frau, mit der C.C. sich regelmäßig traf. Edie war blond, blauäugig und sehr elegant. Eigentlich eine merkwürdige Bekanntschaft für den Vormann einer Ranch, aber Penelope versuchte, nicht weiter darüber nachzudenken. Insgeheim glaubte sie, den Grund zu kennen, weshalb sich C.C. mit Edie traf, und das schmerzte sie.

Sie blieb kurz vor der Tür zum Arbeiterwohnhaus stehen und strich sich nervös über die Jeans. Dann klopfte sie vorsichtig.

Ein dumpfer Schlag war zu hören, wie vom Abstellen einer Flasche auf einem Tisch. „Lass mich in Ruhe!“, herrschte eine männliche Stimme sie an.

Sie hatte das Geräusch erkannt und seufzte. Es würde ein langer Abend werden.

Penelope öffnete die Tür und trat in den warmen, großen Gemeinschaftsraum, in dem Schlafkojen die Wände säumten. Am anderen Ende gab es eine Küche, in der die Männer sich Essen zubereiten konnten. Doch niemand hielt sich hier lange auf. Die meisten von ihnen waren verheiratet und hatten eigene Wohnungen auf der Ranch, außer C.C. Während des Viehtriebs und wenn die Kühe kalbten, wohnten hier auch die Männer, die nur vorübergehend eingestellt wurden. Dieses Jahr waren es sechs, und damit war das Haus voll. Aber sie waren nächste Woche bereits fort, und C.C. hatte das ganze Haus dann wieder für sich allein.

C.C. lag in einem Stuhl zurückgelehnt, die schlammverkrusteten Stiefel auf dem Tisch überkreuzt, den Hut schräg ins Gesicht gezogen. In den Händen hielt er ein Whiskyglas. Er schob den Hut zurück, musterte Penelope mit unverhülltem Spott und zog den Hut dann wieder über die Augen. „Was, zum Teufel, willst du hier?“, fragte er unfreundlich.

„Deine jämmerliche Haut retten, wenn ich kann“, gab sie ebenso unfreundlich zurück. Sie schlug die Tür hinter sich zu, zog ihre Jacke aus, unter der ein flauschiger weißer Pulli zum Vorschein kam, und ging gleich in die Küche, um Kaffee zu kochen. Er sah ihr ohne größeres Interesse nach. „Rettest du mich wieder mal, Pennie?“ Er lachte spöttisch und gebrauchte wie alle anderen ihren Spitznamen. „Warum eigentlich?“

„Ich bin eben unsterblich in dich verliebt“, erwiderte sie leichthin und füllte die Kaffeekanne. Es war die Wahrheit, aber sie ließ es so klingen, als sei es ein offensichtlicher Witz.

C.C. nahm es auch so und lachte noch lauter. „Na, sicher bist du das“, sagte er. Er trank sein Glas in einem Zug aus und langte nach der Whiskyflasche.

Pennie war schneller. Sie schnappte sie vor ihm, was sie nie geschafft hätte, wenn er nüchtern gewesen wäre, und goss den Inhalt in die Spüle, noch bevor er es schaffte, auf die Beine zu kommen.

„Verdammt noch mal, Mädchen!“, rief er aufgebracht und starrte auf die leere Flasche. „Das war die letzte!“

„Gut. Dann brauche ich hier ja wenigstens nicht weiter zu suchen. Setz dich wieder, ich mache dir Kaffee. Das wird dich auf die Beine bringen, bevor Dad dich findet.“

„Aber das wird er nicht, stimmts, Schätzchen?“ Er wankte zu ihr, fasste sie an den Schultern und zog sie an sich. „Du wirst mich wie immer beschützen.“

„Einmal werde ich zu spät kommen.“ Sie seufzte. „Und was wird dann aus dir werden?“

Pennie sah ihn besorgt an, und dabei spürte sie, wie sie eine Gänsehaut bekam. Er berührte sie sonst nie, außer im Spaß oder beim Tanzen. Als sie ihm nun so nahe war und seine Wärme spürte, fand sie das sehr aufregend, und sie musste wegsehen, damit er nicht womöglich ihre Empfindungen bemerkte.

„Niemand außer dir hat sich je darum gekümmert", murmelte C.C. „Ich weiß nicht, ob ich das gut finde, von einem Mädchen bemuttert zu werden, das erst halb so alt ist wie ich."

„Ich bin nicht halb so alt wie du. Wo sind die Tassen?", fragte sie ruhig, um ihn abzulenken.

Aber es gelang ihr nicht. Er strich ihr die Haarsträhnen aus der Stirn, und ihr Herz klopfte so heftig, dass sie meinte, er müsste es spüren. „Wie alt bist du jetzt?"

„Du weißt sehr gut, dass ich zweiundzwanzig bin." Sie musste ihre Stimme unter Kontrolle halten. Entschlossen sah sie zu ihm auf, um ihm zu zeigen, dass es ihr gleichgültig war, aber dem brennenden Ausdruck seiner schwarzen Augen konnte sie nicht standhalten.

„Deine zweiundzwanzig gegen meine dreißig. Und es sind verdammt junge zweiundzwanzig", sagte C.C. langsam. „Warum gibst du dich mit mir ab?"

„Du bist unser Trumpf. Du weißt schließlich auch, dass wir kurz vor dem Bankrott standen, als du eingestellt wurdest", stellte sie mit einem Lachen fest. „Dad verdankt deinem Geschäftssinn eine ganze Menge. Aber trotzdem hasst er Alkohol."

„Warum?"

„Meine Mutter starb ein Jahr, bevor du zu uns kamst, bei einem Verkehrsunfall", erklärte sie. „Mein Vater hatte betrunken am Steuer gesessen." Sie löste sich geschickt aus seinem Griff und wandte sich wieder der Küche zu.

Pennie sah die Schränke durch und fand schließlich einen Becher, der noch nicht angeschlagen war. Sie füllte ihn mit Kaffee und trug ihn zu C.C., der sich wieder gesetzt hatte. Er rieb sich mit beiden Händen den Kopf.

„Hast du dir den Kopf verletzt?"

„Auf keinen Fall ausreichend", erklärte er mit einem rätselhaften Unterton. Er nahm den Becher und nippte daran. „Was, zum Teufel, hast du da hineingetan, einen alten Schuh?", fragte er entsetzt.

„Nur die doppelte Menge Kaffee, das ist alles", versicherte sie und setzte sich zu ihm. „Das wird dich schneller nüchtern machen."

„Ich will aber gar nicht nüchtern werden", erwiderte er störrisch.

„Ich weiß. Aber ich möchte nicht, dass du fliegst", entgegnete sie geduldig und lächelte ihn unschuldig an, als sie seinen vorwurfsvollen

Blick bemerkte. „Du bist der einzige Mensch hier, außer Dad, der keinen hoffnungslosen Fall in mir sieht."

Er musterte ihre zarten Gesichtszüge, die weichen, dunklen Augen.

„Na ja, dann sind wir ja wenigstens schon zu zweit. Denn du bist seit Jahren der erste Mensch, der sich um mich kümmert."

„Das stimmt nicht ganz", korrigierte sie ihn. Sie lächelte, obwohl ihr gar nicht danach zumute war, und fügte hinzu: „Edie kümmert sich doch auch um dich."

Er zuckte mit den Schultern und nickte langsam. „Wahrscheinlich. Wir verstehen uns, Edie und ich", sagte er leise, und seine Augen waren plötzlich ganz woanders. „Sie ist etwas Besonderes."

Im Bett wahrscheinlich, dachte Pennie, aber sie hatte sich so weit unter Kontrolle, das nicht zu sagen. Stattdessen stand sie auf und holte die Kaffeekanne, um C.C.s Becher aufzufüllen.

„Ich fühle mich jetzt schon wieder ziemlich sicher", meinte er, nachdem er den zweiten Becher ausgetrunken hatte. „Äußerlich zumindest." Er zündete sich eine Zigarette an, während er sich müde im Stuhl zurücklehnte. „Verdammt, ich hasse Tage wie diesen."

Pennie konnte nicht zugeben, dass sie den Grund dafür kannte, ohne sich selbst in ein schiefes Licht zu setzen. Aber sie erinnerte sich nur zu gut an das, was er während seiner Fieberträume erzählt hatte, und wie er in Erinnerung daran geweint hatte. Er hatte seine Frau und sein ungeborenes Kind während einer Wildwasserfahrt verloren, während er selbst überlebt hatte. Pennie hatte den Eindruck, dass er sich seitdem mit Selbstvorwürfen quälte. Er warf sich vor, dass er lebte und die anderen nicht.

„Ich denke, wir alle haben gute und schlechte Tage", begann sie ganz unverfänglich. „Wenn es dir recht ist, gehe ich jetzt wieder in die Küche rüber. Dad hat sich einen Apfelkuchen von mir gewünscht."

„Du verstehst was vom Haushalt, stimmts?", fragte er plötzlich ganz merkwürdig ernst und suchte ihren Blick. „Kommt Brandon dich heute Abend besuchen?"

Ohne zu wissen, warum, wurde Pennie rot. „Brandon ist unser Tierarzt", antwortete sie knapp, „nicht mein Freund."

„Du könntest aber einen richtigen Freund brauchen, Schätzchen." Seine Augen wurden schmal, die Falten auf seiner Stirn vertieften sich, während er mit dem leeren Becher herumspielte. „Du bist mittlerweile eine Frau. Du brauchst mehr als Kameradschaft von einem Mann."

„Ich weiß genau, was ich brauche, vielen Dank", erwiderte sie und stand auf. „Du solltest deinen Kopf lieber in einen Eimer mit kaltem Wasser stecken, damit deine Augen nicht mehr so blutunterlaufen aussehen. Und um Himmels willen, nimm ein Pfefferminzkaugummi."

C.C. seufzte. „Noch etwas, Mutter Mathews?

„Ja. Betrink dich nicht mehr. Das macht alles nur noch schlimmer."

„Du bist ja so weise, nicht wahr, Pennie?", stellte er sarkastisch fest. „Aber du bist noch nicht lange genug auf der Welt, um zu wissen, weshalb manche Menschen trinken."

„Ich bin lange genug auf der Welt, um zu wissen, dass noch niemand ein Problem aus der Welt geschafft hat, indem er davor wegläuft", versetzte sie und hielt seinem zornig funkelnden Blick stand. „Du solltest einmal versuchen, die Vergangenheit zu vergessen und in der Gegenwart zu leben, C.C. Es ist gar nicht so schlecht. Selbst wenn die Kühe kalben. Und denk doch mal an den Viehtrieb, den du vor dir hast", fügte sie mit einem frechen Grinsen hinzu. „Bis dann also!"

Sie öffnete die Tür und trat aus dem Haus. Erst im Wind merkte sie, dass sie ihre Jacke drinnen vergessen hatte.

„Hier, sonst wird es dir kalt", sagte C.C. plötzlich und ging mit der Jacke auf sie zu. „Zieh sie lieber an."

Er hielt ihr die Jacke hin und ließ sie auch nicht los, als Pennie hineingeschlüpft war. Einen Augenblick lang standen sie so da, ihr Rücken an seiner Brust. Sein Kinn ruhte auf ihrem Kopf.

„Verschwende dein Herz nicht an mich, Pennie", meinte er leise, mit solcher Zärtlichkeit in der tiefen Stimme, dass sie ganz automatisch dabei die Augen schloss.

„Du bist mein Freund, C.C.", erwiderte sie gepresst. „Ich hoffe, ich bin eine Freundin für dich. Das ist alles."

Seine Hände ballten sich einen Augenblick zusammen. Seine Brust hob sich, als er tief ein- und wieder ausatmete. „Gut", erklärte er dann und ließ sie los. „Ich bin froh, dass das alles ist. Ich möchte dir nicht wehtun."

Pennie ging weiter und zwang sich zu einem Lächeln, als sie sich noch einmal umblickte. Er hatte gerade all ihre Träume zerstört.

Ihr Vater war schon im Haus, als Pennie dort ankam. Er sah ihr aus dem Wohnzimmer entgegen.

„Wo warst du?", fragte er unwirsch.

„Schafe zählen", antwortete sie unschuldig.

„Schafe, oder ein schwarzes namens C.C.?"

Sie biss sich auf die Lippe. „Na ja ..."

Er schüttelte den Kopf. „Pennie, wenn ich ihn jemals mit einer Flasche erwische, kann er seine Sachen packen, egal was für ein guter Vormann er ist", schimpfte er ärgerlich. „Er kennt die Regeln."

„C.C. hat sich im Mannschaftsraum etwas zu essen gemacht. Ich habe nur schnell hineingeschaut, um zu fragen, ob er etwas von meinem ... entschuldige, deinem ... Apfelkuchen möchte."

Ihr Vater runzelte die Stirn. „Es ist tatsächlich mein Kuchen. Und ich habe keine Lust, ihn zu teilen!"

„Ich habe ja zwei gemacht", erklärte sie schnell. „Du alter Gauner, du könntest C.C. nie rauswerfen. Vorher würdest du dir selbst etwas antun, und das wissen wir beide."

Ben zündete seine Pfeife an und sah dann Pennie eindringlich an. „Du vergeudest deine Gefühle bei ihm, weißt du das?", fragte er nach einem Augenblick.

Penelope wurde steif. „Ja. Ich weiß."

„Er ist nicht das, was er zu sein vorgibt", fuhr ihr Vater fort.

Sie drehte sich um und sah ihn aufmerksam an. „Was meinst du damit?"

„Das weißt du genau." Er blickte nachdenklich aus dem Fenster. „C.C. ist hier reingeschneit ohne jede Vergangenheit. Keine Empfehlungen. Keine Papiere. Ich habe ihm damals den Job nur gegeben, weil mein Instinkt mir dazu geraten hat. Außerdem konnte er offensichtlich mit Tieren und auch mit Zahlen umgehen. Aber er ist bestimmt genauso wenig ein arbeitsloser Cowboy wie ich Bankier bin. Er ist selbstsicher und gewandt. Und er weiß für einen armen Mann zu viel über Geschäfte. Denk an meine Worte, Mädchen, es ist mehr an ihm, als er zu sein vorgibt."

Pennie nickte bloß. Sie konnte nicht einmal ihrem Vater sagen, dass sie wusste, warum C.C. sich hier auf dieser entlegenen Ranch aufhielt. Aber auch sie hatte aus seinen Fieberträumen nicht erfahren, weshalb er alle Verbindungen zu früher abgebrochen hatte.

„Er könnte alles sein, oder nicht?“, meinte ihr Vater. „Selbst ein entflohener Sträfling.“

„Das bezweifle ich.“ Sie grinste. „Er ist zu ehrlich. Erinnere dich doch daran, wie du diesen Hundertdollarschein damals in der Scheune verloren hattest und C.C. ihn dir brachte. Ich habe auch oft gesehen, dass er anderen Cowboys aushalf, wenn sie Schwierigkeiten hatten. Er hat zwar ein ziemliches Temperament, aber er ist nicht jähzornig. Er schimpft und flucht, aber die Männer können darüber lachen, und nur wenn er wirklich wütend ist, müssen sie sich vor ihm in Acht nehmen. Doch selbst dann hat er sich immer noch unter Kontrolle. Die scheint er übrigens nie zu verlieren.“

„Das habe ich auch bemerkt. Aber ein Mann, der sich immer so gut unter Kontrolle hat, muss einen Grund dafür haben“, gab ihr Vater zu bedenken. „Es gibt noch andere Männer. Geh lieber kein Risiko ein.“

„Du alter Schwindler“, schimpfte Pennie. „Du bist doch derjenige, der mich immer mit ihm verkuppeln will.“

Er hob abwehrend die Hände. „Ich mag ihn. Aber ich kann es mir auch leisten. Verstehst du, was ich meine?“

Sie verzog das Gesicht. „Ich denke schon. Also gut. Ich werde Brandon sagen, dass ich mit ihm ins Kino gehe, was hältst du davon?“

Nun schnitt er eine Grimasse. „Was für ein Trostpreis“, murrte er. „Der arme Kerl ist doch ein Hampelmann. Ich frage mich, wie er jemals sein Studium absolvieren konnte, mit so wenig Temperament! Er ist die Art von Mann, die bei einer Zuchtausstellung eine ausgestopfte Kuh zeigen würde.“

„Genau mein Fall also“, versetzte Pennie triumphierend und lachte. „Er ist wenigstens unkompliziert. Aber jetzt lass mich die beiden Apfelkuchen fertig machen, ja?“

„Meinetwegen. Aber ich bringe C.C. seinen selbst“, kündigte Ben an. „Ich möchte mit eigenen Augen sehen, dass er beim Essen ist.“

2. KAPITEL

Brandon Hale kam vorbei, als Pennie und ihr Vater sich gerade zum Essen an den Tisch setzten.

„Oh, das duftet ja köstlich." Brandon grinste und blickte auf den noch warmen Apfelkuchen, den Pennie gemacht hatte. „Hallo, Mr. Mathews, wie geht es Ihnen?"

„Ich bin hungrig", antwortete Ben kurz angebunden. „Und starren Sie nicht so begehrlich auf meinen Apfelkuchen. Ich werde ihn nicht teilen."

„Aber sicher doch." Brandon lehnte sich zu ihm. „Ich meine, wenn Sie bedenken, dass Sie gern Ihre neuen Kälber untersucht haben möchten und dass der kranke Bulle behandelt werden muss, ganz zu schweigen von den Impfungen, die durchzuführen sind, wo der Viehtrieb kurz bevorsteht ..."

„Verdammt, Junge, das ist Erpressung", beschwerte sich Ben.

„Nur eine kleine", gab Brandon gutmütig zurück.

„Also, meinetwegen, setzen Sie sich." Ben Mathews seufzte. „Aber ich hoffe, es ist Ihnen klar, dass ich diesen Kuchen nicht mit jedem teilen würde. Und wenn Sie nicht aufhören, hier abends ohne triftigen Grund vorbeizukommen, werden Sie Pennie heiraten müssen."

„Das wäre mir ein Vergnügen." Brandon zwinkerte Pennie zu. „Sag mir nur das Datum, Liebling."

„Am sechsten Juli in zwanzig Jahren", versprach sie und reichte ihm einen Teller. „Ich möchte noch ein bisschen was erleben, bevor ich häuslich werde."

„Du hast bereits zweiundzwanzig Jahre lang etwas erlebt", stellte ihr Vater fest. „Ich möchte Enkelkinder haben."

„Das ist dein Problem", versetzte Pennie unbeeindruckt. „Ich überlege, ob ich mich nicht bei der UNO-Friedenstruppe bewerbe."

Ben ließ fast seine Kaffeetasse fallen. „Du überlegst was?"

„Dabei könnte ich meinen Horizont ein bisschen erweitern", erklärte sie ruhig. Was sie nicht sagte, war, dass sie dadurch von C.C. wegkam, bevor sie ihn womöglich versehentlich merken ließ, wie sehr sie in ihn verliebt war. Heute wäre es schon fast so weit gewesen. Er schien bereits Verdacht geschöpft zu haben, wegen all der Aufmerksamkeit, die sie ihm zuteil werden ließ.

„Du könntest in irgendeinem fremden Land ums Leben kommen“, sagte ihr Vater kurz. „Ich lasse dich nicht gehen.“

„Ich bin zweiundzwanzig“, erinnerte sie ihn. „Du kannst mich nicht aufhalten.“

Er seufzte ärgerlich. „Und wer soll kochen und das Haus in Ordnung halten und ...“

„Du kannst ja jemanden anstellen.“

„Sicher.“ Ihr Vater lachte bitter auf.

Das brachte ihr ihre finanziell angespannte Situation wieder unangenehm in Erinnerung, und es tat ihr sofort leid, dass sie das Gespräch darauf gebracht hatte. „Ich werde nicht so schnell gehen“, versprach sie. „Und mach dir keine Sorgen, es kann nur noch besser werden.“

„Betet um Regen“, schlug Brandon zwischen zwei Bissen vor. „Alle tun das zurzeit. Ich habe noch nie so viele Rancher in der Kirche gesehen.“

„Ich habe schon öfter erlebt, dass Gebete Wunder vollbrachten“, bemerkte Ben und erzählte einige Geschichten, die Pennies Gedanken von C.C. ablenkten.

Nachdem sie die Hälfte des Apfelkuchens verzehrt hatten, machte sich Brandon mit Ben auf, um den kranken Bullen zu untersuchen. „Ich drücke mich ja meistens darum, abends noch zu arbeiten“, gestand Brandon Pennie im Hinausgehen. „Aber für einen solchen Apfelkuchen würde ich sogar um drei Uhr morgens beim Kalben helfen.“

„Ich werde mich zur gegebenen Zeit daran erinnern“, sagte sie vielsagend.

„Du bist süß“, meinte er. „Wirklich. Du bist richtig süß, und wenn du jemals ans Heiraten denken solltest, dann gib mir Bescheid.“

Vielen Dank. Ich merke dich vor, zusammen mit einem anderen Dutzend von Bewerbern“, erwiderte sie leichthin.

„Hast du nicht Lust, am Freitag mit ins Kino zu gehen? Wir fahren nach El Paso und essen vorher noch was.“

„Großartig“, stimmte sie zu. Es war immer unterhaltsam, mit Brandon zusammen zu sein, und es würde ihr gut tun, für einen Abend fortzukommen.

„Ich werde wahrscheinlich nicht vor Mitternacht zu Hause sein“, rief ihr Vater ihr zu. „Nachdem wir den Bullen angesehen haben, muss ich noch einen Blick auf Berrys Bücher werfen. Also warte nicht auf mich.“

„Okay. Viel Spaß“, rief sie zurück. Das war ein alter Witz zwischen ihnen. Jack Berry führte die Bücher in einer völlig unzulänglichen Weise.

Sie hätten eigentlich jemand Qualifizierteren einstellen müssen, aber Jack war schon älter und konnte auf der Weide nicht mehr arbeiten. Aus Gutmütigkeit hatte Ben ihm die Buchhaltung übertragen. Was leider hieß, dass Ben einen Großteil der Buchhaltung kurz vor der Steuerprüfung selbst noch einmal machen musste. Sein weiches Herz war ein Grund dafür, dass die Ranch so schlecht dastand. Er hatte eigentlich nicht das Zeug zum Geschäftsmann wie sein Vater. Ohne C.C.s geschickte Unterstützung wäre die Ranch schon vor drei Jahren unter den Hammer gekommen.

C.C.! Schon wieder schwirrte er ihr durch den Kopf. Pennie runzelte die Stirn und wandte sich zur Hintertür. Sie machte sich immer noch große Sorgen um ihn. Er schien nicht mehr allzu betrunken gewesen zu sein, und das war eigentlich unüblich. Sein jährlicher Rausch konnte sich immer sehen lassen. Es war besser, wenn sie noch einmal nach ihm sah, bevor ihr Vater ihm um Mitternacht noch einen Besuch abstattete.

Im Mannschaftshaus fand Pennie nur drei Arbeiter vor. C.C. war nicht da.

„Er sagte nicht, wohin er wollte, Miss Mathews“, erzählte ihr einer der Männer. „Aber ich denk mir, dass er nach Juarez wollte, der Richtung nach zu schließen, die er eingeschlagen hat.“

„Ach, du liebe Zeit“, entfuhr es Pennie. „Hat er den Jeep genommen oder sein eigenes Auto?“

„Sein eigenes – den alten Ford.“

„Danke.“

Sie nickte dem Mann freundlich zu und verließ hastig das Mannschaftshaus. Hoffentlich finde ich C.C. bald, dachte sie besorgt, als sie den Jeep bestieg und sich auf den Weg nach Juarez machte.

Sie bog in die Straße ein, die zur Grenze führte. Der Posten an der Grenze erinnerte sich an den großen weißen Ford – während der Woche gab es abends nicht so viel Verkehr. Sie bedankte sich, fuhr weiter und klapperte etliche Straßen ab, bis sie den weißen Ford zufällig auf einem Parkplatz stehen sah. Sie stellte den Jeep ab und stieg aus.

Nicht zu weit vom Parkplatz entfernt war eine Bar. Sie hatte so eine Eingebung, dass C.C. darin war. Als sie hineinsah, waren jedoch fast nur mexikanische Männer und ein oder zwei junge Amerikaner darin. Sie ging die anderen Straßen ab, spähte in Bars und wäre einmal beinahe festgenommen worden. Schließlich drehte sie ziemlich deprimiert und voller Sorgen um und machte sich auf den Weg zurück zum Parkplatz. Auf dem Rückweg blickte sie noch einmal in die erste Bar – und da saß er, zurückgelehnt auf einem Stuhl am Ecktisch.

Sie ging hinein zu dem Tisch in der Ecke.

„Oh …“ C.C. gebrauchte ein Wort, das er normalerweise nicht benutzt hätte. Er sah jetzt kalt und gefährlich aus. Das war nicht der Mann, mit dem sie vor ein paar Stunden so locker hatte umgehen können. Sie wusste, dass ihre alte Taktik diesmal nicht funktionieren würde.

„Hallo“, grüßte sie sanft.

„Wenn du hier bist, um mich nach Hause zu holen, vergiss es“, erwiderte er gedehnt und starrte sie mit glasigen Augen an. Auf dem Tisch stand eine halb leere Flasche Tequila und ein leeres Glas. „Ich geh nicht mit.“

„Es ist heiß hier drinnen“, sagte sie vorsichtig. „Etwas frische Luft würde dir sicher gut tun.“

Er lachte betrunken. „Glaubst du, Kumpel? Am liebsten würdest du mich wohl eigenhändig nach Hause tragen.“

„Sollte ich vielleicht versuchen“, stimmte sie zu.

Er musterte sie kurz und ohne viel Interesse. „Immer noch in Jeans. Ich seh dich nur in Männerkleidung. Hast du auch Beine, Kumpel? Hast du eigentlich Brüste …?“

„Ich möchte wetten, du kannst nicht einmal mehr allein zum Auto laufen“, schnitt sie ihm das Wort ab. Sie versuchte, nicht rot zu werden, denn seine Stimme war laut, und zwei Männer schauten bereits neugierig zu ihnen herüber.

C.C. sprach tatsächlich nicht weiter, sondern sah sie mit gerunzelter Stirn an. Dann antwortete er böse: „Natürlich kann ich das, zum Teufel noch mal!“

„Beweise es“, forderte sie ihn heraus. „Lass sehen, wie weit du kommst, ohne umzufallen.“

Er murrte etwas und stand schwankend auf. Dann zog er einen Zwanzigdollarschein aus der Hosentasche und warf ihn lässig auf die Bar. „Den Rest kannst du behalten", sagte er zum Barmann und tippte sich an die Hutkrempe. „Bis zum nächsten Mal."

Pennie gratulierte sich innerlich zu ihrer Idee, als C.C. auf die Straße hinaustrat. Er nahm seinen Hut ab und wischte sich zögernd über die Stirn.

„Heiß", murmelte er. Er schüttelte den Kopf und schnaufte dabei schwer. Dann sah er stirnrunzelnd zu Pennie. „Ich dachte, wir wollten spazieren gehen."

„Natürlich", sagte sie.

„Dann komm her, süßes Kind", lockte er sie und bot ihr seinen Arm an. „Ich darf dich schließlich nicht verlieren, oder?" Es war der Alkohol, der aus ihm sprach, und sie wusste es. Aber es war trotzdem schön, seinen Arm um die Schultern zu spüren, seinen Kopf ganz nah bei ihrem, seinen Atem an ihrer Stirn.

„So süß", sagte er schleppend und drängte sie in eine andere Richtung, weg vom Auto. „Ich will noch nicht nach Hause. Lass uns einfach spazieren gehen, bis zur Morgendämmerung."

„C.C., in diesem Teil der Stadt ist es gefährlich", widersprach sie vorsichtig.

„Ich heiße … Connal", versetzte er abrupt.

„Ein schöner Name, er gefällt mir."

„Du heißt Penelope Marie", verkündete er mit einem rauen Lachen. „Penelope Marie Mathews."

„Ja", erwiderte sie schlicht.

„Wie wäre es, wenn wir ihn in Tremayne umwandeln würden?", fragte er zögernd. „Sicher, warum nicht? Du kümmerst dich schließlich sowieso um mich, Penelope Marie Mathews, also warum heiratest du mich nicht und machst es richtig?" Während sie den Schock erst einmal verkraften musste, sah er sich bereits um. „Aha, dort drüben ist eine von diesen Kapellen, die die ganze Nacht geöffnet sind. Komm schon."

„C.C., wir können nicht …!"

Er zwinkerte, als er ihren entsetzten Gesichtsausdruck sah. „Natürlich können wir. Komm schon, Süße, wir brauchen nicht einmal irgendwelche Papiere. Und es ist ganz legal."

Sie biss sich auf die Unterlippe. Ich darf das nicht zulassen, dachte sie in Panik. Wenn er erst wieder nüchtern war und es herausfand, würde er sie umbringen. Und außerdem wusste sie nicht, ob eine mexikanische Heirat nicht womöglich jenseits der Grenze auch gültig war.

„Hör mal", begann sie.

„Wenn du mich nicht heiratest", drohte er mit trunkener Gerissenheit, „dann durchlöchere ich die nächste Bar, und wir landen beide im Gefängnis. Jetzt sofort, Pennie. Das ist mein Ernst."

Ganz offensichtlich meinte er das tatsächlich so, und sie wusste, dass er eine Waffe besaß. Widerwillig gab sie nach und tröstete sich damit, dass sie sicher niemand mit einem offensichtlich Betrunkenen verheiraten würde.

Er zog sie in die Kapelle. Unglücklicherweise sprach der Mexikaner, der sie vermählte, kaum Englisch, und Pennies dürftiges Spanisch reichte nicht aus zu erklären, was los war. C.C. jedoch sprach die Sprache fließend. Er unterbrach ihre stolpernde Erklärung und rasselte etwas herunter, was den kleinen Mann grinsen ließ.

Der Mexikaner ging fort und kam mit einer Bibel und zwei Frauen zurück. Er redete in Spanisch auf Pennie und C.C. ein, bedeutete ihnen, *Sì* zu sagen, erklärte noch etwas, grinste, und dann wurde eine entsetzte Pennie von den beiden Frauen umarmt und geküsst. C.C. kritzelte seine Unterschrift auf ein Papier und sagte einige Sätze in Spanisch, während der kleine Mann noch etwas auf das Papier schrieb.

„Das wäre dann alles." C.C. strahlte Pennie an. „Hier. Alles ordentlich und gültig. Gib mir einen Kuss, Ehefrau."

Er hielt ihr das Papier hin, holte tief Luft und sank auf den Boden der Kapelle.

Pennie schaffte es schließlich, die beiden Frauen davon zu überzeugen, dass sie C.C. ins Auto schaffen mussten. Sie holten ein paar junge Männer, die C.C. zum Parkplatz hinaustrugen und in den Jeep legten. Pennie bedankte sich für die Hilfe, steckte das Heiratspapier, das ihr eine der Frauen hinterhergebracht hatte, ein und fuhr los.

Sie fuhr zügig und schaffte den Weg zur Ranch in kurzer Zeit. Erleichtert stellte sie fest, dass der Wagen ihres Vaters noch nicht vor dem Haus stand. Sie setzte den Jeep zurück zum Mannschaftshaus, wo er vom Haus aus nicht zu sehen war, und klopfte an die Tür.

Bud, einer der neuen Arbeiter, öffnete. Anscheinend hatten die Männer schon alle geschlafen.

„Ich muss Sie um einen Gefallen bitten", flüsterte sie. „Ich hab C.C. draußen im Auto. Könnten Sie ihn für mich auf sein Bett legen, bevor mein Vater ihn zu sehen bekommt?"

Buds Augenbrauen hoben sich. „Sie haben den Boss da draußen? Was ist denn mit ihm los?"

Sie schluckte. „Tequila."

Bud pfiff leise. „Hätte nie gedacht, dass er trinkt."

„Tut er auch normalerweise nicht", erklärte sie. „Das war irgendwie ein Unglücksfall. Können Sie ihn tragen?"

„Klar kann ich das, Miss Mathews." Er folgte ihr in Strümpfen hinaus und ließ die Tür zum Mannschaftshaus offen stehen. „Ich versuche, die anderen Männer nicht zu wecken. Aber die sind sowieso alle todmüde. Ich glaube, es könnte blitzen und donnern, und sie würden nicht wach werden."

„Na, hoffentlich nicht", sagte sie unglücklich. „Aber wenn mein Dad ihn so sieht, donnert es wirklich gewaltig."

Pennie öffnete die Autotür. C.C. schlief tief und fest gegen die Tür gelehnt und schnarchte. Bud erwischte ihn, bevor er auf den Boden fiel, und warf ihn sich über die Schulter. C.C. reagierte überhaupt nicht, er schnarchte einfach weiter.

„Vielen Dank, Bud", sagte Pennie und lächelte.

„Gern geschehen, Miss Mathews. Gute Nacht."

Sie stieg wieder ins Auto und parkte es hinter dem Haus, dann eilte sie nach oben in ihr Zimmer. Ihr Vater würde nichts von ihrem Ausflug nach Juarez erfahren.

Sie zog sich aus, und ein Stück Papier fiel zu Boden. Sie faltete es auseinander und sah darauf ihren Namen und den von Connal Cade Tremayne, zusammen mit einigen spanischen Wörtern und einer recht offiziell aussehenden Unterschrift. Es war nicht schwer zu erraten, dass es eine Heiratsurkunde war. Sie setzte sich hin und starrte auf das Papier. Na ja, das Ganze war das Papier nicht wert, worauf es geschrieben war. Aber sie würde es trotzdem nicht wegwerfen. Sie konnte immer noch manchmal davon träumen, wie es wäre, wenn es wahr wäre. Wenn C.C. sie aus Liebe hätte heiraten wollen. Sie seufzte.

Pennie schob die Urkunde in eine Schublade und legte sich ins

Bett. Sie überlegte, an wie viel von dem heutigen Abend C.C. sich morgen erinnern würde. Hoffentlich war er dann nicht zu wütend darüber, dass sie ihn gesucht und seinen alten ramponierten Ford in Juarez hatte stehen lassen. Schließlich knipste sie das Licht aus und fiel erschöpft in einen tiefen, traumlosen Schlaf.

Am nächsten Morgen wachte Pennie von einem lauten Klopfen an ihrer Tür auf.

„Was ist denn?“, fragte sie schlaftrunken.

„Du weißt verdammt gut, was los ist.“

Das war C.C. Sie setzte sich gerade auf, als er auch schon die Tür öffnete und hereinkam.

„C.C.!“, rief sie. „Was, um Himmels willen, tust du denn hier?“

„Wo ist sie?“, fragte er, seine Augen funkelten wütend.

Sie blinzelte. „Tut mir furchtbar leid, aber ich kann keine Gedanken lesen.“

„Tu bloß nicht so unschuldig“, fuhr er sie an. „Ich erinnere mich an alles. Ich mache diesen Fehler ganz bestimmt nicht mit dir, Pennie Mathews. Ich muss es wohl ertragen, dass du mich ständig bemutterst, aber ich will verdammt sein, wenn ich mit dir verheiratet bleibe, wenn ich stocknüchtern bin. Die Heiratsurkunde, wo ist sie?“

Sie sah eine gute Chance, um seinen Stolz zu retten. Um ihre empfindliche Beziehung zu ihm zu retten. Um ihr die peinliche Frage zu ersparen, warum sie sich von ihm in diese Sache hatte hineinziehen lassen. Ganz ruhig, Mädchen, sagte sie sich. Diese Heirat war hier in Texas nicht gültig, dessen war sie sich ziemlich sicher. Also konnte nichts passieren, wenn sie ihn davon überzeugte, dass sie nie stattgefunden hatte.

„Welche Heiratsurkunde?“, fragte sie ganz überzeugend mit überraschtem Gesichtsausdruck.

Ihre Antwort verwirrte ihn. Er zögerte einen Augenblick. „Ich war in Mexiko. In Juarez, in einer Bar. Du kamst, um mich zu holen … Wir haben geheiratet.“

Ihre Augen wurden groß. „Was haben wir?“

Er runzelte die Stirn, zog eine Zigarette aus der Tasche und zündete sie an. „Ich war mir ganz sicher“, meinte er langsam. „Wir sind zu dieser kleinen Kapelle gegangen und wurden auf Spanisch getraut. Wir bekamen auch irgendein Papier.“

„Das einzige Papier, von dem ich weiß, war der Zwanzigdollarschein, den du dem Barkeeper gegeben hast“, witzelte sie. „Und wenn Bud mir gestern Nacht nicht geholfen hätte, dich ins Bett zu schaffen, würdest du nicht mehr hier arbeiten. Du weißt doch, was Dad von Alkohol hält. Und du warst gestern völlig betrunken.“

Er starrte auf seine Zigarette, dann sah er Pennie prüfend an. „Ich kann mir das doch nicht alles bloß eingebildet haben“, meinte er schließlich fassungslos.

„Du hast dir gestern Nacht ziemlich viel eingebildet“, sagte sie und versuchte, es als einen Witz darzustellen. „Zuerst warst du ein Texasranger, der auf der Spur eines Gangsters war. Dann warst du ein Schlangenfänger und wolltest in die Wüste auf Schlangenjagd gehen. Oh, ich habe dich noch rechtzeitig nach Hause bringen können“, fügte sie hinzu und lächelte ihn sehr überzeugend an.

Er entspannte sich ein wenig. „Tut mir leid“, sagte er kleinlaut. „Ich muss ziemlich lästig gewesen sein.“

„Das stimmt. Aber es ist ja nichts weiter passiert“, versicherte sie ihm. „Obwohl“, fügte sie mit einem Augenzwinkern hinzu, „wenn mein Vater dich hier findet, könntest du immer noch in Schwierigkeiten geraten.“

„Sei nicht albern, du bist schließlich nur ein guter Kumpel.“

Das war genau das, was er auch letzte Nacht gesagt hatte, zusammen mit ein paar anderen Bemerkungen, die sie wütend gemacht hatten. Aber sie durfte sich nichts anmerken lassen.

„Egal, wenn du und Dad Frühstück haben wollt, solltest du jetzt besser gehen. Dein Auto ist übrigens immer noch in Juarez.“

„Erstaunlich, dass es überhaupt so weit gefahren ist“, meinte er trocken. „Okay. Es tut mir leid, dass ich dir das Leben wieder mal so schwer gemacht habe. Kriege ich trotzdem noch ein Frühstück?“

Sie entspannte sich nun auch und war froh, dass sie nicht mehr lügen musste. „Ja, natürlich.“

Er warf ihr noch einen letzten mürrischen Blick zu. „Pennie, du musst damit aufhören, mich zu bemuttern.“

„Das war das letzte Mal“, versprach sie, und es war ihr Ernst.

Er hielt in der Tür noch einmal an, ihr den Rücken zugewandt. „Danke“, sagte er schroff.

„Du hättest für mich das Gleiche getan“, antwortete sie nur. Er wollte sich noch einmal zu ihr umdrehen, besann sich dann jedoch, ging hinaus und zog die Tür hinter sich zu.

Pennie fiel mit einem Seufzer auf das Kopfkissen. Sie war damit durchgekommen! Nun musste sie nur herausfinden, ob diese blödsinnige Heirat ihr noch irgendwelche Schwierigkeiten machen konnte.

3. KAPITEL

Am nächsten Vormittag wollte Pennie sich bei einem Rechtsanwalt erkundigen, ob sie nun wirklich mit C.C. verheiratet war. Sie musste vorsichtig vorgehen. Es durfte kein Anwalt sein, der sie kannte, also rief sie schließlich bei einem in El Paso an und nannte der Sekretärin einen erfundenen Namen. Sie erhielt einen Termin für den gleichen Nachmittag. Sie erklärte der Sekretärin kurz, worum es ging, dass sie mexikanisch getraut worden sei und die Heirat für ungültig hielte. Die Sekretärin lachte und antwortete, dass sie mit dieser Meinung nicht allein stünde. Es hätten allerdings schon viele feststellen müssen, dass die Heirat auch in Texas gültig sei.

Nachdem Pennie den Hörer eingehängt hatte, ließ sie sich auf den Stuhl neben dem Telefontischchen im Flur fallen. Ihr Herz klopfte rasend schnell. Sie musste dem Anwalt die Heiratsurkunde zeigen, um ganz sicher zu sein, aber es hörte sich so an, als ob die Sekretärin wusste, wovon sie sprach. Demnach war sie vor dem Gesetz Mrs. C.C. Tremayne. Sie war Connal Tremaynes Frau.

Aber er wusste es nicht.

Die Konsequenzen ihrer Schwindelei wagte sie sich kaum vorzustellen, besonders wenn C.C. sich entschloss, Edie zu heiraten. Er würde Bigamie begehen und es nicht einmal wissen.

Was sollte sie nur tun? Wenn sie es ihm jetzt sagte, nachdem sie zuerst alles abgestritten hatte, würde er ihr nie mehr ein Wort glauben. Außerdem würde er sie dafür hassen, dass sie ihn in diese unmögliche Situation gebracht hatte. Er war schließlich in jener Nacht nicht zurechnungsfähig gewesen für das, was er tat. Aber sie war nüchtern gewesen. Wenn er sie fragte, warum sie mitgemacht hatte, was sollte sie ihm antworten? Würde er erraten, dass sie hoffnungslos verliebt in ihn war?

Die Fragen quälten sie. Sie ließ das Essen anbrennen. Ihr Vater sah sie vielsagend an, als er in einen abgekratzten verbrannten Käsetoast biss.

„Schmeckt wie Kohle", murrte er.

„Tut mir leid."

„Du warst den ganzen Morgen schon so in Gedanken versunken", bemerkte er mit einem prüfenden Blick auf ihre geröteten Wangen.

„Möchtest du vielleicht darüber reden?"

Sie schaffte ein mattes Lächeln und schüttelte den Kopf.

„Könnte es vielleicht etwas damit zu tun haben, dass C.C. letzte Nacht weg war?"

Sie starrte ihn verblüfft an. „Was?"

„C.C.s Auto war die ganze Nacht nicht da, und ich weiß, dass er heute Morgen einen Arbeiter gebeten hat, ihn nach Juarez zu fahren, um es holen zu können. Er war doch wohl nicht betrunken, oder, Pennie?"

Sie konnte nicht lügen, aber die Wahrheit zu sagen, war schließlich auch nicht möglich. „Einer der Männer erzählte, C.C. wäre in Juarez in einer Bar gewesen, aber in seiner Freizeit", fügte sie schnell hinzu. „Du kannst ihm eigentlich nichts vorwerfen, solange er es nicht in seiner Arbeitszeit tut. Und außerdem trinkt er nur ein Mal im Jahr."

Ihr Vater runzelte die Stirn. „Ein Mal im Jahr?"

„Ja. Und bitte frag mich nicht, warum, ich kann es dir nämlich doch nicht sagen." Sie legte eine Hand leicht auf seinen Arm. „Dad, du weißt, dass es nur an seinem Geschäftssinn liegt, dass wir die Ranch noch haben?"

„Ich weiß", gab er zu. „Aber verdammt noch mal, Pennie, ich kann nicht Regeln für die Männer aufstellen, die hier arbeiten, und dann noch Extraregeln für ihn."

„Er wird es wahrscheinlich sowieso nicht noch mal tun", versicherte sie ihm. „Komm schon, du hast ihn ja auch noch nie dabei erwischt, oder?"

Er verzog das Gesicht. „Stimmt, habe ich nicht. Aber sollte ich jemals …!", fügte er aufgebracht hinzu.

„Ich weiß. Dann schickst du ihn zum Teufel." Sie grinste. „Trink deinen Kaffee. Der ist wenigstens nicht angebrannt. Ich muss heute Nachmittag übrigens nach El Paso, um ein Paket abzuholen."

„Was für ein Paket?"

„Für deinen Geburtstag", schwindelte sie. Das war immerhin möglich, sein Geburtstag war schon in zwei Wochen.

„Was ist es denn", fragte er neugierig.

„Als ob ich dir das verraten würde."

Er ließ das Thema schließlich fallen, trank seinen Kaffee aus und ging wieder zu den Stallungen. Pennie spülte das Geschirr und zog sich dann für ihren Termin beim Anwalt um.

Sie wählte einen Jeansrock und eine modische Streifenbluse, das Haar steckte sie hoch. Mit dieser Frisur sah sie irgendwie reifer aus, fand sie, obwohl sie nichts gegen die Sommersprossen auf ihrer Nase tun konnte. Sie zog noch rasch die Lippen nach und warf einen kritischen Blick in den Spiegel. Nicht so übel, dachte sie, aber diese überflüssigen Pfunde. Wenn sie nur so viel abnehmen könnte, um wie Edie auszusehen …

Mit einem Seufzer schlüpfte sie in ihre blaugrauen hochhackigen Schuhe, griff nach ihrer Handtasche und ging hinunter.

Wie es der Zufall wollte, lief Pennie auf der Veranda geradewegs C.C. in die Arme. Er sah ziemlich angestrengt und staubig aus.

„Brandon ist drüben im Haltepferch", bemerkte er in einem merkwürdig feindseligen Ton. „Ich vermute, er ist der Grund für den ganzen Aufwand?"

„Ich fahre nach El Paso, um einiges zu erledigen", gab sie zurück. „Wie geht es deinem Kopf?" Sie hielt es für besser, ganz natürlich zu klingen, und brachte sogar ein Lächeln zu Stande.

„Es war schlimm genug, bevor ich ihn unter Staub und blökenden Kälbern begrub", antwortete er mürrisch. „Komm noch einen Augenblick mit rein. Ich muss mit dir reden."

Sie wusste nicht, wie sie sich seinem Wunsch hätte widersetzen können, und folgte ihm zögernd zurück ins Haus.

„Hör zu, Pennie, das muss jetzt langsam aufhören", brachte er unwillig hervor.

„Was denn?", stammelte sie.

„Dass du mir bei meinen jährlichen Saufereien hinterherjagst", versetzte er gereizt. Er nahm den Hut ab und fuhr sich mit der Hand durch das verschwitzte schwarzglänzende Haar. „Ich hab den ganzen Tag darüber nachgedacht, was dir letzte Nacht in Juarez alles hätte passieren können. An diesem Teil des Ortes geht es schon bei Tageslicht ziemlich rau zu, von dem, was nachts dort alles passiert, möchte ich gar nicht reden. Ich habe es dir schon oft genug gesagt, ich brauche kein Kindermädchen. Ich möchte nicht, dass du auch nur noch ein einziges Mal so eine Show abziehst."

„Dafür gibt es eine einfache Lösung. Hör auf zu trinken", erwiderte sie trocken.

Er sah ihr prüfend ins Gesicht und schüttelte dann den Kopf.

„Ja, das muss ich wahrscheinlich. Wenn meine Erinnerung mich so täuscht wie gestern …“

Sie musste ihren ganzen Willen zusammennehmen, um sich nicht zu verraten. „Deine Geheimnisse sind bei mir gut aufgehoben, C.C.“, flüsterte sie geradezu bühnenreif und grinste.

Er entspannte sich etwas. „Okay, du junger Hupfer. Geh du jetzt einkaufen.“ Er musterte sie auf eine eindringliche Art, wie nie zuvor, sie spürte, wie ihre Knie weich wurden.

„Stimmt etwas nicht?“, fragte sie mit belegter Stimme.

Er sah ihr in die Augen. „Du läufst ständig nur in Jeans herum, sodass ich manchmal ganz vergesse, dass du auch Beine hast.“ Er lächelte anerkennend. „Und es sind recht hübsche Beine, was ich so sehe.“

Sie wurde rot. „Meine Beine gehen dich gar nichts an, C.C.“, wies sie ihn spröde zurecht.

„Warum? Gehören sie bereits dem rothaarigen Tierarzt?“ Sein Kommentar wurde immer beißender. „Du bist schließlich zweiundzwanzig, darauf weist du mich ja ständig hin, und volljährig, nicht wahr? Kein Mann kann heutzutage noch von seiner zukünftigen Ehefrau erwarten, dass sie unschuldig ist.“

Allein das Wort „Ehefrau“ ließ Pennie erbleichen. Aber sie durfte ihn nicht merken lassen, wie durcheinander sie war. „Das ist richtig“, versetzte sie. „Ich bin volljährig. Ich kann schlafen, mit wem ich will.“

Er sah sie wütend an. „Weiß dein Vater von deiner Einstellung?“

„Was mein Vater nicht weiß, macht ihn nicht heiß“, entgegnete sie nervös. „Ich muss jetzt gehen, C.C.“

Seine Augen drückten Verachtung aus. „Mein Gott, ich dachte, du wärst zumindest in dieser Beziehung altmodisch.“

Das tat weh. Sie senkte den Blick. „Wie du mir wiederum ständig erklärst, geht dich mein Privatleben nichts an“, sagte sie mit hoher Stimme. „Du und Edie, ihr werdet ja wohl bei euren Verabredungen auch nicht gerade Bingo spielen, und ich mache trotzdem keine hässlichen Bemerkungen über deine Moral.“

„Ich bin ein Mann“, fuhr er heftig auf.

Sie hob trotzig den Blick. „Na und? Meinst du vielleicht, die Tatsache, dass du ein Mann bist, gibt dir besondere Rechte? Wenn Männer erwarten, unerfahrene Frauen zu finden, dann haben Frauen auch das Recht, unschuldige Männer zu wollen!“

„Und wo bitte willst du einen finden?"

„Genau das ist das Problem. Du hast das Thema schließlich aufgebracht. Und jetzt muss ich los."

„Wenn du nicht den hübschen Tierarzt triffst, für wen hast du dich dann so herausgeputzt?"

„Es ist nur ein Rock und eine Bluse!"

„Nicht so, wie du es ausfüllst, Kleines", sagte er leise. Er musterte eingehend ihre Figur, bevor er ihr wieder in die Augen sah.

„Ich weiß, dass ich ein bisschen zu dick bin", stieß sie hervor.

„Tatsächlich?" Er zog eine Zigarette heraus und zündete sie an, wobei er Pennie nicht aus den Augen ließ.

Dieser herausfordernde, sinnliche Ausdruck in seinem Blick brachte sie völlig durcheinander. Pennie fuhr sich nervös mit der Zunge über die Lippen und schluckte.

Er kam langsam näher und strich ihr sanft mit der Rückseite des Zeigefingers über die Wange. „Ich dachte, du wärst noch völlig unschuldig, kleine Pennie", sagte er, seine Stimme war tief. „Wenn das nicht stimmt, dann könntest du ziemlich schnell in Schwierigkeiten kommen."

Ihre Lippen öffneten sich leicht, und sie spürte, wie ihr Puls zu rasen begann. Ein sie fast erschreckendes Verlangen nach Liebe und Zärtlichkeit erfüllte sie auf einmal, und für einen Augenblick gab sie sich dieser beinahe schmerzhaften Sehnsucht hin. Doch dann besann sie sich wieder, räusperte sich und wich einen Schritt zurück.

„Ich muss jetzt wirklich gehen", brachte sie mühsam hervor. „Bis später."

C.C. murrte etwas Unverständliches und öffnete ihr die Tür. Sie irritierte ihn, und es machte ihn wütend, dass ihr Körper ihn so anzog, dass er sich nach ihr sehnte. Es machte ihn noch wütender, dass sie anscheinend tatsächlich Erfahrungen hatte. Er wollte nicht, dass andere Hände sie berührten, besonders nicht die des Tierarztes. Sie kümmerte sich nun schon so lange um ihn, dass er sie als seinen persönlichen Besitz angesehen hatte. Aber er hatte immer gedacht, dass sie noch unschuldig war, und sie hatte ihm nun praktisch erzählt, dass das nicht stimmte.

Das änderte einiges. Er hatte sie die ganzen letzten Jahre als tabu eingestuft, aber wenn sie nicht mehr unschuldig war, musste er sich auch nicht mehr solche Gedanken machen. Trotzdem ist es komisch, dachte er, während er ihr nachsah, dass sie so leicht rot wird. Vielleicht war sie doch nicht so erfahren, wie sie vorgab, trotz Brandon Hales Aufmerksamkeiten. C.C.s schwarze Augen wurden schmal. Brandon hatte nicht seine Erfahrung, das verschaffte ihm einen Vorteil. Jawohl. Er zog an der Zigarette und lächelte leicht, während er zusah, wie Pennie in den alten Lincoln ihres Vaters stieg und davonfuhr.

Das Büro des Anwalts befand sich unmittelbar neben dem neuen Einkaufszentrum am Stadtrand. Pennie fuhr in den direkt davor liegenden Parkplatz und holte tief Luft. Es war zu befürchten, dass die Unterredung nicht besonders angenehm würde.

Der Rechtsanwalt war ein erfahrener, sympathischer Mann, der sich die Heiratsurkunde eingehend ansah, Er konnte sowohl Spanisch als auch Englisch, und die Worte, die Pennie vergeblich versucht hatte, mit einem Wörterbuch zu übersetzen, bereiteten ihm keine Schwierigkeiten.

„Es ist alles ganz legal, das kann ich Ihnen versichern", erklärte er nach einer Weile. „Herzlichen Glückwunsch", fügte er mit einem Lächeln hinzu.

„Er weiß nicht, dass wir verheiratet sind." Sie seufzte und erzählte ihm ein paar Einzelheiten. „Macht das denn gar nichts aus, dass er völlig betrunken war?", fragte sie zum Schluss.

„Wenn er nüchtern genug war, um in die Heirat einzuwilligen, um alles in die Wege zu leiten und seinen Namen leserlich unter die Urkunde zu setzen", zählte er auf, „muss ich Ihnen leider sagen, dass die Ehe gültig ist."

„Dann werde ich sie annullieren lassen müssen", stellte Pennie fest.

„Kein Problem", versicherte ihr der Anwalt. „Sie müssen nur mit ihm hierher kommen und unterschreiben, dass ..."

„Er muss es erfahren?", rief sie entsetzt aus.

„Leider ja. Es gibt keine Möglichkeit, die Ehe ohne seine Zustimmung aufzulösen."

Pennie schlug die Hände vors Gesicht. „Ich kann es ihm nicht sagen. Ich kann einfach nicht!"

„Das werden Sie aber müssen", erklärte er geduldig. „Es könnte sonst zu etlichen rechtlichen Schwierigkeiten kommen. Wenn er ein vernünftiger Mann ist, wird er das verstehen."

„O nein, das wird er nicht", erwiderte sie mit tränenerstickter Stimme. „Aber Sie haben recht. Ich muss es ihm sagen. Und das werde ich auch“, fügte sie entschlossen hinzu und erhob sich dann, um ihm die Hand zu reichen.

Pennie war auf sich selbst wütend, dass sie C.C. nicht gleich die Wahrheit gesagt hatte. Sie hatte ihm nur die Verlegenheit ersparen wollen und nicht gedacht, dass das alles so weitreichende Konsequenzen haben würde. Außerdem war der Gedanke, wenigstens für eine kleine Weile C.C.s Frau zu sein, eine solche Versuchung gewesen, dass sie nicht hatte widerstehen können. Jetzt hatte sie ihre Strafe und wusste nicht, was sie tun sollte.

Als Erstes mied sie erst einmal C.C. Da die Männer jetzt während des Viehtriebs vom Morgengrauen bis zur Abenddämmerung arbeiteten, stellte das kein Problem dar. Sie verbrachte ihre Freizeit mit Brandon und wünschte sich nur, sie könnte das für ihn empfinden, was sie für C.C. fühlte. Es war immer so lustig mit Brandon, und sie passten gut zusammen. Nur war es leider so, dass sie mit Brandon bloß eine freundschaftliche Zuneigung verband.

„Ich wünschte, du würdest nicht so viel Zeit mit Hale verbringen“, meinte Ben eines Tages beim Abendessen, als der Viehtrieb langsam seinem Ende zuging und er ausnahmsweise einmal zu Hause war.

„Du bist wohl eifersüchtig, weil er jetzt deinen Apfelkuchen bekommt, während du draußen bei der Arbeit bist“, zog Pennie ihn auf.

Er seufzte. „Nein, das ist es ganz und gar nicht. Ich möchte dich glücklich verheiratet sehen, mein Kind. So wie deine Mutter und ich es waren. Hale ist ein netter junger Mann, aber er ist zu willig. Du würdest ihn schon nach dem ersten Ehejahr an der Nase herumführen. Du bist zu eigensinnig, wie deine Mutter. Du brauchst einen Mann, der dir ebenbürtig ist, den du nicht beherrschen kannst.“

Nur ein Mann fiel ihr da sofort ein, und sie wurde rot und sah schnell weg. „Der Mann, an den du denkst, ist bereits vergeben“, versetzte sie kurz.

Seine Augen, die den ihren so glichen, suchten ihren Blick. „Pennie, du bist alt genug zu verstehen, warum Männer Frauen wie Edie mögen. Er ist ein Mann. Er hat … männliche Bedürfnisse.“

Sie spielte mit ihrem Serviettenring, versuchte, sich nicht noch schlechter zu fühlen, als es sowieso schon der Fall war. „Edie ist seine Angelegenheit, wie er mir einmal unmissverständlich erklärte. Wir haben kein Recht, uns in sein Privatleben einzumischen."

„Sie ist eine komische Wahl für den Vormann einer Ranch, oder?", meinte er nachdenklich und beobachtete sie dabei immer noch aufmerksam. „Eine weltgewandte Städterin, eine geschiedene Frau, die an Wohlstand und eine gewisse Stellung im Leben gewöhnt ist. Findest du es nicht ungewöhnlich, dass sie C.C. mag?"

„Eigentlich nicht. Er ist ja selbst ziemlich gewandt", erinnerte sie ihn. „Er scheint überall hinzupassen. Selbst zu geschäftlichen Besprechungen", fügte sie hinzu und spielte damit auf eine Konferenz an, an der sie vor zwei Jahren alle drei teilgenommen hatten. Damals hatten sie staunend erlebt, wie selbstverständlich und routiniert C.C. sich über Geldanlagen und Wertpapiere unterhalten hatte.

„Ja, ich erinnere mich", stimmte ihr Vater zu. „C.C. ist tatsächlich ein Mann mit vielen Seiten und leider sehr verschlossen, was seine Vergangenheit angeht. Aber von Zeit zu Zeit entschlüpft ihm mal etwas. Jedenfalls sind ihm Wohlstand und eine gewisse Position nicht unbekannt, und manchmal gibt er mir das Gefühl, als ob ich der Anfänger im Geschäft sei. Er kann mit Kapital umgehen wie ein Profi. Es war seine Erfahrung, die mir geholfen hat, die Ranch wieder in die schwarzen Zahlen zu bekommen. Nicht zu reden von all den neuen Techniken in der Rinderzucht, die er mir aufgedrängt hat. Aber genug, ich glaube, ich langweile dich."

„Nein, nein, überhaupt nicht. Du hast ja eigentlich Recht", gestand sie. „Freitagabend gehe ich übrigens mit Brandon tanzen. Hast du etwas dagegen?"

Er zögerte, nickte dann aber. „In Ordnung, solange du daran denkst, dass Samstag mein Geburtstag ist und dass du abends mit mir ausgehst."

„Ja, Sir. Als ob ich das vergessen könnte. Neununddreißig, stimmt's?"

„Sei bloß leise", stöhnte er mit gespielter Empörung auf. „Stattdessen solltest du lieber endlich den Apfelkuchen aufschneiden."

„Ganz, wie du willst", meinte sie und gab ihrem Vater einen liebevollen Kuss auf die Wange.

Sie versuchte, den Rest der Woche nicht an C.C. zu denken, aber das war unmöglich, da sie ihn immer wieder irgendwo auf dem Gelände sah. Er ritt regelmäßig die Ranch ab, um zu überprüfen, ob sich nicht

Rinder anderer Rancher auf Mathews Gebiet verlaufen hatten. Das war hier üblich, denn die Farmen in Südtexas waren einfach riesig. Ihr Vater besaß über zweitausend Stück Vieh, und wenn Kalbzeit war, dauerte es eine ganze Weile, bis die Tiere im Frühjahr und im Herbst alle das Brandzeichen hatten und geimpft waren. Es war eine schmutzige, heiße, undankbare Arbeit.

Das Cowboyleben, das so vielen romantisch und verlockend erschien, die es nicht näher kannten, hieß in Wirklichkeit wenig Lohn und harte Arbeit. Der Vorteil war eine fast grenzenlose Freiheit. Die Männer lebten hier im Einklang mit der Natur. Sie hatten Zeit, den Himmel zu beobachten, den Gang der Gestirne zu betrachten und den Rhythmus der Natur hautnah mitzuerleben. Sie waren keinen Zwängen der Zivilisation ausgesetzt und nur den Vorschriften und Regeln unterworfen, die die Natur schrieb.

Pennie dachte über all das nach und fand, dass der Preis für ein so ungebundenes Leben nicht zu hoch war. Schließlich konnte man in keinem anderen Beruf so frei arbeiten. Wäre sie ein Mann, sie wäre mit Leib und Seele Cowboy gewesen.

Vielleicht waren diese Überlegungen auch für C.C. der Grund, bei ihnen auf der Ranch zu arbeiten, ging es Pennie durch den Kopf. Außerdem hatte er im Umgang mit Tieren eine auffallend glückliche Hand. Sie hatte ihm mehr als einmal zugesehen, wenn er Pferde zuritt. Es war ein Genuss. Er würde das Pferd nie unterdrücken, demütigen oder verletzen, aber sobald er sich einmal auf seinem Rücken befand, gab es gar keinen Zweifel, wer der Herr war. Er saß fest im Sattel, sein Gesicht war angespannt vor Konzentration, die Augen glänzten, und die schmalen Lippen zeigten während des ganzen Kampfes ein wildes Lächeln, bis er das Tier zum Nachgeben gezwungen hatte.

Das Bild stand immer wieder vor Pennies Augen, und sie dachte dabei unwillkürlich an eine andere Art von Eroberung. Sie hätte gerne gewusst, ob C.C. als Liebhaber genauso war, ob er die gleichen glänzenden Augen hatte, das gleiche wilde Lächeln auf den schmalen Lippen, wenn er eine Frau voller Leidenschaft liebte.

Am Freitagabend holte Brandon Pennie pünktlich ab, und sie fuhren gut gelaunt nach El Paso.

Sie gingen in ein Restaurant, das in der ganzen Gegend berühmt war für seine Steaks und für den herrlichen Blick über die Stadt. Es befand sich im vierzehnten Stock eines bekannten Hotels.

„Ich mag den Blick von hier oben zu gerne", sagte Pennie zu Brandon und lächelte ihn an. Sie saßen an einem der riesigen Fenster und konnten bis zu den Franklin Mountains hinüberblicken.

Pennie hatte ihr ganzes Leben in der Nähe von El Paso verbracht und die Wüste schon immer geliebt. Die Touristen, die hier durchfuhren, sahen nur ein weites Land zwischen den Bergen, ohne viel Leben. Pennie sah die blühenden Agaven, die Feigen- und die Säulenkakteen und was es an verschiedensten Kakteenarten gab. Sie sah die Mammutbäume und das Wunder des Sonnenuntergangs hinter der Bergkette. Sie liebte die Wüste, die die Stadt umgab. Und natürlich liebte sie das Gebiet, in dem ihre Ranch lag, noch mehr.

„Der Blick von hier ist wirklich einzigartig", stimmte ihr Brandon zu und riss sie damit aus ihren Gedanken. „Aber du gefällst mir besser als alle Berge und die Wüste", fügte er hinzu, und sein Blick hing bewundernd an ihrem schlichten malvenfarbenen Kleid, das ihre wohlgeformte Figur gut zur Geltung brachte. Ihr Haar, das sie in einem lockeren Knoten trug, lenkte die Aufmerksamkeit auf die feinen Linien ihres Gesichtes und ihre großen hellbraunen Augen. Sie hatte heute mehr Make-up aufgelegt als sonst und sah wirklich ausnehmend hübsch aus. Aber es war ihre weibliche Figur, die Brandons Aufmerksamkeit erregte. Wenn sie sich schick anzog, konnte sie es in seinen Augen mit jedem Mannequin aufnehmen.

„Was möchten Sie trinken?", fragte die Bedienung.

„Für mich einen Weißwein, bitte", bestellte Pennie.

„Für mich das Gleiche", fügte Brandon hinzu.

Die Bedienung ging, und Brandon, der in seinem dunklen Anzug wirklich gut aussah, lehnte sich nach vorn und sah sie verliebt an. „Warum willst du mich nur nicht heiraten?", fragte er. „Hat es was mit den Tieren zu tun, von denen ich ständig umgeben bin?"

Sie lachte. „Ich liebe Tiere. Aber ich bin noch nicht so weit zu heiraten." Ganz abgesehen davon, dass ich es bereits bin, setzte sie in Gedanken hinzu. Aber das war ein anderes Thema.

„Du bist eine alte Frau von zweiundzwanzig", drängte Brandon weiter, „und bevor du dich's versiehst, bist du eine alte Jungfer."

„Nein, ganz bestimmt nicht. Aber ich habe einfach noch nicht entschieden, was ich mit meinem Leben anfangen möchte." Das stimmte.

Sie war nie aufs College gegangen. Nachdem sie die High School abgeschlossen hatte, war sie zu Hause gebraucht worden. „Ich mag Zahlen“, meinte sie nachdenklich. „Ich dachte, ich könnte vielleicht noch einen Kurs in Buchführung oder so etwas machen.“

„Du könntest für mich arbeiten. Ich brauche eine Buchhalterin“, bot er ihr sofort an.

„Tut mir leid, die braucht Dad auch. Jack Berry, unser augenblicklicher Buchhalter, ist ein hoffnungsloser Fall. Und Dad auch. Sollte ich mich entschließen, einen Buchführungskurs zu machen, wird Dad mich ganz bestimmt behalten wollen. Er hasst es, Jacks Buchführung durchgehen zu müssen.“

„Das kann ich verstehen ... Oh, hoppla, sieh dir bloß dieses Kleid mal an!“ Brandon pfiff leise voller Anerkennung.

Pennie wandte den Kopf leicht zur Seite, um seinem Blick folgen zu können, und ihr blieb fast das Herz stehen.

Edie kam gerade zur Tür herein. Sie trug ein rotes Kleid, dessen Rückenausschnitt bis zur Taille ging und das vorne ebenfalls einen ziemlich tiefen V-Ausschnitt hatte. Hinter ihr stand ein gelangweilt aussehender C.C. in einem dunklen Anzug. Seine scharfen Gesichtszüge zeigten Spuren von Müdigkeit. Er hatte wohl die harte Arbeit der letzten zwei Wochen noch nicht abschütteln können. Pennie konnte es kaum ertragen, ihn anzusehen.

Er musste ihren Blick gespürt haben, denn er drehte den Kopf und sah in ihre Richtung. Unfähig, seinen Blick zu erwidern, schaute sie schnell weg und lächelte Brandon an.

„Du solltest lieber nicht so genau hinsehen“, sagte sie liebenswürdiger, als sie es eigentlich vorgehabt hatte. „C.C. betrachtet diese Frau als sein Eigentum.“

„Er hat dich ziemlich böse angesehen. Solltest du heute Abend zu Hause bleiben oder so etwas?“

„Nein. Er ist wahrscheinlich nur müde“, meinte sie und versuchte, sich nicht an ihre letzte hautnahe Begegnung mit ihm zu erinnern. Allein bei dem Gedanken daran, was er zu ihr gesagt hatte, fing ihr Puls zu rasen an. Sie liebte einfach alles an ihm, aber so wie er sich um Edie kümmerte, hatte er ihr gegenüber wohl kaum ähnliche Gefühle. Sie vermied sorgfältig jeden Blick in seine Richtung und bemerkte somit nicht, in welch schlechter Laune er sein Abendessen einnahm.

4. KAPITEL

Wenn Pennie gehofft hatte, dass C.C. und seine Freundin das Lokal verlassen würden, ohne sie zu begrüßen, wurde sie enttäuscht. Nachdem er und Edie das Dessert beendet hatten, drängte C.C. sofort zu Pennies Tisch.

„Oh, hallo“, sagte Brandon und warf Edie einen bewundernden Blick zu. „Wie gehts denn so, nachdem der Viehtrieb nun zu Ende ist, C.C.? Ich habe jedenfalls langsam genug davon. Dabei habe ich morgen noch zwei Herden zu untersuchen.“

„Es ist ganz angenehm, wieder etwas mehr Freizeit zu haben“, antwortete C.C. gleichgültig, dabei schaute er unverwandt Pennie an. „Ich habe dich seit zwei Wochen nicht mehr gesehen“, fuhr er sie unvermittelt an. „Ich hatte schon den Eindruck, du gehst mir aus dem Weg.“

Pennie war wie vor den Kopf gestoßen von der plötzlichen Attacke und der unterdrückten Wut in seiner Stimme. Sie war nicht die Einzige. Brandon und Edie tauschten ebenfalls fragende Blicke aus.

„Ich wollte dir nicht aus dem Weg gehen“, erwiderte sie schließlich, konnte ihm aber nicht in die Augen sehen. Die Erinnerung an ihre letzte Begegnung stand zwischen ihnen. „Du warst ja fast ständig draußen, genau wie Dad. Und ich musste meine Arbeit erledigen. Es gab viel zu kochen, und Wiley brauchte mich beim Auffüllen des Versorgungswagens.“

Die Ranch der Mathews war eine der wenigen Ranches, die immer noch einen eigenen Versorgungswagen hatten. Das Gelände war einfach zu groß, als dass zwei Dutzend Männer untertags zum Essen zurückkommen konnten. Wiley, einer der älteren Männer auf der Ranch, war mit dem Versorgungswagen unterwegs, und Pennie half ihm morgens immer beim Einladen.

„Du bist sonst auch oft rausgekommen und hast uns bei der Arbeit zugesehen“, beharrte C.C. auf seiner Meinung. Seine Augen wurden ganz schmal.

Es war praktisch eine Frage, aber Pennie wollte sie nicht beantworten. Sie war sich Edies forschenden Blickes nur zu bewusst und knüllte ihre Serviette zusammen.

„Ich bin zu dick“, antwortete sie wütend und sah ihn herausfordernd an. „Ich komme zurzeit nicht so gut in den Sattel. Bist du jetzt zufrieden?"

„Du bist nicht zu dick", versetzte C.C. kurz.

„Ein bisschen schon", schob Edie entschuldigend ein und fasste besitzergreifend nach C.C.s Arm. „Wir Frauen sind sehr empfindlich, was ein paar Pfund mehr betrifft, nicht wahr, Penelope? Besonders wenn sie auf unseren Hüften sitzen."

Was verstehst du schon davon, hätte Pennie am liebsten gefragt, denn Edie mit ihrer übertriebenen Schlankheit hatte eine ausgesprochen knabenhafte Figur. Edies Bemerkung hatte Pennie verletzt, und sie wünschte nur, sie wüsste, weshalb sie das Thema überhaupt angeschnitten hatte. Es war dumm und ungeschickt gewesen. Aber so verhielt sie sich zurzeit ja immer, wenn C.C. ihr zu nahe kam.

„Ich finde Pennie genau richtig", erklärte Brandon und nickte ihr aufmunternd zu. „Mir gefällt sie so."

„Das ist lieb von dir." Pennie lächelte ihn dankbar an.

„Warum ist dein Vater denn nicht hier?", fragte C.C. plötzlich. Sein Gesicht war ganz kantig geworden, als er sah, wie Pennie Brandon angelächelt hatte.

Pennie schaute ihn verständnislos an. „Ich nehme meinen Vater eigentlich selten mit, wenn ich mit einem Mann ausgehe, C.C."

„Morgen ist sein Geburtstag", erinnerte C.C. sie leicht spöttisch. Er hasste es, sie mit Hale zusammen zu sehen, hasste es, dass sie ihm aus dem Weg gegangen war. Aber was ihm am meisten ausmachte, war die Tatsache, dass sie offensichtlich mit dem Clown neben ihr ins Bett ging. Der Gedanke an Pennie in den Armen eines anderen Mannes machte ihn ganz krank. Er war die ganze Zeit beim Viehtrieb schon schlecht gelaunt und unnahbar gewesen, weil es ihm nicht aus dem Kopf ging, dass sie behauptet hatte, nicht mehr unschuldig zu sein. Sie hatte seine Illusionen zerstört, und er wollte, dass sie sich genauso schlecht fühlte wie er.

„Ich weiß, dass morgen sein Geburtstag ist", konterte Pennie. „Brandon und ich nehmen ihn am Morgen mit zur Septemberparade nach Juarez. Nicht wahr, Brandon?", fügte sie schnell hinzu. Sie hatten nichts dergleichen vorgehabt, aber sie konnte C.C. einfach nicht sagen, dass alles, was sie geplant hatte, ein Geburtstagskuchen und ein nettes Abendessen war. Nicht jetzt, wo er sie ansah, als ob sie der Todfeind Nummer eins und die undankbarste Tochter der Welt sei.

„Stimmt", bestätigte Brandon sofort.

Schon wieder Hale, dachte C.C. wütend und warf Brandon einen vernichtenden Blick zu. Dann sagte er spöttisch: „Ich nehme an, dass er ganz aus dem Häuschen ist, dass Sie sich für seinen Geburtstag Zeit nehmen."

„Was ist denn nur mit dir los?", fragte Pennie. Wollte er hier einen Streit anfangen? Sie wurde ganz steif auf ihrem Stuhl und war sich Edies Fassungslosigkeit über C.C.s Benehmen nur zu bewusst.

„Er hat ein paar harte Wochen hinter sich, das ist alles", versuchte Brandon die Spannung zu beheben. „Ich sollte das eigentlich wissen. Ich bin schließlich auch fast ständig draußen gewesen."

„Nach dem Viehtrieb haben immer alle schlechte Laune", stimmte Pennie ihm zu. Sie sah zu Edie auf. „Wie geht es Ihnen? Ihr Kleid ist einfach wundervoll."

„Dieser alte Fetzen?", kicherte Edie. „Aber vielen Dank. Ich dachte, es würde meinen Freund hier etwas aufmuntern, aber es scheint nicht viel genützt zu haben."

„Oh, meinst du?", erwiderte C.C. gedankenverloren und war schließlich doch abgelenkt. Er blickte noch einmal kurz zu Pennie, bevor er besitzergreifend den Arm um Edies Schultern legte und sie an sich zog. Seine Stimme wurde tiefer und verheißungsvoll. „Komm mit, und ich werde versuchen, dich vom Gegenteil zu überzeugen."

„Das ist ein Angebot, dem ich kaum widerstehen kann", gab Edie kokett zurück. „Gute Nacht, Penelope, Brandon."

Sie verabschiedeten sich, und Pennie vermied es, den beiden nachzublicken. Er war ihr Ehemann. Sie wollte am liebsten aufstehen und es herausschreien. Edie von ihm fortziehen. Den Gedanken, was C.C. mit Edie machte, wenn die beiden allein waren, konnte sie kaum ertragen.

„Du Arme", sagte Brandon mitfühlend. Er hatte Pennies Gemütsverfassung deutlich an ihrem Gesichtsausdruck erkannt. „So ist es also."

„Ich hab mich ziemlich lange um ihn gekümmert", versuchte Pennie zu erklären. „Ich bin nur übermäßig besorgt. Das muss aufhören. Er ist schließlich nicht mein Küken, und ich bin nicht seine Glucke. Na ja, vielleicht ein Mal im Jahr, aber auch nur dann."

Brandon nahm ihr das nicht ab. Er legte eine Hand auf ihre. „Wenn du jemals eine Schulter brauchst, an der du dich ausweinen möchtest, dann nimm meine", sagte er liebevoll. „Und solltest du einmal über ihn hinweg sein ..."

„Danke." Sie lächelte zaghaft.

„Ich hoffe, du weißt, dass ich dich und deinen Vater morgen nicht zur Parade begleiten kann?", fragte er behutsam.

„Ja, natürlich. Tut mir leid. Ich weiß nicht einmal, warum ich es gesagt habe. Er hat mich nur so wütend gemacht. Ich wollte meinem Vater eine Torte backen, das ist alles."

„Ich hätte nichts dagegen, ihm beim Essen Gesellschaft zu leisten, aber ich muss morgen die Herde des alten Reynold untersuchen", erklärte er seufzend. „Ich werde sicher nicht vor Mitternacht zu Hause sein."

„Ich werde dir ein Stück Torte aufheben. Danke, dass du mir die Stange gehalten hast."

„Gern geschehen." Er runzelte die Stirn. „Es ist gar nicht C.C.s Art, so in der Öffentlichkeit einen Streit anzufangen."

„Vielleicht war er nur so schlecht gelaunt, weil er Edie zwei Wochen nicht gesehen hatte", erwiderte sie unglücklich und merkte, wie viel ihr dieser Gedanke ausmachte. Wenn sie sich vorstellte, wie er diese Nacht mit seiner blonden Freundin die letzten zwei Wochen nachholte ...

Sie fühlte sich miserabel. „Es ist alles so kompliziert, Brandon", seufzte sie. „Ich habe uns in eine furchtbare Lage manövriert, und nein, ich kann nicht darüber reden. Können wir bitte gehen? Ich habe fürchterliche Kopfschmerzen."

Brandon brachte Pennie nach Hause, und sie schaffte es, ohne einen Gutenachtkuss davonzukommen. C.C.s Auftritt hatte ihr den Abend verdorben. Sie hatte gehofft, ihn für eine Weile aus dem Sinn zu bekommen, aber das Schicksal schien es anders zu wollen.

Pennie schlief kaum und wachte am nächsten Morgen mit heftigen Kopfschmerzen auf, die nur noch schlimmer wurden, als C.C. später lächelnd in die Küche kam. Sie musste nicht überlegen, um zu wissen, warum er so selbstgefällig und zufrieden dreinsah. Er hatte wahrscheinlich eine traumhafte Nacht mit Edie verbracht. Obwohl sie immer vermutet hatte, welche Art von Beziehung er zu Edie unterhielt, konnte sie nun doch ihre Gefühle kaum mehr verbergen.

„Was willst du?“, fragte sie gereizt.

Er hob die Augenbrauen. „Zuerst einmal Kaffee. Und danach möchte ich noch kurz mit deinem Vater sprechen, bevor du mit ihm und dem glücklichen Tierarzt in die Stadt fährst.“

Sie hatte ihn gestern Abend angelogen, und jetzt stand sie da und wusste nicht, was sie darauf sagen sollte. Sie wurde rot.

C.C. sah Pennie prüfend an, schob seinen Hut zurück und lehnte sich gegen den Küchenschrank. „Ihr geht doch mit ihm zur Parade?“, fragte er, und diesmal war sein Ton nicht so bösartig wie gestern Abend.

Sie schüttelte nur den Kopf und wischte sich das Mehl von den Händen, klopfte es von ihrem weitschwingenden Baumwollrock, den sie zu einem schmalen gelben Oberteil trug.

„Warum hast du es dann behauptet?“, wollte er wissen.

Sie sah ihn böse an. „Weil du mir gestern Abend das Gefühl gegeben hast, als ob ich egoistisch und undankbar wäre und mir nichts aus meinem eigenen Vater machte.“

Sein Blick wanderte ihren Körper hinab und wieder hinauf. Es war, als ob er sie berührte. Kein Mann hatte sie jemals so angesehen, so sinnlich, als ob er über ihre nackte Haut strich. Sie hielt den Atem an.

C.C. hielt ihren Blick gefangen, las ihre Gefühle daraus. Also war Pennie doch nicht gegen ihn gefeit. Sie mochte erfahren sein, aber sie war trotzdem noch verletzlich. Ein leichtes Lächeln umspielte seine Mundwinkel.

„Ich weiß, dass du dich viel um deinen Vater kümmerst“, meinte er schließlich. „Ich mag nur nicht, dass du so viel Zeit mit Hale verbringst.“

„Brandon ist …“

„Ein Clown“, beendete er für sie den Satz, und sein Lächeln verschwand. „Zu unzuverlässig und labil für eine Frau wie dich. Er hat dich wahrscheinlich noch nie richtig befriedigt.“

Was C.C. damit meinte, war deutlich aus seinem Ton herauszuhören, und Pennie hätte fast die Mehltüte fallen lassen. Sie wandte ihm den Rücken zu und rührte eifrig in ihrem Teig.

Er trat dicht hinter sie, und sie spürte seine Wärme in ihrem Rücken. Sie roch das Rasierwasser, das er benutzte. Ihr ganzer Körper war angespannt, wartete darauf, dass er sie berührte, streichelte, liebkoste.

„Was machst du da?", fragte er.

Pennie versuchte, sich ihre Erregung nicht anmerken zu lassen. C.C. hatte sie nicht berührt. Sie spürte seinen Atem in ihrem Nacken, aber er sah ihr nur über die Schulter, das war alles. Sie hätte sich am liebsten umgedreht, ihn geküsst, sich an ihn geschmiegt. Sie musste all ihre Kraft zusammennehmen, um nicht diesem übermächtigen Verlangen nachzugeben, das seine unmittelbare Nähe bei ihr auslöste. Vielleicht wusste er nicht, wie empfänglich sie für ihn war, und sie wollte, dass das so blieb.

„Ich mache Pfannkuchen." Du lieber Himmel, war dieses heisere Flüstern wirklich ihre Stimme?

„Was ist mit Speck? Ich mag guten Landspeck."

„Ja, ich weiß. Ich werde ihn braten, während die Pfannkuchen backen. Dort drüben steht Kaffee auf dem Herd, wenn du welchen möchtest."

„Hab ich gesehen."

Aber er bewegte sich nicht. Sie wendete den Pfannkuchen, und ihre Hände zitterten. Er quälte sie. Sie wäre am liebsten davongelaufen.

Hilflos drehte sie sich um und sah in seine Augen. Sofort war ihr alles klar. Dieser belustigte Zug in seinem Gesicht zeigte ihr, dass er nur zu genau wusste, was er bei ihr auslöste.

„Mache ich dich nervös, Pennie?", fragte C.C. langsam und sah auf ihre vollen, leicht geöffneten Lippen. „Das sollte ich aber nicht, wenn Hale genug für dich ist."

Ihr Atem ging schneller. Sie drehte hastig den Kopf zur Seite und sah auf den Pfannkuchen. „Ist Edie denn genug für dich?", konterte sie bissig.

„Wenn ich in Stimmung bin, ist mir jede Frau genug", antwortete er kurz. Er war ärgerlich darüber, dass sie nicht zugab, dass er ihr etwas bedeutete.

„C.C.!", rief Pennie aus und wirbelte herum.

Er legte die Hände neben ihren Hüften auf die Tischplatte, sodass sie zwischen seinen Armen gefangen war. „Du willst nicht, dass ich weiß, dass du mich magst. Warum?"

„Das ist nicht fair“, flüsterte sie. „Ich habe mich die ganzen letzten Jahre um dich gekümmert. Ich habe mein Bestes getan, damit du dich hier wohl fühlst, und dir geholfen, wo ich konnte. Ist das deine Art, sich bei einer Freundin zu bedanken?“

„Ich habe dir schon einmal gesagt, dass ich kein Kindermädchen brauche. Aber du bist mir aus dem Weg gegangen, und das mag ich nicht. Ich will wissen, warum?“

„Und so willst du das herausfinden?“ Ihre Stimme zitterte ein bisschen. Sie konnte seine Nähe fast nicht mehr ertragen.

„So geht es am schnellsten“, antwortete C.C. „Du bist mir seit dem Tag im Flur ausgewichen.“ Seine Augen wurden schmal. „Eigentlich schon seit dieser Nacht in Juarez. Was habe ich dir getan, Pennie? Wollte ich mit dir schlafen?“

„Nein!“, brach es aus ihr heraus.

„Was ist dann passiert?“

Pennie konnte es ihm nicht sagen. Sie sollte es, aber sie konnte einfach nicht. „Du hast gesagt, ich könnte dich wahrscheinlich über meine Schulter werfen und aus der Bar tragen“, erzählte sie nur und wiederholte die Beschimpfungen, mit denen C.C. sie bedacht hatte. „Dass man bei mir gar nicht wüsste, ob ich überhaupt eine Frau sei ...“

Er erinnerte sich nicht daran. Aber er konnte sehen, dass sie verletzt war, und das brachte ihn durcheinander. „Ich war betrunken“, erklärte er entschuldigend. „Du weißt, dass nichts von dem, was ich sagte, mein Ernst war.“

Pennie lachte gequält auf. „Nein? Ich dachte immer, dass Betrunkene die Wahrheit sagen.“

C.C. zog scharf die Luft ein. „Was habe ich noch gesagt?“

„Das war mehr als genug. Ich habe nicht weiter zugehört.“

„Und deshalb bist du mir aus dem Weg gegangen?“, drang er weiter in sie, als ob es ihm wichtig sei. Tatsächlich war es ihm auch wichtig. Er hatte darunter gelitten, wie schon lange nicht mehr.

Pennie zögerte. Dann nickte sie.

Er beugte den Kopf und legte seine Wange an ihre, rieb sie ganz sanft. Die Spannung zwischen ihnen war in der Stille der Küche fast greifbar. Sie meinte, ihre eigenen Herzschläge zu hören ... oder waren es seine? Atmete sie denn überhaupt noch? C.C. roch nach Rasierwasser und Tabak, seine Wange war rau und warm. Er versuchte nicht, sie zu küssen oder an sich zu ziehen. Aber sein Gesicht lag an ihrem, und sie spürte seine Nähe, seine Wärme. Sie schloss die Augen und genoss die wunderbare Vertrautheit, die sie in diesem Moment verband.

„Pennie, wo zum Teufel ist die Zeitung?"

C.C. hob den Kopf, als Bens Stimme aus dem Flur ertönte. Er schaute forschend in Pennies verträumtes Gesicht. Ihre Blicke trafen sich für einen langen Moment, dann drehte Pennie sich schnell zum Herd um. Um ihre Verwirrung zu überspielen, beschäftigte sie sich intensiv mit dem Pfannkuchenteig.

„Da bist du ja. Morgen, C.C." Ben betrat die Küche. „Ich habe die Zeitung inzwischen gefunden", fügte er hinzu und wedelte damit. Er ging zum Tisch und setzte sich. „Pennie hat sie bereits hereingeholt."

„Alles Gute zum Geburtstag", gratulierte Pennie mit einem gezwungenen Lächeln. „Ich mache gerade Frühstück."

„Habe ich gesehen. Bekomme ich einen Kuchen?"

„Kokosnuss, deinen Lieblingskuchen, und dein Lieblingsessen heute Abend."

„C.C., du kannst kommen und mir dabei helfen", lud er den jungen Mann ein.

„Tut mir leid, das geht nicht", erwiderte C.C. und sah auf Pennies Rücken. „Ich habe Edie versprochen, mit ihr zur Parade zu gehen, und danach wollte sie in Juarez einen Einkaufsbummel machen."

„Na ja, das wird euch sicher Spaß machen", meinte Ben langsam. Er spürte die Spannung, die in der Luft lag.

„Komm doch mit uns. Du auch, Pennie", schlug C.C. ganz spontan vor. „Feiern wir doch deinen Geburtstag in Mexiko, Ben."

„Gute Idee! Ich habe schon wer weiß wie lange keinen freien Tag mehr gehabt. Danach kannst du mit Edie ja zu uns zum Abendessen kommen, nicht wahr, Pennie?"

Sie dachte, sie müsste sterben, und dankte dem Himmel, dass niemand ihr Gesicht sehen konnte. „Natürlich", antwortete sie gepresst. „Das wird sicher lustig werden." Was hätte sie sonst sagen sollen. Es war schließlich Bens Geburtstag, und er sollte ihn natürlich so verbringen, wie er es wollte. Aber sie war immer noch ganz durcheinander von der Art, wie C.C. sie berührt hatte. Bei dem Gedanken, ihn den ganzen Tag mit Edie zusammen sehen zu müssen, wäre sie am liebsten einfach hinausgerannt.

„Nur wir vier", fügte C.C. hinzu, als er sich mit einer Tasse Kaffee hinsetzte. „Ohne Hale."

Pennie schluckte. „Brandon kann sowieso nicht kommen. Er muss den ganzen Tag arbeiten."

„Ich dachte, du magst Brandon", meinte Ben und sah C.C. neugierig an.

„Tu ich ja auch. Ich mag nur nicht, dass er ständig um Pennie herumschwänzelt", gab C.C. ehrlich zu. „Sie hat etwas Besseres verdient."

Ben kicherte. Nun verstand er, weshalb Spannung in der Luft lag. Er blickte neugierig zu seiner Tochter, auf ihre roten Wangen, und sah, wie sie hastig die Pfannkuchen wendete. Er hätte nur zu gern gewusst, wobei er die beiden bei seiner Ankunft in der Küche wohl unterbrochen hatte. Dann fragte C.C. ihn etwas über die Kühe, die sie verkaufen wollten, und die Sache war vergessen.

Die Pfannkuchen waren schnell alle. Pennie musste sehen, dass sie selbst überhaupt einen bekam. Das Rührei und der Speck waren fast noch schneller alle.

„Meine Güte, habt ihr heute einen Appetit", rief sie aus.

„Kann ich etwas dafür, dass du die beste Köchin weit und breit bist?", fragte C.C. unschuldig.

„Eine gute Köchin schlägt jede Modepuppe", bemerkte Ben geradeheraus. „Du solltest das Mädchen heiraten, C.C., bevor sie ihre Töpfe woanders aufstellt."

„Dad!", rief Pennie völlig außer sich. Sie wurde ganz weiß vor Schreck und dachte an die Heiratsurkunde in ihrer Schublade.

C.C. runzelte die Stirn. Das war eine merkwürdige Reaktion für eine Frau, die noch vor wenigen Minuten so empfänglich für seine Aufmerksamkeit gewesen war. Sie reagierte überhaupt in letzter Zeit so komisch. Er glaubte nicht, dass es nur an seinen Ausfälligkeiten gegen sie in Juarez lag. Nein, es musste noch einen anderen Grund geben. Irgendetwas war in dieser Nacht vorgefallen. Aber was?

„Ich möchte nicht heiraten. Weder eine gute Köchin, noch eine Modepuppe", erwiderte er abwesend und wandte seine Aufmerksamkeit wieder dem Essen zu.

„Möchtest du keine Kinder?", fragte Ben neugierig.

Pennie zuckte unmerklich zusammen, als sie sah, wie diese an sich harmlose Frage C.C. traf. Ihr Vater wusste ja nichts von dessen Vergangenheit.

„Nimm doch noch einen Pfannkuchen“, meinte sie hastig und schob ihrem Vater den Teller hin.

Ben reagierte schnell. Er merkte sofort, dass er in ein Fettnäpfchen getreten war. „Gut, wo ist der Honig?“, fragte er und überspielte die kurze Stille. „Du hast ihn aufgegessen, stimmts? Es war mein Honig!“

„Es war dein Apfelkuchen“, gab sie zurück. „Du hast ihn ganz allein aufgegessen und mir nicht einmal ein Stück angeboten. Also kannst du den Honig vergessen, der ist jetzt für mich!“ Sie griff sich das Glas und schaute ihn über den Tisch hinweg triumphierend an.

C.C. war von ihrem Versuch, ihn selbst jetzt noch zu beschützen, gerührt. Er sah sie unauffällig an und merkte erstaunt, wie anziehend er sie fand. Eigentlich erschien sie ihm gar nicht als zu dick. Sie sah aus, wie eine Frau aussehen sollte, weich und rund und süß. Er mochte ihre Sommersprossen und wie ihr Haar in der Sonne glänzte. Er mochte ihre Art zu reden und wie sie roch. Er mochte vieles an ihr. Und wenn die quälenden Erinnerungen an die Vergangenheit nicht gewesen wären, hätte er es sich vielleicht sogar überlegt, sie zu heiraten. Aber so wie die Dinge standen – nein. Die Ehe war ein Teil des Lebens, den er bereits hinter sich hatte. Trotz seiner Eifersucht auf Hale war der wahrscheinlich besser für Pennie als er.

Er hätte sie nie berühren dürfen. Jetzt musste er den Schaden, den er angerichtet hatte, als er vorhin beinahe den Kopf verloren hatte, wieder gutmachen. Am besten spielte er die Sache mit Edie hoch, damit Pennie nicht auf irgendwelche abwegigen Gedanken kam. Freundschaft war alles, was er anbieten konnte, und je früher er das klarstellte, desto besser. Aber dazu musste er sich selbst erst einmal unter Kontrolle bekommen. Pennie stieg ihm jeden Tag mehr in den Kopf. Er verstand nicht, weshalb er plötzlich von ihr so fasziniert sein konnte. Vielleicht lag es an der vielen Arbeit der letzten Wochen.

„Ich sagte, wann wollt ihr los?“, fragte ihn Ben zum zweiten Mal.

„Um neun Uhr dreißig“, antwortete C.C. und trank seinen Kaffee aus. „Wir wollen ja die Parade nicht verpassen.“

„Bist du sicher, dass du uns beide dabeihaben willst?“, fragte Pennie zögernd.

Er stand auf und sah sie an. „Es ist der Geburtstag deines Vaters.

Natürlich bin ich sicher. Edie und ich freuen uns, wenn wir Gesellschaft haben.“ Sein Blick war spöttisch. „Schließlich sind wir oft genug allein. Und wir werden es heute Nacht wieder sein, wenn ich sie nach Hause bringe. Es macht mir nichts aus, sie gelegentlich zu teilen.“

Ben gluckste, aber Pennie hatte das Gefühl, als sei sie geohrfeigt worden. Nachdem sie sich gerade so nahe gekommen waren, schmerzte es sie, daran erinnert zu werden, dass C.C. zu jemand anderem gehörte. Sie stand auf und begann geistesabwesend den Tisch abzuräumen.

C.C. ging hinaus, ohne sich noch einmal umzudrehen. Er hasste es, ihr wehzutun und wusste doch nicht, wie er sich anders verhalten könnte.

Pennie nahm sich Zeit zum Umziehen. Sie überlegte, ob sie eines ihrer farbenfrohen mexikanischen Kleider zur Parade tragen sollte. Aber wenn Edie mitkam, brauchte sie sich eigentlich gar keine Mühe zu geben, vorteilhaft auszusehen. Neben der eleganten Edie fühlte sie sich sowieso unscheinbar.

Sie zog eine graue Hose und einen khakifarbenen Pulli an. Das Haar band sie zu einem Pferdeschwanz zusammen. Sie schminkte sich auch nicht, und als sie in den Spiegel blickte, fand sie, dass sie furchtbar aussah. Gut. Das würde C.C. Tremayne zeigen, was sie von ihm hielt!

Das tat es auch. Er runzelte unwillig die Stirn, als er sie sah, nicht anders als ihr Vater.

„Was, zum Teufel, ist denn mit dir passiert?“, fragte C.C. Er hatte sich auch umgezogen und trug jetzt ein gelbes Hemd, das ihm ausgezeichnet stand, dazu eine braune Hose.

„Was meinst du? Ich sehe aus wie immer“, verteidigte sich Pennie schnippisch.

„Gestern Abend hast du nicht so ausgesehen“, beschwerte sich C.C.

„Gestern Abend habe ich mich für Brandon schick gemacht“, antwortete Pennie und sah ihn herausfordernd an. „Für dich macht sich heute Edie schick“, fügte sie hinzu.

C.C. sah unangenehm berührt weg. Er hatte es verdient. „Fertig, Ben?“, fragte er seinen Boss, der so gekleidet war wie immer.

„Ich brauche nur noch meinen Hut.“ Ben sah auf seine Tochter und schüttelte den Kopf. „Du hättest dein mexikanisches Kleid anziehen können, wenigstens für mich. Ich finde, es passt genau zu einer Fiesta.“

„Es passt nicht", log sie, „und außerdem sehe ich darin wie ein Nilpferd aus …"

„Du siehst überhaupt nicht wie ein Nilpferd aus", fuhr C.C. ärgerlich dazwischen. „Meine Güte, kannst du nicht aufhören, dauernd auf deinem Gewicht herumzureiten? Du bist in Ordnung, so wie du bist. Du siehst zumindest wie eine Frau aus. Bei dir muss niemand raten, wo vorne ist."

Pennie sah ihn überrascht an. Er starrte zurück und drehte sich abrupt um, als Ben zu ihnen kam.

Sie fragte sich, ob sie C.C. jemals verstehen würde. Er benahm sich in letzter Zeit so komisch, wie ein Verliebter. Sie seufzte. Wahrscheinlich war es nur noch eine Frage der Zeit, bevor er und Edie sich zusammentaten, auch wenn er beim Frühstück behauptet hatte, er wolle nie heiraten. Und außerdem, weshalb sollte er sie überhaupt ansehen, wenn er jemand so Hübsches wie Edie neben sich hatte?

Edie wartete gelangweilt und gereizt in C.C.s Ford.

„Endlich!", murrte sie. „Es ist heiß hier draußen!"

„Entschuldige. Ich musste meinen Hut noch suchen", murmelte Ben, als er mit Pennie auf den Rücksitz kletterte.

„So habe ich es nicht gemeint, Ben", gurrte Edie und strahlte, als C.C. sich hinter das Steuer setzte und losfuhr. „Du weißt doch, wie sehr wir uns freuen, dich und Pennie heute dabeizuhaben. Herzlichen Glückwunsch zum Geburtstag!"

„Danke", sagte Ben. Er sah hinüber zu seiner Tochter, in ihr weißes trauriges Gesicht. Sie saß regungslos neben ihm und starrte aus dem Fenster. Langsam verstand er, wie sie sich fühlte. Er hätte seinen Kopf darauf wetten mögen, dass sie bis über beide Ohren in C.C. verliebt war.

„Also, auf zur Parade", rief Edie fröhlich, die Pennies gedrückte Stimmung nicht bemerkt hatte.

Die Parade war farbenprächtig, und viele Leute betrachteten dieses Schauspiel. Die Feier *Diez y Seis da Septiembre* war die jährliche Feier der Unabhängigkeit Mexikos von Spanien – Mexikos Unabhängigkeitstag. Pennie hatte die Musik, die Vorführungen und die Karnevalsatmosphäre sonst immer genossen, aber heute konnte sie sich nicht daran erfreuen. Sie setzte ihrem Vater zuliebe ein glückliches Gesicht auf und hoffte, dass er sie nicht durchschaute. Aber C.C.s offensichtliches Interesse an Edie brachte sie fast um. Er hatte einen Arm um Edie gelegt, und einmal hatte er sie ungeniert vor Pennie und allen anderen Leuten leidenschaftlich geküsst.

Pennie drehte sich um und kaufte von einem vorbeikommenden Straßenhändler ein Windrad. Sie war froh über die Ablenkung. Als sie es ihrem Vater reichte, vermied sie sorgfältig, zu C.C. zu schauen.

„Alles Gute zum Geburtstag, Dad", sagte sie liebevoll. „Ich habe dein Geschenk zu Hause. Du bekommst es nach dem Essen, zusammen mit dem Kuchen."

„Darauf freue ich mich schon." Er tätschelte ihr zärtlich die Wange. „Tut mir leid für dich", murmelte er und nickte zu C.C. und Edie. „Ich hätte ablehnen sollen."

„Nein, natürlich nicht. Es ist dein Geburtstag." Sie lächelte gequält. „Es ist ganz gut so, weißt du. Ich habe nur meine Gefühle an ihn verschwendet. Es ist nicht schlecht, dass ich endlich sehen muss, was er wirklich fühlt. Träume sind schön, aber man kann seine Zukunft nicht darauf aufbauen."

„Du warst in letzter Zeit so merkwürdig, Pennie", sagte Ben plötzlich. „Gibt es irgendetwas, was du mit mir besprechen möchtest?"

„Eine ganze Menge." Sie sah zu C.C. „Aber erst muss ich ihm etwas sagen. Ich hätte es schon längst tun sollen, aber es ist noch nicht zu spät. Sobald wir zu Hause sind, bringe ich das in Ordnung. Und dann", fügte sie mit einem wehmütigen Lächeln hinzu, „brauche ich wahrscheinlich eine Schulter zum Ausweinen."

„Du bist doch nicht in Schwierigkeiten?", fragte Ben zögernd.

Sie lachte. „Nicht die Art, die du gerade denkst, nein." Sie seufzte und sah bei der Parade zu. „Es wird alles wieder in Ordnung kommen", sagte sie mit stockender Stimme und versuchte dabei, sich selbst zu überzeugen. „Es ist nur eine Kleinigkeit. Nur eine kleine Unannehmlichkeit."

Sie hoffte, C.C. würde das auch so sehen. Sie musste es ihm heute sagen, bevor sie den Mut verlor. Er und Edie gehörten offensichtlich zusammen, jeder konnte das sehen. Sie konnte ihn schließlich nicht zum Bigamisten werden lassen, nur wegen ihres unsinnigen Stolzes. Heute noch würde sie ihm endlich die Wahrheit sagen.

5. KAPITEL

Sie passierten für den Tagesausflug die Grenze nach Mexiko ohne irgendwelche Schwierigkeiten.

C.C. hielt den Blick konzentriert auf die Straße gerichtet, während sich Edie zurücklehnte und sich angeregt mit Ben unterhielt. Pennie schüttelte den Kopf. Selbst ihr Vater war nicht gegen Edies Flirten gefeit. Er schnurrte wie eine Katze.

Sie stellten den Wagen in Juarez auf einem großen Parkplatz ab, der sich in der Nähe des Rathauses befand. Dann bummelten sie durch die Straßen, über Plätze und Märkte.

Edie bat so lange, bis C.C. ihr an einem Schmuckstand eine auffallende Türkiskette kaufte.

Weiter unten in der gleichen Straße befand sich eine wunderschöne Kathedrale und in der Nähe eine kleine Boutique. Edie war begeistert von den Schaufensterauslagen und wollte unbedingt einige der ausgestellten Kleider anprobieren.

„Ich brauche nur ein Stündchen", erklärte sie C.C., stellte sich auf die Zehenspitzen und küsste ihn auf die Wange. „Penelope, kommst du mit?"

„Nein danke", lehnte Pennie freundlich ab. „Ich sehe mich lieber noch ein wenig in der Stadt um."

„Gut", freute sich ihr Vater. „Du kannst mir Gesellschaft leisten. C.C. scheint mir mit den Gedanken sowieso ganz woanders zu sein."

Das stimmte, und als Pennie sah, worauf seine dunklen Augen gerichtet waren, stockte ihr der Atem. Er vollzog in Gedanken noch einmal den Weg, den er in der Nacht gemacht hatte, als er so betrunken war, dessen war sie sich sicher! Sein Blick wanderte von der Bar unten in der Straße zu einer kleinen Kapelle – der Kapelle, wohin er Pennie in betrunkenem Zustand gedrängt hatte.

„Oh, eine Trauungskapelle", bemerkte Ben und zwinkerte Pennie zu. „Für einen Mann, der nicht heiraten will, scheint er sie ziemlich faszinierend zu finden, oder?"

Pennie begann zu frösteln, als sie sah, wie C.C. auf die Kapelle zuging. Sie lief zu ihm und wollte ihn ablenken. Als sie ihn gerade erreicht hatte, verließen zwei Mexikaner die Kapelle. Es waren die gleichen, die ihr in der Nacht geholfen hatten, C.C. ins Auto zu schaffen.

Sagt nichts, erkennt ihn bitte nicht, betete sie im Stillen mit überkreuzten Fingern.

Doch sie erkannten ihn und grinsten über das ganze Gesicht. „*Felicitaciones*“, lachten sie. „*Como quiere usted vida conjugal, eh? Y alla esta su esposa! Hola, senora, cona'sta?*“

„Was?“, entfuhr es Ben, der es mitgehört hatte.

Pennie schlug die Hände vors Gesicht. „Was haben sie gesagt?“, fragte sie ihn durch die Finger hindurch.

„Sie haben ihm zu seiner Heirat gratuliert!“

Ben sagte nichts mehr. Es wurden schnelle Sätze auf Spanisch gewechselt, und Sekunden später stand ein wütender C.C. neben ihr. Er fasste sie bei den Schultern und schüttelte sie unsanft.

„Was, zum Teufel, meinen sie damit, dass sie mir zu meiner Hochzeit gratulieren?“, fragte er. Seine tiefe Stimme war schneidend und scharf. „Du hast mich angelogen! Wir haben damals hier geheiratet? Oder etwa nicht?“

„Ja, es stimmt“, flüsterte Pennie. „Ich wusste nicht, dass es gültig war“, versuchte sie zu erklären. Ihre großen Augen waren voller Tränen. „C.C., ich wusste nicht, dass es gültig war!“

„Ihr seid verheiratet!“, rief Ben aus.

„Nicht mehr lange“, antwortete C.C. kalt und stieß Pennie von sich, als ob ihre bloße Berührung seine Hände verbrannt hätte. „Was für eine gemeine, verachtenswerte Art, einen Ehemann abzubekommen! Mach einen Mann betrunken, zerr ihn vor einen Priester und halte es dann geheim! Du wusstest, dass ich nüchtern niemals eine so farblose, plumpe Farmerstochter wie dich geheiratet hätte. Du gleichst mehr einem Mann als einer Frau, so wie du dich anziehst und dich gibst. Es würde mich nicht wundern, wenn du Hale selbst im Bett noch sagst, was er zu tun hat!“

„C.C., bitte“, stammelte sie hilflos und war sich der Aufmerksamkeit bewusst, die seine laute, wütende Stimme erregte.

Er schien selbst zu merken, dass die Leute sie anstarrten. „Ich hole Edie. Wir fahren, sofort“, erklärte er. „Je früher diese Farce mit einer Annullierung endet, desto besser.“

„Du hast ihn betrunken gemacht und ihn geheiratet?“, fragte Ben entsetzt, nachdem C.C. in Richtung Boutique gegangen war.

„Er war betrunken und hat gedroht, uns in ein mexikanisches Gefängnis zu bringen, wenn ich ihn nicht heirate", stieß sie hervor. „Ich dachte, die Heirat sei nur in Mexiko gültig, sonst hätte ich auch nie mitgemacht. Außerdem weißt du ja, wie es mit der Polizei hier ist, alles geht langsam. Wir hätten Wochen oder Monate im Gefängnis sitzen können, bevor du uns herausgeholt hättest ..."

„Das weiß ich! Was meinte er damit, dass du mit Hale schläfst?", wollte er wissen.

„Ich schlafe nicht mit Brandon. Ich habe nur C.C. gegenüber so getan ... Ach, Dad, es ist alles so furchtbar! Ich hatte wirklich die besten Absichten ... und das alles ausgerechnet an deinem Geburtstag!" Pennie brach in Tränen aus. „Ich hätte es sagen sollen, aber ich habe mich einfach nicht getraut. Ich dachte, ich könnte heimlich die Annullierung beantragen, aber der Anwalt sagte, er müsste es erfahren ...!"

Ben hielt sie im Arm, während sie weinte, und tätschelte ihr hilflos den Rücken, bis ein wütender C.C. mit Edie zurückkam.

„Was ist denn mit Pennie?", fragte Edie neugierig.

„Frag lieber nicht", antwortete Ben seufzend. „Wir müssen nach Hause."

„Meinetwegen." Edie zuckte mit den Schultern und betrachtete Pennie besorgt. „Meine Güte, Pennie, bist du krank?"

„Wenn ja, dann hat sie es verdammt noch mal verdient", schimpfte C.C. aufgebracht.

Edie schrak bei C.C.s barschem Ton zusammen, wagte aber nicht, weiter nachzufragen.

Während der ganzen Fahrt von Juarez nach Hause war C.C. schlecht gelaunt. Er rauchte eine Zigarette nach der anderen und sagte keinen Ton. Edie plapperte los, bis sie von seinem Schweigen genug hatte und das Radio andrehte. Penelope war in Gedanken verloren und lehnte sich mit geschlossenen Augen zurück. Den besorgten Gesichtsausdruck ihres Vaters bemerkte sie gar nicht.

Anstatt zur Ranch zu fahren, hielt C.C. bei Edies Apartment an, brachte sie zur Tür und verließ sie, ohne ein Wort zu sagen. Er sprach auch auf dem weiteren Heimweg kein einziges Wort. Er fuhr nicht zu schnell oder rücksichtslos. Penelope fiel seine bemerkenswerte Selbstkontrolle auf. Selbst jetzt, wo er wütend war, verlor er nie diese eiserne Kontrolle über sich selbst. Sie hätte gerne gewusst, ob er sie schon jemals verloren hatte.

Zurück auf der Ranch, verschwand C.C., sobald er das Auto geparkt hatte, in Richtung Ställe. Pennie tat jeder leid, der ihm jetzt in die Quere kam. Wahrscheinlich arbeitete er sich erst seine Wut ab, bevor er noch einmal zu ihr kam. Sie konnte es ihm gar nicht übel nehmen, dass er so wütend war.

„Ich schlage vor, du erklärst mir jetzt erst einmal die ganze Geschichte", meinte ihr Vater freundlich, während sie in der Küche Kaffee machte.

„Das Schlimme ist", sagte sie, nachdem sie ihren Bericht beendet hatte, „dass ich glaube, er hat Geld, trotz des Jobs, den er hier macht. Er denkt vielleicht, dass ich ihn wegen seines Geldes dazu gebracht habe, mich zu heiraten."

„C.C. kennt dich besser", wandte Ben ein.

„Er weiß, dass die Ranch in finanziellen Schwierigkeiten steckt und unsere Zukunft reichlich unsicher aussieht", fuhr sie resigniert fort. „Und ich bin ziemlich sicher, dass er bemerkt hat, dass ich ihn anziehend finde."

„Anziehend in dem Sinn, dass du Hals über Kopf in ihn verliebt bist?", scherzte ihr Vater.

Sie schüttelte den Kopf. „Nein, Gott sei Dank weiß er das nicht." Sie steckte die Hände in die Hosentaschen und seufzte. Ihre Augen waren rot vom Weinen. „Es ist nicht das Ende der Welt. Wir können ohne Probleme die Annullierung bekommen, und ich werde mir einen Job suchen und alles bezahlen. Vielleicht verzeiht er mir eines Tages, aber im Moment möchte er mich wahrscheinlich umbringen, und ich kann es ihm nicht einmal übel nehmen. Ich hoffe nur, er erzählt Edie nichts. Ich möchte nicht, dass sie auch noch mit hineingezogen und gekränkt wird."

„Und was ist mit dir?", fragte Ben wütend. „Du bist auch gekränkt, und es ist sein verdammter Fehler. Wenn er sich nicht betrunken hätte ...!"

„Dad, er hat seine Frau geliebt. Ich glaube, er trauert immer noch um sie. Erinnerst du dich, wie du dich gefühlt hast, als Mama starb?"

Er sah abwesend in die Ferne und nickte bedächtig. „Ja, ich verstehe es. Deine Mama war meine Welt. Wir liebten uns schon von Kindesbeinen an und haben zweiundzwanzig Jahre zusammengelebt. Ich habe niemanden mehr gefunden, der ihr gleichgekommen wäre, also habe ich auch nie mehr geheiratet. Möglicherweise geht es ihm ähnlich."

„Vielleicht", stimmte sie ihm zu.

Er umarmte sie fest. „Versuch, nicht mehr darüber nachzudenken. Es wird alles vorbeigehen. C.C. wird sich abreagieren und damit klarkommen, und du auch. Das hoffe ich jedenfalls", fügte er hinzu. „Wo die Zeiten so schwierig sind, muss ich C.C.s Energien auf die Arbeit lenken, bei allem Respekt für dich, mein Kind."

„Hast du schon einmal darüber nachgedacht, Land zu verkaufen?", fragte sie ernst.

„Ja, habe ich. Mehrmals sogar. Auch daran, mir einen Partner zu suchen." Er sah sie forschend an. „Würde dir das denn nichts ausmachen?"

„Nein, natürlich nicht. Ich möchte die Ranch nicht verlieren. Du musst tun, was du tun musst."

Ben seufzte und schaute sich in der schlichten, geräumigen Küche um. „Dann werde ich mal diskret annoncieren. Du brauchst wahrhaftig einmal eine neue Garderobe", fügte er mit einem Zwinkern hinzu.

„Vergiss meine Garderobe", gab Pennie zurück. „Es ist mir egal, was ich trage. Zumindest jetzt." Damit wandte sie sich dem Kaffee zu.

„Es gibt immer noch Hale", versuchte er sie zu trösten.

„Ja, Brandon ist immer noch da. Er will mich nächsten Mittwochabend zu einem Dinner des Viehzüchtervereins mitnehmen", erzählte sie. „Er ist ein netter Mann, meinst du nicht auch?"

Er sah sie schweigend an. Dann erwiderte er: „Sicher, das ist er. Aber du liebst ihn nicht. Du darfst dich nicht mit den Krumen zufriedengeben, Liebes. Schau, dass du den ganzen Kuchen bekommst."

Sie lächelte. „Du altes Lästermaul. Du hast aber auch eine Art, dich auszudrücken."

„Und du hast eine Art, mit dem Essen umzugehen", lächelte er zurück. „Wirst du dich jetzt beeilen und das Abendessen machen? Ich sterbe vor Hunger!"

„In Ordnung." Sie ging zurück an den Herd. Vom Küchenfenster aus konnte sie zum Mannschaftshaus sehen. C.C. kam gerade heraus und ging auf das Haus zu. Er trug einen Anzug und sah ungemein attraktiv aus. Während sie auf seinen Schritt vor der Küchentür horchte, fragte sie sich, warum sie sich ausgerechnet in diesen Mann hatte verlieben müssen, dem sie doch offensichtlich gleichgültig war.

C.C. trat ein, ohne anzuklopfen. Mit ihm fegte ein Windstoß herein. Penelope schauderte.

„Es wird langsam kalt", sagte Ben, um die plötzliche Spannung zu mildern.

„Kälter, als ihr euch vorstellen könnt", entgegnete C.C. Er hielt eine brennende Zigarette in der Hand. Er zog daran und sah dabei zu Pennie. „Ich werde bis Anfang nächster Woche weg sein. Ich habe etwas Persönliches zu erledigen. Einschließlich", fügte er eisig hinzu, „eine Annullierung zu beantragen. Ich möchte diese Heiratsurkunde, Penelope."

Sie wischte ihre Hände an der Schürze ab. „Ich hole sie schnell", sagte sie in unterwürfigem Ton und rannte die Treppe hinauf.

Ihre Hände zitterten, als sie das Papier aus der Schublade nahm und darauf sah. Connal Cade Tremayne. Sie hatte ihn nie anders genannt als C.C. Bis zu dieser Nacht in Juarez hatte sie nicht einmal gewusst, wofür die Abkürzungen standen. Jetzt sagte sie den Namen noch einmal vor sich hin und trauerte den Träumen nach, die in diesem einfachen Blatt Papier enthalten waren.

Sie warf einen letzten langen Blick auf die Urkunde und brachte sie nach unten.

C.C. wartete am Fuß der Treppe auf sie. Seine schwarzen Augen funkelten sie an, aber sie mied seinen Blick. Sie hielt ihm mit zitternden, kalten Fingern das Papier hin, bis er es nahm, dann zog sie ihre Hand weg, bevor sie sich berühren konnten.

„Es tut mir leid", sagte sie mit rauer Stimme und starrte auf den Boden. „Es war nur ..."

„Die übergroße Liebe, die außer Kontrolle geriet", beendete er eisig den Satz. „Na ja, es ging schief, nicht wahr? Du bist eine Heimlichtuerin und wahrscheinlich obendrein noch eine Mitgiftjägerin."

Heiße Tränen standen in ihren Augen. Sie antwortete nicht darauf, drückte sich an ihm vorbei und lief in die Küche.

Er zerknüllte die Urkunde, hasste sich selbst und hasste sie. Er wusste, dass er sie quälte. Aber sie hatte ihn in diese Heirat gelockt, als er zu betrunken war, um zu wissen, was er tat. Er hätte das nie von ihr gedacht. Sie hatte kein Recht, ihn in diese unangenehme Lage zu bringen. Er war mit Edie aus gewesen, und er war verheiratet! Was, wenn er sich entschlossen hätte, Edie zu heiraten? Er wäre unwissentlich zum Ehebrecher und Bigamisten geworden!

„Sie bezahlt dafür", sagte Ben leise und trat zu dem jungen Mann in der Halle. „Mach es für sie nicht noch schlimmer. Sie hat es nicht absichtlich getan, egal, was du denkst."

„Sie hätte es mir sagen müssen", erwiderte C.C. kurz.

„Ja", stimmte Ben zu. „Das hätte sie tun sollen. Aber sie wusste nicht, wie. Sie hatte zuerst gedacht, die Heirat sei nicht gültig. Man muss ihr auch zugute halten, dass sie einen Anwalt um Rat gefragt hat und eine schnelle stillschweigende Annullierung wollte. Aber sie erfuhr, dass sie deine Unterschrift dazu benötigte."

„Wusstest du davon?", wollte C.C. wissen.

Ben schüttelte den Kopf. „Nicht bis heute. Ich dachte schon, dass sie in irgendwelchen Schwierigkeiten steckte, aber ich hatte keine Ahnung, was es war."

C.C. starrte wütend und unglücklich auf das Papier in seiner Hand. Ehe. Eine Frau. Er konnte Marsha nicht vergessen, konnte ihre Besessenheit, mit ihm diesen Fluss hinabzufahren, nicht vergessen. Er hatte von ihrer Schwangerschaft nichts gewusst. Es war furchtbar genug gewesen, ihren Körper identifizieren zu müssen, aber zu wissen, dass sie ihr erstes Kind trug …

Er stöhnte laut auf. Es war, als ob er Marsha umgebracht hätte. Nach dem Unfall war es ihm zu schlecht gegangen, als dass er die Leitung seiner Firma wieder hätte übernehmen können. Seitdem ließ er seinen älteren Bruder die Geschäfte führen, und der jüngere half ihm, während er selbst versuchte, seinen Seelenfrieden wiederzufinden. Er hatte ihn hier gefunden. Es hatte ihm gefallen, Ben dabei zu helfen, die Ranch wieder in Schwung zu bringen. Er hatte Pennies unkomplizierte Gesellschaft genossen. Und jetzt hatte sie alles zunichtegemacht. Er musste weg von ihr und den Erinnerungen, die sie wieder aufgewühlt hatte.

„Wohin gehst du denn?", unterbrach Ben seine Gedanken. „Oder darf ich das nicht fragen?"

„Was meinst du damit?" C.C. sah ihn verständnislos an.

Ben zuckte mit den Schultern. „Pennie sagte, sie glaube, dass du wahrscheinlich Geld hättest. Du hattest einmal etwas Ähnliches im Fieber ausgeplaudert, als sie dich pflegte. Sie meint, dass du dich vielleicht selbst bestrafen willst für den Tod deiner Frau und deshalb hier geblieben seist." C.C. antwortete nicht. Ben hob eine Augenbraue. „Was immer auch der Grund sein mag, du bist willkommen, wenn du wieder zurückkommen willst. Ich bin dir sehr dankbar für alles, was du für mich getan hast."

C.C. hatte das Gefühl, als ob alle Türen sich hinter ihm schlossen. Ben redete, als ob er nie zurückkäme. Er warf einen Blick zur Küche, aber Pennie war nicht zu sehen. Er spürte einen Anflug von Panik bei dem Gedanken, dass er sie nie mehr sehen würde. Du lieber Himmel, was stimmte nicht mit ihm?

Er faltete die Heiratsurkunde sorgfältig zusammen. „Ich weiß noch nicht, was ich mache. Vielleicht fahre ich nach Hause und besuche meine Familie. Außerdem muss ich einen Termin mit einem Anwalt wegen dem hier vereinbaren", fügte er hinzu und drehte das Papier hin und her. Komisch, dass es ihm mehr wie ein Schatz vorkam als wie eine unwillkommene Bindung.

„Nun, wenn du dich entschließen solltest, nicht zurückzukommen, werde ich dir das sicher nicht übel nehmen", sagte Ben müde. „Es gibt nicht mehr viel Hoffnung für unsere Ranch, das wissen wir beide. Du hast uns zurück in die schwarzen Zahlen gebracht, aber die Viehpreise sinken, und ich bräuchte eine neue Ausrüstung. Außerdem werde ich sowieso langsam zu alt."

Das hörte sich gar nicht nach Ben an. C.C. runzelte die Stirn. „Meine Güte, du bist doch gerade erst fünfundfünfzig!"

„Warte, bis du selbst fünfundfünfzig bist, und sag das dann noch einmal", lachte Ben. Er streckte die Hand aus, und C.C. schüttelte sie. „Danke für deine Hilfe", bedankte sich Ben noch einmal. „Aber du musst dein eigenes Leben leben." Er sah C.C. nachdenklich an. „Vielleicht ist es an der Zeit, dass du deinen Geistern gegenübertrittst, mein Sohn. Ich musste das auch tun, als ich mein Alkoholproblem erkannte und der Tatsache gegenüberstand, dass es mich Pennies Mutter gekostet hatte. Ich habe es überstanden. Und du wirst es auch."

„Marsha war schwanger", sagte C.C. tonlos.

Ben nickte. „Das ist am schlimmsten für dich, kann ich mir vorstellen. Aber du bist noch jung, C.C. Vergleichsweise jung jedenfalls. Du kannst andere Kinder haben."

„Ich will keine Kinder. Ich will auch keine Frau", antwortete er störrisch und wedelte mit der Heiratsurkunde herum. „Schon gar nicht eine, die ich nicht selbst gewählt habe!“

Pennie hörte diese Worte in der Küche, und die Tränen rannen ihr über die Wangen. Sie erinnerte sich daran, was er in Juarez zu ihr gesagt hatte. Dass sie plump und farblos sei. Das hatte alle vorherigen Komplimente, wie zum Beispiel, dass sie wie eine richtige Frau aussah, ausgelöscht. Jetzt fand er sie nur noch fett. Sie wünschte, sie könnte in ein Mauseloch kriechen und sterben.

Draußen im Flur konnte sich Ben vorstellen, wie Pennie litt. Er begleitete C.C. zur Vordertür anstatt zur Hintertür, um Pennie weiteres Leid zu ersparen.

„Nimm dir ruhig ein paar Tage Zeit“, schlug Ben vor. „Du hast zwei harte Wochen im Viehtrieb hinter dir, etwas Freizeit ist genau das, was du brauchst.“

C.C. entspannte sich ein bisschen. „Das stimmt wahrscheinlich.“ Er starrte auf die zusammengefaltete Urkunde, und unwillkürlich wanderte sein Blick den Flur zurück. Er war härter mit Pennie umgesprungen, als er es wahrscheinlich hätte tun sollen. Er erinnerte sich daran, was er alles zu ihr gesagt hatte. Sie war in manchen Dingen kaum mehr als ein Kind. Er fragte sich schon, ob ihre so genannte Erfahrung nicht auch nur in ihrer Einbildung existierte. Ihre Reaktion auf ihn am Morgen in der Küche ließ das zumindest vermuten. Konnte sie ihn darüber auch belogen haben? Er biss die Zähne zusammen. Er würde ihr nie mehr trauen können. Wenn sie ihn einmal belogen hatte, würde sie es wieder tun. Warum, um alles in der Welt, hatte sie ihm das nur angetan?

„Also dann, auf Wiedersehen“, erklärte Ben schließlich vorsichtig. „Ich komme schon zurecht, bis du wieder zurück bist – oder bis ich mir einen neuen Vormann suchen muss. Ich will dich nicht unter Druck setzen.“

C.C. runzelte die Stirn und dachte über etwas nach, was Ben gesagt hatte. „Du sagtest, sie wüsste, dass ich Geld habe.“

Ben verzog das Gesicht. „Ja, das sagte ich, und sie war ziemlich sicher, dass du glauben würdest, sie hätte dich deshalb geheiratet.“ Er schüttelte den Kopf. „Du tust dein Bestes, um sie so schlecht wie möglich hinzustellen, nicht wahr, mein Sohn?“

C.C. blinzelte. Tat er das? Er ging ruhelos auf und ab. „Ich werde mich wieder melden. Tut mir leid, dich so verlassen zu müssen. Der Himmel weiß, dass es nicht deine Schuld ist."

„Es ist auch nicht allein Pennies Schuld", ließ Ben durchblicken. „Wenn du einmal die ganze Geschichte hören willst, solltest du Pennie fragen. Aber beruhige dich erst. Und gute Fahrt."

C.C. wollte etwas erwidern, aber dann überlegte er es sich anders. „Alles Gute und herzliche Glückwünsche zum Geburtstag", sagte er nur noch und zog ein kleines Päckchen aus der Brusttasche. „Ich wünschte, es hätte ein glücklicherer Moment sein können."

„Ich bekomme noch einen ganzen Kokosnusskuchen", erinnerte Ben ihn und zwinkerte verschmitzt. „Nichts macht mich glücklicher, als dass ich ihn nicht teilen muss."

C.C. lachte leicht auf. „In Ordnung. Bis dann."

„Ja ... Ich hoffe es", fügte Ben ernst hinzu, nachdem C.C. weg war. Er öffnete das Päckchen. Es war eine Krawattennadel mit einem goldenen Kalbskopf. Er schüttelte amüsiert den Kopf. C.C. suchte wirklich immer etwas Besonderes aus.

Ben ging langsam zurück in die Küche, ein wenig besorgt, wie er Pennie vorfinden würde. Aber sie war wieder ruhig und deckte den Tisch.

„Bereit zum Essen?", fragte sie freundlich. Nur die leichte Röte in ihren Augen wies auf ihr vorheriges Unglücklichsein hin.

„Natürlich. Ist mit dir alles in Ordnung?", fragte Ben.

Sie nickte. „Bestens. Ich habe nur eine Bitte: Ich möchte über die ganze Sache nicht mehr reden. Nie mehr. Okay?"

Er war einverstanden. Und sie war wieder wie früher, zumindest äußerlich. Was Ben nicht sehen konnte, war der Schmerz unter ihrem ruhigen Gesichtsausdruck, der Schmerz in ihrem Herzen. Sie war sich jetzt sicher, dass sie C.C. nicht mehr liebte. Ein Mann, der so grausam sein konnte, verdiente es nicht, geliebt zu werden, und es war alles sein Fehler gewesen. Er war derjenige, der sie in diese Heirat gedrängt hatte. Aber er tat so, als hätte sie ihn in eine Falle gelockt! Nun gut, sie würde das regeln, wenn er wieder zurückkam. Er würde sich keine Sorgen mehr zu machen brauchen, dass sie ihm noch einmal ihr Herz zu Füßen legte!

Pennie servierte ihrem Vater sein Lieblingsessen und überreichte ihm sein Geschenk – eine neue Pfeife und ein besonderes Feuerzeug –

zusammen mit einem riesigen Stück Kokosnusskuchen. Sie gab sich betont fröhlich und hoffte, er würde die Wahrheit nicht ahnen. Sie wollte ihm nicht auch noch den Rest seines Geburtstages verderben.

„Es gibt nur noch etwas, was du vielleicht bedenken solltest", sagte er später, bevor sie zu Bett gingen. „Ein Mann, der gegen seinen Willen gefangen wurde, wird nicht ohne Kampf aufgeben."

„Ich habe ihn nicht gefangen!", fuhr sie hoch.

„Du hörst mir nicht richtig zu. Ich meine einen Mann, der gegen seine eigenen Gefühle kämpft, Pennie. Ich glaube, er ist in dich verliebt, und er will es nicht wahrhaben. Er wird dir das Leben zur Hölle machen, bevor er es akzeptiert."

Sie wusste es besser, um noch einmal zu träumen anzufangen. Sie konnte keine weitere Enttäuschung verkraften. „Ich will ihn nicht mehr", erklärte sie geradeheraus. „Ich hätte gleich Brandon heiraten sollen. Er schreit mich zumindest nicht an und gibt mir nicht die Schuld an Dingen, die ich nicht getan habe. Es macht Spaß mit ihm, und wenn ich ihn auch nicht liebe, so mag ich ihn doch. Aber ganz sicher mag ich C.C. Tremayne nicht mehr!"

„Heirate nicht einen Mann, um den anderen zu vergessen", warnte sie Ben. „Du wirst nur Brandon wehtun und dir selber auch."

Sie seufzte. „Wahrscheinlich. Aber ich könnte ihn ja auch lieben lernen. Ich werde jedenfalls mein Bestes tun, um ihn zu lieben. Ich hoffe, C.C. Tremayne kommt nie mehr zurück!"

„Das verhüte Gott. Dann geht die Ranch nämlich vor die Hunde", erinnerte Ben sie.

Sie zuckte resignierend mit den Schultern, gab ihrem Vater einen Gutenachtkuss und ging in ihr Zimmer. Doch an Schlaf war in dieser Nacht nicht zu denken. Zu viele quälende Gedanken gingen Pennie durch den Kopf.

6. KAPITEL

Am nächsten Tag kam Brandon gegen Mittag vorbei. Er hörte Pennie fassungslos zu, als sie anfing zu erzählen, was los war. Sie hatten gerade eine Kleinigkeit gegessen, und Ben brachte das Tablett mit dem Kaffee ins Wohnzimmer, wo sie zusammensaßen.

„Du bist verheiratet?“, stöhnte Brandon.

„Nicht richtig“, sagte Pennie schnell. Sie zupfte an ihrem Rock herum, während sie es ihm erklärte. „Also, siehst du, die Ehe besteht nur auf dem Papier und nur bis ich die Annullierung bekommen habe.“

„C.C. weiß Bescheid, nehme ich an?“, fragte Brandon nach.

„Darauf kannst du dich verlassen“, murrte Ben und stellte das Tablett auf dem Tisch ab. „Wenn jemand von euch Sahne möchte, die haben wir auch“, bot er noch an.

„Na ja, und was hat er gesagt?“, wollte Brandon wissen.

„Er war außer sich“, entgegnete Pennie mit blassem Gesicht. „Ich kann es ihm nicht einmal übel nehmen. Er kennt nicht die ganze Geschichte, und ich war zu aufgeregt, um es ihm erklären zu können. Aber es ist sowieso egal“, setzte sie unglücklich hinzu. „Er sagte, dass er ganz bestimmt nicht jemanden wie mich heiraten würde.“

„Wie lange wird eine Annullierung denn dauern?“, erkundigte sich Brandon.

„Das werde ich morgen feststellen. Ich gehe zu unserem Anwalt“, erzählte Pennie. „Vielleicht dauert es gar nicht so lange. C.C. wird jedenfalls sicher sein Bestes tun, um es schneller hinter sich zu bringen. Hoffentlich brauche ich die Heiratsurkunde nicht“, fügte sie niedergeschlagen hinzu. „C.C. hat sie mitgenommen.“

„Zumindest ist es keine richtige Heirat.“ Brandon streichelte Pennies Hand, die in ihrem Schoß lag. „Du hast mir einen ganz schönen Schrecken eingejagt.“

Sie nickte. „Ich hoffe nur, dass die Sache bald ausgestanden ist. Und jetzt trink deinen Kaffee, Brandon. Dann können wir reiten gehen. Vielleicht bringt mich das auf andere Gedanken.“

„Gute Idee“, stimmte Ben zu. „Ich mach mich in der Zeit über die Bücher. her“

„Es ist Sonntag!“, protestierte sie.

„Das weiß ich auch. Ich werde bei der Arbeit meinen Kuchen essen, dann ist es nicht so schlimm. Außerdem“, er grinste verschmitzt, „sind wir heute Morgen schon in der Kirche gewesen.“

Sie schüttelte den Kopf und ging sich Jeans und ein T-Shirt anziehen.

Brandon blieb bis spät in die Nacht, und Pennie war froh über seine Gesellschaft. Wieder schlief sie kaum, und am nächsten Morgen ging sie in aller Frühe zum Anwalt der Familie.

Mr. Hardy war schon sechzig und immer sehr direkt, aber trotz seiner etwas merkwürdigen Art war er der beste Freund, den die Familie Mathews haben konnte. „Du hast die Heiratsurkunde nicht zufällig dabei, oder?“, fragte er, als Pennie ihm die ganze Angelegenheit erklärt hatte. „Aber das ist auch kein Problem. Ich werde die Papiere für eine Annullierung vorbereiten. Du musst nur C.C. zu mir schicken, damit er sie unterzeichnet. In der Zwischenzeit mach dir keine Sorgen mehr. An seiner Stelle würde ich mich jedoch vom Alkohol fern halten“, fügte er trocken hinzu.

Pennie lächelte. „Ich werde versuchen, dafür zu sorgen“, erwiderte sie.

Na also, dachte sie später erleichtert. Es war alles gar nicht so schlimm. Die Sache war angelaufen, und den Rest würde sie auch noch schaffen. In Kürze war sie wieder Penelope Mathews, und nicht Penelope Tremayne. Dann würde die ganze Angelegenheit nur noch ein böser Traum sein.

Aus einem Impuls heraus hielt sie auf dem Rückweg vom Anwalt beim örtlichen Arbeitsamt an. Das Schicksal war ihr gnädig. Es wurde ein Job am Empfang einer Versicherungsagentur angeboten. Sie bewarb sich darum, und ihr wurde prompt zugesagt, dass sie den Job haben konnte, wenn die Frau, die jetzt ihren Erziehungsurlaub nahm, nicht wieder zurückkam. Am nächsten Montag konnte sie schon anfangen; und sie würden Pennie anrufen, wenn etwas dazwischenkam.

Na ja, wenn es doch nicht klappte, würde sie eben etwas anderes suchen, nahm sie sich ganz fest vor. Es war unmöglich, dass sie auf der Ranch blieb, wenn C.C. zurückkam. Es ließ sich gar nicht vermeiden, dass sie sich täglich begegneten, und das konnte sie nicht ertragen. Ben brauchte C.C., also musste sie die Ranch verlassen. Sie würde sich ein Zimmer und einen Job in El Paso suchen. Auf diese Weise konnte ihr

Vater seinen so dringend benötigten Vormann behalten, und sie hätte ihren Seelenfrieden. Außerdem wohnte Brandon in El Paso. Er würde sich um sie kümmern. Er war immer nett zu ihr. Das war besser, als ganz alleine zu sein.

Am Mittwochnachmittag war C.C. immer noch nicht zurück. Mittwochabend nahm Brandon Pennie zum Dinner des Viehzüchtervereins mit. Pennie genoss nicht nur das Essen, sondern auch die Diskussion über die Verbesserung der Tierhaltung, die danach noch geführt wurde.

Sie trug einen neuen senffarbenen Seidenrock, dazu ihre kniehohen Indianerstiefel und eine Bluse im Westernstil. Ihr rötlich braunes Haar fiel ihr in sanften Wellen auf die Schultern, und sie hatte sich dezent geschminkt. Sie sah hübsch aus, und außer Brandon zeigten sich auch noch andere allein stehende Männer beim Essen sehr von ihr angetan.

Ihre Niedergeschlagenheit wich. Sie unterhielt sich und lachte, und als sie schließlich nach Hause gingen, war sie entspannt und glücklich.

Die Stimmung hielt an, bis sie auf die Veranda traten und Brandon sich zu ihr beugte, um ihr zum Abschied einen Kuss zu geben. Bevor er noch ihre Lippen berührt hatte, trat C.C. aus der dunklen Ecke, wo er gesessen hatte, ins Licht.

„Oh, hallo C.C.", grüßte Brandon ihn zögernd. Er fuhr sich mit der Hand durch das Haar und sah besorgt in Pennies Gesicht, das plötzlich schneeweiß war. „Ich rufe dich morgen früh an, Pennie. Gute Nacht!" Damit stieg er die Verandastufen hinab und verschwand in der Dunkelheit.

Pennie schaute ihm nach. Sie wollte C.C. nicht ansehen. Ein einziger Blick hatte ihr schon verraten, dass er in gereizter Stimmung war.

„Wo warst du?", fragte C.C., und seine tiefe Stimme klang vorwurfsvoll.

„Ich war bei einem Dinner des Viehzüchtervereins", antwortete sie abweisend. Dann drehte sie sich um, ging ins Haus und überließ es C.C., die Tür hinter ihnen zu schließen.

„Kein Willkommensgruß?", fragte er sarkastisch.

Sie wich seinem Blick aus, konnte den Ausdruck in seinen Augen nicht ertragen und wollte die Treppe hinaufgehen, aber er langte nach ihrem Arm.

Ihre Reaktion erschreckte ihn. Sie zog schnell ihren Arm weg und wich auf der Treppe zurück. In ihren großen dunklen Augen bemerkte er eine Mischung aus Verwirrung und Angst.

„Meine Güte, du wirst doch keine Angst vor mir haben?“, fragte er mit gerunzelter Stirn.

„Ich bin müde“, erwiderte Pennie. „Ich will nur ins Bett gehen. Mr. Hardy sagte, du könntest am Freitag kommen und den Antrag auf Annullierung unterzeichnen“, fügte sie hinzu. „Ich habe schon alles in die Wege geleitet und werde auch sämtliche Kosten übernehmen. Ist Dad in seinem Arbeitszimmer?“

C.C. schüttelte den Kopf und zog an der Zigarette. „Er ist drüben im Mannschaftshaus und spricht mit Jed. Ich möchte nicht, dass du Hale triffst, während du rechtmäßig mit mir verheiratet bist.“

Sie zögerte, aber sie war zu müde, um mit ihm zu streiten. „In Ordnung, C.C.“, antwortete sie nur. „Es wird wahrscheinlich sowieso nicht lange dauern, bis die Annullierung bestätigt ist.“

Seine Augen wurden schmal. „Hast du es so eilig, Hales Ring an deinen Finger zu stecken?“

„Ich habe keine Lust, mit dir zu streiten“, erwiderte sie ruhig und zwang sich, ihn anzusehen. Es brachte sie ganz durcheinander, wie er sie ansah. Ihr Herz fing wieder an zu rasen, ihre Knie zitterten. Ich habe einen Job“, erklärte sie, „und fange nächsten Montag an. Dann sehe ich mich nach einem Zimmer in El Paso um. Du brauchst … du brauchst nicht zu befürchten, dass du mir hier ständig über den Weg läufst.“

„Pennie!“, rief er heiser.

Sie drehte sich um. „Gute Nacht, C.C.“

Sie rannte die Treppe hinauf und in ihr Zimmer. Mit zitternden Händen schloss sie die Tür hinter sich, und die Tränen rannen ihr die blassen Wangen hinab. Er war also wieder zurück. Zurück und auf Streit aus. Das bedeutete nichts Gutes für die Zukunft.

Pennie wollte gerade dic Nachttischlampe ausknipsen, als die Tür plötzlich aufging und C.C. hereinkam. Er schloss die Tür sorgfältig hinter sich.

Pennie war wie erstarrt, nicht zuletzt deswegen, weil das fast durchsichtige grüne Nachthemd ihre Blöße nur unzureichend bedeckte.

„Was willst du?“, fragte sie unsicher.

„Mit dir reden." C.C. zog einen Stuhl neben das Bett und ließ sich darauf fallen. In seinem Gesicht waren tiefe Linien eingegraben, und er sah so müde und angestrengt aus, dass ihr sein Anblick fast wehtat. Er zog seine Anzugjacke aus und rollte die Ärmel seines Baumwollhemdes hoch. Er band die Krawatte ab und öffnete bedächtig die obersten Knöpfe seines Hemdes. Pennie hatte ihn fasziniert dabei beobachtet und war sich seiner ausgeprägten Männlichkeit nur zu bewusst. Sie musste sich zwingen, den Blick abzuwenden.

„Über die Annullierung?", fragte sie zögernd. Sie setzte sich auf und lehnte sich an ihr Kopfkissen. Das Leinentuch zog sie dabei schnell über die Brust, eine Bewegung, die C.C.s leicht amüsierten Augen nicht entging.

Er betrachtete sie ungeniert. Die Tage, die er fort gewesen war, hatte er viele Dinge durchdacht. Ihm war klar geworden, wie viel er ihr verdankte. Aber er hatte ihre Freundschaft schlecht erwidert, hatte sie verletzt und ihr das Gefühl gegeben, dass er sie nicht mochte. Jetzt musste er alles richtig stellen, wenn er konnte. Vielleicht war es ein guter erster Schritt, ihr von seiner Vergangenheit zu erzählen. Wenn sie ihn verstand, konnte sie ihm vielleicht auch Dinge verzeihen, die er zu ihr gesagt hatte.

„Nein", sagte er nach einem Augenblick. „Ich möchte jetzt noch nicht über die Annullierung reden. Ich möchte dir von mir erzählen." Er lehnte sich im Stuhl zurück und schlug die Beine übereinander. „Ich wurde in Jacobsville geboren, in der Nähe von Victoria", begann er und zündete sich eine Zigarette an. „Ich habe drei Brüder, zwei ältere und einen jüngeren. Wir sind auch im Viehgeschäft, aber wir handeln mit reinrassigen Kühen – Santa Gertrudis –, und die Familie war immer recht wohlhabend."

Pennie sah ihn an und wusste noch immer nicht, was sie von seinen Enthüllungen halten sollte.

„Ich habe vor einigen Jahren geheiratet. Ich wurde älter, und ich war einsam." Er zuckte mit den Schultern. „Ich wollte sie. Sie war in meinem Alter, hübsch und sehr temperamentvoll. Wir mochten beide gefährliche Sportarten wie Wildwasserfahren."

Seine Finger umfassten die Zigarette fester, und plötzlich war sein Blick abwesend und gequält. „Sie begleitete mich überallhin. Aber an diesem Wochenende wollte ich alleine weg. Sie war rettungslos eifersüchtig, aber ich hatte das nicht bemerkt, bis es zu spät war. Na ja, ich hatte mich für eine Wildwasserfahrt den Colorado hinunter eingetragen und fuhr ohne sie dorthin. Aber als ich mit der restlichen Gruppe am Fluss anlangte, wartete sie dort schon auf mich. Wir stritten. Es nützte nichts. Sie war fest entschlossen, mitzufahren."

Er nahm einen langen Zug von seiner Zigarette. „Das Floß kenterte an einer bösen Stelle, und sie ging unter. Wir suchten über eine Stunde, und als wir sie schließlich fanden, war es zu spät." Er schluckte und fügte traurig hinzu: „Sie war im dritten Monat schwanger."

„Das tut mir leid", sagte sie leise. „Das muss am schlimmsten für dich gewesen sein."

Er war erstaunt über ihr Einfühlungsvermögen, obwohl er eigentlich nicht wusste, warum. Pennie hatte schon immer Dinge erkannt, die anderen Leuten fremd waren. Ja, das war das Schlimmste", gab er zu. „Ich habe nie herausgefunden, ob sie wusste, wie es um sie stand, oder ob es ihr egal war."

„Ich glaube, dass unser Leben vorbestimmt ist", sagte Pennie mit ruhiger Stimme, „und Gott entscheidet, wann und wie wir sterben müssen."

„Vielleicht hast du recht. Aber ich habe drei Jahre gebraucht, um darüber hinwegzukommen. Ich habe ihr Vermögen geerbt, und sie war genauso wohlhabend wie ich. Das war auch ein Grund, weshalb ich hierher kam und mit deinem Vater ganz von vorne anfing. Ich wollte weg vom Geld und sehen, was ich aus eigener Kraft erreichen konnte. Ich habe fast alles geerbt, was ich besitze. Es hat Spaß gemacht, einmal meinen eigenen Weg zu gehen."

„Es war ein Glück für uns. Wir schulden dir eine Menge. Du warst uns immer ein Rätsel, aber du schienst ganz gut zu uns zu passen."

„Außer ein Mal im Jahr", meinte er nachdenklich. „Jedes Jahr an diesem Tag passierte es, und ich drehte ein bisschen durch. Ich wusste nicht, wie sehr ich mir ein Kind wünschte, bis es zu spät war."

Sie suchte nach den richtigen Worten, um ihn zu trösten. „C.C., du bist immer noch jung genug, um noch einmal zu heiraten und Kinder zu haben", sagte sie zögernd.

Seine Augen wurden schmal. „Aber ich bin verheiratet, Pennie. Mit dir."

Pennie spürte, wie ihre Wangen heiß wurden. Sie senkte den Kopf und erwiderte leise: „Nicht mehr lange. Mr. Hardy sagte, eine Annullierung sei überhaupt kein Problem."

„Ich möchte wissen, was in dieser Nacht passiert ist", sagte C.C. nach einer Weile und sah Pennie forschend an.

„Nicht sehr viel. Du warst stockbetrunken in einer Bar in Juarez. Ich ging hinein, um dich herauszuholen, und du hast mir eine Menge Beleidigungen an den Kopf geworfen. Dann hast du gemeint, wenn ich dich schon dauernd bemuttern würde, könnte ich dich genauso gut heiraten. Schließlich hast du gedroht, uns ins Gefängnis zu bringen, wenn ich nicht einwillige."

Seine Augenbrauen hoben sich. „Das hab ich getan?"

„Ja, das hast du. Ich wusste nicht, was ich davon halten sollte. Du warst ziemlich laut, und du schienst es ernst zu meinen. Ich hatte das Gefühl, du würdest uns für Monate ins Kittchen bringen, während Dad verzweifeln würde bei seinen Versuchen, uns wieder rauszubekommen."

„Meine Güte! Warum hast du mir das denn nicht erzählt?"

„Wann denn? Du wolltest mir doch gar nicht zuhören. Außerdem warst du vollauf damit beschäftigt, mir zu sagen, was für eine gemeine kleine Mitgiftjägerin ich sei!"

Er seufzte. „Das musst du verstehen, ich habe ausreichend Erfahrungen mit Mitgiftjägerinnen gemacht. Bis ich geheiratet habe, musste ich mich oft genug mit ihnen herumschlagen."

„Mit mir hast du dich nie herumschlagen müssen!", gab Pennie verärgert zurück. „Ich habe mich um dich gekümmert, wenn es nötig war, und ich dachte immer, wir seien Freunde, aber das war alles", log sie und versuchte, von ihrem Stolz zu retten, was noch zu retten war. „Ich hatte dich nie heiraten wollen!"

Seine dunklen Augen wurden schmal, während er über diese Erklärung nachdachte. Er glaubte ihr nicht. Sie war für seine Aufmerksamkeiten sehr empfänglich gewesen, bevor er ihren Stolz so verletzt hatte. Wenn immer noch etwas von diesem Gefühl da war, konnte er es vielleicht bewahren, wenn er vorsichtig war.

„Ich erinnere mich, dass ich dir einmal sagte, ich könnte nicht mehr lieben", sprach er langsam weiter. „So war es auch lange Zeit. Ich glaube, ich wurde gefühllos unter all der Schuld. Ich wollte einfach überhaupt nichts mehr fühlen."

„Ja. Das kann ich verstehen", erwiderte sie leise. „Aber ich war doch nie eine Bedrohung für dich, C.C."

„Warst du das nicht?", fragte er sie lächelnd. „Du warst das besorgteste kleine Ding, das mir jemals über den Weg gelaufen ist. Du hast mich richtiggehend bemuttert. Komisch, wie sehr mir das nach einer Weile gefallen hat. Apfelkuchen, wenn ich schlecht gelaunt war, heißer Tee, wenn ich fror, unerwartete Überraschungen wie Gebäck in meiner Satteltasche, wenn ich zum Viehtrieb raus musste. Du bist mir vom ersten Augenblick an unter die Haut gegangen, Pennie. Das Merkwürdige war nur, dass ich es gar nicht merkte."

„Du musst mir jetzt keine Nettigkeiten sagen", unterbrach sie ihn und sah ihn an. „Als du erfahren hast, dass wir verheiratet sind, hast du deine ehrliche Meinung gesagt. Ich habe immer gewusst, dass du eine fette, altmodische Schachtel wie mich nicht heiraten würdest ..."

„Pennie!"

„Ja, das bin ich nun mal", erklärte sie stur, und ihre Finger verkrampften sich in der Decke. „Hässlich und zu dick und ländlich bis auf die Knochen. Dad hat einmal gemeint, du seist so gescheit und welterfahren, dass du zwischen den elegantesten und reichsten Frauen wählen könntest, und er hatte recht. Edie ist für dich genau richtig."

C.C. lehnte sich im Stuhl zurück. „Edie möchte kein Haus auf dem Land und zwei oder drei Kinder", entgegnete er leise.

Also das war es. Er konnte Edie nicht haben, dann nahm er eben die zweite Wahl, Pennie. Sie senkte den Blick. Sie hatte ihn schon so lange gewollt, dass sie fast bereit war, ihn auch unter solchen Umständen zu nehmen. Aber sie konnte die Dinge nicht vergessen, die er gesagt hatte.

„Du könntest ja vielleicht ihre Meinung noch ändern", wandte sie zaghaft ein.

Er schüttelte den Kopf und sah sie an. „Aber das will ich gar nicht", sagte er erstaunt. „Pennie, wir sind verheiratet."

Sie wurde rot. „Das ist kein Hindernis. Ich habe dir bereits erzählt, dass ich mit Mr. Hardy gesprochen habe. Alles, was du tun musst, ist, am Freitag die Papiere zu unterzeichnen, und er wird die Annullierung auf dem schnellsten Wege beantragen."

„Du hast die Möglichkeiten einer Ehe mit mir vielleicht noch nicht richtig in Erwägung gezogen. Dein Vater arbeitet gerade erst wieder mit schwarzen Zahlen. Ich könnte die Ranch auf gesunde Füße stellen. Du könntest auch ein bisschen Gefallen daran finden. Schließlich bin ich reich."

„Dein Geld ist mir egal", versetzte sie vorwurfsvoll, „und das weißt du auch!"

C.C. seufzte ärgerlich. „Ist es Hale?", wollte er wissen. „Ist er der Grund, weshalb du so schnell eine Annullierung haben willst?"

Ihre Augen wurden immer größer. „Du warst doch schließlich derjenige, der diese Ehe so schnell wie möglich beenden wollte!"

„Ja, na ja, ich habe eben darüber nachgedacht." Er drückte langsam seine Zigarette aus. „Du hast einmal gesagt, dass Hale dein Liebhaber sei. Stimmt das?", fragte er und sah ihr forschend in die Augen.

Pennie warf ihm einen vorsichtigen Blick zu und hoffte, er hätte ihre Lüge nicht durchschaut. Wenn C.C. glaubte, dass sie mit Brandon zusammen war, würde es ihn vielleicht so lange von ihr fern halten, bis sie wusste, wie sie mit dieser neuen Situation umgehen sollte. „Das geht dich überhaupt nichts an", erwiderte sie schließlich abweisend.

„Das geht mich verdammt viel an. Du gehörst mir."

„Nein, das tu ich nicht. Du bist mit mir nur versehentlich verheiratet. Das heißt, Brandon ist ganz allein meine Angelegenheit."

Er stand mit gespielter Trägheit auf und stellte den Aschenbecher zurück auf den Nachttisch. „Ich werde ihn zu meiner Angelegenheit machen." Er blieb neben ihrem Bett stehen und sah drohend auf sie herab. „Du wirst nicht mehr mit ihm schlafen", befahl er. „Und dich auch nicht mehr mit ihm treffen. Von jetzt an bleibst du zu Hause, wo du hingehörst."

Ihre Augen blitzten auf. „Was glaubst du eigentlich, wer du bist?", fuhr sie ihn wütend an.

„Dein Mann", erwiderte er lakonisch. „Mrs. Tremayne."

„Nenn mich nicht so", protestierte sie. „Das ist nicht mein Name."

„O doch, das ist er. Und du kannst diese Annullierung vergessen. Ich werde nicht unterschreiben."

„Aber du musst!", rief Pennie hilflos.

„Wirklich? Warum?", fragte er und sah sie interessiert an.

„Weil das die einzige Möglichkeit ist, mich loszuwerden!"

„Will ich das denn? Schließlich hast du dich die letzten drei Jahre hindurch um mich gekümmert. Du bist ein Schatz, Pennie. Ich werde nicht so dumm sein und dich dem rothaarigen Tierarzt überlassen. Das kannst du ihm ruhig ausrichten."

„Aber ich will nicht mit dir verheiratet sein!"

Er zog die Augenbrauen hoch. „Wie kannst du da so sicher sein? Ich habe schließlich noch nicht mit dir geschlafen."

Sie wurde rot. Ihre Finger verkrampften sich in der Bettdecke, und als er einen Schritt näher an ihr Bett trat, blieb sie stocksteif sitzen. Ihre Augen wurden riesengroß.

C.C. schüttelte den Kopf und schnalzte mit der Zunge. „Meine Güte, wenn du diese Haltung beibehältst, wird es verdammt schwer für uns werden, Kinder zu bekommen!"

„Ich werde keine Kinder bekommen", flüsterte Pennie.

„Tja, so jedenfalls nicht", meinte er grinsend. „Weißt du überhaupt, wie Frauen sie bekommen?"

„Natürlich", antwortete sie verärgert. „Im Krankenhaus."

„Das kommt später", erinnerte er sie und lächelte. „Viel später."

Bevor sie antworten konnte, wurde ihre Zimmertür plötzlich geöffnet und Ben sah erstaunt von einem zum anderen. „Um Himmels willen, was ist denn hier los?"

„Ich habe Pennie nur über wichtige Tatsachen des Lebens aufgeklärt", meinte C.C. schulterzuckend. „Sie glaubt, dass Babys vom Krankenhaus kommen. Hast du ihr das erzählt?"

Ben runzelte verwirrt die Stirn. „Na ja, nicht so genau ... Aber hör mal, was tust du denn hier in ihrem Zimmer?"

„Wir sind verheiratet, hast du das vergessen?" C.C. zog einen Umschlag heraus. „Hier ist die Heiratsurkunde."

„Aber du wolltest diese Heirat doch nicht. Du hast gesagt, du willst sie annullieren lassen."

„Ich habe meine Meinung geändert. Pennie ist eine gute Köchin, sieht nett aus und hat keine schlechten Angewohnheiten. Ich könnte es schlimmer erwischen."

„Und ich könnte mich um einiges verbessern!", rief Pennie mit rotem Gesicht. „Raus jetzt hier, Connal Tremayne! Ich werde die Heirat annullieren lassen, und du kannst zur Hölle fahren!"

C.C. sah Ben amüsiert an. „Du hast ihr wahrscheinlich auch das Fluchen beigebracht?", fragte er. „Schäm dich!"

„Sie hat es mir beigebracht", erwiderte Ben. „Und es hat den Anschein, als wolle sie nicht mit dir verheiratet bleiben, C.C."

„Aber sicher will sie!", meinte C.C. gleichmütig. „Es dauert nur ein Weilchen, bis sie überzeugt davon ist. In der Zwischenzeit", er legte einen Arm um Bens Schulter, „möchte ich mit dir reden. Ich habe mir einige Verbesserungen für die Ranch und das Haus überlegt."

„Hör bloß nicht zu!", fuhr Pennie hoch. „Er will uns kaufen!"

„Das will ich nicht!", sagte C.C. empört. „Ich versuche nur, deine Hindernisse zu umgehen. Dein Vater hätte sicher nichts gegen einen Partner. Stimmts Dad?", fügte er hinzu und strahlte Ben fröhlich an.

„Richtig, mein Sohn!", stimmte Ben zu und grinste zurück. „Ich habe noch gar nicht so darüber nachgedacht", meinte er nachdenklich. „Jetzt habe ich tatsächlich endlich noch einen Sohn!"

„Vergesst ihr beide dabei nicht etwas?", frage Pennie mühsam beherrscht.

„Ich glaube nicht", erwiderte C.C.

„Wir werden nicht lange verheiratet sein!", stieß sie hervor. „Ich werde mich selbst darum kümmern, dass unsere Ehe so schnell wie möglich annulliert wird!"

„Mach dir keine Sorgen, Dad", meinte C.C. aufmunternd zu Ben. „Sie braucht mein Einverständnis dazu, und das bekommt sie nicht. Stell dir mal vor, da gibt es eine hartherzige Frau, die einen Mann noch vor der Hochzeitsreise loswerden will!"

„Stimmt, ihr habt noch keine Hochzeitsreise gehabt", fiel es Ben ein.

„C.C. kann gern alleine auf Hochzeitsreise gehen", meinte Pennie eisig. „Ich habe gehört, um diese Jahreszeit ist es in Kanada sehr schön. Gibt es dort nicht Grizzlybären …?"

„Wir haben jetzt noch keine Zeit für eine Hochzeitsreise", fuhr C.C. schnell dazwischen. „Wir müssen erst die Ranch auf Vordermann bringen. Zunächst lassen wir einen Architekten kommen und das Haus ansehen. Ich werde meine Brüder in Jacobsville einladen, sie sollen uns ein oder zwei Santa-Gertrudis-Zuchtbullen bringen …"

„Halt!" Pennie hielt ihre Hände hoch. „Damit bin ich nicht einverstanden!"

„Was hast du denn damit zu tun?", fragte C.C. unschuldig. „Dein Vater und ich sind Partner."

„Dad, das kannst du nicht machen", wandte sie sich an ihren Vater.

Ben hob die Augenbrauen. „Warum denn nicht?“

„Sie ist nur frustriert“, mischte sich C.C. wieder ein und führte Ben zur Tür. „Ein bisschen Liebe wird sie schon noch überzeugen.“

„Du kannst es ja versuchen, dann findest du ein Bügeleisen an deinem Kopf wieder“, fauchte sie.

C.C. grinste sie von der Tür aus an. „Ich mag eine Frau mit Einfällen.“

„Gehst du jetzt bitte endlich?“, bat sie seufzend. „Ich möchte schlafen.“

„Das ist vielleicht eine ganz gute Idee. Es wird deine Laune verbessern“, erwiderte er, warf ihr eine Kusshand zu und schloss die Tür hinter sich.

7. KAPITEL

Es war gar nicht ungewöhnlich, dass C.C. mit Pennie und ihrem Vater frühstückte, aber im letzten Monat hatte er sich mehr und mehr zurückgezogen. Trotzdem war Pennie nicht überrascht, ihn mit ihrem Vater im Esszimmer sitzen zu sehen, als sie zum Frühstück herunterkam. Verwundert stellte sie fest, dass der Tisch gedeckt war, selbst frischer Kaffee stand auf dem Tisch.

„Jetzt staunst du, was?“, meinte C.C. trocken, während er sie anerkennend von oben bis unten musterte. Sie trug Jeans, Stiefel und einen weit geschnittenen gelben Pulli. „Du denkst, Männer sind hilflos, stimmts?“

Sie sah sich um, tat so, als wolle sie sehen, mit wem er sprach.

„Süß“, lachte er. „Setz dich und iss, bevor alles kalt ist.“

Pennie setzte sich auf den Stuhl ihm gegenüber. Sie sah von C.C. zu Ben. C.C. trug Arbeitskleidung – Jeans und ein Baumwollhemd –, ihr Vater einen Anzug.

„Rechnest du damit, heute noch begraben zu werden, oder hast du einen geschäftlichen Termin?“, neckte sie Ben.

„Ich gehe zur Bank, um die Hypothek zurückzuzahlen“, erklärte er zögernd.

„Womit denn?“, rief sie aus.

„Darüber reden wir später“, unterbrach C.C. das Gespräch. „Iss deine Eier.“

„Womit?“, bestand sie auf ihre Frage und schaute ihren Vater misstrauisch an. Er blickte schuldbewusst zurück. Ihr Blick wanderte zu einem zufriedenen C.C., der sich siegessicher wie ein Feldherr zurücklehnte. „Du warst es. Du hast ihm das Geld gegeben, um die Hypothek zurückzuzahlen, hab ich recht?“

„Er ist mein Schwiegervater“, erwiderte C.C. leichthin. „Und natürlich auch mein Partner. Wir unterzeichnen heute die Papiere. Dein Vater kümmert sich darum, wenn er in der Stadt ist.“

„Du gehst nicht mit?“, fragte sie argwöhnisch.

Er zuckte mit den Schultern. „Wir bekommen eine Ladung Vieh. Jemand muss hier sein, um sie anzunehmen, und sich um das Ausladen kümmern.“

„Neues Vieh? Was für neues Vieh?“

„Ein paar Fersen, um den Bestand aufzufrischen, das ist alles", versicherte ihr C.C. eilfertig. „Aber wir werden zwei reinrassige Santa-Gertrudis-Bullen erhalten. Meine Brüder kommen morgen."

„Es gibt noch mehr von deiner Sorte?", fragte sie, und ihr fiel gleichzeitig ein, was er ihr gestern Abend erzählt hatte.

„Drei", erinnerte er sie.

„Dann helfe uns Gott. Sind sie verheiratet?"

Seine dunklen Augen wurden schmal. „Einer von ihnen. Der jüngste. Die beiden älteren sind noch allein stehend. Komm bloß nicht auf irgendwelche Ideen. Du hast bereits einen Ehemann."

„Nur bis ich deine Unterschrift auf einem Blatt Papier habe", erwiderte sie betont freundlich.

„Vorher wird die Hölle zu einem Eisklumpen gefrieren", antwortete er ebenso freundlich.

„Können wir den Streit später fortsetzen?", meldete sich jetzt Ben. „Ich möchte gern in Ruhe frühstücken."

„Er hat recht. Nimm dir doch etwas Salsa."

Pennie gab auf. Sie tat sich etwas von dem roten Gewürz über ihre Eier und genoss den herrlichen Geschmack, den die Rühreier so bekamen. Der Schinken war auch knusprig gebraten, und die Pfannkuchen waren fast noch besser als ihre eigenen.

Sie sah C.C. stirnrunzelnd an. „Hast du das alles gemacht?"

„Habe ich das behauptet?", fragte C.C. unschuldig.

„Na ja, eigentlich nicht ..."

„Consuelo war es", informierte Ben sie. „Wir dachten, dass du vielleicht länger schlafen möchtest, nach den ganzen Aufregungen letzte Nacht."

„Aufregungen", murrte sie. „Zuerst will er so schnell wie möglich eine Annullierung und jetzt wieder nicht."

„Sagen wir doch einfach, ich habe mich noch rechtzeitig eines Besseren besonnen", schlug C.C. träge vor und lächelte sie über eine Gabel voll Rührei an. Sein Blick wanderte zu ihren vollen Lippen und blieb dort eine Weile hängen, bis er ihr wieder in die Augen sah. „Ich weiß eben etwas Gutes zu schätzen."

Ihr Herz schlug schneller. Es war nicht fair ihr gegenüber. „Warum brauchst du mich?", fragte sie mit belegter Stimme. „Ich bin farblos und fett, das hast du mir selbst gesagt."

C.C. presste die Lippen zusammen. „Ich habe vieles gesagt, was mir leid tut“, erwiderte er zerknirscht. „Ich hoffe nur, du wirst nicht die nächsten zwanzig Jahre damit verbringen, mir das alles immer wieder vorzuhalten.“

Pennie starrte ihn an, bis sie schließlich ihren Blick wieder auf den Teller senken musste. Sein ruhiger, durchdringender Blick hatte im Streit schon etliche ausgewachsene Männer bezwungen. Sie gab nach. „Aber du sagtest, du wolltest nicht heiraten.“

„Das stimmt. Doch jetzt haben wir so etwas wie ein *Fait accompli*, oder nicht?“

„Ein was?“, fragte sie nach.

Er hob eine Augenbraue. „Das ist Französisch. Es bedeutet eine vollendete Tatsache. Du sprichst anscheinend nicht Französisch. Aber ich. Ich werde es dir beibringen. Es ist eine sehr erotische Sprache. Genau wie Spanisch.“

Sie räusperte sich und trank einen Schluck Kaffee. „Ich habe kein Talent für Sprachen.“

„Ein paar Worte kannst auch du lernen. Besonders“, fügte er leise hinzu, „die richtigen.“

Pennie wusste, auf was C.C. abzielte. Ihr Blick wanderte hilflos über sein Gesicht und blieb an seinem schmalen, festen Mund hängen. Sie hatte oft davon geträumt, dass er die Arme um sie legte. Hätte gerne gewusst, wie es wäre, wenn er sie leidenschaftlich küsste. Aber natürlich war sie nicht der Typ Frau, der diese Leidenschaft in einem Mann entfesselte. Bei Edie war das anders.

Edie. Pennie dachte an sie und fühlte sich sofort unwohl. Sie konnte sich gut vorstellen, was C.C. in Edie gesehen hatte, und sie hätte gern gewusst, ob er diese Beziehung weiter fortsetzen wollte. Ihre Ehe war ja keine richtige. Er konnte einfach sagen, dass Pennie kein Recht hatte, ihm vorzuschreiben, was er tun oder lassen sollte, und er hätte recht. Sie waren ja schließlich nur formal verheiratet.

Sie legte ihre Gabel weg, ihr war der Appetit vergangen. Wenn er sie nur lieben würde. Wenn er sie nur gerne geheiratet hätte und nicht bloß in betrunkenem Zustand.

„Was ist denn jetzt los?“, fragte Ben, der gesehen hatte, wie sich Pennies Gesichtsausdruck veränderte. „Du machst ja ein Gesicht wie sieben Tage Regenwetter.“

„Ich konnte nicht schlafen“, erklärte sie schnell.

„Du hast sicher von mir geträumt.“ C.C. grinste.

Sie warf ihm einen wütenden Blick zu. „Habe ich nicht!“

„Ist schon gut, Pennie, kämpfe nur dagegen an. Aber ich werde gewinnen“, fügte er leise hinzu, als er aufstand und auf sie hinuntersah. „Und du weißt es auch.“

Sie verstand seine neue Haltung nicht, und auch nicht den Ausdruck in seinen dunklen Augen. Sie sah ihn hilflos an.

„Du bist ratlos, stimmts Kleines?“, murmelte er. „Nun, es wird einige Zeit dauern, aber du verstehst es schon noch. Bis später, Ben.“ Er trank seinen Kaffee aus, nahm seinen Hut und schob ihn sich in die Stirn. „Warum kommst du später nicht einmal vorbei und siehst uns beim Ausladen zu?“, fragte er Pennie.

Es war die erste Einladung, die er ihr gegenüber aussprach, fast, als ob er ihre Gesellschaft suchte. Sie wusste nicht, wie sie darauf reagieren sollte, und zögerte.

„Wie du willst“, sagte er nach einem tiefen Seufzer. „Wenn du es dir anders überlegst, weißt du ja, wo du mich findest.“

Er ging hinaus, und Pennie wechselte einen verwirrten Blick mit ihrem Vater.

„Was ist denn nur los?“, fragte sie ihn.

„Ich gäbe was dafür, wenn ich es wüsste“, antwortete Ben. „Ich kann nicht sagen, dass ich gegen diese Entwicklung etwas einzuwenden hätte. Dieses Land ist schon seit dem Bürgerkrieg im Besitz unserer Familie. Es käme mir hart vor, es wegen meiner Unfähigkeit in Gelddingen zu verlieren.“

Pennie wusste, wie viel die Ranch ihrem Vater bedeutete, und sie bekam einen leisen Anflug von Schuldgefühl, dass sie eine Auseinandersetzung suchte, wo C.C. die Lösung all seiner Probleme war.

„Was denkst du wirklich über die ganze Angelegenheit?“, fragte Ben vorsichtig.

Sie spielte an ihrer Kaffeetasse herum. „Ich glaube, er macht einfach nur das Beste aus einer unangenehmen Situation“, erwiderte sie langsam. „Oder vielleicht meint er, dass eine Annullierung seine Männlichkeit verletzen würde. Eine einleuchtende Erklärung für sein Verhalten hab ich eigentlich nicht.“

„Er war einige Tage weg“, meinte Ben nachdenklich. „Vielleicht ist ihm da vieles klar geworden."

Pennie erinnerte sich daran, dass C.C. erwähnt hatte, dass er eine Familie wollte und Edie nicht. Er konnte sich ja gedacht haben, dass Pennie die ideale Frau dafür war, Hausfrau und Mutter und Köchin, jemand, der im Hintergrund blieb. Und er konnte jederzeit treiben was und mit wem er wollte.

„Du tust es schon wieder", kommentierte Ben. „Du brütest", fügte er hinzu, als sie ihn fragend ansah. „Hör auf damit. Lebe jeden Tag so, wie du es möchtest, und warte ab, was herauskommt."

Pennie wollte ihm widersprechen, aber eigentlich fand sie kein Argument. „Na gut", sagte sie leichthin. „Ich habe übrigens einen Job", verkündete sie dann.

„Einen was?"

„Einen Job. Na ja, jedenfalls fast", schränkte sie ein und erklärte es ihm. „Mach nicht so ein Gesicht, was ist daran so schlimm?", fragte sie schließlich.

„Du hast hier genug zu tun", murrte er. „Ich müsste auf meine Apfelkuchen verzichten und all das andere Gebäck, wenn du woanders arbeitest. Wer wird sich dann um mich kümmern?"

Sie sah ihn erstaunt an. „Aber Dad, ich kann doch nicht immer zu Hause bleiben."

„Könntest du schon, wenn du mit meinem neuen Schwiegersohn verheiratet bliebest", versetzte er kurz. „Es gibt keinen Grund, weshalb du es nicht solltest. Er ist ein großartiger Kerl. Reich, gut aussehend, gescheit ..."

„... dickköpfig, hochnäsig, unvernünftig ...", fuhr sie fort.

„... und was am besten ist, er mag Kinder", schloss Ben. „Ich mag Kinder. Ich hätte gerne mehr Kinder als dich gehabt, weißt du. Nichts wäre schöner für mich als ein Haus voller Enkelkinder."

„Großartig. Wenn ich C.C. los bin, werde ich Brandon heiraten, und wir werden sicher viele Kinder haben. Alle rothaarig", setzte sie mit einem spitzbübischen Grinsen hinzu.

„Ich will keine rothaarigen Enkelkinder!", protestierte er.

„Schade", seufzte sie und beendete ihr Frühstück. „Denn ich werde bestimmt nicht den Rest meines Lebens mit einem Mann verbringen, dem ich nichts bedeute."

„Ist dir noch nicht in den Sinn gekommen, dass er vielleicht ganz besondere Gründe haben könnte, um mit dir zusammenbleiben zu wollen?", fragte ihr Vater nach einer Weile.

Sie sah ihn fragend an. „Meinst du wegen seiner Frau und dem Baby?"

Er nickte. „Das war schwer für ihn, sie so zu verlieren. Ich verstehe, weshalb er so gejagt ist. Ich weiß, wie es ist, von Schuldgefühlen erdrückt zu werden. Ich hatte sie jahrelang, weil ich bei dem Unfall, der deiner Mutter das Leben gekostet hat, betrunken war. Ich habe schließlich gelernt, dass man nicht in der Vergangenheit leben kann. Man muss seine Schuld und Fehler auf sich nehmen und versuchen, es besser zu machen. Er lernt das gerade. Vielleicht ist er so weit, es noch einmal zu versuchen."

„Vielleicht ist das so, Dad, aber es ist mir nicht genug", entgegnete sie müde. „Ich kann nicht nur Heilung und Trost für ihn sein, verstehst du? Ich möchte geliebt und gebraucht werden."

„Er brauchte dich bereits jetzt, das haben wir während der letzten Jahre gesehen", erinnerte Ben sie.

„Sicher. Die gute alte Pennie bewahrt ihn vor Schwierigkeiten, passt auf, dass er auch seinen Regenmantel anhat und sein Essen nicht vergisst. Aber das ist nicht das, was er braucht, Dad. Er braucht eine Frau, die er lieben kann. Edie wäre sicher eine bessere Wahl gewesen als ich. Die beiden hatten zumindest eine Art Beziehung. C.C. und ich – na ja, er hat mich noch nicht einmal geküsst", stieß sie hervor und wurde rot.

„Du könntest ja auch den Anfang machen", meinte Ben zwinkernd. „Nur so zur Probe."

Sie wurde noch röter und sah auf den Teller. „Ich will ihn nicht küssen."

„Du weißt nicht, was du versäumst, bis du es nicht ausprobiert hast. Schließlich hast du die letzten Jahre praktisch wie eine Heilige gelebt. Trotz Brandons Anstrengung."

„Du hast das doch hoffentlich nicht C.C. erzählt!", rief sie erschrocken aus.

„C.C. ist ein erfahrener Mann, das wird er schon selbst erraten", versicherte er ihr. „Du wirst einfach zu oft rot."

„Von nun an werde ich mein Gesicht überpudern und eine Sonnenbrille tragen, nur damit du's weißt!", grummelte sie. „Männer!"

„Na, komm schon. Wir wollen nur dein Bestes."

„Und die Tatsache, dass er die Ranch schuldenfrei macht, ist die Sahne auf dem Kuchen, was?"

Ben lächelte. „Ich habe nichts dagegen. Dieses Land ist schon seit vielen Generationen in unserer Familie. Es wäre schön, wenn deine Kinder es erben könnten."

Pennie langte hinüber und streichelte leicht seine raue Hand. „Ich verstehe das ja. Zu heiraten scheint schon schwierig genug, wenn man jemanden liebt. Wenn das nicht ..."

„Aber du liebst ihn doch", fiel ihr Ben ins Wort. „Ich habe gesehen, wie du ihn anschaust, wie du aufblühst, wenn er ins Zimmer kommt. Er sieht es nicht, weil er dich nicht so kennt. Aber dass er die Ehe nicht mehr annullieren lassen will, sollte dich doch hoffen lassen, oder?"

„Er will es aus den falschen Gründen nicht mehr", beschwerte sie sich. „Jede Frau wäre ihm recht, siehst du das nicht?"

„Nein, so sehe ich das nicht." Er zog seine Taschenuhr heraus und warf einen Blick darauf. „Und ich habe auch nicht mehr genug Zeit, dir das zu erklären. Ich bin schon spät dran. Ich komme nicht zum Essen, aber C.C. hat gesagt, er käme." Er strich Pennie liebevoll über das Haar und ging hinaus.

Pennie erledigte den Abwasch und machte das Haus sauber. Die ganze Zeit dachte sie dabei über C.C.s Einladung nach. Er hatte sie nicht gedrängt, und vielleicht waren sie mit den neuen Kälbern auch schon fertig. Aber sie ritt trotzdem hinaus, ritt die unbefestigte Straße entlang bis zu der Laderampe. Dort wurde das ankommende Vieh hinunter auf die einzige umzäunte Weide getrieben.

Ihr Herz machte einen Sprung, als sie sah, dass die großen Laster immer noch dort standen und die Männer bei der Arbeit waren. C.C. saß auf dem Zaun und gab ihnen Anweisungen. Er musste ihr Kommen gespürt haben, denn er blickte sofort zu ihr. Selbst auf diese Entfernung sah sie sein Lächeln.

Er sprang sofort vom Zaun und kam ihr entgegen, schlank, muskulös und ausgesprochen männlich. Er war genau der Mann ihrer Träume.

„Also hast du dich doch entschlossen, uns Gesellschaft zu leisten", begrüßte er sie. „Na, dann komm herunter."

Sie stieg aus dem Sattel und lief neben ihm her, die Zügel lose in der Hand.

„Das ist aber eine ganze Menge Vieh“, meinte sie, nachdem sie ihr Pferd ein Stück weiter vorn an den Zaun gebunden hatte.

„Man braucht heutzutage viel Vieh, um davon leben zu können“, erinnerte er sie. „Besonders Rancher wie dein Vater und ich, die die Sache nicht künstlich beschleunigen.“

„Künstlich beschleunigen?“

„Hormonspritzen, Supervitamine und all das Zeug.“

„Hab ich nicht in Dads Fachzeitschrift gelesen, dass manche Länder keine Rinder mehr importieren, die mit Hormonspritzen behandelt wurden?“

C.C. grinste. „Du hast deine Hausaufgaben gemacht, sehe ich.“ Er zündete eine Zigarette an und schob seinen Hut zurück. „Du hast recht, Pennie. Die Leute werden bewusster, was ihre Gesundheit betrifft. Wir müssen ausreichend Rindfleisch auf natürlichem Weg produzieren, um den Markt zu befriedigen. Selbst die Pestizide, die wir bei unserem Getreide verwenden, sind unter Beschuss.“

„Von den Brandzeichen ganz zu schweigen.“

„Fang du jetzt nicht auch noch damit an“, meinte er seufzend. „Es ist nicht grausam, sondern notwendig, um sich vor Viehdieben zu schützen, das weißt du ganz genau.

„Ich höre die Leute schon kichern. Viehdiebe im Weltraumzeitalter.“

„Es dürfte auch dir nicht entgangen sein, dass Viehdiebstahl heutzutage in großem Stil aufgezogen wird.“

„Ich bin trotzdem der Meinung, dass es nicht richtig ist, die Tiere unnötig zu quälen“, beharrte sie. „Aber lass uns lieber über etwas weniger Brutales reden“, schlug sie vor. „Erzähl mir von deinen Brüdern. Sind sie dir ähnlich?“

C.C. drehte sich um und sah sie nachdenklich an. „Evan schon“, erwiderte er schließlich. „Er ist der Älteste, allerdings ist er viel zurückhaltender als ich. Harden ist mir vom Alter her am nächsten, aber er hat blaue Augen. Mein jüngster Bruder ist Donald – er heiratete vor drei Jahren. Ein nettes Mädchen. Sie heißt Jo Ann.“

„Leben deine Eltern noch?“

„Unser Vater starb, als wir klein waren. Aber meine Mutter ist noch da." Er steckte die Daumen in seinen Ledergürtel und sah auf Pennie hinunter. „Ihr Name ist Theodora", sagte er, und sein Blick fiel auf Pennies Mund. „Wenn wir einmal eine Tochter haben, möchte ich sie nach meiner Mutter nennen. Sie ist eine ganz besondere Frau. Sie hat Mut, kann etwas und ist sehr liebevoll. Sie ist genau wie du, Penelope Mathews Tremayne."

Sie spürte, wie ihr Mund trocken wurde. Er stand viel zu nahe bei ihr, und sein schlanker, geschmeidiger Körper machte sie nervös. Sie trat einen Schritt zurück, aber C.C. kam ihr nach. Sein Lächeln zeigte ihr, dass er genau wusste, was sie fühlte.

„Ich werde nicht lange eine Tremayne sein", meinte sie abwehrend.

„Solange ich es will", entgegnete er leise. „Die Ehe ist etwas, was man nicht zu leicht nehmen sollte. Wenn du mich nicht hättest heiraten wollen, hättest du mir nie in die mexikanische Kapelle folgen dürfen."

Da hatte er recht, aber sie konnte es nicht zugeben. Sie steckte die Hände in die Hosentaschen, um sie ruhig zu halten. Sie konnte den Blick nicht von seinem Hemd wenden. Es war ein blau gemustertes Hemd im Westernstil, das sich über seiner Brust spannte, Unwillkürlich fragte sie sich, wie C.C. ohne Hemd aussehen, wie sich seine bloße Haut anfühlen würde. Als ihr bewusst wurde, was sie dachte, überzog eine feine Röte ihr Gesicht.

C.C. hob eine Augenbraue. „Oh, là, là! Wie sind wir unruhig", meinte er mit einem langsamen Lächeln. „Möchtest du, dass ich es ausziehe, Pennie?", drängte er weich.

Sie blickte erschrocken hoch und dann hinüber zum Vieh. Ihr Herz schlug schneller, und ihr Mund wurde ganz trocken, als sie fieberhaft nach einer Ausrede suchte. „Ich ... ich habe nur die Farbe bewundert", stammelte sie und fuhr sich nervös mit der Zunge über die Lippen.

„Du hast mich ausgezogen, meinst du wohl", sagte er leichthin und hob die Zigarette an den Mund. „Warum tust du es nicht wirklich? Wir sind verheiratet. Ich habe nichts dagegen, dass du mich berührst."

Sie schluckte und wollte weglaufen, aber er hielt eine lange Strähne ihres Haares in der Hand, und so blieb sie stehen.

„Lauf nicht vor mir weg." Seine Stimme klang tief und weich, als wollte er sie damit streicheln. Ein großer Viehwagen wurde zurückgesetzt und verbarg sie vor den Blicken der Cowboys. „Es wird Zeit, dass du unsere Situation siehst, wie sie ist."

„Unsere Situation wäre sofort eine andere, wenn wir die Heirat annullieren ließen", presste sie heraus.

Er fuhr ihr mit der Hand sanft durch das Haar, drehte sie zu sich und hob ihr Gesicht an. Seine dunklen Augen glänzten ganz merkwürdig. „Annullierungen sind für Leute, die ihre Probleme nicht lösen können. Du und ich, wir werden dieser Ehe eine Chance geben. Wir beginnen gleich hier damit."

„Wir tun was ... C.C.!"

Sein Mund fing ihren Schrei auf. Er gab nicht nach, als sie sich wand und drehte und gegen ihn ankämpfte. Er warf die Zigarette fort und zog Pennie eng an sich. Die warme Stärke, die sie spürte, zehrte an ihrem Willen, und sie hätte am liebsten die Arme um C.C. geschlungen. Aber sie durfte diesem Verlangen nicht nachgeben, wollte sie nicht ganz die Kontrolle verlieren. Und dann waren doch alle Bedenken wie weggewischt, als C.C. den Kopf senkte und sie die Wärme seiner Lippen auf ihrem Mund fühlte.

Brandon hatte sie geküsst. Andere Jungs hatten sie geküsst. Aber es war nichts gewesen, im Vergleich zu diesem Kuss. Alles um sie herum versank wie in einem dichten Nebel. Sie wehrte sich nicht mehr, sondern gab sich C.C.s wunderbaren Liebkosungen hin. Er zog sie noch enger an sich, und sie erschauerte unter dieser neuen Erfahrung. Noch nie hatte ein Mann sie auf diese Weise im Arm gehalten, in einer Umarmung, die so intim war.

Sein Mund löste sich von ihrem, er fuhr leicht über ihre Mundwinkel und spürte, wie ihr Widerstand sank. Er sah ihr in die Augen, und die Verwirrung und die Sehnsucht, die darin standen, erregten ihn. Weiche Verlorenheit fand er unter diesen langen, dichten Wimpern, gemischt mit Neugier und Verlangen.

„Die ... Männer", schaffte sie es schließlich halbherzig zu stammeln.

Er drehte sie leicht, damit sie sehen konnte, dass sie von dem Viehlaster verdeckt waren. „Welche Männer, Kleines?", flüsterte er. Sein Mund legte sich ganz leicht auf ihren, er liebkoste ihre Lippen. „Leg deine Arme um mich", flüsterte er. „Komm näher."

Sie gehorchte ihm hilflos, versank in einem süßen Vergessen, das voller neuer Gefühle war. Merkwürdig, dachte sie staunend, wie gut wir zusammenpassen, trotz seiner Größe.

„Küss mich, Mrs. Tremayne", forderte er sie leise auf und drängte ihre Lippen auseinander.

Pennie ging völlig in ihm auf. Sein Mund war sanft, dann fordernder, und schließlich küsste er sie mit einer Leidenschaft, die ihr fast den Atem nahm. Sie stöhnte, als der Druck und das Begehren zu einem schockierenden Verlangen wurden, und sie spürte, wie ihre Beine unter seinem harten Drängen zitterten.

C.C. ließ sie ganz unerwartet los und trat zurück. Seine Augen hatten einen fremden, glitzernden Ausdruck. „Die falsche Zeit, der falsche Ort", stieß er heiser hervor. Er holte tief Luft und sah sie an, nickte, als er die unmissverständlichen Anzeichen der Erregung sah. „Ja, du willst mich", sagte er atemlos. „Das ist zumindest ein Anfang."

Pennie schluckte, unfähig, etwas zu sagen, so durcheinander war sie. Sie strich sich das Haar aus dem erhitzten Gesicht und sah C.C. nur an. Da nahm er ihre Hand und zog sie mit sich.

„Das sind Herefords", erklärte er, als ob nichts geschehen wäre. „Du weißt, dass wir den Brahman Stamm mit Shorthorns kreuzen, um die Santa-Gertrudis-Rasse zu erhalten. Das hier ist eine andere Kreuzung", erzählte er weiter und gab ihr eine kleine Einführung in Viehzucht.

Sie hörte zwar seine Worte, nahm deren Sinn aber kaum wahr. Ihr Denken war noch ganz erfüllt von den eben erlebten Zärtlichkeiten.

Er zündete sich eine Zigarette an, während er sprach, und einmal lächelte er auf eine Art auf sie herunter, die ihr Herz höher schlagen ließ. Sie schienen eine Schwelle überschritten zu haben, ganz unerwartet, und sie spürte eine Erregung, die sie noch nie empfunden hatte. Selbst als er sie wieder verlassen musste, um an die Arbeit zurückzugehen, und sie nach Hause ritt, hielt diese Erregung an. Sie wünschte nur, sie wüsste, wo sie beide hinsteuerten.

8. KAPITEL

Das Leben wurde immer komplizierter. Brandon kam am nächsten Morgen vorbei, um Pennie zu besuchen. Er war etwas unsicher, weil sie formell noch mit C.C. verheiratet war. Brandon verstand nicht ganz, was da vorging. Pennie hatte ihm gesagt, dass die Heirat ein Versehen war, aber C.C. sah ihn vom Kaffeetisch im Wohnzimmer aus an, als handelte es sich bei Brandon um einen unangenehmen Eindringling.

„Ich … äh … dachte, wir könnten morgen Abend zusammen ins Kino gehen, das heißt, wenn C.C. nichts dagegen hat", fügte Brandon schnell hinzu.

C.C. lehnte sich im Stuhl zurück und rauchte seine Zigarette mit arroganter Selbstsicherheit. „Pennie ist meine Frau", beschied er Brandon von oben herab. „Ich glaube nicht, dass verheiratete Frauen mit anderen Männern ins Kino gehen sollten. Das ist so eine kleine Eigenheit von mir", fügte er mit funkelnden Augen hinzu.

„Ich dachte … Pennie sagte", stotterte Brandon und sah Hilfe suchend zu ihr, „dass es alles ein Missverständnis war."

„So mag es begonnen haben", erwiderte C.C. „Aber Pennie und ich sind entschlossen, das Beste aus unserer unglücklichen Situation zu machen, nicht wahr, Penelope?"

Sie sah ihn verwirrt an. Sie war seit gestern, als C.C. sie mit solcher Leidenschaft geküsst hatte, nicht mehr die Alte gewesen. Ihr inneres Gleichgewicht war völlig aus den Fugen geraten.

„Also, nun hör mal, C.C.", fing sie unsicher an.

Er lächelte sie träge an. „Connal, mein Herzblatt, erinnerst du dich? Ihr Gedächtnis kommt und geht, mein armes kleines Häschen", sagte er zu Brandon gewandt.

„Das stimmt nicht!", versetzte sie aufgebracht. „Ich vergesse nie etwas."

„Erst vor ein paar Minuten hast du vergessen, dass wir verheiratet sind." Er zuckte die Schultern. „Kann man es einem Mann übel nehmen, dass er sich Sorgen macht, wenn seine eigene Frau vergisst, dass sie verheiratet ist?"

Pennie war wütend, während Brandon unruhig auf seinem Stuhl hin und her rutschte. Er sah aus, als ob er überhaupt nichts mehr verstand. „Ich wollte mir auch noch mal die beiden kranken Fersen ansehen“, meinte er zu C.C. und wechselte das Thema. „Wie geht es den Kälbern, die wir bereits behandelt haben?“

„Schon besser“, erwiderte C.C. „Aber es wäre mir lieber, wenn wir sie noch ein bisschen beobachten könnten.“ Er stand auf. „Ich bringe dich hinaus. Wir bekommen heute noch Besuch, deshalb habe ich nicht viel Zeit. Ich werde Darby bitten, dich zu den Kälbern zu bringen.“

Pennie gefiel sein Gesichtsausdruck nicht. Sie sprang auf. „Ich begleite dich auch.“

C.C. hob nur eine Augenbraue, aber er sagte nichts. Pennie folgte Brandon, der mehr als verwirrt aussah. Armer Brandon, dachte Pennie mitfühlend.

Sie gingen zur Scheune, wo Darby arbeitete. C.C. ließ Brandon bei ihm und kam zurück zu Pennie, die vor der Scheune gewartet hatte. Er nahm sie am Arm und führte sie ums Haus, zu seinem Ford.

„Wohin fahren wir denn?“, fragte sie.

„Zum Flughafen, meine Brüder abholen, hast du das auch vergessen?“, fragte er ganz beiläufig.

„Ja, ich habe es tatsächlich vergessen“, gab sie zu. „Aber ich hatte auch nicht gedacht, dass ich mitfahren sollte“, fügte sie hinzu. „Ich bin nicht richtig angezogen …“

„Du gefällst mir so“, meinte er, und sein Blick wanderte über den langen Baumwollrock, zu dem sie eine weit geschnittene Bluse mit großem Kragen trug, „Ich mag es, wenn du dein Haar so trägst.“

„Kommt es wirklich darauf an, wie ich es trage?“, fragte sie kühl. „Schließlich macht es mich nicht weniger fett.“

Er holte tief Luft. Dann nahm er Pennies Hand und drehte sie zu sich. Er schaute sie ruhig und nachsichtig an. „Dass ich das gesagt habe, tut mir am allermeisten leid“, versicherte er ihr, „denn du gefällst mir genau so, wie du bist. Ich wollte dir wehtun.“ Er sah auf ihre Hand hinunter. „Wirklich, ich habe Dinge gesagt, die ich nie gemeint habe. Ich war irgendwie nicht ich selbst, wenn das eine Entschuldigung ist. Ich kann verstehen, dass du eine Weile brauchst, um darüber hinwegzukommen. Aber vielleicht heilt die Zeit diese Wunden. Ich hoffe das sehr, Pennie.“

„Wir waren Freunde“, antwortete Pennie schlicht. „Ich wünschte, wir könnten es wieder sein.“

„Wirklich?“ Er kam ein bisschen näher und schaute sie forschend an. „Nach dem gestrigen Tag bezweifle ich, ob einer von uns beiden nur noch Freundschaft möchte.“ Seine Augen ruhten auf ihrem weichen Mund. „Ich will dich.“

Sie trat einen Schritt zurück, ihr Gesicht drückte ihre Unsicherheit aus. „Du willst auch Edie.“

Er runzelte die Stirn. „Genauso wie du Hale willst?“ Er sah auf sie hinunter und fragte ganz leise: „Hast du ihn gewollt, Kleines?“ Er ließ ihre Hand los und umfuhr sanft ihren Kragen. Langsam bewegte er seine Finger am Stoff entlang und sah, wie sie plötzlich errötete, spürte, wie ihr Atem schneller wurde.

„C.C.“, flüsterte sie unsicher, aber sie versuchte nicht, ihm zu entkommen.

„Es ist alles in Ordnung, mein Liebling“, sagte er ruhig. „Ich bin dein Mann.“

Sie konnte nicht mehr denken. Sein Handrücken bewegte sich weiter, begann, über ihren Busen zu streichen, ihre Brustspitzen zu streicheln. Dabei sah er ihr unverwandt in die Augen und erkannte dort das Verlangen, das er mit seinen Liebkosungen in ihr weckte.

Er bemerkte die Farbe auf ihren Wangen und spürte ihr leichtes Schauern mit einer Art Zufriedenheit.

„Es war eine Lüge“, sagte er kurz. „Du hast Hale noch nicht gehabt. Du hast überhaupt noch keinen Mann gehabt.“

Pennie konnte es nicht leugnen. Aber sie konnte sich auch nicht bewegen. Er hatte einen Zauber über sie verhängt. Sie liebte das sie berauschende Gefühl, das seine Berührung ihr schenkte. Sie wollte mehr davon.

C.C. sah sich um. Er war frustriert und wollte ihr mehr zeigen, als diese kleine Lektion, aber überall waren die verdammten Cowboys, und jede Minute konnte einer hinter die Scheune kommen. Außerdem sollten seine Brüder in dreißig Minuten ankommen. Es schien ihm, als hätte sich alles gegen sie verschworen.

C.C. schaute wieder auf Pennie hinunter, sein angespanntes Gesicht zeigte neue Linien. „Das muss für jetzt reichen“, sagte er heiser. Er fuhr mit seiner freien Hand unter ihren Haarschopf, zwang sie, ihm in die Augen zu sehen. „Verdammt, es tut weh …“, stöhnte er.

Sie verstand nichts. Sein Mund legte sich auf ihren und bedrängte und streichelte sie. Gleichzeitig wanderte seine Hand langsam unter ihre Bluse. Sein Daumen fuhr sanft über ihre erregte Brustspitze.

„Oh!“, stöhnte sie leise auf, aber es war kein Schmerz, der diesen Seufzer ausgelöst hatte, und das wusste er.

„Öffne deinen Mund“, flüsterte er rau an ihren Lippen. Sie schmiegte sich näher an ihn und erwiderte voll Verlangen seinen Kuss. Plötzlich legte er beide Hände auf ihre Hüften und presste sie mit aller Macht an sich, sodass sie seine Erregung deutlich spüren konnte.

Erschrocken hielt Pennie den Atem an. Noch nie hatte ein Mann ihr so unmissverständlich gezeigt, dass er sie begehrte. Völlig unvermittelt stieß er sie fast grob wieder von sich.

„Nein“, sagte er kurz, als sie ganz benommen versuchte, wieder in seine Arme zurückzutaumeln. „Komm jetzt“, befahl er und zog sie am Arm mit sich zum Auto.

Seine Hand war rau auf ihrer zarten Haut, aber sie fühlte es kaum. Sie zitterte am ganzen Leib. So war es also, wenn man sich liebte. Sie war sicher, dass es noch viel mehr gab, wenn man erst die Kleider ausgezogen hatte. Ihre Haut war heiß, und sie seufzte bei dem Gedanken von C.C.s Händen auf ihrem nackten Körper.

„Miss Erfahrung“, meinte er beißend und sah auf sie hinunter. „Meine Güte, warum hast du mich angelogen?“

„Ich dachte, es würde mich weniger verletzlich machen“, erwiderte sie spontan.

Er ließ den Blick langsam von ihren geschwollenen Lippen über ihr erhitztes Gesicht gleiten. „Du siehst wirklich weniger verletzlich aus“, bemerkte er spöttisch.

„Du brauchst dich nicht über mich lustig zu machen, C.C.“, flüsterte sie verlegen. „Ich kann auch nichts dafür, dass ich auf dich so reagiere.“

Er öffnete die Beifahrertür des Ford und ließ sie hinein. „Ich mache mich nicht über dich lustig“, erklärte er nun wieder ernst. „Wenn du die Wahrheit wissen willst, es erregt mich wahnsinnig, wenn du unter meiner Berührung so heftig reagierst.“

Sie sah zu ihm auf, ihre hellbraunen Augen waren neugierig und ein bisschen ängstlich. Er schien ihr so überlegen und ihr so weit voraus in Erfahrungen. „Was du … mit mir gemacht hast“, fragte sie zögernd und versuchte, nicht zu stottern. „Ist es so im Bett?“

„Warum kommst du nicht heute Nacht zu mir, und ich zeige es dir?", fragte er leise.

Ihre Augen wurden groß. „Du meinst … mit dir schlafen?", flüsterte sie.

Er nickte. „Das Mannschaftshaus ist leer, jetzt, nachdem der Viehtrieb zu Ende ist. Du bist meine Frau", fügte er hinzu und spürte die Schwere der Worte. „Du musst dich nicht schämen, Pennie, es wäre nur der Vollzug unseres Heiratsversprechens." Er hob ihre Hand und zog die Handfläche an seine Lippen. „Bevor du nicht mit mir geschlafen hast", fügte er heiser hinzu, „gilt unsere Ehe nicht als vollzogen. Wusstest du das?"

„Nein. Ich meine, nein, das wusste ich nicht", flüsterte sie. Der Ausdruck seiner Augen brachte sie ganz durcheinander. Sie konnte es kaum mehr ertragen. Es war schwer, daran zu denken, dass er sie nicht liebte. Sie musste versuchen, das nicht zu vergessen. Aber das war schwierig, solange er sie so ansah.

„Hast du Angst davor?", fragte er leise.

„Ja, ein bisschen."

„Ich werde vorsichtig sein." Er zog ihre Hand an seine Brust und presste sie an sich, sodass sie das Schlagen seines Herzens spüren konnte.

„Es wird wehtun", stieß sie hervor.

„Vielleicht ein wenig", stimmte er ihr zu. „Aber dann wird es wunderschön sein, und du wirst alles um dich herum vergessen."

„Und was ist mit Edie?" In ihrer Frage schwang deutlich die Angst vor C.C.s Antwort mit.

Er umfasste ihr Gesicht mit den Händen und beugte sich hinunter, um ihre Stirn zärtlich zu küssen. „Edie war eine nette und ganz und gar harmlose Abwechslung", gab er zurück. Er legte seine Wange an ihre. „Ich habe nicht mit ihr geschlafen."

„Aber … du musst doch gewollt haben", fragte sie weiter.

Er sah ihr in die Augen. „Pennie, ich weiß auch nicht genau warum, aber anscheinend haben meine Schuldgefühle es mir unmöglich gemacht, eine richtige Beziehung einzugehen. Ich … hatte keine Lust auf Sex, seit Marsha starb. Zumindest nicht bis vor kurzem."

„Du hast mich gewollt", flüsterte sie mehr und mehr verwundert.

„O ja", erwiderte er mit unverhüllter Sehnsucht. „Und ich will dich immer noch, jeden Tag mehr." Er zog sie fest an sich und vergrub das Gesicht in ihren Haaren. „Willst du mir ein Baby schenken?"

Sie spürte, wie eine Hitzewelle ihren Körper erfasste. Es ging alles so schnell, fast zu schnell. „Jetzt?“, fragte sie unsicher.

„Schau doch nicht so“, bat er, seine Stimme war zärtlich, als er sie am Kinn fasste, um ihr in die Augen zu sehen. „Du musst nicht, wenn du nicht willst. Ich habe es nicht eilig. Wir haben noch unser ganzes Leben Zeit. Wenn du dich erst ein bisschen an mich gewöhnen möchtest, ist es mir recht. Ich werde dich nicht drängen.“

„Danke, C.C.“, sagte sie weich und lächelte ihn an. „Du bist richtig lieb.“

„Das will ich dir ja die ganze Zeit schon klar machen. Es war nur so, dass ich noch nicht richtig versucht habe, den Beweis zu liefern“, fügte er mit einem Anflug von Selbstbespöttelung hinzu. „Und mein Name ist Connal.“

„Ja. Connal.“ Sie langte zögernd hinauf und hielt dann wieder inne. Doch er hatte schnell ihre Finger gefasst und zog sie an sein Gesicht, ließ zu, dass sie mit den Fingerspitzen seine dunklen Augenbrauen nachzeichnete, seine gerade Nase, den scharfen Schwung seines schmalen Mundes.

„Wir lassen uns genug Zeit“, versicherte er ihr ernst. „Keine Angst.“

„Danke.“

Er lächelte und schob sie ins Auto. Dann setzte er sich offensichtlich gut gelaunt neben sie, um den Motor anzulassen.

Sie legte den Gurt um und sah ihn sehnsüchtig von der Seite an. „Connal?“

Er sah zu ihr hinüber und hob eine Augenbraue.

„Willst du … ich meine, ist ein Kind wichtig für dich?“, fragte sie vorsichtig.

Er runzelte die Stirn. Sie ließ es so klingen, als ob er sie nur wollte, weil sie ihm eines schenken konnte. Er wusste nicht genau, was er antworten sollte, um ihr Selbstvertrauen zu stärken. Sie hatte gesagt, dass sie ihn nicht liebe, obwohl sie ihn sicher begehrte. Er wollte sie nicht gleich wieder einschüchtern.

„Möglicherweise, ja“, meinte er zögernd. „Willst du denn Kinder?“

„Ja, das möchte ich“, antwortete sie mit belegter Stimme und sah ihm in die Augen. „Das möchte ich sogar sehr gerne.“

Er versuchte, seine Freude zu verbergen. Er hoffte, dass sie vielleicht eines Tages Kinder wollte, weil sie ihn liebte. Aber es würde Zeit brauchen, erinnerte er sich selbst. Er durfte nicht ungeduldig sein.

Er sagte nichts weiter, nickte und wandte seine Aufmerksamkeit wieder der Straße zu.

Am Flughafen war ziemlich viel los, und Pennie hielt C.C.s Hand fest, während sie sich den Weg durch die Menge bahnten.

Ihre Hand fühlte sich in seiner ziemlich klein und hilflos an. Dieses Gefühl hätte sie bei keinem anderen Mann haben mögen, aber bei C.C. schien es ganz natürlich.

„Dort sind sie!“, rief C.C. plötzlich aus und sah über die Menge vor ihnen hinweg. „Evan! Harden!“ Er ließ Pennies Hand los und lief ein paar Schritte voraus.

C.C. begrüßte seine Brüder und führte sie dann zu Pennie, die abwartend stehen geblieben war. Ihre Unsicherheit spiegelte sich deutlich auf ihrem Gesicht.

„Evan, Harden, das ist meine Frau, Penelope“, stellte C.C. sie vor und legte ganz beiläufig, aber doch sehr besitzergreifend einen Arm um ihre Schultern.

„Sie sieht genauso aus, wie du sie beschrieben hast“, meinte Harden trocken und streckte seine Hand aus. Er musterte sie ungeniert, wobei sein Gesichtsausdruck nicht verriet, was er von Pennie hielt. „Du bist eine Ranchertochter, habe ich gehört.“

Penelope nickte. „Ich bin mit Pferden und Kühen aufgewachsen“, erwiderte sie zurückhaltend und lächelte nervös. „Mit Hereford-Kühen, natürlich“, fügte sie schnell hinzu. „Ich vermute, unser Vieh wird euch ziemlich schäbig neben euren reinrassigen Santa Gertrudis vorkommen.“

„Oh, wir sind gar keine solchen Snobs“, meinte Harden.

Evan streckte eine Hand aus, die ungefähr die Größe eines Tellers hatte, und schüttelte Pennies Hand erstaunlich sanft. Seine dunklen Augen wurden schmal. „Du siehst etwas ängstlich aus. Das brauchst du nicht. Wir sind gezähmt und auch schon geimpft worden.“

Pennie entspannte sich und lachte, ihr Gesicht hellte sich auf. Evan lächelte nicht, doch seine dunklen Augen strahlten sie an, und sie fühlte sich gar nicht mehr fremd.

„Da sprichst du aber nur für dich“, mischte sich Harden ein, und seine blauen Augen blickten ziemlich kühl. „An dem Tag, an dem ich

gezähmt bin, kannst du mich begraben."
„Harden ist ein eingefleischter Junggeselle", erklärte Evan.
„Hört nur, wer da spricht", erwiderte Harden.
„Nicht mein Fehler, dass Frauen meinem außergewöhnlich guten Aussehen und Charme nicht widerstehen können, Bruderherz. Außerdem trampeln sie mich oft genug nieder, um zu dir zu gelangen."
Pennie lachte hell auf. Die beiden waren ganz anders, als sie es sich vorgestellt hatte.
„Jetzt kommt schon. Ihr könnt auch auf der Ranch weiterstreiten", sagte C.C. Er nahm Pennies Arm.
„Schade, dass du dir Penelope gleich geschnappt hast, bevor sie einen Blick auf uns werfen konnte", meinte Evan und schüttelte bedauernd den Kopf. „Ich bin eine viel bessere Partie, Pennie. Ich habe wenigstens noch alle meine Zähne."
„Das stimmt", warf Harden ein. „Aber nur, weil du Connal zwei ausgeschlagen hast."
„Es war kein schlechter Handel", gab Connal zurück. „Ich hab mir drei von seinen geholt."
„Das ist schon lange her", sagte Evan. „Wir alle haben uns seitdem ein bisschen beruhigt."
„C.C. war nicht so ruhig in letzter Zeit", meinte Pennie. „Ich dachte, er würde mich umbringen, als er herausfand, dass wir verheiratet sind."
„Geschieht ihm recht, wenn er sich so besäuft", versetzte Evan kurz. „Mutter hätte ihm dafür eine Abreibung verpasst."
„Oh, Pennie drohte mir auch", lachte C.C. „Ich sehe schon, du bist immer noch Antialkoholiker, Evan?"
„Er übertreibt es mittlerweile wirklich", kommentierte Harden. „Justin und Shelby Ballenger werden ihn jedenfalls nicht so schnell wieder zu einer Dinnerparty einladen. Er stand doch tatsächlich vom Tisch auf und trug das Glas Wein, das der Kellner ihm versehentlich eingegossen hatte, wieder in die Küche zurück."
„Alkohol ist ein Fluch", sagte Evan, als sie das Auto erreicht hatten.
„Mein Vater wird dich mögen", erklärte Pennie und sah ihn voll Sympathie an.
Als sie auf der Ranch angelangt waren, schien Ben Evan auf An-

hieb zu mögen, noch bevor er von seinen Neigungen wusste. Mit Harden war es nicht ganz so einfach. So ging es Pennie auch.

Der blauäugige Bruder bewegte sich ziemlich träge und redete auch so, aber Pennie vermutete, dass er ein stilles Wasser war.

Die Männer unterhielten sich über Geschäfte, während Pennie schnell ein Essen zubereitete. Die Brüder blieben nur für zwei Stunden und wollten die Nachmittagsmaschine zurück nach Jacobsville erreichen. Gerade als sie loswollten, wurde Pennie von ihrem zukünftigen Arbeitgeber angerufen, und so winkte sie ihnen nur zu, sie sollten ohne sie gehen.

Man teilte ihr mit, dass die Empfangsdame der Versicherungsgesellschaft wieder zurückkommen wollte. Sie entschuldigten sie vielmals bei Pennie und versprachen ihr, sie sofort anzurufen, wenn sich etwas anderes ergäbe. Pennie war ein bisschen enttäuscht über die Absage, aber wahrscheinlich war es gar nicht so tragisch.

„Wir werden einen Bullen bekommen." Ben Mathews war ganz aus dem Häuschen, als er ihr das wenig später erzählte. „Er ist einer der besten Zuchtbullen, die es seit Jahren gab!"

„Und wahrscheinlich unbezahlbar", vermutete Pennie. „C.C. wird die Rechnung bezahlen, nehme ich an."

„Er ist mein Partner", erinnerte Ben sie. „Und wir wollen doch schließlich alle, dass die Ranch sich rentiert, oder?"

„Ja, sicher. Wie findest du denn seine Brüder?"

„Oh, Evan ist ein Spaßvogel. Er ist anscheinend für Finanzsachen zuständig. Kennt seine Zahlen."

„Und Harden?", fragte sie nach.

Ben setzte sich in den Sessel und legte die Beine übereinander. „Harden ist irgendwie ein gejagter Mann. Ich weiß nicht genau, warum, aber es kommt mir so vor, als dürfe man ihn nicht zum Feind haben. Er ist sehr nett, aber unter der Oberfläche scheint etwas zu brodeln."

„Ein tiefer Schmerz", stimmte Pennie ihm nachdenklich zu, „und eine fürchterliche Wut, vermute ich."

„Da könntest du Recht haben. Ich hoffe, wir werden die meisten Geschäfte mit Evan abwickeln."

„Ich hab übrigens den Job nicht bekommen", erzählte Pennie nach einem Augenblick der Stille. „Sie brauchen mich nicht."

„Warum willst du dann nicht die Buchführung und Geschäftsbriefe für die Ranch übernehmen?", fragte Ben. „C.C. sagte, wir müssten unsere Bücher endlich korrekt führen, und es wird auch viele Briefe zu schreiben geben. Er wollte jemanden einstellen, aber du kannst doch auch gut Schreibmaschine schreiben, und mit Zahlen kannst du auch umgehen. Wir können das Geschäft so in der Familie behalten."

„Wahrscheinlich könnte ich es", meinte sie zögernd. „Ich schreibe ganz gerne Schreibmaschine."

„Du kannst mit C.C. darüber reden, wenn er wieder zurück ist."

Sie machte gerade die Küche sauber, als Connal vom Flughafen zurückkam.

„Hat alles geklappt mit dem Flug?", fragte Pennie.

„Wie am Schnürchen."

Sie lächelte ihn schüchtern an. „Ich mag deine Brüder", sagte sie.

„Sie mochten dich auch. Evan ganz besonders."

„Mit Evan zurechtzukommen ist nicht schwer. Aber Harden …", sie zögerte. „Er ist irgendwie … anders."

„Mehr, als du weißt", erwiderte C.C. nachdenklich. Er kam näher, legte einen Arm um ihre Schulter und fragte: „Wie wäre es, wenn wir essen gingen, und danach ins Kino?"

„Ich muss für Dad das Essen machen", antwortete sie zögernd.

„Wir werden ihn mitnehmen", lachte er.

„Da wäre er sicher restlos begeistert. Nein, aber im Ernst, er hat heute seinen Schachabend mit dem alten Dill. Ich werde ihm etwas zurechtmachen, bevor wir gehen. Er hat bestimmt nichts dagegen."

„Wenn du sicher bist." Er fuhr sich mit der Hand über die Stirn. „Pennie, könntest du dir vorstellen, mit mir zusammen in ein Haus zu ziehen?"

„Aber … was ist mit Dad?"

„Consuelo könnte für ihn kochen und sauber machen. Sie könnte fest eingestellt werden. Und es gäbe auch ein Haus, das der Dobbs. Sie sind letzten Monat weggezogen. Dein Vater hatte es ihnen vermietet. Es ist nicht groß, aber es wäre genau das richtige für uns beide."

Sie kam einfach nicht damit zurecht. Alles ging auf einmal so schnell, und ihr Kopf schwirrte. „Du meinst, mit dir dort die ganze Zeit zusammenzuleben?", stammelte sie fassungslos. „Sogar in der Nacht?"

„Das ist allgemein so üblich", antwortete er. „Eine Frau gehört schließlich zu ihrem Mann."

„Du wolltest keine Frau. Du hast es ...“

„... immer wieder gesagt, ja, ich weiß“, beendete er für sie den Satz. „Versuch doch bitte einmal zu verstehen, dass ich meine Meinung geändert habe. Eine Ehe ist für mich nicht mehr das Schreckgespenst, das es einmal war.“

„Na ja, ich versuche es ja. Aber du hattest schließlich, was unsere Ehe betrifft, keine große Wahl, oder?“

„Stimmt“, gab er zu. „Aber wenn ich es mir jetzt so überlege, hätte ich niemanden sonst heiraten wollen. Das hast du doch zumindest schon gemerkt, oder?“

„Du warst ziemlich hartnäckig“, nickte sie. „Ich wünschte einfach nur, dass alles ganz normal verlaufen wäre. Ich habe immer das Gefühl, dass du in einer Bindung gefangen bist, die du eigentlich nicht wolltest.“

„Du aber auch“, erwiderte er. „Lass uns doch einfach das Beste daraus machen. Eine Annullierung würde uns beide demütigen, Pennie, auch deinen Vater, wo er und ich jetzt Partner sind.“

„Und du willst das wirklich, Connal?“, fragte sie besorgt.

„Natürlich“, versicherte er ihr.

„Kann ich noch ein bisschen mehr Zeit haben?“ Sie hatte immer noch das bedrückende Gefühl, dass er sie nur beruhigen wollte.

Er sah auf sie hinunter. Am Nachmittag war er sicher gewesen, dass sie sofort auf seine Vorschläge eingehen würde. Vielleicht hatte sie in der Zwischenzeit zu viel Zeit zum Nachdenken gehabt. Das Letzte, was er riskieren konnte, war, sie zu drängen.

„Okay“, sagte er nach einem Moment. „Du kannst noch etwas Bedenkzeit haben. Aber wir beide werden mehr gemeinsam unternehmen, Pennie. Wenn wir schon nicht zusammenleben, werden wir uns zumindest in der Öffentlichkeit wie ein Ehepaar benehmen.“

„Dagegen habe ich nichts“, erklärte sie erleichtert. Aber danach fiel ihr Edie wieder ein. Hatte Connal ihr von seiner Heirat erzählt? Und war seine Beziehung zu Edie wirklich so harmlos? Diese ungeklärten Fragen belasteten sie sehr.

9. KAPITEL

Connal führte Pennie in das gleiche exklusive Restaurant in El Paso, in dem sie mit Brandon am Abend vor Bens Geburtstag gewesen war. Sie trug eine zweiteilige Strickkombination, deren modisch kurzer Rock ihre Beine vorteilhaft zur Geltung brachte. Das Haar fiel ihr in weichen Wellen auf die Schultern, und Connal hatte ihr gesagt, dass sie sehr hübsch aussehe. Auch wenn er ihr nur etwas vormachte, war es doch aufregend, mit ihm auszugehen, seine dunklen Augen besitzergreifend auf sich ruhen zu sehen.

Er sah sehr elegant aus in einem Dinnerjackett und schwarzen Hosen. Sein weißes Seidenhemd bildete den perfekten Kontrast zu seiner dunklen Haut, den schwarzen Augen und Haaren. Pennie konnte den Blick kaum von ihm wenden und fand, dass es keinen besser aussehenden Mann auf der ganzen Welt gab.

Er hielt ihren Stuhl, bis sie Platz genommen hatte, und setzte sich dann selbst. Pennie lächelte ihn an, bis eine Bewegung sie ablenkte, und da sah sie Edie an einem Tisch ganz in der Nähe sitzen. Sie starrte Connal unverhohlen an.

„Ich rede besser mal kurz mit ihr", meinte Connal zu Pennie, und seine Augen wurden schmal. „Es wird bestimmt nicht lange dauern."

Er stand auf und ging zu dem Nebentisch. Edie trug ein elegantes, enges schwarzes Kleid, das fast bis zum Nabel ausgeschnitten war. Pennie war sich nur zu bewusst, wie unbeholfen sie im Vergleich zu der älteren, selbstsicheren Frau wirkte.

Pennie beobachtete die beiden verstohlen. Sie schienen so gut zueinander zu passen, während sie selbst weder weltgewandt noch besonders attraktiv war. Ganz sicher würde sie eine herbe Enttäuschung für einen Mann wie Connal werden, der in bester Gesellschaft und in Reichtum aufgewachsen war.

Edies Gesicht verzog sich auf einmal. Sie starrte Pennie einen Augenblick fassungslos an, dann wütend, was sie aber schnell versuchte, zu verbergen. Sie sah wieder zu Connal und brach in Tränen aus.

C.C. half ihr aus dem Stuhl und legte fürsorglich einen Arm um sie, als er sie aus dem Lokal führte.

Anscheinend hatte er ihr von der Heirat erzählt. Pennie hätte gerne gewusst, ob er ihr auch erzählt hatte, dass er diese Heirat ursprünglich nicht gewollt hatte. Würde er sie jetzt nach Hause bringen oder ihr ein Taxi rufen?

Zehn Minuten verstrichen, und Pennie wurde langsam ärgerlich, als ihr klar wurde, dass er Edie wahrscheinlich selbst heimgefahren hatte. Und vielleicht sogar mehr als das. Er und Edie standen sich sehr nahe, selbst wenn er nicht mit ihr geschlafen hatte. Oder hatte er in dieser Beziehung gelogen?

Der Kellner fragte nach ihren Wünschen, und Pennie bestellte einen Krabbensalat. Auf mehr hatte sie keinen Appetit.

Sie war gerade fertig, als C.C. zurückkam, sein Gesichtsausdruck versprach nichts Gutes, als er sich ihr gegenübersetzte.

„Geht es ihr gut?“, fragte Pennie.

„Nicht besonders, aber sie wird darüber hinwegkommen. Ich hätte normalerweise einen besseren Platz ausgesucht, um ihr das zu sagen“, antwortete er kurz. „Mein Gott, ich hätte nie eine solche Reaktion erwartet.“

„Sie war lange Zeit die Einzige, mit der du ausgegangen bist“, bemerkte Pennie mit niedergeschlagenen Augen. „Es ist nur verständlich, dass sie sich Hoffnungen gemacht hatte.“

C.C. hasste Szenen. Das erinnerte ihn immer unangenehm an die Zeit, wenn Marsha zu viele Cocktails getrunken hatte und ihr Bestes tat, um ihn in Verlegenheit zu bringen. Es war ihr nie gelungen und auch Edie nicht, aber es versetzte ihn in schlechte Laune.

„Frauen haben immer irgendwelche Hoffnungen“, äußerte er abfällig. „Natürlich sind nicht alle so glücklich, einen Mann in betrunkenem Zustand in eine mexikanische Heiratskapelle schleppen zu können.“

Pennie schloss die Augen. Sie durfte ihn nicht so reden lassen. Trotz seiner Leidenschaft und seines Verlangens nach ihr, schwang doch immer ein Vorbehalt mit, dass er nicht nüchtern gewesen war, als er die Heiratsurkunde unterzeichnet hatte. Das wollte er Pennie anscheinend nie vergessen lassen, und was für ein Leben sollte das dann für sie beide werden?

„Ich würde es nicht unbedingt ‚glücklich‘ nennen“, konterte Pennie, ohne ihn anzusehen.

„Oh, vielen Dank“, gab er kühl zurück. „Das Kompliment kann ich nur zurückgeben.“

Der Kellner kam und C.C. bestellte ein Steak und Salat. Er stürzte den Kaffee, den der Kellner zuvor gebracht hatte, hinunter und schaute Pennie mit zusammengepressten Lippen an. Es war nicht ihr Fehler, das wusste er, aber er war über Edies theatralische Art wütend und über Pennies schwache Reaktion auf seinen schwarzen Humor auch. Er wollte einen Streit, und er schien keinen zu bekommen. Und das machte ihn noch gereizter.

„Nichts zu sagen?“, stichelte er weiter.

„Was möchtest du denn gerne hören?“ Sie hob ihr Glas, und ihre hellbraunen Augen funkelten. „Oder sollen wir das Ganze lieber auf eine andere, etwas aufregendere Ebene heben?“

Seine Augen leuchteten auf. „Na los. Schmeiß schon.“

Sie besah sich die eleganten Gäste an den umliegenden Tischen und besann sich eines Besseren. Außerdem war das Restaurant sehr wertvoll möbliert. Mit ihrem Glück traf sie noch eine der Antiquitäten und stürzte sich für Jahre in Schulden. Sie setzte ihr Glas vorsichtig wieder ab.

„Es war nicht meine Schuld“, antwortete sie kühl. „Du bist derjenige, der gedroht hat, in Juarez herumzuschießen.“

„Und du wusstest sehr wohl, dass ich keine Kanone hatte“, hielt er ihr entgegen.

„Nein, das wusste ich nicht“, gab sie zurück. „Dad hatte mir einmal erzählt, dass du eine Waffe hast und auch einen Waffenschein. Ich wusste schließlich nicht, ob du sie in der Tasche hattest oder nicht. Hätte ich dich vielleicht durchsuchen sollen?“

„Du lieber Himmel“, rief er mit gespieltem Entsetzen. „Stell dir nur mal vor, du hättest einen lebenden Mann abtasten müssen!“

„Hör auf damit“, fuhr sie ihn an und wurde prompt rot.

„Du bist ein ziemlicher Kindskopf, nicht wahr?“, stichelte er weiter. „Du weißt nicht, wie man küsst, wie man miteinander schläft und würdest nicht im Traum daran denken, einen Mann unter der Gürtellinie zu berühren ...“

„Hör auf!“ Sie sah sich schnell um. Anscheinend hatten die anderen Gäste ihre Auseinandersetzung noch nicht bemerkt. „Wir sind hier schließlich nicht allein.“

„Na und? Wir sind doch verheiratet.“ Seine Augen wurden schmal. „Bis dass der Tod uns scheidet“, fügte er spöttisch hinzu.

Auch Pennie kniff die Augen zusammen. Sie lächelte süß. „In diesem Fall, mein geliebter Mann, solltest du lieber dein Bett vor dem Schlafengehen gründlich durchsuchen. Ich werde mich mal umsehen, ob ich nicht ein paar klappernde Bettgenossen für dich finde."

C.C. verzog bei der Vorstellung, dass Pennie ihn mit einer Klapperschlange beglücken wollte, amüsiert die Lippen. Er wollte gerade antworten, als der Kellner an den Tisch trat und das Essen servierte.

Während C.C. sein Steak aß, schaute Pennie versonnen aus dem Fenster, auf die dunklen Umrisse der Berge. Sie grübelt über irgendetwas nach, dachte er und hatte ein schlechtes Gewissen, dass er sie ohne Grund angegriffen hatte.

„Ich nehme an, Edie war sauer?", fragte sie schließlich vorsichtig.

Er beendete sein Essen. „Das wäre eine Untertreibung. Sie hatte eine ganze Menge zu sagen, als ich ihr erzählte, wie unsere Heirat zu Stande gekommen war."

„Einschließlich eines guten Rates, wie du sie am schnellsten annullieren lassen könntest, oder?", fragte sie unglücklich.

„Ich erklärte ihr, wir könnten sie nicht mehr annullieren lassen", erwiderte er trocken.

„Aber natürlich können wir das", fiel sie ihm sofort ins Wort. „Wir haben ja nicht ..." Sie brach mitten im Satz ab und hielt die Luft an.

Er sah, wie ihre Augen groß wurden, als sie den Sinn seiner Worte begriff.

„Das hast du Edie erzählt?", fragte sie fassungslos.

„Warum denn nicht?" Er sah sie herausfordernd an. „Egal, was man so sagt, betrachte ich Heiratsversprechen als bindend. Das heißt, ich habe keine anderen Frauen. Und was das betrifft, was wir noch nicht getan haben, so werden wir es früher oder später nachholen. Du möchtest es genauso gern wie ich. Vielleicht sogar noch mehr. Ich kann mich erinnern, wie sehr ich mich vor dem ersten Mal danach gesehnt habe. Und ich wollte Marsha so sehr, dass ich nachts nicht mehr schlafen konnte."

So ging es ihr auch, aber sie würde das ihm gegenüber nie zugeben. Sie sah auf den Tisch. „Deine erste Frau hat dich sicher sehr geliebt?", fragte sie schüchtern.

„Sie liebte mein Geld, genau wie diejenigen nach ihr, einschließlich Edie", erwiderte er mit einem Zynismus, der Pennie wehtat. Für sie waren Freundschaft, Zuneigung und Vertrauen so wichtig, und es schmerzte sie, dass C.C. die Fähigkeit, Vertrauen zu jemandem zu fassen, offenbar verloren hatte.

„Wusste Edie denn, wer du bist?"

Er nickte. „Durch einen gemeinsamen Freund. Du siehst, es war nicht die reine Liebe von ihrer Seite. Es gefiel ihr, mit mir in gute Lokale zu gehen. Aber sie findet auch wieder einen anderen Verehrer. Es gibt genug wohlhabende Junggesellen in der Gegend."

„Bist du genauso zynisch, wie du klingst?"

„Genauso", erwiderte er. „Selbst Marsha heiratete mich mehr wegen dem, was ich hatte, als wegen dem, was ich war. Sie sagte mir einmal, sie könnte es nicht ertragen, mit einem Mann verheiratet zu sein, der bloß ein kleiner Angestellter wäre. Sie war hübsch, und ich wollte sie haben. Aber schon lange vor dem Unfall habe ich unsere Heirat bedauert."

„Du musst sie trotzdem vermisst haben", bemerkte sie leise.

„Ich habe sie auch vermisst", stimmte er zu. „Und das Kind habe ich noch mehr vermisst. Wenn ich nur die geringste Ahnung gehabt hätte, dass sie schwanger war, hätte ich sie nie mitfahren lassen. Aber sie war viel zu besitzergreifend, um mich alleine fahren zu lassen. Es waren noch zwei andere Frauen dabei, und sie war überzeugt, dass ich mit den beiden etwas anfangen wollte."

Pennie studierte sein angespanntes Gesicht. „Wusste sie denn nicht, dass du nicht der Mann bist, der ein gegebenes Versprechen bricht?", fragte sie C.C. nach einer Weile.

„Wenn du das glaubst, weshalb hast du mich dann so anklagend angesehen, als ich wiederkam, nachdem ich Edie nach Hause gebracht hatte? Hast du gedacht, ich wäre mit ihr ins Bett gegangen?"

Sie wurde rot. „Es ist ein großer Unterschied, ob man ein Versprechen freiwillig gibt oder in betrunkenem Zustand", erwiderte sie leise. Sie nahm ihre Serviette auf und fuhr mit den Fingern über das aufgestickte Zeichen. „Es wird nicht gehen, C.C.", fügte sie müde hinzu.

„Doch, es wird funktionieren, zum Teufel noch mal", versetzte er knapp. „Ich muss mich nur erst daran gewöhnen, das ist alles. Bis vor kurzem habe ich in dir nur Bens burschikose kleine Tochter gesehen."

Also das war es. Wahrscheinlich benahm sie sich immer noch so.

Aber es war ihr einfach nicht möglich, so zu tun, als hätte sie eine Erfahrung, die sie nicht hatte.

„Oder dein Kindermädchen", meinte sie nachdenklich und lächelte zaghaft. „So hast du mich in Juarez bezeichnet."

„Du hast dich immer um mich gekümmert", sagte er leise. „Ich habe nie die Frau in dir gesehen, Pennie. Es war für mich genauso ein Schock wir für dich, als ich an diesem Morgen in der Küche etwas anderes entdeckte. Das war kurz bevor dein Vater uns störte", fügte er hinzu, und seine Augen glitzerten unter den dichten Wimpern.

Sie vermied es, ihn anzusehen. Nur zu gut erinnerte sie sich daran, wie durcheinander C.C. sie gebracht hatte, obwohl er sie kaum berührt hatte.

„Wenn alles normal gelaufen wäre", fuhr er fort, und seine Stimme wurde tiefer, „hätte es mir nicht so viel ausgemacht."

„Nichts davon wäre normalerweise passiert, und das weißt du auch, C.C.", erklärte sie, und ihre Augen waren traurig, als sie ihn ansah. „Du hättest niemals jemanden wie mich ausgesucht. Ohne diesen unglückseligen Zwischenfall in Juarez hättest du irgendwann Edie geheiratet."

„Hast du nicht zugehört, was ich gerade erklärte, warum Edie mit mir ausgegangen ist?", fragte er irritiert.

„Edie liebt dich", beharrte Pennie auf ihre Meinung. „Ich bin nicht blind, auch wenn du es sein willst. Sie hat sich viel aus dir gemacht. Keine Frau ist nur käuflich, und an dir ist schließlich noch viel mehr als nur die Größe deiner Brieftasche."

Er hob eine Augenbraue. „Tatsächlich? Was denn zum Beispiel?"

„Du kannst charmant sein, siehst gut aus", sagte sie und überhörte seinen Sarkasmus absichtlich. „Du brichst meistens nicht unnötig einen Streit vom Zaun, und du stehst deinen Mann, wenn es nötig ist. Du bist fair und zuverlässig, und du hast Herz."

Er schaute sie ungläubig an. „Ich dachte, du machst dir nicht genug aus mir, um mit mir verheiratet zu bleiben?"

„Und ich muss dich wieder daran erinnern, dass du derjenige warst, der die Annullierung so schnell wie möglich haben wollte", erwiderte sie. „Ich verstehe auch immer noch nicht, warum du während deiner Abwesenheit deine Meinung geändert hast."

„Evan war es", gestand er ihr nach einem Moment des Schweigens.

„Er beschuldigte mich, vor einer Verpflichtung davonzulaufen."

C.C. machte eine Pause und zündete sich eine Zigarette an, starrte abwesend auf das Feuerzeug, bevor er es wieder einsteckte „Ich denke, er hatte in gewisser Weise Recht. Ich konnte den Gedanken einer anderen Marsha nicht ertragen, einer anderen besitzergreifenden Frau, die mich erstickt. Und ich konnte mich nicht von dem Schuldgefühl lösen, das ich wegen Marshas Tod hatte. Evan meinte, ich sollte bei dir bleiben, denn du hättest wohl das Zeug dazu, mit mir zurechtzukommen", fügte er hinzu und sah sie nachdenklich an. „Und vielleicht trifft das zu, Pennie. Besitzergreifend bist du ja nun wirklich nicht."

Sie hätte laut auflachen können! Natürlich war sie besitzergreifend – sie liebte ihn. Aber er wollte anscheinend keine solche Frau. Er wollte eine oberflächliche Beziehung, die es ihm erlaubte, frei und unabhängig zu bleiben, und das konnte sie ihm nicht bieten.

„Egal, ich bin trotzdem nicht sicher, ob ich all dem gewachsen bin", gestand Pennie. „Du wirst nie über die Tatsache, dass es eine versehentliche Heirat war, hinwegkommen. Außerdem sind wir beide ziemlich verschieden, und ich werde mich sicher nie daran gewöhnen, mit einem reichen Mann aus der High Society verheiratet zu sein. Ich bin keine Vorzeigefrau."

Sein Gesicht verzog sich. „Du glaubst, du kannst nicht mit mir leben, so wie ich bin?"

„Ich hätte sehr gut mit dem Vormann meines Vaters leben können", erklärte sie. „Ich würde mich gern um die Familie und den Haushalt kümmern. Ich bin aber kaum geschaffen für gesellschaftliche Ereignisse. Egal, wie sehr du versuchst, mich zu ändern, du wirst das Ländliche nie aus mir rausbekommen."

„Wirke ich auf dich etwa wie ein Partylöwe?"

„Du hast dich drei Jahre versteckt", erinnerte ihn Pennie, „und auf eine Art und Weise gelebt, wie sicher noch nie zuvor. Ich weiß zum Beispiel ja auch gar nichts von deinem früheren Leben."

„Würdest du es gerne wissen?", fragte er. „Wir könnten für ein paar Tage nach Jacobsville fahren und meine Familie besuchen."

Sie zögerte. Harden schüchterte sie etwas ein, aber sie mochte zumindest Evan. „Wie ist denn deine Mutter?", fragte sie.

Er lächelte. „Sie ist wie Evan. Trockener Humor, sehr patent, und man kann sie schnell gernhaben. Sie wird dich auch mögen."

„Harden mag mich aber nicht."

„Harden mag überhaupt keine Frauen, mein Herz", erklärte C.C. „Trotz der Tatsache, dass er fabelhaft aussieht und einen hinreißenden Charme hat, ist er ein richtiger Frauenhasser."

„Dann lag es also nicht nur an mir", stellte sie erleichtert fest.

„Nein, sicher nicht. Er hasst unsere Mutter am allermeisten", fügte C.C. leise hinzu. „Deshalb wohnt er auch nicht zu Hause. Evan schon, damit es Mutter nicht zu viel wird, aber Harden hat eine Wohnung in Houston, wo unsere Büros sind."

Sie wollte das gerne genauer wissen, aber es war wahrscheinlich nicht die beste Gelegenheit, um in Familiengeheimnisse vorzudringen.

„Ich vermute, wir müssten im gleichen Zimmer übernachten?", fragte Pennie schließlich etwas besorgt.

C.C.s dunkle Augen suchten voll Wärme ihren Blick. „Ja, das müssten wir wohl."

„Zwei Betten?", fragte sie hoffnungsvoll.

Er schüttelte den Kopf.

„Oh." Sie spielte mit der Gabel, und bei dem Gedanken, mit ihm zu schlafen, wurde ihr ganz warm.

„Möchtest du einen Rückzieher machen?", forderte er sie heraus.

Pennie sah ihn an und zögerte. Dann gab sie nach. Sie liebte ihn. Wenn er versuchen wollte, das Beste aus ihrer Ehe zu machen, dann war das der erste Schritt. Er schien in der Frage der Annullierung unnachgiebig zu sein, und sie wollte es ja eigentlich auch nicht.

„Nein", sagte sie. „Ich mache keinen Rückzieher."

„Tapfer, tapfer", meinte C.C. heiser. „Und was wäre, wenn ich mehr wollte, als nur ein Kopfkissen mit dir zu teilen?"

Sie biss sich auf die Unterlippe. „Das ist wohl unvermeidlich, oder? Wenn wir verheiratet bleiben, meine ich."

Er nickte. „Ich möchte nicht nur eine platonische Ehe. Ich möchte ein Kind, Pennie", fügte er eindringlich hinzu.

Sie schluckte und spielte verlegen mit ihren Fingern. „Das möchte ich auch. Ich bin nur ein bisschen nervös, das ist alles. Die meisten Frauen heutzutage haben so viel Erfahrung."

„Du kannst dir gar nicht vorstellen, wie sehr mich deine Unschuld erregt, Pennie. Wenn ich nur an unser erstes Mal denke, werden meine Knie ganz schwach."

Das ging ihr genauso, aber sie wollte es nicht zugeben. Schnell sah sie zu ihm hoch und wieder fort. „Wann würdest du denn gerne deine Familie besuchen?“, fragte sie stattdessen, um das Thema zu wechseln.

„Morgen. Meine Mutter möchte meine Frau schnellstens kennen lernen.“

Sie seufzte. „Ach, C.C., es tut mir so leid, dass ich uns in diese blöde Situation gebracht habe. Würdest du nicht trotzdem lieber die Ehe annullieren lassen? Dann hättest du wenigstens noch die Wahl ...“

„Es ist der verdammte rothaarige Tierarzt, stimmts?“, fuhr C.C. sie plötzlich wütend an. „Also, ja oder nein?“

„Was meinst du?“, stammelte sie, ganz verdutzt über diese Attacke.

Er lehnte sich nach vorne, seine Augen funkelten. „Du weißt, was ich meine. Er ist in dich verliebt. Ist er der Grund, warum du dauernd von dieser Annullierung sprichst, damit du ihn endlich heiraten kannst?“

„Brandon hat mich tatsächlich gebeten, ihn zu heiraten, aber ...“, setzte sie an.

„Mach dir bloß keine Hoffnungen. Wir sind verheiratet, und wir werden es auch bleiben. Und ich möchte Hale nicht in deiner Nähe erwischen!“

Sie starrte ihn an. „Das ist nicht fair!“, rief sie aus. „Selbst wenn es keine normale Heirat war, nehme ich doch meine Versprechen auch ernst!“

„Tatsächlich? Beweise es“, forderte er sie heraus.

„Es beweisen?“, fragte sie verständnislos.

„Du weißt ja, wo das Mannschaftshaus ist“, entgegnete er mit einem spöttischen Lächeln.

Sie blickte weg, um ihren Ärger nicht zu zeigen. Sie hatte ihn um mehr Zeit gebeten. Jetzt bedrängte er sie schon wieder, und es war fast, als ob er etwas völlig Unmoralisches verlangte. Sie konnte an ihrer Zurückhaltung nichts ändern. Sie hatte immer noch nicht das Gefühl, mit ihm verheiratet zu sein.

„Also hast du immer noch Angst?“, spöttelte er weiter. „Na gut, bewahr dir deinen Stolz. Aber du wirst mit mir schlafen, wenn wir meine Familie besuchen. Du hast es versprochen.“

„Ja, ich weiß.“ Niedergeschlagen legte sie ihre Serviette ordentlich zusammen und neben ihren Teller. „Können wir jetzt gehen?"

„Natürlich." Er stand auf und zog ihren Stuhl zurück. Dabei sah er besorgt auf sie herunter. „Du wirst mich jeden Schritt unseres gemeinsamen Weges bekämpfen, stimmts?", fragte er. „Du wirst nie vergessen, was ich dir alles vorgeworfen habe, als ich die Wahrheit über diese Nacht in Juarez herausfand."

„Es war keine Überraschung für mich, C.C.", erwiderte sie und begegnete seinem Blick mit stillem Stolz. „Ich wusste immer, dass ich nicht dein Typ Frau bin. Du hast es mir deutlich genug gesagt."

Er seufzte auf. Er hatte alle Türen geschlossen und wusste nun nicht, wie er sie wieder öffnen sollte. Alles, was er wusste, war, dass ihm nicht viel vom Leben blieb, wenn er Pennie verlor.

C.C. beglich die Rechnung, und sie verließen das Restaurant.

Sie sprachen kein Wort, während sie die lange Straße entlangfuhren, die parallel zum Rio Grande verlief, bis sie zu der Abzweigung kamen, die zur Ranch führte. Hier war offenes Land, größtenteils Wüste.

Pennie saß still neben C.C. und spielte mit ihrer Tasche. Es lag eine Spannung zwischen ihnen, die sie bedrückte. Trotz seiner zur Schau gestellten Gleichgültigkeit spürte sie, dass es in ihm brodelte.

Sie legte mit einem leisen Seufzer den Kopf zurück, hoffte, bald zu Hause zu sein, damit dieser turbulente Tag endlich der Vergangenheit angehörte.

Aber C.C. fuhr plötzlich in ein kleines Wäldchen, das sich dunkel gegen den Nachthimmel abhob. Dort angekommen, stellte er den Motor ab.

Sie öffnete die Augen und sah ihn fragend an.

„Angst?", fragte er weich.

„N-nein", stammelte sie.

Er drückte seine Zigarette aus und löste seinen Sicherheitsgurt, danach ihren. Dann nahm er ihr die Tasche aus der Hand und legte sie aufs Armaturenbrett. Mit geschickter Sicherheit hob er Pennie auf seinen Schoß und wiegte sie in seinen Armen.

„Lügnerin", sagte er leise und sah in ihr Gesicht. „Du bist zu Tode erschrocken. Physische Liebe ist nichts, wovor man Angst haben muss, Pennie. Es ist ein herrliches Teilen von allem, was zwei Menschen sind, ein intimer Ausdruck von gegenseitigem Respekt und einem tiefen Bedürfnis."

Er hörte sich so verständnisvoll an, und etwas von ihrem inneren Widerstand schmolz dahin. Wie oft hatte sie davon geträumt, so in seinen Armen zu liegen, ganz alleine mit ihm. Aber in der Zwischenzeit war so viel passiert, dass es irgendwie unwirklich schien.

„Möchtest du mich wirklich, so?", fragte sie, und ihre Stimme klang gepresst und ziemlich hoch.

„Du Dummerchen", gab er zärtlich zurück. Er änderte ihre Position, sodass ihr Bauch gegen seinen lag, und bewegte ihre Hüften rhythmisch hin und her. Wenige Augenblicke später fühlte sie, was mit ihm passierte. Er hörte, wie sie nach Atem rang. „Beantwortet das deine Frage?", meinte er heiser und verhinderte mit festem Griff, dass sie sich von ihm löste. „Möchtest du wissen, wie lange es her ist, dass eine Frau mich so schnell erregen konnte?"

Sie hatte die Hände gegen seine Brust gelegt, aber sie versuchte nicht mehr, von ihm wegzukommen. Seine Nähe berauschte sie. Ihr eigener Körper begann sie zu betrügen, reagierte unwillkürlich auf seine Männlichkeit und drängte näher an ihn.

Er hielt den Atem an. „Pennie!", stieß er hervor.

Sie beobachtete sein Gesicht und wiederholte die winzige Bewegung ihrer Hüften. Ja, er mochte es. Das merkte sie an der Art, wie sein Körper ihrem entgegenfieberte.

„Magst … magst du das?", flüsterte sie schüchtern.

„Ja, allerdings!", erwiderte er mit rauer Stimme. Im nächsten Augenblick beugte er sich vor, seine freie Hand fuhr durch ihr dichtes, weiches Haar, die andere wanderte ihren Rücken hinab und hielt sie fest. „Mach es noch einmal, Liebes", flüsterte er an ihren Lippen. „Mach es noch einmal, fest …!"

Sein Mund eroberte ihren. Sie spürte seine Zunge in ihren Mund drängen, und ihr Körper hob sich ihm entgegen, als seine Hand unter ihr Kleid glitt. Er streichelte die Innenseiten ihrer Oberschenkel, küsste sie zärtlich, während seine Hand langsam die intimsten Stellen ihres bebenden Körpers entdeckte. Sie konnte nicht einmal protestieren. Sie liebte das, was er mit ihr machte.

Seine Hand zog sich zurück und glitt hinaus zum Reißverschluss ihres Kleides. Er öffnete ihn und auch den Verschluss ihres Spitzenbüstenhalters.

„Du musst keine Angst haben", sagte er weich, als sie fieberhaft versuchte, seine Hand festzuhalten. „Ich will nur deine Brüste ansehen, Pennie. Und ich möchte sie berühren."

Sie zitterte schon von seinen Worten, ihre Augen waren in seinen verloren. Sie gab nach, und das Kleid fiel ihr bis zur Taille hinab, zusammen mit dem kleinen Stück Spitze, das ihre Blöße noch vor seinem Blick verborgen hatte.

Er hielt sie ein wenig von sich weg und betrachtete sie im schwachen Licht. Sie fühlte die Spannung in ihm. Er bewegte sich nicht und sprach auch kein einziges Wort. Und unter seinem bewundernden Blick, der ihre im Mondlicht hell schimmernde Haut zu streicheln schien, begannen ihre Brustspitzen sich aufzurichten. Sie verstand es nicht, auch nicht, weshalb ihr Körper plötzlich nicht mehr still bleiben konnte, als ob er mehr brauchte als Blicke.

„Es ist nicht genug, Kleines, nicht wahr?", fragte er zärtlich. Er legte seine Hand unter ihren Rücken und beugte den Kopf zu ihrem Körper. „Du riechst nach Gardenien, Pennie", flüsterte er. Seine Lippen berührten ihren seidenweichen Brustansatz, fuhren leicht darüber, und sie erschauerte. Er mochte diese Reaktion, also tat er es wieder und wieder. Pennie drängte sich an ihn, und sie spürte, wie ihr Körper begann, auf eine völlig neue und bedrohliche Weise zu beben.

„C.C.", stöhnte sie. „Bitte ... es schmerzt so sehr! Mach, dass es ... aufhört!"

„Süße", er atmete schneller. Seine Lippen umspielten ihre Brustspitzen, und eine heiße Welle der Erregung durchfuhr sie. Noch nie hatte ein Mann sie so berührt, sie so bis ins Innerste aufgewühlt.

„Connal", flüsterte sie bebend. Ihre Lippen berührten zitternd seine Stirn, seine geschlossenen Augen. „Connal, bitte. Bitte."

„Ich kann nicht", er hob den Kopf. Er konnte kaum sprechen, seine Hand lag unruhig auf ihrer Brust, während er auf sie heruntersah. „Nicht hier."

„Niemand würde uns sehen", wandte sie ein.

„Ich kann dieses Risiko nicht eingehen", sagte er schwer atmend. Er zog sie an sich und wiegte sie leicht im Arm. „Jeder könnte hierher kommen, einschließlich der Polizei", flüsterte er und knabberte an ihren Ohrläppchen. „Ich möchte nicht, dass dich jemand außer mir nackt sieht. Und wenn wir den ganzen Weg zusammen gehen, dann möchte ich es in einem Bett tun, nicht auf dem Vordersitz eines Autos."

Sie erschauerte, rückte näher. „Ist es so ähnlich wie gerade, wenn wir den ganzen Weg gehen?", fragte sie mit belegter Stimme.

„Ja, aber es ist noch viel, viel intensiver." Er biss in ihr Ohrläppchen und strich mit den Fingerspitzen aufreizend langsam über ihren nackten Rücken. „Hat Hale dich schon so gesehen?"

„Nein", flüsterte sie. „Niemand hat das, außer dir."

Er hob den Kopf und sah auf sie herunter, genoss ihre Nacktheit. Er berührte ganz sanft die Knospen ihrer Brust und beobachtete, wie sie hart wurden, fühlte ihre Erregung. Seine Augen suchten ihren Blick. „Wenn wir noch ein bisschen so weitermachen", sagte er rau, „kann ich für nichts mehr garantieren. Wir fahren besser nach Hause."

Ihr Körper stand in Flammen, als er sie zurück auf ihren Sitz hob. „Könnten wir es wirklich hier machen?", fragte sie heiser.

Sein Gesicht spannte sich, und einen kurzen Augenblick lang war er versucht, es zu tun. „Ja, das könnten wir." Er kämpfte gegen sein Verlangen an. „Aber wir werden es nicht tun. Wir sind verheiratet. Wir brauchen es nicht in Autos zu machen. Hier, Liebes, lass mich dir helfen."

Als er ihren Büstenhalter zumachte und ihr half, ins Kleid zu schlüpfen, unterdrückte er das Verlangen, sie erneut in die Arme zu nehmen. Er war glücklich über ihre stürmische Reaktion und die Gewissheit, dass ihre Ehe doch noch eine Chance hatte.

„Ich möchte nicht aufhören", flüsterte sie.

„Ich auch nicht. Aber wir werden trotzdem noch ein bisschen warten." Er sah sie ernst an. „Bevor wir beide von unserer Lust geblendet werden, möchte ich, dass wir noch ein bisschen Zeit haben, um uns kennen zu lernen. Wir werden meine Familie besuchen und auch noch einige andere Sachen zusammen unternehmen. Dann werden wir miteinander schlafen."

Sie war ganz fassungslos. Das musste bedeuten, dass er sich doch ein bisschen was aus ihr machte, das musste es einfach bedeuten! „Das finde ich eine gute Idee, Connal", sagte sie und hätte am liebsten gejubelt vor Freude.

Er lächelte sie an. „Ja, ich denke auch." Er ließ das Auto wieder an und wartete, bis sie ihren Sicherheitsgurt umgelegt hatte, dann fuhr er los. Aber er hielt den ganzen Weg nach Hause noch ihre Hand.

10. KAPITEL

Pennie und C.C. fuhren schon am nächsten Morgen nach Jacobsville.

„Du hast es dir doch nicht anders überlegt, oder?“, fragte sie zögernd, als sie auf die Landstraße einbogen. „Dass ich deine Mutter kennen lernen soll, meine ich?“

Er sah sie erstaunt an. „Weshalb sollte ich?“

Sie spielte nervös mit den Fingern und sah hinaus auf das flache Land. „Na ja, ich weiß nicht viel über Etikette und Sitzordnungen. Ich habe die halbe Nacht nicht geschlafen, weil ich mir Sorgen gemacht habe, was passiert, wenn ich aus Versehen Kaffee auf den Teppich schütte oder so etwas.“

Er langte hinüber und fand ihre Hand, hielt ihre kalten Finger fest umfasst. „Jetzt hör mal zu. Meine Mutter ist eine Rancherfrau und völlig unkompliziert. Wenn du Kaffee verschüttest, wird sie dich nur in die Küche schicken und dir sagen, wo der Fleckenentferner ist. Große Sitzordnungen sind unnötig, denn Jeanie May kocht so großartig, dass niemand sich um formale Etikette schert, wenn erst einmal zu Tisch gerufen wird. Das einzige Risiko stellt mein Bruder Harden dar, der sicher sofort schlechte Laune bekommen wird bei dem Gedanken, zu deiner Unterhaltung beitragen zu müssen.“

„Wer hat ihn denn so verletzt, ihn so verbittert?“, fragte sie.

Er sah sie an. „Na ja, früher oder später wirst du es ja doch hören. Besser, du erfährst es von mir. Ungefähr ein Jahr nachdem Evan geboren war, trennten sich meine Eltern. Während dieser Zeit verliebte sich meine Mutter in einen anderen Mann. Es war nur eine kurze Affäre. Ihr Liebhaber wurde in Vietnam getötet, und sie kam schließlich zu meinem Vater zurück, der sie immer darum gebeten hatte. Sie war mit Harden schwanger, und Dad adoptierte ihn. Aber Jacobsville ist ein kleines Nest, und irgendwann fand Harden natürlich heraus, dass er nicht Dads leiblicher Sohn war.“

„Und er gibt deiner Mutter die Schuld.“

„Ja, das tut er. Trotz der Tatsache, dass sie mittlerweile die Säule unserer Kirchengemeinde ist, kann Harden nicht vergessen, dass sie einen Liebhaber hatte, während sie rechtlich immer noch verheiratet war. Er kann ihr nicht vergeben, dass sie ihn zu einem Außenseiter gemacht hat, wie er es nennt."

„Aber dein Vater hat ihn doch adoptiert, zählt das denn bei ihm gar nicht?"

Er schüttelte den Kopf. „Harden hat die strengsten moralischen Ansichten von uns allen." Er sah mit einem wehmütigen Lächeln zu ihr hinüber. „Ich wette, er ist immer noch unschuldig. Ich glaube nicht, dass er jemals eine Frau hatte."

Ihre Augen wurden groß. Sie erinnerte sich an Hardens gutes Aussehen, seinen athletischen Körperbau und sein sicheres Auftreten. Harden unschuldig? Sie lachte los. „Nicht sehr nett", sagte sie, „mich so aufzuziehen."

„Ich zieh dich nicht auf, es ist wirklich mein Ernst", wiederholte er. „Harden arbeitet aktiv in der Kirchengemeinde mit. Es gab sogar eine Zeit, in der er sich ernsthaft überlegte, Geistlicher zu werden."

„Wie alt ist er?"

„Einunddreißig."

„Genau ein Jahr älter als du?"

Er nickte. „Mutter und Dad begannen in jeder Beziehung noch einmal von vorne, als sie nach Hause kam. Sie waren glücklich zusammen, aber ich glaube nicht, dass sie jemals wirklich über den anderen Mann weggekommen ist. Und trotz der Tatsache, dass Harden sie hasst, ist er immer noch ihr Liebling."

„Deine Mutter tut mir leid."

„Wenn du sie kennen gelernt hast, wirst du wissen, dass du sie nicht bemitleiden musst. Sie ist ziemlich couragiert. Genau wie du."

Sie lehnte den Kopf zurück und lächelte ihn an. Plötzlich erinnerte sie sich wieder an die vergangene Nacht. Diese Erinnerungen brachten ihr Blut in Wallung und spiegelten sich in ihren hellbraunen Augen wider.

Er hielt an einer Abzweigung und sah zu ihr hinüber, spürte, wie er vom dem angesteckt wurde, was er in ihrem Blick las.

„Erinnerst du dich?", fragte er heiser.

„Ja", flüsterte sie.

Sein Atem wurde schneller, als sein Blick hinunter zu ihrem Busen glitt. „Du warst wie warme Seide an meinem Mund", sagte er, und sein Blick schien sie zu streicheln.

Pennie stockte der Atem, sie erinnerte sich nur zu gut an C.C.s zärtliche Liebkosungen.

Er sah sie an, und die Zeit blieb stehen. „Das ist nicht der richtige Ort“, meinte er schließlich.

„Nein.“

Er schaute sich um. Kein einziges Auto in Sicht. „Auf der anderen Seite, was soll’s“, stieß er hervor und legte den Leerlauf ein. „Komm zu mir.“

Er öffnete ihren Sicherheitsgurt und zog sie an sich. Sein Mund bestürmte sie in fieberhaftem Verlangen. Sie umfasste seinen Kopf mit beiden Händen und küsste ihn genauso leidenschaftlich zurück. Ihr Körper pochte vor Sehnsucht nach ihm, ihr Mund bebte, als seine Zunge ihn bedrängte.

Plötzlich hörten sie das entfernte Geräusch eines großen Lasters näher kommen. C.C. hob den Kopf und sah in den Rückspiegel. Unwillig grummelte er etwas Unverständliches vor sich hin. Dann setzte er die atemlose Pennie in ihren Sitz zurück und befestigte ihren Gurt. „Verdammt noch mal!“ Er legte den Gang ein und fuhr hinaus auf den Highway.

Voll Verlangen sah er sie an. „Heute Nacht werde ich dich besitzen. So oder so, das Warten ist vorbei.“

Ihre Lippen teilten sich unter einem tiefen Seufzer. „Sind die Wände dort sehr dünn?“, fragte sie zögernd.

„Wir werden in einem Zimmer weit weg von den anderen sein. Du brauchst dir keine Sorgen zu machen. Niemand wird uns hören.“

„Ich … ich kann irgendwie nicht leise sein, wenn du mich berührst“, sagte sie leise. „Ich verliere einfach die Kontrolle.“

„So geht es mir auch“, erwiderte er spontan.

Sie errötete. Es klang sehr vertraut, wie er das sagte, und sie wollte ihn so sehr. Ihr ganzer Körper brannte vor Verlangen, selbst jetzt.

Er warf ihr einen kurzen Blick zu. „Baby, wenn du nicht aufhörst, mich so anzusehen, halte ich an und liebe dich hier auf der Stelle!“

„O Connal“, antwortete sie mit bebender Stimme, „ich möchte dich so sehr, es ist wie ein Fieber.“

Er presste die Lippen aufeinander. Auch ihn erfüllte nur noch ein Gedanke, nämlich Pennie endlich ganz zu besitzen. Er entdeckte eine kleine Querstraße, an der sich ein Motel befand. Ohne nachzudenken, bog er ab, fuhr dorthin und stellte den Motor ab. „Willst du mich wirklich?“, fragte er und sah sie forschend an. Ihr Verlangen war so groß, dass selbst ihre Schüchternheit nicht dagegen ankam. „Ja“, flüsterte sie heiser und senkte verlegen den Blick.

C.C. stieg aus, ging ins Büro und kam mit einem Schlüssel wieder heraus. Er sagte kein Wort, bis sie in ihrem Zimmer waren und die Tür hinter sich verschlossen hatten.

Er zog sie langsam an sich und küsste sie zärtlich. „Du weißt nicht, wie sehr ich dich begehre, Kleines“, flüsterte er an ihren Lippen und begann, ihre Bluse aufzuknöpfen. Sie stand ganz still, ließ zu, dass er sie entkleidete, bis sie völlig nackt war.

Ihre Haut glühte. Sie war schüchtern, und die Art, wie er sie ansah, ließ sie erröten, aber sie war auch stolz, denn am Funkeln seiner schwarzen Augen und seinem zärtlichen Lächeln konnte sie sehen, dass sie ihm gefiel.

C.C. schlug die Decke des großen Doppelbettes zurück, hob Pennie hoch und legte sie sanft auf die Kissen. Dann begann er, sich selbst auszuziehen.

Pennie hatte schon Bilder von nackten Männern gesehen, aber nichts hatte sie auf den Anblick von Connal ohne Kleidung vorbereitet. Er sah einfach großartig aus, durch und durch muskulös und unglaublich männlich. Sein erregter Körper machte sie verlegen, und sie hielt den Atem an, als er näher kam.

„Du musst keine Angst haben“, sagte er sanft, als er auf das Bett neben sie glitt. „Wenn wir so weit sind, wirst du für mich bereit sein. Dein Körper ist wie eine Rosenknospe, so seidenzart und zusammengerollt. Ich werde ein Blatt nach dem anderen öffnen und dich für mich blühen lassen.“ Er beugte sich vor und küsste sie ganz zärtlich. Seine Hand fuhr über ihren Oberkörper zu ihren Hüften, über ihre Schenkel und wieder hinauf, um ihre Brust zu umspielen.

Die Verlegenheit und Schüchternheit schwand, sobald er sie berührte. Seine Hände waren so behutsam, geschickt und sicher auf ihrem unerfahrenen Körper. Er hob den Kopf und sah sie an, beobachtete ihre Reaktionen, als er mit den Fingerspitzen über ihre erregten Brüste strich, ihren flachen Bauch hinab, zu der Stelle, wo sie am meisten Frau war. Er berührte sie dort, und sie erschauerte, versuchte, ihm zu entkommen.

„Nein“, flüsterte er zärtlich und küsste sie auf die Augen, sodass sie sie schloss. „Das gehört dazu. Du musst völlig loslassen, dich ganz hingeben, oder ich könnte dir wehtun, ohne dass ich es will. Entspanne dich, Kleines, schenk mir deinen Körper."

Seine Lippen umschmeichelten sie, und sie gab seinen zärtlichen, sich langsam vortastenden Fingern nach. Sie rang nach Luft, als sie ihm diese völlige Intimität gestattete. Ihr Körper reagierte auf den unglaublichen Genuss, den seine geschickten Berührungen ihr verschafften, mit heftigem Beben.

„Es wird nicht sehr schwer für dich sein", flüsterte er zärtlich und lächelte an ihrem Mund. „Jetzt ist es gleich so weit, Kleines. Jetzt …"

Sein Kuss wurde leidenschaftlicher, fordernder. Seine Hand wurde schneller und begann dann mit einem langsamen, qualvoll süßen Rhythmus, sich zu bewegen, der sie bei jeder Berührung mitgehen und zittern ließ. Sie verlor jedes Gefühl für Zeit und Raum, war wie im Rausch und verspürte nur noch den Wunsch, dass C.C. diese fast schmerzende Sehnsucht nach Erfüllung befriedigen würde.

In diesem Augenblick hob er seinen Körper über ihren, drängte ihre langen zitternden Beine zur Seite und nahm sie mit einer einzigen schnellen Bewegung.

Pennie schrie leise auf, ihre Augen waren weit geöffnet. Aber sie zog sich nicht zurück, selbst nicht bei dem kleinen stechenden Schmerz, der schnell in ein herrliches Lustgefühl überging, das immer stärker wurde und sie wie auf einer Woge davontrug.

Als Pennie schließlich die Augen öffnete, fühlte sie sich wie neugeboren. Ihre Haut war feucht und kühl, genau wie C.C.s. Er lag auf ihr, und sie legte die Arme sanft um ihn, hielt ihn ganz fest. Sie bewegte sich leicht und spürte, wie er sich mitbewegte. Sie war ganz beeindruckt von der Verschmelzung seines Körpers mit ihrem durch die Intimität der Liebe.

„Hat es sehr wehgetan?", fragte er, und seine Stimme klang noch ganz benommen.

„Nein." Sie drückte ihn an sich. „Mach es noch einmal."

C.C. lachte. „Ich brauche ein paar Minuten", flüsterte er. „Männer sind nicht so segensreich ausgestattet wie Frauen."

„Tatsächlich?" Sie küsste ihn auf die Wange, die Augen, die Stirn. „Du hast aufgeschrien."

„Du auch", antwortete er. „Oder erinnerst du dich nicht mehr?"

„Es ist irgendwie alles verschwommen, zum Schluss", erwiderte sie. Ihre Augen spiegelten ihre Ehrfurcht wider von dem Wunder, das sie gerade gemeinsam erlebt hatten. „Ich hoffe, ich bekomme ein Baby“, flüsterte sie. „Es war so herrlich.“

Sein Gesicht spannte sich, und zu seinem Erstaunen spürte er, dass sein Körper auf ihre Worte mit einer plötzlichen Erregung reagierte.

Sie staunte. „Connal! Du hast gesagt …“

„Vergiss, was ich gesagt habe“, fiel er ihr ins Wort. Seine Arme stützten sich ab, und er begann, sich wieder zu bewegen. „Hilf mir diesmal“, bat er sie mit erregter Stimme und zeigte ihr, wie. „Ja, so, so … ja“, stieß er hervor. Unmöglich, dachte er dabei. Er spürte ihren Blick auf sich. Sie beobachtete ihn, und er war so gefangen in diesem fieberhaften Verlangen, dass es ihm egal war. Ihr Körper, der so weich wie Daunen war, seidig und heiß, sog ihn völlig auf, hielt ihn …

Er bäumte sich auf, hoffte, dass sie immer noch mit ihm war, als er spürte, wie der Höhepunkt ihn davontrug.

„Ist alles in Ordnung?“

Er hörte ihre Stimme wie von fern und schaffte es, die Augen zu öffnen. Sie war jetzt über ihm, mit besorgtem Gesicht, ihre hellbraunen Augen sanft und neugierig.

Sein Herz klopfte immer noch wie wild, und er konnte kaum atmen. Er zog ihren Kopf zu sich und küsste sie zärtlich.

„Ja, es ist alles in Ordnung“, flüsterte er.

„Du hast so … so erschrocken ausgesehen“, stammelte sie. „Als ob du sterben würdest. Und du hast geschrien …“

Er lachte leise auf. „Mein Gott, Liebling, warum, meinst du, nennen es die Franzosen den kleinen Tod?“, fragte er. Er zog ihre Hand an seinen Mund. „Du hast genauso ausgesehen“, fügte er lächelnd hinzu. „Ich habe dich das erste Mal beobachtet.“

„Oh.“ Sie wurde ein bisschen rot. „Ich habe dich das zweite Mal beobachtet.“

„Ja, ich weiß.“ Seine dunklen Augen hielten ihren Blick. „Es ist ganz in Ordnung“, sagte er, als er sah, dass sie ein bisschen schuldbewusst aussah. „Völlige Intimität ist ein Geschenk, etwas, was zwei Menschen miteinander teilen. Du brauchst nicht verlegen zu sein wegen irgendetwas, was du sagst oder tust, wenn du mit mir so zusammen bist. Ich werde mich nie deswegen über dich lustig machen. Ich will, dass du dich völlig ungezwungen benimmst, wenn wir uns lieben, genauso frei, mich zu nehmen, als ich es bin, dich zu nehmen.“

Ihre Augen wurden groß. „Das könnte ich?“

„Na ja, nicht jetzt sofort“, meinte er bedauernd.

„Ich meine auch nicht gleich jetzt. Du würdest mich lassen?“

„Natürlich würde ich dich lassen. Du bist meine Frau.“

„Und du … hättest nichts dagegen, wenn ich sofort schwanger würde?“, wollte sie es ganz genau wissen.

„Ich habe dir bereits gesagt, dass ich ein Kind möchte“, antwortete er. Seine dunklen Augen wurden schmal. „Es heißt, eine Frau kann es im Moment der Empfängnis schon sagen“, setzte er langsam hinzu.

Sie lächelte sanft auf ihn hinunter. „Ich glaube, das kann ich noch nicht.“ Das Lächeln verschwand, und sie zog seine schmalen Lippen mit dem Zeigefinger nach. „Connal, was ist, wenn ich dir kein Kind schenken kann?“, fragte sie besorgt. „Wirst du dann eine Scheidung wollen …?“

„Nein!“ Er zog sie zu sich hinunter und küsste sie. „Es ist keine Heirat unter Bedingungen“, sagte er. „Wenn es nicht geht, dann ist es auch egal. Also hör auf, dir Sorgen zu machen.“

„In Ordnung.“ Sie entspannte sich und seufzte vor Wohlbehagen, als sie das krause Haar seiner Brust an ihrem Busen spürte. Sie lachte leicht und bewegte sich leicht hin und her. „Das fühlt sich gut an“, flüsterte sie.

„Ja, wirklich, das tut es“, murmelte er. „Aber du hast für den ersten Tag genug gehabt.“

„Connal, es ist wie eine Sucht, nicht wahr?“, fragte sie gedehnt. „Wenn man es kennt, dann will man immer mehr.“

„Ja.“ Er drückte sie fest an sich. „Tut es dir nicht leid?“

„Nein, überhaupt nicht“, flüsterte sie. Sie schloss die Augen und kam näher, strich mit einem Bein über seine lang ausgestreckten Beine. „Ich sehne mich danach.“

„Genau wie ich“, gestand er ihr. „Aber wir müssen aufhören.“

Sie setzte sich auf und ließ den Blick langsam und besitzergreifend über seinen Körper gleiten. Er sah ihr mit offensichtlichem Vergnügen zu, als sie seinen Körper mit den Augen versuchte kennen zu lernen.

„Ich habe noch nie vorher einen unbekleideten Mann gesehen“, gestand Pennie ihm nach einer Weile.

„Da bin ich aber froh. Dann kannst du mich wenigstens nicht mit besser aussehenden vergleichen“, scherzte C.C.

Sie lachte. „Als ob sich irgendjemand mit dir vergleichen könnte. Du bist so schön, Connal. Du bist einfach schön."

Er setzte sich ebenfalls auf und küsste sie auf die Nasenspitze. „Männer sind nicht schön", erklärte er dann und stand auf, um sich anzuziehen.

„Dann eben einfach gut aussehend." Sie streckte und dehnte sich und genoss den bewundernden Ausdruck in C.C.s Augen. „Ich habe manchmal überlegt, wie es wäre, mit dir zusammen zu sein, aber ich dachte dann immer, es sei nachts und ohne Lichter."

„Was muss das für ein Schock für dich gewesen sein", versetzte er trocken.

Sie stand auf und lächelte ihn an. „Es war eigentlich ein sehr netter Schock", erwiderte sie schmunzelnd.

Er zog sie sanft in die Arme und küsste sie. „Ich hoffe, ich konnte dir halb so viel Freude schenken wie du mir", flüsterte er. „Die Tatsache, dass du unberührt zu mir kamst, werde ich mein ganzes Leben lang wie einen Schatz bewahren."

Sie schmiegte sich zärtlich an ihn und erwiderte leise: „Ich bin froh, dass ich auf dich gewartet habe."

Er küsste sie auf die Nasenspitze, dann löste er sich fast widerwillig aus der Umarmung und sagte: „Zieh dich jetzt an."

„Das ist ja reizend, so etwas zu einer Frau zu sagen, nachdem sie dir alles gegeben hat", seufzte sie mit gespielter Empörung.

„Oh, meinetwegen könntest du gerne so bleiben", entgegnete er und sah sie bewundernd an. „Aber die Leute draußen könnten vielleicht doch etwas verwirrt sein, wenn du so hinausgehst."

„Also gut, überredet", meinte sie übermütig, griff nach ihren Kleidern und ging ins Bad.

„Ist alles so in Ordnung?", fragte sie besorgt, als sie aus dem Bad zurückkam. „Sehe ich nicht irgendwie unpassend aus?"

Er hob ihr Gesicht zu sich und küsste sie. „Du siehst genau richtig aus, Mrs. Tremayne."

„Ich mag es, wie sich das anhört", flüsterte sie und dachte, wie schön es doch wäre, wenn er sie genauso liebte wie sie ihn. Aber er war so zärtlich gewesen, er musste sie einfach ein bisschen mögen, um so zärtlich sein zu können.

„Gesetzlich mein", murmelte er. Seine Augen wurden dunkel.

„Also bring Evan nicht auf irgendwelche Gedanken."

Ihr Gesicht spiegelte ihre Verwunderung wider. „Ich habe ihn doch nur einmal gesehen", protestierte sie.

„Er findet dich toll. Und er ist einsam. Ermuntere ihn nicht."

„Ich stelle fest, du hast Harden vergessen. Willst du ihn nicht auch vor mir schützen?"

Er ignorierte ihren Sarkasmus und war selbst von seiner Eifersucht, seinem Besitzergreifen überrascht. „Harden ist immun. Evan nicht."

„Hör mal, C.C. Tremayne, nur weil es mir Spaß gemacht hat, mit dir zu schlafen, ist das noch lange kein Grund, mich zu beschuldigen, ein leichtes Mädchen zu sein!"

„Punkt eins", sagte er und legte den Zeigefinger über ihren Mund, „ich habe dich überhaupt nicht beschuldigt. Und Punkt zwei, das, was wir gerade zusammen gemacht haben, hat nicht das Geringste mit Schlafen zu tun."

„Soso", machte sie nur.

Er sah sie eindringlich an. „Ich habe es nie so erlebt", sagte er kurz. „Mit keiner. Nicht so, dass ich alles um mich herum vergaß. Ich weiß nicht, ob ich es mag, so sehr die Kontrolle über mich zu verlieren."

Sie spürte bei seinen Worten Stolz in sich aufsteigen. „Und wenn ich dafür sorge, dass es dir gefällt?", flüsterte sie heiser.

Er horchte bei ihrem leidenschaftlichen Ton auf. „Glaubst du, dass du das könntest?", forderte er sie heraus.

Sie kam näher, ihre Finger spielten mit einem der Perlenknöpfe an seinem Hemd. „Warte es einfach nur ab", entgegnete sie weich. Sie stellte sich auf die Zehenspitzen und umschmeichelte seine Lippen mit ihren, ein zarter Hauch, der erregte, ohne zu befriedigen.

Er sah ihr nach, als sie zur Tür ging. Das Gefühl, einen Teil von sich selbst aufgegeben zu haben, den er eines Tages wie verrückt vermissen würde, stieg in ihm auf. Sie wusste, wie er auf sie reagierte, und das gab ihr eine Waffe. Sie hatte großen Gefallen an der körperlichen Liebe gefunden, das war offensichtlich, aber sie hatte gesagt, sie liebe ihn nicht. Wenn sie jemals merkte, wie hoffnungslos er in sie verliebt war, war er ihr ausgeliefert. Versehentliche Heirat oder nicht, er wollte diese Frau mit blinder Besessenheit. Was auch künftig geschehen mochte, er wollte sie nicht aufgeben.

11. KAPITEL

Sie fuhren den restlichen Weg nach Jacobsville in einer gespannten Stille. C.C. rauchte eine Zigarette nach der anderen, bis Pennie schließlich das Fenster herunterkurbelte. Er schien nervös, und sie hätte gerne gewusst, warum. Lag es einfach daran, dass er nach Hause kam, oder daran, dass er sie mitbrachte? Trotz seiner beruhigenden Worte fürchtete sie sich doch ein wenig davor, wie sie wohl von seiner Familie aufgenommen werden würde. Würden sie sie überhaupt akzeptieren?

Sie fuhren an einer großen Weide vorbei, danach eine lange, sich windende Straße entlang, unter einem gebogenen Holzschild hindurch, auf dem „Tremayne“ stand.

„Zu Hause“, murmelte er und lächelte sie an. Er beschleunigte den Ford in der Einfahrt noch einmal, und Pennie verkrampfte ihre Hände im Schoß. Hoffentlich geht alles gut, dachte sie bedrückt. An jeder Seite der Einfahrt waren Zäune, und weit in der Ferne sah sie ein weißes Haus im viktorianischen Baustil, mit einer langen Veranda und dekorativem Gitterwerk. Neben den Wegen und um das Haus herum befanden sich Blumenbeete, in denen üppige Chrysanthemenstauden blühten.

„Es ist wunderschön“, rief sie begeistert aus.

„Das habe ich auch immer gedacht. Dort ist Mutter.“

Theodora Tremayne war klein und schlank mit silbernem Haar, das in der Sonne glänzte. Sie eilte die Verandastufen hinunter, um sie zu begrüßen.

„Gut, dass du wieder zu Hause bist“, sagte sie und umarmte Connal. „Du musst Pennie sein, ich freue mich sehr, dich kennen zu lernen.“ Sie umarmte auch Pennie, bevor sie sich wieder ihrem Sohn zuwandte. „Der Abfluss in der Küche ist verstopft, und ich kann Evan nirgends finden! Kannst du mir nicht vielleicht helfen?“

„Hast du keinen Sauger?“, fragte Connal mit einem schiefen Lächeln.

„Natürlich. Was willst du damit?“, fragte sie erstaunt.

„Sie hatte einmal einen Platten am Schubkarren“, fing Connal an, Pennie zu erzählen.

„Nur zu, plaudere nur unsere ganzen Familiengeheimnisse aus!“, schimpfte Theodora. „Warum erzählst du ihr nicht auch gleich von der Maus unter der Spüle, die ich nicht fangen kann, und der Schlange, die darauf besteht, in meinem Kartoffelkeller zu wohnen?“

Pennie konnte nicht anders. Sie brach in helles Lachen aus. Sie hatte sich so sehr vor einer abweisenden, kühlen Frau gefürchtet, die auf sie herabblicken würde, und stattdessen war hier Theodora Tremayne, die so nett und natürlich wirkte.

„Ich freue mich, dass du einen gewissen Humor besitzt, Pennie“, meinte Theodora beifällig. „Du wirst ihn brauchen, wenn du mit meinem Sohn zusammenlebst. Er hat überhaupt keinen Sinn für Humor. Keiner meiner Söhne hat das. Sie laufen alle herum wie Gewitterwolken, sehen jeden drohend an.“

„Niemand schaut bedrohlich, außer Harden“, protestierte C.C.

„Er reicht auch schon“, meinte Theodora unglücklich. „Es wird immer schlimmer mit ihm. Na ja, komm herein und richte den Abfluss, mein Sohn. Pennie, magst du Schinkenbrote? Es tut mir leid, aber das ist alles, was ich auf die Schnelle machen konnte. Ich war draußen und habe Evan und den Jungs beim Brennen der neuen Kälber geholfen, und nun ist alles etwas durcheinander.“

Sie ging ihnen voraus. Connal nahm Pennies Hand.

„Keine Sorgen mehr?“, fragte er mit einem amüsierten Lächeln.

„Überhaupt nicht mehr. Sie ist ein Schatz!“, flüsterte sie.

Er hängte sich bei ihr ein und zog sie an sich. „Sie ist nicht der einzige Schatz hier“, flüsterte er zurück und gab ihr einen schnellen Kuss.

Pennie ging mit ihm hinein, und sie hatte das Gefühl zu schweben, so glücklich war sie. Er musste sie ein bisschen mögen. Er musste es einfach.

Aber Connals Wärme und Zuneigung schien im Lauf des Tages wieder zu verfliegen. Er richtete seiner Mutter den Abfluss und überließ Pennie einer nervösen Theodora zur Hilfe beim Tischdecken.

„Ich bin so froh, dass er über die Vergangenheit weggekommen ist“, sagte Theodora dankbar zu Pennie. „Du kannst dir gar nicht vorstellen, wie furchtbar es für mich war, mit ansehen zu müssen, wie er sich quälte.“

„Wir wussten kaum etwas über seine Vergangenheit, Dad und ich“, erzählte Pennie. „Ich habe mich schon immer gewundert, warum er sich ausgerechnet für einen so wenig aussichtsreichen Ort wie unseren entschieden hat.“

„Er spricht mit sehr viel Respekt von deinem Vater. Und er hatte auch einiges über dich zu sagen, als er das letzte Mal hier war."

Pennie wurde rot und senkte den Blick auf die Platte, die sie auf den Tisch stellen sollte. „Das kann ich mir vorstellen", erwiderte sie. „Er war wütend, als er die Ranch verließ. Ich habe es ihm nicht übel genommen, weißt du", setzte sie hinzu und sah Theodora ruhig an. „Er hatte Grund genug, mich dafür zu hassen, dass ich ihm nicht die Wahrheit gesagt hatte."

Theodora schaute prüfend in Pennies sanfte Augen. „Er hat dir sehr wehgetan, stimmts?", fragte sie unvermittelt. „Weiß er, wie es um dich steht?"

Pennie errötete noch tiefer. Ihre Hand zitterte, als sie das Silberbesteck verteilte. „Nein. Selbst wenn er etwas ahnt, so denkt er sicher nur, dass ich ihn attraktiv finde. Und für den Augenblick ist es so bestimmt auch sicherer. Ich weiß nicht, ob ich jemals die Art von Frau sein kann, die er braucht."

Theodora lief ganz impulsiv um den Tisch und umarmte Pennie fest. „Wenn er dich jemals gehen lässt, bekommt er es mit mir zu tun", meinte sie energisch. „Ich werde jetzt die Jungs hereinrufen. Schau nicht so sorgenvoll, Penelope, sie werden dich nicht beißen!", fügte sie noch mit einem aufmunternden Lächeln hinzu.

Pennie setzte sich auf den Platz, den Theodora ihr vorgeschlagen hatte, und kurz darauf kam Theodora schon mit ihren drei Söhnen zurück.

„Hallo, hallo!", begrüßte Evan Pennie herzlich und setzte sich gleich neben sie. „Was für eine angenehme Überraschung, so einen netten Anblick beim Essen zu haben", fügte er mit einem bedeutungsvollen Blick zu seinem Bruder Harden hinzu.

Harden hob nur eine Augenbraue und schaute gleichgültig an Pennie vorbei. „Ich habe dir schon einmal gesagt, wenn du meinen Anblick beim Essen nicht ertragen kannst, musst du eben eine Augenklappe tragen."

„Sprich den Segen, Harden", bat Theodora und milderte damit geschickt die Spannung zwischen den beiden Brüdern.

Harden tat das, und bald waren alle mit Broten und Kaffee versorgt. Evan erzählte Pennie von der Ranch und ihrer Geschichte, während Harden schweigend aß und Theodora Connal interessiert über seine Zukunftspläne ausfragte.

Pennie konnte nicht verstehen, was Connal antwortete, aber sie spürte seinen ärgerlichen Blick. Sie wusste wirklich nicht, was sie getan hatte, um ihn so gegen sich aufzubringen.

„Ich habe mir immer eine Schwester gewünscht“, erzählte Evan. „Stattdessen hab ich Connal, Donald und … ihn“, er zuckte die Schultern, als er zu Harden blickte.

Harden aß unbeirrt weiter, völlig taub gegen die Beleidigung.

„Du dringst bei ihm mit Beleidigungen auch nicht durch“, sagte Theodora. „Ich glaube manchmal fast, er blüht dadurch nur noch auf.“

„Das müsstest du ja am besten wissen“, bemerkte Harden zu ihr, und seine blauen Augen waren genauso kühl wie sein Lächeln.

„Nicht jetzt“, erwiderte sie fest. „Wir haben Gäste.“

„Familie“, korrigierte Evan sie.

„Deine, nicht meine“, erklärte Harden mit einem bedeutungsvollen Blick zu seiner Mutter. „Keine Beleidigung“, fügte er zu Connal gewandt hinzu.

„Du scheinst deine Rachegelüste bis ins Grab pflegen zu wollen, vermute ich“, murrte Theodora.

„Ich muss zurück an die Arbeit.“ Harden stand auf. „Ich seh dich dann heute Abend noch, Connal.“

Er ging mit versteinertem Gesicht hinaus.

„Jetzt, wo sich die Gesellschaft verbessert hat, sag, was denkst du von unserem eigenartigen kleinen Plätzchen?“, fragte Evan Pennie.

Sie antwortete automatisch, ihre Gedanken waren noch bei der merkwürdigen Unterhaltung, die gerade stattgefunden hatte. Wenn das ein Zeichen dafür war, wie man hier miteinander umging, so war sie gar nicht sicher, ob sie überhaupt bleiben wollte.

Aber ohne Hardens düstere Anwesenheit wurde es besser. Evan nahm sie unter seine Fittiche, und noch bevor Connal etwas dagegen einwenden konnte, fuhr er mit ihr im Jeep davon.

„Aber … was ist mit Connal …?“, fragte Pennie unsicher und drehte sich um. C.C. stand mit Theodora vor dem Haus und sah ihnen nach.

„Keine Sorge, alles, was ich im Sinn habe, ist ein kleiner, freundschaftlicher Plausch“, antwortete Evan gut gelaunt.

Nach ein paar Minuten Fahrt fuhr Evan den Jeep an die Seite und stellte den Motor ab. „Edie hat heute Morgen angerufen und wollte

Connal sprechen“, sagte er ohne größere Einleitung.

„Oh, tatsächlich?“ Pennie schaute ihn überrascht an.

„Ja, tatsächlich“, wiederholte Evan. „Edie ist nicht die Art von Frau, die einfach so aufgibt. Sie glaubte ihm nicht, als er ihr sagte, er sei verheiratet. Sie dachte, er sei mit einer gefälschten Urkunde hereingelegt worden, und das hat sie mir auch erzählt.“

Pennie seufzte schwer. „Na, es ist ja einfach genug, das nachzuprüfen, wie du vielleicht weißt.“

„Das ist richtig. Ich habe das auch getan, als Connal uns die Urkunde zeigte.“ Er lächelte sie reumütig an. „Das soll keine Beleidigung für dich sein, aber er hat schließlich eine ganze Menge Geld, und ich kannte dich ja überhaupt nicht.“

„Aber Connal sagte, dass du es gewesen seist, der ihn dazu gebracht hätte, seine Meinung über die Heirat zu ändern“, stammelte sie.

Er lehnte sich zurück, gegen die Tür des Jeeps. „Natürlich habe ich das“, meinte er lächelnd. „Irgendwann einmal werde ich dir zeigen, was mein Privatdetektiv über dich herausgefunden hat. Du bist die Art von Frau, die alle Mütter gerne zur Schwiegertochter hätten. In dieser sexhungrigen, mitleidslosen Generation bist du ein kleines Wunder. Das habe ich Connal gesagt. Schließlich begann er einzusehen, dass er es viel schlechter hätte treffen können.“

„Ich weiß nicht so recht“, seufzte Pennie.

„Edie scheint sich jedenfalls noch nicht geschlagen geben zu wollen, also pass auf“, warnte er sie ernst. „Lass ihr keine Chance. Sei auf der Hut, okay?“

„Mach ich. Danke, Evan.“

„Connal verdient ein bisschen Glück“, meinte er nachdenklich. „Er war nicht besonders glücklich mit Marsha. Es wird Zeit, dass er aufhört, sich mit Schuldgefühlen zu quälen.“

„Das denke ich auch“, erwiderte sie leise. „Ich werde mich um ihn kümmern, Evan.“ Wenn er mich lässt, fügte sie für sich noch hinzu.

Er lächelte fast zärtlich. „Ich nehme an, dass du das die letzten drei Jahre recht gut getan hast“, sagte er, und seine tiefe Stimme war voller Zuneigung. „Wir fahren jetzt besser zurück, aber ich dachte, du solltest wissen, wie es um die Konkurrenz steht, damit du keine unliebsamen Überraschungen erlebst.“

„Danke, das war sehr lieb von dir.“

Als sie wenig später wieder zum Haus zurückkehrten, erwartete sie C.C. bereits. Er war offensichtlich zutiefst verärgert und warf seinem Bruder einen Blick zu, der einem das Blut in den Adern hätte gefrieren lassen können. Der Blick, den er Pennie zuwarf, war auch nicht gerade viel sanfter.

Später beim Essen lief die Unterhaltung erst nur spärlich. Die schnippische, hagere Köchin machte einige bissige Bemerkungen über den enormen Appetit der Männer und grinste auf dem Weg zurück in die Küche.

„Sie ist schon so lange hier, dass die Küche ganz allein ihr Territorium ist", erklärte Theodora fröhlich. „Sie liebt einfach leere Teller nach einem Essen."

„Sie ist eine ausgezeichnete Köchin", bestätigte Pennie.

„Ich habe gehört, du machst herrliche Apfelkuchen", meinte Evan trocken.

„Ach, ich weiß nicht", erwiderte Pennie schüchtern. „Mein Dad mag sie zumindest recht gern, denn er hasst es, sie zu teilen."

„Das verstehe ich." Evan sah zu Harden und seiner Mutter. „Ich kriege hier ja selten meinen gerechten Anteil vom Nachtisch."

Theodoras Augenbrauen hoben sich vor Erstaunen. „Penelope, die Vorstellung, die er von einem gerechten Anteil hat, umfasst ungefähr zwei Drittel des Kuchens."

„Ich magere zusehends ab", protestierte Evan mit gespielter Empörung. „Ich bin schon ganz schwach vom vielen Hungern."

Pennie lachte hell auf, und ihre Augen strahlten Evan an, der neben ihr saß.

Connal, auf der anderen Seite des Tisches, lachte jedoch nicht. Er quälte sich mit Pennies guter Laune und interpretierte sie in jeder möglichen lächerlichen Weise. Sie hatte Evan schon von Anfang an gemocht, und heute war sie nur allzu willig mit ihm gegangen. Jetzt hing sie förmlich an seinen Lippen. Er verlor Pennie. Wenn alles, was sie für ihn empfunden hatte, nur eine sexuelle Neugierde gewesen war, dann hatte sie jetzt vielleicht, nachdem er sie befriedigt hatte, kein Interesse mehr an ihm. Wenn sie sich nun in Evan verliebte? Sein Gesicht verzerrte sich, und er wandte es schnell ab, bevor irgendjemand seine Pein sah.

Nach dem Essen hatte Theodora eine Überraschung für alle. Es war ein Videofilm, eine Komödie, die Pennie schon länger gerne sehen wollte. Aber ihre Begeisterung verflog schnell, als C.C. sich mittendrin damit entschuldigte, dass er noch einige geschäftliche Anrufe tätigen müsse.

Pennie entschuldigte sich kurz danach ebenfalls und ging in die Bibliothek. Sie hoffte, C.C. dort zu finden und sich mit ihm aussprechen zu können. Aber er war nicht dort. Mit einem schweren Seufzer ging sie zur Vordertür und trat hinaus. Sie zog ihre Strickjacke fester um sich und setzte sich auf die Stufen. Versonnen schaute sie in den dunklen Abendhimmel.

Die Tür wurde geöffnet und wieder geschlossen. Sie erwartete, hoffte, dass es C.C. sei, und stand auf. Aber es war Harden.

Von allen Männern, die sie je getroffen hatte, machte er sie am unsichersten.

„Störe ich?", fragte er leise.

„Nein. Ich ... wollte nur ein bisschen frische Luft schnappen", stammelte sie. „Ich gehe jetzt besser wieder hinein."

Er fasste sie am Arm, ganz sanft, und hielt sie fest. „Du brauchst keine Angst vor mir zu haben", meinte er freundlich. „Keine meiner Rachegelüste, wie Theodora sie nennt, betreffen dich."

Sie entspannte sich ein wenig, als er sie losließ und sich eine Zigarette anzündete.

„Connal hat dich den ganzen Abend beobachtet", sagte er nach einer Weile. „Habt ihr euch gestritten, bevor ihr hierher kamt?"

„Nein", erwiderte sie und war dankbar, dass es dunkel war und er nicht sah, wie sie bei der Erinnerung an die Herfahrt errötete. „Wir kamen sogar viel besser miteinander aus als vorher. Aber dann, sobald wir hier waren, wurde er so verschlossen."

„Ungefähr um die Zeit, als du mit Evan losgefahren bist?"

„Hm ... ja, stimmt."

„Das dachte ich mir schon."

„Aber das war doch nur, weil Evan mir von dem Telefongespräch erzählen wollte", sagte sie ganz verwirrt.

„Welcher Telefonanruf?"

„Da ist eine Frau, mit der C.C. oft ausging", erklärte sie traurig. „Edie. Evan erzählte, sie hätte hier angerufen und C.C. sprechen wollen, weil sie denkt, dass ich die Heiratsurkunde gefälscht habe."

„Da wird sie Pech haben, nehme ich an“, lachte er. „Hast du Connal erzählt, warum du mit Evan weg warst?“

„Ich hatte ja gar keine Gelegenheit dazu. Er scheint mich zu meiden. Ich dachte schon, dass er sich das Ganze vielleicht doch wieder anders überlegt hätte.“

„Möglicherweise ist er einfach nur eifersüchtig“, meinte Harden trocken. „Ich sehe, dass dir dieser Gedanke noch nicht gekommen ist“, fügte er hinzu, als Pennie ihn ungläubig anschaute.

„C.C. war nie auf mich eifersüchtig“, stotterte sie. „Meine Güte, er wollte mich doch nie. Na ja, nicht als Frau, meine ich …“ Sie brach verlegen ab.

Harden lachte, aber es klang tief und freundlich. „Er ist ein Mann. Und das gehört ja normalerweise in der Ehe dazu.“

„Ja, natürlich. Aber er hat doch gar keinen Grund, auf Evan eifersüchtig zu sein. Ich hatte mir immer einen großen Bruder gewünscht, weißt du.“

„Und Evan ist ein Teddybär, stimmts?“

„Na ja … ja …“

„Dieser nette Teddybär hat ein paar ganz hässliche Tatzen und ein Temperament, das du besser nicht kennen lernst“, riet er ihr. „Evan ist ein stilles Wasser. Du darfst nicht zu viel auf seinen jungenhaften Charme geben. Ich möchte dich nicht völlig desillusioniert sehen, wenn er mal wieder jemanden über einen Zaun schmeißt.“

„Evan?“, fragte sie zweifelnd.

„Einer unserer Männer hatte einmal ein Stutenfohlen mit der Reitpeitsche blutig geschlagen. Evan hat ihn über den Zaun geworfen und sich auf ihn gestürzt. Das Letzte, was wir von dem Mann sahen, war, dass er durch das Blaubeerdickicht rannte wie ein gejagtes Tier und versuchte, Evan zu entkommen.“

„Du liebe Güte, und ich dachte, du wärst derjenige, vor dem man sich in Acht nehmen muss“, schmunzelte sie.

„Oh, ich komme gleich hinter deinem Mann und Evan.“

„Und Donald, so heißt er doch, der Jüngste?“

„Donald steht uns in nichts nach.“

„Ich weiß nicht, ob ich mit solchen Wilden verwandt sein möchte“, meinte Pennie ironisch.

„Aber natürlich willst du das“, erwiderte er. „Wenn du uns erst einmal näher kennst, wirst du dich bei uns wie zu Hause fühlen."

„Hoffen wir es." Sie blickte zur Tür. „Ich denke, ich sollte jetzt vielleicht mal meinen Mann suchen."

„Das ist ein Schritt in die richtige Richtung. Gute Nacht, Penelope."

„Gute Nacht, Harden", erwiderte sie und lächelte, als er die Stufen hinunter zu seinem Auto ging. Er war nett. Wie der Rest von C.C.s Familie.

Sie sagte den anderen ebenfalls Gute Nacht und ging nach oben. Dabei überlegte sie, ob sie wohl die Nerven aufbringen würde, ihren eigenen Ehemann zu verführen.

12. KAPITEL

Es war gerade erst zehn Uhr, als Penelope in ihr Zimmer trat. Trotzdem war C.C. bereits zu Bett gegangen und schlief anscheinend schon.

Sie zögerte. Die Lampe neben dem großen Bett war an, aber der nackte Oberkörper, der halb von der Zudecke verdeckt war, hob und senkte sich regelmäßig.

„Connal?“, fragte sie leise, aber er antwortete nicht.

Mit einem langen Seufzer packte sie ihr Nachthemd aus und nahm es mit ins Badezimmer. Dort zog sie sich um. Das war nicht gerade die Nacht, die sie sich vorgestellt hatte. Als sie ein paar Minuten später zurück ins Schlafzimmer kam, war ihr Mut auf einem Tiefpunkt angelangt.

Pennie kletterte langsam neben ihm ins Bett, betrachtete C.C.s dunklen Kopf und den behaarten, muskulösen Brustkorb, dann drehte sie resigniert das Licht aus.

Aber sie konnte nicht schlafen. Sie wälzte und drehte sich hin und her. Die Erinnerungen an die Lust, die sie erst vor ein paar Stunden mit C.C. geteilt hatte, ließen sie nicht zur Ruhe kommen. Jetzt wusste sie, was Verlangen bedeutete, und sie spürte es so eindringlich, dass es fast schmerzte.

„Kannst du nicht schlafen?“, fragte C.C., seine Stimme war tief und klar, überhaupt nicht verschlafen.

„Nicht richtig“, antwortete sie. Sie lag auf der Seite und sah auf den dunklen Schatten hinüber, der sein Kopf war. Schwaches Licht von den Laternen beim Stall schien durch die Vorhänge. „Ich glaube, es kommt daher, dass ich es nicht gewohnt bin, mit jemandem zusammen zu schlafen“, fügte sie hinzu.

„Ja, ich auch nicht mehr.“ Er langte nach ihr und zog sie langsam an sich. Ihre Hand berührte seine bloßen Hüften, und Pennie merkte, dass er keine Hose trug.

C.C. spürte ihr plötzliches Versteifen und lachte leise. „Du hast mich doch heute schon nackt gesehen“, erinnerte er sie. „Und ich dich. Ist es immer noch so ein Schock? Oder liegt es nur daran, dass es der falsche Mann ist?“, fügte er sarkastisch hinzu.

„Der falsche Mann?“, fragte sie verwirrt.

„Du bist den ganzen Tag nicht von Evans Seite gewichen", sagte er. Seine Hand glitt über ihren Körper. „Ist dir dein Heiratsversprechen plötzlich lästig?"

„C.C., sei nicht albern", antwortete sie ruhig. „Ich mag Evan sehr gern, aber das ist auch alles. Und dass ich nicht von seiner Seite gewichen bin, ist wohl reichlich übertrieben."

Seine Finger griffen fester zu. „Ich hatte auch nicht erwartet, dass du es zugibst. Vielleicht kann ich es dir gar nicht zum Vorwurf machen. So oder so habe ich uns in diese verzwickte Lage gebracht."

Eine verzwickte Lage. Das war es also in seinen Augen. Sie schluckte. „Ich dachte, du wolltest telefonieren, und habe dich gesucht", sagte sie schließlich.

„Ich habe es hier oben getan", erklärte er. „Ich musste Edie anrufen."

Pennies Herz blieb fast stehen. Also hatte Evan mit seiner Warnung Recht gehabt. Diese Frau wollte nicht aufgeben, und wenn C.C. nichts dabei fand, sie von hier aus anzurufen, dann würde er wohl bei nächster Gelegenheit seine alte Beziehung zu Edie wieder aufleben lassen.

Connal spürte, wie sie sich zurückzog, und sein Herz machte einen Sprung. Das war das erste hoffnungsvolle Zeichen, dass sie sich vielleicht doch mehr aus ihm machte.

„Willst du nichts weiter dazu sagen?", forderte er sie heraus.

Sie biss die Zähne zusammen. „Ich glaube, ich kann jetzt schlafen", antwortete sie undeutlich.

„Tatsächlich?" Er schlug die Decke zurück, und während sie sich noch mit dieser unerwarteten Situation zurechtfinden musste, hatte er bereits den Ausschnitt ihres Nachthemdes zur Seite geschoben, die Lippen auf ihre Brust gelegt und begann, sie zu liebkosen.

Der lustvolle Seufzer, der ihr entfuhr, war wie Musik in seinen Ohren. Während er sie leidenschaftlich küsste, streifte er ihr das Nachthemd von den Schultern. Seine erfahrenen Hände glitten mit einer trägen Sorgfältigkeit über ihren Körper, entdeckten seine weichen, süßen Formen neu und ließen sie eine Erregung spüren, deren Heftigkeit sie erschreckte.

„Kann ich dich nehmen, ohne dir wehzutun?", fragte er leise.

Sie nickte bloß, war unfähig, ein Wort zu sprechen. Sie umfasste seine Schultern, zog ihn näher an sich und hob sich ihm entgegen, um seinem wilden, heißen Drang zu begegnen.

Sie stöhnte voll Verlangen auf, klammerte sich an ihn, als sein Körper immer stürmischer von ihr Besitz ergriff. „Hör nicht auf, Connal, hör … nicht … auf …!“

Er biss in ihre Lippen. „Du bist laut“, sagte er heiser. „Das gefällt mir. Es gefällt mir, wie du bist, wie du schmeckst. Sag mir, dass du mich willst!“

„Ich … will … dich!“ Sie brachte die Worte kaum heraus. Die Lust war kaum mehr zu ertragen, und sie dachte, sie müsste sterben.

Sie sagte es ihm, ihre Stimme brach, als er sie mit wildem Drängen zum Höhepunkt brachte und seinen selbst nur Sekunden später erreichte.

Pennie lag mit weit geöffneten Augen da, überwältigt von der Macht der Befriedigung, die er ihr gegeben hatte.

C.C. spürte Tränen an seinen Wangen und hob den Kopf. Sein Herzklopfen ließ ihn immer noch schauern, seine Arme zitterten, als er sich über ihr abstützte. Er konnte ihr Gesicht nicht sehen, aber er konnte das Beben ihres Körpers spüren.

„Du musst keine Angst haben“, flüsterte er. „Wir sind diesmal sehr weit gegangen. Lass dir Zeit, wieder zurückzukommen. Es ist alles in Ordnung.“ Seine Finger strichen ihr feuchtes Haar zurück, und er küsste sie auf die Augen. Er küsste ihre Wangen und ihren zitternden Mund mit einer warmen, ruhigen Sicherheit, die ihr nach und nach die Angst nahm.

„Du hast gesagt … ich war laut“, flüsterte Pennie.

„Hab ich nicht auch gesagt, dass ich es mag?“, flüsterte C.C. zurück. Er biss sie zärtlich in die Unterlippe. „Fass mich an.“

C.C. führte ihre Hand zu sich und lächelte, als sie schüchtern zögerte.

„Wir sind verheiratet“, sagte er. Er öffnete ihre Hand und presste sie langsam an sich. „Du wirst mir nicht wehtun, falls du deshalb so angespannt bist.“ Er küsste sie zart, und zwischen den Küssen lehrte er sie, flüsterte er ihr alles zu, was sie über den Körper eines Mannes wissen musste.

Sie fuhren am nächsten Tag wieder nach Hause. Connal war nicht mehr so zurückhaltend und machte den ganzen Heimweg einen ausgeglichenen Eindruck. Aber er war den restlichen Tag beschäftigt, und er sagte nichts davon, dass er nachts Pennies Bett teilen wollte.

Dieses Verhalten wurde einige Tage die Regel. Er war freundlich und liebevoll, aber weder berührte er sie, noch küsste er sie. Er beobachtete sie aus schmalen Augen, als ob er sich nicht entscheiden könne, was er tun solle.

„Was ist denn los zwischen dir und meinem Schwiegersohn?", fragte Ben Mathews schließlich eines Morgens in der Küche nach dem Frühstück.

„Was meinst du?", wich Pennie aus.

„Ich meine, du und Connal, ihr seid zwar verheiratet, aber ihr benehmt euch nicht so", sagte er geradeheraus. „Und seit ihr vom Besuch bei seiner Familie zurück seid, scheint ihr beide seltsam bedrückt. Warum?"

„Er hat Edie angerufen", erwiderte sie leise. „Ich weiß nicht, ob er nach einem Ausweg aus seiner Lage sucht, oder ob er eine Scheidung will. Er hat nichts gesagt. Aber er ist nicht glücklich, das spüre ich."

Pennie sah ihn an und hoffte, um weitere persönliche Fragen herumzukommen. „Hast du nicht um elf einen Termin in El Paso?", fragte sie, um das Thema zu wechseln.

„Ja, das habe ich, und ich gehe auch sofort. Warum keine Annullierung?" So leicht ließ Ben sich nicht ablenken.

Sie wurde rot und steckte schnell die Hände zurück in das warme Spülwasser. „Aus einem ganz einfachen Grund", versetzte sie spröde.

„Wenn das der Fall ist, warum lebt ihr dann nicht zusammen? Es gibt ein möbliertes Haus, das frei wird, falls das das Problem sein sollte."

Pennie spürte, wie ihr Tränen in die Augen stiegen. „Es ist mehr als das."

„Was?"

Sie ließ die Pfanne fallen, und in dem Lärm hörte niemand, wie C.C. zur Vordertür hereinkam und durch die Diele ging. Er stand genau vor der Tür und wollte sich gerade bemerkbar machen, als er Pennies tränenerstickte Stimme hörte.

„Ich werde dir sagen, was los ist", weinte sie. „Er liebt mich nicht. Er hat mich nie geliebt, und du weißt, dass ich das auch nicht erwartet habe. Aber ich hatte gehofft ..."

Ben nahm sie liebevoll in die Arme und hielt sie fest, während sie weinte. „Du armes Kind“, seufzte er und klopfte ihr tröstend den Rücken. „Ich vermute, du hast ihm nie gesagt, dass du ihn liebst?“

Connal merkte, wie er bei diesen Worten ganz steif wurde. Er hätte sich keinen Schritt bewegen können, selbst wenn sein Leben davon abgehangen hätte.

„Nein, ich habe es ihm nie gesagt“, schluchzte Pennie. „Drei Jahre. Drei lange, furchtbare Jahre. Und aus einem dummen Zufall heraus wurden wir verheiratet, und ich wusste, er hätte nie eine so burschikose Frau wie mich gewollt. Aber, ach Gott, Dad, ich liebe ihn so sehr! Was soll ich nur tun?“

Connal trat ins Zimmer, sein Gesicht war aschfahl, wodurch seine Augen noch dunkler erschienen. „Du könntest ja versuchen, es ihm zu sagen“, rief er rau.

Ben ließ sie los und machte einen schnellen Schritt zur Tür. Auf seinem Gesicht lag ein verstecktes Grinsen, das er sorgfältig vor den beiden verbarg. „Ich bin spät dran und muss jetzt los. Bis später dann.“

Sie hörten gar nicht mehr, wie Ben ging. Connal starrte Pennie unverwandt an. Er hatte einen merkwürdigen Gesichtsausdruck, den sie kaum zu deuten wusste.

„O nein!“, stieß sie mit tränenerstickter Stimme hervor. „Warum musstest du gerade das mit anhören!“

„Warum nicht?“ Er trat näher, fasste sie an den Armen und zog sie an sich. „Sag es mir ins Gesicht. Sag mir, dass du mich liebst“, forderte er sie mit versteinerter Miene auf. Nichts war darin von seinen eigenen Gefühlen zu lesen.

„Na gut. Ich liebe dich!“, brach es aus ihr heraus. „Bist du jetzt zufrieden?“ Warum quälte er sie bloß so?

„Noch nicht“, erwiderte er leise, mit einem ganz gewissen Unterton. „Aber ich denke, ich kann dieses kleine Problem sofort lösen …“

Sein Mund legte sich langsam auf ihren. Es war so lange her. Tage, die mit höflicher Konversation ausgefüllt waren, unruhige, einsame Nächte, in denen er sich nach dem sehnte, was sie zusammen erlebt hatten.

„Ich liebe dich, Pennie, mehr, als ich je eine Frau geliebt habe“, flüsterte er, während er ihr Gesicht mit Küssen bedeckte. Pennie schloss die Augen, ein tiefes Glücksgefühl durchströmte sie. Endlich wusste sie, dass C.C. ihre Liebe erwiderte.

Mit einer geschickten Bewegung hob C.C. sie in seine Arme und trug sie nach oben in ihr Schlafzimmer. Er verschloss rasch die Tür und ließ Pennie vorsichtig auf das Bett gleiten. Und dann gab es für sie beide nur noch ihre Liebe, die sie erneut in einem wunderbaren Rausch erlebten.

Stunden später schmiegte Pennie ihre Wange an C.C.s schweißbedeckten Oberkörper und öffnete die Augen. „Wir sollten uns wirklich langsam anziehen. Dad wird sicher bald nach Hause kommen."

Er küsste träge ihre Stirn. „Ich habe die Tür verschlossen, erinnerst du dich nicht?"

„Ja, das hast du." Sie seufzte und genoss diese neue Nähe, die zwischen ihnen entstanden war. „Harden sagte, du seist auf Evan eifersüchtig."

„Das stimmte auch. Blind vor Eifersucht auf ihn, auf Hale, auf jeden Mann, der in deine Nähe kam. All diese Jahre zusammen, und ich Dummkopf wusste nicht, dass ich dich liebte. Evan erkannte es sofort. Und als ich es merkte, war es fast schon zu spät, um dich an der Annullierung zu hindern." Er schüttelte sie sanft. „Du hast mich vielleicht an der Nase herumgeführt! Selbst bei unserem ersten Mal war ich überzeugt, dass du nur neugierig auf Sex warst. Ich dachte nicht, dass du für mich mehr empfinden könntest als körperliche Anziehung."

„Ich habe dich vom ersten Augenblick an, als ich dich sah, geliebt", gestand Pennie. „Du bist meine Welt geworden."

Er schlang die Arme fest um sie. „Und du meine. Es hat nur eine Weile gedauert, bis ich es gemerkt habe. Bis dahin habe ich dich manchmal nicht gerade nett behandelt. Ich hoffe, dass du es mit der Zeit vergessen wirst. Ich habe lange Zeit gebraucht, um über Marsha hinwegzukommen, aber ich denke, ich habe es jetzt geschafft. Ich musste erst wieder ich selbst sein, bevor ich dir etwas geben konnte. Ich musste die Angst vor einer neuen Bindung verlieren, und das war nicht einfach."

„Das sagte Harden auch. Ich war nicht so optimistisch. Ich dachte, du würdest mich hassen."

„Ich hasste dich nicht, ich wollte dich. Und ich wehrte mich dagegen wie der Teufel. Aber schließlich gingst du mir nicht mehr aus dem Kopf, bis ich von morgens bis abends nach dir Sehnsucht hatte. Es ist fast wie eine Sucht geworden."

„Verlangen ist aber nicht Liebe."

Connal lachte. „Das weiß ich auch, aber du musst zugeben, dass es ein großer Teil davon ist." Er küsste ihre geschlossenen Augen. „Ich würde für dich mein Leben geben, Penelope", flüsterte er. „Reicht dir das?"

„O ja." Sie kuschelte sich an ihn. „Warum hast du Edie angerufen?"

„Ich dachte, dass du darauf noch kommen würdest", entgegnete er und grinste. „Evan sagte mir, was sie vorhätte. Also habe ich sie angerufen und ihr erklärt, dass meine Ehe durchaus gültig und ich außerdem fürchterlich verliebt in meine Frau sei. Ich glaube nicht, dass wir noch einmal von ihr hören werden."

Pennie stützte sich neben ihm auf und sah prüfend in sein Gesicht. „Darum hat mich Evan auch mitgenommen. Er wollte mich vor Edie warnen, er berichtete mir von ihrem Anruf."

„So ein Kerl!", rief er amüsiert aus. „Das hat er mir natürlich nicht gebeichtet."

„Harden meinte, dass du eifersüchtig seist", erzählte sie weiter. „Das war der erste Hoffnungsschimmer für mich."

„Was glaubst du, wie ich mich in dieser Nacht gefühlt habe, als du über Edie und mich nachgegrübelt hast?", lachte er weich. „Meine Güte, ich werde es nie vergessen, wie wir uns da geliebt haben!", flüsterte er an ihrer Schläfe.

„Ich auch nicht." Pennie schaute ihn an. Ihr Verlangen spiegelte sich in ihren Augen wider, ihr Körper spannte sich sichtlich. „Connal …", flüsterte sie mit bebender Stimme.

Er umfasste ihre Taille und hob sie auf sich, drückte sie auf seine Hüften. „Ja", erwiderte er heiser. „Ich brauche dich auch. Noch einmal, Kleines."

„Ich weiß nicht, ob ich es so kann …", zögerte sie.

„Ja, du kannst", drängte er sie erregt. „Ich werde es dir zeigen, Pennie …"

Sie war fast schockiert, als sie herausfand, dass sie es tatsächlich konnte, und es dauerte lange, bis sie in der Lage war, aufzustehen und sich anzuziehen.

„Schüchternes kleines Landmädel, hmmm?", neckte Connal sie, als sie später zusammen am Esszimmertisch saßen, Kaffee tranken und Apfelkuchen aßen. „Wie scheinheilig du doch sein kannst!"

„Es liegt an der Gesellschaft, in der ich mich neuerdings befinde", gab Pennie schmunzelnd zurück. „Und wir haben ein Problem: Wir sind zwar verheiratet, aber ich habe keinen Ehering."

Er zog ein Päckchen aus der Hosentasche. „Meinst du?"

Er reichte es ihr und sah Pennie gespannt an. Sie öffnete es und nahm zwei herrliche Ringe heraus – einen schmalen, mit kleinen Diamanten besetzten Ring und einen breiteren, mit einem einzelnen großen Stein.

„Wunderschön", bedankte sie sich mit belegter Stimme. „Aber wo ist deiner?" Sie sah ihn an, „Du wirst ebenfalls einen Ring tragen, Connal Cade Tremayne. Ich möchte nicht, dass jedes einsame Mädchen in Südtexas versucht, mir in die Quere zu kommen!"

„Gut, gut", gab er trocken nach. „In Ordnung. Wir werden in die Stadt fahren und einen für mich kaufen."

Die Vordertür fiel zu. Ben kam ins Esszimmer und blieb abrupt in der Tür stehen. „Meine Güte", rief er aus.

„Du hast meine Ringe bemerkt, stimmts?", fragte Pennie erwartungsvoll.

„Sag ihm, dass wir noch heute in das freie Haus einziehen werden, das wird ihm die Sprache wieder zurückgeben", riet Connal.

„Es stimmt, was er sagt", versicherte Pennie ihrem Vater, der sie noch immer fassungslos anschaute. Sie runzelte die Stirn. „Was ist denn los mit dir? Bist du nicht glücklich, dass unsere Ehe nun endlich funktioniert? Dass Connal und ich zusammenleben werden und du endlich auch Enkelkinder bekommen wirst? Bist du denn nicht glücklich über all das?"

„Natürlich bin ich das, Pennie", seufzte Ben „Es ist nur …"

„Nur?", fiel Connal ein.

„Nur was?", drängte Pennie.

„Verdammt noch mal", schimpfte Ben und schlug mit dem Hut auf den Tisch. „Ihr habt meinen Apfelkuchen gegessen!"

Einige Wochen später brachte Pennie Ben einen frisch gebackenen Apfelkuchen und die Neuigkeit, dass er bald Großvater werden würde. Sie erzählte Connal später, dass sie nicht sicher war, welches ihrer Geschenke bei ihm die größere Freude ausgelöst hätte.

– ENDE –

MIRA IST ONLINE FÜR SIE!
www.mira-taschenbuch.de
MIRA - Home
http://www.mira-taschenbuch.de/
MIRA TASCHENBUCH
BESTSELLERLISTE
WIR ÜBER UNS
AUTOREN
HANDEL
PRESSE
NEWSLETTER
NEU IM AUGUST
PROGRAMM FRÜHJAHR / SOMMER 2010
PROGRAMM HERBST / WINTER 2010 / 2011
GESAMTPROGRAMM
SONDEREDITIONEN
Unser Sommer-Buchhighlight
Susan Wiggs: Am Anfang wartet das Glück
Genau das Richtige für romantische Sommerabende.
TRAILER DES MONATS
UNSERE MIRA BESTSELLER-LISTE
News & Aktuelles
Neuigkeiten bei MIRA Taschenbuch
AUF EINEN BLICK - DAS MIRA GESAMTPR
Immer aktuell:
News und **Neuerscheinungen**
direkt auf der Startseite!
Das gesamte
Taschenbuchprogramm
übersichtlich nach Kategorien!
MIRA TASCHENBUCH

Nora Roberts u. a.
Sommerzauber
Band-Nr. 20023
9,95 € (D)
ISBN: 978-3-89941-873-6
432 Seiten

Nora Roberts
First Class Affären
Band-Nr. 20008
8,95 € (D)
ISBN: 978-3-89941-710-4
512 Seiten

Sandra Brown
Die Tür zur Liebe /
Gefangene der Liebe
Band-Nr. 20016
8,95 € (D)
ISBN: 978-3-89941-801-9
320 Seiten

Sandra Brown
Tauziehen der Liebe /
Die Zwillingsfrau
Band-Nr. 20021
8,95 € (D)
ISBN: 978-3-89941-856-9
304 Seiten

4 Romane in einem Band
JENNIFER
EIN MANN FUR ALLE FÄLLE
Jade
Die schönsten Liebesromane der Welt.

3 Romane in einem Band
DeNosky
DIE ERBEN VON EMERALD LARSON
Jade
Die schönsten Liebesromane der Welt.

4 Romane in einem Band
LINDA HOWARD
Sommer geheimnisse
Jade
Die schönsten Liebesromane der Welt.

3 Romane in einem Band
Graham
Liebessommer in Frankreich
Jade
Die schönsten Liebesromane der Welt.

Nalini Singh
Im Bann der Sinne
Band-Nr. 20017
8,95 € (D)
ISBN: 978-3-89941-809-5
384 Seiten

Miranda Lee
Ein Millionär und Gentleman
Band-Nr. 20014
8,95 € (D)
ISBN: 978-3-89941-783-8
368 Seiten

Emilie Richards
Am Ufer der Sehnsucht
Band-Nr. 20010
9,95 € (D)
ISBN: 978-3-89941-730-2
384 Seiten

Lisa Jackson
Rachels Geheimnis
Band-Nr. 20009
9,95 € (D)
ISBN: 978-3-89941-719-7
544 Seiten